Alice Ekert-Rotholz

Reis aus Silberschalen

Roman einer deutschen Familie im heutigen Ostasien

rororo

Rowohlt

208.–211. Tausend Dezember 1989

Veröffentlicht im Rowohlt Taschenbuch Verlag GmbH,
Reinbek bei Hamburg, November 1966

Umschlagentwurf Werner Rebhuhn
Gesetzt aus der Linotype-Aldus-Buchschrift
und der Palatino (D. Stempel AG)
Gesamtherstellung Clausen & Bosse, Leck
Printed in Germany
1080-ISBN 3 499 10894 1

FÜR

MEINE ELTERN

Erstes Buch

ERSTES KAPITEL

Die Ankunft

I

Als Petersen im Hafen anlangte, um Martha und die Kinder zu empfangen, war er nervös und ermüdet. Der Schweiß rann ihm in Strömen in den frisch gestärkten Hemdkragen. Im Hinterkopf pochte ihm ein glühender Hammer, der fast den Tropenhelm sprengte. Bangkok war ihm noch niemals so heiß vorgekommen; die Riesenstadt am Menamfluß brodelte in der Nachmittagsglut. Petersen hätte sich gern in seinem elektrisch gekühlten Büro von dem alten chinesischen Boy einen Eiskaffee servieren lassen. Er hielt an geeisten Getränken fest, obgleich seine chinesischen Kunden ihm versicherten, daß heißer grüner Tee das Beste gegen die Tropenhitze wäre. Petersen war Hamburger. Er bewahrte daher auch in ungewohnter Umgebung alle seine Gewohnheiten ... Wenn der Hamburger Versuchssommer sich einmal tropische Ausschreitungen erlaubte, hatte Petersen mit einem Eiskaffee im Alsterpavillon gesessen. Aber Chinesen wollten immer alles besser wissen.

Gerade heute früh hatte er sich stundenlang mit einem wichtigen Kunden herumärgern müssen. Selbstverständlich hatte er seinen Ärger nicht gezeigt, sondern so strahlend gelächelt, als ob ihm die Unterhaltung mit Mr. Wang ein unerhörtes Vergnügen gewähre. Petersens Lächeln war berühmt in der Firma. Er konnte es wie einen Wasserhahn an- und abstellen. Es hatte ihm unlängst die Partnerschaft bei Petersen & Co. in Bangkok eingetragen. Nun konnte er Martha und die Kinder zu Besuch kommen lassen.

Martha hatte lange gezögert, denn die politischen Nachrichten aus Siams Nachbarländern waren beunruhigend. Aber dann hatte sie sich doch entschlossen. Ihr wurde ein einzigartiges Erlebnis angeboten, und sie hatte nach den Kriegsjahren eine Abwechslung verdient. Petersens Vorschlag, die Kinder bei Verwandten in Hamburg zu lassen, hatte sie allerdings abgelehnt. Freundlich, aber bestimmt. Petersen lehnte sich niemals gegen Marthas Entschlüsse auf. Sie war fünf Jahre älter und wußte es wohl besser.

In einer Viertelstunde sollte die Barkasse von *Paknam* in Bangkok einlaufen. Petersen befragte seine Uhr. Die Schiffsgesellschaft rechnete zwar mit Verspätung, aber er war mit deutscher Pünktlichkeit zur Stelle gewesen. Das war er Martha schuldig. Martha! Wie würde sie wohl mit dem Tropenleben fertig werden? Sie war niemals aus Europa herausgekommen. Was würde sie zu der Hitze, zu den asiatischen Dienern und dem Ferienleben der weißen Frau in Ostasien sagen? Martha war keine Minute ihres Lebens untätig gewesen...

Petersen hatte laut aufgelacht, als er heute mittag die Blumenarrangements auf Tischen und Veranden und die Spinnweben in allen Ecken seines geräumigen Tropenhauses musterte. Martha und Spinnweben! Auf seine Anweisung hatte der «Boy Nummer Eins» – ein Enkelsohn von Petersens chinesischem Koch – lächelnd, aber heimlich verärgert mit dem Spielzeugbesen hantiert, die Spinnweben etwas anders arrangiert und den Staub von einer Ecke in die andere gefegt. Danach hatte er sein Werk mit großer Befriedigung betrachtet. Die ganzen Jahre hatte der Master alles sehr sauber gefunden, aber wenn eine *Missie* ankam, war eben nichts mehr gut. Das sagten alle chinesischen Boys, die europäischen Strohwitwern oder Junggesellen dienten. Die zierliche, siamesische *Amah* (Kinderfrau), die Petersens Koch in letzter Minute zur Bedienung der «kleinen Missie» besorgt hatte, hockte verängstigt im Kinderzimmer. Der Koch hatte ihr in seinem gebrochenen Siamesisch erzählt, daß eine *Mem Ferang* (Ausländerin) sehr böse wurde, wenn weiße Ameisen in der Wäschekommode herumliefen. Wo sollten sie denn sonst herumlaufen? Da *Amah* keine Antwort wußte, spuckte sie nachdenklich den roten Betelsaft auf den weißen, indischen Teppich im Kinderzimmer. Die dunkelroten Flecke, die kein Fleckwasser würde entfernen können, störten weder *Amah* noch den Boy Nummer eins. *Amah* wäre am liebsten in ihr Reisdorf bei *Paklat* in der Menam-Ebene zurückgelaufen, aber der Master hatte ein so großes Gehalt versprochen, daß *Khun Paw* (Vater) sich einen zweiten Wasserbüffel für die Feldarbeit würde kaufen können. Man hatte wochenlang in der Familie über diesen Wasserbüffel gesprochen; auch *Amah* wußte, daß er viel wichtiger für Khun Paw war als ihre kleine Person.

Petersen betrachtete gereizt die langen, süßduftenden Jasminketten, die Amah nach Landessitte für die Ankommenden geflochten hatte. Eine große Kette für Martha und zwei kleine für die Kinder. «Wie für eine Beerdigung...» dachte Petersen und wischte sich den Schweiß von der schönen, klaren Stirn. Seine blauen Augen hatten einen trüben Fieberglanz; hoffentlich war das Dengö-Fieber nicht im Anzug. Es gab kein Mittel gegen dieses tropische Fieber, das den Körper in Schauern schüttelte und mit einem juckenden Hautausschlag endete – nur Bettruhe und ein verdunkeltes Zimmer gegen die Kopfschmerzen. Beides konnte Petersen sich im Augenblick nicht leisten. Sein Onkel, der Senior-Chef der Firma Petersen & Co., war vierundsechzig Jahre alt; Petersen bezeichnete ihn im geheimen als «alten Tropenhengst», was unter anderem sagen wollte, daß er, wie die Siamesen, die Arbeit gern andern überließ, aber – wie jeder Hamburger Kaufmann – den Profit auf Heller und Pfennig im voraus berechnete. Er setzte Petersens Vorschlägen für neue Importartikel sein ständiges «Ich lasse mich auf keine geschäftlichen Abenteuer ein» entgegen. Onkel Wilhelm Christians Neigung zu Abenteuern war streng privat: er hatte eine siamesische Aristokratin geheiratet und lebte wie ein asiatischer Fürst seit vielen Jahren in einem Tropenpalast von enormer Pracht und Unordnung. Khunying (Gräfin) Siri Kutharamarn, von ihren Freunden zwanglos *Nang Siri* (Frau Siri) genannt, ließ alles herumliegen; der Chef von Petersen & Co. hatte sich längst an dieses luxuriöse Chaos in seinem Hause gewöhnt. Er lebte – mit Unterbrechungen – seit vierzig Jahren im Fernen Osten und seit 1930 in Bangkok. Er importierte Maschinen, Präzisionsinstrumente zum Kaputtmachen und allerhand anderes, was seine chinesischen Kunden regelmäßig bestellten und ebenso regelmäßig nach einer Saison wegwarfen. Dennoch war Wilhelm C. Petersen fast immer auf der Gewinnseite. Er verband Vorsicht mit dem Streben nach Qualität. Das hatte ihm in den Jahren vor dem ostasiatischen Krieg ermöglicht, sich gegen die japanische Schundware mit imitierten deutschen Firmenzeichen durchzusetzen. Chinesen schätzten Solidität; sie zogen englische und deutsche Waren allen anderen vor – auch den amerikanischen Waren, was etwas heißen wollte, denn die Amerikaner spielten seit 1945 eine große und vielseitige Rolle in Siam.

Petersen wischte sich wieder den Schweiß ab. Seine Kopfschmerzen wurden immer heftiger, gerade jetzt, wo Martha ankommen sollte! Warum hatte er auch gestern abend noch Abschied vom Strohwitwerdasein gefeiert? Er würde von jetzt ab Limonade statt Whisky trinken und vernünftige Gespräche mit Martha führen. Gott sei Dank!

Der schwüle Duft des Jasmins machte ihn benommen. Plötzlich mußte er an das Mädchen Karin denken. Man dachte immer in ungeeigneten Momenten an Karin Holm. Sie hatte sich einmal eine Jasminkette um die Schultern gelegt und im Mondlicht auf einer Tropenveranda in Bangkok getanzt. Petersen wich in Gedanken der peinlichen Erkenntnis aus, daß es erst vor einer Woche und auf seiner Veranda gewesen war. Er hatte Miss Karins schräge, asiatische Augen und ihr schwedisches Blondhaar angestarrt. Sein berühmtes Lächeln war leicht verzerrt gewesen, aber er wußte, was er Martha schuldig war. «Miss Karin» – wie man sie ohne Beachtung des Nachnamens nannte – wußte es nun auch. Alle Euro-Asiatinnen in Bangkok wurden mit Vornamen genannt. Niemand wußte warum; aber es kam eine leichte Geringschätzung darin zum Ausdruck.

Die Nachricht von Marthas Ankunft hatte die bildschöne Miss Karin eine Menge Tränen und Petersen eine goldene Halskette gekostet. Er hatte sie mit Hamburger Geschäftssinn leicht lädiert und spottbillig bei einem indischen Kunden erstanden, und der Inder hatte die Kette dann für Mr. Petersen so raffiniert aufgearbeitet, daß sie zehnmal so teuer aussah, wie sie war. Nur unter dieser Bedingung konnte sie ihren Zweck bei Miss Karin erfüllen, denn sie hatte kein Verständnis für Gaben, die in der Hauptsache liebende Gedanken darstellten. Niemand in Asien hatte Sinn für so etwas. Die Materie war alles, daran änderte keine Philosophie des Fernen Ostens etwas. Es war eine Welt, in der sich Metaphysik und Sachwerte miteinander vertrugen. Petersens chinesische Kunden feilschten am Tage beim Kauf oder Verkauf einer Ware um drei *satangs* (siamesische Pfennige) und lasen des Abends taoistische Schriften... So wie siamesische Prinzen mit großer Schlauheit ihre Rennpferde kauften und dann zur buddhistischen Fastenzeit die gelbe Robe des Buddha anlegten. Sie verkauften diese Rennpferde mit erstaunlichem Profit an die einfältigen Europäer und wanderten drei Monate später, die Bettelschale in der feingliedrigen Hand, mit unweltlichem Blick im Morgengrauen durch Bangkok und das ländliche Siam.

Martha würde staunen, dachte Petersen... Sie kam aus einem Erdteil, in dem Kontraste prinzipiell ausgetragen werden mußten. Er würde ihr viel erklären müssen. Er konnte Miss Karin dabei nicht gebrauchen. Übrigens hatte Miss Karin sich schluchzend nach dem Preis der Halskette erkundigt und ihn ohne Übergang so strahlend angelächelt wie Petersen seine asiatische Kundschaft.

Petersen schloß einen Augenblick die brennenden Augen. Dann öffnete er sie weit und betrachtete den Porzellantempel, der am gegenüberliegenden Ufer blitzend und phantastisch in glühenden Wolken stand. *Wat Arun* hatte vom ersten Augenblick an Siam für ihn verkörpert. Die kambodianischen Türme (*phra prangs*) des Tempels sprachen von dem Einfluß der alten *Kmer*-Völker in Siam; die schillernden Porzellanstücke, welche die Türme bedeckten, gingen auf chinesischen Einfluß zurück. Doch der Tempel atmete den Geist des Landes – buddhistische Stille an einem großen geschäftigen Fluß. Petersen hatte *Wat Arun* einmal im Mondlicht gesehen und hatte sich am nächsten Morgen nur mit Schwierigkeit ins Geschäftliche zurückgefunden. Die ragenden, bizarren Reliquientürme hatten in seiner Hanseatenseele ein Element der Phantasie entfesselt, das Berechnungen abhold war. Auch Miss Karin verkörperte etwas Fremdes, Schillerndes und Gefährliches, das zum Träumen verführte. «*No good*» murmelte Petersen und blickte anklagend die kambodianischen Wunderwerke am Westufer an. Der Ferne Osten unternahm immer wieder Generalangriffe auf die nordische Vernunft. Wie sollte er Martha so etwas erklären? Ein Hamburger biß sich lieber die Zunge ab, als daß er zu seiner Entschuldigung die Macht der Phantasie anführte, die in Ostasien stärker als der stärkste Mann ist. Martha würde ihn fassungslos durch ihre Brillengläser betrachten und kalte Umschläge empfehlen.

Petersen blickte auf die Uhr und begann zu seinem Entsetzen zu zittern. Die Viertelstunde war vergangen. Keine Barkasse weit und breit. Zwei Reisboote, ein rotgestrichener Kohlenschlepper und ein Frachtschiff mit Bananen trieben den Fluß entlang. Ein Kuli schob einen Karren mit

Reissäcken so dicht an Petersen vorbei, daß der große Jasminkranz einige Blüten verlor. Petersen sprang mit einem unterdrückten Fluch beiseite. Der Kuli grinste und steckte sich zum Spaß einige Jasminblüten an seinen zerlöcherten Bambushut. Einen Ausländer zu ärgern, war fast so unterhaltsam wie ein Abend im chinesischen Theater.

Petersen entzündete die sechste Zigarette und starrte aufs Wasser. So hatte er einmal an den Landungsbrücken in Hamburg gewartet, als Martha für eine Woche nach Cuxhaven gefahren war. Wie Martha wohl jetzt aussah? Bilder sagten so wenig, und Petersen hatte seine Frau so viele Jahre nicht gesehen, daß er sie sich gar nicht mehr recht vorstellen konnte. Er erinnerte sich eigentlich nur an ihr üppiges Blondhaar, ihren schweren Gang und ihre schönen, kraftvollen Hände. Ob Martha immer noch ihre altmodische Brille trug? Oder hatte sie sich im Zuge der Zeit eine Hornbrille angeschafft? Und die lose Haarsträhne hinter dem linken Ohr? Martha war eine wunderbare Frau, aber sie konnte sich nicht frisieren.

«Ich habe keine Zeit, in den Spiegel zu sehen», pflegte sie kurz angebunden zu sagen. Petersen hatte immer gefunden, daß Frauen sich dazu Zeit nehmen sollten. Diese Überzeugung hatte sich in Ostasien verstärkt. Die Siamesinnen betrachteten sich stundenlang im Spiegel, mit der sanften Kritik, die ihnen eigen war. Das Resultat war ausgesprochen erfreulich.

In Hamburg hatte Petersen immer geschwiegen, wenn Martha so kurz angebunden sprach. Sie war die Weisere. Damals hatte sie ihr erstes Baby erwartet. Vor ihrer Heirat war Martha Oberlehrerin an einem Mädchengymnasium gewesen: Mathematik und die alten Sprachen. Die Mädel hatten Fräulein Dr. Jansen niemals angeschwärmt wie den lockigen Zeichenlehrer oder das lustige Fräulein Grimm, aber wenn sie in der Klemme waren, hatten sie sich instinktiv an Martha gewandt. Deren Augen blickten zwar messerscharf durch die historische Brille, aber wenn man nicht mehr ein noch aus wußte, dann leuchtete etwas Tiefes und Warmes aus diesen kühlen, wissenden Augen, und man war wunderbar getröstet. Das mußte auch der junge Petersen gefunden haben; warum hätte er sonst Martha heiraten wollen? Sie war fünf Jahre älter und teilte Belehrungen aus. Petersens Freunde hatten nicht begreifen können, wie der bildhübsche, reiche Junge, der das netteste Mädchen vom Harvestehuder Weg hätte haben können, auf eine so ernste und unmondäne Frau verfallen war.

Martha war am erstauntesten gewesen. «Alter schützt vor Torheit nicht», hatte sie trocken bemerkt, als sie Petersens gestotterten Heiratsantrag nach zwei Abweisungen annahm. Sie hatte eben für jede Situation ein Sprichwort zur Hand. Petersen hatte wenig für Spruchweisheit übrig. Welche Morgenstunde hätte je Gold im Munde gehabt? Aber Martha war am Verlobungsabend, der in der Alstervilla von Petersens Großeltern stattfand, so verklärt gewesen, daß Petersen ihr sämtliche Sprichwörter von den etwas strengen Lippen geküßt hatte. Er konnte großartig küssen; das mußte man ihm lassen.

Zur Hochzeit war Martha ohne Brille und mit der einzigen Dauerwelle ihres Lebens erschienen. Sie hatte beinahe schön ausgesehen. Ihre feinen Züge waren von innen erleuchtet. Sie hatte die Oberlehrerin über Nacht abgestreift. Als ob in einer nüchternen Straße plötzlich Kirschbäume aufgeblüht wären, hatte Petersen gedacht und sich sofort des poetischen Vergleichs geschämt. Seine Großmutter, die seine Erziehung zum korrekten Hamburger Kaufmann nach dem Tode seiner Eltern übernommen hatte, entmutigte jeden Anlauf zur Poesie. Großvater hatte immer geschwiegen, aber er hatte Großmutter in aller Kühle galant verehrt. Für alle Petersens waren Gattinnen eine besondere Art von Frauen, die von einem unsichtbaren Marmorsockel solide und ein wenig streng auf leichtsinnige, aber geschäftstüchtige Ehemänner herabblickten. Nun war Martha eine «Bücherleserin», was auch Großmutters schlimmster Feind nicht von ihr hätte behaupten können. Großmutter war in der Oper und im Schauspielhaus abonniert; und Petersen hatte das bis zu seiner Heirat für den Gipfel geistigen Strebens angesehen. Seit seiner Ankunft in Ostasien hatte er Marthas Buchweisheit skeptischer als bisher betrachtet. Man mußte hier umlernen. Die Erfahrung der Vorfahren aus dem fernen Europa war machtlos in einer Atmosphäre, in der man so anders über Leben und Sterben dachte.

Petersen wußte nicht, warum er jetzt an seine Hochzeit denken mußte. Es lag so viel dazwischen. Ein Weltkrieg... Petersen & Co. in Bangkok... kambodianische Schönheit... Und ein Mädchen, dem die Mischung von Schweden und Java äußerlich gut bekommen war. Doch was waren alle schönen Mädchen gegen Martha?

Wie glücklich waren sie am Anfang gewesen! – Petersen fand in Martha die mütterliche Geliebte, die er gebraucht hatte, ohne es zu wissen. Er hatte grenzenloses Vertrauen zu ihr und begann viele Dinge durch ihre Augen zu sehen. – Martha lebte nur für ihren Mann. Sie hatte auf seine dringende Bitte das Gymnasium aufgegeben und gab nur noch Privatstunden zu Haus, allerdings ohne Honorar, was Petersens Kaufmannsseele beleidigte. Selbst eine Menschenfreundin sollte sich für ihre Dienste bezahlen lassen. Aber Martha half ihren lahmen Enten erbarmend durchs Abitur. Niemand konnte eine Gleichung so erklären wie «Fräulein Doktor». Das blieb sie für ihre Mädels, die kichernd und errötend verschwanden, sobald Petersen in das mathematische Idyll hineinplatzte.

Er war im Jahre 1939 nach Bangkok gekommen. Onkel Wilhelm Christian hatte ihn ohne Kommentar willkommen geheißen. Das war das Gute an Hamburger Familien; sie hatten den Zug ins Weite. – Überall in der Welt saß meistens ein Verwandter unter Fächerpalmen, der Eiskaffee und eine Stellung anbieten konnte... Mit seinem üblichen Leichtsinn hatte Petersen sich seinerzeit in Hamburg ungünstig über das

Hitler-Regime geäußert. Er war niemals Parteimitglied geworden, weil er nicht dafür und Martha dagegen gewesen war... Petersen hatte in der Krise vollständig den Kopf verloren, aber Martha war heldenhaft gewesen. Sobald sie eine private Warnung durch einen ergebenen Freund der Familie erhielt, hatte sie Petersen bewacht, beruhigt und Hals über Kopf nach dem Fernen Osten verladen. Sie hatte mit keinem Sprichwort aufgewartet und keine Tränen vergossen, wenigstens nicht in Gegenwart des verstörten Petersen... In der Nacht vor der überstürzten Abreise war er wie ein müder Knabe in Marthas Armen eingeschlafen. Und als es um fünf Uhr morgens am Gartentor klingelte und Petersen keine Luft mehr bekam, war Martha mit ihrem üblichen Dragonerschritt zur Pforte marschiert und hatte eine Depesche einer Nichte in Empfang genommen: Die Dame hatte Zwillinge bekommen, und Petersens in Hamburg mußten es um fünf Uhr früh erfahren...

Martha hatte ein Jahr nach Petersens Flucht in den Fernen Osten nachkommen wollen, aber ihr Töchterchen hatte Typhus bekommen; und nachher hatte der Zweite Weltkrieg allen Plänen ein Ende gemacht. Die kleine Charlotte war überzart und erholte sich im Schneckentempo. Martha hatte nie begriffen, daß dieses ätherische Kind *ihre* Tochter sein sollte... Und nun stand Petersen in qualvoller Erwartung auf einem Kai in Bangkok und versuchte eine Brücke zwischen Vergangenheit und Zukunft zu bauen. Er hatte seine Familie seit zehn Jahren nicht gesehen.

Wie wohl die Kinder herangewachsen waren? – Er hatte sie nur als Babys gekannt. Martha hatte zwar nach dem Kriege Bilder geschickt; aber Petersen hatte irgendwie nicht glauben können, daß der bebrillte Schuljunge in dem schäbigen Anzug sein Sohn wäre. Und das dünne, bezopfte Kind in dem Waisenhauskleid konnte doch unmöglich «Pünktchen» sein – sein bezauberndes Töchterchen mit den blonden Locken und dem Porzellan-Gesichtchen! «Pummel» und «Pünktchen» waren doch rosige, strahlende Zwerge in feinen, weißen Wollkleidchen aus der «Hamburger Kinderstube» am Jungfernstieg. – – – Die Bilder der Kinder hatten ihm in seinem Tropenparadies die Folgen des Krieges erschreckend zum Bewußtsein gebracht. Wenn selbst Hamburg eine schäbige Stadt geworden war, dann stand es schlecht um die Welt. Petersen hatte die Bilder der Kinder lange angeblickt und sich gefreut, daß Großmama den Untergang des soliden Bürgertums nicht mehr erlebt hatte...

II

In der Ferne erschien ein dunkler Punkt, der sich langsam in Petersens Richtung vorwärtsbewegte. Der siamesische Schiffsagent kam angelaufen. «Sie kommen!» rief er aufgeregt und hüpfte wie ein Gummiball auf den glühenden Holzplanken herum. Auch er trug Jasminketten über dem Arm. Sie waren für den Steuermann der *Fenonia* bestimmt, der sich eine Braut aus einer dänischen Kleinstadt mitgebracht hatte. *Nai* (Herr) *Chuang* strafte die Legende vom regungslosen Asiaten Lügen; er bewegte sich wie ein Wiesel und gurrte wie eine Lachtaube... «Kommt *Mem* (fremde Dame) das erstemal nach Siam?» fragte er und betrachtete Petersen mit verzehrender Neugierde. Petersen nickte. – Er sah die Barkasse wie durch ein beschlagenes Fenster. Er wußte nicht mehr, wie viele Jahre er auf diesem Kai auf Martha und die Kinder gewartet hatte. – – –

Und dann war Martha plötzlich in seinen Armen und klammerte sich an ihn, als ob sie ihn nie wieder loslassen wollte. Und Petersen streichelte stumm ihre lose Haarsträhne, küßte ihre schönen, kraftvollen Hände und hängte ihr und den fremden Kindern, die jetzt «Albert» und «Charlotte» hießen, die Jasminkränze um den Hals.

Marthas blondes Haar war seltsam leblos geworden. Sie sah trotz ihrer robusten Figur und des erhitzten Gesichts merkwürdig verfallen aus, und dabei hatte Petersen doch seit 1945 regelmäßig Care-Pakete nach Haus geschickt! – Eine Welle von Liebe und Mitleid überflutete seine leichtsinnige Seele, als Martha – die gelassene, selbstbewußte Martha! – angsterfüllt durch ihre tränenblinde Brille zu ihm emporblickte und stammelte: «Bin ich *sehr* alt geworden, mein Jung?»

«Unsinn, Liebste!» Petersen lächelte mühsam sein berühmtes Lächeln, aber dann nahm er seine Frau fest in beide Arme und küßte sie herzhaft... Martha war seine Heimat. Sie war außerdem die einzige Frau, die gab und nicht immer nur nahm... Ihre jungen Freuden und ihre gemeinsamen Leiden banden sie mit einer Kette, die fester hielt als – siamesischer Jasmin. Ruhe kam über Petersen. – Nun war alles gut.

Das mußte Martha auch fühlen; denn sie schluchzte noch einmal trokken auf, putzte dann mit alter Energie ihre Brille und sah sich endlich ihren Mann an. Petersen war trotz der langen Tropenjahre kaum älter geworden. Seine meerblauen Augen blitzten immer noch entzückend leichtsinnig aus dem tiefgebräunten Gesicht. Seine hohe Gestalt war durch den täglichen Reitsport schlank und sehnig geblieben. Und er hatte nur fünf graue Haare... Martha war stolz auf ihn.

Die Kinder standen Hand in Hand wie vergessene Gepäckstücke da. Hatte Mutti keine Augen mehr für sie? Aber da rief Martha schon fröhlich: «Los, Kinder! Sagt eurem Pappi ‹Guten Tag›!»

Pummel, der nun «Albert» hieß, trat verlegen von einem Riesenfuß auf den anderen. Pummel hatte die größten Füße der Klasse und betrachtete dies als eine besondere Leistung. Er war ein langsamer Hamburger Jung: der hochgewachsene, elegante Fremde im schneeweißen Tropenhelm war noch nicht sein «Pappi». Pummels vierzehnjährige Würde litt außerdem unter dem Jasminkranz um seinen kurzen Hals. Was hätten seine Schulfreunde gesagt, wenn sie ihn so gesehen hätten? Ein Pfingstochse war nichts dagegen! Eigentlich wäre Pummel in diesem Augenblick brennend gern in Hamburg auf dem Fußballplatz gewesen, aber das war leider nicht zu machen. So fragte er Petersen höflich, ob es in Bangkok Radio gäbe. Er war wütend auf sich selbst, daß er knallrot wurde, als Petersen lachend sagte:

«Aber natürlich, mein Junge! – Bangkok ist eine Weltstadt. Du kannst heute abend alle Länder hören.»

Pummel wollte eigentlich nur die Ergebnisse des Hamburger Fußballspiels am Rothenbaum hören, aber er war sichtlich erleichtert. Er hatte die schlimmsten Ängste auf der Überfahrt ausgestanden. Wenn Pummel nur sein Radio und seine Schwester Pünktchen hatte, war er zufrieden. Er blickte scharf und wißbegierig auf dem tropischen Kai herum; nichts entging seinen Augen hinter den Brillengläsern. Er hatte noch nie Reisladen mit Gesang gesehen. Man konnte auf den nackten, glänzenden Rücken der Kulis die Rippen zählen. Warum wuschen sie nicht ihre schmutzigen Khaki-Shorts? Pummel mochte nicht wieder fragen; vielleicht hätte Petersen ihn nochmals ausgelacht... Das war das Schlimmste, was es für ihn geben konnte. Der Arme ahnte nicht, was ihm in dieser Beziehung noch von den Eingeborenen blühen würde. Große und kleine Europäer waren ein traditioneller Gegenstand der Belustigung in Siam... Im übrigen war Pummel Marthas Ebenbild. Er war stämmig, kurzsichtig, zuverlässig und hervorragend intelligent.

Petersen konnte sich an seiner elfjährigen Tochter nicht satt sehen. Sie trug kein «Waisenhauskleid» wie auf dem verblichenen Bild, sondern ein weißes, gesticktes Leinenkleidchen, das Petersen noch nach Hamburg geschickt hatte. Pünktchen war immer noch winzig; aber sie hatte irgendwie Petersens elegante Haltung, dazu Marthas herrliches Blondhaar und – wenn sie nicht gerade weinte – das reizendste Lächeln der Welt. Leider weinte Pünktchen bei jeder Gelegenheit wie ein Wickelkind. Es machte wenig Eindruck auf ihre Mutter, stürzte aber Pummel jedesmal in Besorgnis. Pünktchen mußte lachen und glücklich sein... Im Augenblick strahlte sie. Es gefiel ihr, daß ihr schöner, lustiger Pappi sie wie eine Puppe in die Höhe hob, sie behutsam wieder auf die Holzplanken stellte und zu Martha sagte:

«Pünktchen ist ja eine richtige, kleine Dame geworden! *Meine* Dame!»

Martha erwiderte etwas schärfer als nötig: «Charlotte hat nur ihren Putz im Kopf. Sonst denkt sie an nichts. Mach die Kleine nur nicht *noch* eitler!»

In der Aufregung des Wiedersehens waren Marthas Schreibmaschine und noch ein Handkoffer in der Barkasse der *East Asiatic Company* geblieben. Petersen eilte mit seiner Frau und dem Chauffeur zurück. Man durfte nichts selbst tragen; dazu waren die Diener da. Auch durfte man in Siam keine Wertgegenstände in Barkassen stehenlassen; sie verschwanden in der Regel in wenigen Minuten *«Mai hen»* (nichts gesehen) war die einzige Erklärung. – Martha hatte zum erstenmal im Leben etwas vergessen, was Petersen nicht wenig belustigte. Er hatte sie eingehakt und sprach über die Kinder. Pummel hatte auf dem Schiff Geburtstag gefeiert. Es war großartig gewesen. Es hatte ihn nur in Verlegenheit versetzt, daß die dänischen Offiziere so viel von ihm hergemacht hatten, besonders der Ingenieur, der ständig seinen Spaß an Pummels Fragen gehabt hatte. Pummel hatte beachtlichen, technischen Verstand.

«Er ist eigentlich schon zu alt für die Tropen», sagte Petersen zögernd. «Jungens in den Entwicklungsjahren gehören nicht hierher.»

«Wir bleiben ja nur ein Jahr», sagte Martha. Sie hätte sich niemals von ihm getrennt. Er war ihr Herzenskind. Er war ihre einzige Schwäche... Martha würde beide Kinder unterrichten. Wofür hatte sie studiert? Charlotte konnte allerdings kaum zweimal zwei zusammenrechnen; sie guckte lieber in den Spiegel.

«Pummel ist meine ganze Stütze», bemerkte Martha voller Mutterstolz. Sie nannte ihn immer noch mit diesem Kosenamen; obwohl Pummel es sich nun endgültig verbeten hatte. Er war seit vier Tagen vierzehn Jahre... «Charlotte ist ein schwieriges Kind», fuhr sie fort. «Ganz unausgeglichen. Das wurde durch die Bombennächte noch schlimmer. Hoffentlich hat sie hier keinen Spiegel im Zimmer! Ich habe ihr wiederholt klarzumachen versucht, daß Eitelkeit aller Laster Anfang ist.»

Petersen schwieg. – Eine ganz leichte Verstimmung hatte sich wie eine Dunstwolke über seine Freude gelegt. Martha blieb eine Oberlehrerin. Und er war nicht aufgelegt für ihre Spruchweisheiten. Noch nicht... Er preßte plötzlich Marthas Arm und blickte sich in dem schmalen Gang der Barkasse um. Es war niemand zu sehen. Er nahm seine Frau, die etwas erstaunt zu ihm aufblickte, in die Arme und küßte sie leidenschaftlich. Sie war so – *sauber*, so durch und durch sauber. «Martha», flüsterte er heiser. Seine Kehle war ihm zugeschnürt von einer seltsamen Erschütterung. Wie hatte er nur die vielen Jahre ohne Martha leben können? – «Dummer Jung», flüsterte sie. – Das war bei Martha der Ausdruck höchster Zärtlichkeit.

III

Als sie ohne die Schreibmaschine zum Kai zurückkamen, erhielt Petersen einen symbolischen Schlag auf den Kopf. Er starrte und hoffte, er träume... Es konnte doch nicht wahr sein! – Da stand Miss Karin mit einer Jasminkette bewaffnet neben den Kindern. Sie trug ein altrosa Kostüm aus Haifischflossenseide, das ihre herrliche Figur raffiniert zur Geltung brachte. Unter ihrem Turban aus weißem, indischem Brokat blitzten ihre schrägen Augen wie schwarze Diamanten. Sie war mit Juwelen in jeder Preislage beladen. In dieser Richtung kannten die Mischlinge beiderlei Geschlechts kein Maß und Ziel. Ein seltsames Lächeln spielte um ihre vollen, javanischen Lippen. Sie blickte reglos dem Ehepaar entgegen.

«Wer ist denn *das*?» fragte Martha mit hochgezogenen Augenbrauen.

Sie musterte Miss Karins elegantes Tropenkostüm und den Kopfputz mit dem abgrundtiefen Mißtrauen der sparsamen Ehefrau.

Petersen log durch einen roten Nebel: «Meine Sekretärin. – Die alberne Person bringt mir das Geschäft bis an den Kai nach.»

Auch Miss Karin Holm, die kein Wort Deutsch verstand, hatte Nai Petersens Gattin einer scharfen Musterung unterzogen und mit Befriedigung festgestellt, daß sie unvorteilhaft gekleidet war. Auch hatte sie viel zu breite Hüften. Und warum färbte die *Mem* sich nicht das Haar? Wollte sie für Nai Petersens Mutter gehalten werden?

«Liebling», sagte Miss Karin in ihrem singenden Englisch, «ich habe dein Abschiedsgeschenk verloren. *So sorry*! – Ich wollte die Kette gestern weiterverkaufen... Du weißt ja: meine Spielschulden! Ich bin verzweifelt. Ich muß Selbstmord begehen, wenn ich das Geld bis morgen mittag nicht bezahlen kann. Es tut mir so leid, daß ich dich hier stören muß.»

Petersen dankte seinen Sternen, daß Martha alte statt neue Sprachen studiert hatte. Er sagte mit steifen Lippen:

«*This is Mrs. Petersen.*»

«*So glad to meet you*», sagte Petersens neueste Sekretärin und blickte in die Luft. –

Martha murmelte etwas Unverständliches. Ihre scharfen, grauen Augen hinter der Brille betrachteten Petersen mit unheimlicher Konzentration.

«Morgen früh hole ich mir zweitausend Ticals aus deinem Büro.» Miss Karin lächelte Petersen trotz ihrer Verzweiflung amüsiert und ein wenig heimtückisch an. Er würde ihr das Geld geben müssen, sonst würde die strenge *Mem* etwas über ihren Mann erfahren, das ihr nicht gefallen würde...

«Morgen früh um 11 Uhr», wiederholte Miss Karin.

«Das würde ich an Ihrer Stelle *nicht* tun», sagte Martha zu Petersens Entsetzen in langsamem, korrektem Schulenglisch.

Hatte Petersen Martha für einen Maikäfer gehalten? – Er hatte ihr doch oft genug geschrieben, daß man sich im kosmopolitischen Bangkok hauptsächlich auf englisch miteinander verständigte. Es war nur logisch, daß seine Frau daraufhin ihre Kenntnisse erweitert hatte. Zeit genug hatte sie ja dazu gehabt.

Aus Marthas Ton klang so viel ruhige Autorität, daß Miss Karin vor Schreck ihre Jasminkette fallen ließ. Der ordnungsliebende Pummel, der zum Glück einer englischen Unterhaltung noch nicht folgen konnte, sammelte die Blüten auf, um sie zu Haus ins Wasser zu legen. Er liebte Blumen, wenn er sie nicht gerade um den Hals tragen mußte... In diesem Augenblick begann Pünktchen zu weinen. Die Fremde mit den glitzernden Schlitzaugen war sicherlich eine böse Fee, die sie alle verzaubern wollte. Pünktchen kannte alle Hexen von Bechstein bis zu den Brüdern Grimm und wußte, daß sie manchmal als schöne, junge Damen auftreten. Marthas Versuche, den Hexenglauben zu bekämpfen, hatten nichts gefruchtet.

Sofort zog Pummel ein unsagbar schmutziges Taschentuch heraus und wischte Pünktchen sorgfältig und ängstlich die dicken Tränen ab. Er wunderte sich immer wieder, wie ein so winziges Mädchen so riesige Tränen hervorbringen konnte. Pünktchen hatte kein Taschentuch bei sich. Sie dachte eben an nichts.

Martha nahm ihre Tochter wie einen Säugling auf den Arm, Pünktchen war federleicht mit ihren zarten Knochen. Das Schwerste an ihr war das Haar.

«Still, Liebling», flüsterte Martha mühsam. – Pünktchen hatte dunkle Ringe um die Augen. Sie schluchzte nun etwas heftiger als nötig, da sie Muttis Besorgnis erregt hatte. Wenn sie nun noch Fieber bekommen könnte, würde Mutti nur Augen für sie haben. Von Mutti gepflegt zu werden, war Pünktchens Lieblingsvorstellung.

«Laß uns gehen, Johannes», sagte Martha streng. «Die Kinder müssen zur Ruhe kommen.»

Sie winkte Pummel und ging mit schweren Schritten zu dem wartenden Auto. Der Weltuntergang zwischen Hamburg und Bangkok hatte ganze fünf Minuten in Anspruch genommen. Er war nichts Besonderes östlich von Suez – – –

Petersen folgte mit weißen Lippen und einem Trommelwirbel im Hinterkopf. Martha hatte ihn niemals «Johannes» genannt, nicht einmal nach seiner kleinen «Dummheit» mit einer Handschuhverkäuferin vom Neuen Wall.

Miss Karin stand allein auf dem Kai und schminkte sich kunstgerecht die Lippen. Sie hatte Nai Petersen eine Lehre erteilt. Sie ließ sich nicht wie einen Ölpapierschirm in die Ecke stellen. Dennoch war sie beunruhigt. Petersen hatte solch toten Blick gehabt. Oder war es das weinende blonde Kind, das sich vor ihr zur Mutter geflüchtet hatte? Europäer waren seltsam. Ob Miss Karins Vater, den sie nie kennengelernt hatte, auch so unverständlich gewesen war? Während der Szene auf dem Kai hatte sie etwas wie der Hauch von der Verwesung angeweht, der Ostasiens Orchideengärten unverhofft durchzieht. Miss Karin grübelte... War sie doch zu weit gegangen? Nein – Nai Petersen hatte sie hintergangen! Er hatte ihr nie von seiner Familie erzählt. Miss Karin hatte sich allen Ernstes eingeredet, daß er sie später vielleicht doch heiraten würde, falls sie «sehr, sehr solide» würde. Ihrer Freundin war dieses Kunststück mit einem Schweizer in Singapore geglückt... sie hatte sich in die weiße Welt gerettet. Miss Karin hatte Petersen nie mit ihrer javanischen Mutter bekannt gemacht. Die alte Frau verbrachte einen großen Teil ihrer Zeit auf einer Bambusmatte, kaute Betel und schnitzte mit ihren Zauberfingern winzige Puppenspielfigurinen. Sie hatte keine Modelle für die Märchenwesen ihrer javanischen Heimat; sie lebten in ihrem Herzen und in ihren sanften glänzenden Augen... Miss Karin verachtete die Puppen ihrer Mutter: «Spielzeug für Eingeborene!...» Doch sie verkaufte die Figurinen mit beträchtlichem Gewinn an Bangkoks und Singapores Kuriositätenhändler. Künstlich geschwärzt wurden sie gutgläubigen Europäern als Museumsstücke verkauft. Miss Karins Geschäftssinn war erstaunlich.

Miss Karin erwachte aus einer der Träumereien, in die sie unversehens verfallen konnte. Sie würde der *Mem* in einer Woche ein teures Orchideenbukett senden. Dann würde sie wissen, daß alles nicht bös gemeint war... Sie blickte auf ihre Armbanduhr – ein Geschenk des Ersten Offiziers der *Selandia*. Hierauf winkte sie einer Rikscha. Heute abend gaben die dänischen Offiziere ein Bordfest. Die Ankunft eines Europadampfers war stets ein großer Lichtblick im tropischen Alltag. Miss Karin wollte ein langes, meergrünes Taftkleid tragen. Als einzigen Schmuck würde sie Petersens Goldkette anlegen.

IV

Martha und Petersen saßen wie versteinert im Fond des großen geöffneten Wagens, den Petersen zur Ankunft seiner Frau als Überraschung gekauft hatte. Die Kinder saßen Hand in Hand bei dem siamesischen Fahrer und blickten mit staunenden Blauaugen ins ostasiatische Straßenleben. Pünktchens winziger Zeigefinger, der Pummels heimliches Entzücken war, zeigte aufgeregt auf scharlachrote, grüne und goldene Tempeldächer, die über dem Marktgewimmel in den Tropenhimmel ragten. Die Röcke und Schärpen der Käufer spiegelten die Farben der siamesischen *Wats* (buddhistische Tempel). – Ein chinesischer Hochzeitszug kam vorbei – ein Schauspiel in Rot und Gold... Siamesische Mütter trugen nackte Säuglinge auf ihrer Hüfte in eine Bambushütte. Ein Inder mit einem karminroten Turban trieb seine Wasserbüffel über eine Straße mit flammendroten Bäumen.

«Was ist das?» fragte Pünkchten. «Und das? *Und* das da?» – Pummel gab Auskunft, so gut er es vermochte. Er hätte gern Mutti gefragt; aber sie sah müde aus. Auch hatte Pünktchen unbegrenztes Vertrauen in Pummels Weisheit und durfte nicht enttäuscht werden. Sonst würde sie sofort weinen.

Martha betrachtete stumpf die flachen *Sampans* (Fruchtboote) auf den flimmernden Wassern... Berge von roten, gelben, smaragdgrünen Früchten unter einer glühenden Sonne. Schon der Golf von Siam hatte sie überrascht. Gegen dieses strahlende Wasser war ihre geliebte Alster ein bleichsüchtiger Fluß. Hamburg erschien ihr plötzlich wie ein mattes Pastell gegen die glühende Landschaft Südostasiens. Selbst die Schatten, die in den Winkeln der Straßen hockten, flimmerten vor Licht und Indiskretion. Wie schön war Thailand! – Die extravaganten Tempelbauten waren mit mathematischer Präzision errichtet, und die Bäume leuchteten in einem ewigen Grün, wie es nur die Monsunlandschaften hervorbringen...

Doch Martha konnte diese fremdartige Pracht nicht genießen. Kalter Schweiß stand ihr auf der Stirn. Ein Zittern durchfuhr von Zeit zu Zeit ihren robusten Körper. Das Klima schien Aufregungen zu verbieten. Marthas schöne, kraftvolle Hände umklammerten ihre schäbige Handtasche. Sie hatte stets mit jedem Pfennig an sich selbst gespart. Pummels Schuhe und Pünktchens Milch waren in den Nachkriegsjahren stets Finanzprobleme gewesen... Petersen & Co. in Bangkok mußten nach der japanischen Besetzung, die mit dem Jahre 1945 endete, völlig neu aufbauen. Die Haßwelle gegen Deutschland war bis nach Hinterindien gedrungen. Außerdem war das Land mit Japan verbündet gewesen! – Die Chinesen hatten sich sofort englischen und holländischen Firmen zugewandt, neue Verbindungen mit den USA angeknüpft und die ersten deutschen Importwaren ignoriert. Aber Petersen & Co. hatten durch Sturheit und Solidität bereits im Jahre 1950 einen Teil der wichtigsten chinesischen Kunden zurückerobert. Und Johannes Petersen hatte neue Märkte in den Nachbarländern erschlossen. Es war noch kein großes Geschäft; aber es versprach etwas für die Zukunft, wenn es in Siam ruhig blieb.

Petersens Privatleben versprach im Augenblick bedeutend weniger... Er blickte angespannt vor sich hin, als Martha einmal eine Bewegung machte, als ob sie die lose Haarsträhne hinter ihrem Ohr glattstreichen wollte. Doch ihre Hand sank auf halbem Wege zurück... Petersen rührte sich nicht. Wenn Martha doch endlich ihr Schweigen brechen wollte! Und wenn sie nur ein Sprichwort äußern würde! «Eigener Herd ist Goldes wert». – Oder «In Treue fest.» – O mein Gott! War er – Petersen – komplett verrückt?

Er mußte Martha sofort alles erklären. Die Kinder waren zu beschäftigt, um auch nur den Kopf zu wenden. Sie betrachteten gespannt eine chinesische Kulifrau in blauen Leinenhosen und ebensolcher Jacke, die eine unbekannte Frucht mit einem rostigen Messer in winzige Teile teilte. Zehn Kinder sollten etwas davon haben. Da der Wagen wegen der üblichen Verkehrsstockungen im *Bangrak* (Markt-Viertel) halten mußte, konnten Pummel und Pünktchen die Operation genau verfolgen. «Das Messer ist schmutzig», sagte Pünktchen. «Warum macht sie es nicht sauber?» Pummel ahnte, daß diese Frage im Fernen Osten nicht am Platze war. Er sagte: «Sie hat wohl keine Zeit», was den Tatsachen nicht entsprach. Die sorgliche Chinesenmutter war den Anblick rostiger Küchenmesser schon in Swatow gewöhnt gewesen. Ihre Großmutter hatte ähnliche Früchte mit ähnlichen Messern an sie und ihre vierzehn Geschwister verteilt.

Petersen wischte sich den Schweiß von der Stirn. Er hatte mit Miss Karin Schluß gemacht. Er hatte nur vergessen, daß zum Schlußmachen zwei Leute gehören. Er dachte eben an nichts... wie seine Tochter. Aber

– was wußte Martha von der Einsamkeit der europäischen Strohwitwer in den Tropen? Was verstand sie von der Rastlosigkeit des erhitzten Blutes; was von der geisterhaften *Leere* auf einer Holzveranda im Mondlicht? Hatte sie im nüchternen Norden jene schwülen, endlosen Nächte durchlebt, die von Erinnerungen und Moskitos schwirrten? Petersen war jetzt dreiundvierzig Jahre alt und gesund wie ein Fisch. Dennoch – er hätte es seiner Frau nicht antun dürfen. Nicht Martha! – Wie sie sich in der Minute des Wiedersehens an ihn geklammert hatte! – Als ob sie zum erstenmal im Leben bei *ihm* Schutz suche! – Er wußte so wenig von ihrem Leben im Hamburg der Kriegszeit. Plötzlich standen Marthas Briefe aus den ersten Nachkriegsmonaten mit glühenden Lettern vor seinem geistigen Auge. Sie hatten keine Klage über jenen Hunger enthalten, den kein Eßpaket stillen kann, keine Klagen über Pünktchens Kleinkindjahre, die voller Krankheit und Nervengefahr für Mutter und Kind gewesen waren. Bei jedem Tönen der Sirene hatte Martha das wimmernde Baby stumm und äußerlich gelassen in den Luftschutzkeller getragen. Pummel kam mit einem Köfferchen, das unter anderem Petersens Briefe aus der Verlobungszeit enthalten hatte, hinterhergetrottet. Es konnte ja nichts passieren, wenn Mutti dabei war! Das stand für Pummel fest. Es hatte auch immer für Petersen festgestanden. Martha war das Salz der Erde...

Petersen ahnte dumpf, daß die «kleinen Dummheiten», die er auch in Hamburg nicht immer hatte lassen können, Verbrechen gegen den Geist der Liebe gewesen waren. Er war in einer Zeit groß geworden, für welche die Sünde keine Realität mehr besaß. Für viele Menschen seiner Generation und Umgebung waren «Buße» oder «Vergebung» Redensarten, mit denen sich angehende Geschäftsleute nach der Konfirmation nicht weiter befaßten. Er empfand sie nicht als die großen Wirklichkeiten, an denen eine in Materialismus versunkene Gemeinschaft sich neu orientieren mußte, wenn sie aus der Nazi-Finsternis ans Licht zurückwollte. Redensarten waren so mechanisch und ihr Inhalt für ihn so wenig real wie Deutschlands unsägliches Elend...

Petersen empfing in diesem Augenblick nur einen schwachen Reflex dieser Wahrheiten; aber er traf ihn wie ein Hammerschlag. Er ahnte plötzlich, daß er zu Unrecht auf Miss Karin herabgesehen hatte. Sie war eine Spielernatur wie er selbst, nur spielte sie nach den Regeln des Fernen Ostens... Von diesen Regeln, die alle menschlichen Beziehungen und Bindungen über den Kopf der Europäer hinweg ordneten, hatte Petersen trotz jahrelanger Tropenpraxis nur die geschäftlichen Konventionen erfaßt. Privat war er schon lange im Verlust gewesen.

Martha mußte ihn anhören. Man hörte auch einen Mörder vor Gericht an.

«Martha...» stammelte Petersen, «ich schwöre dir...» Er stockte. – Sollte er Martha vorlügen, daß Miss Karin ihm niemals etwas bedeutet hatte? Wollte er zu guter Letzt Marthas Intelligenz beleidigen? Ein trokkenes Schluchzen saß ihm in der Kehle. Er ballte die Fäuste, damit kein Laut entschlüpfte. Dann schloß er die Augen wie ein Sterbender. Er wußte nicht mehr ein noch aus ...

Martha war aus ihrer Erstarrung erwacht. Aber sie hob nur mit einer müden Gebärde die duftende Jasminkette von ihren Schultern und ließ sie in den glühenden Staub sinken ... Doch dann betrachtete sie ihren Mann mit durchdringendem Blick. Und plötzlich blitzte in ihren klugen, grauen Augen etwas Warmes und Tiefes auf. So hatte sie vor Jahren das schwarze Schaf der Unterprima angeblickt. Das Mädchen hatte zum zweitenmal einen Wertgegenstand aus der Garderobe entwendet und war von Martha dabei überrascht worden. Und als das törichte Kind, das aus einer angesehenen Hamburger Familie mit einer zu sparsamen Mutter stammte, nicht mehr ein noch aus wußte, da hatte Fräulein Dr. Jansen nach einer langen Pause gesagt: «Ich will es noch *einmal* mit Ihnen versuchen, *aber* – Sie müssen mir helfen!»

Etwas Ähnliches mußte Martha soeben zu Petersen gesagt haben, denn er ließ mit einem Seufzer der Erlösung wie ein müder Knabe sekundenlang seinen Kopf auf ihre Schulter sinken. Die schwarze Sonnenbrille verbarg den Ausdruck seiner Augen. Sie blickten in eine verschollene Phantasiestraße mit Kirschbäumen. Die Bäume standen nicht mehr in überwältigender Blüte; aber sie trugen die Früchte des Lebens ...

Er streichelte scheu Marthas alte Handtasche. Der Wagen fuhr jetzt durch paradiesische Gartenstraßen. Silberne Kanäle schlängelten sich am Rande von Orchideenhäusern und blühenden Büschen, hinter denen Villen und Bungalows mit riesigen Veranden auftauchten. Hier lebten Asiaten und Europäer in einer in Ostasien seltenen Eintracht Haus an Haus. Das «Land der Freien» hatte niemals die Europäerviertel der Koloniallànder gekannt. Petersen blickte um sich. Plötzlich war eine leichte – aber nicht leichtsinnige – Heiterkeit in seiner Seele, die sich noch nicht mitteilen konnte. Schließlich murmelte er etwas, was nur Martha verstand. Ein Hamburger biß sich lieber die Zunge ab, als daß er laut und deutlich eine Liebeserklärung machte. Petersen flüsterte noch etwas undeutlicher. Er blickte Martha nicht an, sondern schien es den Gärten am Wegrand zu erzählen.

«Nicht doch ...» sagte Martha. Ihre Stimme war plötzlich wie Nachtwind über Lotosteichen: eine Wiegenliedstimme – leise und wunderbar trostvoll ...

Doch dann gab Martha sich einen Ruck. Was in aller Welt war Pünktchen eingefallen? Die Tropensonne schien ihr auf den unbedeckten Lokkenkopf. Man konnte dieses Kind keine Minute aus den Augen lassen.

«Pummel», kommandierte Martha, «setze der Kleinen *sofort* den Strohhut auf! Das Kind denkt wieder mal an gar nichts.»

Aber da hielt schon Petersens amerikanischer Wagen vor einem riesigen Tropenhaus mit vier Veranden und einem Park, der Martha größer als der Hamburger Innocentia-Park erschien. Vor dem offenen, mit Bougainvilla-Blüten überhangenen Tor standen und knieten dunkelhäutige Gestalten in schneeweißen Jacken und Baumwollbrokaten. Die weißen Gestalten waren Chinesen und Inder; die zierlichen Figuren in den langen, bunten *phanungs* (siamesischer Hosenrock) waren Siamesen. Der alte chinesische Koch hatte seine Familie – eine Tochter und drei Enkelsöhne – um sich gruppiert, als ob sie sich zu «Chinesisch Neujahr» fotografieren lassen wollten. Die siamesischen Hausangestellten bildeten eine zweite Gruppe, die unter einem rosenroten Bougainvilla-Zweig kniete. Der indische Nachtwächter mit der hohen weißen Mütze und dem langen Bambusstock stand wie eine Statue allein auf weiter Flur. Aus der siamesischen Gruppe kam unterdrücktes Kichern.

«Dies sind deine gehorsamen Diener, *Mem*», sagte Petersen.

Martha warf den Kichernden einen scharfen Blick durch ihre Brillengläser zu.

«Sie scheinen ja äußerst vergnügt zu sein», sagte sie trocken.

Als Martha mit den Kindern dann durchs Tor schritt, trat ihr der alte chinesische Koch mit tiefer Verneigung in den Weg. Ah Chang hatte vielen Europäern gedient; aber er war ein Chinese geblieben. Er wußte, was sich gehörte, und warf der kichernden *Amah* einen Blick zu, in dem sich Überlegenheit und Mitleid mit so viel Unwissenheit mischten. Er murmelte mit feierlicher Stimme und überreichte Martha eine Lotosblüte auf einem winzigen Lacktablett.

Martha blickte Petersen, der hinter sie getreten war, fragend an.

«Ah Chang wünscht der ehrenwerten Herrin Wohlstand und viele Söhne», übersetzte Petersen mit unbewegtem Gesicht. –

ZWEITES KAPITEL

Ein Haus in den Tropen

I

Wenn Martha später über die ersten Wochen in Siam nachdachte, fragte sie sich manchmal, ob sie wirklich all dies Seltsame und Widerspruchsvolle erlebt hatte: den Frieden der Natur und den unterirdischen Kampf, den die versammelte Dienerschaft vom ersten Tag an gegen ihre Herrschaft führte. – Die *Mem* wollte Verschiedenes ändern, was alle in der Ordnung fanden. Sie verlangte Pünktlichkeit, Sauberkeit, Regelmäßigkeit und Zuverlässigkeit. Im Fernen Osten nahmen die Diener aber von altersher ihre eigenen Gebräuche und Neigungen zum Maßstab aller Dinge. Ferner reinigten die Siamesen äußerst widerwillig Möbel und Gegenstände, die ja doch wieder schmutzig wurden.

Organisiertes Arbeiten zu bestimmter Stunde war ihnen ein Greuel. Sie putzten, pflanzten, wuschen und kochten, wann es ihnen beliebte. Nicht früher und nicht später. – Ah Chang servierte Petersens Gästen sein ausgezeichnetes Dinner, wann er es für richtig fand, das heißt: ein und eine halbe Stunde nach Ankunft der Gäste. – So lange reichten «erster und zweiter Enkelsohn» Getränke und kleine Delikatessen, die Ah Chang liebevoll auf silbernen Platten arrangiert hatte. Niemand hatte bis zu Marthas Ankunft etwas gegen ein Dinner um halb zehn Uhr einzuwenden gehabt, wenn die Gäste um acht geladen waren. Es gelang Martha während der ganzen Zeit nicht, Ah Chang dazu zu bewegen, sein Essen zwei Stunden früher anzusetzen und um dreiviertel acht zu servieren. Er hatte der *Mem* aus ehrlichem Herzen Wohlstand und zahlreiche Söhne gewünscht, aber hineinreden ließ er sich von keinem «weiblichen Fisch» – auch nicht von der deutschen *Mem*, die ihn so scharf durch ihre Brille anschauen konnte. Ah Chang murmelte bei solchen Gelegenheiten in seinen weißen Spitzbart: «Es ist leicht, reich und unhöflich zu sein; es ist schwer, arm und höflich zu sein.» – Er wußte mindestens soviel Sprichwörter wie Martha; nur seine Sprüche waren von der Weisheit des Konfuzius angehaucht. Daß diese Weisheit Martha außerordentlich ungeduldig machen konnte, war gewiß nicht die Schuld der chinesischen Moralisten. Im übrigen hatte sich der alte Koch vom ersten Augenblick an zum ergebenen Großvater des «kleinen Masters» erklärt. Er überhäufte den erstaunten Pummel mit entzückenden kleinen

Gaben, die «zweiter Enkelsohn» auf seinen Befehl herstellen mußte: einen kunstvoll geflochtenen Fächer aus Reisstroh, eine Laterne aus Ölpapier, auf die Ah Chang höchst eigenhändig das Bildnis des «Gottes des Reichtums» geklebt hatte... kleine Figuren aus farbigem Reismehl – eine uralte, chinesische Kunst, die Ah Chang «zweitem Enkelsohn», der lieber Fische fangen wollte, unter blutrünstigsten Flüchen beigebracht hatte.

Pünktchen wurde von dem alten Chinesen und seiner Verwandtschaft, die alle Petersens Reis aßen, wie Luft behandelt. Sie würde später auch eine *Mem* werden und das Dinner zwei Stunden früher verlangen... *«No good»*, murmelte Ah Chang. Wenn er wollte, sprach er Englisch. Wenn er nicht wollte, verstand er kein Wort von Marthas Befehlen.

Obwohl Martha sich im ganzen ziemlich schnell an das Leben in den Tropen gewöhnte, hatten sie die Kontraste der Lebenshaltung doch zuerst verwirrt und überwältigt. Raum und Zeit waren etwas, was Ostasien auch noch im Jahre 1950 freigebig verteilen konnte, zum mindesten in Siam... Nach der Ausbombung aus der Alstervilla, wo Martha und Petersen so glücklich gewesen waren, hatten sie und die Kinder die Untermieter-Existenz der glücklosen Millionen geteilt. Nun besaß sie sozusagen über Nacht etwas, was man in Europa einmütig als verlorenes Paradies betrachtete: ein geräumiges Haus mit einem Blick ins Grüne... Angestellte, die bei richtiger Behandlung ausgezeichnet funktionierten, und Zeit.

Das Tropenhaus mit seinen hohen, lichten Räumen und seinen überdeckten Veranden voller Liegestühle und Korbtische war eingebettet in eine gepflegte Wildnis – ein Stück von einem fernöstlichen Eden, wie man es noch im Menam-Delta findet.

In früheren Zeiten war der Distrikt von Bangkapi, wo Petersens wohnten, streckenweise Dschungelland gewesen. Eine Ahnung von schweigsamen Urwaldbäumen, üppigen Farnen und malerischem Unkraut lebte immer noch in den weiten Gärten dieses idyllischen Bangkoker Vororts. – Petersens Gärtner, der einfach *Khon Suan* («der Mann, der den Garten besorgt») genannt wurde, sorgte vor allem dafür, daß die Ausländer dieser tropischen Landschaft nicht ihre lächerliche «Ordnung» aufzwangen. Die *Ferangs*, so vertraute Khon Suan der Amah an, wollten die Geister der Bäume und Sträucher zu Gefangenen machen. Dabei mußte alles wachsen und gedeihen, wo und wie es «bestimmt» war... Für einen siamesischen Gärtner gab es kein «Unkraut». Nai Petersen hatte Khon Suan schalten und walten lassen; aber die neue *Mem*, die so rücksichtslos in den Frieden und Schlendrian des Hauses geplatzt war, wollte Khon Suan zur Arbeit antreiben. Das war sehr «grausam» von der *Mem*, sagte Khon Suan zu Amah. Die kleine Siamesin nickte. Die *Mem* war so grausam, daß sie von Amah verlangte, sie solle das Kind mit den «goldenen Haaren» nicht aus den Augen lassen. Amah hatte zwar gelernt, einen Wasserbüffel zu bewachen; aber ein fremdes Kind war etwas anderes, besonders wenn es so quecksilbrig war wie *dek phu ying* («kleines Mädchen»), wie Amah Pünktchen nannte. Der Wasserbüffel daheim hatte sich so langsam vorwärtsbewegt, daß Amah auf seinem breiten Rücken ganze Viertelstunden im Halbschlaf reiten konnte. Amah seufzte und steckte sich eine rote Hibiskusblüte hinters Ohr. Dieser Anlauf zur Koketterie war Khon Suan nicht entgangen. Er grinste von einem Ohr zum anderen, wobei er schneeweiße Zähne enthüllte. «*Sue maak*» (wunderschön), sagte er. Amah begann zu kichern ... Sie fand Khon Suan auch *sue maak*. Leider platzte «zweiter Enkelsohn» in das Idyll hinein, um Amah zu bestellen, daß die *Mem* sie *sofort* zu sprechen wünsche. Amah schlenderte so langsam zum Herrenhaus, daß Martha in der Zeit rund um die Alster hätte marschieren können.

Khon Suan blieb vor einem Gartenbeet liegen und bohrte nachdenklich in der Nase. Die *Mem* hatte ihm gesagt, wo er neue Beete anlegen sollte. Khon Suan hatte Marthas Anweisungen mit strahlendem Lächeln angehört und ignoriert, obwohl Martha sich in Zeichensprache durchaus verständlich gemacht hatte. «*Khao tjai mai?*» hatte Martha mit dem Wörterbuch in der Hand zur Vorsicht gefragt. Khon Suan nickte und lächelte, daß es nur so eine Art hatte. Natürlich hatte er verstanden! Aber er würde Blumen pflanzen, wo und wann er dazu Lust hatte ... Khon Suan machte in der Mittagsglut keine Gartenarbeit. Er kam gegen Abend aus seiner Behausung angeschlendert und bezog für seine Tätigkeit ein Achtstundengehalt.

Aber er war ein Bursche mit «grünen Fingern». Die Büsche und Blumen, die er nach seinem System pflanzte und pflegte, leuchteten. Wenn ihm eine besondere Blumensorte oder ein Busch gefiel, der nicht in Petersens Garten zu finden war, stahl Khon Suan das Prachtexemplar aus dem Garten, wo er es bewundert hatte. Mehr konnte nicht einmal die *Mem* von einem ergebenen Diener verlangen ...

Khon Suans ganzer Stolz war das Orchideenhaus, seitlich vom Haupthaus. Die siamesischen Orchideen waren für ihre Vielfalt und Farben berühmt, aber sie brauchten sachliche Pflege. Khon Suan hatte das Orchideenhaus, das Pummels ganzes Entzücken war, aus einer vertrockneten Holzlaube in eine Zauberinsel verwandelt, wo seltene Exemplare in Pastellfarben in Tongefäßen an Drähten von Decke und Wänden hingen oder in großen Töpfen ihre rätselhafte Schönheit entfalteten. Er züchtete allerdings die Orchideen nicht nur für seine Herrschaft, sondern verkaufte einige Exemplare, deren Anblick er entbehren konnte, heimlich an einen kleinen Blumenladen in der Silom Road. Das betrachtete er als sein gutes Recht; genau wie der Koch den täglichen Aufschlag auf die Lebensmittelpreise für sein verbrieftes Recht hielt.

Martha konnte sich nicht genug wundern, daß Petersen diese «Betrügereien» – wie sie es nannte – in der Ordnung zu finden schien. Sie wunderte sich ununterbrochen in den ersten Wochen in dem alten schönen Pfahlhaus, das solide und doch träumerisch in einer vorsichtig gezähmten Tropenwildnis stand. Sie, die daheim die Kunst der Menschenbehandlung beherrscht hatte, stand dem ewigen Lächeln ihrer «gehorsamen» Dienstboten ohnmächtig gegenüber. Sie kamen und verschwanden, wann es ihnen paßte. Die Siamesen wichen in den äußersten Winkel der Veranda zurück, wenn Martha einmal mit erhobener Stimme einen Befehl zum viertenmal wiederholte. Sie verbeugten sich demütig und führten den Befehl nicht aus. Es war, als ob das Wunderland des Fernen Ostens die Frau aus dem Westen beständig daran erinnern wollte, daß man im zwanzigsten Jahrhundert für den Aufenthalt im Paradies einen großen Aufschlag zahlen mußte.

Wohin Marthas Auge wanderte, gab es Schönheit und ewige Blüte: Bananenbüsche, leuchtende Blumen, Tamarinden- und Kassia-Bäume wuchsen zwischen riesigen Palmen und Rasenflächen. In den Morgen- und Nachtstunden waren Heim und Garten in unweltliche Stille getaucht. Man hörte nur das Zirpen der Grillen und den Schrei der Hauseidechse.

Die Diener wohnten mit ihren unzähligen Verwandten und «Helfern» einige Meter vom Haupthaus in niedrigen Holzhäusern, die nur Bambusmatten zum Schlafen und Eßschalen enthielten, vielleicht auch noch ein Bild einer Hollywood-Schauspielerin, das aus einem Magazin herausgerissen und in diesem Zustand mit Heftzwecken an die Wand geheftet war. Vor dem Kochhaus hatte Ah Chang seine Hühner- und Entenzucht und pflanzte mit chinesischem Fleiß alle möglichen Gemüse und Kräuter, die er Martha dann ziemlich teuer verkaufte.

Die Diener saßen des Abends in ihren offenen Pfahlhäusern und schwatzten, rauchten und spielten Glücksspiele in einer Welt, die teils von Buddha und den Luftgeistern, teils von Konfuzius zur Zufriedenheit aller Beteiligten geregelt wurde. – Der indische Nachtwächter schlief auf dem Boden der Garage und rief zu unwirklicher Zeit die Hilfe Mohammeds an. Er hatte die Gewohnheit, im Mondlicht zu tanzen und bei Tageslicht Geld zu verleihen ... Martha sah ihn fast niemals.

Es war zu Anfang schwer geworden, die Diener und ihre bestimmten Obliegenheiten auseinanderzuhalten. Es schien so, als ob beständig neue Gesichter und Gestalten auf kurze Zeit im Haus erschienen und dann in den Behausungen der Diener untertauchten.

Da war *Ampah*, «das Mädchen, das morgens die Blumen ordnete». Das war offenbar alles, was Ampah im Hause Petersen zu leisten hatte. Sie war eine Nichte der Waschfrau und mußte ihr sechzig Prozent von ihrem Monatsgehalt abgeben. Alle fanden das in der Ordnung. *Nang Sanit* – die Waschfrau – hatte Zwillinge und kaufte ihnen von Ampahs Geld Zuckerwerk, Ketten und Ringe, die sie zum Schutz gegen böse Geister um die fetten Hand- und Fußgelenke der nackten Babies streifte. Nang Sanit ging kein Risiko ein, was die Geister anbetraf. Deng und Tong – so hießen die Töchter – waren ja im Hause eines Ausländers besonders gefährdet.

Eine andere Erscheinung, die Martha nur gelegentlich des Morgens erblickte, war der «Fußbodenkuli» -- ein junger Siamese mit nacktem Oberkörper, einer roten Schärpe und einem *phanung*, der tat, als ob er die Fußböden säuberte. Martha hielt ihn für siebzehn Jahre. Zu ihrem Erstaunen erfuhr sie von Petersen, daß *Tanbun* bereits die Dreißig überschritten und eine Frau und fünf Kinder hatte, die in einer Bambushütte irgendwo in Bangkok hausten. Tanbun besuchte seine Familie niemals; doch bat er Petersen jeden Monat um Vorschuß für die vielen Ausgaben, welche die Familie ihm zu verursachen schien ... Eines Tages war Tanbun verschwunden. «Warum denn?» fragte Martha den «Boy Nummer Eins» und hielt ihr Wörterbuch anklagend in die Höhe. Niemand wischte die Böden, da es Tanbuns Arbeit war. *«Tanbun pai läo»* (Tanbun ist fortgegangen) erwiderte der Boy mit unbewegtem Gesicht. – Martha fragte noch zweimal nach dem Grunde. «Erster Enkelsohn» gab zweimal zur Antwort, daß Tanbun fortgegangen wäre. Dann gab Martha es auf. Sie hatte begriffen, daß sie in alle Ewigkeit nicht erfahren würde, warum der Fußbodenkuli das Haus ohne Kündigung verlassen hatte. Erst als sie drei Tage später das Armband vermißte, das Petersen ihr zu Pünktchens Geburt geschenkt hatte, wurde ihr klar, warum Tanbun verschwunden war. Seine Familie war offenbar mit Petersens Unterstützung nicht länger zufrieden. Niemand wußte Tanbuns Adresse. Die Polizei versprach nach dem Armband zu suchen. Und dabei blieb es.

II

Martha konnte von ihrem Schlafzimmer durch das Moskitonetz die Umrisse des Lampu-Baumes erblicken, dessen Filigranzweige und Blüten sich aus sumpfigem Grund in den Himmel reckten. Der Lampu-Baum stand still und herrlich an dem *klong* (Kanal), der Petersens Grundstück im Süden abgrenzte. Auf diesem Kanal zogen früh und spät Frucht- und Kohlenboote ihren Weg. Pummel fing dort mit «Zweitem Enkelsohn» Fische; und Pünktchen sammelte mit Amahs Hilfe blaue und rosa Wasserlilien für ihren Pappi, für den sie eine leidenschaftliche Zuneigung empfand. Wenn Martha sah, wie die Kleine Petersen jubelnd entgegenlief und ihm zärtlich ihre kleinen Erlebnisse berichtete, gab es ihr einen winzigen Stich in der Herzgegend. Sie hatte so viele Opfer für dieses Kind gebracht ... und es hatte nur Augen für Petersen. Pummel litt Eifersuchtsqualen, die er mit männlicher Würde zum Radio trug ... Das Radio war ihm treu geblieben. Seit einigen Wochen gab Mutti ihm Mathematik- und Lateinstunden. Sie saßen auf der Veranda, blickten den Lampu-Baum an und waren glücklich.

Martha verbarg ihre Müdigkeit so gut es ging vor Pummels eifrigen und scharfen Augen hinter der Schülerbrille. Sein Wissensdurst war unersättlich. Wenn sie nur einen Lehrer für ihn hätte! Sie hatte sich das

Unterrichten in dem Klima etwas leichter gedacht. «Es sind ja nur zwölf Monate ...» dachte sie.

Nach drei Monaten fand sie aber zufällig einen Lehrer für ihn. Man lernte in Ostasien durch Zufall die seltsamsten Menschen kennen. Professor Berger war eines Morgens in ihrer Veranda erschienen und hatte ihr Wiener Gebäck angeboten: ein großer, schlanker, gebeugter Mann mit feinen Zügen und Augen, in denen das Leid des ewig verfolgten Ahasver sich mit der charmanten Lebhaftigkeit des Österreichers mischte. Professor Berger hatte bis zum Jahre 1934 an der Wiener Universität Philosophie gelehrt. Dann war er als Emigrant mit seiner Familie in den Fernen Osten gegangen. Sein Weg führte über ein Massenlager in Shanghai nach Bangkok. Seine Frau betrieb im Hause eine Bäckerei, und Professor Berger trug als weißer Kuli ihr «Wiener Gebäck» zu denjenigen Europäern, deren Höflichkeit erwarten ließ, daß sie ihn nicht in die Behausung ihrer Köche verweisen würden.

«Ich bin ein Philosoph», sagte er zu Martha und lächelte leicht verzerrt. «Ein armer Gelehrter hat im Fernen Osten nichts zu suchen. Ich habe mich bei der Chulalongkorn-Universität in Bangkok bemüht, aber die siamesische Regierung beschäftigt heutzutage immer weniger Ausländer. In der Japanerzeit galt ich als Feind der Achse ... Jetzt bin ich Angehöriger eines Landes, das Hitler zugejubelt hat. Das ist halt so ... Die Emigranten liegen immer verkehrt.»

Martha hatte eisgekühlte Getränke bestellt und den Professor, der in einem schmutzigen Tropenhelm und einem schweißbedeckten Sporthemd dastand und einen Korb mit Gebäck in den Händen hielt, mit ruhiger Freundlichkeit zum Sitzen aufgefordert. Nichts in ihrem Gesicht verriet, was sie beim Anblick eines Mannes empfand, der ohne persönliche Schuld selbst nach 1945 noch das Schicksal des «weißen Kulis» auf sich nehmen mußte.

«Wollen Sie nicht nach Wien zurück, Herr Professor?» hatte sie behutsam gefragt. Doch Professor Berger erwiderte sanft, daß für ihn die Kärntner Straße von den Schatten geliebter Toter wimmele. Schließlich hatte Martha ihn gebeten, Pummel zu unterrichten, und er hatte freudig eingewilligt. Die sparsame Martha hatte ein viel zu hohes Honorar festgesetzt, wogegen der Gelehrte mit dem Gebäck im Korb sich eine Weile heldenhaft gesträubt hatte. Dann wollte er wenigstens Martha siamesischen Unterricht geben – falls es sie interessierte. Martha erwiderte ebenso heldenhaft, daß sie darauf brenne ... Es hatte wenig Sinn für sie. Sie wollte ja nicht in Siam bleiben ... Der Professor stellte Pummel einige Fragen und versprach, einen Plan für ihn aufzustellen. Von dem Honorar konnte er sich einen Laufjungen leisten.

Als Petersen von der Abmachung hörte, sagte er mit viel Scharfsinn: «Ich glaube, nun bist du zu Hause, mein Herz! – Du hast endlich wieder eine lahme Ente, die du in einen Schwan verwandeln kannst.»

«Dummer Jung», sagte Martha, aber sie strahlte ...

III

Drei Monate nach ihrer Ankunft wäre Pünktchen ertrunken, wenn nicht Marthas Instinkt und eine unerklärliche Unruhe sie an diesem Tage aus ihrer Mittagssiesta durch den Garten an den Kanal getrieben hätte. Pünktchen war mit Amah an den Kanal gegangen, um Wasserlilien für ihren Pappi zu pflücken. Amah sollte ihr dabei helfen. Amahs Hilfe bestand darin, daß sie Zigaretten rauchte und von Zeit zu Zeit ohne hinzuschauen «*rawang!*» (Vorsicht!) rief. Ein Gewitter war im Anzug. Pünktchen reckte sich immer weiter, um eine blaue Wasserlilie zu erreichen. Als Martha an den Klong kam, rutschte das Kind gerade ins Wasser. Es war zu erschrocken, um zu schreien. Amah saß regungslos auf ihrer Matte im Gras und rief etwas lauter «*rawang!*» Wenn die Wassergeister das Kind mit den bleichen Haaren als ihr Eigentum beanspruchten, durfte sie, Amah, nichts dagegen unternehmen, sonst würden die gekränkten Geister das Reisfeld ihres Vaters vertrocknen lassen... Martha rettete ihre Tochter mit einem einzigen Griff ihrer schönen, kraftvollen Hände.

Sie trug sie ins Haus, rieb ihr die Schläfen mit Kölnischem Wasser und legte sie unter ihr Moskitonetz. Sie saß wie eine Salzsäule an Pünktchens Bett. Man konnte nicht hierbleiben... aber Petersen nach drei Monaten verlassen? Er brauchte sie, und sie brauchte ihn... Das wußten sie nun beide.

Petersen fand Martha ohnmächtig auf der Matte vor Pünktchens Bett. Das Kind schlief sanft unter seinem Netz. Die Dienstboten waren in ihren Behausungen. «Zweiter Enkelsohn» würde erst in wenigen Minuten den Tee servieren. Martha hätte mittlerweile sterben können... Petersen war sehr blaß unter der Sonnenbräune.

Als Martha die Augen aufschlug, lag sie in ihrem Bett. Vor ihr stand Dr. Johannsen. Der riesige Hanseate aus Bremen zog eine Spritze aus Marthas Arm.

«Es ist nichts, Frau Martha», sagte er mit tiefer, heimatlicher Stimme. «Aber Hannes hier ist ganz tüdelig...»

Petersen sagte immer noch nichts. Er starrte Martha an. Als sie ihm zulächelte, sah sie erstaunt, daß er rote Augen hatte.

«Sie lag so still da», sagte Petersen heiser zu Dr. Johannsen. «Du solltest mal verreisen, Hannes», erwiderte der Arzt trocken.

Petersen wurde sofort er selbst. –

«Ausgeschlossen! Ich muß in den nächsten Tagen das große Geschäft mit Wong & Söhne abschließen; sonst kommen uns die Amerikaner zuvor.»

«Na also...» sagte Martha befriedigt. «Gib mir mal einen Schluck Tee, Hannes! ‹Zweiter Enkelsohn› soll auch eine Tasse für Dr. Johannsen mitbringen. Wir wollen auf der Veranda trinken.»

Die Amah wurde in ihr Reisdorf zurückgeschickt. Dr. Johannsen versprach, sich nach einer Kinderfrau umzusehen. So lange würde Ah Changs Tochter, die niemals ein Wort mit der siamesischen Waschfrau sprach und ihre Pflichten im Küchenhaus tat, auf die «kleine Missie» aufpassen.

DRITTES KAPITEL

Die Lotosesser vom Elbestrand

I

Petersen stand auf der Terrasse seines Tropenhauses und rief zum drittenmal: «*Khon Rot! Ma ni reu reu!*» (Chauffeur, komm schnell, schnell!). Es war gegen acht Uhr morgens; Petersen erwartete einen wichtigen Kunden im Geschäft. Wo steckte der Chauffeur nur wieder? Petersen hatte ihm wie stets eine halbe Stunde länger für den Morgenreis gegeben ... aber *Phom* konnte nicht pünktlich sein. Die Zeit war seinem siamesischen Geist ein dehnbarer Begriff. – Wahrscheinlich schwatzte *Phom* mit *Nang Sanit*, der Waschfrau. Seine beiden Söhne beaufsichtigten indessen Nang Sanits Zwillinge. Sie hatten eine rührende Zuneigung zu *Deng* und *Tong*, trugen sie stundenlang auf den Armen herum und fütterten sie mit Biskuits aus Marthas Fliegenschrank, dessen Füße in Tonschalen mit verdünntem Salmiakgeist standen. Auf diese Weise konnten die schwarzen Ameisen nicht durch das Holz und das Gitter an die Lebensmittel gelangen: sie liebten Zucker, Honig und Biskuits ... Gegen die Söhne des Chauffeurs verfing allerdings kein chemisches Mittel. Sie lutschten und knabberten den ganzen Tag Süßigkeiten ... Die beiden kleinen Jungen hießen *Mu* (Schwein) und *Nu* (Ratte). *Phom* hatte als vorsichtiger Siamese seinem Nachwuchs diese Namen gegeben, um die mißgünstigen Geister zu täuschen. Niemals hätte er seine Sprößlinge etwa «Goldener Knabe» oder «Diamant» gerufen. Dann würden die bösen Geister diese wertvollen Kinder rauben, und *Phom* hätte niemanden mehr, der ihm das Wasser zum Waschen des Autos aus dem *Klong* holte. Phom hätte sich das Wasser bequem aus der Küche holen können, wo es unaufhörlich einem verrosteten Hahn entsprang. Ah Chang drehte grundsätzlich keinen Wasserhahn zu. Seine Familie, die ihn in allem zum Vorbild nahm, machte es ihm nach. Sie hatte ja die riesige Wasserrechnung am Ersten des Monats nicht zu bezahlen ...

Auch die Stromrechnung machte der chinesischen Familie nicht die geringsten Kopfschmerzen. Der alte Koch beleuchtete sein Küchenhaus und die Schlafräume seiner Angehörigen mit einer Glühbirne, die an einem Draht auf der Holzveranda seiner Behausung hing. Manchmal brannte das Licht die ganze Nacht ... Die siamesischen Diener zündeten Kokosöl in einer winzigen Tonschale an; aber im allgemeinen genügte ihnen das Mondlicht. Das Reisfeld ihrer Väter war auch nicht elektrisch beleuchtet gewesen.

Petersens Chauffeur wollte nichts mit Ah Chang zu tun haben. Er holte sich kein Wasser von so schlechten Menschen! Und *«Khon Djek mai di»* (Chinesen sind schlecht!) pflegte er seinen Söhnen zu sagen, sowie sich ein Mitglied der chinesischen Familie im Garten zeigte. Phom gab mit dieser Ansicht einer landesüblichen und historischen Abneigung Ausdruck. Er nahm Ah Chang und seiner Sippe alles übel: ihren Fleiß, ihre Hühner, ihren Geschäftssinn, ihr andersartiges Essen und überhaupt ihre Existenz in Thailand.

Am meisten ärgerte ihn das Vorhandensein von Ah Changs Tochter Cheng. Sie kochte ausgezeichnet und gab ihm nie etwas ab. Cheng versorgte nur die Mitglieder der eigenen Familie... Sie wusch ausgezeichnet und berechnete dem Chauffeur jede Wäsche seiner weißen Uniform. Er gab sie nicht seiner Busenfreundin Nang Sanit, weil sie einmal Betelflecken darauf gespuckt hatte und Nai Petersen sehr «grausam» geworden war. – Die Ausländer stellten sich mit jedem Fleck auf einer Jacke an, als ob er ein Kapitalverbrechen wäre. – Der Chauffeur mußte selbst den Reis für seine Sprößlinge kochen, wenn Nang Sanit des Morgens schlief – was oft vorkam, wenn sie des Abends zuviel siamesischen Reisschnaps getrunken hatte. Phoms eigene Gattin war vor einem Jahr ohne Erklärung in ihr Dschungeldorf in Ostsiam zurückgegangen. Sie hatte Phom sorglos die Aufbringung der Kinder überlassen. Die zierlichen Schelme liefen den ganzen Tag in Petersens riesigem Grundstück herum, fingen Fische an einer entlegenen Stelle des Kanals, wo sie Ah Changs Enkelsöhnen nicht begegnen konnten, und kletterten furchtlos und anmutig auf hohe Bäume. Sie pflückten zum Ärger des alten chinesischen Kochs beständig harte, grüne siamesische Früchte, die sie mit ihren kräftigen Zähnen aufknackten. Ah Chang hätte die Früchte nicht angerührt; aber *Khon Thai* (die Siamesen) sollten sie auch nicht haben.

Petersen runzelte die Stirn. Es war höchste Zeit. *«Khon Rot!»* schrie er in die Richtung der Dienerwohnung. – Phom kam im Schneckentempo angeschlendert, um Nai Petersen für den Lärm zu bestrafen... Siamesen hassen laute Stimmen auf den Tod. Sie konnten noch so ärgerlich werden, sie sprachen stets leise und mit ausgezeichneter Höflichkeit. Hinter Phom schlenderten seine Söhne in zärtlicher Umarmung. «Ratte» stolzierte feierlich in seinem langen Sarong aus siamesischem Baumwollbrokat; er gehörte seiner entschwundenen Mutter. Er durfte ihn tragen, bis *Mae* (Mutter) eines Tages – ebenfalls ohne Erklärung – wieder auftauchen würde. Siamesen nahmen sich Eheferien, wo und wann es ihnen gefiel. Der kleine Nu trug ein kurzes Baumwollhöschen, das seinem Namen alle Ehre machte: schmutziger konnte es nicht sein. Die Kinder liebten sich zärtlich in sehr sanfter und schweigsamer Weise. Petersen hatte die kleinen Schelme recht gern; aber heute früh schenkte er ihnen keinen

Blick. Er hatte selbst Pünktchen nur sehr kurz Lebewohl gesagt, worauf sie sofort zu weinen begann.

Nach Petersens Abfahrt schluchzte sie zu Marthas Ärger weiter. Daraufhin überreichte der Gärtner, der das Kind mit den Goldhaaren abgöttisch verehrte, Martha mit tiefer Verbeugung einen kunstvollen Kranz aus siamesischen Strohblumen für die «kleine Herrin». Martha bedankte sich sehr höflich bei Khon Suan; aber Charlotte würde den Kranz nicht tragen, obwohl es Khon Suans Herzenswunsch war... Die Deern wurde jeden Tag eitler.

Martha wollte Professor Berger, mit dem sie sich täglich mehr anfreundete, um Rat fragen. Konnte man Charlotte nicht wenigstens ein paar Stunden irgendwo unterrichten lassen? Ihr eigener Unterricht war kein Erfolg. Ein unausgesprochener Groll gegen ihre widerspenstige Tochter lebte verborgen in Marthas sonst so vernünftiger Seele. Daß sie als Lehrerin zu versagen schien, war ihr unbegreiflich. Das Klima mußte schuld sein. Oder – war sie zu ungeduldig mit dem Kind? – – – Zum erstenmal dachte sie über Petersens Warnung nach, die sie in Hamburg nicht beachtet hatte. – Halbwüchsige Kinder gehörten nicht in die Tropen, hatte Hannes geschrieben. Charlotte gehörte keinesfalls nach Bangkok, mußte Martha zugeben. Sie wurde täglich hektischer und ließ sich von den siamesischen Dienern verwöhnen. Sie rief – wie eine alte Tropenbewohnerin – herrisch nach jedem Glas Eiswasser und ließ sich von Cheng, der Tochter des Kochs, ankleiden und kniend bedienen. Ein strahlendes Lächeln von Pünktchen – und die vierschrötige Chinesin in den schwarzen Satinhosen und der blendendweißen, hochgeschlossenen Leinenjacke war bereit, für die kleine Herrin durchs Feuer zu gehen, ja selbst «Jüngsten Enkelsohn» den Gefahren des Feuers auszusetzen, wenn sie es müßte. Cheng war eine chinesische Mutter. Ihr Herz war weit. – Das Herz ihres Vaters dagegen gehörte «Jüngstem Enkelsohn», der seinen Wohnsitz auf Chengs linkem Arm hatte. Ah Chang verwöhnte den kräftigen, kleinen Kerl geradezu sinnlos. Für seine Tochter Cheng (Goldklang) hatte er nur ein mürrisches Murmeln übrig. Oder Vater und Tochter beschimpften sich so laut, daß es bis zu Marthas Veranda drang: Cheng trug den Namen «Goldklang» durchaus zu Unrecht... Im übrigen mußte sie wieder ins Küchenhaus zurück; Ah Chang konnte die Tochter auf die Dauer nicht entbehren. Wann würde Dr. Johannsen eine neue Amah senden?

Martha seufzte. – Wenn Hannes nicht da war, erschien ihr das Leben in dem Tropenhaus irgendwie unwirklich. Eine Phantasmagorie, die sich jeden Augenblick in Luft auflösen konnte. Sie ahnte nicht, daß viele Europäer diese phantastische Existenz als etwas Reales und ganz Natürliches betrachteten.

Auch Wilhelm Christian Petersen, der Chef der Firma, zeigte alle Symptome des langjährigen Lotosessers. – Martha kannte ihn noch nicht; er weilte mit seiner siamesischen Gattin, seinen Kindern und unzähligen Bedienten in seiner «Sommervilla» in *Hua Hin* – dem eleganten, siamesischen Seebad südlich von Bangkok, das man in wenigen Eisenbahnstunden erreichen konnte. Doch Herr Petersen wollte mit seiner Frau und einigen seiner Kinder dieses Wochenende nach Bangkok kommen, um Martha und die Kinder zu begrüßen. Sie waren seine einzigen Verwandten; seine Brüder und Schwestern in Hamburg waren nicht mehr am Leben. Petersen Senior schrieb es dem Hamburger Klima zu, wovon er nach vierzig Jahren im Fernen Osten nebelhafte Vorstellungen hatte. Martha freute sich auf ihn; sie hatte nie vergessen, daß Wilhelm Christian Petersen ihrem Mann eine Existenz fern von Nazi-Deutschland ermöglicht hatte. Ohne viel Worte – wie es Hamburger Art war.

Mittlerweile fuhr Petersen stirnrunzelnd und finsteren Blicks ins Büro. Petersen & Co. hatten ihre Räume auf der *New Road* – Bangkoks größter Geschäftsstraße. Auch in den vielen Nebenstraßen der New Road wurde gekauft und verkauft. – Bangkok war eines der letzten unbeschädigten Handelszentren des Ostens. Hier gab es nicht die typischen, einstöckigen *Hongs* des Chinesenviertels; die New Road wartete zum Teil mit mehrstöckigen Geschäftshäusern im europäischen Stil auf. Dazwischen standen immer noch Ruinen aus der Zeit der japanischen Besetzung, als Bangkok mehrere schwere Bombenangriffe erlebt hatte. Das Wegräumen von Trümmern ging in den Tropen so langsam wie alles andere vor sich.

Petersen war jahrelang an den Anblick der New Road gewöhnt; sie war ihm vertrauter als der «Neue Wall» in Hamburg – mit ihrem Lärm, ihrer Unordnung, ihrem holprigen Pflaster und ihrem intensiven und internationalen Leben. Die New Road ihrerseits war an Petersens Gesichtsausdruck in den Morgenstunden gewöhnt. Viele Europäer fuhren finsteren Gesichts ins Office. Sie mußten mit ihren chinesischen Kunden so ausgiebig lächeln, daß man ihnen diese kleine Entspannung gönnen konnte.

Petersen warf einen abwesenden Blick auf die Kunstschule der Chulalongkorn-Unversität, die er jeden Morgen passierte. Die farbenprächtigen Dächer mit den in Schlangenleibern auslaufenden Dachfirsten, die luftige Architektur und die Riesenpalmen im Vordergarten gaben dieser tropischen Alma Mater einen besonderen Charakter. Alles war würdevoll, anmutig und ferienhaft – wie die siamesischen Studenten und Studentinnen, die sich hier mit Muße dem Studium widmeten. An dieser Universität lehrte Petersens Freund, Seine Königliche Hoheit Prinz Pattani. Der Prinz hatte in Oxford und Heidelberg studiert und verkehrte mit Vorliebe mit den in Bangkok ansässigen Engländern und Deutschen. Er hatte sich bereits vor Marthas Ankunft mit vollendeter Liebenswürdigkeit bereit erklärt, der *Mem* die buddhistischen Tempel seiner Vaterstadt zu zeigen, aber er wollte keine feste Verabredung treffen. Eines Tages würde er in seinem großen, amerikanischen Wagen bei Martha vorfahren und erwarten, daß sie einstieg. Eine Absage war ausgeschlossen, außer wenn Martha im Sterben lag oder selber irgendwo einen Besuch machte ... aber letztere Möglichkeit wäre dem Prinzen nie in den Sinn gekommen. Er war zu sehr gewöhnt, daß jeder ihm zur Verfügung stand. Er war ein Verwandter des siamesischen Königshauses, und seine Diener reichten ihm kniend das Essen. Seine europäischen Gäste wurden nach westlicher Art mit einem kalten Büfett und *Drinks* jeder Auswahl bewirtet. Petersen war neugierig, wie Martha dem Prinzen gefallen würde. Sie war sehr geradeheraus; sie kritisierte taktvoll und gerecht; *aber* sie kritisierte. Das war bei der siamesischen Aristokratie nicht angebracht. Selbst wenn ihre Söhne jahrelang im Ausland studiert hatten, erwartete die Elite dieses seltsamen Königreichs, daß die Ausländer die Vorzüge des Landes lobten und über seine Nachteile höfliches Schweigen bewahrten – genau wie sie selbst überall im Ausland.

Endlich hielt der Wagen vor Petersen & Co. – Der Verkehr in Bangkoks enger Hauptstraße war so überwältigend, daß Phom verschiedentlich zwei bis drei Minuten hatte halten müssen. – Petersen saß seit fünf Minuten in seinem elektrisch gekühlten Büro mit den alten Hamburger Stichen an den kahlen, weißgetünchten Wänden, als der chinesische Boy mit ehrfürchtiger Verneigung den großen Herrn Wong – «Bangkok, Hongkong, Singapore» – hereingeleitete.

Herr Wong, das Haupt des in Ostasien berühmten Export- und Importhauses, war ein kleiner, beweglicher alter Herr mit einem länglichen Elfenbeingesicht. Er begrüßte «den jungen Herrn Petersen» mit zeremonieller Höflichkeit und erkundigte sich eingehend nach dem Senior der Firma, mit dem ihn eine jahrelange Geschäftsfreundschaft verband. Petersen erwiderte die Höflichkeit mit einer Nachfrage nach Mr. Wongs unübersehbarer Familie in Bangkok, Hongkong und Singapore. – Den Zweig in Shanghai hatte man wegen der augenblicklichen «Schwierigkeiten» so sehr eingeschränkt, daß einer der Großneffen Wongs aus Shanghai sich in den USA über neue Methoden der Reklame orientierte. Der alte Herr Wong war der Ansicht, daß man lernen sollte, was man konnte, damit die «fremden Teufel» nicht eines Tages schlauer wären als Wong & Wong. So etwas war noch niemals passiert; aber man durfte es nicht so weit kommen lassen, daß man eines Tages ein «Reissack ohne Reis» war.

Der alte Herr Wong stellte diese nützlichen Betrachtungen an, während Petersen zu erforschen suchte, warum der große Kunde einen Schatten kühler war als üblich. Hatte er, Petersen, nicht genügend gelächelt? Hatte er vergessen, sich nach dem Wohlergehen von Urgroßtante Wong in Hongkong zu erkundigen? – Nein ... es war alles genau nach der Regel vor sich gegangen. Petersen mußte den Grund des schattenhaften Unmuts erforschen; vorher konnte er keinesfalls eine Order auf die Maschinenteile und Präzisionsinstrumente erwarten, die Petersen & Co. dem Hause Wong bereits schriftlich mit allen Details angeboten hatten. Der Schatten, den er fürs erste noch nicht zu fassen vermochte, konnte das große Geschäft verhindern ... Allmählich kam Petersen dahinter.

Petersen verhandelte nicht umsonst seit zwölf Jahren mit Chinesen. Mr. Wong war unzufrieden mit den neuen deutschen Ersatzteilen für eine alte japanische Maschine, die er nach Kriegsende aus einer japanischen Fabrik übernommen hatte. Die Ersatzteile waren *«no good»*. – Der alte Herr Wong wußte genausogut wie Petersen, daß seine Kulis die Ersatzteile in einem ungedeckten Schuppen hatten verrosten lassen und daß die Maschine vor Altersschwäche keuchte; aber Wong & Wong durften kein «Gesicht» verlieren. Nachdem Seelenkenner Petersen die geheime Verstimmung ans Licht gezogen hatte, begann der alte Herr, ebenso zäh wie undurchdringlich, höflich zu reklamieren. Natürlich lächelte Petersen so überirdisch, als ob ihm die Enthüllungen des alten Schlaubergers ein erlesenes Vergnügen bereiteten. Man war vielleicht privat ein Lotosesser; aber geschäftlich war Petersen auf der Hut – genau wie in dem grauen Kontorhaus in Hamburg, wo er unter Großvaters einsilbiger Leitung die ersten Einblicke in Überseegeschäfte erhalten hatte. Großvaters Grundsatz, niemals ein Wort zuviel zu sagen und große Geschäfte *langsam* «anzubraten», hatte Petersen im Fernen Osten zu ungeahnten Erfolgen verholfen. Chinesen schätzten gleichwertige Partner.

Selbstverständlich würden Petersen & Co. «technische Assistenz» leisten. Das war in Ostasien die euphemistische Bezeichnung für die kostenlose Instandsetzung von ruinierten Maschinen. Ihr Fachmann – erklärte Petersen über der dritten Schale von grünem, chinesischem Tee – würde mit Vergnügen feststellen, was an den deutschen Ersatzteilen *no good* wäre. Das «Gesicht» des alten Herrn Wong war nun wiederhergestellt. Er hatte eigentlich noch etwas zusätzliches Ansehen gewonnen. Jeder wußte fortan, wie großartig die Wong-Kulis mit Maschinen umgingen.

Schließlich hatte der alte Herr Wong holdlächelnd einen sehr großen Auftrag für Stahlprodukte und Werkzeuge erteilt. Er hatte Petersen junior noch obendrein den zuverlässigsten Agenten für Kopra an der siamesischen Ostküste empfohlen. Er würde selbst an Herrn Wu schreiben, damit Petersen & Co. dieselben niedrigen Preise wie chinesische Exporteure erhielten. Als nachträglichen Einfall sozusagen und als persönliche Verneigung vor Petersens kleinem Hobby hatte der alte Herr Wong noch einen beträchtlichen Posten Schreibmaschinen bestellt, die er *up country* abzusetzen gedachte. Man mußte mit der Zeit mitgehen. Schreibmaschinen waren Johannes Petersens Geistesblitz gewesen. Sie waren ein Nebenprodukt der Firma, waren aber ein Geschäft geworden, denn sie waren kurzlebige Objekte im Land des Lächelns. Die meisten Asiaten hatten eine tiefe Abneigung gegen die regelmäßige Reinigung von Maschinen. Die Staubschichten, die in tropischen Ländern wie eine fressende Substanz alle Objekte durchsetzten, verdarben die niemals geschlossenen Maschinen in denkbar kurzer Zeit.

Petersen staunte immer wieder über die geheimnisvolle Feindschaft zwischen den Industrieerzeugnissen des Westens und fernöstlichem

Kunsthandwerk. Die Finger der Asiaten, die so ungeschickt mit den Maschinen des «Fernen Westens» hantierten, wurden Präzisionsinstrumente, sobald es sich darum handelte, eine Elfenbeindose mit Schnitzerei zu versehen, siamesisches Niello-Silber zu bearbeiten oder indische Metalleuchter zu hämmern. Dennoch wurde der Bedarf an Maschinen im erwachten Ostasien immer dringender. Dieser Erdteil begann langsam, aber unverkennbar, seine uralte ästhetische Tradition gegen die mechanistische Zivilisation seiner früheren Herren einzutauschen. Siam bildete allerdings immer noch eine Ausnahme. Das Land war nie eine Kolonie gewesen und besaß ein fundiertes kulturelles Selbstbewußtsein, aber die chinesischen Handelszentren im eigenen Land und die im Ausland erzogenen siamesischen Chemiker, Ingenieure und Techniker brachten das Maschinenzeitalter mit zunehmendem Erfolg ins «Land der Gelben Robe». – Der alte Herr Wong und seine Söhne verkörperten jenen Typus moderner Geschäftsleute, die zwar alle Konventionen ihrer Vorfahren strikt beachteten, aber vom Westen übernahmen, was der Firma nützen konnte. Die Geschäftsmoral des alten Herrn Wong war dehnbar; er verhandelte auch mit Ostdeutschland wegen Maschinen für den Bergbau und die Textilindustrie. Er vermittelte diese Geschäfte für Rotchina; man mußte sich sichern... Petersen & Co. wußten nichts davon. Der alte Herr Wong fand nicht, daß eine Notwendigkeit vorlag, seine Beziehungen zu Ostdeutschland zu enthüllen. Aber seine Bestellungen gingen jetzt in drei Teile; da er ebenso bereitwillig mit Ostdeutschlands ideologischen Gegnern – den USA-Firmen – verhandelte. Dennoch brauchten Petersen & Co. nichts zu befürchten. Wong & Wong hielten nach konfuzianischer Tradition die goldene Mitte auch im Geschäftsleben. Konfuzius hatte einmal geäußert: «Ich habe ein System oder einen goldenen Faden, der sich durch die Mitte aller Dinge zieht.» – Der alte Wong, der seine Handelshäuser aus kleinsten Anfängen aufgebaut hatte, wandte dieses System mit Erfolg seit fünfzig Jahren an. Auch die klügsten Europäer waren in seinen Augen naive Narren. Sie entschieden sich mit Leidenschaft für *eine* Seite und verloren die Mitte aller Dinge aus den Augen.

Der alte Wong erhob sich: er trank drei Tassen grünen Tee und nicht mehr. Dann schritt er leicht und würdevoll zu den alten Stahlstichen und betrachtete den «Alsterpavillon» aus einer romantischen Zeit. «Ein angenehmes Teehaus», sagte er sanft. Er machte diese Bemerkung jedesmal und meinte, was er sagte. Petersen verbeugte sich lächelnd und wies Herrn Wong auf einige Stahlstiche hin, die Schiffsmodelle aus dem achtzehnten Jahrhundert zeigten. Der alte Chinese examinierte die vergilbten Blätter und sagte dann, er würde sich freuen, Madame Petersen bei Gelegenheit seine historischen «Wasser-Landschaften» zu zeigen. Er hoffe, daß Familie Petersen ihm bald die Ehre ihres Besuches geben würde. Dann verschwand er bescheiden und lautlos. Er ließ eine Welle von Zufriedenheit und Harmonie zurück: Zufriedenheit wegen des großen

Geschäfts, das Petersen hatte tätigen können; die Harmonie war eine kompliziertere Angelegenheit. Sie strömte wie ein stiller Silberfluß aus unsichtbaren chinesischen Wasserlandschaften. Auf Herrn Wongs Wandrollen blühte der Lotos in Gewässern am Wegesrand, abseits von Geschäftshäusern und Rechenmaschinen... Er entfaltete im rosigen Licht seine Blüten und verkündete das Geheimnis des reuelosen Vergessens. Seit mythischen Zeiten beherrschte Ostasien diese Kunst und auch noch im Jahre 1950. Petersen senior vermeinte, sie zu beherrschen. Und Petersen junior war drauf und dran gewesen, dem Zauber eines siamesischen Lotosteiches zu verfallen... Doch Marthas Ankunft hatte ihn aufgeweckt. Keinem Europäer gelang das reuelose Vergessen.

II

Martha stand auf der Terrasse des Hauses und rief zum drittenmal «*Amah!*» – Sie war vor einer Stunde aus dem «Königlichen Sportsklub» zurückgekommen, wo sie und Pummel geschwommen hatten. Dieser Klub in der Nähe der Chulalongkorn-Universität war das Paradies der Europäer in Bangkok. Das Schwimmbassin gab Kühlung und Entspannung. Der benachbarte Tennisplatz war in den Abendstunden von fröhlichem Leben erfüllt. Hinter dem grüngekachelten Schwimmbad mit den Ankleidekabinen erstreckten sich ein geräumiger Lesesaal und die riesigen Terrassen mit dem englischen Rasen, wo Osten und Westen nach dem Sport freundschaftlich vereint die Abendkühle genossen. Hier hatte Martha vor wenigen Tagen die Bekanntschaft des Prinzen Pattani gemacht, der sich nach dem Golfspiel bei einer Eislimonade an Petersens Tisch ausruhte. Der Prinz rührte kein alkoholisches Getränk an. Er hatte seine Absicht, Martha zu einem Besuch eines buddhistischen Tempels abzuholen, mit leiser, etwas heiserer Stimme geäußert. Er würde Madame sehr bald etwas von Bangkok zeigen. «Sehr bald» hieß «in einigen Wochen», vielleicht auch in einigen Monaten. – Dann hatte der Prinz sich erhoben, Martha sekundenlang aus dunklen, melancholischen Augen betrachtet und war lautlos mit seinen beiden Dienern, welche die Golfschläger trugen, in seinem amerikanischen Wagen entschwunden.

Martha blickte durch ihre schwarze Sonnenbrille in die Richtung der Dienerwohnungen. Sie hatte bereits erfaßt, daß es in Ostasien Arbeit bedeutete, die zehn oder zwölf Diener an ihre Pflichten zu erinnern. Man stand auf einer romantisch umblühten Terrasse und rief... Durch ihre Sonnenbrille sah Martha Cheng mit «jüngstem Enkelsohn» auf dem Arm. Die Tochter des Kochs sollte die neue *Amah* in ihre Pflichten einweihen. Bis jetzt hatte die Amah außer einem strahlenden Lächeln, einem malaiischen *Sarong* und riesigen Füßen nichts aufzuweisen, was ihre Eignung für den Posten eines «Kinderfräuleins» aufwies. Cheng tat nicht das geringste, um Amah in ihre Pflichten einzuweihen – im Gegenteil. Sie wollte nämlich den Posten bei der kleinen Herrin mit den Goldhaaren behalten und intrigierte scharfsinnig und im geheimen gegen die arglose Malaiin, die Dr. Johannsen so warm empfohlen worden war. – Infolgedessen schmückte Amah ihr glänzendes, schwarzes Haar mit Hibiskusblüten, kaute Betel und unterhielt sich lebhaft mit dem malaiischen Gärtner des Nachbarhauses. Cheng schwirrte wie ein Kreisel um Pünktchen herum. Sie kam endlich zu Martha und erklärte, daß die kleine Herrin jetzt von ihr angezogen werden würde, da *Amah* «keine Lust dazu habe». Martha verstand so wenig Malaiisch, wie sie Chinesisch verstand. Ihre Unterhaltungen mit Cheng wurden von «ältestem Enkelsohn», der weiter den Posten von «Boy Nummer Eins» ausfüllte, ins Englische übersetzt und flüsternd offenbart. Martha war entrüstet. «Keine Lust haben» stand nicht in ihrem Wörterbuch. «Hole Amah hierher!» befahl sie «ältestem Enkelsohn». Er erwiderte wie aus der Pistole geschossen, daß Amah fortgegangen wäre. In Wahrheit hatte Cheng sie absichtlich fortgeschickt, um etwas zu besorgen, was Martha niemals bestellt hatte … Martha gab es auf. «Sage Cheng, sie möchte kleine Missie schnell fertigmachen; Master kommt in zehn Minuten!» teilte sie resigniert dem grinsenden jungen Mann in der schneeweißen Livree mit. Cheng verbeugte sich demütig und watschelte mit «jüngstem Enkelsohn» in die erste Etage, wo Pünktchen schon in der Badewanne saß. Sie sollten alle heute Großonkel Wilhelm Christian und seine siamesische Gattin besuchen. – Pummel fing im Garten Schmetterlinge, um sich die Zeit zu vertreiben. Er brachte soeben Martha ein besonders leuchtendes Exemplar für seine Sammlung. Vielleicht konnte Großonkel Petersen ihm sagen, wie dieser Schmetterling hieß?

«Vielleicht …» sagte Martha und strich ihm liebevoll über den blonden Schopf. Dann strich sie ihre lose Haarsträhne hinter das Ohr zurück. Hannes mußte aufgehalten worden sein. Hoffentlich hatte er sich nicht überreden lassen, noch im *Swee Hong*, dem großen Chinesenrestaurant in der New Road, mit irgendeinem Freund einen Eiskaffee zu trinken. Das kam öfter vor, als Martha lieb war; aber man konnte einen Mann nicht an die Leine legen … schon gar nicht im Fernen Osten, wo selbst europäische Ehemänner etwas von der Unberechenbarkeit der Orientalen annahmen.

Als die ganze Familie – mit Cheng und «jüngstem Enkelsohn» in einer nachfahrenden Rikscha – bei Wilhelm C. Petersen zum Mittagessen anlangte, schien die Sonne mit solch intensiver Kraft, daß Martha Schmerzen im Hinterkopf fühlte. Sie hatte in Hamburg niemals an Kopfschmerzen gelitten. Dazu kamen die Stiche der Moskitos, die ihr Schwellungen an den Beinen verursachten. Die weißhäutige Martha litt seit ihrer Ankunft unter den Stichen der Moskitos, die alle westlichen Ankömmlinge so lange plagten, bis ihr Blut «weniger süß» geworden war. Der verdünnte Salmiak, den Martha sich auf Beine und Arme rieb, half ein wenig; aber bis jetzt noch nicht genug.

«Gut Ding will Weile haben», sagte Martha manchmal resigniert. Es war das einzige Sprichwort aus ihrer riesigen Sammlung, das für Ostasien wie geschaffen war.

III

Wilhelm Christian Petersen empfing seine Gäste auf der Terrasse seines schloßähnlichen Hauses in *Rong Muang*. In diesem Distrikt gab es riesige träumerische Gärten mit Lustpavillons, Lotosteichen und Flammenbäumen. Die Häuser lagen weit abseits der holprigen Straße und fern dem neuerbauten Stadion, wo die siamesische Jugend sich des Sonntags im Sport übte. Petersen senior besaß ein Haus mit vierzehn Zimmern, vier Lotosteichen, drei Pavillons und einem zementierten Goldfischbassin, das während des ostasiatischen Krieges als Luftschutzkeller für die Siamesen und Inder der Umgebung gedient hatte. In den Bäumen wiegten sich schillernde Tropenvögel. Von der hinteren, meterlangen Veranda sah man auf den *Klong*, in dem siamesische Kinder mit gedämpften Jubelschreien badeten. Eine ungeheure Stille lag über dem Besitz, den der alte Herr Petersen seit Jahren bewohnte. Weit hinter dem Herrenhaus lag das Dienerviertel, das etwa fünfzehn dienende Geister und ihre Angehörigen beherbergte. In der Garage standen drei Autos; eines für Geschäftszwecke und den Hausherrn persönlich. Der zweite Wagen gehörte Gräfin Siri, seiner Frau. *Nang Siri* war Hausmaklerin aus Neigung; sie fuhr häufig in ihrem rotlackierten Kabriolett in der City umher und handelte schlau und sanft lächelnd Grundstücke und Profite aus. Sie hatte ihr eigenes Bankkonto und ihre eigenen Gedanken. Sie hatte Nai Petersen zwölf Kinder geschenkt und überließ ihm deren Erziehung. Vier Kinder waren an Cholera gestorben; Nang Siri hatte während einer Geschäftsreise ihres Mannes verabsäumt, den Kindern Choleraspritzen geben zu lassen. In der «Heißen Zeit», die im April begann, war die Choleragefahr akut. Als Wilhelm Christian aus Japan zurückkam, weinte er das einzige Mal in etwa achtundvierzig Jahren. Er liebte jedes seiner Mischlingskinder mit einer beschützenden und doch hilflosen Zärtlichkeit. Was sollte aus ihnen werden, wenn er die Augen schloß?

Die ältesten Söhne waren arbeitsscheu und liebenswürdig. Sie hatten Siamesinnen geheiratet. Sie lebten auf dem Lande und besuchten ihren Vater niemals. Sie trafen sich bei Gelegenheit mit Nang Siri, wenn sie *up country* zu tun hatte. Das deutsche Blut dieser jungen Männer verriet sich nur in ihren großen wuchtigen Gestalten, die in seltsamem Gegensatz zu ihren geschlitzten, schwarzen Augen und den zarten Händen standen.

Die Töchter lebten zufrieden und gehorsam – wie es jungen asiatischen Damen geziemt – in dem unordentlichen Palast in *Rong Muang*. Die älteste, Pauline, war nach der europäischen Seite geschlagen. Sie arbeitete gelegentlich als Sekretärin bei ihrem Onkel Johannes, den sie schüchtern anbetete. Sie war ein großes, anmutiges Mädchen mit roten Haaren, gelblicher Haut und einem schönen, sinnlichen Mund. Pauline Petersen war sehr still und hatte «ihre Launen». In solchem Falle sprach sie tagelang kein Wort mit ihrem Vater und betrachtete ihre zierliche siamesische Mutter mit hochmütiger Abneigung ... Sie wollte nur einen Europäer heiraten! Möglichst weit weg von Bangkok. Der alte Herr Petersen erfüllte Pauline jeden – auch den unvernünftigsten – Wunsch, vielleicht aus einem dunklen Gefühl heraus, mit materiellen Gaben gutmachen zu müssen, was er diesem reizvollen, schweigsamen Mädchen nicht geben konnte: eine weiße Haut und eine passende Heirat. Pauline hatte – im Gegensatz zu Miss Karin, die so unpassend bei Marthas Ankunft aufgetaucht war – keine männlichen Bekanntschaften. Sie unterrichtete zweimal die Woche kleine Siamesinnen in der Klosterschule der Ursulinerinnen in Deutsch und Englisch. Sie sprach beide Sprachen ausgezeichnet. Sie war mit vierzehn Jahren Katholikin geworden, was ihren protestantisch erzogenen Vater veranlaßt hatte, energisch Einspruch zu erheben – das einzige Mal in seiner Laufbahn als Vater. Er war «gegen Rom», weil alle Petersens in Hamburg dagegen gewesen waren ... Aber Pauline hatte ihn damals mit ihren leidenschaftlichen schwarzen Augen betrachtet und geflüstert, daß die römische Kirche keine Unterschiede zwischen Rassen und Nationen kenne. Sie wäre die Mutter der Völker ... Herr Petersen hatte seine Lieblingstochter gebeten, sich weniger «hochtrabend» auszudrücken. Pauline hatte daraufhin ihre Augen zusammengekniffen. Das tat Nang Siri auch, wenn die stille, asiatische Wut langsam in ihrem zarten Körper emporstieg. Der Vater hatte das Warnungssignal erkannt und eilig seine Zustimmung gegeben: Pauline sollte in Dreiteufelsnamen «römisch» werden ...

Der alte Mann lebte in ständiger Angst um diese Lieblingstochter, die mit zwölf Jahren aus unbekannten Gründen einen Selbstmordversuch unternommen hatte. Nachdem Pauline sich in ihrem sorgfältigen Deutsch bei ihrem Papa für die Erlaubnis zur Taufe bedankt hatte, goß Petersen senior sehr schnell drei Whisky-Sodas hintereinander herunter und aß eine Doppelportion Lotos ... An diesem Abend hatte er im stillen gezweifelt, ob er recht daran getan hatte, zwölf Kinder in die Welt zu setzen, die auf diesem unduldsamen Stern ewig zwischen zwei Stühlen sitzen würden. Er war im Laufe der Zeit großmütig genug gewesen, den Ursulinerinnen persönlich seinen Dank für ihre Erziehungsresultate bei Pauline und ihren jüngeren Schwestern auszusprechen. Pauline hatte niemals mehr versucht, ihrem Leben ein vorzeitiges Ende zu setzen. Sie wußte nun, daß es Sünde war.

Die zweite Tochter erhielt im Kloster Klavierstunden und spielte ihm nun manchmal sein Lieblingslied in der Abenddämmerung vor. «Am Brunnen vor dem Tore ...» – Herr Petersen sang in solchen Fällen so vernehmlich mit, daß man es bis zum Kanal hin hören konnte. *Nang*

Siri streckte sich im Korbstuhl wie eine Katze und kicherte die ganze Zeit, wenn Margarete sang. Sie schien den Text des Liedes, den Wilhelm Christian ihr einmal ins Siamesische übersetzt hatte, besonders erheiternd zu finden. Noch komischer erschien ihr *Winns* Baß. *Winn* war die Bezeichnung für Wilhelm. Nang Siri sprach das «l» wie «n» aus.

Hannes Petersens Wagen fuhr in rasendem Tempo durch das Portal und den langen Weg zu Onkel Winns «Schloß» hinunter. Phom wollte zeigen, was er konnte. Martha rief zweimal «*Pai cha cha*» (fahre langsam!), woraufhin Phom das Tempo verstärkte. Petersen legte seine Hand auf Marthas Hand. «Wir sind ja schon da...» sagte er milde. Das war ein Glück, denn Pünktchen wollte gerade weinen. Sie haßte schnelles Autofahren. Pummel hatte bereits sein Taschentuch gezückt. Er saß – wie immer – mit Pünktchen beim Chauffeur und beachtete ängstlich die zuckenden Mundwinkel der kleinen Schwester. Pünktchen sollte lachen und glücklich sein, obwohl sie Pummel manchmal über Chengs Aufmerksamkeiten zu vergessen schien.

Die Tropen hatten Pummel bis jetzt nicht verändern können. Sein Radio und seine Schwester waren immer noch die Gegenstände seines Entzückens. Pummel war treu. Außerdem war er Muttis Stütze und Pappis fehlerhafter Sohn. Petersen kritisierte viel an Pummel herum. Er war zu dick. Er war ein Bücherwurm. Er trug seine Anzüge ohne jede Eleganz. Petersen hatte sich trotz der Fotos unter seinem Sohn eine jüngere Ausgabe von sich selbst vorgestellt und sie in den Jahren der Abwesenheit naiv mit zusätzlichen Vorzügen ausgestattet. «Sitz gerade, Albert!» rief er scharf. Pummel gehorchte. Wenigstens einer in der Familie, der ihn bei seinem richtigen Namen rief!... Aber es machte nicht solche Freude, wie Pummel gedacht hatte.

«Willkommen in Rong Muang!» rief Wilhelm Christian Petersen und lief die vielen Stufen seiner Marmorterrasse mit bemerkenswerter Behendigkeit hinunter. Er war ein großer, schwerer Hanseate in einem schneeweißen Tropenanzug, den er Martha zu Ehren ziemlich widerstrebend angelegt hatte. Für gewöhnlich trug Onkel Winn schwarze chinesische Hosen mit einem Silbergürtel und ein dünnes Baumwollhemd, das die Hälfte seiner breiten Brust freiließ. Aber die Nichte aus Hamburg war doch sicher – – – «etepetete». Mit diesem Ausdruck bezeichnete Petersen senior alle gesellschaftlichen Konventionen des fernen Westens.

Er half Martha galant aus dem Wagen, schüttelte Pummel die Hand und hob Pünktchen entzückt in die Luft. «Kommt in die Halle, meine Lieben!» rief er mit Stentorstimme und klatschte herrisch in die Hände.

Martha betrachtete den sagenhaften Onkel aus Wunderland so unauffällig, wie es ging. Wilhelm Petersen hatte eine sehr hohe Stirn, die durch die fehlenden Haare noch höher erschien. Nur zu beiden Seiten der Schläfen stand je ein Büschel weißes Haar wie ein abgebrochener Glorienschein. Seine tiefliegenden, hellblauen Augen blickten aufmerksam, aber trotzdem leicht verschleiert: als ob ein dünner Nebel von Schwermut das scharfe, helle Blau dämpfte. Er hatte die gerade Nase und den willensstarken Mund aller älteren Petersens. Hannes war viel weicher, dachte Martha und betrachtete ihren bezaubernden Mann mit einem Anflug von mütterlichem Mitleid. Hannes war ein Romantiker. Sein Onkel war ein Tatsachenmensch. Er wäre sonst niemals mit dem Problem seiner Kinder fertig geworden.

In der dunkel getäfelten Halle mit den Schiffsmodellen, die Onkel Winn aus seinem Elternhaus nach dem Fernen Osten gebracht hatte, stand Gräfin Siri mit ihrer ältesten Tochter Pauline. Die anderen Kinder waren in Hua Hin geblieben. Gräfin Siri wäre auch gern dort geblieben, da sie gerade einem Amerikaner eine Seevilla mit weißen Ameisen im Gebälk vermieten wollte. Sie besaß vier Villen in Hua Hin und machte während der «Heißen Saison» ein Riesengeschäft. Sie berechnete die Miete in Dollars. Winns Haus gehörte ihr zur Hälfte; das hatte sie sich beim Kauf, den sie selbst vermittelt hatte, sanft, aber energisch, ausgebeten. Sie hatte drei Leidenschaften: Geld, siamesische Keramiken und das Glücksspiel.

Sie verbeugte sich tief vor der fremden Frau und flüsterte Winn kichernd etwas ins Ohr. Es klang wie *«Mem ferang-uan-uan»* (die fremde Dame ist sehr dick). Auf der von tiefen Falten durchzogenen Stirn des alten Herrn Petersen zeigte sich eine leichte Röte. Er flüsterte so vernehmlich etwas auf siamesisch, daß Johannes Petersen lächeln mußte... Selbst jahrelanger Umgang mit Nang Siri hatte Onkel Winns Stimme nicht dämpfen können.

Nang Siri schritt daraufhin mit gesenkten Augen auf Martha zu. Sie verbeugte sich tief und anmutig und murmelte *«sawat di!»* Dabei legte sie ihre schlanken, braunen Hände zum Gruß gefaltet vor die Augen. Es war eine anmutige und feierliche Geste, die gut zu dem Gruß «Glück und Gesundheit mit dir!» paßte. Martha nickte der exotischen Gestalt im kirschroten Baumwollbrokatrock und der weißen Batistbluse freundlich zu. Gräfin Siri hatte die kindliche Liebenswürdigkeit und Grazie einer unverbildeten Ostasiatin. Sie legte eine kleine kunstreiche Keramikvase mit einer bläulich-rosa Orchidee in Marthas Hände. Dabei lächelte sie bescheiden und doch stolz. Die Vase war ein Museumsstück in einem grünlichen Ton mit schwarzen und roten Motiven: Nang Siri hatte sich mit siamesischer Gastfreundschaft von ihrer Lieblingsvase getrennt. Marthas Augen waren ganz Wärme und Dank. Sie legte den Arm um die lächelnde zierliche Siamesin und sah sich mit ihr einige andere Stükke ihrer in Bangkok berühmten Keramiksammlung an, die mattglänzend und zum Umwerfen bereit auf verstaubten Teakholztischen in der riesigen Halle standen. Nang Siri zeigte mit dem schlanken Zeigefinger auf die einzelnen Stücke und nannte stolz und angeregt den Preis. Pauline übersetzte, was ihre Mutter sagte. Nang Siri schaute Pauline mehrere Male mißtrauisch an. Hatte sie Martha auch wirklich gesagt, wieviel die große Fruchtschale mit dem rot-blauen Muster gekostet hatte?

Während dieser Unterhaltung betrachtete Martha die fünfundzwanzigjährige Tochter des alten Herrn Petersen mit dem unbestechlichen Blick der Lehrerin. Das junge Mädchen war in diesem unordentlichen Palast nur zu Gast. Es gehörte in eine andere Umgebung. Aber in welche? – Als Martha Pauline bat, sie doch gelegentlich zu besuchen und sich ihre Bücher aus Deutschland anzusehen, erntete sie ein scheues Lächeln und einen leidenschaftlichen Händedruck: Ja, Pauline würde sehr gern zu Tante Martha kommen! Gab es auch Kunstbücher in ihrer Bibliothek? Pauline vertraute Martha an, daß Rembrandt «famos» wäre. «Famos» war ein Ausdruck ihres Vaters, den er als höchstes Lob anwendete. Als Pauline Petersen ihrer Bewunderung für ein Genie des Westens in singendem Deutsch absurden Ausdruck gab, überlief Martha eine Welle solchen Mitleids, daß sie das große, schwarzäugige Mädchen impulsiv in die Arme schloß. Das war Martha noch nie passiert. Hannes schaute aus seiner Ecke, wo er Onkel Winn über seine Verhandlung mit dem alten Herrn Wong berichtete, erstaunt auf seine Frau und Pauline, die mit siamesischer Sanftmut Marthas Hand küßte. Der alte Herr Petersen hustete und trank ein Glas Whisky ohne jede Beimischung. Seine Nichte Martha hatte in diesem Augenblick sein Herz erobert. Sie war nett mit Pauline – sie war eine famose Frau!

Eine ungeheure Last schien plötzlich von Petersen senior abzufallen. Er nahm Pummel und Pünktchen an der Hand und führte sie in den Garten, wo die zahmen Affen – fünf an der Zahl – auf Drahtseilen herumtanzten. Pummel und Pünktchen betrachteten die Affen mit dem schwarzen Gesichtchen und dem langhaarigen, goldfarbigen Fell mit Ausrufen des Entzückens. Ein Gibbon saß bereits auf Onkel Winns Schulter und hatte seine langen Arme zärtlich um ihn geschlungen.

«Willst du ihn haben, Lütte?» fragte der Seniorchef von Petersen & Co. Pünktchen blieb vor Glück der Atem weg. Dann lächelte sie so reizend wie Petersen mit seinen chinesischen Kunden. «Wenn ich darf . . .» stammelte sie atemlos. Herr Petersen stellte den Gibbon wie ein Kind auf die Beine und gab Pünktchen die eiserne Kette in die Hand. «Du kannst ihn bis zum Essen spazieren führen, mein Deern», sagte er wohlwollend. «Er heißt ‹Hummel-Hummel›. Morgen bringt Pauline ihn zu euch.» Pünktchen sprang ihrem Großonkel an den Hals und küßte ihn. Ihre goldblonden Locken wehten wie ein Lüftchen des Nordens gegen seine Stirn neben dem weißen Haar. Der alte Mann sagte: «Schon gut, mein Lütten!» Der Schleier über seinen hellen, blauen Augen lüftete sich einen Augenblick. So hatte seine verstorbene Schwester Pauline ihn geküßt, wenn er ihr ein Spielzeug aus Amsterdam oder London mitgebracht hatte.

Drinnen in der Halle war eine lebhafte Unterhaltung im Gang. Nang Siri war im Küchenhaus verschwunden, um die sechs Dienerinnen beim Bereiten eines echten siamesischen «Reis und Curry» zu überwachen. Sie sah zwar keinen Staub und keine Spinnweben, aber sie kochte hervorragend. Das hatte Onkel Winn mit vielem versöhnt. Jeder Hamburger schätzt gutes Essen; es muß nicht immer Beefsteak oder Stubenkücken sein. Curry mit fünfundzwanzig phantasievollen Beilagen sei auch eine «ans-tändige Mahlzeit», hatte der junge Wilhelm Christian seinerzeit seiner Schwester Pauline geschrieben.

Onkel Winn begrüßte in diesem Augenblick ein altes Hamburger Ehepaar, die «mal 'n büschen längs gekommen waren». Herr Charles Krüger war Besitzer einer Papierfabrik und ein sehr reicher Mann. Seine Gattin war ihm vor vierzig Jahren aus einer Villa am Feenteich nach Ostasien gefolgt. Sie war während des Ersten Weltkrieges interniert gewesen. Dann hatte eine Wartezeit in Hamburg begonnen. Krügers gingen nach Bangkok zurück, sobald die Deutschen sich dort wieder niederlassen konnten. Frau Krüger war eine kleine weißhaarige Dame mit einem hochroten Gesicht. Sie sprach meist leise, konnte aber plötzlich einige bedeutsame Sätze so laut sagen, daß nicht nur die geräuschempfindlichen Siamesen zusammenfuhren. Sie lebte in einem herrlichen Hause in der Nähe des *Dusit-Parks* einzig für ihren Mann und ihre sechs Rassehunde, an denen sie Mutterstelle vertrat. Sie hatte keine Kinder.

«Wir gehen ja nun auch nicht mehr zurück», sagte Frau Doris Krüger in unverfälschtem Hamburgisch zu Martha. «Pappa kam vor vierzig Jahren in Siam an. Damals hieß es noch nicht Thailand – aber das ist ja egal, sag ich immer ...»

«Waren Sie nach dem Kriege einmal in Hamburg?» fragte Martha.

«Natürlich! – Pappa wollte sogar dableiben. Seine Schwester Florence dibberte den ganzen Tag. Aber ich sagte: ‹Nimm doch 'n büschen Vernunft an, Pappa! Was sollen wir denn zu Haus? In Bangkok hast du deinen großen Garten, deine Pferde, deine Diener und deine Ruhe. Und denn die Hunde! Die brauchen uns doch auch, nicht? – In Hamburg braucht uns niemand, und in vier Zimmern mit 'm lütten Balkon ... da gehst du mir doch ein!› sagte ich zu ihm. Und denn die ganze Politik und die Ostzone und die vielen, unzufriedenen Menschen ... igitt.»

Doris Krüger spuckte eine Erdnußschale kunstgerecht in einen silbernen Spucknapf an ihrer Seite. «Wie man sich an den Kram gewöhnt», bemerkte sie behaglich. «Ich mein: die Erdnüsse! Wie ich hier zuerst ankam, sagte ich immer zu Pappa: ‹Laß doch bloß das S-pucken nach, Jung! Is ja unappetitlich!› – Und nun treib ich das noch toller als er ...»

«Ich hörte, Sie haben ein wunderschönes Haus», sagte Martha, um etwas zu sagen. Sie konnte nichts mit dieser Lotosesserin vom Elbestrand anfangen.

«Unser Haus is ganz nett», sagte Frau Krüger plötzlich so laut, daß Martha zusammenfuhr. «Und denn die Hunde! Sie müssen unsere Hunde besuchen, Frau Petersen! Oder muß ich ‹Frau Doktor› sagen? Pappa sagt, Sie hätten s-tudiert. Was es alles gibt!»

Martha beruhigte Frau Krüger über diesen Punkt. Sie war natürlich ‹Frau Petersen›.

«Pappa», rief Frau Krüger, «wir gehen!»

Sofort erhob sich der alte Herr Krüger und ging auf die Terrasse, um nach seinem Chauffeur zu rufen. Der war verschwunden. Genau wie Petersens *Phom.*

«Bleibt doch zum Tiffin bei uns», sagte Onkel Winn gastfreundlich. Es war ihm gleich, ob zehn oder zwanzig Leute seinen Mittagsreis aßen.

«Vielen Dank, Krischan», sagte Frau Krüger. «Wir müssen weg. Sonst kriegen die Hunde nicht ihr Recht. Der Boy ißt am liebsten auch noch den Reis von Cäsar und *Nit Noi,* wenn ich da nich 'n büschen aufpasse. Und heute hab ich selbst Gäste zum Tiffin. Ich muß der Tochter von unserm Koch noch das Servieren beipulen. Der ‹Erste Boy› besucht heut seine Urgroßtante ... wie immer, nich?»

Frau Krüger holte Atem. Es war wirklich immer dasselbe mit den Dienern.

«Na, die Deern – ich meine die Tochter vom Koch – is ja ganz drollig. Aber sie vers-teht rein gar nichts. Und denn mit Jasmin im Haar! Wenn ich mir unsere Minna von zu Haus vors-telle, mit Jasmin in ihrem Dutt – kann man sich gar nich vors-tellen, nich?»

«Natürlich nicht», sagte Martha lächelnd. «Übrigens sind doch Serviermädchen Museumsstücke im heutigen Hamburg.»

«Natürlich ...» sagte die Dame gleichgültig. «Komm, Pappa! Wenn er erst mal anfängt, mit Krischan zu schnacken, denn hat es kein Ende. – *Pappa!*»

Herr Krüger sagte: «Na, denn adschüs, Krischan! – Wir s-prechen noch mal über den Kopra-Kram, was, Hannes?»

Er verbeugte sich vor Martha und streifte die Kinder zum erstenmal mit einem halben Blick.

«Die Gören schicken Sie man so bald wie möglich nach Hamburg, die haben hier nix verloren.»

Herr Krüger hatte Recht, aber Martha liebte keine Ratschläge von Fremden.

«Wir bleiben nur ein paar Monate», erwiderte sie kühl. Charles Krüger lachte laut auf. «Das is ja drollig! Hast du das gehört, Hannes? Deine Frau will wieder weg ...»

Petersen kam Martha loyal zur Hilfe. «Natürlich», sagte er. «Meine Familie ist hier zu Besuch.»

«Na, nichts für ungut, Frau Petersen», sagte Herr Krüger sehr höflich. Etwas in Marthas Blick hatte seine Lustigkeit gedämpft. Wollte Martha Petersen wirklich und wahrhaftig nicht hierbleiben? Hannes blieb doch wohl auf jeden Fall? Jetzt war er doch Teilhaber der Firma. Das war die beste Lösung für Petersen & Co. gewesen. Hannes konnte ja großartig mit den Chinesen umgehen. Charles Krüger dachte sekundenlang daran, daß er selbst mal so dösig gewesen war und in Hamburg sein Leben beschließen wollte. Aber Mamma hatte ja denn rechtzeitig ihr Veto eingelegt. In vier Zimmern konnte man wirklich nicht leben. Es war dem Ehepaar Krüger bei seinem Besuch im Nachkriegs-Hamburg nicht aufgefallen, daß nur wenige Begünstigte vier Zimmer bewohnten. Selbst Fräulein Florence Krüger hatte Untermieter in der Maria-Louisen-Straße. Schrecklich!

«Auf Wiedersehen, Frau Petersen», sagte Herr Krüger. «Wir würden uns freuen, wenn Sie sich die Hunde mal ansehen! Bringen Sie bitte die Kinder mit! Du kannst dich denn mal auf 'n Pony setzen, mein Jung», meinte er freundlich zu Pummel. «Ich hab 'ne kleine Zucht... Rennpferde...»

Dann fuhr das alte Ehepaar in seinem neuen Wagen davon. Es lebte noch behaglich und eigensinnig im Siam von 1910... im Land des ungetrübten Lächelns, ohne revolutionäre Nachbarländer. Mit ergebenen Dienern, Rennpferden, Hunden und Tonnen von Ruhe.

Da das Tiffin immer noch nicht erschien, zeigte Petersen senior den Kindern seine Vögel.

«Der da heißt *Nok-Takarb*», erklärte er Pummel. «*Nok* heißt Vogel auf siamesisch.»

Pummel betrachtete den Vogel scharf und sachverständig. Er hatte immer eine Eins in Naturkunde gehabt. Er notierte sich in einem winzigen schmutzigen Notizbuch den Namen des Vogels und seine Farben. *Nok-Takarb* war ein fetter, glänzender Geselle mit grünen und blauen Flügeln, die in der Mittagssonne wie kostbares Metall glänzten.

Den Schmetterling hatte Pummel mittlerweile auch mit Hilfe seines Großonkels klassifiziert.

Wilhelm Christian Petersen blickte sinnend den stämmigen Jungen mit dem blonden Haarschopf und den klugen, guten Augen an. Ein famoser Jung... ‹Kraft und Sanftheit›, dachte Petersen senior plötzlich.

«Gibt es viele Schmetterlinge in Siam?» fragte Pummel lerneifrig.

«Ungefähr siebenhundert Arten. – Die schönsten sind in den Dschungeln. Vielleicht nehme ich dich mal mit!»

Pummel wagte kaum zu atmen vor Glück. Was würden seine Hamburger Freunde sagen, wenn er ihnen aus dem Dschungel Schmetterlinge mitbrächte? –

«Das wäre... sehr nett», sagte er mit Hamburger Zurückhaltung. Der alte Herr Petersen nickte zufrieden: man sollte sein Herz nicht auf der Zunge tragen.

Plötzlich legte sich ein Schleier über seine scharfen blauen Augen. Er mußte an seine eigenen schattenhaften Söhne denken – an diese wildfremden jungen Männer, deren Liebenswürdigkeit ihre geistige Lethargie nur eben verdeckte. Sie hatten Sanftheit, aber keine Kraft. Sie waren im Kern gebrochen und gespalten.

«Kommt, Kinder», sagte er heiser. «Gleich gibt es ‹Reistafel›!»

IV

Als Petersens an diesem ereignisreichen Tag nach Hause fuhren, gab es im Auto eine lebhafte Unterhaltung. Es war allerhand Überraschendes abgemacht worden: Pummel und Pünktchen würden zwei Wochen bei Großonkel Winn in Hua Hin verbringen. Dort würde Pummel am Strand unter Aufsicht von Petersen senior ‹zahme Gäule› besteigen. Pünktchen würde nur im Meer baden, wenn Pauline dabei war. Das Kind mußte endlich seine Angst vor dem Wasser überwinden. Seitdem sie in den Kanal gerutscht war, konnte Martha Charlotte nicht einmal bewegen, an ihrer Hand das Schwimmbassin im Sportklub zu betreten. Pauline hatte leidenschaftlich versichert, daß Pünktchen nichts in Hua Hin geschehen würde. Sie betrachtete ihre kleine Verwandte mit den blonden Locken mit einer demütigen Bewunderung, die Martha ins Herz schnitt. Kein Neid war in Paulines dunklen, grübelnden Augen, nur Staunen, daß jemand so blond und rosig sein konnte.

Petersen mußte geschäftlich nach Saigon fliegen, und Martha würde ihn begleiten. Sie sollte einmal eine Kolonialstadt im Sonnenuntergang sehen.

Zu Hause erwartete Ah Chang seine Herrschaft mit undurchdringlichem Lächeln. Er tat, als ob er seine Tochter Cheng nicht sähe, die gerade in der Rikscha durch das Tor einfuhr. Die malaiische *Amah* war verschwunden. «Eine sehr schlechte Person...» murmelte der alte Koch. Sie war «nicht glücklich» bei Nai Petersen. Ah Chang hatte sich sofort eine Hilfe für die Küche besorgt. Seine Tochter Cheng mußte erst einmal wieder auf die kleine Missie aufpassen, nicht wahr?

Die neue Küchenhilfe war eine Nichte von Ah Chang. Martha hatte sie öfter im Angestelltenviertel von weitem gesehen. Die Dame stand nun neben dem alten Koch und zeigte sämtliche Goldzähne beim Lächeln. Das wäre also *Chung*. Chung – erklärte Petersen seiner sprachlosen Gattin – hieße «Zweite Schwester». Wessen zweite Schwester diese Dame war, wurde nicht erläutert. Chung brachte ein bildschönes, halbwüchsiges Mädchen mit. Sie hieß *Ah Bue* und sollte ebenfalls «helfen».

«Aber Amah hatte doch gar nicht gekündigt», sagte Martha schwach. «Du bist hier nicht in Pöseldorf, Martha», erwiderte Petersen aufreizend nachsichtig. «Die Dame ‹Goldklang› hat Amah bedeutet, daß du ihre Dienste entbehren kannst... Sie will Pünktchen für sich behalten. Das ist doch ganz einfach.»

Die neue Hilfe des Kochs verbeugte sich tief. Sie trug noch den breiten, geflochtenen Bambushut der chinesischen Markthändlerin. Ihre Füße steckten in staubigen Sandalen. Sie trug schwarze Hosen und eine schwarze Jacke. Diese Chinesin mit den schlauen Augen und den gierigen Händen gefiel Martha nicht. Aber – man war ja nicht in Pöseldorf. Tochter Ah Bue hatte die Augen und Hände der Mutter. Alle beide verschwanden mit dem alten Koch in die Richtung des Küchenhauses. Diese

Malaiin war man los. In Bangkok suchte der Koch die Diener und Dienerinnen aus und nicht der fremde Doktor, der nicht einmal die tausend Kräuter und zweitausend Geheimmedizinen der Chinesen kannte. Ah Chang war *Number One* im Hause Petersen. Auch die *Mem* mit der «gelehrten Brille» und der «unbescheidenen Stimme» würde nichts daran ändern. Ah Chang konnte sich nie genug darüber wundern, wie vernehmlich sich die weiblichen Fische des Westens ihren Ehemännern gegenüber äußerten. Es schlug jeder Tradition ins Gesicht. Dabei war die Tradition einer Familie so notwendig wie dem Vogel die Flügel und das Wasser dem Fisch.

Der Alte verschwand kopfschüttelnd in dem gedeckten Gang, der zu dem Küchenhaus mit den rinnenden Hähnen führte.

Cheng verbeugte sich demütig vor Martha und murmelte, daß sie jetzt das Bad der «kleinen Herrin» bereiten wolle. Sie senkte ihren Kopf so tief, daß Petersen und Martha nicht den Triumph in ihren Mienen sehen konnten. Niemand würde ihr das Kind mit den goldenen Haaren rauben! Und ein schönes Gehalt gab es auch noch. Davon konnte Cheng «Ältesten Enkelsohn» so viel lernen lassen, daß «sein Bauch sich mit Bleistiften füllen würde». Cheng mußte Mutter und Vaterstelle an ihren Söhnen vertreten. Ihr Mann war lange nach der japanischen Besetzung Siams von einem der «gelben Zwerge», die in Bangkok geblieben waren, erschossen worden. Seitdem lächelte Cheng nur noch, wenn sie von Martha Vorschuß verlangte. Hoffentlich briet der gelbe Zwerg in der untersten Blutschüsselhölle. Cheng steckte «Jüngstem Enkelsohn» zärtlich einige Süßigkeiten in den Mund, die sie ihm von «Master Petersen mit dem weißen Haar» mitgebracht hatte. Jüngster Enkelsohn aß die Süßigkeiten der fremden Teufel besonders gern.

«Cheng!» rief Pünktchen von oben, «bringe mir eine Eislimonade!» Pünktchen sprach schon sehr nett Siamesisch, wenn auch mit deutschem Akzent. Cheng verstand das Kind mit den goldenen Haaren, als ob es Chinesisch gesprochen hätte ... Sie würde der kleinen Missie in Hua Hin etwas Chinesisch beibringen. Die *Mem* hatte ihr soeben sagen lassen, daß sie die Kleider des Kindes bis übermorgen gewaschen und gebügelt haben sollte. Cheng überließ der siamesischen Waschfrau dieses Vorzugsamt nicht. Sie plättete nicht gut genug für das Kind mit den goldenen Haaren. Keine Arbeit war Cheng zuviel, wenn es sich um «ihre» kleine Herrin handelte.

Drei Tage später fuhren die Kinder mit ihrem Großonkel, Nang Siri und der glücklichen Pauline in die Sommervilla nach Hua Hin. Pauline würde Pünktchen nicht aus den Augen lassen; auch wenn es der Chinesin nicht paßte. Pauline hatte *auch* Mittel und Wege, ihren Willen auf geheime Weise durchzusetzen. Das hatte sie von ihrer asiatischen Mutter gelernt.

Petersen und Martha bestiegen das Flugzeug nach Saigon. Eine andere Welt sollte sich vor Martha auftun: Kolonialstadt im Sonnenuntergang!

VIERTES KAPITEL

Saigon — Stadt im Sonnenuntergang.

I

Die Städte des Fernen Ostens, die in der zweiten Hälfte unseres Jahrhunderts eine weltbewegende kulturpolitische Wandlung durchmachen, beeindrucken den Europäer durch ihre tragische Zerrissenheit. Die Vergangenheit ist noch nicht tot; und die Zukunft wird unter Tränen, Irrtümern und Kanonendonner jeden Morgen neu geboren. Petersen hatte noch das alte Saigon kurz vor dem ostasiatischen Kriege kennengelernt. Eine Stadt eleganter Muße, großartiger Kolonialarbeit und tropischen Charmes. Während der japanischen Besetzung war er zweimal in Saigon gewesen. Eine wehmütige Tropensonne hatte Marschall Pétains Marionettentheater beschienen. Die Stadt wimmelte von Untergrundkämpfern des Generals de Gaulle.

Petersens guter Bekannter, Monsieur Gaston Courtaux, hatte nach dem Kriege in Paris das Kreuz der Ehrenlegion in Empfang genommen. Monsieur Courtaux war eine Einrichtung in Saigon; jeder kannte ihn; denn jeder hatte von Zeit zu Zeit in der Handelskammer zu tun. Die Japaner hatten ihn bis zum Schluß für einen «Anschluß-Franzosen» gehalten: seine geschmeidige Höflichkeit war der starren und zeremoniellen der japanischen Herren überlegen gewesen.

«Du mußt Monsieur Courtaux kennenlernen», sagte Petersen zu Martha, als sie vom modernen Flughafen durch die Stadt in ihr Hotel fuhren.

Martha hatte Kopfschmerzen und eigentlich keine Lust, noch mehr fremde Menschen kennenzulernen. Bangkok hatte sie schon reichlich versorgt. Man sah im «Fernen Osten» Menschen eigentlich nur in ihren Umrissen. Entweder verbargen sie ihre Substanz, oder – sie hatten keine.

«Wenn ich mich etwas ausgeruht habe, gern», sagte sie freundlich. Sie blickte trotz ihrer Ermüdung aufmerksam um sich: Saigon war ganz anders als Bangkok! Wenn man durch die großzügigen Boulevards fuhr und die Bauten der Kolonie vor Augen hatte, konnte man kaum glauben, daß der wilde, triumphierende Wind der Revolution durch diese bezaubernde Tropenstadt wehte. Dennoch war Saigon und ganz Cochin-China das letzte Überbleibsel der Kolonialherrschaft in einem vom Bürgerkrieg zerrissenen Indochina. Saigon führte jedem aufmerksamen Besucher französischen Glanz und Irrtum in ironischer Schwermut vor Augen. Die Schwermut des Abschiednehmens lastete auf jedem Franzosen, der sich hier fern von Paris unter glühender Sonne ein Spiegelbild der ewigen Stadt vorgegaukelt hatte.

Französischer Sinn für Ordnung und Schönheit begegnete Martha auf Schritt und Tritt während ihrer ersten Fahrt durch Saigon. Er beherrschte die Bauten machtvoll und doch unaufdringlich, wie die Tradition von der Seine es vorschrieb. Die Handelskammer war ein Triumph des klassischen Geschmacks. Das Gebäude mit den anmutigen Säulen und der großen Treppe strahlte kolonialen Glanz aus. Oder das Pasteur-Institut ... die berühmte «Bank von Indochina» mit ihren Filialen im ganzen Fernen Osten ... die Krankenhäuser ... die vorbildlichen Schulen und «Gärten für Kinder» ... die feinen Restaurants und Läden der Rue Catinat ... ja, Saigon war eine Welt für sich. Und diese Welt lag im Sonnenuntergang.

In den offenen Cafés saßen Französinnen, Annamitinnen und elegante Chinesinnen wie auf einem Pariser Boulevard und nippten gelassen an ihrem Apéritif ... Politik war eine Männersache – man betrachtete lieber die Delikatessen und Sektmarken in den Läden der Rue Catinat. Und die Moden und die Parfums von Paris boten weitere Zerstreuung. Man lachte ... man machte leichte und angenehme Konversation, in die sich ferner Kanonendonner mischte. Oder das Rauschen des *Mekong-Flusses* und die Vesperglocken der französischen Kathedrale. Die Kolonie stand auf bestem Fuße mit den Padres und Schwestern der Mission, die abseits von Politik und Wirtschaftskrise Kranke pflegten, Schulkinder erzogen und dem *Herrn* an diesem absonderlichen Platz mit französischer Vernunft und christlichem Eifer dienten. Die Padres beschäftigten sich in ihren knappen Freistunden mit annamitischer Kunst und Legende; manch wertvoller Beitrag zum Verständnis des Landes stammte aus ihrer Feder. Ihre Missionstätigkeit führte sie mit allen Schichten der Bevölkerung zusammen und vermittelte ihnen lebendige Volkskunde.

Petersen kannte einige dieser frommen Gelehrten; er war ihnen bei Monsieur Courtaux begegnet. –

Im Palast-Hotel von Saigon hatte man offenbar niemals von einem aus Bangkok bestellten Doppelzimmer gehört. Saigon wimmelte von amerikanischen Besuchern, die sich beim Sekt im geheimen überlegten, wie lange die USA noch Geld und Waffen für diesen trostlosen und veralteten Kolonialkrieg der Franzosen liefern sollten. Schon die «nichtmilitärische» Hilfeleistung der USA, die auch Schaffung und Reparatur von Hafenanlagen und Flugplätzen einschloß, belief sich auf etwa fünfunddreißig Millionen Dollar im Jahr. Die amerikanischen Vertreter der *United Nations* mit ihren pädagogischen und ökonomischen Zweigen waren zum großen Teil in Bangkok stationiert und unternahmen Spritztouren nach dem wankenden «Paris des Orients».

Aus diesem Grunde war Petersens Zimmer zwei amerikanischen Damen vermietet worden, die Berichte und Bilder an eine beliebte amerikanische Zeitschrift liefern sollten. Miss Black und Miss Macpherson, die sich in ihrer amerikanischen Kleinstadt zu Tode gelangweilt hatten, waren im Fernen Osten über Nacht so wichtige Persönlichkeiten, daß sie am liebsten gar nicht mehr nach Haus fahren wollten. Erst einmal bewohnten sie Petersens Zimmer.

Der Hotelchef überlegte... Es war ungeschriebenes Gesetz in Saigon, den Besuchern aus den USA in jeder Weise entgegenzukommen. Und die Deutschen? Sie hatten auf Befehl dieses «Herrn Hitler» jahrelang Paris besetzt... dieser Monsieur Petersen hatte allerdings die ganze Zeit in Bangkok gesessen... Er gab großzügig Trinkgelder, was man von den Amerikanern in keiner Weise behaupten konnte. Die gaben schon sowieso so viel, daß man keine Extrazulagen erwarten durfte. Der Hotelchef traf eine charakteristische Entscheidung: Monsieur Tak, ein chinesischer Geschäftsmann aus Hanoi, hatte für heute abend das beste Zimmer im ersten Stock bestellt. Man würde ihm jene Mansarde geben, die Monsieur Petersen soeben höflich, aber bestimmt zurückgewiesen hatte. Mochte er beleidigt sein! Das Palast-Hotel würde es überleben. Selbstverständlich durfte man Monsieur Petersen nicht mit dem Zuschlag des luxuriösen Zimmers belasten; den würden, ohne es zu wissen, die amerikanischen Damen zu zahlen haben. Miss Black und Miss Macpherson waren das erste Mal im Orient und kannten sich nicht so aus wie der Herr aus Bangkok.

Martha nahm eine Dusche und legte sich zwei Stunden in das breite, zweischläfrige Bett. Sie liebte keine Betten, die man mit einer anderen Person teilen mußte. Hannes lag nach kurzer Zeit immer in der Mitte und hatte die ganze Decke. Aber was konnte man gegen den französischen Geschmack machen?

Hannes besuchte indessen zwei Kunden und traf Verabredungen für Cholon bei Saigon, wo die wichtigsten chinesischen Firmen residierten.

Als Hannes und Martha am späten Nachmittag in einem Café der Rue Catinat ihren Apéritif tranken, stürzte ein sehr langer und blasser Herr im schneeweißen Tropenanzug auf sie zu. «*Mon cher Monsieur Petersen!*» rief der lange, blasse Herr. – Es war Monsieur Courtaux, der bei einem Apéritif über den Rückgang des Reisexports und das Schicksal der produzierten Kohle nachgedacht hatte... Die Produktion ließ nichts zu wünschen übrig; aber die Exportziffern waren weiter gefallen. Die Hauptmärkte – Japan und Frankreich – nahmen weniger ab. Das bedeutete auf der anderen Seite verringerten Import in Eisen und Stahl. Und Eisen und Stahl brauchte Indochina für seinen Krieg.

Monsieur Courtaux betrachtete die Dame an Petersens Seite mit leisem Vorwurf: Madame war nicht ein bißchen chic! Und – o la la! – eine lose Haarsträhne lugte unter ihrem breitrandigen Sonnenhut hervor... Dabei gab es in Saigon die besten Friseure.

Im Laufe der Unterhaltung fand Monsieur Courtaux, daß Madame

Petersen so vernünftig wie eine Französin war. Bis auf ihre Frisur war nichts an ihr auszusetzen. Petersen hatte ihm während der japanischen Besetzung Ostasiens auch die Geschichte seiner Flucht erzählt, in der Martha so eine entscheidende Rolle gespielt hatte. Sie hatte augenscheinlich nichts für das Nazi-Regime übriggehabt. Welch heldische Vernunft!... hatte Monsieur Courtaux gedacht. Er selbst hatte ja auch mit heldischer Vernunft der Sache der Freiheit unter den Japanern gedient. Es war doch merkwürdig, wie diese Epoche Männer und Frauen in grundverschiedenen Situationen zu moralischen Höchstleistungen anspornte. Das war ein recht unfranzösischer Gedanke; die Franzosen sahen meist nur die Lage der Franzosen. Aber das Leben im Orient erweiterte die Sicht. Ob man Madame Petersen einen guten Friseur empfehlen sollte? Vielleicht würde sie selbst danach fragen. Es war die erste Frage der Amerikanerinnen und Französinnen nach ihrer Landung im «Paris des Orients». Aber Madame Petersen sah nicht danach aus, als ob sie Stunden in einem duftenden Frisiersalon von Saigon verbringen würde. Sie erinnerte Monsieur Courtaux an seine normannische Tante – solide, gütig und grundverständig. Eh bien!... In den elektrisch gekühlten Frisiersalons von Saigon ließen sich die kolonialen Damen, die zierlichen Annamitinnen und die eleganten Chinesinnen die neuesten Skandale erzählen. Leider handelten sie heutzutage höchst selten von Liebe und um so öfter von Politik. Madame Colin war von ihrem annamitischen Koch vergiftet worden. Sie hatte ihn angeherrscht wie in den alten, guten Zeiten. Das ging nicht mehr bei diesen Vietnamesen... Und ein anderer Koch, dessen Sohn bekanntermaßen zu Ho Chi-Minh hielt, hatte seinem Brotgeber, einem Offizier der Vietnam-Armee, Tigerhaare in der Poularde serviert. Das hatte eine Blutung ergeben, die mit dem Tode des Offiziers und dem spurlosen Verschwinden des Kochs geendet hatte. – Wieviel Unglück! Und doch fuhren die Damen mit den widerstrebenden Ehemännern oder enthusiastischen Fremden des Abends ins Kino, während außerhalb der Stadt Vietminh-Guerillas mit lobenswerter Unparteilichkeit auf Franzosen und Amerikaner schossen, deren Autos sich bei Anbruch der Dunkelheit versehentlich über die «Linie» gewagt hatten. Man konnte sich im Jahre 1950 nur fünf Kilometer ohne Gefahr von Saigon entfernen. – Die «Linie» war Tischgespräch in der französischen Kolonie. Sehr langweilig war das alles für die Damen. Die Freiheitsbeschränkung machte den Damen allerdings wenig aus. Sie tanzten trotz der Hitze und der politischen Drohung in den drei oder vier überfüllten Nachtklubs von Saigon. Eine Tanzfläche konnte eine Welt von Abwechslung enthalten. Das fand wenigstens die Gattin von Monsieur Courtaux, die jungen Amerikanern Saigon bei Nacht zeigte... das heißt: wenn sie nicht in Paris oder in Dalat war. Die Ehemänner von Saigon wurden täglich griesgrämiger, fanden die Damen. Man hatte doch jetzt Wachen nachts im Garten der weißen französischen Villen... Was konnte da schon passieren? –

Monsieur Courtaux erinnerte sich gerade an seinen letzten Besuch in Bangkok. Monsieur Petersen hatte damals Madame und die Kinder erwartet. Da hatte er nicht stören wollen. *La Famille* war jedem Franzosen heilig; auch wenn er keine hatte... wie Monsieur Courtaux. Also er hatte in Bangkok im *Oriental Hotel* – eine entzückende Aussicht auf den Menam-Fluß! – Tauben gegessen, die ohne Zweifel mit Stroh gefüllt waren. Man kochte nur in Saigon zivilisiert. Monsieur Courtaux würde es seinen Bangkoker Freunden morgen abend beweisen.

Martha bedankte sich aufrichtig erfreut. Der Franzose mit dem blassen, langen Gesicht gefiel ihr. Außerdem sprach er so langsam Englisch, daß Martha jedes Wort verstand. Seine Augen hatten einen merkwürdigen Ausdruck. Sie verrieten scharfe Intelligenz und die weise Resignation eines enttäuschten Mannes, der sich den kleinen Freuden des Lebens nicht verschließt. Monsieur Courtaux war gesellig, liebte gute Küche und verstand sich auf asiatische Kunst. Martha würde morgen abend sein chinesisches Lackkabinett sehen. Sammler hatten ihm oft ein Vermögen dafür geboten, aber der Genuß alter Kunst schien ihm unverkäuflich, selbst im Fernen Osten, wo man eigentlich alles – von einer Gesinnung bis zu einem Lacktablett – kaufen konnte. Monsieur Courtaux liebte es, wenn Besucher seine Kunstschätze priesen; aber er unterschied genau zwischen Schmeichelei und aufrichtigem Lob. Monsieur Petersen war ein Liebhaber des Schönen. Das hatte man bei der ersten Unterhaltung mit ihm heraus. Und morgen früh würde Monsieur Courtaux Madame zu einer Rundfahrt durch Saigon und Cholon abholen. Monsieur könnte indessen seine Kunden besuchen. Ein Auto stand ihm zur Verfügung – oh, selbstverständlich! – Und bitte nicht vergessen: morgen abend war Diner in der *Villa Solitude.*

So hieß der Wohnsitz von Monsieur Courtaux.

II

Vier Eindrücke von ihrer Fahrt durch Saigon und die Chinesen-Siedlung *Cholon* blieben Martha in Zukunft immer lebendig: die Poliklinik von Saigon, eine alte Bettlerin, die Wahrsager von Cholon und die Händler, die auf den Märkten in Saigon Delikatessen anboten, wie man sie auf der ganzen Erde sonst nicht kosten konnte.

In der riesigen, blitzsauberen Poliklinik standen und hockten unübersehbare Scharen von annamitischen und chinesischen Müttern, die gläubig und resigniert ihre kranken Säuglinge den Ärzten hinter den langen «Medizintischen» entgegenhielten. Die Ärzte und die Schwestern in den weißen Schürzen und gestärkten Hauben hatten helle und dunkle Gesichter, blaue und schwarze Augen. Hier war ein Sieg Frankreichs erfochten, den keine Propaganda zunichte machen konnte. Die französischen Ärzte und Schwestern hatten mit vorbildlicher Geduld die Annamiten und Euro-Asiaten so weit geschult, daß sie den Seuchen Ostasiens wirksam entgegentreten konnten. Viele dieser jungen Asiaten hatten in Paris studiert; alle empfanden Dankbarkeit und Zuneigung für die selbstlosen, französischen Helfer, die jahrein, jahraus hier ihre Pflicht taten. Es war eine schwere Pflicht. Die annamitischen Mütter – erklärte Monsieur Courtaux mit nachsichtiger Melancholie – hatten leider keine Ahnung von Sauberkeit und Regelmäßigkeit in der Krankenpflege. Wenn eine Medizin nicht sofort half, wurde sie nicht mehr verabreicht. Und die Babies steckten auf den Märkten sowieso alles in den Mund, was die zärtlichen Mütter ihnen offerierten – Getränke mit unabgekochtem Eis, verstaubte Süßigkeiten, eine billige Tropenfrucht, die schon den Keim der Verwesung unter der leuchtenden Schale trug.

Diese Märkte erinnerten in ihrem tosenden, dichtgedrängten Leben an Bangkok; nur die Eßwaren waren verschieden. Monsieur Courtaux kannte die Händler; was er kaufte, konnte Martha unbesorgt essen. Es war sauber. *Und* deliziös! Es gab dort Speisen und Erfrischungen mit sonderbaren Namen, deren Zusammensetzung Monsieur Courtaux bis zum letzten Gewürz kannte. Die Händler liefen mit ihren zierlichen Herden und Körben fröhlich die Straßen entlang und riefen mit monotoner Stimme: «*Ai an oc dura khong!*» («Schnecken mit Kokosnuß-Geschmack!»), – «*Ai an oc gao khong!*» («Schnecken mit Reis-Parfum!»). Tonkinesen mit glänzend lackierten Zähnen boten ihren Landsleuten kleine Barken aus Bananenblättern, die einen weichen Kuchen aus Mehl, Schweinefett, Zwiebeln und einer scharfen Soße enthielten. Die Delikatesse hieß *ban beo bac* und zerging im Munde ... Daneben gab es seltsame Erfrischungen: Kräuter-Gelatine, die man mit Zuckerwasser und Eis aus einer Tasse trinken konnte. Oder Milch aus Sojabohnen, die ein fetter Chinese auf seinem Öfchen in Sodaflaschen heiß hielt. Monsieur Courtaux hob eine gebieterische Hand: keine Getränke, so leid es ihm tat! Madame würde sich später in einem französischen Café der Rue Catinat mit Eis erfrischen.

Mittlerweile waren sie in Cholon angekommen, wo sie Petersen abholen wollten. Hier waren die Chinesen Herren der Situation. Cholon war die Seele von Indochinas Geschäftsleben. Hier gab es Reismühlen, Sägewerke, Färbereien, Gerbereien, Ziegelfabriken, kurz alles, was Saigon sein Leben für Schönheit und Wissenschaft ermöglicht hatte. Es war ein weiter Weg von Cholon mit seinen niedrigen Hütten zu dem vornehmen Saigon mit seinem amerikanisch ausgebauten Hafen: eine Saga von chinesischem Fleiß und unbesiegbarer Energie. Selbst die Bettler in Cholon hatten etwas Unbesiegliches; so erschien es Martha, als sie stumm eine uralte Chinesin am Eingang einer Pagode betrachtete. Sie mochte siebzig Jahre alt sein oder siebenhundert. Eine chinesische «Mutter der Schmerzen». Jede Rune in dem ausgemergelten Gesicht mit den scharfen, geschlitzten Augen unter den schweren Lidern sprach von Entbehrung, Geburt der Söhne und Standhaftigkeit bis in den Tod. Die verrunzelten Hände sahen aus, als ob sie fest zugreifen konnten; nur die knochigen Füße in den zerrissenen Sandalen waren kraftlos, müde vom Wandern; müde vom Laufen und Dienen.

Drinnen im Wandelgang des chinesischen Tempels saßen Wahrsager an niedrigen Tischen und verkauften ihre Weisheit an langbezopfte Kulifrauen. Auch hier hockten Bettler. Sie spitzten die Ohren: ein bißchen Weisheit, die nichts kostet, gehört seit je zum Vergnügen der Chinesen.

Die Kulifrauen in den sauberen weißen Jacken und schwarzen Satinhosen lauschten andächtig. Ein winziger Blick in die Zukunft verhinderte Irrtümer in der Gegenwart. Monsieur Courtaux erklärte nachsichtig, daß schon der legendäre Kaiser *Fu Hsi* sich der «Wissenschaft» des Wahrsagens hingegeben hätte. Einer seiner Beiträge zur chinesischen Zivilisation war das geheimnisvolle Diagramm des *pakwa* gewesen. Es bildete die Grundlage zum «Buch der Wandlungen».

Martha lächelte ... Dieser Franzose lehrte sie eine ganze Menge, was Hannes sie nicht lehren konnte. Hannes war zu leichten Sinnes ... wie seine Tochter Pünktchen, die wohl jetzt unter der Aufsicht von Pauline und der insgeheim eifersüchtigen Cheng die zarten Füße mit dem Meer in Berührung brachte. Die Kinder! Sie waren die Früchte des Lebens. Martha fühlte sich bei diesem Gedanken eins mit der unbekannten Schmerzensmutter von Cholon.

III

Monsieur Courtaux hatte nicht zuviel versprochen. Das «kleine Diner», das er seinen Gästen aus Bangkok am Abend vorsetzte, war ein Meisterwerk der Zivilisation. Es war eine Mischung von französischer und annamitischer Küche – von einem Kenner der Genüsse zusammengestellt.

«Sie haben einen wundervollen Koch, Monsieur», sagte Martha begeistert und blickte den kleinen zierlichen Annamiten in der schneeweißen Uniform, der im Hintergrunde das Servieren der beiden Diener überwachte, mit Respekt an. In der Küche stand die fette Gattin des Künstlers, die nicht kochen, aber anrichten durfte. Ngu Yen und seine Gattin beschimpften sich lebhaft hinter den Kulissen; doch wenn das Diner zur Zufriedenheit ausgefallen war, aßen sie sich vor Liebe auf. Heute abend strahlte das Mondgesicht der holden Gattin; denn den fremden Gästen schien die Kostprobe annamitischer Kochkunst außergewöhnlich zu munden. Wenn ihr Herr unzufrieden mit dem Diner war – was passierte, wenn Ngu Yen zu lange Glücksspiele gespielt hatte –, verkroch sich der Koch für ein bis zwei Tage. Ein annamitisches Sprichwort sagt: «Es ist keine Schande, einem Elefanten auszuweichen.» – Erst wenn der Herr wieder so vergnügt war wie eine Maus, die in einen vollen Reistopf gefallen ist, erschien Ngu Yen mit einer durchsichtigen Entschuldigung, die Monsieur Courtaux mit todernstem Gesicht entgegennahm. Nur ein Narr, der nichts vom Essen verstand, würde Ngu Yen entlassen.

Gegen Ende des Mahls war der kleine Annamite mit dem strahlenden Lächeln unruhig geworden. Er hüpfte lautlos von einem Bein auf das andere. Monsieur Courtaux murmelte einige beruhigende Worte in der Landessprache. Nein ... es würde nicht mehr lange dauern. Die Diener konnten den Mokka und die Liköre auf der Veranda allein servieren.

«Ngu Yen und seine Frau haben noch viel vor», erklärte Petersens Gastgeber. «Heute ist Totenfest in Saigon. Wenn wir nachher noch ein wenig ins Kino fahren – ein ziemlich neuer französischer Film, Madame! –, dann werden Sie etwas Merkwürdiges auf den Straßen sehen!»

Während Monsieur Courtaux seinen Gästen seine kostbaren Lackwandschirme und Schalen zeigte, hörten sie ein durchdringendes Wehgeschrei aus der Richtung des Küchenreichs. Der fröhliche Ngu Yen heulte dort mit seiner Gattin um die Wette: Das Totenfest hatte begonnen. Ngu Yen bejammerte das Schicksal seiner Mutter, die vielleicht als hungerndes Phantom im «Pavillon der wandernden Seelen» umherirrte, der nach annamitischem Volksglauben die Toten aufnahm und wo man sie richtete. Die Mutter von Ngu Yen hatte andere hungern lassen. Sie war geizig gewesen ... Man mußte heute beim Totenfest Opfer bringen und die Tempel besuchen, um den Toten ihren Aufenthalt in dem mysteriösen Pavillon angenehmer zu gestalten.

Petersens erblickten staunend ein Abbild dieses Jenseits auf einem Lacktablett, das für sich allein auf einem niedrigen Schrank stand. Die Annamiten hatten die uralte Kunst, Lackgegenstände mit gold- und silberdurchwirkten Mustern zu versehen, von ihren ersten Eroberern, den Chinesen, gelernt. Diese kulturelle Erbschaft war sogar noch in dem Wort *Annam* erkennbar, das im Chinesischen «besänftigter Süden» bedeutet. Die annamitischen Lackarbeiten, die Monsieur Courtaux durch Jahre neben alten chinesischen Kunstwerken in seinem «Kabinett» bewahrte, standen den chinesischen an Phantasie und zarter Kunst nicht nach. Nur war die Phantasie von anderer Art. Sie war vom Konfuzianismus fort in hinduistisch-buddhistische Bereiche gewandert.

«Dieses Tablett ist sehr alt ...» sagte Monsieur Courtaux sanft. Er wies mit seinem langen, dünnen Zeigefinger auf einen Teil der Zeichnung von besonders suggestiver Kraft.

«Die Terrasse des ‹Spiegels der Vergangenheit›! – Ein Motiv für ein Seelendrama des Fernen Ostens ...» murmelte der Franzose. «Die Seelen der Sünder werden nach ihrer Ankunft im Pavillon auf eine hohe Terrasse geführt. Dort blicken sie in einen riesigen Spiegel, der sie und die geheimsten Taten ihres Lebens mit furchtbarer Objektivität reflektiert. Die Menschen und Tiere, die unter ihrer Grausamkeit oder Gedankenlosigkeit gelitten haben, erscheinen als Ankläger in diesem weißglühenden Spiegel. Ein Ableugnen ist nicht möglich, denn das Gewissen der Sünder hat im Spiegel Gestalt angenommen und ist für alle sichtbar geworden. Nach dem Urteil des obersten Richters werden sie dann in die diversen Höllen des Pavillons geführt... Bei uns nimmt das Gewissen nur noch in der Beichte Gestalt an», schloß Monsieur Courtaux mit leiser Stimme. «Die Mehrzahl der westlichen Menschheit betrachtet diese Einrichtung der Seelenhygiene ganz zu Unrecht als ‹mittelalterlich›. Dabei ist die Beichte soviel positiver als die Schau auf der Spiegelterrasse! Den Sündern des Fernen Ostens steht der Weg zur Sühne nicht offen...»

Monsieur Courtaux schwieg. Er stellte das Tablett vorsichtig auf seinen Platz zurück und bat seine Gäste mit einer Gebärde auf die Terrasse. Das Auto – ein schwarzer Citroën – hielt soeben vor der Marmortreppe.

Auf den Straßen von Saigon war das Totenfest der Annamiten in vollem Gange. Vor den Behausungen der Eingeborenen standen niedrige Tische, die mit dampfenden Reisschüsseln, Suppenschalen, Kuchen, Früchten und Geistergeld aus Goldpappe beladen waren. Denn nun, nach Sonnenuntergang, kamen die Hungerphantome aus der Hölle zu ihren Familien, um sich einmal satt zu essen. Vor den kleinen Altären mit den glimmenden Räucherkerzen knieten alle Hausbewohner im Gebet für ihre geplagten Toten. Wenn die Räucherkerzen beinahe zu Ende gebrannt waren, streuten die Annamiten Reiskörner aus einer großen Schüssel in alle Winde. Das war der «Reis der Barmherzigkeit», den man den Schatten spendete. Danach wurde das geweihte Geistergeld verbrannt und die Asche in den Mekong-Fluß geworfen. Sie trieb auf diese Weise «den neun gelben Quellen der Totenwelt» entgegen. Den Rest der Opferschüsseln erhielten die versammelten Bettler von Saigon, die sich das ganze Jahr auf das «Totenfest» freuten.

Der Wagen mit den drei Europäern fuhr an den großen, erleuchteten Pagoden vorbei, wo Hunderte von Gläubigen den Buddha um Hilfe für ihre Toten anflehten. Auch hier gab es reiche Opfergaben, Weihrauch und brennende Kerzen. Die Priester in der gelben Robe murmelten Totengebete und boten einem unbekannten Richter die Opfergaben für die Befreiung der Seelen an...

Martha blickte betäubt umher. Der Weihrauch, die kniende Menge mit den dunklen ergebenen Gesichtern, das Murmeln des Mönches und die geflüsterten Erklärungen von Monsieur Courtaux versetzten sie in einen Zustand, der dem der Trance nicht unähnlich war. Sie strich mit müder Bewegung die lose Haarsträhne hinters Ohr.

«Wir wollen gehen, Madame.» Monsieur Courtaux war besorgt. «Sie sind ermüdet!»

«Aber nein», meinte Petersen sorglos, «meine Frau hat eine eiserne Natur, Monsieur! Wollen wir nicht bleiben, bis der Priester den Seelen den ‹Reis der Barmherzigkeit› anbietet?»

Aber Monsieur Courtaux hatte Martha bereits zum Wagen geführt. Petersen folgte kopfschüttelnd. Was machte Martha denn für Geschichten? Er, Petersen, war doch viel anfälliger...

In einem Café erfrischten sie sich an Eis. Marthas feines beseeltes Gesicht, das in einem so erstaunlichen Gegensatz zu ihrem robusten Körper stand, belebte sich.

«Natürlich können wir ins Kino fahren. Du hast dich doch so auf den Film gefreut», sagte sie leise zu Hannes. Man konnte dem Jung doch nicht jedes Spielzeug wegnehmen. Martha lächelte fast so nachsichtig wie Monsieur Courtaux zu lächeln pflegte, wenn er von den kindlichen Eigenheiten der Annamiten sprach ... Hannes war so unglaublich impulsiv für seine Jahre. Es war ihm wohl noch nicht aufgefallen, daß Marthas eiserne Nerven in den deutschen Nachkriegsjahren einen Knacks bekommen hatten. Er dachte eben an nichts ... wie seine Tochter.

Sie saßen geruhsam im Café unter den herrlichen Bäumen. Man würde zur letzten Vorstellung fahren ... nur keine Eile!

Das große, elegante Kino war mit Franzosen, Annamiten und Chinesen bis auf den letzten Platz gefüllt. In diesen schlechten Zeiten mußte man sich zerstreuen ... Hinter der «Linie» von Saigon grollte Kanonendonner. Man war daran gewöhnt, wie an das Geräusch der Grillen bei Nacht ... Man gab einen sehr guten Film aus Paris. Eine mittelalterliche Legende: *Les Visiteurs du Soir*. Traumspiel, Gaukelei und eine versteckte Moral bezauberten die französischen Besucher. Die Annamiten bewunderten begeistert die kostbaren Kostüme des Ritterfräuleins und ihrer Damen, während die chinesischen Kunstfreunde ausrechneten, wieviel ein Meter des Brokats kosten mußte, den das Schloßfräulein so nachlässig in die Truhe geworfen hatte. Wie konnte man eine solche Kostbarkeit nicht mit Respekt behandeln? Die Herren Seidenhändler im Parkett schüttelten die Köpfe ... Europäer waren und blieben Barbaren.

Niemand hätte später sagen können, wann genau eine Handgranate ins Parkett geschleudert wurde ... Ein unbeschreibliches Chaos entstand. Schreie, Stöhnen, wildes Drängen ... Ein Rebell mußte sich eingeschlichen haben. Es gab Verwundete und Tote. Nur die Europäer auf dem Balkon waren sicher gewesen, denn man konnte eine Handgranate nicht in die Höhe schleudern, ohne bemerkt zu werden ... Das Licht funktionierte nicht sofort. Monsieur Courtaux bewahrte vollständige Ruhe ... Erst einmal mußte die Menge das Kino verlassen ... Nur keine Eile!

«Wie schade, daß Sie morgen früh schon fortfliegen, Madame», sagte Monsieur Courtaux vor dem Hotel und beugte sich galant über Marthas schöne, kräftige Hand. «Sonst hätten wir morgen abend zusammen den Rest des Films sehen können!»

IV

Sie flogen im Morgengrauen nach Bangkok zurück. Das tat man immer – nicht nur wegen der Hitze. Obwohl der Flughafen nur ein paar Meilen vom Zentrum, der Rue Catinat, entfernt lag und also eigentlich noch innerhalb der französischen Zone, vermied man es, im Dunkel der Nacht abzufliegen. Bis jetzt scheuten die Vietminh-Guerillas noch das Tageslicht. – Würde es so bleiben? Vor einigen Tagen hatten sie eine große Barke mit Reis auf dem Mekong-Fluß mitten in der Stadt in Brand gesetzt. Französische Wachtposten am Saum der Stadt wurden in letzter Zeit niedergeschossen. Wie sollte das weitergehen? Die Kolonialbeamten von Saigon, die – wie Monsieur Courtaux – seit 1946 nicht mehr in Paris gewesen waren, realisierten nicht ganz, wie unwillig die Verluste an Menschen- und Waffenmaterial in Frankreich getragen wurden. Und nicht nur in Frankreich ... Wie lange sollten die Westmächte Gold und Waffen für Indochina geben? Die Munitionsfabriken beschäftigten viel zu viele Leute, die für den Wiederaufbau der vom Kriege zerstörten Bauten und Behausungen benötigt wurden – und überhaupt für die Friedensindustrien. Das Geschäft litt im Westen und im Fernen Osten.

Daran mußte Petersen denken, als sie über Dschungel und Reisfelder flogen. Geschäftlich war die Reise eine gewisse Enttäuschung gewesen. Die Chinesen von Cholon «wollten abwarten, wie der Wind sich drehte». – Niemand konnte ihnen das verdenken. Vorsicht ist die Patenmutter des Bankkontos.

Auf den winzigen quadratischen Reisfeldern weit unter ihnen bewegten sich – Spielzeugfiguren gleich – Männer, Frauen und Kinder: ein friedliches Bild. Martha schloß die Augen hinter der neuen getönten Brille. Da die alte zerbrochen war, hatte sich Martha nun der Not gehorchend eine modische Brille angeschafft, die sie um Jahre verjüngte. Aber unter ihren Augen lagen tiefe Schatten, und sie atmete mühsam. Die Hitze sandte bereits ihren glühenden Atem ins Flugzeug.

«Müde?» fragte Petersen. Er fragte es gewohnheitsgemäß und wußte die Antwort. «Ich werde dich an die See zu den Kindern bringen», fuhr er fort. «Dann kannst du vierzehn Tage bleiben. Bei Onkel Winn ist massenhaft Platz.» –

Martha nickte. Manchmal zeigte Hannes tatsächlich Rücksicht. Oder – wurde ihm der Anblick einer ewig abgespannten Frau lästig? Aber Petersen hatte Marthas Hand genommen und streichelte sie. «Armes Mädchen ...» murmelte er. Die Rollen waren plötzlich vertauscht. Ein erfahrener Tropenvater spendete Trost und Zuspruch.

Martha sagte erstaunt: «Gib mir lieber eine Zigarette!» Dann sprachen sie leise über Monsieur Courtaux. «Ein hervorragender Mann», meinte Martha.

«Nett, nicht wahr?» erwiderte Petersen gleichgültig. Er weilte in Gedanken bereits in Bangkok ... Man traf so viele Menschen. Es war zu heiß, um sich näher mit ihnen zu beschäftigen.

Reisfelder ... Dschungel ... Reisfelder.

Ein Scheinfriede lag über der indochinesischen Landschaft. Die Bauern mußten heutzutage von Panzerwagen beschützt werden – gegen die Guerillas, die ihren Reis haben wollten. Es war ein Reiskrieg und ein Ideenkrieg ... Diese Reisfelder konnten Geschichten erzählen, wenn sie wollten ... Junge Farmer versteckten sich in den Kanalbooten, um nicht zum Militär geholt zu werden: die Ernte konnte nicht warten ... Oder sie verkleideten sich als Frauen; sie trugen ja alle dieselben spitzen Bambushüte, und die Frauen waren schlank und schmal wie Jünglinge ... Die Bauern lebten in ewiger Angst: vor den Vietminh, vor den Franzosen, die so viel Soldaten brauchten, vor dem endlosen Krieg, der ihr gutes Land allmählich ausblutete ... Und es gab auch Verräter unter ihnen, die es mit den Vietminh hielten. Es gab Reisbüschel, die plötzlich zu wandeln begannen und sich als Mörder in einer zerlumpten Uniform erwiesen ... Wenn man nicht irgendeine Uniform anzog, irgendein Schlagwort schrie und eine bestimmte Reismenge ablieferte ... denn wer den Reis hatte, der hatte das Volk. Und wer das Volk hatte, der würde Indochina erben.

Martha wußte nichts von den neuen Reis-Legenden des Ostens. Aber sie ahnte, daß ein Scheinfriede über den endlosen Feldern lag. Sie hatte Monsieur Courtaux aufmerksam zugehört und sich – wie eine vernünftige Französin – ihre eigene Meinung gebildet. Sie hatte sie zum ersten Male im Leben *nicht* geäußert. Das hatte Asien sie schon gelehrt ... Der Kolonialkrieg war so festgefahren, wie Monsieur Courtaux als Privatmann aufgeklärt und weise war ... Über Politik konnte man mit keinem Franzosen sprechen ... Es war mit Reden ja auch nichts getan, dachte Martha im Flugzeug. Das fanden auch alle Asiaten.

Bangkok empfing sie in lächelndem Frieden. – Siam war wirklich eine Insel der Glücklichen im brodelnden Ostasien. –

Wie lange noch? – – –

FÜNFTES KAPITEL

Im Schatten des Buddha

I

Martha und die Kinder waren nun vierzehn Tage in *Hua Hin* am Meer. Das geräumige Haus von Onkel Winn mit dem Blick auf die ewig wechselnde Perlmutter-See war für Martha nach den ereignisreichen Tagen in Saigon ein Hafen der Ruhe.

Sie schwamm mehrere Male am Tag mit Pummel und Pauline, beaufsichtigte das Waten ihrer braungebrannten Tochter und sprach des Abends über ruhige und angenehme Dinge mit Onkel Winn. Im Kreise seiner kichernden und folgsamen Töchterschar verbrachte der Senior von Petersen & Co. seine Ferien in paradiesischer Stille und Einfachheit. Nang Siri machte in Bangkok Geschäfte auf eigene Faust und erschien von Freitag bis Montag in Hua Hin. Sie lag im Garten stundenlang in einer Hängematte und knabberte friedlich eine siamesische Süßigkeit aus Kokosmilch und Palmzucker, die *Mae Wat* – die Köchin – täglich für ihre Herrin bereitete und in Bananenblätter gewickelt arrangierte. Die Keramikschale mit den Süßigkeiten war von erlesener Schönheit, und auf dem Teakholztisch neben der Hängematte standen außer ihr stets Blumen; aber der Staub wurde von der glänzenden Platte niemals entfernt. Nur wenn die Ameisen sich auf ein verstreutes Stückchen Kokosnußcreme stürzten, klopfte Nang Siri dreimal mit ihrem zarten, knochigen Finger auf den Tisch. Das war ein Zeichen für die Ameisen, daß sie verschwinden sollten ... Alle Siamesen klopften viele Male am Tage auf ihre Teakholztische, anstatt die Platte mit einer chemischen Flüssigkeit abzureiben und die Flecke und Speisereste zu entfernen. Martha wunderte sich immer von neuem, daß Nang Siri bei dieser zuckrigen Lebensweise so schlank und graziös blieb. Kein Gramm Fett verunzierte ihre Tänzerinnen-Taille, um die sich ein schwerer Gürtel aus altsiamesischem Silber schlang. Nang Siri lag so verträumt in ihrem Garten an der See und sah in ihrem meergrünen *Pasin* (langer enger Rock) und mit einer weißen Blüte im lackschwarzen Haar so poetisch aus, daß Martha lange Zeit brauchte, um die schlaue und zähe Geschäftsfrau hinter der Erscheinung im Palmengarten zu entdecken.

Nang Siri schwelgte in der Hochkonjunktur, die mit den Amerikanern über die Hausbesitzer in Hua Hin hereingebrochen war. Die Hauptattraktion war der schöne Golfplatz. Wenn man die Hitze und die Eingeborenen vergaß, konnte man glauben, auf dem lieben, alten Golfplatz daheim in den Staaten zu sein... Das dachten auch Miss Black und Miss Macpherson, für deren Geschmack es in Saigon zu häufig geschossen hatte. Sie erholten sich mit ein paar Landsmänninnen, die der amerikanischen Botschaft in Bangkok zugeteilt waren, in einer von Nang Siris Villen vom «Paris des Orients» und seinen Aufregungen... Siam war wirklich immer noch das «Land des Lächelns»... Am ausgiebigsten allerdings lächelte Nang Siri in ihrer Hängematte. Ihr Bankkonto wuchs, ohne daß sie viel zu tun brauchte. Nur die lächerlichen Menschen aus dem Westen liebten die Arbeit um der Arbeit willen.

Dort, wo Hua Hin endete, ragte eine kleine Felseninsel lieblich und dauerhaft aus den Fluten. Auf ihr wohnten, wie die siamesische Köchin Pummel anvertraut hatte, die «guten Geister» von Hua Hin. Dieser Fels trug seltsame Häuschen, die kleine Altäre, Kerzen und Blumen bargen. Die Fischer von Hua Hin hatten diese Opfergaben dort für die Geister deponiert. Sie unterstanden dem sanften Einfluß des *Buddha* und waren daher in der Meinung des siamesischen Fischervolks *phi tjai khwang khwang* (großmütige Geister), die guten Wind zum Segeln und reichlichen Fischfang spendeten.

Martha und ihr Sohn faßten eine Zuneigung zu dem kindlichheiteren und gastlichen Fischervolk, das einige Meilen vom Seebad entfernt lebte und dem Buddha die traditionellen und saisongemäßen Ehren erwies. So gingen Väter und Söhne nicht selten zur Regenzeit in den Dorftempel, um dort drei Monate lang im Schatten des «Erleuchteten» den achtfachen Weg kennenzulernen, der sie dereinst ins Nirwana (buddhistische Paradies) führen würde... Am Ende der Regenzeit kehrten sie fröhlich in ihre Hütten zurück – wieder dem Meer und dem Fischfang ergeben, aber erfüllt von sanfter Toleranz gegenüber den Mitmenschen und von Rücksicht für Pflanze und Tier.

In diesem weltentlegenen ostasiatischen Fischerdorf ruhten Mensch und Tier in den glühenden Mittagsstunden in schattigen Veranden oder unter alten Bäumen. Auch Hua Hin erwachte erst gegen Abend zum Leben. Die Kinder ritten dann auf zahmen Ponys am Strand entlang; man spielte Tennis oder Golf oder ging in das Fischerdorf, wo die Netze auf Bambusstangen trockneten und die ausgenommenen Eingeweide der Fische einen penetranten Geruch verbreiteten.

Des Abends fuhr man dann zum Fischen. Einmal nahmen Martha, Pummel und Pauline an einer asiatischen Segelregatta teil. Pauline war Dolmetscherin. Sie schwatzte und lachte so ungezwungen mit den Fischern, wie Martha sie niemals mit Europäern gesehen hatte. Selbst ihr gegenüber, die Pauline so warm und aufrichtig entgegenkam, war das Mädchen überhöflich, reserviert und seltsam gehemmt. Eine unbezwingliche Melancholie schien ihre Seele im Verkehr mit Europäern zu beschatten. Mit Onkel Winn konnte man nicht über seine Lieblingstochter

Sie hat gut lächeln ...

. . . denn ihr Bankkonto wächst, während sie in der Hängematte schaukelt.

Wollte aber jeder lächeln, dessen Bankkonto sich von selbst vermehrt, dann wäre auch die Bundesrepublik ein Land des Lächelns. Denn wir sind in den letzten Jahren unter anderem ein Volk von Pfandbriefsparern geworden.

sprechen. Als Martha gegen Ende der Ferien vorschlug, Pauline auf ein Jahr nach Hamburg zu nehmen, fragte der alte Herr, ob Martha einen Sonnenstich beim Baden bekommen habe. Pauline solle bleiben, wo sie hingehöre – und damit basta! Aber – wo gehörte sie hin, wo würde sie hingehören, wenn der alte Herr einmal die Augen schloß? Martha hatte geseufzt und geschwiegen. Ein Blick auf das Gesicht Onkel Winns und alle Sprichwörter waren ihr in der Kehle steckengeblieben.

Und nun plauderte Pauline in schnellem Siamesisch, und die gutartigen Fischer, die Nang Siri stets mit den besten Leckerbissen der sieben Weltmeere versorgten, lachten nicht über das rote Haar, die gelbliche Haut und die schmalen, schwarzen Augen einer verirrten Asiatin. Für sie war Pauline *Nangsao Petersen* – die Tochter der reichen und frommen Gräfin Siri. Denn Gräfin Siri war eine eifrige Buddhistin und beachtete – wie die Fischer in ihren Hütten – jedes der vielen Feste und Zeremonien. Sie spendete alljährlich neue gelbe Roben für die Mönche in Hua Hin und Bangkok und verharrte Stunden in tiefem Schweigen vor den Altären des Erleuchteten. Niemand wußte, was in diesen Stunden in der Seele der geschäftstüchtigen Nang Siri vorging – ihr deutscher Mann am allerwenigsten! Er hatte sie in jungen Jahren als bezauberndes Spielzeug betrachtet; später hatten ihm ihr Geschäftssinn und ihre anmutige Würde eine ständige Freude bereitet, aber er kannte die Frau an seiner Seite nur in ihren äußeren Gebärden und Verhaltensweisen. Er war in demselben unverbindlichen Sinne «gegen Buddha», wie er «gegen Rom» war. Eine Isolierschicht von geistiger Resignation umgab diesen kraftvollen alten Mann, der freiwillig sein Geschick von den Traditionen seiner Heimat gelöst hatte ... Aber etwas hatte er von den Asiaten gelernt: er genoß den Augenblick mit philosophischem Gleichmut und ärgerte sich niemals über Kleinigkeiten. Nur über Marthas Vorschlag, seine Pauline in die Nebelstadt an der Elbe zu schleppen, hatte er sich innerlich erregt. Niemand sollte über sein Mädel lachen oder gar die Achseln zucken ... Der alte Herr Petersen wußte trotz vierzig Jahren im Fernen Osten, daß irgendeine «Pute von Pöseldorf» – wie er sich in Gedanken ausdrückte – ein grausames Vergnügen finden könnte, über Paulines zu helle Stimme, ihre große Gestalt mit den überschlanken Armen und Beinen und ihre asiatischen Augen die Nase zu rümpfen. Das würde sein Mädel tödlich verwunden, und sie war hundert solcher Puten wert.

Pummel war in Hua Hin sehr glücklich. Er hatte durchs Reiten etwas abgenommen. Oder war es die Hitze? Er war auf jeden Fall sehniger und schlanker geworden. Der nächtliche Fischfang mit Pauline und den siamesischen Fischern war das größte Erlebnis, das der Ferne Osten ihm bis jetzt geschenkt hatte. Nach der Farbenorgie des Sonnenuntergangs fuhr man unter riesigen Sternen aufs Meer hinaus. Selbst ein gelegentlicher Sturm erweckte keine Furcht in den siamesischen Fischern. Sie trugen geweihte Amulette oder Schnüre; der große Buddha beschützte sie.

Am nächsten Morgen notierte Pummel sich sorgfältig alle siamesischen Fischarten, die er in gefangenem oder freiem Zustand gesehen hatte. Wenn er später in Thailand leben würde, sollte man nicht so viel über seine Unwissenheit lachen wie jetzt.

Für den alten Herrn Petersen war es eine ausgemachte Sache, daß Pummel «später» in Thailand leben würde. Er hatte sich sehr an ihn gewöhnt. Martha konnte in Hamburg leben, wenn sie wollte. Der Junge und die Lütte, die auch täglich drolliger wurde, würden dann eben mit Onkel Winn und Hannes in Bangkok leben. Es war ein Glück, daß der alte Herr dieses reizende Zukunftsbild niemals vor Martha entrollte. Die Harmonie, welche die Familie Petersen trotz aller Gegensätze verband, hätte wohl etwas unter solchen Enthüllungen gelitten. Nach Marthas Ansicht würden sie und die Kinder dieses Jahr bleiben, wie es vorgesehen war. Dann käme Hannes wohl auch am besten mit ihnen nach Hamburg zurück. Er konnte jederzeit mit seinem Vetter Petersen das Hamburger Exporthaus leiten. Dies Angebot hatte Martha als «Geschenk» nach Bangkok mitgebracht. Sie war auf steinernes Schweigen bei ihrem Mann gestoßen. Wie ein Siamese, ging Hannes jeder Diskussion über eine Änderung seiner Lebensweise einfach aus dem Wege. Diskussionen waren *lambag* (Mühe und Ärger). Wenn nur alle Europäer das endlich einsehen wollten, dachte Hannes im geheimen. Laut sagte er nichts. Martha war ja die Ältere und Weisere. Wenigstens war sie das in Hamburg gewesen. Aber kein Ausweichen konnte die Tatsache aus dem Wege räumen, daß Hannes und Martha schon nach vier Monaten in den Konflikt geraten waren, in dem sich so viele Europäer in Thailand befanden: Leben im Fernen Osten oder im Westen. – Alle Männer wollten die halbwüchsigen Kinder nach Haus senden und mit der Frau so lange in Ostasien bleiben, bis die Politik sie vertrieb. Die meisten Frauen versuchten die Familie wieder in die Heimat zu verfrachten.

«Bleibe im Lande und nähre dich redlich!» hatte Martha nach der ersten einseitigen Debatte zu ihrem Mann gesagt. Er hatte die Achseln gezuckt... Als ob er sich unredlich in Bangkok ernährte! Wo Martha bloß all die Sprichwörter gelernt hatte! Auf der Universität etwa?

Zunächst einmal lebten sie wieder in Eintracht in ihrem Haus in Bangkok, das auch für Martha und die Kinder ein wirkliches Heim geworden war. Sie waren wohnungslos in Hamburg! Selbst Martha befiel ein verständliches Grauen, wenn sie an die Gänge zum Wohnungsamt und alles andere dachte, was ihr Los nach ihrer Rückkehr sein würde.

Mußte sie denn nach Hamburg zurück? – Alle ihre europäischen und amerikanischen Nachbarn schickten nur die Kinder heim und blieben in Bangkok, wo sie in diesen chaotischen Zeiten noch etwas von ihrem Leben hatten... Im Schatten des Buddha herrschte immer noch das sanfte Gesetz im Umgang mit Menschen. Jeder konnte denken und glauben, was er wollte. Die Sonne der Toleranz beschien dieses riesige Land von morgens bis Mitternacht... Sie glühte als Symbol der Vollendung über dem Bangkoker Marmortempel, den Martha zwei Wochen nach ihrer Heimkehr von Hua Hin in Begleitung des Prinzen Pattani und seiner Gattin besuchte.

Der Prinz und die Prinzessin waren ohne Voranmeldung in Bangkapi erschienen, in ihrem Wagen natürlich, und hatten Martha eingeladen, das Juwel unter den Buddhatempeln Bangkoks mit ihnen zu besichtigen. – Der Prinz trug das traditionelle Kostüm des siamesischen Aristokraten: eine hochgeschlossene weiße, mit Juwelen geschlossene Jacke und einen seidenen *phanung* (Hosenrock) in der Farbe des Wochentages. Man trug nach alter Sitte am Sonntag unter dem Zeichen der Sonne rote Seide. Montag verlangte weiß oder silber: es war der Tag des Mondes. Am Dienstag erschien man in hellrotem Brokat; Mittwoch, der Tag des Merkur, verlangte grün; Donnerstag, der Tag des Jupiter, gestattete verschiedene Farben; Freitag erforderte silberblau und Sonnabend dunkelblau: es war der Tag des Saturn. Die Damen trugen entsprechende Juwelen: man begann am Sonntag mit Rubinen und glitzerte sich dann mit Mondsteinen, Korallen, Smaragden, Brillanten, Diamanten und Saphiren durch die Woche. Es gab nicht mehr allzu viele siamesische Familien, die dem traditionellen Farbenschema so strikt folgten, wie Prinz und Prinzessin Pattani es taten. Viele hatten den *phanung* als veraltet abgeschafft und trugen die Anzüge der Fremden aus dem Westen. Und die passenden Juwelen befanden sich heutzutage sehr oft beim Pfandleiher. Die Zeiten waren selbst in Siam nicht mehr das, was sie unter König Chulalongkorn gewesen waren. Nur bei großen Zeremonien erschien Siams Aristokratie noch geschlossen im Glanze ihrer Brokate und Juwelen.

Der Marmortempel lag in der Nähe des Dusit-Parks, wo der alte Herr Krüger, den Martha bei Onkel Winn getroffen hatte, inmitten seiner Hunde und Rennpferde residierte. – Über weißen Marmorsäulen und Hallen erhoben sich gleißende goldgelbe Dächer, deren Firste in die üblichen vergoldeten Schlangenleiber ausliefen. Der Tempel, erklärte der Prinz in seinem gewählten Deutsch, sei ein Muster moderner siamesischer Tempel-Architektur. Auch dazu schwieg die Prinzessin. Sie sprach kein Deutsch und sehr ungern Englisch. Warum lernten diese Fremden nicht die Landessprache, wenn sie in Siam leben wollten? Die Prinzessin – in Smaragdgrün mit Juwelen derselben Tönung – warf der *Mem Ferang* einen aus ihren schrägen Juwelen-Augen unergründlichen Blick zu.

«*Phut Thai dai mai, Mem*» (Sprechen Sie Siamesisch, gnädige Frau?), fragte sie sanft und eigensinnig.

«*Phut nit noi ...*» (ich spreche ein wenig), erwiderte Martha, wobei sie jedes einzelne Wort falsch betonte.

Die Prinzessin lächelte bezaubernd. Diese Fremde gab sich wenigstens Mühe, so unbegabt sie auch war! – Die Atmosphäre entspannte sich so weit, daß die Prinzessin ihre weiteren Fragen in tadellosem Englisch an Martha richtete. Sie wollte viel wissen: Wohin Martha gehen würde, wenn sie Bangkok verließ? Ob Bangkok ihr besser als «Hambourg» gefalle? Aber sicher doch, nicht wahr? – Ob sie Hua Hin eleganter finde als ein Seebad des Westens? Doch sicher *viel, viel* eleganter? Und ob man in Hamburg – entgegen dem Gesetze des Buddha – kranke Hunde oder Moskitos oder Schlangen wirklich und wahrhaftig töte? Die Prinzessin sagte «ermorde». Aber sie hatte diese wichtige Frage auf siamesisch gestellt, und der Prinz hatte sie in abgemilderter Form übersetzt.

«Die Prinzessin ist sehr wißbegierig; sie interessiert sich für alles in Europa», hatte Seine Hoheit milde erläutert; aber es mußte selbst dem naivsten Einwohner Europas auffallen, daß das Interesse der Prinzessin eine negative Form hatte. Sie war einmal mit dem Prinzen in Paris gewesen, es war ihr wie eine verschlechterte Ausgabe von Saigon erschienen. Die Pariser sprachen viel zu «heftig» und rasten wie die Tiger auf der *Place de la Concorde* herum ... Ob man in Hamburg auch so haste, wollte die Prinzessin wissen.

Damit waren sie in der berühmten «Galerie der Buddhas» angelangt. Prinz Pattani warf seiner Gattin einen Blick zu. Sie lächelte und verstummte gehorsam.

Martha blickte staunenden Auges auf die fünfzig Bronzestatuen in sitzender oder stehender Position. Der Prinz gab leise Erklärungen ab: Es waren Buddhas im kambodianischen Stil, die mit ihren Kronen an den indischen Gott Vishnu gemahnten. Es gab neben uralten siamesischen Statuen auch burmesische und japanische Buddhas.

Und dann wich Martha wie vor einer Geistererscheinung zurück: auf einem reichgeschnitzten Altar, der mit Silbervasen, Leuchtern und Blumen geschmückt war, thronte ein hohläugiges, gespenstisches Wesen, dessen Rippen einzeln zu zählen waren.

«Der Erleuchtete nach seiner vierzigtägigen *Fastenzeit*», flüsterte Prinz Pattani. – Dann schwieg er. Er konnte der Fremden nicht die *Schönheit der Askese* erklären ... er wollte es auch gar nicht.

Es ging sie nichts an.

II

Man nahm den Tee am Lotosteich des Prinzenpaares. Dienerinnen in leuchtenden *phanungs* servierten Martha etwas, was das chinesische Restaurant von Swee Hong auf der New Road als «europäische Kuchen» verkaufte. Die Prinzessin aß dieselben Süßigkeiten wie Nang Siri. Sie brauchte die *Mem Ferang* nicht zu fragen, ob die Süßigkeiten in Hamburg sich mit den siamesischen Konfitüren messen konnten ... Es war kein Wunder, daß diese Ausländer so selten lächelten. Wer konnte bei diesen entsetzlichen Leckerbissen lächeln?

Der Prinz sprach von Heidelberg und wie glücklich er sich dort gefühlt habe. Er war seit seiner Studienzeit nicht mehr in Deutschland gewesen und hatte eine Vorstellung von endlosen Ruinen und Hungertyphus. Hamburg kannte er nicht. Vielleicht würde er einmal von London aus die Elbestadt besuchen.

Es war sechs Uhr nachmittags. Ein kühler Luftzug strich durch die Bäume und über die Teiche des Parks. Der Prinz saß zart und aufrecht in seinem Korbsessel. Sein feines, ausgemergeltes Gesicht mit den tiefliegenden schwarzen Augen war distinguiert und gelassen und wirkte wie eine antike Gemme. Sein Gewand leuchtete in den Strahlen der sinkenden Sonne. Man konnte sich den Prinzen Pattani nicht in Pantoffeln vorstellen. Er war sanft, aber unnahbar. Seine Gastfreundschaft und Liebenswürdigkeit waren sehr echt und sehr gemessen. Es war so still um ihn, wie in dem Marmortempel mit seinen weiten Hallen und Höfen, auf denen Martha Gestalten im wallenden gelben Gewande gesehen hatte, die mit gesenkten Blicken wie Geister vorübergehuscht waren; die «Brüder der Gelben Robe».

Prinz Pattani hatte als junger Mann drei Jahre im Marmortempel verbracht. Er hatte mit der Waffe der Meditation nach Vorschrift des Buddha *die fünf nivaranas* (die fünf bösen Tendenzen der menschlichen Seele) bekämpft. Er hatte zu vorgeschriebenen Stunden auf einem roten Teppich vor dem großen Buddhabild im *Bôt* (Kapelle) gekniet, bis sich «die Dunkelheiten des Geistes» geklärt hatten. «Die Torheit enger Freundschaft» war damals von ihm abgefallen. Der Buddha verlangte, daß man sich an nichts auf der Welt fest binde. Man sollte allein wandeln, aber dennoch den Menschen helfen, wo man konnte. Enger Kontakt besudelte den Geist des asketischen Wahrheitssuchers. Eine Ausstrahlung dieser Lehre war um den siamesischen Prinzen, der Martha sanft darauf aufmerksam machte, daß der Lotos das Symbol der Reinheit und Kontemplation wäre.

Und wirklich schien es Martha, als ob die weißen und rosigen Blüten in unerhörter Leuchtkraft aus dem sumpfigen, mit grünen, gezackten Blättern bedeckten Teich zu ihren Füßen stiegen. Der Buddha hatte im Zustand der Erleuchtung die Stadien des geistigen Wachstums mit der Entwicklung des Lotos von der im Schlamm liegenden Knospe bis zur voll erblühten Schönheit im Sonnenlicht verglichen.

«Der Lotossitz ist die Haltung, die man bei der Meditation einnimmt. Sie konnten sie heute bei den ‹sitzenden Buddhas› im Marmortempel beobachten», schloß der Prinz. Und wirklich entsann sich Martha, daß das Haupt der alten Statuen mit dem «Haarknoten der Weisheit» wie eine Blüte aus den mit gekreuzten Beinen ruhenden Bronzeleibern aufstieg.

Dann schwieg auch der Prinz. Martha erhob sich taktvoll: die freundschaftliche Audienz hatte ihren Abschluß gefunden. Die Prinzessin hatte sich längst mit einer Verbeugung in den Palast im Hintergrunde des Parks zurückgezogen. – Vor einem Lackpavillon saßen zwei schöne junge Dienerinnen und flochten kleine bunte Blumen zu duftigen Kränzen. Sie sangen leise und eintönig irgendein altes siamesisches Lied.

Vollkommene Stille begleitete Martha bis zum Wagen des Prinzen, wo ein Chauffeur in Uniform sich tief verneigte. Diese Stille war leicht und doch schwer von geheimen Gedanken und Rätseln. Wieviel Verzicht war darin! Wieviel Resignation blühte im Schatten des Buddha! Die Menschen des Westens banden sich – wahrscheinlich aus heroischem Narrentum – an andere Menschen und liebten sie unter Schmerzen, die Prinz Pattani milde belächelte.

Martha fuhr in tiefem Sinnen heim.

Der indische Nachtwächter kam ihr grau vor Schreck und unverständliche Worte murmelnd entgegengewankt. Die siamesischen und chinesischen Diener standen schreiend im Kreise und beugten sich über eine am Boden liegende blutüberströmte Gestalt. Der alte Koch löste sich aus der Gruppe und flüsterte:

«Der Master... Missie! – Unser armer Master! – Tot... ganz tot!»

III

Johannes Petersen lebte, aber er blutete aus einundzwanzig Wunden. Ein toller Hund von beträchtlicher Größe war aus dem Kanal auf ihn zugesprungen. Petersen hatte ihn in seiner Panik in den Kanal zurückgestoßen. Da war der Hund mit Schaum vorm Maul auf Petersen losgesprungen und hatte versucht, ihm die Kehle durchzubeißen. Endlich hatte Petersen die rasende Kreatur mit der linken Hand erwürgt.

Er hatte allein um sein Leben kämpfen müssen. Niemand aus dem Dienerhaus war ihm zu Hilfe geeilt. Alle wußten, daß ein Kampf mit einem tollwütigen Hund leicht das Leben kostete. Selbst wenn die Hunde ihr Opfer nicht auf der Stelle töteten, konnten sie sie mit ihrer Tollwut anstecken. Das war noch schrecklicher. Wenn der Hund nicht untersucht wurde, was leider nicht immer geschah, wußte man nicht einmal, ob Tollwutgefahr vorhanden war.

Martha sah sich ihren ohnmächtigen Mann nicht lange an. Sie gab keinen Jammerlaut von sich. Sie befahl so energisch, daß die Diener sofort gehorchten. Sonst wurden Marthas Befehle erst ausgeführt, wenn der Master sie bestätigte.

Dann schrieb Martha eine eilige Botschaft an Professor Berger und schickte die Waschfrau zu ihm. Er würde wissen, was zu tun war. Der Chauffeur mußte erst geweckt werden. Er schlief gerade seinen Rausch unter seiner Lieblingspalme aus. Die Kinder waren im Sportklub. «Gott sei Dank», dachte Martha.

Petersen war aus seiner Ohnmacht erwacht. Er flüsterte betäubt: «Martha!... Wo bin ich?»

Martha und der alte Koch hatten ihn vorsichtig auf eine Matratze in der Veranda gebettet. Sie wagte nicht, den blutenden Mann nach oben bringen zu lassen. Ah Chang war eine rechte Stütze, nachdem er seinen Schreck überwunden hatte.

Endlich fuhr ein Auto die breite Auffahrt entlang. Ein Seufzer der Erleichterung entrang sich Martha, als sie Professor Berger sah. Er hatte alles arrangiert wie ein Feldherr, dessen Dienste endlich einmal verlangt werden.

In Begleitung des Professors befanden sich Dr. Johannsen und eine zarte, kleine Siamesin: Fräulein Dr. Charoon vom Bangkoker *Pasteur-Institut.* Sie sollte sofort das Serum für die Einspritzungen gegen Tollwut verabreichen. Das Institut war um diese Abendstunde schon geschlossen; die Ärztin hatte aber immer die Ampullen mit dem Serum gegen Schlangenbisse, Tollwut und Pocken in ihrer Villa, die sie mit ihrer Tante, einer alten Hofdame, bewohnte. Dr. Charoon lernte Deutsch bei Professor Berger, denn sie beabsichtigte, in absehbarer Zeit einige Kurse in Bakteriologie an der Wiener Universität mitzumachen.

Dr. Johannsen verbreitete eine Ruhe, die er keineswegs fühlte. Das war eine böse Sache mit seinem Freund Petersen. Es war nicht anzunehmen, daß der Straßenhund mit Anti-Tollwut-Serum geimpft worden war. Es war ein Hund, wie sie in Scharen in Bangkok herumliefen – den Tod in den Nüstern und am Leben gelassen von einer Bevölkerung, welche die Vorschrift des Buddha, kein lebendes Wesen zu töten, im Falle des tollen Hundes zu wörtlich auffaßte. – Selbstverständlich hatte die siamesische Regierung gewisse Maßnahmen angeordnet, um die tollen Hunde unschädlich zu machen, aber sie wurden im Schatten des Buddha mit halbem Herzen ausgeführt. Vielleicht wurde man – wenn man einen tollen Hund tötete – in der nächsten Existenz selbst eine solche Kreatur?

«Das kriegen wir schon zurecht, Frau Martha», murmelte Dr. Johannsen. Wenn Martha nicht so betäubt von der Katastrophe gewesen wäre, hätte sie die falsche Zuversicht im Ton des Freundes herausgehört. Glücklicherweise wußte sie nicht, was Dr. Johannsen und die siamesische Ärztin wußten. Die tägliche Injektion mit dem Impfstoff war *nicht* hundertprozentig sicher. Denn man baute ja erst an der Immunität des Körpers, nachdem die Bisse des Hundes erfolgt waren. Es war eine nachträgliche Prophylaxe – ein gespenstischer Wettlauf mit dem Gift, das sich zu Petersens Gehirn durcharbeiten wollte. Man rechnete mit einer Inkubationszeit von mindestens zwei Wochen; doch man mußte etliche Monate auf den Ausbruch der Krankheit gefaßt sein. Das war das Gefährlichste bei der Sache; denn der Mensch vergißt die Gefahr, wenn sie eine Zeitlang unsichtbar bleibt. Das Schlimmste war, daß der Patient, bei dem das Serum nicht gewirkt hatte, innerhalb von fünf Tagen zugrunde ging. – Dr. Johannsen hatte einen solchen Fall im Chulalongkorn-Hospital in Bangkok erlebt. Er dachte nicht gern daran. Der Patient, ein Schiffsoffizier, der bei seiner Landung in Bangkok von einem kleinen Hund gebissen worden war, hatte sich erst drei Wochen später die Injektionen machen lassen. Als er ein Jucken fühlte und sich leichte Temperatur und Heiserkeit entwickelten, war er zu Dr. Johannsen gekommen – lachend – nichtsahnend – gezeichnet. Am dritten Tage war er stockheiser, konnte nicht mehr schlucken, klagte über unerträgliche Kopfschmerzen. Er verdurstete; denn beim Schlucken stellten sich Krämpfe ein. Das Ende war ein Alpdruck gewesen – mit den letzten schaurigen Erscheinungen der Krankheit. Die Lähmungserscheinungen führten am fünften Tage zum Tode, der eine Gnade schien.

Daran dachte Dr. Johannsen, als er Petersen, der halb betäubt umherblickte, eine Tetanusspritze (Wundstarrkrampf-Spritze) gab. Dann wuschen sie die Wunden und verbanden sie. Die junge Ärztin machte geschickt und sorgsam die erste Injektion.

«Wir müssen ab morgen die stärksten Spritzen geben», murmelte sie und blickte Martha mitfühlend an. Fräulein Dr. Charoon sprach fließend Englisch. Sie hatte in Cambridge studiert. Sie liebte England; aber ihr Platz war in ihrem eigenen Lande, bei den vielen leidenden Menschen, deren größtes Unglück Unwissenheit, Trägheit und Aberglaube waren. Fräulein Dr. Charoon kämpfte nicht nur gegen die Krankheit, sondern auch gegen die «Geister» der Luft, des Wassers und des Reisfeldes, die in Hinterindien bestimmend in die Existenz der Farmer und Fischer eingreifen. Jeder Haushaltsvorstand sollte alle seine Hunde gegen Tollwut impfen lassen, aber wie viele taten es? Und man hatte keine Abwehr gegen die vierbeinigen Mörder vom Kanal, die sich durch Löcher in Hecken und Gartenzäunen in die Behausungen schlichen und Mensch und Tier anfielen.

«Martha», sagte Petersen klagend, «mir ist sehr schlecht.» Martha legte ihre Hand auf seine Stirn. Er lag mit geschlossenen Augen da. Er war weiß vom Blutverlust und sprach mit dünner, fremder Stimme.

«Onkel Winn ... Ich kann ... morgen ... nicht ...»

Petersens Stimme erstarb in einem Murmeln. Es war ihm durchs Gehirn gezuckt, daß er morgen nicht ins Geschäft gehen konnte.

«Still, Hannes ...» sagte Martha mit erstickter Stimme. Sie hatte die Brille abgenommen, weil die Tränen sie blendeten.

Petersen schlug die Augen auf.

«Nicht weinen ...» sagte er mühsam. «Lohnt sich nicht ... um ... mich ...»

Dr. Johannsen gab ihm eine Schlafspritze. Der Rest war einfach. Petersen wurde im Auto ins Chulalongkorn-Hospital gebracht. Professor Berger versprach, die Kinder einige Zeit bei sich aufzunehmen und zu beschäftigen. Unbeschäftigte Kinder waren in den Tropen ein noch größeres Problem als daheim. Ah Chang schwor, daß niemand einzuhüten brauche, wenn er und seine Tochter «Goldklang» das Grundstück bewachten. Es wäre nicht das erste Mal, daß die Diebe vor Chengs Stimme die Flucht ergriffen ... Und der alte Koch würde den indischen Nachtwächter so einschüchtern, daß er nachts wachte.

Martha sollte die nächsten Wochen mit Petersen im Hospital bleiben. Dr. Johannsen wußte, daß jede Bitte, sie möge zu Hause auf Bescheid warten, vergebens war.

«Wie soll ich Ihnen danken?» murmelte sie und drückte Professor Berger die Hand.

«Meine Frau und die Tante Kathi werden sich schon um den Buben und das Mäderl kümmern», versprach er noch einmal. «Tante Kathi» war seine Schwägerin. Sie war ihrer Schwester Therese und dem «Franzl» freiwillig ins Exil gefolgt. Katharina von Kinsky war eine kleine, zarte Gestalt mit einem unzähmbaren Willen und einem leuchtenden Gerechtigkeitsgefühl. So eine Schand' mit dem Franzl! Er hatte als Gelehrter an der Universität Wien bereits einen großen Ruf, als die Nazis ihn vertrieben. Er arbeitete damals an einem neuartigen Werk über Platon in Beziehung zur heutigen Zeit. Das Manuskript hatte Fräulein von Kinsky in ihrem Gepäck mitgenommen. Der Franzl – der dumme Kerl – wollte ja nichts mehr hören und sehen! – Er hätte jetzt nach Wien zurückgehen können, aber es war Tante Kathi nicht gelungen, ihn zur Heimkehr zu bewegen.

Martha war der Kinder wegen beruhigt. Sie hatte Professor Bergers Familie kurz nach dem ersten Treffen mit dem Hausherrn kennen und lieben gelernt. Tante Kathi und Martha hatten sich auf den ersten Blick verstanden. Sie paßten beide auf ihre Familien auf ... das band zusammen.

Im Chulalongkorn-Hospital, das in der Nähe des Sportklubs lag, war das Zimmer für Nai Petersen in aller Eile gerichtet worden. Mit einer Couch und einem Moskitonetz für Martha. Dr. Johannsen wollte mindestens bis Mitternacht bei Petersen bleiben. Danach konnte man ihn telefonisch im Haus erreichen. Der junge, siamesische Arzt und die Nachtschwester versprachen, ihr Möglichstes für den kranken *Khon Ferang* zu tun. Der Arzt hatte einen Blick auf Petersens zahlreiche Verbände geworfen und *«mai di maak»* (sehr, sehr schlimm) gemurmelt. Doch Dr. Johannsen hatte ihm einen warnenden Blick zugeworfen. Die Ausländerin war nicht sehr genau über die Krankheit unterrichtet, hatte Dr. Johannsen ihm und der Nachtschwester auf siamesisch zugeflüstert. Der Ferang war ihr Ehemann. Sie hatten zwei reizende Kinder ... Beide Siamesen hatten genickt und verstanden. Ihre sanften Herzen zitterten vor Mitleid mit der erstarrten blassen Frau, aus deren Augen unaufhörlich die Tränen rannen. Martha weinte sehr selten. – War es vor Jahrhunderten, daß sie am Lotosteich mit dem Prinzen Pattani Tee getrunken hatte? Der Übergang von lyrischer Schönheit zu dieser Wirklichkeit war zu unvermutet gewesen. Alles in Thailand geschah im Schatten des Buddha. Ein meditatives Leben voll Würde und Schönheit. Und dann Bedrohung durch Kreaturen, die nicht rechtzeitig unschädlich gemacht wurden – – –

Dr. Johannsen wurde ans Telefon gerufen. Fräulein Dr. Charoon teilte ihm mit, daß die Sektion des Hundes erfolgt war: der Hund hatte Tollwut gehabt – leider.

«Ein Patient...» sagte Dr. Johannsen, als er zu Martha zurückkehrte. «Er wollte wissen, ob er mit bestimmten Tabletten fortfahren solle.» Dr. Johannsen sprach heiser. Er ist wohl sehr müde, dachte Martha. – Wie schön mußte es sein, den Arzt nur wegen ein paar Tabletten anrufen zu müssen. – Hannes war auch immer so ein gesunder Patient gewesen...

Martha blickte ihn an. Man sah nur Verbände. Das blonde Haar hing ihm feucht in die knabenhafte Stirn. «Lieber Gott», betete Martha stumm, «hilf uns...!»

«Wasser!» röchelte Petersen.

Dr. Johannsen war mit einem Satz am Bett. «Trink, Hannes! Immer schön schlucken!»

Der Obstsaft in der Schnabeltasse lief in Petersens verbundenen Hals, aber er war zu schwach, um «verflixt noch mal!» zu sagen.

Martha hatte ihre Tränen getrocknet. «Lassen Sie, Herr Doktor!» sagte sie ruhig. «Hannes ist immer ungeschickt mit Schnabeltassen.» Dann beugte sie sich mit der frisch gefüllten Tasse über den schweratmenden Mann.

«Komm... mein Jung», sagte sie mit einem Anflug ihrer gewohnten Energie. Petersen trank die ganze Tasse aus. – Dr. Johannsen betrachtete ihn nachdenklich. Irgendwie mußte er Martha auf Entwicklungen vorbereiten.

«Hören Sie, Frau Martha», sagte er endlich, «Hannes wird jetzt einundzwanzig Tage die stärksten Injektionen erhalten. Wir hoffen, daß alles gut geht...»

«Ist dann die Gefahr beseitigt?» fragte Martha.

«Liebe Frau Martha», sagte Dr. Johannsen sehr ruhig, «Sie sind doch eine vernünftige Frau! Es hat keinen Sinn, Sie im unklaren zu lassen.»

Martha starrte den Arzt an.

«In den meisten Fällen», fuhr Dr. Johannsen fort, «verhindern diese Injektionen den Ausbruch der Krankheit. Aber eine unbedingte Sicherheit gibt es erst nach Ablauf von *sechs Monaten*.»

«Sechs... Monate?» stammelte Martha. «Das ist ja...»

Die Stimme versagte ihr. – Dann riß sie sich zusammen. Wie in den Bombennächten in Hamburg, ruhte wieder alles auf ihren Schultern. Sie mußte Hannes pflegen, als ob kein Damoklesschwert über ihm hinge. Und sie mußte Kraft und Mut behalten, wenn die Kinder den Vater verlieren sollten... aber daran wollte sie nicht denken.

«Es ist schwer, liebe Freundin», sagte Dr. Johannsen sanft. «Aber – wissen Sie, meine Großmutter in Bremen sagte immer: ‹Niemand bekommt mehr vom Herrn zu schleppen, als er tragen kann.› Sie war eine kluge, alte Dame und kannte das Leben.»

Martha blickte den Mann mit der heimatlichen Stimme dankbar an.

Fräulein Dr. Charoon gab Petersen täglich seine Injektionen. Außerdem brachte sie dem großen Buddha im *Bôt* des Marmortempels ein besonderes Blumen- und Kerzenopfer für die Familie, die so herzlich mit ihren Wiener Freunden verbunden zu sein schien. Sie lächelte jeden Tag etwas mehr. Nai Petersen war jung und kräftig. Es zeigte sich im Laufe der Wochen kein einziges Symptom der Krankheit.

Prinz Pattani sandte eine kleine Buddha-Statue aus der Ayudhia-Periode, die auf einem Lotosthron die vorgeschriebene Position einnahm. In seinem Begleitschreiben drückte er sein tiefes Bedauern über den Unfall seines verehrten Freundes aus. Die Prinzessin sandte in einem Silberkorb Süßigkeiten, über die man «ein kleines Glück» empfinden sollte.

Als die Kinder zum erstenmal ins Hospital kommen durften, sagte Petersen bereits, Pummel solle sich gerade halten. Pünktchen bekam die Süßigkeiten der Prinzessin Pattani. Sie aß so viel davon, daß sie «wenig Glück» danach empfand.

Petersen schien wieder gesund zu sein, und Martha schöpfte neue Hoffnung. Doch niemand konnte mit Sicherheit behaupten, daß die Gefahr gebannt wäre. Es saßen in Marthas Herzen weiterhin die Angst und der Zweifel, die sie in der ersten Nacht nach Petersens Unfall wie tolle Hunde angefallen hatten.

SECHSTES KAPITEL

Masken und Gesichter

I

Miss Black und Miss Macpherson saßen beim Frühstück im Oriental-Hotel in Bangkok. Sie frühstückten – genau wie in den Staaten – um halb acht Uhr, nicht früher und nicht später. Das hieß: Miss Black frühstückte um diese Stunde, und Miss Macpherson, die leidenschaftlich gern schlief oder morgens im Bett Heiratspläne schmiedete, tat wohl oder übel dasselbe. Es war ihr nicht gegeben, sich gegen jemanden aufzulehnen, am allerwenigsten gegen Lettice Black! Die große, dünne Journalistin mit dem farblosen Haar und den zu hellen blauen Augen besaß eine blasse Leidenschaft für Zucht und Ordnung, die ihre puritanischen Vorfahren ihr außer einem beträchtlichen Einkommen vermacht hatten. Die Fotografin Macpherson, die aus derselben kleinen Stadt in Neu-England stammte, besaß gar nichts – außer ihrem Enthusiasmus für die Ehe und die Fotografie. Miss Macpherson hatte aber nie einen Heiratsantrag erhalten. Sie erschreckte jeden Mann durch ihre Begeisterung, sich in Begleitung eines Mannes zu befinden. Sie war gerade dreißig geworden und nahm diese Tatsache übel.

Sie hatten in Saigon sehr nett mit Landsleuten gefeiert – mit französischem Sekt. Der in Bangkok stationierte Larry Desmond, der mit dem Stab der ECAFE (Economic Commission for Asia and the Far East)* zufällig in Saigon war, hatte dreimal mit Miss Macpherson getanzt. Miss Black hatte ihr nachher gesagt, sie habe sich wie ein mondsüchtiges Suppenhuhn benommen. Tatsächlich hatte Miss Macpherson Ähnlichkeit mit einem Huhn. Sie war klein, gut gemästet und gackerte in Gesellschaft jedes Mannes unter siebzig. Mr. Lawrence Desmond aus St. Louis war weit unter siebzig. Sein südlicher Charme hatte die arme Jane MacPherson so sehr berauscht, daß sie ihn auf die mondbeschienene Veranda des Hotels geschleppt hatte, wo Miss Black ihn stirnrunzelnd rettete... Jane war zu albern, wenn sie nicht gerade fotografierte... Ihre Bilder von Saigon und Bangkok waren eine Sensation in den USA. Sie waren ganz unkonventionell.

* Diese «Wirtschaftskommission für Asien und den Fernen Osten» ist ein Zweig der UNO.

«Hast du das Neueste gehört?» fragte Miss Macpherson nach dem vierten Stück Toast. Ihre vorstehenden Augen blickten Miss Black flehend an. Letty sollte sich wenigstens mit ihr unterhalten, wenn sie schon so früh aufstehen mußte.

«Hast du dich verlobt?» fragte Miss Black ironisch. Sie verabscheute Neuigkeiten beim Frühstück.

Miss Macpherson wurde rot und sah aus, als ob sie gleich in Tränen ausbrechen würde. – Wie konnte Letty so häßlich reden? Aber sie würde Augen machen, wenn sie erst die Verlobungskarte sah! Mit einem Bild des «Dämmerungstempels», in dessen Bereichen Jane zum erstenmal ihr Auge auf den entzückenden Mr. Desmond geworfen hatte. Er war fünfunddreißig Jahre alt. Miss Macpherson fand, daß sie füreinander geschaffen waren.

«Letty ...» sagte sie ganz vergnügt, «hast du das Neueste gehört? – Der deutsche Herr, dessen Tochter ich im Sportklub fotografierte – das Kind müßte mit dem nächsten Schiff nach Hollywood ... eine *Schönheit,* sage ich dir! Der Vater sieht auch ausgezeichnet aus. Die Mutter erinnert mich etwas an dich, aber –»

«Möchtest du nicht zur Sache kommen?» fragte Miss Black.

«Mr. Petersen ist vor einigen Wochen von einem tollen Hund gebissen worden! – Das gäbe einen sensationellen Artikel, wenn du ihn interviewen könntest und ich Aufnahmen vom Pasteur-Institut dazu machte.»

«Keine schlechte Idee ...» bemerkte Miss Black. «Aber man wird mich nicht zu dem kranken Mann lassen. Kennst du nicht Bekannte der Petersens? Man könnte den Fall ja auch hinten herum erfahren ... ich meine die menschliche Seite ...» schloß Miss Black würdevoll. – Sie meinte den Klatsch, das Reizvollste für den Leser.

Jane dachte nach. Zu diesem Zweck zog sie ihre runde, kindliche Stirn in tiefe Falten, obwohl jede Illustrierte und «Schule des Charmes» es verbot.

«Doch ...» murmelte sie vage. «Ich glaube, Larry Desmond kennt die Verwandtschaft. Als wir in Hua Hin waren, ritt er mit einer rothaarigen Nichte ... halbe Eingeborene, glaube ich. Oder war es Jimmy?»

«*Ich* weiß es nicht», sagte Miss Black angewidert. «Wahrscheinlich ist das Mädchen gar nicht rothaarig. Und es war Kenneth Portman ...»

«Hallo, Girls!» sagte eine Stimme. Miss Macpherson sprang auf und warf den Sahnetopf um. Wie reizend von Mr. Desmond, sie zu besuchen!

Mr. Lawrence Desmond zuckte zusammen. Miss Macpherson stieß immer etwas um. Er war nervös. Sein Posten in der ECAFE strengte ihn an. Diese Hitze! Und privat war auch nicht alles in Ordnung. Er wollte nicht nach New Orleans zurück. Der Ferne Osten hatte ihn mit Haut und Haar – wie den alten Herrn Petersen, mit dessen rothaariger Tochter er am Strand von Hua Hin geritten war.

«Was würdet ihr sagen, wenn ich in Bangkok bliebe? Ich meine, nachdem mein Kontrakt mit der ECAFE zu Ende geht?» fragte Mr. Desmond seine beiden Freundinnen aus Neu-England. Miss Macpherson starrte ihn sprachlos an.

«Sie sind verrückt», sagte Miss Black trocken. «Was wollen Sie denn machen?»

«Geschäfte ...» erwiderte Lawrence Desmond sanft. «Hier sind ein paar Burschen, die sehr gute Geschäfte mit den Philippinen machen. – Export und Import. Ich hab mich umgesehen, wie ich mit dem Chef da war. Manila-Zigarren ... ätherische Öle, Kopal, Hanf ... Man kann den Export nach den Staaten beleben. Ich habe den Markt studiert. Wir können außerdem augenblicklich noch zollfrei importieren. Das können die europäischen Länder nicht. Wenn ich nur Geld reinzustecken hätte! Können Sie mir nicht einige tausend Dollars leihen, Lettice?»

«Nein ...» sagte Miss Black.

«Schade ...» sagte Mr. Desmond leichthin. «Ich hielt Sie für eine gute Geschäftsfrau; aber ich vergaß: Sie stammen von Schotten ab.»

«Gott sei Dank», sagte Miss Black selbstzufrieden. «Deshalb werde ich auf meine alten Tage nicht zu betteln brauchen.»

Miss Black beschäftigte sich mit Vorliebe mit «ihren alten Tagen». Sie würde sie – mit der guten Jane an ihrer Seite – irgendwo billig in Italien verbringen.

«Haben Sie eigentlich etwas über diesen Tollwut-Fall gehört?» fragte die gute Jane, die ununterbrochen aß.

«Ganz wilde Geschichte», bemerkte der Herr aus New Orleans. «Ich kenne die beiden Petersen-Herren. Der alte Herr lebt hier seit Olims Zeiten. Lernte ihn zufällig beim Reiten im Sportklub kennen. Tollkühner Reiter – trotz seiner Jahre! Er gab mir *sehr* wertvolle Aufschlüsse über Industrie und Reisbau-Wirtschaft in Siam. *Kostenlos,* Lettice! Was sagen Sie dazu?»

Miss Black lächelte gnädig. «Fragen Sie doch bitte den alten Herrn Petersen, wie die Sache mit dem tollen Hund passierte. Ich erinnere mich jetzt, daß wir seine Verwandten in Saigon sahen. Sie wohnten im selben Hotel und wollten Jane und mir das Zimmer wegnehmen ... Aber *mich* hat bis jetzt noch niemand aus irgendeinem Zimmer heraustreiben können», schloß Miss Black mit Nachdruck.

«Ich kann die Tochter fragen ...» sagte Mr. Desmond merkwürdig abwesend.

«Welche Tochter denn nun wieder?»

«Pauline Petersen ... Die Tochter von dem *alten* Herrn. Sie ist übers Wochenende nach Bangkok gekommen. Wir trafen uns gestern im Sportklub.»

Mr. Desmond wischte sich die Stirn. Er erwiderte das Lächeln von Miss Macpherson nicht. Sein hübsches, dunkles Gesicht mit der Narbe an der rechten Schläfe war eine Maske, hinter der er seine Gedanken verbarg.

Warum lächelte Miss Macpherson ihn an? Bei den Mädchen auf den Philippinen sah so ein Lächeln entzückend aus, und Pauline Petersen lächelte ein klein wenig geheimnisvoll, wenn auch sehr selten ... Bei Miss Macpherson wirkte das Lächeln albern. Warum trug sie keine Maske wie die Asiaten?

«Ich werde mich bemühen, Ihnen die Einzelheiten über den Tollwut-Fall zu beschaffen», sagte Mr. Desmond zu der großen, dünnen Journalistin. Er wünschte Miss Black gefällig zu sein. Er wollte im Fernen Osten bleiben. Aber ohne Geld war das nicht zu machen.

«Soll ich Sie mit Dr. Charoon bekannt machen?» fragte er Miss Black. «Sie arbeitet im Pasteur-Institut, und ich kenne sie gut. Sie will in Wien einige Kurse mitmachen. Ich sagte ihr, sie solle lieber nach den USA gehen. Wir haben die neuen Methoden und die alten Wissenschaftler aus Europa.»

«Und das Geld», sagte Miss Black trocken.

«Sie merken auch alles, liebe Dame!» sagte Mr. Lawrence Desmond und erhob sich. – Er würde Pauline Petersen zum Supper in das elektrisch gekühlte Bar-Restaurant auf der New Road einladen. Auf diese Weise würde Miss Black bestimmt ihre Tollwutgeschichte und Mr. Desmond vielleicht ein geheimnisvolles Lächeln erhalten.

II

Petersens Unfall war immer noch Tagesgespräch in Bangkok. Die Besucher drängten sich in Bangkapi. Man konnte doch nicht wissen ... Auch Miss Black und Miss Macpherson erschienen mit Mr. Desmond bei dem tollwütigen Mr. Petersen. Während Martha Erfrischungen bestellte und Petersen sich mit Mr. Desmond über Manila unterhielt, knipste Jane ganz unauffällig das Orchideenhaus. Zufällig war Mr. Petersen auch auf dem Bild ... verschwommen, aber man konnte – wie Miss Macpherson später feststellte – einen Europäer in chinesischen Hosen auf einem Bambus-Liegestuhl erkennen.

Martha war von Miss Macpherson nicht sehr eingenommen, weil sie sagte, Lottie müsse nach Hollywood geschickt werden.

Ein Kinderstar ... viel hübscher als seinerzeit Shirley Temple! Martha war buchstäblich zur Salzsäule erstarrt. Sie schickte Cheng und Pünktchen sofort in einen anderen Teil des Gartens. In Hollywood gab es zu viele Spiegel. Das fehlte grade noch! Und Hannes lachte obendrein ganz begeistert. «Man kann nie wissen», sagte er. Er war sehr stolz auf seine kleine Tochter mit der eleganten Haltung, dem herrlichen Blondhaar und dem Lächeln, das ihr in Ostasien alle Herzen gewann.

Der seltsamste Krankenbesuch war letzte Woche erschienen. Hannes wollte eigentlich schon ins Büro gehen; aber Onkel Winn, der von Hua Hin nach Bangkok gekommen war, um ein großes Geschäft mit einem

Kunden in Ostsiam einzuleiten, hatte seinen Neffen gebeten, sich noch eine Woche zu Haus zu erholen. Es ging auch ohne Hannes, obwohl er das nicht einzusehen schien. Onkel Winn hatte schließlich gesagt, er habe die Firma Petersen & Co. bis zum Jahre 1939 auch ohne seinen Neffen aus Hamburg schlecht und recht geleitet... Hannes hatte gehustet und eine weitere Woche Ferien geschluckt... Nachher hatte er gemurmelt, Onkel Winn sei ein eigensinniger, alter Mann. Er, Hannes, habe nach dem Kriege die ganzen Zweige in Ostasien neu aufgebaut. Oder etwa nicht? – Martha hatte ihn beschwichtigt: Onkel Winn habe es doch gut gemeint.

Als die Rikscha mit dem überraschenden Besuch in Petersens Garten einfuhr, putzte Martha ihre Brille, denn sie glaubte nicht richtig zu sehen. Das war doch wohl nicht die Möglichkeit? –

Miss Karin Holm, mit einem Orchideenbukett und einem Paket in Goldpapier bewaffnet, schritt graziös auf das Ehepaar in der mit blauen Blüten bewachsenen Veranda zu. Das Paket war für Petersen und die Orchideen für Martha. Sie lächelte überirdisch...

«Ich war sooo unglücklich, daß Mr. Petersen so krank war», sagte sie in ihrem singenden Englisch und überreichte Martha die Orchideen, die sie ihr nach der Ankunft hatte senden wollen... Vier Monate oder auch acht spielten in Siam keine Rolle.

«Vielen Dank», sagte Martha.

«Vielen Dank...» sagte Petersen und wickelte das chinesische Goldpapier auf. Es war so still zwischen den drei Menschen auf der Veranda, als ob jeder Laut in der Welt verstummt wäre. Miss Karin war viel schöner, als Petersen sie in Erinnerung hatte. Sie trug ein Kleid aus indischem Schleierstoff, das ihre herrliche Figur mehr enthüllte als bekleidete. Ihr Gesicht im Rahmen von blondem Haar war eine Mandelblüte. Sie sah zarter aus als vor Monaten. In den Augen leuchtete ein triumphierendes Licht, das Petersen nicht sehen konnte: Miss Karin hielt die Augen niedergeschlagen.

«Eine kleine Gabe meiner Mutter – mit ihren besten Wünschen», sagte sie, als Petersen das Goldpapier zu Boden fallen ließ. Er gab keinen Laut der Bewunderung von sich. Dabei hatte er – wie Monsieur Courtaux beim ersten Treffen bemerkt hatte – ein Auge für die Schönheit. Die alte Javanerin, die demütig und schweigsam auf ihrer Matte hockte und Angst vor ihrer blonden, leidenschaftlichen Tochter hatte, war eine bildende Künstlerin ersten Ranges. Sie wußte es nur nicht. Es gab so viele Männer und Frauen in ihrer javanischen Heimat, die mit den Fingern ein Abbild der Welt schufen und sich nichts Besonderes dabei dachten.

Miss Karins Mutter hatte eine javanische Tänzerin geschnitzt und sie mit klassischen Brokaten umkleidet. Die winzige Figur mit dem zartbemalten Gesicht trug einen Sarong aus rot und grün gemustertem Brokat, der sich eng um den edlen Holzkörper wand. Eine Schärpe aus Grün,

Gold und Rot auf Elfenbeingrund hing über den kleinen Holzsockel herab, auf den die Figur montiert war. Weite, am Handgelenk zusammengeraffte rotgoldene Brokatärmel fielen von den schmalen Schultern. In der linken Hand hielt die Figur einen silbernen Fächer mit schwarzen Ornamenten. Ihr Kopfschmuck und ihre glitzernden Brustplaketten waren kunstvoll aus winzigen Perlen und Goldfäden komponiert. Die alte Javanerin mußte Tage allein *damit* verbracht haben. Die rechte Hand der Statuette hielt das andere Ende der Schärpe, die durch einen breiten goldenen Gürtel in Blütenform geschlungen war. Der Kopf der Tänzerin zeigte sich im Profil: geschwungene Brauen, eine Nase mit Flügeln, die zu beben schienen ... ein halboffener Mund mit zart gewölbten Lippen, die gewiß eine uralte Melodie gesummt hätten, wäre die Figur lebendig gewesen.

Die Figur *war* lebendig.

In diesem Kostüm hatte Miss Karin eine Woche vor Marthas Ankunft auf dieser Veranda getanzt. Nur die Jasminkette fehlte ... Die hatte Miss Karin der weißen Frau vor die Füße geworfen ...

«Wie herrlich!» sagte Martha. «Das ist sehr liebenswürdig von Ihnen. Bitte sagen Sie Ihrer Frau Mutter unseren herzlichsten Dank.»

Martha war ganz gerührt. Diese Asiatinnen vergaßen schnell, was sie einem in ihrer Sorglosigkeit antaten. Und dann brachten sie solche Geschenke – und seltene Orchideen. Die mußten ein Vermögen gekostet haben. Sie waren in einem Körbchen aus Silbergeflecht in feuchtes Moos gebettet. Die Wurzeln waren noch da. Der Gärtner konnte sie einpflanzen. – Petersen schwieg immer noch.

«Ich möchte die Blumen gleich dem Gärtner geben», sagte Martha und rief: *«Khon Suan!»*

Wer nicht kam, war Khon Suan. – Er trank gerade Eiskaffee im Chinesenladen am Klong. «Wie immer, nicht?» hätte die alte Frau Krüger mit Recht gesagt. – Martha beugte sich über die Veranda. Auch *Mu* und *Nu*, die Kinder des Chauffeurs, waren nicht zu sehen. Was indessen zu sehen war, war der Wagen des alten Herrn Petersen, der gerade in voller Fahrt vor das Portal brauste.

«Entschuldigen Sie mich einen Augenblick», sagte Martha. Noch nie war Onkel Winn ihr so willkommen gewesen. Sie wußte beim besten Willen nicht, was sie mit Miss Karin reden sollte. Sie hatten ja nur ein einziges Thema auf der Welt gemeinsam: Johannes Petersen ...

«Onkel Winn», rief Martha, «du kommst gerade recht zum Tee!» – Der alte Herr stieg mühsam aus seinem Wagen. Seine meerblauen Augen waren verschleiert wie die Nordsee bei Regen. Seine hohe Stirn war von tiefen Falten durchzogen. Unter der Sonnenbräune war er blaß. Seine Hand war trotz der Tropenhitze kalt.

«Onkel Winn», rief Martha erschrocken, «fühlst du dich nicht wohl?»

«Ich muß dich allein sprechen, Martha! Sofort!» sagte Petersen senior. «Wir gehen auf die hintere Veranda.» Dort konnte man den *Lampu-*

Baum sehen, den Petersen senior liebte – und den Kanal, auf dem früh und spät die Kohlenboote und Fruchtsampans ihren Weg zogen. Ja... dort wollten sie Tee trinken.

«Entschuldige mich einen Augenblick, Hannes», rief Martha in die Veranda mit den blauen Blüten und den beiden javanischen Tänzerinnen. «Onkel Winn möchte mich sprechen!»

«Wollt ihr nicht hier Tee trinken?» fragte Petersen geradezu flehend.

«Bis nachher!» lächelte Martha. «Mach's gut, mein Jung! – – –»

III

«Willst du dich nicht für mein armes kleines Geschenk bedanken, Johnny?» fragte Miss Karin schmollend. «Du bist sehr unhöflich, seit du verheiratet bist!»

«Danke sehr», sagte Petersen tonlos. Er hatte das dämonische Geschenk auf den kleinen Ebenholztisch neben seinem Liegestuhl gestellt. «Eine entzückende Idee von dir!»

Ironie war bei Miss Karin nicht am Platze. – Oder vielleicht doch? «Du weißt eben gar nicht, wie reizend ich bin und wie ich dich liebe», bemerkte sie im Konversationston. «Wann reist deine Frau wieder ab? Sie ist doch schon eine Ewigkeit in Bangkok.»

«Bitte, laß meine Frau aus dem Spiel», sagte Petersen lauter, als die Gelegenheit es erforderte. «Mrs. Petersen bleibt in Bangkok.»

«Wie nett für dich. Sonst wärst du sehr, sehr einsam, nicht wahr, Johnny dear? – Ich habe mich nämlich verlobt.»

«Herzlichen Glückwunsch», sagte Petersen. «Darf man fragen, ob die Hochzeit stattfindet?»

Miss Karin hatte ihm in der Vergangenheit so oft von ihren Verlobungen erzählt, daß es schwer war, daran zu glauben. Sie hatte ihn damit fangen wollen; aber Petersen war ein alter Jäger: er besorgte das Fangen.

«Diesmal stimmt es tatsächlich», sagte Miss Karin naiv. Petersen blickte sie zum erstenmal voll an. Das wäre ja ein großes Glück für Karin.

«Wer ist es denn?» fragte er freundlicher. Er hatte noch nie eine Braut gesehen, die so merkwürdige Geschenke machte.

«Du kennst ihn nicht!» Miss Karin blickte den entzückenden Nai Petersen aus schrägen Augen an. «Ein langweiliger Kerl. – Schwedische Zündhölzer. Aber reich. Und so verliebt, wie du damals warst! Sag mal, Johnny, findest du mich noch ein ganz, ganz kleines bißchen schön?»

«Du bist bildschön. Das weißt du doch... du Hexe», sagte Petersen. Er war plötzlich ganz vergnügt und fiel in den Ton der Bangkoker Junggesellen zurück. Er zeigte auf die Tänzerin. «Diese Dame ist nur etwas schweigsamer als du, aber sonst seid ihr beide goldrichtig.»

Miss Karin kicherte. – Wenn sie erst verheiratet war, würde Johnny schon zur Vernunft kommen. Herr Liljefors trank ... aber er war ein weißer Mann. Leider ein dicker weißer Mann. Die Hochzeit würde im Oriental-Hotel sein, eine «weiße» Hochzeit. Miss Karins Mutter würde gerade verreist sein ... das wäre ja noch schöner vor der schwedischen Kolonie ...

«Johnny ...» sagte Miss Karin schmachtend, «gib mir einen Verlobungskuß.» Sie war dicht an Petersen herangetreten. Er sprang auf und schleuderte die Decke, die Martha ihm über die Knie gelegt hatte, fort. –

«*Good evening*», sagte er heiser. «*Pai reu, reu.*» Wie konnte er nur so etwas sagen? Das rief man Rikscha-Kulis zu: geh schnell, schnell! Man sagte so etwas nicht zu einer Europäerin. Auch nicht zu einer halben ...

Miss Karin war unter der Schminke erblaßt. Diese Demütigung! Die weißen Männer traten sie mit Füßen. Und dabei hatte sie ihm ein kostbares Geschenk gemacht, das sie für viele Dollars hätte verkaufen können. Ob er zu seiner Tochter auch «*Pai reu reu*» sagte? Ein unbändiger Haß stieg in ihr auf. Haß auf Petersen ... auf Martha, die ihr den Mann gestohlen hatte. Auf dieses Kind mit den Locken und der blütenweißen Haut, an dem Johnnys falsches Herz hing. Miss Karin hatte Petersen einmal mit Pünktchen im Lumbini-Park beobachtet. Ihr Herz hatte sich zusammengekrampft ... In ihrer Art hatte sie Petersen geliebt: kein Gramm Fett und nur fünf graue Haare.

«Ich gehe schon», sagte sie höflich. Ihr Gesicht war eine unbewegte Maske.

«Verzeih mir, Karin ...» sagte Petersen sehr verlegen. «Ich ... ich bin etwas nervös.»

«Was soll ich dir denn verzeihen?» fragte Miss Karin arglos. «Kranke Leute sind immer aufgeregt, besonders wenn das Gift eines Hundes in ihrem Gehirn ist.»

Petersen war zusammengezuckt. – Die Maske war einen Augenblick von Miss Karins Mandelblüten-Antlitz gerutscht. Er erschrak vor dem Haß in ihren Augen, aber das Beste war, die Sache zu begraben.

«Erster Enkelsohn» war mit dem Tee erschienen. Er warf einen mißbilligenden Blick auf den Besuch des Masters: eine Euro-Asiatin! ... Was wollte die bei den weißen Herrschaften? Und «Erster Enkelsohn» sollte sie auch noch bedienen!

«Bitte, bleib doch zum Tee!» Petersen versuchte liebenswürdig zu lächeln.

«Tausend Dank.» Miss Karin ging graziös und beherrscht ins Zimmer, das von der Veranda zum Portal führte. «Die Rikscha wartet noch.»

«Ich lasse dich mit dem Wagen nach Haus fahren», sagte Petersen hilflos. Er rief: «*Khon Rot! Ma reu reu!*» (Komm schnell, schnell). –

«*Pai reu reu*», sagte Miss Karin. Auf ihrem Gesicht war ein undefinierbares Lächeln.

«Karin ... bitte!» Petersen fühlte sich verflixt ungemütlich.

Aber die Rikscha war schon aus dem Tor gefahren.

Petersen ging langsam auf die Veranda zurück. Sein Kopf tat ihm zum Zerspringen weh. Er nahm die Statuette, die eine unbekannte Javanerin wochenlang geschnitzt und geschmückt hatte, in die Hand. Die Maske schien ihn anzulächeln ... die halbgeöffneten Lippen murmelten «*pai reu reu ...*»

Petersen mußte die Statuette zu fest in die Hand genommen haben: er hielt plötzlich Holzsplitter und Brokatfetzen in der Hand. Ein kühler Wind hatte sich erhoben. – Petersen fröstelte. Er fühlte sich krank ... erschöpft ... und von einer dunklen Angst erfüllt. Das hatte man davon, wenn man, wie ein indischer Kunde es einmal ausgedrückt hatte, «Rubinen hinwarf, um Glas zu suchen».

Wo blieben Martha und Onkel Winn?

«Ältester Enkelsohn» goß Master den Tee ein und servierte Sandwiches, die Ah Chang liebevoll mit gerösteter Leber und Speck belegt hatte. Es waren Petersens Lieblings-Sandwiches. Leber gab dem Master außerdem das verlorene Blut wieder. Und nun rührte der Master die heißen Leckerbissen nicht an, sondern starrte vor sich hin, als ob er einen Geist gesehen hätte.

«Nimm das fort», sagte Petersen. Meinte er die Sandwiches oder die zerbrochene Statue? –

«Zweiter Enkelsohn» nahm schweigend beides auf das Tablett und verschwand diskret. – Er half «Ältestem Enkelsohn» beim Bedienen.

«Denke zweimal und sage nichts!» rief ihm sein Großvater in allen Zweifelsfällen.

Großvater hatte immer recht, denn er war alt, weise und trug einen Bart, der wie ein echter, rechter Gelehrtenbart in einer hauchfeinen Spitze auslief. Dieser Bart war das Ideal von «Zweitem Enkelsohn». Eines Tages würde er auch so einen Spitzbart haben und alt und verehrt sein. Tage und Monate flogen wie ein Weberschiffchen ... Das sagte Großvater immer zu Mutter Cheng, wenn sie darüber stöhnte, wie langsam man das Geld für die Erziehung der Söhne zusammensparte. «Zweiter Enkelsohn» lächelte. – Die Zeit flog wie ein Pfeil.

IV

Auf der hinteren Veranda war die Zeit nicht geflogen. Sie war kein Pfeil und kein Weberschiffchen – sie war ein Stein, der tot im Flußbett lag.

«Ist kein Irrtum möglich?» fragte Martha zum zweitenmal.

«Nein», sagte der alte Herr Petersen. «Dr. Johannsen hat Pauline gründlich untersucht. Sie fuhr deswegen letztes Wochenende wieder nach Hamburg. Ich meine... nach Bangkok», verbesserte er sich. «Er hat es mir gestern gesagt. Pauline sagt mir ja nichts...»

Martha schwieg. Sie blickte auf den Kanal, in dem das Wasser stumm dahinfloß. Der alte Mann hatte sehr leise gesprochen. Das Leid in seiner Stimme griff Martha ans Herz.

«Onkel Winn...» sagte sie sanft und blickte ihn nicht an. «Pauline hängt so an dir. Das weißt du doch. Sie wollte dir wohl... den Schreck ersparen.»

«Sie ist im dritten Monat», sagte Petersen senior tonlos.

Martha nickte. – Wenn Pauline im dritten Monat war, mußte man den Liebhaber aufsuchen und es ihm sagen.

«*Wer*...?» fragte Martha. «Weißt du, wer...?»

«Ich weiß es nicht», sagte Wilhelm Christian Petersen. «Pauline sagt mir ja nichts...»

Er erhob sich.

«Weißt du einen Rat, Martha?» sagte er. «Du bist doch unsere Kluge.» Er machte einen verzweifelten Versuch, scherzhaft zu sein.

«Mutter Sankt Patrick...» sagte Martha nachdenklich. «Du hast mir doch erzählt, daß sie Pauline schon einmal... zur Vernunft gebracht hat.»

«Ich war heut früh in *Mater Dei.* Leider ist Mutter Sankt Patrick augenblicklich in Irland. Sie brauchte dringend eine Luftveränderung. Vielleicht hätte sie...»

«Wo ist Pauline?»

«In Hua Hin bei ihrer Mutter», sagte der alte Herr Petersen grollend. «Wo sie verflixt nochmal hingehört. Ich habe Siri befohlen, jetzt keine Häuser zu verkaufen, sondern sich um ihre Tochter zu kümmern. Wie sich das in ans-tändigen Familien gehört.» –

«Ganz richtig», besänftigte Martha, obwohl sie es ganz verkehrt fand... Nang Siri war Pauline zu keiner Zeit eine Stütze gewesen.

«Kannst du nicht noch mal hinfahren?» sagte der alte Herr Petersen plötzlich. «Ich muß nächste Woche nach der Westküste – geschäftlich. Hannes ist ja nun wieder auf dem Damm. Ich nehme euren Jungen mit. Das habe ich ihm versprochen. Pummel soll mal den Dschungel riechen. Vielleicht freut Pauline sich, wenn sie dich sieht.»

Er hoffte natürlich, daß Martha die verstockte Deern zum Sprechen bringen würde. Er fühlte instinktiv die Kraft und Güte, die seine Hamburger Nichte ausstrahlte. Der Hannes, der Windhund, hatte verflixtes Glück.

«Gern, Onkel Winn», sagte Martha herzlich. «Ich wollte es dir gerade vorschlagen. Ich nehme Lottie mit. Pauline mag sie so gern.»

«Danke dir», brummte der alte Herr Petersen. – «Na, grüß Hannes!»

Eine kleine Pause entstand: Onkel Winn stand vor seinem Wagen und stieg nicht ein. Er starrte auf die Fächerpalme, unter der Petersen juniors Chauffeur mit seinen beiden Söhnen zu schlummern pflegte, immer wenn man ihn brauchte.

«Du ...» sagte Wilhelm Petersen endlich und blickte Martha nicht an. «Meine Pauline is 'ne verflixt ans-tändige Deern. Solide und ... sauber ... Das passiert den besten Deerns ... Martha!»

Martha drückte dem alten Mann die kalte Hand.

«Ich weiß ...» sagte sie zart. «Ich weiß, Onkel Winn. Wir werden es schon zurechtbekommen.»

Martha war keineswegs überzeugt davon; aber man konnte Onkel Winn nicht so weggehen lassen. Sie hatte auch in Hamburg ihre Mädels immer noch bis zur Hinrichtung im Abitur aufgemuntert ... Vielleicht wurde noch alles gut.

«Wenn ich den Kerl finde, zerbrech ich ihm sämtliche Knochen ...» versprach der alte Herr Petersen, während er in seinen großen Wagen (Modell 1937) stieg.

Martha schüttelte den Kopf. – Damit wäre Pauline wenig gedient. Aber finden mußte man «den Kerl». Da hatte Onkel Winn recht.

«Ob es unser neuer junger Mann ist?» fragte der alte Herr grüblerisch. «Ich hatte ihn jetzt einen Monat bei uns in Hua Hin. Er spielte Tennis mit Line und brachte ihr den Kram sehr nett bei. Sie ist gar nicht so ungeschickt, wie sie immer denkt ... Ich mein den jungen Harms von Harms & Co., – Fuhlentwiete. – Sehr ans-tändige Familie. Großes Haus in Flottbek ... Tommy macht einen durchaus soliden Eindruck. Das Klima setzt ihm natürlich noch 'n büschen zu. Glaubst du?»

Martha kannte den jungen Harms sehr flüchtig. Man konnte natürlich nicht wissen ... Man wußte ja nichts über Pauline.

SIEBENTES KAPITEL

Die Zinn-Insel

I

Der alte Herr Petersen und der alte Herr Krüger ruhten sich nach ihrem «Donnerstag-Golf» mit Dr. Tyler auf dem Rasen des ‹Königlichen Sportklubs› in Bangkok aus.

Dr. Tyler war der englische Tierarzt. Ein *old-timer* wie sie selbst, ein mittelgroßer, ausgedörrter Herr mit einem wirren Graukopf und scharfen, humorvollen Augen. Er hatte das Talent, sich überall in der Welt zu Hause zu fühlen, wenn er seinen englischen Tee und sein Privatleben hatte. Er war freundlichen Wesens und vollständig unabhängig von der Meinung anderer. Ein Weltumsegler mit Sinn für Häuslichkeit – wie so viele Engländer im Fernsten Osten. Dr. Tyler hatte eine siamesische Gattin – das hatten *old-timer* oft. Aber das Ehepaar Tyler hatte keine Kinder und daher viel Spaß. Dr. Tyler kannte noch die alten Zeiten in Siam, wo Mensch und Tier von «Geisterdoktoren» behandelt wurden. Er hatte langsam aber sicher seinen Platz neben den «Medizinmännern» der Reis- und Dschungeldörfer erobert. Die Tiere – so hatten die Medizinmänner anfangs geflüstert – würden nie mehr gesund werden, wenn sie einmal vom *mo ferang* (fremden Doktor) behandelt worden wären. In solchen Fällen nützte auch die teuerste Geisterbeschwörung (mit Tanz!) nichts mehr. – Wenn der Wasserbüffel oder *ya* – die Großmutter väterlicherseits – nicht mehr mitmachen wollten, gaben die Medizinmänner die «Letzte Kur»: ein Gebräu aus den pulverisierten Knochen von zwölf Tieren; darunter die Gebeine von Tigern, dem Rhinozeros, Eulen und Geiern. – Dr. Tyler hatte mit einem Messer geschnitten: nach drei Tagen fraß der Wasserbüffel und gackerte das Huhn. Seine britische Zähigkeit und persönliche Freundlichkeit hatten oft gesiegt. Besonders auf der Zinninsel von *Puket,* wo seine Gattin aufgewachsen war, hatte Dr. Tyler eine dankbare Patientenschaft unter den Waldbewohnern.

Zinn war nach Reis der wichtigste Export von Siam. Sehr oft saßen Petersen senior und der alte Herr Krüger nach dem Dinner auf der Veranda der Tylers und sprachen über Zinn. Beide Herren hatten auf Nang Sanis Rat im ostasiatischen Kriege Zinn gekauft. Es war ein ausgezeichneter Rat gewesen. Petersen & Co. und Herr Krüger hatten ein Vermögen gemacht. Nach dem Kriege fing ein großes Maschinengeschäft für

Siams Zinnminen an. Aber Deutschland war nicht beteiligt. Die Engländer waren die historischen Exporteure für Bergbau-Maschinerie in Siam und Malaia. Die USA hatten sich eingeschaltet. Und die dänische *East Asiatic Company*, die große Konzessionen für Zinnminen auf der Insel besaß, lieferte ebenfalls, was die ausländischen Betriebe brauchten.

Aber da waren noch die Chinesen. Sie hatten zuerst auf der Insel nach Zinn gegraben. Zinngefäße waren seit Jahrtausenden in China im Gebrauch. Agenten und Kulis waren es auch.

Dr. Tyler sprach mit seinen beiden deutschen Freunden oft von den alten Zeiten in Puket. Petersen junior hatte alles aufgegriffen und schon im ostasiatischen Kriege den Plan gefaßt, «später» ein Bagger-Geschäft für Hamburg einzuleiten.

Petersen senior hatte gelacht. «Schlag dir das aus dem Kopf, mein Jung. Da sitzen die Dänen und die Engländer. Die Dänen sind immer noch da. Und die Engländer kommen wieder. Da können wir Hamburger nicht mit. In Ostasien ändert sich nichts.»

«Doch ...» hatte Petersen junior gesagt und sein Kinn so eigensinnig wie Onkel Winn selbst vorgeschoben. «Paß auf ... jetzt ändert sich verschiedenes. Wenn der Krieg endlich mal zu Ende sein wird, muß ich mit Hinrich korrespondieren.»

Hinrich Petersen in Hamburg war jener Vetter, der Martha gesagt hatte, Hannes könne jederzeit wieder bei Petersen & Co. in Hamburg eintreten. Petersen & Co. waren unter anderem Agenten für Maschinen-Export. Sie waren recht bedeutend gewesen, bis das Hitler-Regime den Außenhandel und den Hamburger Hafen so weit reduziert hatte, daß man kleine Inlandsgeschäfte beginnen mußte, um sich über Wasser zu halten. Sie waren vorher mit Thailand ins Geschäft gekommen. Es war damals wie im Jahre 1950 ein Land mit aktiver Außenhandelsbilanz. Ja, man würde sich «bei kleinem» mal mit Baggern beschäftigen, hatte Hinrich im Jahre 1949 an seinen Vetter nach Bangkok geschrieben. Es ließ sich ja wieder an in Hamburg.

Hannes hatte tatsächlich nach verschiedenen Unterhaltungen mit dem alten Herrn Wong eine Erkundungsfahrt nach der Insel Puket gemacht. Die Chinesen arbeiteten dort nicht nur als Kulis. Es gab überall im Fernen Osten eine Anzahl sehr reicher chinesischer Unternehmer.

Johannes Petersen hatte in den Büros der chinesischen Unternehmer, an die der alte Herr Wong ihn mit einem blumenreichen Empfehlungsschreiben verwiesen hatte, die Philosophie des Laotse und die Zweckmäßigkeit von Maschinen diskutiert.

Mr. Wongs Freunde hatten höflich gelächelt und Petersen junior zu den Erfindungen des Westens beglückwünscht. Das mußte alles sorgsam überlegt werden. Maschinen gingen viel leichter kaputt als Kulis. Und Opium rauchten sie auch nicht! – Das würde der siamesischen Regierung, welche die chinesischen Betriebe sowieso scheel ansah, gar nicht gefallen. Man machte auch so sein Geld ... wenn auch langsamer. Hatte

Mr. Petersen vielleicht zufällig die Gräber der Familie Tscheng Hua oberhalb von Tongka gesehen? Ganz Puket staunte über die Pracht und den Reichtum der Gräber. Sie konnten es mit den Behausungen der lebenden chinesischen Zinnkönige von Penang in Malaia aufnehmen.

Petersen hatte die Gräber gesehen. Er gab seiner Bewunderung so blumenreichen Ausdruck, wie es einem Hamburger möglich war.

Beim sechsten Besuch hatte Herr Tscheng Hua gesagt, er wolle sich unverbindlich einen Prospekt ansehen. Mr. Petersen möge bitte einen technischen Ratgeber mitbringen. Der könnte einmal die Gruben in Augenschein nehmen. Druckspritzen und Pumpen kämen vielleicht für bestimmte Gruben in Frage – vielleicht...

«Wann fährt Ihr Neffe nach Puket?» fragte Dr. Tyler, der mit großem Interesse von Petersens moralischem Erfolg erfahren hatte. Chinesen kauften nur gern von alten Freunden oder von Leuten, die ihnen von alten Freunden empfohlen worden waren.

«*Ich* fahre», erwiderte Petersen senior, «mein Neffe hat einen kleinen Fieberanfall. Zu viel Krankenbesuche... nehme ich an.»

«Ich wollte ihn heute abend besuchen», sagte Dr. Tyler lächelnd.

«Sie sind uns immer willkommen, Doktor. Sie reden ja keinen Unsinn.»

Allerdings war Dr. Tyler ein bedeutend vernünftigerer Besucher als Miss Karin. Der alte Herr Petersen hatte die Stirn gerunzelt, als er beim Vorfahren die Person auf der Veranda mit den blauen Blüten gesehen hatte. Hannes hatte doch nicht etwa wieder angefangen? Wo Martha so eine famose Frau war...

Natürlich lebte Hannes ganz für Martha und die Kinder, aber der Besuch hatte ihm einen kleinen Nervenschock versetzt. Er war außerordentlich empfindlich, seitdem der Hund ihn gebissen hatte. Die Spritzen hatten ihn auch angestrengt.

Kurz und gut, er ging nur auf Stunden ins Bangkoker Büro. Reisen war ausgeschlossen. Das Geschäft mit Ostsiam konnte warten. Aber nach Puket mußte einer von ihnen fahren. Chinesen verloren «Gesicht», wenn man sie zu lange warten ließ... Das gehörte zu dem, wovon die vielen Neuankömmlinge im Fernen Osten keine Ahnung hatten. Man lernte eben mit den Jahren. Im übrigen hatten Petersen & Co. genausoviel Zeit, auf einen Auftrag zu warten, wie die Chinesen Zeit hatten, die Erteilung zu verzögern. Aber wenn der Auftrag erteilt war, dann konnte man darauf bauen – auch auf die pünktliche Bezahlung. Chinesen waren und blieben die besten Kunden in Ostasien, weil sie auch die besten Verkäufer waren. Geschäfte mit der siamesischen Regierung waren viel schwieriger. Man wußte nie, ob nicht etwas dazwischenkam. Es wurde auch mehr reklamiert. Die Siamesen waren Aristokraten oder Reisbauern; es gab nicht die Mittelschicht, die in der ganzen Welt kaufte und verkaufte.

Hinrich Petersen hatte im Nachkriegs-Hamburg auch keine leichte

Zeit als Agent für Maschinen und alles andere, was aus dem Fernen und Nahen Osten zögernd wieder angefordert wurde. Die größte deutschsprechende Konkurrenz in Ostasien waren die Schweizer. Sie hatten keine Besatzung, die Industrie und Ausfuhr kontrollierte ... Aber ein paar Pumpen und Druckspritzen, das war noch kein Abenteuer, weder für Hinrich Petersen im Chilehaus noch für Petersen & Co. in Bangkok.

Ein technischer Ratgeber war auch in Puket: Werner Steffens, Bergbauingenieur aus Hamburg-Othmarschen.

II

«Wann fährst du denn nun nach Puket?» fragte Charles Krüger den alten Herrn Petersen zum zweitenmal. Was war mit Krischan los? Er war direkt geistesabwesend. –

«Nächste Woche», sagte Petersen senior endlich. Er stürzte den vierten Whisky-Soda in einem Zuge herunter. Das Zeug schmeckte ihm heute nicht... Es wurde gerade dämmerig auf dem großen Rasen des Klubs: die schönste Stunde in Bangkok. Die Sonne hatte sich in eine Rubinenschale verwandelt, die zwischen den Wolken am Horizont schwankte. Wilhelm Christian Petersen mochte nicht in seinen unordentlichen Palast in Rong Muang fahren. Da dachte er doch nur über seine Deern nach – – –

«Fährt Pauline mit?» fragte Herr Krüger. Pauline begleitete seit Jahren ihren Vater auf allen Reisen, als Privatsekretärin und Kameradin.

«Ich nehme unseren Jungen mit.» – ‹Unser Junge› war Pummel.

«Der Jung gefällt mir», sagte Herr Krüger.

«Das wär ja auch noch schöner...» brummte Pummels Großonkel. «Albert hört das Gras wachsen, sage ich dir! Es kann ihm nur dienlich sein, mal 'ne Zinnmine in Siam zu sehen. Er will doch hier später als Ingenieur leben.»

«Nanu!» – Herr Krüger war erstaunt. «Er ist doch erst fünfzehn, nich?»

«Vierzehneinhalb», sagte der alte Herr Petersen. Er haßte Ungenauigkeiten – geschäftlich und privat. Es hing so viel im Leben vom richtigen Rechnen ab.

«Ich wußte in dem Alter auch, was ich wollte», sagte er kampflustig. – Herr Krüger betrachtete seinen alten Freund aus schrägen pfiffigen Augen.

«Was denn, Krischan?»

«Nicht in Hamburg bleiben...» sagte Petersen senior. «Ich mein, ich wollte mir den Wind 'n büschen um die Nase wehen lassen. Ich wußte natürlich nicht, daß ich... länger bleiben würde, als man zu Hause angenommen hatte.»

Herr Krüger nickte. – Man nahm «zu Hause» ja immer an, daß die Söhne heimkamen. «Meine Schwester kommt zu Besuch», verkündete er.

«Was? ... Florence?»

«Ich habe nur eine Schwester, und die heißt Florence», bemerkte Charles Krüger milde. – «War sie nich mal deine Tanzstundenflamme? Bei Rudolf Knoll?»

«Ich glaube ...» sagte Petersen senior. Dann schwieg er. – Florence Krüger und er hatten zusammen in Uhlenhorst gepaddelt und hatten mit achtzehn Jahren romantische Anwandlungen gehabt.

«Ich glaube, sie wollte dich heiraten», sagte Herr Krüger lachend. «Zu gediegen ... nich?»

«Was ist daran so gediegen?» fragte der alte Herr Petersen leicht beleidigt. Es hatten sich seinerzeit viele Deerns in ihn verliebt. Und er in sie ... Aber Florence hätte ihn schon damals gern angebunden. Und er wollte sich doch den Wind um die Ohren blasen lassen. – Er trank seinen Whisky aus und rief: «*Boy, another Whisky Soda!*»

Wenn er Florence Krüger geheiratet hätte, dann wäre alles anders gekommen – und seine Tochter Pauline hätte ein gesichertes und normales Leben gehabt ... *wenn* ... Man konnte eben nicht alles haben.

Petersen senior trank auch diesen Whisky-Soda auf einen Zug aus. «Sie ist ja 'n S-taubwedel», bemerkte Herr Krüger. Er meinte seine einzige Blutsverwandte, die augenblicklich in Richtung Suez schwamm. «Aber ich hab zu meiner Frau gesagt: ‹Mamma›, hab ich gesagt, ‹wir müssen uns freuen, wenn Florence nach Bangkok kommt! Auch wenn sie nichts für Hunde über hat ... Aber sieh mal, sie is doch meine Schwester! Und sie war *sehr* gastfreundlich in der Maria-Louisen-Straße, wie wir das letzte Mal in Hamburg waren!› Meine Frau hat das alles eingesehen. Sie is ja auch 'n Familienmensch ... Und Florence bleibt höchstens drei Monate.»

«Das geht ja noch ...» sagte Petersen senior mitfühlend. – Besuche von der Verwandtschaft waren für jeden alten «Bangkoker» eine Nervenprobe. Die lieben Gäste machten ihre Verwandten persönlich für die Hitze, die Moskitos, die langsamen Behörden und die «faulen» Diener verantwortlich.

«Du kannst Florence ruhig mal zu uns nach Hua Hin schicken», meinte Herr Petersen gastfreundlich. Er hatte einen Augenblick vergessen, daß ...

«Angenommen», sagte Herr Krüger vergnügt. «Wir wollen ihr ja gern was bieten. Ich kann von der Fabrik und den Pferden nich weg. Und Mamma reist ja nich wegen der Hunde. – Bei Pferden fällt mir ein – – –»

Vom Golfplatz kamen drei jüngere Amerikaner und grüßten den alten Herrn Petersen: ein großer, schwarzhaariger Herr und zwei Damen.

«Wer ist das?» fragte Herr Krüger. «Das sind doch keine Engländer?»

«Amerikaner. – Ein Mr. Desmond von der ECAFE. Pauline ritt mit ihm in Hua Hin. Ich übrigens auch. Famoser Reiter, obwohl er so schlaksig geht. Die Damen kenn ich nich ... Es kommen ja jeden Tag neue.»

«Leider», sagte Herr Krüger. «Die verderben hier alle Preise. Die Mieten sind seit 1945 himmelhoch gestiegen, weil die Yankees alles billig finden. Ist es ja auch ... in Dollars umgerechnet! Ich weiß nich ... ich hab nich viel für die Yankees über ... wenigstens nich für die, die man in Bangkok sieht.»

Der alte Herr Krüger hatte eine unkorrekte Behauptung gemacht. Mr. Desmond war kein *Yankee*. Er konnte sie sogar noch weniger leiden als Herr Krüger – mit Ausnahmen natürlich. Mr. Kenneth Portman – sein Chef – war *okay*. Und Miss Black fand nichts billig in Bangkok. *Ihre* Anwesenheit hatte in keiner Weise dazu beigetragen, die Preise zu steigern.

«Was ich noch sagen wollte. Deine Pauline war letzten Sonntag bei uns, wie sie in Bangkok war, um bei Hannes Post zu holen oder so ... Nett, nich?» sagte Charles Krüger nach einer Pause.

«Was wollte sie denn bei euch?» fragte der alte Herr Petersen argwöhnisch. Sein Herz begann wieder unregelmäßig zu schlagen. Ein leichter Schleier legte sich auf seine meerblauen Augen.

«Nichts Besonderes. Sie wollte die Hunde und die Pferde mal wieder besuchen und natürlich meine Frau ... Deine Deern reitet großartig, Krischan! Sie setzte sich ohne Sattel auf ‹Alsternixe›. Sie will sie zureiten. Mamma sagte, ich soll dich erst fragen. ‹Alsternixe› hat ihre Mukken.»

Nichts rührte sich in dem Gesicht von Petersen senior. War die Deern total übergeschnappt? *Jetzt* zu reiten? – Oder ...

«Du ... Krischan ... Pauline sollte mal zu Dr. Johannsen gehen, läßt meine Frau dir sagen.»

«Warum?»

«Sie wurde ohnmächtig bei uns. Ich sollte es dir nich sagen. Es war ja auch wieder bullig letzten Sonntag. Aber Pauline hat doch 'ne Pferdenatur. Mamma war direkt erschrocken.»

«Ich werde sie hinschicken. – Jeder wird mal ohnmächtig.»

«Ihr setzt Dr. Johannsen ganz nett in Nahrung, das muß ich schon sagen», lachte der alte Herr Krüger.

Wilhelm Christian Petersen schwieg. – Dann sagte er plötzlich:

«Du ... Charles!»

«Hast du was gesagt, Krischan?»

Charles zündete sich eine Zigarre an. «Was ist denn ...?» fragte er weiter.

«Nichts ...» sagte Herr Petersen. Er erhob sich schwerfällig aus seinem Korbsessel. «Na ... denn adschüs! Grüß deine Frau!»

«Tschüs, Krischan», sagte Herr Krüger. «Wenn du vor der Reise noch Zeit hast, komm noch mal längs. Grüß Steffens! Und natürlich auch Justus! Na ... und Florence kann also denn mal nach Hua Hin kommen ... nich?»

«Selbstverständlich», sagte Herr Petersen fest. «Singt sie eigentlich noch?»

«Ich weiß nich...» sagte ihr Bruder. «Wie wir in Hamburg waren, hat sie nicht gesungen – nur S-taub gewischt. Aber sie weiß ja – wir mögen keine Musik.»

«In Hua Hin kann sie mit den Grillen um die Wette singen», bemerkte Herr Petersen abschließend. «Mich s-tört es nicht. Ich hab ja auch mal ganz gern gesungen.»

«Am Brunnen vor dem Tore», erläuterte Charles Krüger. – Krischan hatte in letzter Zeit gar nicht mehr gesungen. Krügers hatten es recht gern gehört, wenn der Mond über den Riesenbäumen von Dusit-Park aufging und die großen Bananenstauden im Garten im Takt raschelten. Auch die Hunde hatten nichts gegen Krischans Gesang eingewendet. Sie lagen im Kreise auf der Veranda und verdauten den «Abendreis», den der Boy unter Mammas Augen in die chinesischen Schüsseln mit dem blauen Drachenmuster gefüllt hatte. Jeder Hund hatte seine eigene Eßschale, wie sich das gehörte.

Nein... Krischan hatte in letzter Zeit nicht mehr gesungen. Die Sache mit Hannes war ihm wohl in die Glieder gefahren.

Der alte Herr Petersen ging langsam an dem von bleichen Lampen erhellten Schwimmbad vorbei in die Garagen, wo die siamesischen, chinesischen und malaiischen Chauffeure im Kreise auf dem Boden hockten und Glücksspiele spielten. Oder sie schwatzten und lachten... Glückliche Leute.

Ein ungeheures Gefühl der Einsamkeit befiel den alten Mann, während er die sorglose Schar grübelnd betrachtete. Auch Charles Krüger saß ruhig und zufrieden da hinten auf dem Rasen. Bald würde er heimfahren – zu «Mamma». – Doris Krüger war eine fixe Frau, bis auf den Hunde-Spleen. Sie wußte in der Papierfabrik Bescheid und vertrat ihren Mann, wenn er reiste oder unpäßlich war. Charles hatte einen zu hohen Blutdruck, wie so viele ältere Leute in Bangkok. – Doris Krüger war die beste Freundin ihres Mannes, obgleich sie oft komisch wirkte... Sie war grundsolide: eine geborene Reimers... von den Reimers am Feenteich. Sehr gute Familie. Doris' Onkel war Senator gewesen. «Hundesenator» hatte man ihn genannt. Genauso mit Hunden wie Doris.

Es war doch gediegen: da hatte man seit Jahren und Jahrzehnten alle Bindungen zur Heimat gelöst und wußte immer noch, was für eine «Geborene» die Frauen der Freunde waren... In letzter Zeit hatte Petersen senior sich enger als je zuvor an Familie und Hamburger Freunde angeschlossen, als ob diese Mauer von Solidität und herzlicher Zurückhaltung ihn stütze – jetzt – wo alles zerfiel. Nang Siri konnte man keine Vorwürfe machen. Es hatte Petersen senior ja viele Jahre gefallen, daß sie *nicht* aus Pöseldorf war... Aber in Sorgenzeiten war es eine seltsame Sache mit den asiatischen Frauen: sie flohen instinktiv vor einem ernsten Gesicht.

Nang Siri konnte ihren Mann allen Ernstes nicht begreifen. Geburt war etwas, was so selbstverständlich war wie das Säen und Wachsen des

Reiskorns bis zur Ernte. Pauline war fünfundzwanzig Jahre alt. Höchste Zeit, daß sie wie eine Frau lebte ... Nang Siri lächelte über die Konventionen des Westens. Sie hatte Pauline vorige Woche ein Haus in Hua Hin geschenkt, eine kleine Villa – ein Kleinod hinter Bougainvilla-Blüten und Mangobäumen. Dort würden Pauline und *luk chai* (der Sohn) in Wohlstand und Frieden leben. Eine Amah war auch schon aus einem Reisdorf in der Menam-Ebene besorgt.

Nachdem Nang Siri auf diese Weise ihr Teil getan hatte, setzte sie sich in ihr rotes Auto und ging ihren eigenen Geschäften in Stadt und Land nach.

Sie würde wiederkommen, wenn alle in Hua Hin wieder «glücklich» waren ...

Der alte Herr Petersen seufzte.

«*Khon Rot!*» rief er mit Stentorstimme.

Sein Chauffeur in der schneeweißen Uniform löste sich zögernd aus dem Kreise der Schwätzer und Spieler und kurbelte an ... Der große Inder des Sportklubs öffnete das Tor und grüßte. Wilhelm Christian Petersen fuhr in sein leeres Haus in Rong Muang. –

III

Sie fuhren an der Westküste von Siam entlang.

Pummel stand mit seinem Großonkel an der Reling eines Frachtschiffes der *Thai Navigation Company* und staunte. Von einem Tag zum anderen befanden sie sich in einer Welt, die in nichts der Stadt Bangkok glich. – Aus der See ragten Berge empor, die je nach der Tageszeit ihre Farben wechselten. Täler tauchten auf – friedlich und unberührt –, ein Streifen goldenen Strandes – und Kränze von immergrünen Regenwäldern, die zum Teil noch kein Menschenfuß betreten hatte.

«Kann ich dein Fernglas haben, Großonkel?» fragte Pummel den ganzen Tag und die halbe Nacht. – Denn der alte Herr Petersen schlief des Nachts mit «unserem Jungen» an Deck. Es war ihm zu stickig in den Kabinen. Und die Kalk- und Granitfelsen nahmen im Mondlicht und in der Morgendämmerung phantastische Formen an ... Pummels Vater, der kurz nach seiner Ankunft zum Spaß an der Westküste herumgesegelt war – kein Hamburger fühlte sich wirklich wohl ohne einen schaukelnden Kahn –, hatte nach seiner Rückkehr nach Bangkok geäußert, daß die Granit- und Kalksteinriesen bestimmt hinterindische Elfen beherbergten. – Petersen senior hatte sich so erschrocken, daß seine Zigarre ausgegangen war. *Das* wollte ein Hamburger Geschäftsmann sein? Aber «bei kleinem» hatte Hannes sich denn ja gerappelt. War es ihm doch sogar gegen Ende des ostasiatischen Krieges aufgegangen, daß die Westküste außer hinterindischen Elfen auf den Granitfelsen noch Zinn, Wolfram, Kupfer, Eisen und auch gelegentlich Gold barg ... Hannes war klug und scharf, sobald er «das Dösen» und seine Weibergeschichten ließ.

Pummel dachte niemals über Elfen nach, was Petersen senior beruhigte. Oder dachte er *noch* nicht an leichtgeschürzte Wesen? Er ging nun in die fünfzehn und begann sich zu recken. Sein Gesicht war schmaler geworden; seine ganze Gestalt sehniger. Er lehnte zur stillen Freude seines Großonkels altersschwache Gäule ab. Er wollte so wilde Pferde wie alle Petersens reiten... wie Pauline zum Beispiel.

Der alte Herr seufzte. Er hatte Pummel gerade die Vegetation der siamesischen Dschungel beschrieben. Lalangsteppe... Riesenpalmen. Und der große *mai-yang,* der Holzölbaum, der schweigsam und wertvoll über den Büschen, dem Moos und den Schlangen thronte. Er wuchs bis zu einer Höhe von vierzig Metern auf mit einem machtvollen glatten Stamm. Dann erst entwickelte er – als großartige Urwald-Überraschung – seine zwanzig Meter hohe Krone mit dem glänzenden, tiefgrünen Laub.

«Wie wird denn das Öl gewonnen?» fragte der praktische Pummel.

«Mit einem Dschungelmesser schlitzen die Kulis den Stamm auf, etwa einen Meter über dem Boden. Herr Steffens kann dir das alles zeigen. Er holt uns im Hafen von Tongha ab.»

«Onkel Justus auch?» fragte Pummel schreibend. Sein neues Notizbuch hatte schon große Schweißflecke auf dem roten Ledereinband, obwohl Pummel sich so vorsah. Lag es nun an der Tropenhitze oder daran, daß kein richtiger Junge ein sauberes Notizbuch hat? – Er war sehr gespannt auf Onkel Justus. Er war der älteste Sohn von Petersen senior, mit einer Siamesin verheiratet. Er hatte eine kleine Stellung als «Aufseher» irgendwo in einer Mine in Puket. Nang Siri hatte Justus, den sie seit seiner Geburt nie anders als mit dem siamesischen Namen *Prasert* rief, mitgeteilt, daß *Khun Paw* (Vater) nach Puket käme. Prasert könne ihn vielleicht begrüßen und mit Herrn Steffens in Tongha warten... Das wäre doch *sanuk* (Spaß) für Khun Paw und Prasert.

«Ich nehme an, daß Onkel Justus kommt», sagte der alte Herr Petersen. Das wäre ja wohl nicht die Möglichkeit, daß Justus nicht käme! Er stand ständig mit Nang Siri in Verbindung und erhielt von ihr Geld, wenn der Aufseherposten, den er häufig wechselte, kein *sanuk* mehr war.

Justus war keineswegs unintelligent; aber er war lethargisch und im Kern seines Wesens gespalten und gebrochen. Was sein Vater nicht wußte – oder nicht wissen wollte –, war, daß Justus-Prasert einen stillbrennenden Groll gegen ihn und alle andern Europäer hegte. Die siamesische Familie seiner Frau betrachtete Prasert als Eindringling. Sie hatte genausowenig für die Menschen gemischten Bluts übrig wie die Europäer, die sie gedankenlos in die Welt gesetzt hatten... Prasert sprach selten Deutsch, er bevorzugte Siamesisch. Er trug die Landestracht: ein weißes Baumwollhemd, einen karierten Schal um Schulter oder Taille und einen *pasin* (langen Rock) oder chinesische weite Satinhosen. Nur auf der Mine trug Prasert die europäische Arbeitskleidung: Khakihemd und Hose. Er hatte Nang Siri nicht geantwortet, ob er Khun Paw in Tongha begrüßen würde. Briefe schreiben war *lambag* (lästig). Prasert dachte außerdem prinzipiell keine Woche voraus. Vielleicht war ein Tanzfest im Dorf. Das versäumte er niemals. Er tanzte die feierlichen Volkstänze Siams mit sanfter Leidenschaft. Man schritt beim *ram wong* langsam mit seiner Partnerin im Kreise und machte mit zarten, gelenkigen Fingern bedeutungsvolle Gesten. Prasert hatte es fast erreicht, wie ein Siamese auszusehen. Er hatte glattes, schwarzes Haar und eine dunkle Haut. Nur seine hünenhafte Gestalt verriet seinen norddeutschen Vater. Die Gestalt konnte man leider nicht ablegen, wie eine fremde Sprache und einen fremden Rock.

Aber wenn sein Vater es wünschte, würde er vielleicht – wenn auch höchst widerwillig – Khun Paw begrüßen und dann denselben Abend zurücksegeln. Sie lebten in verschiedenen Welten und hatten sich nichts zu sagen. Wenn Prasert sich die Mühe gemacht hätte, seine Gefühle zu analysieren – wie diese lächerlichen *Ferangs* es mit Vorliebe taten –, dann hätte er entdeckt, daß er seinem Vater nicht nur grollte. Er haßte ihn. Sein Anblick und seine Stimme machten ihn krank. Er hatte «seine arme Mutter ins Unglück gestürzt» ... Daß Nang Siri in ihrer Art sehr glücklich mit «Winn» war und sich niemals von einem *Ferang* oder sonst irgend jemandem ins Unglück hätte stürzen lassen, das zu erkennen, reichte das kritische Vermögen ihres ältesten Sohnes nicht aus. Er rettete sich aus seiner Unausgeglichenheit in den Haß. Euro-Asiaten betrachten das Leben häufig unter melodramatischen Aspekten. Es ist ein typischer Zug dieser Menschen, die von frühester Kindheit an eine rassische und soziale Zwischenstellung im Fernen Osten einnehmen. Daß Pauline ihren Vater mit ihrem dumpfen Schweigen quälte, anstatt sich mit ihm auszusprechen, war auch euro-asiatisches Melodrama. Sie wußte, daß sie sein Augapfel war – in der Beziehung hatte Martha durchaus recht gehabt –, aber nun grollte sie ihm auch ... aus Hilflosigkeit vielleicht. Im tiefsten Innern saß bei Pauline, die dreiviertel Europäerin war, eine dunkle Sucht, den Vater zu quälen ... mit starrem Schweigen, wie es asiatische Art war. Mutter Sankt Patrick wäre sehr ungehalten gewesen, wenn sie gewußt hätte, wie ihr Schützling auf das Leid, das der christlichen Seele zur Läuterung und schließlichen Vollendung gesandt wird, reagierte. Aber sie war in Irland. Pauline hatte ihr niemals geschrieben. Es war schwierig mit den Konvertiten, die im Fernen Osten von der Mutter her stark buddhistisch beeinflußt waren. Doch – so hatte Mutter Sankt Patrick oft gedacht – die Gnade und das Gebet der Klosterfrauen war eben doch mit diesen armen, lieben Mädchen, ob sie es wünschten oder nicht.

Das hatte auch die Oberin der Ursulinen in Bangkok dem alten Herrn Petersen bei seinem Besuch gesagt. Sie war eine sehr energische Engländerin und duldete keinen «Unsinn», weder in der Arbeit noch im geistlichen Haushalt der Seele. Der alte Herr war sonderbar getröstet weggegangen: eine sehr vernünftige Dame ... das mußte man ihr lassen! Vielleicht wurde noch alles gut.

Daran mußte der alte Herr denken, als sie nachts durch den Indischen Ozean auf die Insel Puket zusteuerten. Trotz seiner Abneigung gegen «Rom» freute es ihn, daß man in *Mater Dei* in Bangkok nicht vor dem Unglück das Hasenpanier ergriff, wie Nang Siri, die alle Menschen glücklich sehen wollte, damit sie selbst es bleiben konnte. Die Oberin war – wie Herr Petersen selbst – etwa vierzig Jahre im Fernen Osten. Im Missionsdienst. Ihr konnte man keinen Unsinn vormachen. Neben den wenigen Konvertiten, die nicht nur mit Wasser, sondern mit dem Heiligen Geist getauft waren, sah sie nüchtern aber doch voller Erbarmen, die vielen anderen in China, Japan und Siam, die «Reis-Christen», die um einer Schale Reis und anderer Vorteile willen die Missionen des Ostens «besuchten». – Aber auch die «Reis-Christen» fanden ein offenes Ohr. Davon hatte Pauline ihrem Vater manchmal erzählt. Die Deern hatte wohl doch nicht ganz unrecht mit ihrem Gerede von der «Mutter der Völker».

Die Nacht war hell. Es war sehr still an Deck. Pummel war eingeschlafen. Der alte Mann betrachtete lange den Nachwuchs des Hamburger Hauses: im Schlaf und ohne Brille sah der Jung wie ein Neugeborenes aus ... Aber schnacken konnte er wie ein Bücherwurm. Gut, daß er seinen Großonkel hatte, der ihn im Sport «'n büschen auf Draht» bringen konnte. Der alte Herr war seiner Heimat so entfremdet, daß er Martha übelnahm, daß Pummel nicht mit zwölf Jahren schon auf einem Gaul gesessen und im Hamburger Tattersall geritten hatte. Das hatten alle Petersens so gehalten. Martha hatte den Kopf geschüttelt, als Onkel Winn brummend ihre «einseitige Erziehung» bemängelte. Nein – in den Hungerjahren hätte Pummel nicht reiten können. Da wäre er *noch* hungriger geworden – ganz abgesehen von den Kosten und den Pferden, die es gar nicht gab. Es gab damals nichts in Hamburg.

Insel mit Mangroven-Wäldern. – Stille. – Und das Raunen des Indischen Ozeans. – Auf der andern Seite des Decks hörte der alte Herr Reden in allen asiatischen und westlichen Sprachen. Siamesen, Inder, Malaien, Chinesen sprachen durcheinander. Die größte Gruppe sprach Englisch mit amerikanischem Akzent. Es waren zwei Herren von der ECAFE und zwei Damen.

Miss Black und Miss Macpherson hatten sich die Gelegenheit nicht entgehen lassen, mit Mr. Desmond und dem Chef der ECAFE die Erkundungsreise nach der berühmten Zinninsel von Thailand zu machen.

Mr. Desmond und Mr. Kenneth Portman, der Leiter der ECAFE in Bangkok, interessierten sich für Zinn – und selbstverständlich für den wirtschaftlichen Aufschwung der reichen, aber «unentwickelten» Länder des Fernen Ostens. Dies Land, das abwechselnd «Siam» und «Thailand» hieß, war eine Goldgrube, die nur planmäßige Bewirtschaftung brauchte. Wenn die Ausbeute an den kostbaren Rohmaterialien in Thailand dadurch gesteigert werden konnte, warum sollten die USA nicht auch am Export profitieren? – Und wenn sie den Lebensstandard der Völker östlich von Suez hoben, warum nicht mit amerikanischen Konservenbüchsen, Weizenpräparaten zum Frühstück und Schnellkochtöpfen? In der Halbinsel Siam steckten ungehobene Millionen. Die Bevölkerung konnte sehr wohl pro Kopf einen Fernsehapparat, einen Schnellkochtopf und «Tomatensuppe aus dem Tin» haben, wenn sie nur wollte.

Aber wollte sie denn?

Das war die Frage, die kritische Amerikaner wie Mr. Portman und Mr. Desmond sich außerhalb der Konferenzen in den elektrisch gekühlten Räumen der Großstädte Ostasiens stellten.

IV

Sie segelten durch ein Inselmeer. Es regnete. Die Felsen und Wälderkränze leuchteten hinter Luftschleiern. Hin und wieder kreuzten Dschunken und flache Motorbarkassen im Indischen Ozean. Alle waren mit irgend etwas beladen, das sie in unbekannte Dörfer und Häfen brachten.

«Kopra ...», sagte der alte Herr Petersen zu seinem Großneffen. Er zeigte auf die Wälder von Kokospalmen. Das Fleisch der getrockneten Nuß war ein Objekt des Welthandels, das bei besserer Ausnutzung des Rohstoffs noch große Möglichkeiten bot. Die Industrieländer des Ostens und Westens verwandten das getrocknete Nußfleisch als Rohstoff in der Ölindustrie und in der Fettversorgung. Tongha auf Puket war der wichtigste Koprahafen. – Der alte Herr Petersen hatte vor Jahren versucht, seinen Sohn Justus dazu zu bewegen, sich in den Kopra-Export einzuschalten. Die Familie seiner Frau besaß eine ziemlich wertvolle Pflanzung von Kokospalmen an der Westküste. Justus hatte höflich abgelehnt. Zuviel Mühe und Arbeit!

Mr. Desmond trat neben Petersen senior, mit dem er sich gern unterhielt. «Ich sehe in Thailand Chancen für eine große wirtschaftliche Entwicklung, wenn man es den Leuten richtig erklärt», sagte er. «Die ECAFE wird zum Beispiel den Anbau von Jute befürworten. Ich muß sagen, die Regierungsbeamten in Bangkok haben ein offenes Ohr für alle unsere Vorschläge.»

«Aber die Landbevölkerung hat es nicht ...» sagte Herr Petersen. Er unterdrückte ein Lächeln. Nett ... dieser junge Amerikaner mit seinem Eifer und seinen Theorien! Die Rechnung stimmte immer in Thailand – bis auf den Wirt. Über neunzig Prozent der Bevölkerung des Landes waren in der Landwirtschaft beschäftigt. «Erkläre ihnen mal ...», dachte der alte Herr.

Lawrence Desmond schwieg. Irgend etwas an dem alten, deutschen

Herrn erinnerte ihn an dessen Tochter Pauline, mit der er in Hua Hin geritten war. War es die Größe? Das eigensinnige Kinn? Für Augenblikke tauchte das Bild dieses seltsamen Mädchens, das übrigens viel von Geschäften verstand, vor ihm auf. Pauline Petersen konnte so sanft sein – ganz anders als Miss Macpherson – oder als seine Braut Adrienne ... daheim in New Orleans. Larry hatte noch einen ungeöffneten Brief von Adrienne in der Tasche.

«Wie geht es Miss Pauline?» fragte er abwesend.

«Danke», sagte der alte Herr Petersen steinern, «es geht ihr gut.»

V

Im Hafen von Tongha stand Ingenieur Steffens aus Hamburg-Othmarschen. Er betrachtete die großen Bagger im Meer, wo der Abbau von Zinnlagern unter dem Meeresspiegel begonnen wurde. Steffens war als Ingenieur bei der größten chinesischen Firma in Puket angestellt und beaufsichtigte die verschiedenen Maschinen und Methoden der Zinngewinnung auf der Halbinsel. In diesem Augenblick dachte er aber nicht an Zinn. Er hatte vor wenigen Tagen seine junge Frau ins *Nursing Home* nach Bangkok gebracht. Ihr erstes Baby mußte jeden Moment das Licht der Welt erblicken. Der ruhige Werner Steffens war lächerlich nervös. Wenn es nicht der alte Herr Petersen aus Bangkok gewesen wäre, hätte keine Macht der Welt ihn in diesem Augenblick in Puket zurückgehalten. Sein einziger Wunsch war, bei Mathilde zu sein. Vielleicht war sein Sohn schon da und das Telegramm unterwegs? – Aber Petersen senior hatte Steffens wochenlang in Rong Muang beherbergt, als er vor Jahren in Siam anrückte, und hatte ihn mit Dr. Tyler und seiner siamesischen Gattin, die alles über Bergwerke in Siam wußte, bekannt gemacht. Sie waren damals alle zusammen nach Puket gefahren, und eine Stellung bei chinesischen Freunden von Mani Tayler war die direkte Folge gewesen. Nein – er mußte Petersen senior empfangen. Das gehörte sich so.

Steffens war mittelgroß, dick und vergnügt. Sein hartes Blondhaar stand borstig um seinen runden Kopf mit den großen, guten, blauen Augen. Steffens' Augen blickten immer erstaunt. Er riß sie unbewußt auf wie ein Kind, das die Welt nicht ganz versteht. Es war kein Falsch in Steffens. Natürlich war er nicht so «poliert» wie die Hamburger in Bangkok, dafür sorgten die Mine und der Dschungel. Aber des Abends – wenn es so unweltlich still auf der Insel wurde – spielte der Dicke Beethoven. Er spielte gut, sehr gut sogar; aber er spielte für sich. Nur Mathilde durfte zuhören. Mathilde durfte alles. Steffens fand, daß sie viel zu gut für ihn war. Hoffentlich gefiel ihr das Leben auf der Insel noch ein paar Jahre! Bis der Lütte, der vielleicht gerade jetzt in Bangkok ankam, in Hamburg zur Schule mußte.

«Tag, mein lieber Steffens», sagte der alte Herr Petersen, «dies hier ist unser Jung aus Hamburg.»

«Tag, mein Sohn!» sagte Steffens freundlich, aber es war ihm sehr unbehaglich zumute. Was hatte er?

«Albert will auch Ingenieur werden», sagte sein Großonkel.

«Famos!» ... sagte Steffens. «Ich kann dir allerhand hier zeigen. Oder muß ich ‹Sie› sagen?»

«Nein ...» sagte Pummel bedauernd. «Jeder sagt noch ‹du› ...» Er trat wie bei der Ankunft in Bangkok von einem Riesenfuß auf den anderen. Pummel konnte es nicht ausstehen, Mittelpunkt eines Gesprächs zu sein.

Steffens hatte kaum zugehört. Nun mußte es doch kommen. Und es kam. Verflixt noch mal: es gehört sich nicht ...

«*Wo ist Justus?*» fragte Petersen senior und sah sich auf dem Kai um. «Hat er so wenig Zeit, daß er sich verspätet, wenn ich alle fünfzehn Jahre nach Puket komme?»

«Justus ... er hat heut geschrieben, daß ... daß er verhindert ist. Es tut ihm sehr leid, Herr Petersen. Vielleicht kommt er morgen ...»

Der gute Steffens war puterrot geworden.

«Mein lieber Steffens ...» sagte der alte Herr Petersen und sah seinen ehemaligen Schützling nachdenklich an. «Mit dem Lügen hätten Sie als Buttje in Othmarschen anfangen sollen! So wird das nix mehr.»

Steffens sagte nichts. Wie jeder Hamburger, war er in einer Krise auf den Mund gefallen. Petersen senior wußte wahrscheinlich, daß Justus noch nicht einmal abgesagt hatte. Er war einfach nicht erschienen. Das war alles.

«Na ... denn nicht», meinte der alte Herr Petersen gleichmütig. «Kommen Sie, meine Herren! Wie wär's mit 'n büschen Reistafel? – Wo wohnen wir denn, mein lieber Steffens?»

«Bei mir ... wenn's Ihnen recht ist, Herr Petersen», murmelte Steffens. Er blickte den Senior der deutschen Kolonie nicht an. «Es ist nicht ganz ordentlich; jetzt, wo Mathilde nicht zu Haus ist; aber meine Köchin macht 'n großartigen Curry.»

«Famos», meinte der alte Petersen. «Komm, mein Jung», sagte er zu Pummel, der sein Auge nicht vom Ozean wenden konnte. «Hast du Appetit auf Reis und Curry?»

«Und wie!» sagte Pummel. – Es gab nichts Besseres auf der Welt.

«Na also ...» bemerkte Petersen senior. «Vielen Dank, mein lieber Steffens! Freu mich, Ihr neues Haus zu sehen! Die Firma ist ja wohl ganz großzügig?»

«Wir sind morgen zum Dinner bei ‹meinen› Chinesen», sagte Steffens. «Ja ... sie sind durchaus großzügig, wenn man es mit ihnen versteht. Hast du schon mal chinesisch gegessen, mein Sohn?» fragte er Pummel.

«Pappi nimmt mich nie mit, wenn er mit Mutti bei ‹*Hoi Tien Lao*› ißt. Er meint, ich kann das noch nicht schätzen ...»

«Hm ...» brummte sein Großonkel. – Dieser Hannes war ein Rabenvater ...

«Morgen besprechen wir dann das Geschäftliche, Herr Petersen!» schlug Steffens vor. «Ich habe ein Auto bestellt, damit Sie erstmal mit dem Jungen auf der Insel rumfahren können! Wir essen dann Tiffin zusammen. Nachmittags kann ich den Jungen mal in die Mine mitnehmen.»

«Famos ...» sagte der alte Herr Petersen zum zweiten Male.

Er war plötzlich heiser. – Als ob das Sprechen ihn anstrengte. Und seine Augen blickten wie die Nordsee bei Sturm ...

VI

Die vier Amerikaner aus Bangkok waren Gäste der siamesischen Regierung in Puket. Man hatte einen Sekretär, der Englisch sprach, zwei Autos und eine Villa mit Garten zur Verfügung gestellt. Der junge siamesische Begleiter war von exquisiter Höflichkeit. Er erklärte den *Ferangs* aus dem Dollarlande, daß die siamesische Regierung mit ihren Einnahmen aus der Zinninsel durchaus zufrieden sei. Die Produzenten hatten von jedem *picul* (1 picul = 60 kg) exportierten Zinnerzes eine kleine Abgabe an die Regierung zu entrichten. Die kleine Abgabe belief sich in etwa fünf Jahren auf über drei Millionen Ticals. Das machte *sanuk* (Spaß); wenigstens mußte man das aus dem strahlenden Lächeln des siamesischen Beamten in der schneeweißen Uniform schließen.

«Nicht so übel ...», murmelte Mr. Kenneth Portman, der Chef der ECAFE in Bangkok. Er war ein überlebensgroßer, dünner, bebrillter Neu-Engländer, reserviert, kritisch und von ungeheurem Arbeitseifer beseelt. Ein Harvard-Mann. Jemand, den Miss Macpherson zu den Großen der Erde rechnete. Mr. Portman war, wenn niemand zusah, ein Schöngeist. Er las im Ratanakosin-Hotel in Bangkok, wo die ECAFE ihr Hauptquartier aufgeschlagen hatte, heimlich Shakespeare und die englischen Essayisten des neunzehnten Jahrhunderts ... Mr. Portmans Vorfahren waren englischer Herkunft. Sie waren überlebensgroß, dünn, bebrillt und mit der Bibel unterm Arm in Neu-England erschienen und hatten gerechnet und des Sonntags in der schmucklosen, von kalvinistischem Geiste erfüllten Kirche gebetet. Sie hatten Schluß gemacht mit England – bis auf Shakespeare und die Essayisten des neunzehnten Jahrhunderts ... Und der Herr hatte ihren Handel und Wandel gesegnet.

Mr. Portman war ein brillanter Nationalökonom. Der Posten im Fernen Osten sagte ihm zu. Er war sehr fair mit seinen Mitarbeitern, aber durchaus nicht so rauh vergnügt und naiv-vertraulich, wie das Ausland sich die meisten Amerikaner vorstellt. Es war keinem Landsmann jemals gelungen, Mr. Portman auf die Schulter zu klopfen, und das lag keineswegs nur an der Länge. Übrigens war er ein unschätzbarer Referent für den Fernen Osten, denn sein in Harvard trainierter Geist formte und bewahrte unablässig scharfe und detaillierte Eindrücke und Bilder der «unentwickelten» Länder des Ostens. Im Gegensatz zu Miss Macpherson hüpfte Mr. Portman niemals von einem Gesprächsgegenstand zum andern. Er präsentierte seine Ansichten und praktischen Ergebnisse in sorgfältiger chronologischer Reihenfolge und psychologischer Untermauerung.

Des Abends, auf der Veranda der Villa in Puket, machte Mr. Portman seinem Mitarbeiter Lawrence Desmond klar, daß ein weiterer Aufschwung dieses enorm reichen Landes nur bewirkt werden könne, wenn es gelang, die Mentalität der Siamesen zu entwickeln. Die müßten zum Beispiel in Puket nicht nur Lizenzen austeilen, Abgaben erheben oder – im Arbeitsprozeß – die Reisfelder bestellen und Kokosplantagen bewirtschaften. Sie müßten technische Experten für den Bergbau ausbilden. In einem viel höheren Maße wenigstens, als es bisher der Fall gewesen war.

«Wie denken Sie sich das?» fragte Mr. Desmond. «Ich habe mir gerade von dem alten deutschen Herrn, der hier seit Olims Zeiten wohnt, erklären lassen, daß die Siamesen eben die Reisfelder bestellen und Industrie und Technik anderen überlassen. Und die Regierung kommt ja in Puket gewiß nicht schlecht weg.» Mr. Desmond, der auch nicht gern mehr arbeitete, als unbedingt nötig war, hatte Sympathie für den siamesischen Standpunkt.

Die Muskeln in Mr. Portmans Gesicht spannten sich noch straffer.

«Wir sind hier, um Dinge zu entwickeln, nicht um mit überlebten Traditionen zu sympathisieren», sagte er kalt. «Wollen Sie das doch bitte im Auge behalten, Mr. Desmond!»

Er redete niemals – nach amerikanischer Sitte – seine Bekannten mit dem Vornamen an; nur Freunde ... und davon hatte er einen oder zwei in der ganzen Welt. Es war kein Spaß, mit Mr. Portman einen fröhlichen Abend zu verleben.

VII

Miss Black und Miss Macpherson fuhren über die Insel. Sie waren beide in ihrer Art von Puket bezaubert. Diesen Morgen waren sie tief in die Insel gefahren und hielten nun an einer ziemlich großen Kokosnußplantage. Es war urweltlich still und grün hier. Miss Macpherson machte schöne Aufnahmen. Aus einem solide gebauten Farmhaus traten ein Farmer und eine Frau. Die Frau trug einen roten *phanung* und eine Blüte in ihrem glänzenden, schwarzen Haar. Der Mann ... sah merkwürdig aus, gar nicht wie ein Siamese. Ein Hüne. Aber sein Gesicht hatte asiatischen Schnitt. Die Haut war goldbraun. Die Augen waren schwarz und verträumt; doch die Stirn war hoch und irgendwie europäisch. Und das glatte, glänzende Haar ragte zu beiden Seiten der Stirn wie ein dunkler Glorienschein empor. In der Mitte fehlte das Haar. Dadurch erschien die Stirn noch höher.

«Letty», flüsterte Miss Macpherson atemlos, «sieh mal den Farmer an! Ist das überhaupt ein Asiate? Er ist gar nicht zierlich! Und die Stirn! Ich weiß nicht, es ist albern ... aber er erinnert mich an ...»

«Es *ist* albern», sagte Miss Black. «Hör auf mit deinen Ähnlichkeiten!» – Jane schwieg. Letty hatte meist recht, aber diesmal hatte das geschulte Auge der Fotografin recht gesehen: Der Unbekannte auf der Kokosplantage glich in der Tat einem hochgewachsenen alten Europäer, den Miss Macpherson viele Tage auf einem Schiff nach der Zinninsel gesehen hatte.

Es war Justus Petersen, der sich im Innern der Insel vor seinem Vater versteckte.

VIII

Wieder fuhren sie durch Inselmeere. Doch diesmal ging es Bangkok entgegen. In Gesellschaft des alten Herrn Petersen befand sich ein strahlender Landsmann in mittleren Jahren, der manchmal seine Augen erstaunt aufriß. Steffens war der glückliche Vater von Zwillingen geworden. Er war vollständig «tüdelig» vor Seligkeit. Seine Anwesenheit auf dem Schiff tat Petersen senior wohl. Es war nett, auch einmal einen glücklichen Menschen um sich zu haben, wohltuend gerade jetzt, wo ihm auf der Zinninsel wieder etwas zusammengebrochen war, was vielleicht doch noch eine schwache Hoffnung dargestellt hatte. Wilhelm Petersen hatte seinem ältesten Sohn vorschlagen wollen, «ein neues Blatt zu beschreiben». Er sollte sich im Bangkoker Geschäft unter sehr guten Bedingungen und bewährter Leitung einarbeiten. *Khun Paw* wurde ja schließlich immer älter. Und niemand wußte, ob Johannes Petersen auf die Dauer in Bangkok blieb, wenn Martha und die Kinder wieder abreisten. Bis auf Petersen senior waren sie alle Gäste in Thailand: Sie kamen und gingen wieder fort.

Geschäftlich war der Besuch der Zinninsel ein Erfolg gewesen. Lag es am Zuge der Zeit oder daran, daß ein Mann mit weißen Haaren mehr Gewicht bei Chinesen hatte als Johannes Petersen mit seinen blonden? Der Seniorchef der Firma Tscheng Hua hatte eine sehr anständige Order auf Pumpen und Druckspritzen gegeben.

Der gute Steffens, der den chinesischen Herren alles so schön «erklärt» hatte, bekam Prozente vom Auftrag. Petersen & Co. ließen sich nichts schenken.

Pummel war erfüllt von allem, was er gesehen und gelernt hatte. Er hatte den Dschungel gerochen. Er war jeden Tag mit Herrn Steffens in der Mine gewesen. Sein Entschluß, später im Fernen Osten als Ingenieur zu arbeiten, stand nach der Reise auf die Zinninsel fest. Er hatte außerdem den Geschmack für fremde Welten, der allen Petersens eigen war, in sich entdeckt.

«Ich heirate später am besten eine Chinesin», bemerkte Pummel zu seinem Großonkel. Sie standen an der Reling und betrachteten die Mangroven-Wälder hinter dem tütenblauen Ozean. Sampans, beladen mit Mangrovenrinde, machten ihren Weg in Richtung Penang. Große Dschunken transportierten Bambuskörbe mit Holzkohle. – Eine behagliche Geschäftigkeit von Insel zu Insel und von Jahrhundert zu Jahrhundert.

Der alte Herr Petersen hatte Pummels Bemerkung mit Erstaunen vernommen.

«Warum eine Chinesin, mein Jung?» fragte er vorsichtig.

«Sie gefallen mir noch am besten», meinte Pummel arglos. «Ich habe ja sonst nichts für Mädchen über. Außer für Pünktchen, natürlich! Sie kichern so gräßlich, nicht? – Unsere *Ah Bue* in Bangkapi kichert nie. Sie redet auch wenig, das finde ich nett», schloß Pummel. Er hatte selten so viel hintereinander von sich selbst erzählt. Aber er hatte so viel Vertrauen zu Großonkel Petersen, der ihn wie einen erwachsenen Mann behandelte.

«Na ...» sagte der alte Herr Petersen, «das hat ja noch 'n büschen Zeit.»

«Selbstvers-tändlich», erwiderte Pummel vernünftig. «Ich meinte nur so.» Er drehte an seinem Fernglas. «Was ist das?» schrie er. Er sah am Ufer der Küste kleine Bambusgeflechte im goldschimmernden Sand.

«Abwehrzauber gegen Krokodile», erklärte Herr Petersen. «Die Eingeborenen glauben, daß manche böse Geister sind. Die Chinesen verbrennen Feuerwerk. Das macht so einen schönen Lärm. Und die Krokodile sind schreckhaft.»

«Hast du mal eine Haifischjagd mitgemacht, Großonkel?»

«Mehrere», erwiderte Petersen senior. «Es ist recht gefährlich.» Er strich seinem Jung die blonde Locke aus der heißen Stirn. Dieser Eifer, diese schnelle Intelligenz – diese unverbrauchte, unter einem nüchternen Himmel gewachsene *Kraft*! Die Tropenluft war zu sanft und schwül; Justus hatte wohl doch keine Schuld, daß er war, wie er war ... Er hatte ihn vor dem Zweiten Weltkrieg zu Hinrich Petersen in die Lehre senden wollen – unter einen grauen Himmel; in scharfe Luft: in ein Kontor im Chilehaus, wo man flink und entschlußfähig disponierte und rechnete. ... Aber Justus hatte schon in Penang die Lust verloren. Er hatte einen Küstendampfer bestiegen und war lächelnd und als ob nichts geschehen wäre, nach Puket zurückgefahren, zu seiner Frau, seinen Kokospalmen und seinem Tropenfrieden, den *Khun Paw* ihm durchaus hatte rauben wollen ... Petersen senior hatte eine böse Stunde gehabt. Er hatte nicht einsehen wollen, daß Justus Platzangst in der großartigen Steinwüste von Chilehaus und Sprinkenhof bekommen hätte ... Außerdem träumte Justus den typischen Traum der Euro-Asiaten: eine große, leitende Stellung oder gar nichts. Sein schlecht bezahlter Posten in den Zinnminen von Puket «ärgerte» ihn so sehr, daß er manchmal tagelang fernblieb. Nang Siri schickte eben mehr Geld, wenn der Posten keinen Spaß mehr machte. Und Reis und Früchte hatte Justus immer. Jetzt wollte er nicht mehr. Der Tätigkeitsdrang seines Vaters war ihm unverständlich und unsympathisch. Schnell Geld machen und einen großen Haufen – das hätte auch Justus Spaß gemacht. Aber Tag für Tag im Büro sitzen – *mae lambag!* (wie unbequem und lästig!). – Petersen senior seufzte. – Was hatte Pummel noch wissen wollen? – Ach so – Haifischfang ...

IX

Miss Macpherson trank Cocktails mit Mr. Desmond. In einer Woche würden sie wieder in Bangkok sein. Wenn Mr. Desmond sich nicht in dieser romantischen Umgebung erklärte – wo sonst? – Sie waren allein auf Deck.

Die Felsen waren Geisterinseln im Mondlicht.

Miss Macpherson sah gar nicht so übel aus heute abend, fand Mr. Desmond. Sie war überhaupt verändert – viel weniger überschwenglich. Und – eine großartige Fotografin. Sie zeigte ihm ihre Bilder aus Puket, auch die Aufnahme von der Kokosplantage mit dem sonderbaren Mann, der weder wie ein Asiate noch wie ein Europäer aussah. Mr. Desmond grübelte ... an wen erinnerte er ihn? Plötzlich ging ihm ein Licht auf. – Bei ihrem Dinner in Bangkok, wo Mr. Desmond Pauline Petersen über die Einzelheiten der Tollwut-Affäre befragt hatte, war auch von der bevorstehenden Reise ihres Vaters nach Puket die Rede gewesen. Natürlich – das mußte dieser sagenhafte Bruder sein, der auf einer Kokosplantage der Insel lebte, der verlorene Sohn der Familie Petersen. Pauline hatte dieselbe hohe Stirn und den träumerischen Blick, und sie war prachtvoll gewachsen, fand Mr. Desmond. Seine Braut Adrienne in New Orleans war zu klein und dünn. Sie hatte ihm geschrieben, daß die Hochzeit gleich nach seiner Rückkehr in die USA stattfinden würde. Das wäre in drei Monaten. – Mr. Desmond hatte den Brief in kleine Stücke gerissen und die Stücke in den Indischen Ozean versenkt. Warum waren Bräute reich und dünn?

«Ich habe das Negativ nicht mehr», sagte Miss Macpherson und wies auf das Porträt von Justus Petersen. «Das gibt eine interessante Illustration und Geschichte. Leider sprachen die Farmer kein Englisch.»

In diesem Augenblick kam der alte Herr Petersen vorbei. Auch er fand, daß Miss Macpherson hervorragende Aufnahmen machte.

«Darf ich einmal sehen?» fragte er in seinem langsamen, korrekten Englisch.

Mr. Desmond mußte einen Tropenkoller bekommen haben. Denn er nahm Miss Macpherson das kostbare Bild vom Innern der Insel, von dem kein Negativ existierte, blitzschnell aus der Hand und ließ es in den Indischen Ozean fallen.

«Larry», schrie sie, «wie ungeschickt von Ihnen! Die Aufnahme ist unersetzlich!»

«Es tut mir furchtbar leid, Janie», murmelte Mr. Desmond. «Ich schlug mit dem Bild nach einem Moskito, und es rutschte mir aus der Hand. *Never mind, darling!* Sie haben doch unzählige Aufnahmen von Puket.» –

Miss Macpherson war so entzückt, daß der Herr aus New Orleans sie «Liebling» genannt hatte, daß sie den Verlust des Bildes augenblicklich verschmerzte. Sie blickte Larry verliebt an. Sehnsucht und eine seltsame Schüchternheit sprachen aus ihren etwas vorstehenden, blauen Augen.

Mr. Kenneth Portman, der für sich allein die Mondlandschaft genoß, spazierte vorbei. Seine kalten Augen hinter den Brillengläsern hatten Miss Macphersons Blick und Haltung studiert und korrekt gedeutet. Er setzte seinen Spaziergang an Deck fort. Sein langer Schatten fiel einsam und mißbilligend auf die Holzplanken.

Der alte Herr Petersen saß mit Miss Macphersons Fotos auf seinem Deckstuhl neben Pummel und zeigte ihm noch einmal die Zinninsel im Bilde.

«Herrlich!» sagte Pummel. Er wurde rot. Schwärmte er wie ein Mädchen? – Aber sein Großonkel antwortete nicht. Er blickte mit den scharfen, blauen Augen, über denen ein leichter Schleier lag, auf die entschwindenden Felsen und Wälder von Puket, die so viel Kostbares und Ungenutztes enthielten.

ACHTES KAPITEL

Feuerfliegen

I

In der riesigen Villa von Wilhelm Christian Petersen in Hua Hin glich ein leuchtender Tag dem andern. Martha ruhte sich gründlich aus und dachte darüber nach, wie sie Pauline zum Sprechen bringen könne. Denn Pauline war so still wie der Schnee des Nordens, den sie niemals gesehen hatte. Die Melancholie, die immer mehr ihre sanfte Fröhlichkeit überschattete, durchdrang ihre Rede und ihr Schweigen. Immerhin suchte Pauline von Zeit zu Zeit Marthas Gesellschaft. Sie fühlte instinktiv die Kraft und die Zartheit dieser Frau aus einer andern Welt. Aber selbst Marthas Fähigkeit, sich intensiv und doch kritisch in eine andere Seele zu versetzen, schien vor dem sanften Widerstand des Mädchens zu versagen. Und doch bemühte sich Pauline in der liebenswerten Weise des Ostens, ihrer Tante Freude zu machen. Sie hatte genau beobachtet, welche siamesischen Speisen Martha schmeckten, und wies die Dienerinnen an, zeitraubende raffinierte Delikatessen für *Mem Bangkapi* zu bereiten. – Martha hieß bei den Dienern «Die fremde Frau aus Bangkapi», so wie die alte Frau Krüger «Die fremde Frau von Dusit» hieß. Anders konnte die Köchin die vielen, europäischen Gäste, welche die Villa am Meer besuchten, nicht unterscheiden. *Mae Wat* fand, daß alle Frauen des Westens gleich aussähen ... Aber sie waren nicht gleich: sie unterschieden sich im Umgang mit den Dienern.

«Mem Bangkapi versteht ...» bemerkte Mae Wat zu ihrer Nichte Sangvien und begann ohne Murren für Martha eine Speise zu kochen, die Pauline schon vor drei Tagen bestellt hatte. Mae Wat wählte selbst die Zeit für Gefälligkeiten, die außerhalb des täglichen Speisezettels lagen. *Kanom Kang Kao* war ein Gericht, das Zeit und Liebe brauchte.

«Warum hast du es nicht gestern gemacht?» fragte Pauline.

«Es waren keine Garnelen auf dem Markt», erwiderte Mae Wat mit unbewegtem Gesicht. Pauline hörte sich die ungeheuerliche Lüge mit freundlichem Lächeln an.

«Vielleicht sind morgen welche da?» schlug sie vor. «Mem Bangkapi liebt die Speise so sehr. Sie sagte, niemand könnte sie so gut wie Mae Wat zubereiten.»

Mae Wat strahlte über ihr von tausend Falten zerfurchtes Gesicht und bewegte den Betelpriem nachdenklich von einer Kinnbacke in die andere. «*Mem Bangkapi mi khwam khit*», sagte sie befriedigt. («Die fremde Frau aus Bangkapi ist klug.»)

Mae Wat schlenderte langsam ins Küchenhaus, um *Kanom Kang Kao* für die kluge Mem vorzubereiten. Sie hatte Paulines Auftrag einfach vergessen. Nun sandte sie die Dienerin *Sangvien* – ein junges Ding aus ihrem eigenen Reisdorf – mit vielen Aufträgen zum Markt zurück. Sangvien sollte Garnelen, geriebene Kokosnuß, Knoblauch, Petersilie und Orangenblätter holen. Dann machte sie sich behaglich ans Werk. Sangvien mußte helfen und alle fünf Minuten diejenigen Sachen holen, die Mae Wat bei ihrem ersten Auftrag vergessen hatte. Das war das Übliche bei siamesischen und chinesischen Kochkünstlern. Man sorgte niemals für Vorräte und kaufte immer erst, wenn ein Gewürz oder etwas anderes notwendig zu einer Speise gebraucht wurde. Nie hätte eine Dienerin zur Köchin gesagt: «Warum hast du mir nicht gleich alles, was ich holen soll, gesagt?» So etwas fragten nur die einfältigen Ausländerinnen. Es war doch immer Zeit genug für Einkäufe! Man brachte die Mahlzeit auf den Tisch, wenn sie fertig war. Es war Mae Wat unbegreiflich, warum die fremden Damen so einen Lärm machten, um das Essen «pünktlich» auf dem Tisch zu haben. Mae Wat und Sangvien aßen zu allen Tages- und Nachtzeiten und schlangen dann die guten Reisgerichte nicht schnell herunter, wie die Fremden es taten: «Reis-Essen» war eine wichtige Angelegenheit. Man durfte auch nicht dabei gestört werden. Mae Wat und Sangvien verehrten Martha, weil sie sie niemals vom Reis-Essen mit einem Auftrag wegzuholen versuchte. Nicht, als ob sie gegangen wären! Asiatische Diener erfüllen erst die Bitten ihrer Brotgeber, wenn sie ihren Mittagsreis aufgegessen haben.

Mae Wat hackte die Garnelen in winzige Stücke und mischte sie mit Knoblauch und Petersilienwurzel. Sangvien betrachtete sich inzwischen in einem kleinen Taschenspiegel, den sie der hochverehrten *Mem Bangkapi* aus einer Straßentasche entwendet hatte. – Ein Spiegel war Sangviens sehnlichster Wunsch gewesen. *Mem* würde denken, sie hätte ihn am Strand verloren. *Mem* war so reich, daß sie sich hundertundzwanzig Spiegel kaufen konnte.

«*Klüa mai mi*» (Salz nicht da), bemerkte die Köchin. Sangvien fuhr aus ihren Spekulationen über Marthas märchenhaften Reichtum empor und eilte zum Krämer. Mae Wat briet indessen die Garnelenmischung in einer großen, schwarzen Eisenpfanne, die eine tiefe Höhlung in der Mitte hatte. Die flachen Pfannen der Ausländer, die der «alte Master» sich aus Hamburg hatte kommen lassen, standen unberührt auf einem Holzbord. Sie waren zu schön und zu unpraktisch zum Braten. Hinter der größten der unbenutzten Pfannen versteckte sie ein furchtbares Muschelkästchen, auf dem «Gruß aus Cuxhaven» stand. Mae Wat war so bezaubert von dem Kästchen gewesen, daß sie es eines Tages aus dem

Schreibtisch des alten Masters genommen und zur Sicherheit drei Tage lang «zum Abstauben» vorn aufs Küchenbord gestellt hatte. Da niemand das Kästchen vermißt hatte, gehörte es nun rechtmäßigerweise Mae Wat. Sie betrachtete es des Abends und grübelte darüber nach, was *Klux Havenn* (Cuxhaven) wohl bedeutete.

«Mach mir Kokosmilch, schnell, schnell!» befahl sie Sangvien, die sich nach dem Salzeinkauf wieder hingerissen in Marthas Spiegel betrachtete. – Sangvien rieb gehorsam die Kokosnuß, feuchtete sie mit heißem Wasser an und preßte sie durch ein Tuch. Inzwischen röstete Mae Wat den im Mörser gestampften Reis und machte geschickt mit der Kokosnußmilch einen Teig daraus.

«*Nam man mu mai mi*» (Schweineschmalz ist nicht da), teilte sie ihrer Gehilfin mit, als sie zu braten beginnen wollte ... Während Sangvien nach dem erforderlichen Artikel rannte, füllte die Köchin kleine Dreiecke, die sie aus dem Teig geschnitten hatte, mit der pikanten Garnelenfüllung und formte sie zu dünnen Teigtaschen, die in dem Schmalz gebraten werden sollten. Sie hatte indessen eine der kostbaren Keramikplatten von Nang Siri mit Tomatenscheiben und Mangowürfeln garniert. Später würden die gebratenen Reistaschen darauf bergartig angerichtet werden. Mae Wat nahm es mit der Sauberkeit ihrer Pfannen und Töpfe nicht sehr genau; aber ihre Platten verrieten das angeborene ästhetische Talent der Siamesen. Mae Wat öffnete eine Garnelentasche, die sie inzwischen in dem Rest Schmalz vom Tage vorher gebraten hatte, und steckte sie in den Mund. «Köstlich, köstlich ...», murmelte sie so staunend, als ob jemand anderes das kulinarische Meisterwerk hergestellt hätte.

Kaum war Sangvien mit dem Schmalz und zwei Paketen Zigaretten für die Köchin und sie selbst zurückgekommen – die Zigaretten wurden auf den Preis für die Garnelen aufgeschlagen –, rief Pauline ungeduldig: «Sangvien, komm hierher! Bring den Fächer mit!» Das hieß, daß Sangvien Nangsao (Fräulein) Pauline, die es sich in Nang Siris Hängematte bequem gemacht hatte, mit einem Palmblattfächer fächeln sollte. Es wurde heiß heute. Fräulein Pauline wurde auf Anordnung des alten Masters immer von einer Dienerin gefächelt, wenn sie es wünschte ... Martha hatte sich anfänglich nicht wenig darüber gewundert, hatte aber nichts gesagt. Es dämmerte ihr nur, daß Petersen senior vielleicht recht gehabt hatte, als er Marthas Vorschlag, Pauline auf ein Jahr nach Hamburg mitzunehmen, rundweg ablehnte. *Wer* sollte Pauline in Hamburg fächeln?

«Wer hat denn deinen Zeh verbunden?» fragte Pauline und betrachtete lässig Sangviens großen Zeh, den ein sauberes Pflaster schmückte. Sangvien war von dem Pflaster so fasziniert, wie die Köchin von dem Muschelkästchen.

«*Mem Bangkapi*», sagte sie stolz. – Sie hatte sich eine Glasscherbe in den Zeh getreten, als sie für die Köchin Chili zum «Reis und Curry» holte. Und Martha hatte sofort die Wunde bemerkt, als das junge Mädchen ihr Bananen servierte. Sangvien wünschte, die Wunde möge noch lange nicht heilen. *Mem Bangkapi* hatte so schöne Hände, die so zart mit einem kranken Zeh umgingen. Zum Dank für Marthas Behandlung hatte Sangvien im Zimmer der Ausländerin besonders schön aufgeräumt. Das bedeutete, daß sie alle Gegenstände auf Marthas Toilettetisch mit Blumen geschmückt hatte. In der offenen Puderdose blühten Orchideen; die Flasche mit Mundwasser enthielt einen bezaubernden, aber giftigen Blütenzweig, und in dem großen Keramikkrug mit dem Regenwasser, das man zum Waschen benutzte, prangten weitausladend und exquisit die schmutzigen Zweige einer Zuckerpalme. Es war nicht der Gipfel der Hygiene, aber der Gipfel der Ergebung und der Schönheit, den Martha des Abends in ihrem Schlafzimmer vorgefunden hatte... Cheng, die mit Pünktchen nebenan schlief, hatte schimpfend und mit boshafter Lust den Blumengarten, den Sangvien mit emsiger Sorgfalt errichtet hatte, beseitigt. Martha hatte die Flasche mit dem Mundwasser fortgeworfen; aber Cheng behielt sie. Ihrer chinesischen Seele war jeder fortgeworfene Gegenstand ein heftiger Schmerz. Sie gebrauchte das Mundwasser nicht; aber es hatte den Ehrenplatz neben ihrer Bambusmatte: so eine teure Flasche mit einem Seidenband!

Während Sangvien Pauline fächelte, las die Herrin in einem ausländischen Buch. Es war ein Roman aus New Orleans. Mr. Desmond, mit dem sie oft am Strande von Hua Hin geritten war, hatte ihr das Buch geschenkt. Pauline klappte das Buch zu und warf es auf den Rasen, wo Sangvien es nachher auflesen und in ihr Zimmer bringen würde. Eine siamesische Dame trug keinen Gegenstand selbst; dafür waren die Diener da... Paulines Gedanken wanderten. Sie hatte die Augen geschlossen. Wie wäre es, wenn sie Tante Martha reinen Wein einschenkte? Pauline fühlte sich sehr verlassen; sie fühlte in ihrem Schoß bereits das neue Leben... das Kind ohne Vater. Es war alles ein Traum gewesen, und nun fielen die Schatten der Angst und der Scham in die besonnte Villa am Meer. – Tante Martha war gar nicht «etepetete», wie Papa gefürchtet hatte. Und sie schien Pauline gern zu haben – in der ruhigen, zuverlässigen Weise, in der ihr Papa sie immer gern gehabt hatte.

Papa! – Pauline öffnete einen Augenblick die Augen und betrachtete das Feuermeer der Blumenbeete in dem großen Garten. Papa war jetzt böse mit ihr. Oder redete sie sich das ein? Einen Augenblick erschien die große, kraftvolle Beschützergestalt ihres Vaters vor ihrem geistigen Auge. Papa hatte sie immer getröstet. Er war immer für Pauline der Inbegriff der Treue und zuverlässigen Liebe gewesen... aber nun war alles anders. Papa sprach nicht mit ihr... Pauline wollte nicht sehen, daß er mit einer verstummten Tochter nicht sprechen konnte. Eine fremde Scheu war jetzt zwischen Vater und Tochter. Nein... sie konnte mit ihm nicht sprechen! Dann schon eher mit Tante Martha, die sie so seltsam in manchen Augenblicken an ihren Vater erinnerte.

Pauline ging zur Veranda. Vielleicht würde sie Tante Martha jetzt allein erwischen? Aber nein! Tante Martha hatte schon wieder Besuch aus Bangkok. Sie saß mit «Tante Kathi» – der Schwägerin des Wiener Gelehrten – in der Veranda und beriet, wie man Pauline zur Vernunft bringen könnte. Es war ein rechtes Kreuz mit der Pauline, fand Fräulein von Kinsky. Und Martha fand, daß keine Tochter das Recht hatte, ihren Vater, der nur für sie lebte, mit starrem Schweigen zu quälen. Der alte Mann hatte bei seinem letzten Besuch erschreckend ausgesehen. Man mußte nur hoffen, daß das Wiedersehen mit Justus ihm neuen Auftrieb gegeben hatte.

Aber von Justus Petersen war auch in Pummels Reiseberichten nicht die Rede gewesen. Dagegen hatte Pauline von ihrem Bruder einen Brief erhalten. Justus bot ihr sein Haus und seine «Liebe». Pauline könne sofort kommen, wenn sie wolle. Und der «Sohn» würde ein Leben mit und in der Natur führen, wie es sich für einen Siamesen gehöre. Pauline hatte sofort an Justus geschrieben und ihm gedankt. Vielleicht... sie wisse noch nicht. Vielleicht wäre es Papa lieber, wenn sie verschwände... Aber auch das wisse sie nicht. Denn Papa wäre «böse» und spräche nicht mit ihr.

Die Mitteilung hatte Justus keineswegs überrascht. *Khun Paw* war eben ein hartherziger Ferang. Was konnte man von ihm erwarten?

Martha wußte nichts von diesem Briefwechsel zwischen Hua Hin und der Zinninsel. – Tante Kathi war wieder abgereist. Martha war im Augenblick allein mit Pauline. Das war dieser durchaus recht. Sie hatte Tante Martha sehr gern. In Gegenwart von dem alten Fräulein von Kinsky war Pauline abwesend und hochmütig gewesen. Tante Martha hatte ganz abscheuliche Freundinnen... Ferangs! – Aber Tante Kathi hatte Pauline ihr abstoßendes Benehmen nicht übel genommen. Fast alle Mischlinge im Fernen Osten waren abwechselnd hochmütig und schwer deprimiert. Sie hatten keine soziale Sicherheit – die armen Mäderln.

Martha saß mit Pauline am Meer. Morgen würde deren deutsche Freundin, Agnes, nach Hua Hin kommen. Agnes war eine Münchnerin und mit einem Neffen von Nang Siri verheiratet, einem jungen Doktor, der in München studiert hatte. Martha war interessiert. Sie hatte Pauline verschiedene Fragen gestellt. Es war doch sicher nicht ganz einfach für ein europäisches Mädchen, mit der siamesischen Familie ihres Mannes zu leben? Sie umfaßte sechzig Personen, die alle in einem großen Grundstück der alten vornehmen Familie Songhakul in Bangkok lebten. – «Warum?» hatte Pauline gefragt. «Agnes ist sehr glücklich.» Und nach einer Pause hatte sie hinzugefügt: «Es ist eine sehr reiche Familie. Die Eltern von Agnes waren Hungerleider. Ein Lehrer an der Universität... Sie besaßen nicht einmal ein eigenes Haus, Tante Martha!»

«Das besitzen die wenigsten heute in Deutschland», hatte Martha sehr ruhig gesagt. «Und der Lehrerberuf ist einer der schönsten Berufe auf der Welt. Hat Onkel Hannes dir nie erzählt, daß ich auch Lehrerin war?»

«Nein», sagte Pauline mürrisch. Natürlich hatte Onkel Hannes es sehr oft und mit seltsamem Stolz erzählt.

Und wenn Pauline sich in ihrer hilflosen Gefühlsstarre nicht vor der Stimme der liebenden Vernunft verschlossen hätte, dann hätte sie sehr wohl erkennen können, warum Martha überall der stille Mittelpunkt ihres Kreises war, in Hamburg und auch in Bangkok. Denn es war etwas Zwingendes in dieser herben, kraftvollen Frau mit dem feinen Gesicht; es lag so viel Güte in ihren ernsten, grauen, wissenden Augen und in der Haltung des wie in intensivem Lauschen dem Sprechenden stets etwas zugeneigten Kopfes.

Aber Pauline hatte jetzt Herz und Verstand vor «dem Westen» verschlossen. Und doch war es vor wenigen Monaten ein Mann aus dem Westen gewesen, der in einer Stunde am Strand von Hua Hin Pauline zur Frau gemacht hatte. In Ostasien loderten die Leidenschaften wie Feuerfliegen durch die liebestrunkene Nacht. Sie waren glänzender und phantastischer als unter den blassen Himmeln des Westens und versanken wie die tropischen Feuerfliegen jäh in die Dunkelheit... So war es bei Pauline gewesen. Aber was wußte Tante Martha von Feuerfliegen? Was wußte sie davon, wie einem Mädchen zumute war, dem zum ersten Male ein Mann gesagt hatte, es sei schön, schöner als alle Mädchen, die er jemals gesehen habe? Er hatte Worte gefunden, wie ein Asiate, der stets die Konventionen beachtete, sie nie finden würde: romantische, zärtliche Worte. – Eine Feuerfliegen-Liebe, wie sie tausendmal zwischen einem weißen Mann und den Töchtern des Ostens vorkam... Pauline hatte erst später nachgedacht, als es ihr klar wurde, daß sie ein Kind von dem weißen Mann trug, eine Frucht der leidenschaftlichen und gedankenlosen Liebe.

Aber Pauline war kein Blumenmädchen, dem es selbstverständlich ist, dem weißen Mann sein Vergnügen zu gewähren, wenn er es gebührend verwöhnt und versorgt. Sie war die Tochter von Wilhelm Christian Petersen aus Hamburg. Da lag der Haken. Sie war 'ne solide Deern. Pauline war außerdem Christin. Sie war gelehrt worden, daß die Ehe etwas Geheiligtes sei, ein unlösbares Band, ein Sakrament auch dann noch, wenn es in weiten Teilen der Welt bespöttelt oder in den Staub getreten wurde. Ein Kind brauchte Mutter *und* Vater... Es war alles verkehrt gegangen mit Pauline.

Und so saß sie vor Martha – ein verstocktes, unglückliches Kind, groß und stattlich gewachsen und hilfloser als Pummel es heut mit seinen vierzehneinhalb Jahren war. Ihr schönes, rotes Haar fiel jetzt glattgescheitelt über die gewölbte Stirn und die zierlichen Ohren. Pauline ließ sich keine Dauerwelle mehr machen. Es war ihr alles gleichgültig. Aber das glatte Haar, das sich hinten im Nacken sanft lockte, gab ihr eine neue ergreifende Schönheit, brachte ihre dunklen, melancholischen Augen unter den kühn geschwungenen Brauen zur Geltung. Es umrahmte ihr Gesicht mit den vorstehenden Backenknochen und dem schönen sinnlichen Mund. Eine Magdalena in den Tropen mußte so aussehen. Ihre kurze Nase mit den etwas zu breiten Flügeln war siamesisch; ihr Kinn war das feste Petersen-Kinn, das man leicht vorschob, wenn man seinen Standpunkt klarmachen wollte.

Und wie in ihrem Äußeren, so war Pauline auch in ihrem Inneren zwei Erdteilen verhaftet. Sie glitt mit großer Geschwindigkeit von einer Erfahrungsebene auf die andere hinüber. Selbst Martha fiel es schwer, Pauline zu folgen. Und es war noch schwerer, weil mit dem Wechsel der Laune und der geistigen Haltung eine morbide Empfindlichkeit verbunden war. Und auch die Empfindlichkeit war – wie der Haß von Justus Petersen und Paulines starres Schweigen – aus der sozialen Unsicherheit der Menschen zwischen zwei Zivilisationen erwachsen. Sie war ein Merkmal der Mischlinge. Man konnte Pauline nur lieben und unmerklich lenken.

«Liebes Kind», sagte Martha sanft, «es nützt ja nun alles nichts, du mußt etwas unternehmen.»

Martha beugte dabei ihren Kopf leicht vor... Es war ihr letzter Abend allein. Morgen sollten Agnes mit Ehemann und zwei Kindern eintreffen.

Es war das rechte Wort gewesen – zum ersten Male sah Pauline ihre Tante ehrlich und hilflos an. Man konnte Martha nicht widerstehen, nicht auf die Dauer... «Ich verstehe dich...» sagte Martha im Laufe ihres Gesprächs. Es überzeugte Pauline; denn der Ton war fest und doch sanft. Und Marthas Augen betrachteten Pauline intensiv und kritisch, als ob sie ihr bis ins Herz blicken könnten. – So hatte Martha vor Jahren das schwarze Schaf der Unterprima betrachtet. So hatte Martha in der dunklen Stunde der Ankunft in Johannes Petersens Gesicht gelesen, daß das Ende der Welt für ihn eine halbe Stunde nach ihrer Ankunft gekommen war. – Und hier war nun Pauline: festgefahren im Dickicht einer Situation, die sie nicht meistern konnte. Man mußte sie vor sich selbst bewahren. *Aber* – sie selbst mußte mithelfen!

Und als Martha Paulines Blick sah und die hilflose Trauer und Lethargie darin las, die ihr fernöstliches Erbe war, da stellte sie das Mädchen kühn und entschlossen.

«Wer ist es, Pauline?» fragte sie mit fester Stimme.

Und als Pauline ihren Widerstand dann ebenso plötzlich aufgab, wie sie bei Marthas Erscheinen in Hua Hin eine Mauer gegen sie errichtet hatte, da konnte Martha nur mit Mühe einen Laut des Erstaunens unterdrücken.

Die Situation war noch viel schwieriger, als sie gedacht hatte. Ein siamesischer Vater hätte ein klares Zukunftsbild gegeben. Dem jungen Harms aus Hamburg hätte Petersen senior alle Knochen im Leibe zerbrochen und ihn dann unmißverständlich aufgefordert, Pauline umgehend zu heiraten. Mit Mr. Lawrence Desmond von der ECAFE war es eine andere Sache. Er war verlobt. – In drei Monaten sollte er in New Orleans heiraten. Von dieser Heirat hing die Zukunft und das Leben seiner total verarmten Familie ab.

Und Petersen senior konnte ihn nicht niederboxen und dann zur Heirat zwingen, zumal Pauline Martha das Versprechen abgenommen hatte, ihrem Vater nichts zu sagen. Martha hatte nie ein Versprechen gebrochen. «Weiß er, daß du ein Kind erwartest?» hatte Martha nach einer langen Pause gefragt.

«Nein», Pauline blickte starr vor sich hin. «Er soll es auch nicht wissen. Ich will ihn nicht unglücklich machen.»

«Meine liebe Pauline», erwiderte Martha mit Nachdruck, «du redest kompletten Unsinn.»

Und wenn Fräulein Dr. Jansen in Hamburg gesagt hatte, daß ein großes Mädchen, das es besser wissen sollte, Unsinn redete, dann *war* es Unsinn – sentimentaler Unsinn. Darauf konnte man sich verlassen. Und in den meisten Fällen hatte das große Mädchen Martha geglaubt.

II

In dieser Nacht saß Martha noch lange auf der Holzveranda mit dem Blick auf die See. Es war eine mondlose Nacht, voll flimmernder Schatten und tropischer Schwüle. Drinnen im Zimmer lag Pünktchen nackt unter dem Moskitonetz. Vor ihrem Bett schlief Cheng auf einer Bambusmatte. «Jüngster Enkelsohn» lag ruhig und zufrieden an ihrer Seite. Er würde es schaffen – mit Genügsamkeit und Lerneifer. Seine Mutter würde den Ausländern so lange dienen, bis sie endlich von den Schwiegertöchtern bedient werden würde... so wie es seit ungezählten Generationen Sitte gewesen war. Das neue China, das eine Lockerung und allmähliche Auflösung der konfuzianischen Familie propagierte, war nicht bis zu Cheng gedrungen. Im Exil regierte die alte ehrwürdige Familiensitte. Das war im ganzen Fernen Osten dasselbe.

Pünktchen wälzte sich unruhig im Schlaf. Sofort war Cheng auf den Beinen und sprach zärtlich auf chinesisch zu dem Kinde mit den Goldhaaren. Sie wischte ihm mit einem feinen, sauberen Batisttuch den Schweiß von dem zarten Körper.

Cheng hoffte, daß das Kind mit den goldenen Haaren noch lange in Thailand bliebe. Die anderen konnten abreisen... sie würde ihnen keine Träne nachweinen. – Auch «Jüngster Enkelsohn» war unruhig durch die Hitze geworden. Cheng nahm ihn hoch. Sie murmelte viel rauher mit ihm als mit Pünktchen. Und trotzdem war etwas in dieser rauhen Rede, was nur für die eigenen Söhne bestimmt war: Aufopferung bis in den Tod – Urlaut des Muttertriebes, der in keinem andern Lande der Welt diese Reinheit und Stärke besaß. Wenn alles sich änderte – die chinesische Mutter würde dieselbe bleiben: stark, nüchtern, rauh und opferbereit – die Brücke zwischen altem und neuem China.

«Jüngster Enkelsohn» grunzte zufrieden.

Martha blickte auf die See von Hua Hin. Am Horizont zog eine chinesische Dschunke: ein mythischer Riesenvogel mit dunklen Schwingen. Am Strande ging ein junges, siamesisches Paar. Sie trugen *Phanungs*, die durch die Dunkelheit flimmerten. Es war bald Mitternacht. Niemand schien zu schlafen.

Martha war zum erstenmal ganz allein in dieser von flimmernden Schatten erfüllten hinterindischen Welt. Ein großes Pfahlhaus ... die murmelnde See ... Feuerfliegen im Dunkel ... und unproblematischer Friede für die Söhne und Töchter des Landes. *Nur* für sie! – Martha dachte an Pauline. In ihrem Zimmer brannte noch eine chinesische Ampel. Das arme Kind! ... Man konnte seine Probleme nicht auf melodramatische Weise lösen, wie es die Menschen im Zwischenreich der Rassen zu tun versuchten. Pauline war unsicher. Es hatte Martha nicht wenig Geduld und Festigkeit gekostet, Paulines Anschauung zu normalisieren. Aber sie hatte ihr klargemacht, daß ihr Vater und ihr ungeborenes Kind Anspruch auf eine undramatische Lösung des Konflikts hatten. Denn auch Pauline hatte zu Marthas Kummer die merkwürdige Gleichgültigkeit, welche die Euro-Asiaten immer wieder dem Rest der Welt entgegenbrachten. Sie sahen nur ihr eigenes Problem; meist in Verbindung mit einem bestimmten Mann. – Und der Drang zur Selbstzerstörung, der in ihnen schlummerte und bei Pauline schon einmal in den Entwicklungsjahren zum Selbstmordversuch geführt hatte, spielte überall mit hinein. Eurasien – ein gigantisches Reich der Neurotiker! – Sie wurden beständig vor eine Wahl gestellt: Westen oder Osten? Und die meisten Söhne der Europäer entschieden sich – wie Justus Petersen es getan hatte – für Asien. Die Töchter waren nur dem Umriß nach Europäerinnen. Sie hatten die Kleidung und die Redeweise der weißen Frau; aber nicht das Erbe an Energie und Nüchternheit, das selbst die durchschnittliche weiße Frau im Fernen Osten stützte, zuweilen auch noch in der Ehe mit asiatischen Männern. Nur führte es da meist zu endlosen Kämpfen um Traditionen, Konventionen und Glaubensdinge. Ob Paulines Freundin Agnes wirklich so «glücklich» war?

Martha erhob sich und holte ein in Packpapier gewickeltes Paket auf die Veranda. Fräulein von Kinsky hatte es ihr beim Abschied von Hua Hin in die Hand gedrückt. Der Anfang der unvollendeten Arbeit ihres Schwagers. «Er hat Genie ...» hatte sie gemurmelt. Ob Martha einmal sehen wolle, was der Franzl könne? – außer mit einem Korb mit Wiener Gebäck herumlaufen. Natürlich wollte Martha das Manuskript lesen. Sie hegte keinen Zweifel an der Richtigkeit des Urteils ihrer Wiener Freundin. Franz Berger war ein glücklicher Mann in allem Unglück, denn er wußte – im Gegensatz zu Pauline –, wo er hingehörte: in die

Arbeit des Geistes, aus der er nur zeitweilig vertrieben worden war... Niemals würde er den Freitod auch nur in Betracht ziehen! Franz Berger entstammte einer Nation von Propheten und Denkern, welche die dürren Gelände der Welt befruchten und zum Blühen bringen half... die etwas war, wie der Sauerteig für mancherlei Festgerichte des Geistes... Diese Menschen neigten das Haupt unter dem Sturm der Verfolgung und widerstanden dem Vernichtungswillen, der sie immer wieder wie ein Dschungeltiger anfiel. Aber sie zerbrachen nicht. In den entscheidenden Krisen ihrer Existenz hatten die Juden durch die Jahrhunderte einen unbeugsamen Selbsterhaltungstrieb bewiesen; auch der Professor aus Wien, der rechtzeitig bis ans andere Ende der Welt geflohen war – mit Tante Kathi als Schutzengel und einer unwissenden Gattin als Ballast. Aber des Abends – wenn alles schlief – schrieb er weiter an dem Werk, das in langen Jahren des Exils in ihm gereift war. Selbst seine Schwägerin wußte nichts davon; denn der Professor verbarg seine neue Arbeit in einem ausrangierten Bambuskorb in seinem Kleiderschrank. Sie war zu kostbar, um diskutiert zu werden... Dieses Werk war sein Kind, das er einmal hinterlassen würde. Und man würde es lesen. Das wußte der Professor, während er die Bananenstauden und die große Hauseidechse an der Holzdecke betrachtete.

Martha öffnete das Manuskript... und las die halbe Nacht. – Fräulein von Kinsky hatte recht gehabt. Wenn Genie eine Mischung von Fleiß, solidem Wissen, geistiger Leidenschaft und etwas Prophetentum war, dann war Franz Berger ein Mann von Genie. Im hintersten Winkel von Indien verschollen, hatte er keine Beziehungen zu der angelsächsischen Welt, die so viele Gelehrte der Hitler-Länder aufgenommen und an die richtige Stelle gesetzt hatte. Professor Berger war mit dem letzten Schiff aus Europa abgefahren. Er hatte es jahrelang nicht fassen können, daß man ihn in Wien nicht mehr brauchte.

Am nächsten Morgen, als Martha nach einem unruhigen Schlaf mit Pauline am Frühstückstisch saß, sagte sie nebenbei:

«Linchen... würdest du mir einen Gefallen tun?»

Pauline blickte Martha schwärmerisch an, fast wie das schwarze Schaf der Unterprima.

«Sieh mal», sagte Martha, «dein Englisch ist doch so wundervoll! Meins ist nicht gut genug für eine Übersetzung... Würdest du vielleicht die ersten Kapitel dieses Manuskripts ins Englische übersetzen? Ich wäre dir *so* dankbar, liebes Kind.»

Pauline nahm eifrig das Manuskript. Tante Martha hatte sie gelobt!

«Aber gern, Tante Martha», sagte sie glücklich. «Ich habe ja jetzt nichts zu tun.»

Martha zögerte einen Augenblick. Wie sollte sie es sagen? Paulines Eifer war echt, aber er glich stets ein wenig den Feuerfliegen: er flammte auf und verlosch.

«Du... Linchen», sagte sie freundlich, «es liegt mir sehr viel daran, die Kapitel bald zu bekommen. Könntest du wohl jeden zweiten Tag drei Stunden daran geben? Du bist doch flink und konzentriert in der Arbeit. – Was meinst du?»

Pauline war keineswegs flink und konzentriert in der Arbeit, aber Martha war eine geschulte Lehrerin. Sie wußte, daß Mädchen, die nach Lob und Anerkennung dürsteten, die Eigenschaften entwickelten, die man ihnen als Vorschußlorbeer zuschrieb.

«Ich fange heute abend an, Tante Martha», sagte Pauline fest. «Du bekommst die Übersetzung so schnell wie möglich.»

Und wirklich arbeitete Pauline gewissenhaft alle zwei Tage an dem Werk, das einige Jahre später eine Sensation in der westlichen Welt werden sollte.

Und einen Brief an Mr. Lawrence Desmond von der ECAFE hatte sie auch in der Nacht geschrieben... An seine Hoteladresse in Bangkok. – Tante Martha zuliebe. – Und dem Kind zuliebe, das nun drei Monate in ihr lebte. –

Doch von ihrem Vater wollte Pauline weiterhin nichts wissen.

III

In derselben Nacht standen Miss Macpherson und Mr. Desmond an Bord. Nun ging es Bangkok mit Macht entgegen.

Miss Macpherson lehnte sich dicht an Mr. Desmond. Er war ein bezaubernder Mensch.

«Larry...» sagte sie träumerisch, «woran denken Sie?»

«An allerhand...» erwiderte Mr. Desmond und rückte diskret ein wenig ab. Er dachte an ein Mädchen mit leuchtenden roten Haaren und sanfter Zärtlichkeit, ein schönes und gutes Mädchen. Und geschäftlichen Verstand hatte sie auch, sie kannte die Methoden und geschäftlichen Traditionen im Fernen Osten wie ihre Tasche. Das mußte sie von ihrem Papa haben.

Mr. Desmond straffte sich. Heute mittag hatte er einen Brief nach New Orleans geschrieben, an ein Mädchen namens Adrienne, das er in drei Monaten heiraten sollte. Aber – er liebte ein anderes Mädchen, liebte zum ersten Male im Leben. Pauline hatte nicht geschrieben. Und gerade das hatte Mr. Desmond klargemacht, daß sie die einzige war, die er haben, und daß er in diesem fremden Land bleiben wollte. Seine Schwester in New Orleans sollte arbeiten, wenn sie im Luxus zu leben wünschte. Ihr Bruder dachte nicht mehr daran, seine Person der Familie durch eine reiche Heirat zum Opfer zu bringen. Man bekam solchen Abstand zu allen Dingen im Fernen Osten.

«Gute Nacht, Jane», sagte Mr. Desmond sanft. «Ich bin müde...» Jane blickte ihm sprachlos nach, während er auf die andere Seite des Decks zu seinem Bettliegestuhl neben dem Liegestuhl des alten Herrn

Petersen ging. Sie bezwang mit Mühe die Tränen, die so leicht bei ihr flossen. Ihre etwas vorstehenden Augen betrachteten blicklos einen fliegenden Fisch, der leuchtend durch die Dunkelheit schwebte. Das hatte es auch in Neu-England nicht gegeben ... Ein langer Schatten stand plötzlich neben Jane. Sie zuckte zusammen. Mr. Portman! – Was wollte er um diese nächtliche Stunde?

«Miss Macpherson ...» sagte der Chef der ECAFE. «Sie sollten sich nicht so viel mit Mr. Desmond abgeben. Wissen Sie nicht, daß er mit einer Dame in New Orleans verlobt ist? Sie werden heiraten, sowie Mr. Desmonds Kontrakt mit der ECAFE in etwa drei Monaten abläuft.»

Jane schnappte nach Luft. Es war das erste, was sie hörte. Es mußte ein Irrtum sein.

Jane sagte mühsam: «Das hätte Larry mir gesagt. *Bitte,* mischen Sie sich nicht in meine Angelegenheiten!»

Die Muskeln in Mr. Portmans feinem blassem Gesicht spannten sich. Er hätte es sich denken können. Dieses Mädchen besaß kein Quentchen Vernunft.

«Es wird nicht wieder vorkommen, Miss Macpherson», sagte er kühl. «Ich wollte Sie davor bewahren, sich vor der Kolonie lächerlich zu machen. Selbstverständlich können Sie nach Ihrem Belieben handeln! Nur bitte ich Sie, zu bedenken, daß wir auf unser Prestige im Fernen Osten zu achten haben! Wir haben hier gesellschaftlich *nicht* immer den besten Ruf. Die vielen Trinkgelage ... die indiskreten Affären von Leuten, die fern der Heimat die Disziplin verlieren ... Gewiß – das Klima tut das seinige! Aber – wir haben im Orient besonders die Form zu wahren. Sonst werden wir von den Asiaten belächelt ... Gute Nacht!»

Miss Macpherson starrte dem Chef der ECAFE mit offenem Munde nach. Sie hatte seinen Gutenachtgruß nicht erwidert. Einer von diesen Puritanern, vor denen sie bis nach Hinterindien geflüchtet war. Ein hochmütiger Spielverderber mit der Bibel in der Hand.

Sie haßte ihn.

IV

Als Martha mit Pünktchen und Cheng nach ihrem Morgenbad in der See von Hua Hin die Frühstücksveranda der Petersens betrat, saß Pauline mit einer jungen dunkelhaarigen Frau und zwei Kindern beim Morgenreis. Es gab bei Petersen senior stets siamesisches Frühstück. *Kao Pat* war eine äußerst wohlschmeckende Angelegenheit: gerösteter Reis mit Gurken, Tomate, Chili, Fleischstückchen, Speck, *nam pla* (Fischsoße, die wie Maggi-Würfel schmeckte) und Spiegeleiern als Krönung. Dazu gab es für Martha Toast und für alle Kaffee, Marmeladen und Honig. Martha konnte nicht viel vom *Kao Pat* essen; sie war zu sehr an ihre beiden «Rundstücke» frühmorgens gewöhnt. Aber Pünktchen aß zu ihrem Erstaunen Unmengen von diesem «Morgenreis» Hinterindiens und hatte deswegen bei Pauline einen Stein im Brett. Dazu stand – wie auf jedem Frühstückstisch in Siam – eine große Schale mit den Tropenfrüchten der Jahreszeit auf dem Tisch. Die Früchte waren Marthas uneingeschränktes Entzücken. Man hatte selbst in den besten Zeiten in Hamburg die Erdbeeren und Apfelsinen eingeteilt. Und dann hatte es jahrelang nichts gegeben, was nicht mit Opfern gekauft oder ertauscht worden war.

Und hier standen Nang Siris Keramik- und Silberschalen zu jeder Tageszeit mit tropischen Früchten beladen. Pauline hatte Martha einmal in die Fruchtgärten von Dhonburi am Westufer des Menam-Flusses geführt. Dabei hatte Martha wieder eine der tausend Welten Bangkoks betreten: Hinter den Reismühlen und den Hütten der Schiffer dehnten sich meilenweite, von Siamesen angelegte Fruchtbaumpflanzungen. Kanäle (klongs) schlängelten sich durch das tiefgrüne Gelände, wo Tropenbäume, mit sonnenreifer Frucht beladen, standen. Die offenen Hütten der siamesischen Fruchtgärtner mit den großen roten Regentonnen (Ongs) und der primitiven Feuerstelle blickten auf den Klong. – Es gab in Dhonburi nur Fruchtgärten, Palmen und goldene *Phra Chedis* (buddhistische Reliquienschreine). – Des Nachts waren Martha und Pauline unter dem großen Tropenmond durch die reglosen Wasser gefahren. Man hatte nur das Zirpen der Grillen vernommen. Die weißen Mauern der Tempel und die goldenen Schreine zwischen uralten Bäumen wirkten im Mondlicht wie eine Traumlandschaft. Und hier – in den Fruchtgärten von Dhonburi – war es Martha vorgekommen, als ob alle Europäer von Mutter Natur vertriebene Flüchtlinge wären, die in Ostasien in den letzten Paradiesen der Erde Zuflucht suchten. Tausende von Feuerfliegen geisterten durch die Luft ... glänzend und unwirklich wie die Illusionen der Europäer, die Dauerbesucher in Ostasien waren.

In diesem Dhonburi, nicht weit hinter dem «Dämmerungstempel», dessen kambodianische Türme Petersen juniors Begriffe von der Schönheit umgewandelt hatten, stand das von einer hohen Mauer umgrenzte Grundstück der siamesischen Beamtenfamilie Songhakul, zu der die junge deutsche Frau an Paulines Frühstückstisch jetzt gehörte. Sie gab Martha eine schlaffe Hand und rief ihren Kindern mit nervöser Stimme zu:

«Seppl! – Barbara! – Sagt der Tante ‹Guten Morgen›!»

Zwei zierliche Kinder mit glatten, schwarzen Haaren verbeugten sich feierlich vor Martha. Sie legten die zarten Händchen zum siamesischen Gruß gefaltet vors Gesicht.

Agnes sprang auf. «Was soll das wieder?» rief sie schrill. «Sagt ‹Guten Morgen›, wie deutsche Kinder es tun!»

Die Kleine begann zu weinen und wich – wie jedes siamesische Kind es getan hätte – vor der lauten Stimme und dem erregten Gesicht ihrer bayrischen Mutter in den letzten Winkel der Veranda zurück. Der um ein Jahr ältere «Seppl», der trotz der Hitze eine bayrische Lederhose mit grünen Trägern auf dem nackten Körper trug, sagte verschüchtert: «Grüß Gott», und lief dann zu seiner Schwester.

«Entschuldigen Sie bitte», wandte Agnes Songhakul sich an Martha, «die Kinder lernen von der Familie meines Mannes diese albernen Manieren. Ich bin machtlos ... ich werde noch wahnsinnig.»

Sie griff mit zitternder Hand nach einer Zigarette, entzündete sie und drückte sie danach mit einem Ausdruck des Ekels auf ihrem Reisteller aus.

«Bitte, Pauline», sagte sie mit derselben schrillen Stimme, «willst du nicht diese Durian-Frucht abräumen lassen? Der Geruch macht mich krank.»

Pauline preßte gekränkt die Lippen zusammen. Sie rief eine Dienerin und befahl ihr, «die Königin der Früchte» in den Eisschrank zu stellen. Die kleine Siamesin blickte ihre Herrin verständnislos an. Die Durian-Frucht kostet viel Geld. Sie ist die größte Delikatesse östlich von Suez. Wenn man den penetranten Geruch der stachligen Schale überwindet, dann schmeckt die Frucht wundervoll. Diese gelblich-weiße Fruchtmasse ist eine Sensation für Feinschmecker aller Länder.

Die kleine Dienerin zögerte immer noch.

«*Mem ferang mai chop bok, thurian männ*», sagte Pauline ungeduldig. (Die fremde Frau mag keine Durian-Frucht. Sie sagt, sie stinkt.)

Die Dienerin begann zu kichern. Dann gab sie die klassische, siamesische Antwort. Sie gab sie in aller Unschuld und in einem ruhigen Ton.

«*Mem ferang mai lu*», murmelte sie und kicherte noch einmal. «*Khon ferang plek maak, naha.*» (Die fremde Frau versteht nichts. Die Ausländer sind sehr seltsam.)

Die kleine Sangvien wollte damit sagen, daß die Ausländer sehr unhöflich gegen die «Königin der Früchte» seien und daß sie schon ihre Strafe von den Geistern der Natur bekommen würden. Aber Sangvien drückte das mit siamesischer Höflichkeit so aus, daß die Ausländer «sehr seltsam» seien.

«Was hat sie gesagt?» fragte Agnes, die sehr schlecht Siamesisch sprach, obwohl sie schon geraume Zeit in einer siamesischen Familie lebte.

«Sie sagte, daß sie Ihnen die Frucht nicht wieder vorsetzen würde», erwiderte Martha schnell. Die junge Münchnerin war – mit oder ohne Schuld – am Rande ihrer Nerven. Man durfte sie nicht noch weiter erregen.

Pauline war in das gekränkte Schweigen versunken, das Martha und Petersen senior so fürchteten. Die Durian-Frucht kostete heutzutage einen Haufen Ticals. Das war der Dank ... Sie erhob sich ohne ein Wort und ging ins Haus, um sich für Tante Martha mit dieser schwierigen und sterbenslangweiligen Übersetzung abzuquälen.

«Was hat Pauline denn plötzlich?» fragte Agnes erstaunt und wischte sich den Schweiß von ihrem abgemagerten Gesicht. Sie hatte seit ihrer Ankunft in Thailand gegen fünfzehn Pfund abgenommen. Sie konnte nicht nach München zurück. Ihr Vater, den Pauline als «Hungerleider» bezeichnet hatte, war mit der siamesischen Heirat seiner Tochter nicht einverstanden gewesen. Und Agnes mit ihrem bayrischen Dickschädel ging eher auf dem Grundstück im Kreise der sechzig Verwandten zugrunde, als daß sie demütig mit den Kindern nach München zurückgekrochen wäre. Es war noch viel schlimmer, als Papa vorausgesagt hatte. *Dhevi* – ihr junger Ehemann – war nicht mehr derselbe wie in München. Dort war er ein romantischer Märchenprinz gewesen: zierlich, sanft und charmant. Und großzügig mit Geld. – Dr. Dhevi Songhakul hatte auf Regierungskosten in München Medizin studiert. Seine sehr reiche Familie – alles hohe Beamte in Bangkok – hatte ihm ein fürstliches Taschengeld geschickt. Er hatte Agnes ausgeführt. Sie hatten in den feinen Restaurants gespeist und getanzt und gescherzt. Er hatte – auch nach der Geburt der Kinder in Schwabing – dem lustigen, blonden Münchener Mädel jeden Wunsch von den Augen abgelesen. Das hatte sich alles mit der Ankunft in Bangkok geändert. Zunächst einmal arbeitete Dhevi viel mehr als in München. Er war im Dienst der Regierung tätig, arbeitete mit der UNICEF (United Nations International Children's Emergency Fund) in Bangkok. Die Tätigkeit der UNICEF in Südostasien war vielseitig und schwierig. Der Bevölkerung der tropischen Agrarländer mit ihrem dünnen westlichen Firnis konnte man schwer klarmachen, daß die Kinder mehr Milch und weniger Süßigkeiten haben mußten, um kräftig und widerstandsfähig zu werden. Ohne die Mittlerarbeit junger siamesischer Ärzte war die UNICEF zum Scheitern verurteilt. Auch der Anti-Malaria-Feldzug der WHO (World Health Organization), die der UNICEF angegliedert war, bedurfte der Mitarbeit siamesischer Ärzte. Die Malaria forderte im Norden Siams jährlich etwa fünfzigtausend Opfer.

Der junge Dr. Songhakul war mit großem Eifer im Dienste seiner Regierung tätig. Mit dem großen Sprachtalent der Siamesen hatte er in München tadellos Englisch gelernt. Es war also nicht so, daß er nicht verstand, mit Ausländern umzugehen! Er ging den ganzen Tag mit Amerikanern um... Aber im Hause der vornehmen Beamtenfamilie herrschte buddhistische Tradition und siamesische Sitte. Die Großmutter des Arztes kaute noch Betel. Sie gehörte einer Generation an, für die Betelkauen eine Selbstverständlichkeit war. Agnes war höchst unvernünftig, fand ihr siamesischer Gatte zu seiner sanften Betrübnis heraus. Er hatte sich innerlich in München vor dem vielen Bier geschüttelt, das Agnes' Vater – obwohl er nur ein Hungerleider war – Maß für Maß konsumierte. Dr. Songhakul trank nur Fruchtsäfte – wie viele Siamesen – oder süße Brausen oder Coca-Cola. Agnes war beklagenswert unhöflich. Sie war zurückgewichen, als die alte Dame Songhakul den blutroten Betelsaft säuberlich in den kostbaren silbernen Spucknapf gespuckt hatte... *Old Lady Songhakul* hatte mit vom Betelsaft schwarzgefärbten Zähnen mitleidig gelächelt. Agnes' Taktlosigkeit und ihr angewiderter Gesichtsausdruck waren ihr keineswegs entgangen... Die alte Dame hatte scharfe Vogelaugen. Sie haßte *Ferangs* – war aber stets untadelig höflich und gastfreundlich, wenn ihr Enkelsohn, der im Ausland studiert hatte, Gäste aus dem Westen in ihre Villa brachte.

«*Ferang mai lu*», hatte sie, genau wie die kleine Sangvien vorhin, gesagt (die Ausländer verstehen nichts). Und wie sollte die junge Münchnerin auch verstehen, daß Betel den Geist angenehm anregt und die Verdauung fördert? Die alte Dame hatte verachtungsvoll, aber mit charmantem Lächeln, den Rest des Betelpriems säuberlich in das Silbergefäß gespuckt und sich dann mit zarten braunen Händen, die den Händen ihres Enkelsohns glichen, auf einem Stückchen Areka-Palmenblatt einen neuen Betelpriem aus einem Stückchen Areka-Nuß, Kalk und Tabak bereitet. – Dhevi hätte seine Großkusine Suvari heiraten sollen. Das war seit Kindheitstagen so vereinbart gewesen. Suvari schreckte nicht vor Betel, dem großen Stimulans der Einsamen, zurück. – Und ihre Familie besaß Edelsteingruben in Westsiam. Sie gaben einträgliche Lizenzen an Chinesen ab, die sich darum gerissen hatten, im regenumschleierten Meklong-Bergland nach Saphiren zu wühlen. Selbstverständlich besaß Dhevis verlorene Braut eine Auswahl herrlicher Saphire. *Old Lady Songhakul* liebte Edelsteine. Sie konnte sie mit ihren glänzenden Vogelaugen stundenlang betrachten. Seit Agnes' unseligem Debüt war die alte Dame entschlossen, dieser unangenehmen und armseligen Schwiegertochter weder einen einzigen Edelstein noch eine der schweren Goldketten zu vererben.

Alle diese Dinge brachen wie ein Sturzbach aus Agnes Songhakul heraus, während sie Martha auf Paulines Veranda gegenübersaß. Sie öffnete mit bebenden Händen eine Mangostine-Frucht: schneeweißes Fleisch in dicker, dunkelroter Schale. – Martha hatte ihre *Pomelo* – eine große, grapefruitartige Zitrusfrucht – schon lange aufgegessen. Sie saß leicht vorgeneigt und lauschte diesem Bericht voller Unduldsamkeit, Selbstmitleid und jugendlicher Verwirrung. Ein schlimmer Fall. Daß er täglich im Fernen Osten passierte, machte ihn nicht weniger traurig. Martha hatte die Saga von der Europäerin schon in Bangkok zur Genüge gehört: die Saga von dem Mädchen, das daheim einen Märchenprinzen geheiratet und dann in Siam einen Siamesen vorgefunden hatte, der peinlich die Traditionen seiner Familie und seines Landes beachtete.

«Was soll ich tun?» fragte Agnes. «Ich langweile mich zu Tode. Um diese Zeit machte ich zu Haus meine Skipläne.»

«Arbeiten Sie», schlug Martha vor. «Was haben Sie denn studiert?»

«Kunstgeschichte», erwiderte Agnes. Sie gähnte und erklärte, sie könne in der Hitze die buddhistischen Tempel nicht besuchen. Das Klima sei mörderisch, nicht wahr?

«Durchaus nicht, wenn man danach lebt», sagte Martha ein wenig ungeduldig. – Ihre Augen hatten einen strengen Blick bekommen. – Siam war nicht Bayern, das habe Agnes gewußt. Wenn sie nun für ihren sentimentalen Traum bezahlen müsse, dann solle sie mit Anstand bezahlen! Man könne sich anpassen. Man könne alles, was man wolle. Man hätte nicht den geringsten Grund, auf die alte Kultur eines Volkes herabzusehen, nur weil sie einem fremd wäre. Die Chinesen zum Beispiel hielten alle Europäer für Barbaren, aber sie hätten den Anstand, die Ansicht für sich zu behalten.

«Sie müssen sich anpassen lernen», schloß Martha freundlicher. Dies Häufchen Unglück, das der Erziehung seiner Kinder in keiner Weise gewachsen schien, war so jung! Und zum Frohsinn geschaffen! – In Agnes' blauen Augen wohnte noch ein Funken der erstorbenen Lebensfreude. Gewiß – die Situation war ihr über den Kopf gewachsen. Ihr siamesischer Ehemann half ihr nicht. Ihre Tränen und ihre Vorwürfe, ihre ständigen Taktlosigkeiten in einer ganz aufs Zeremonielle eingestellten Gemeinschaft irritierten und verwundeten ihn. Er war immer gleich freundlich zu seiner deutschen Frau; aber er zog sich täglich mehr hinter das starre Schweigen zurück, das im Fernen Osten die Stelle des hitzigen Arguments einnimmt ... Er hatte niemals in Betracht gezogen, sein Leben im Westen zu verbringen. Sein Platz war in seinem eigenen Lande, das ihn in die Fremde gesandt hatte, damit er später die Methoden des Westens zum Nutzen der siamesischen Mütter und Kinder auswertete. Vor allem in den Dschungeldörfern des Nordens mußte die Hygiene ihren Einzug halten. Von diesen Dingen sprach der junge siamesische Arzt abends auf der Veranda. Agnes rauchte eine Zigarette nach der anderen und drückte sie halbgeraucht aus: ein Zeichen für ihre hochgradige Nervosität. Ihre seltenen Bemerkungen wirkten streitsüchtig; sie entsprangen der Feindseligkeit gegen die Umwelt, welche die junge Frau seit ihrer Ankunft in Thailand erfüllte. Sie schien sich innerlich die ganze Zeit zu fragen: «Was habe ich verbrochen, daß es mir so schlecht geht?» – Sie fragte sich kein einziges Mal: «Was müßte ich tun, damit es mir besser geht?» Ihr großes Erbe – Tatkraft und christliche Hoffnung – schien nicht mehr in ihr zu leben. Und doch hätte nur dieses Erbe sie aus dem Dschungel innerer Verwirrung herausbringen können. Ein schlimmer Fall.

«Ich reise nächste Woche mit einigen Amerikanern nach Nord-Siam», teilte Dr. Songhakul Martha mit. «Ich arbeite augenblicklich in der Kommission für Malaria-Kontrolle. Wir bringen Drogen gegen die Krankheit in die Dörfer und vor allem Spritzen mit DDT. Wenn ich unsern Leuten alles langsam und ruhig erkläre, dann werden sie allmählich den Epidemien zu Leibe gehen.»

Agnes lachte hysterisch. «Glaubst du das im Ernst? Ich kann dir sagen, daß die Eingeborenen die Drogen in den Fluß werfen werden! Und die DDT-Spritzen werden sie niemals verwenden. Viel zu faul ...»

Dr. Dhevi Songhakul verzog keine Miene. Er lächelte, wie nur Asiaten eine Beleidigung niederlächeln können. Dann sagte er sanft: «Rauche nicht so viel, Agnes! Es schadet deinen Nerven.»

Seine Frau hatte vor einer anderen weißen Frau von «Eingeborenen» gesprochen, wie eine der Kolonial-Damen, die der Ferne Osten jetzt nach Haus schickte.

In seinen Augen züngelte eine kleine Flamme, die sofort verlosch. Es war Verachtung für die Fremde, die der Ferne Osten zu einem Fest geladen hatte, wo jeder Gast die Spielregeln zu beachten hatte. Dr. Songhakul war seinen Münchener «Gastgebern» mit erlesener Höflichkeit begegnet, auch wenn er sie recht exzentrisch fand. Die Bayern sagten einem Freund buchstäblich ins Gesicht, was sie von ihm dachten! Sie schlugen im Eifer einer Diskussion mit der Faust auf den Tisch, wobei der junge Siamese jedesmal zusammengezuckt war. Sie hatten manchmal während des Faschings ein unbescholtenes Mädchen, das ohne Großtante ein Fest besuchte, vor aller Augen umarmt und geküßt. Die Bayern folgten wie Kinder ihren Impulsen ... Dr. Songhakul hatte die Malerateliers seiner Freunde besucht und Mühe gehabt, seine Mißbilligung hinter einem undurchdringlichen Lächeln zu verbergen. Die Ästhetik des Fernen Ostens verbot den Ausdruck von Impulsen in der Kunst. Die Schönheit der Fresken in den buddhistischen Tempeln und der Wert der klassischen Tanzdramen lag in einer Übereinstimmung mit dem Mythos und der Ausschaltung der eigenen Initiative. Man wollte die ungezügelten Impulse anderer Leute nicht auf der Leinwand vorfinden ... «Sehr interessant!» hatte der siamesische Doktor sanft gesagt. Er hatte noch nicht einmal gelogen. Er lehnte das Interessante, wie der Westen es verstand, eben ab.

Dr. Songhakul widersprach überhaupt niemals, schon gar nicht seiner Großmutter. Sie hatte geraten, die Fremde in ihr Land zurückzusenden und die Kinder zu guten Siamesen und Buddhisten zu erziehen.

Der junge Arzt betrachtete die Feuerfliegen, die durch das Dunkel der Veranda schwirrten: so war seine Leidenschaft für Agnes gewesen. Aber der *Buddha* hatte ja gesagt, daß Feuerfliegen zwar die Nacht mit Glanz erfüllten, aber vor dem Morgenlicht der Erkenntnis zu farblosen Insekten verblichen ...

So ein farbloses Insekt war Agnes geworden. Nur redete sie, im Gegensatz zu den Feuerfliegen, Tag und Nacht auf ihren Gatten ein. Sie langweilte ihn. Sie beleidigte seine Familie. Sie ließ sich europäisches Essen zubereiten, das sie dann beiseite schob ... Vielleicht würde sie von selbst dieses Land verlassen, wie die französische Gattin des Prinzen F., die nach sechs Jahren mit drei Kindern für immer in eine französische Kleinstadt zurückgereist war. Aber Dr. Songhakul würde niemals seinen Sohn, den Agnes eigensinnig «Seppl» nannte, hergeben. Sein Sohn hieß *Vidya* nach seinem Großvater. Er hatte *Vidya* schon in den Tempel des «Smaragdbuddha» mitgenommen, als das Fest von «Buddhas Geburt und Erleuchtung und Eingehen in das Nirvana» dort gefeiert wurde. Vidya hatte als Symbol der Erleuchtung eine kleine antike Bronzelaterne zusammen mit tausend anderen Fackelträgern durch jene Tempelhöfe und Galerien getragen, deren Mauern mit Malereien bedeckt waren, die das ästhetische Gefühl befriedigten. Es waren Szenen aus dem *Ramayana* – dem uralten, indischen Heldenepos. Kein individueller Einfall unterbrach die feierliche und vorgeschriebene Harmonie der Zeichnung und der Farben.

Dr. Songhakul legte Agnes einen alten Brokatschal um die schmalen Schultern. «Es ist kühl», flüsterte er. «Du darfst dich nicht erkälten.»

Er ging niemals auf die gereizten Bemerkungen seiner Frau ein. Sie wußte es nicht besser. Der *Buddha* lehrte, daß man einen tugendhaften Mann nicht beleidigen kann, denn die Schande, die der Heftige ihm zufügen möchte, fällt unweigerlich auf diesen zurück.

Daran mußte Dr. Songhakul denken, während er liebenswürdig mit Martha sprach. Man plante Erziehungsfilme über tropische Krankheiten und Seuchen. Dr. Songhakul war durchaus für diese Idee des Westens eingenommen.

«Es ist alles umsonst in diesem Land», sagte Agnes. «Mein Mann macht sich Illusionen, aber er hört ja nicht auf mich.» Sie gähnte und schloß die Augen. War es Erschöpfung? Oder Widerwille?

Wenn ‹umsonst› hieß, daß ein Erfolg nicht in Monaten oder einigen Jahren zu erzielen war, dann waren die Anstrengungen umsonst, aber Dr. Songhakul rechnete anders als die ungeduldigen Menschen des Westens. Sein Zeitbegriff würde Agnes ein Rätsel bleiben wie alles andere. Warum behielt sie ihre Ansichten nicht für sich? Sie hätte besonders gehorsam und respektvoll sein müssen – nun, wo die Liebe ihres Mannes wie eine Feuerfliege im Dunkel erloschen war. Er tröstete sich längst mit eleganten und heiteren Siamesinnen. Sie kleideten und schminkten sich mit andächtiger Sorgfalt. Agnes vernachlässigte sich. Und eine Frau, die sich in Laune und Kleidung gehen ließ, war für einen verwöhnten Asiaten keine Frau mehr. Agnes spendete Kummer statt Freude. Sie war ein großer *lambag* (Unannehmlichkeit), wie *Old Lady Songhakul* es ausdrückte.

Wenn Dr. Songhakul allen aggressiven Äußerungen seiner deutschen Frau mit Schweigen begegnete, so benutzte er bewußt die klassische Waffe, an der die Unhöflichkeit und Unbeherrschtheit, die so viele Menschen aus dem Westen in Ostasien zeigten, so oder so zerbrachen. Was nicht zerbrechen würde, war die Tradition, die den siamesischen Arzt stützte …

Der Fall von Agnes Songhakul lag besonders schwierig, denn die reizend impulsive und ungekünstelte, aber etwas verwöhnte Bayerin mußte diesem hochgezüchteten und selbstbeherrschten Siamesen ein Dorn im Auge sein, sobald er sie nicht mehr in ihrem eigenen Milieu sah. In der Regel verstanden sich Siamesen mit Norddeutschen am besten. Die «tranigen» Hamburger schossen den Vogel ab. Sie folgten weder ihren Impulsen, noch sprachen sie lebhaft und laut. Gerade ihre Tranigkeit war im Fernen Osten ein Aktivposten.

«Besuchen Sie mich doch mit den Kindern in Bangkok», sagte Martha freundlich zu der jungen Frau, deren Augen rastlos umherwanderten.

«Vielen Dank», erwiderte Agnes lustlos. Martha wußte im selben Augenblick, daß Agnes Songhakul sie niemals besuchen würde. Sie würde von Hitze und Depression gelähmt in einem Bungalow der Familie Songhakul sitzen und des Abends dem Tanz der Feuerfliegen zusehen.

NEUNTES KAPITEL

Tropenhochzeit

I

Zehn Tage nach der Rückkehr des alten Herrn Petersen fand Paulines Hochzeit mit Mr. Desmond statt. Sie wurde in kleinem Kreise mit der Feierlichkeit und Poesie zelebriert, für die ein riesiger mit Lampions und Zelten geschmückter Garten in den Tropen der richtige Hintergrund ist.

Nang Siri war von Bangkoker Geschäften nach Rong Muang geeilt und bereitete tagelang siamesische Süßigkeiten, Blumengirlanden und Laternen für das Gartenfest vor. Auf langen blumengeschmückten Tischen würden die Gäste des Fernen Ostens und des Westens alle Delikatessen finden, die siamesische Feste so reizvoll machen – Reis und Curry dampfte auf kleinen Öfchen, die Dienerinnen in brokatnen *Phanungs* mit Fächern in gleichmäßiger Glut hielten. Zu einem festlichen Curry gab es viele Beilagen. Nang Siri ließ sie vorbereiten – kleingeschnittenen Chetnuy, Tomaten, geröstete Fischchen, gebratene hauchdünne Kartoffeln, Gurken, süßsaure Ananas, geröstete Kokosnuß, gebackene Bananen, Chili, viele Arten von Gemüse, eingelegte Melonen und alle andern kulinarischen Überraschungen, an denen die westlichen Gäste sich nachher nicht sattsehen konnten, so zierlich und farbenprächtig war das alles in Nang Siris kostbarsten Keramik- und Silberschalen angerichtet. Daneben gab es eine Auswahl europäischer Platten mit Jasminketten umlegt – gebratene Hühner, Roastbeef mit Kräutermayonnaise, Lachs und manches andere, was Petersen senior in alten Zeiten im Hamburger Elternhaus aufgetischt gesehen hatte... Nur die Zeiten, die Gäste und die Früchte würden anders sein. Die Silberschalen mit den eingravierten siamesischen Tänzerinnen und Göttern enthielten den Segen der Tropen: Ananas aus Südsiam, Bananen in allen Größen und Aromen, Mangostines, Orangen, chinesische Äpfel aus Hongkong, siamesische Rosenäpfel, Guaven, *Pomelos*, deren Größe und Saft ihren Ursprung aus dem Wallfahrtsort Nakorn Pathom verrieten, und endlich riesige geöffnete, mit Zitronensaft beträufelte *Papayas*, deren rotes Fruchtfleisch, mit Eisstückchen umrahmt, die köstlichste Erfrischung der Tropen ist.

Kuchenberge – siamesisches und deutsches Gebäck – würden die Kristallplatten füllen. Und auf einem großen Silberteller, der auf seinem

Grunde die Flucht der indischen Prinzessin Sita zeigte, würde der Hochzeitskuchen thronen, den die Wiener Freunde der Petersens in diesem Augenblick rührten: ein Geschenk der Familie Berger, welche die Einladung zum Gartenfest, die in deutsch, siamesisch und englisch ergangen war, mit großer Freude empfangen hatten, da es ihnen in all den Jahren nicht vergönnt gewesen war, ein Fest in einem solchen Stil mitzumachen.

Nang Siri lächelte die ganze Zeit. Alles war glücklich. Das Familienleben war wieder, wie es sein sollte ... Nang Siri war keineswegs herzlos. Sie freute sich wie ein Kind, daß Winn von seinem unverständlichen Kummer befreit zu sein schien. Aber er sah müde aus. Nang Siri schwirrte wie eine Libelle um ihn herum.

Ihre persönliche Großzügigkeit und die siamesische Tradition der Gastfreundschaft kannten keine Grenzen. Diese Tradition erforderte, daß jeder einzelne Gast ein Geschenk erhielt; es konnte eine Blumengabe oder eine Frucht sein, wie die Reisbauern sie ihren Hochzeitsgästen darboten. Nang Siri hatte Puderdosen, Papiermesser, Vasen und alle möglichen Schmuckgegenstände aus *Niello-Silber* für ihre Gäste bereitgestellt, eine siamesische Spezialität, die besonders ihre amerikanischen Gäste, die noch nicht lange im Lande weilten, in einen Rausch von Entzücken und Dankbarkeit versetzten. Aber sie waren alle schon lange genug in Thailand, um die Geschenke nicht etwa mit den Worten «Das ist viel zu kostbar für mich!» zurückzuweisen ... Diese Kränkung hätte Nang Siri niemals verziehen. Man schenkte hier eben in einem andern Stil, als es auch dem reichsten Europäer heutzutage möglich war. Es gab keine Parallele zu dem märchenhaften Prunk und dem Reichtum, der bei Festen in Indien und Hinterindien mit edler Anmut und Selbstverständlichkeit entfaltet wurde.

In der Nähe des Hauses war eine Bühne errichtet worden, auf der als Abschluß der Festlichkeit klassische siamesische Tänze vorgeführt werden sollten. Die Gattin des englischen Arztes Dr. Tyler hatte ihre Tante, die Prinzessin F., gebeten, ihre eigene Tanztruppe für das Gartenfest auszuleihen. Die Prinzessin war eine frühere Hofdame; sie lebte mit ihrer Nichte, Fräulein Dr. Charoon aus dem Pasteur-Institut, in einem halbverfallenen Palast im *Samsen-Distrikt*, wo es neben dem elektrischen Kraftwerk und der annamitischen Kolonie viele von stillen Gärten mit Palmen, Mango- und Durianbäumen umgebene prinzliche Wohnsitze gab. Wie überall in dieser seltsamen Stadt, wohnten auch in Samsen neue und alte Zeit Haus an Haus ...

Die Tanztruppe der Prinzessin hatte noch niemals im Hause eines Fremden getanzt; es war eine große Ehre für Nai Petersen und seine Gäste. Die Prinzessin hatte ihr Erscheinen zugesagt. Wie vielen alten Aristokraten dieses Landes machte es ihr Freude, den Gästen aus dem Westen auf diese liebliche Weise eine Ahnung von der uralten ästhetischen Tradition Thailands zu vermitteln ... Petersen senior hatte sich in einem formellen Schreiben auf siamesisch bedankt. Nang Siri und er würden die Güte der Prinzessin nie vergessen.

In der Nähe des vierten Lotosteiches, umgeben von Palmen und Tamarindenbäumen, lag der Privatpavillon des alten Herrn Petersen. Dies zierliche Gartenhaus mit den weißen Säulen und dem siamesischen Dach hieß *sala*. Man sah solche *salas* überall in Siam; innerhalb der Tempelbezirke, an den Haltestellen der Straßenbahnen, irgendwo im Walde. – Ein Ruheplatz, ein Ort der Meditation, ein Schutzdach vor den glühenden Feuern des Sonnengottes *Phra Suriya*.

Und hier in diesem kleinen Gartenhaus, dessen Wände aus Bambus bestanden und dessen einzige Dekoration ein von einem Japaner gemaltes Bild «Die Elbe bei Sturm» war, verbrachte Wilhelm Christian Petersen den Abend vor Paulines Hochzeit.

II

Es war alles zu schnell gegangen.

Der alte Mann war stumm und ungebeugt durch ein Zwischenreich der Qual geschritten, das weder Nang Siri noch Pauline jemals betreten hatten. Und dann war plötzlich alles vergessen! – Nang Siri strahlte, weil Winn seinen Willen hatte und Pauline heiraten würde. Pauline strahlte, weil Larry ihr geschrieben hatte, bevor sie – ihrem Tante Martha gegebenen Versprechen gemäß – einen moralischen Zwang auf ihn ausüben mußte. Sie hatte nur Augen für Mr. Desmond. – Ihrem Vater hatte sie nur den flüchtigen Kuß der Gedankenlosigkeit gegeben und war jeder Aussprache mit Geschick ausgewichen. Es war alles wieder gut! Alle waren glücklich. Warum machte *Khun Paw* kein freundliches Gesicht? Larry und sie würden sofort nach dem Fest nach Manila fliegen und dort bleiben. – Mr. Desmond hatte eine freundschaftliche Lösung seines Kontrakts, der ja sowieso in einigen Wochen ablief, erreicht. Sein Nachfolger war schon in Bangkok eingetroffen: ein älterer bebrillter Herr aus Boston, der zur Befriedigung des Chefs der ECAFE verheiratet war.

Die ECAFE in Bangkok hatte ihrem Kollegen ein Teeservice aus siamesischem Silber verehrt und wollte, mit Ausnahme von Miss Macpherson, geschlossen zum Gartenfest bei Mr. Petersen in Rong Muang antreten. Jane hatte Fieber und beteuerte schriftlich, wie sehr sie es bedauere... Was der Chef der ECAFE über diese überraschende Heirat seines engsten Mitarbeiters dachte, behielt er für sich. Es war im höchsten Maße unkorrekt, eine Braut in New Orleans drei Monate vor der Hochzeit sitzenzulassen. Daß Mr. Desmond nie zuvor seine Neigung zu Miss Petersen erwähnt hatte, fand der Chef der ECAFE in der Ordnung. Er machte es selbst nicht anders. Er interessierte sich für eine gewisse Amerikanerin in Bangkok und tat es so diskret, daß selbst die in Frage kommende Dame bis jetzt nichts davon gemerkt hatte.

Petersen senior gefiel Mr. Portman ausgezeichnet. Er hatte sich auf der Fahrt nach der Zinninsel häufig mit ihm über Osten und Westen unterhalten und bewunderte die Toleranz des alten Herrn, der einer so unduldsamen Nation entstammte. Er ahnte, daß diese weitgehende Toleranz dem Bewußtsein der Abirrung von der Tradition entsprungen war.

Wilhelm Christian Petersen war abgeirrt, als er sein Schicksal mit Nang Siri verband. Und es war ihm niemals klarer geworden, als an dem Abend vor Paulines Hochzeit. Er hatte mit dem Fest so wenig zu tun, wie seine Tochter jetzt mit ihm zu tun hatte. Er wäre am liebsten heut abend zu Martha gegangen und hätte den *Lampu-Baum* auf ihrer Veranda angeblickt, aber er wollte nicht einmal Martha, die Pauline wieder zurechtgekriegt hatte, sehen lassen, wie einsam er war. Bald nach der Hochzeit würden Hannes und Martha eine vierzehntägige Erholungsreise nach Ceylon antreten. Das war sein Dank. Er hatte die Plätze im Flugzeug schon gebucht... Er ließ sich nichts schenken, nicht einmal von Martha, an deren Abreise er mit einem Grauen dachte, das er sich nicht einmal in der *Sala* eingestand. Sie war das Salz der Erde. Der Hannes, der Schlingel, hatte verflixtes Glück.

Der alte Mann erhob sich von dem Ruhebett in der Sala und betrachtete grüblerisch das Bild des japanischen Künstlers «Die Elbe bei Sturm». – Er hatte es nach einer Postkarte gemalt, die Petersen senior jahrelang in seinem Schreibtisch aufbewahrt hatte... Es war ein merkwürdiges Bild. Ein abgezirkelter «Sturm» in der großen, japanischen Tradition. Es war *ukiyo*, die unwandelbar «schwimmende Welt» der alten Meister, die mit einem Kirschenzweig einen Frühling und mit einem Dach den Shinto-Tempel von Miyajima zu versinnbildlichen pflegte... So hatte dieser mit der Kaiserlich-Japanischen Armee nach Bangkok verschlagene Meister «Die Elbe bei Sturm» gemalt. Ein geisterhafter Hafen mit einem angedeuteten Michaelisturm, mit der «Kehrwiederspitze» und mit einem Schiff, das zwischen dunklen Dückdalben gelassen im Sturm schwankte. Winzige Figuren standen an Bord des Schiffes – Phantasiegestalten des japanischen Künstlers, wie sie weder bei stürmischer noch bei ruhiger Elbe in Hamburg zu finden sind. Aber alles zusammen – das solide gebaute Schiff, die zart gepinselten Wellen, die einzige schwarze Wolke in einem blassen Himmel – war doch die «schwimmende Welt», wie sie Petersen senior vor sich sah, wenn er von der Heimat träumte: unwandelbar gelassen und in keiner Weise durch Sturm und dunkle Himmel aus der Fassung zu bringen. Und der Sturm selbst war zeremoniell und hielt sich im Zaum, wie Petersen senior sich auf der Zinninsel im Zaum gehalten hatte – und auch heute abend, als Pauline sich mit fröhlichem Handwinken von ihm verabschiedete. Sie hatten Dinner mit dem Chef der ECAFE. Er selbst hatte abgesagt, und Nang Siri hatte noch alle Hände voll zu tun, um den Garten und das Haus für morgen abend in ein tropisches Zauberreich zu verwandeln. Ihre siamesischen Verwandten halfen ihr dabei. Ihr Kichern und ihr sanftes Geschwätz drangen über den Lotosteich in die Sala ... Und bei diesen heiteren und gastfreundlichen Wesen in Haus und Garten saß Justus Petersen, der zur Hochzeit seiner Lieblingsschwester von der Zinninsel gekommen war. Er hatte seinen Vater auf siamesisch begrüßt und leistete ihm auch heute abend – dem einzigen Abend, den sie im Gespräch hätten verbringen können – keine Gesellschaft. Er hatte sich nach fünfzehn Jahren nichts mit seinem Vater zu sagen. Morgen würde er nach Puket zurückfahren.

Was hatte Wilhelm Christian Petersen getan, daß seine Kinder sich so von ihm abwandten? Er hatte in weit höherem Maß als Nang Siri versucht, sie zu erziehen und glücklich zu machen. Und nun – am Abend seines Lebens – stand er mit leeren Händen da. Seine Tochter hatte nur Augen für den netten jungen Amerikaner, der, ohne es zu wissen, dem alten Mann die schlimmsten Stunden seines Lebens bereitet hatte. Lawrence Desmond hatte etwas von einem Abenteurer an sich. Er war zu leichten Sinnes. Die Weisheit des Fernen Ostens zog ihn weniger an als das Wohlleben und die exotische Kulisse. Hoffentlich würde er die Deern nicht *sehr* unglücklich machen ... Petersen senior hätte ihr gern gesagt, daß sie *immer* auf ihren Vater zählen könne; aber die Deern hatte ihm keine Gelegenheit dazu gegeben. Ob sie ihm von Manila einmal schreiben würde? Pauline schrieb ungern Briefe. Aber vielleicht würde sie sich – wenn sie erst zur Ruhe gekommen war – an ihren Vater erinnern. Sie war 'ne süße und gute Deern. Nur etwas gedankenlos.

Petersen senior hätte ihr auch gern gesagt, daß sie ihrem Mann gegenüber nicht so «demütig» sein solle. Pauline war in der Liebe ganz plötzlich eine Asiatin – das Wort des Mannes war Gesetz und sein Gefallen an ihr der Gradmesser ihres Wertes. Man mußte hoffen, daß alles gut ging. Wenigstens blieb Pauline in der Nähe. Und das Leben in den Philippinen war nicht sehr verschieden von dem Leben in Bangkok und Hua Hin.

Sie hatte auf jeden Fall ihr eigenes Haus. – Vielleicht war Nang Siri doch weitblickender als Petersen senior angenommen hatte. Pauline hatte auch ihr eigenes Vermögen, denn ihr Vater hatte auf Gütertrennung bestanden. Der Herr aus New Orleans hatte beigestimmt: ganz wie Mr. Petersen wünsche. Er hatte eine Anleihe bei seinem Schwiegervater gemacht, die bedeutend größer war, als alles, was er von Miss Black unter den günstigsten Umständen erhalten hätte. Petersen senior war bereit, seinem Schwiegersohn auf die Beine zu helfen, aber er rechnete scharf und bedacht. Er ließ sich nicht auf geschäftliche Abenteuer ein. Mr. Desmonds Export- und Importpläne für Manila hatten Hand und Fuß. In dieser Beziehung war der alte Herr, der eifersüchtig und ohnmächtig über dem Glück seines Lieblings wachte, beruhigt.

Der Mond war über den großen Bäumen von Rong Muang aufgestiegen. – Petersen senior dachte in seiner Sala an die alte Heimat. Es wäre alles anders gewesen, wenn er Florence Krüger geheiratet hätte. Sie hatte immer – wie er selbst – das Hamburger Ideal der Permanenz vertreten. Selbst heute, wo der Krieg und Nachkrieg so viel «Permanentes» verschluckt hatte, würde Florence eigensinnig und heroisch an diesem Ideal festhalten. Gefühle, Geschäfte, ja, das Leben selbst hatten für den Hamburger nur Wert, wenn sie die Qualität des Dauerhaften besaßen. Und so hatte der junge Wilhelm Christian Petersen – im Banne dieses Ideals – seinem Tropenparadies Dauer verleihen wollen. In dieser Nacht erschien es ihm, als ob er, bei allem nüchternen Verstand und aller Kraft, die sein Erbteil waren, ein Narr in großem Stil gewesen sei... Nichts und niemand konnte der unwirklichen Existenz der fremden Lotosesser *Dauer* und Stabilität verleihen. Das waren Segnungen des Nordens, den Petersen senior für immer verlassen hatte. Auch wenn alte Ordnungen zerbrochen waren, auch wenn der Ungeist jahrelang wie eine dunkle Wolke über der Elbe gehangen hatte – die Hamburger träumten bestimmt in dieser Stunde ihre alten rechtsgläubigen Träume von der *Permanenz* des Privatlebens und des neuen Rechtsstaates. Und sie würden diese Träume langsam und verbissen in die Realität umsetzen... Petersen senior würde nicht dabei sein. Er lebte in einem kulturellen und privaten Exil. In der Struktur der siamesisch-buddhistischen Gesellschaft war und blieb er ein Zaungast. Doch der alte Mann in der Sala interpretierte sein Dilemma nicht. Er schob sein Kinn vor und ignorierte es... Solange Pauline ihn brauchte, war er am richtigen Platz. Und damit basta...!

Ein Wagen fuhr durch das Portal. Es war gegen Mitternacht. – Petersen senior rührte sich nicht. Das mußte Pauline sein. Er blickte mit seinen scharfen blauen Augen, über denen heute nacht ein dichter Schleier von Schwermut lag, in den mondhellen Garten. Überall hingen Lampions und Blumenketten. Wirklich – es war Pauline, die sich Arm in Arm mit Larry ins Haus begab.

Nach fünf Minuten erschien Larry und fuhr fröhlich pfeifend davon.

Und dann geschah das Unerwartete. –

Pauline war plötzlich in der Sala. Sie war in ihrem weiten Silbergewand wie ein Geist hereingeschwebt. Um ihren schmalen Kopf mit den kleinen Ohren und den vortretenden Backenknochen standen wieder die starren Korkenzieherlöckchen, die Martha mit Recht verabscheute. Sie waren mit dem Glück zurückgekehrt.

Und dann saß Pauline wieder zu Füßen ihres Vaters, wie sie es als Kind und halbwüchsiges Mädchen getan hatte. Und mit dem erschreckenden Wechsel der Laune, der manchmal über Pauline wie ein Monsunwind hereinbrach, klammerte sie sich an Petersen senior und flüsterte schluchzend:

«Papa! Lieber Papa! – Ich... ich möchte immer bei dir bleiben. – Ich ... habe Angst...»

Einen Augenblick setzte der Herzschlag des alten Mannes aus. War die Deern total überkandidelt? Und doch – es war alles richtig, wie es war! Seine Line hatte ihn doch nicht ganz vergessen.

Der alte Herr Petersen zog sein riesiges Taschentuch hervor und tupfte Pauline einzeln die Tränen ab. So hatte er es immer gemacht. Und er sagte dieselben Worte, die er der kleinen Pauline zu sagen pflegte, wenn sie mit ihrem kindlichen Kummer in die Sala gelaufen kam:

«Nicht doch, mein Lütten, ich paß schon auf, daß dir niemand was tut!»

Das war eine seltsame Bemerkung, wenn sie ein Vater am Vorabend der Hochzeit seiner Tochter auf den Weg gab. Es war sogar eine lächerliche Bemerkung, über die Mr. Portman nicht wenig den Kopf geschüttelt hätte. Aber Pauline schien die Bemerkung in der Ordnung zu finden; denn sie blickte ihren großen und mächtigen Papa aus tränenden Augen an und sagte gehorsam:

«Ja . . . Papa!»

Dann gingen die beiden wie eh und je Arm in Arm in den unordentlichen Palast, in dem sich Paulines Kindheit und Jugend abgespielt hatten.

Und Petersen senior fand, daß man nun beruhigt Hochzeit feiern konnte.

III

Pauline und Larry waren in der blumengeschmückten Kapelle von *Mater Dei* getraut worden. Es war eine stille kleine Feier, an der nur die engste Familie und Mr. Portman als Brautführer teilgenommen hatten. Mutter Patrick war zwei Tage vorher aus Irland zurückgekehrt und sang mit «ihren Mädels» wie ein Engel. Es waren zierliche, schöngeschmückte Siamesinnen, die gehorsam die fremden Hymnen aus der Kehle preßten, aber es war sehr schön und rührend. Mr. Portman, der sonst auch nichts für «Rom» übrig hatte, unterhielt sich angeregt mit der englischen Oberin. Die kleine, mit Orchideen und Girlanden geschmückte Kapelle, die neue Orgel und die vielen glücklichen Gesichter verbreiteten einen Frieden, den auch die buddhistische Mutter der Braut dankbar empfand. Nang Siri kniete ehrfurchtsvoll in der Nähe des Altars; auch das war charakteristisch für die Toleranz und den Herzenstakt des siamesischen Volkes.

Gegen Abend begann dann das zauberhafte Fest in Rong Muang, das keiner der Beteiligten vergessen würde. Martha glaubte niemals etwas so Vollendetes gesehen zu haben: eine große, blumengeschmückte Insel im Ozean der Alltäglichkeit. – Auf dem englisch gepflegten Rasen wandelten Gäste aller Nationen und Rassen, wie man sie so zwanglos und freundschaftlich nur in Bangkok vereinigt fand. Der alte Mr. Wong und seine in Brokatgewänder gehüllten Töchter promenierten mit dem alten Herrn Krüger und Dr. Tyler, der dem feinen alten Chinesen Scherze aus der Shakespeare-Zeit erzählte.

Martha saß lange Zeit in einem Märchenzelt mit Mr. Portman und

Miss Black, die ihr immer besser gefiel. Professor Berger und Tante Kathi unterhielten sich eingehend auf siamesisch mit der Prinzessin Pattani, die huldvoll lächelnd fragte, ob man in Wien auch Mangos und Durianfrüchte hätte ... Sie hatte noch niemals so reizende Europäer getroffen. Sie sprachen sehr nett Siamesisch und beklagten sich nicht ein einziges Mal über die Hitze.

Unter den Gästen befand sich auch Miss Karin Holm mit ihrem schwedischen Verlobten. Sie sollten acht Tage später heiraten. Die Einladungskarten waren bereits verschickt. Miss Karin hatte nur Augen für Hannes, der sich sehr zurückhielt. Der letzte Besuch der javanischen Tänzerin lag ihm offenbar noch im Magen. Er hatte sich einer bezaubernden jungen Siamesin zugewandt, deren *Pasin* (siamesischer Wickelrock) mit echten Saphiren verziert war. Es war die Kusine des jungen siamesischen Arztes Dr. Songhakul, dessen deutsche Gattin Martha in Hua Hin kennengelernt hatte. Agnes war nicht anwesend.

«Sie ist gestern mit ihrer Tochter nach München gereist», sagte der junge Arzt auf Marthas Frage. «Ihr Vater ist krank geworden.»

War es ein Abschied für immer? – Dem Gesichtsausdruck des siamesischen Arztes, der sich, sobald die Höflichkeit es gestattete, wieder seiner schönen und reichen Kusine Suvari zuwandte, war nichts zu entnehmen. Vielleicht war es besser so, dachte Martha ... aber dennoch.

Pauline sah schön und glücklich aus. Sie wandelte am Arm ihres Vaters und ihres Mannes zwischen den Gästen umher und unterstützte Nang Siri in der Unterhaltung mit den Ausländern. Große Windlichter, Kerzen und Laternen in Lotosblütenform hingen über dem Büfett. Weißgekleidete Boys reichten Tabletts mit Getränken herum.

Der denkwürdigste Gast war die alte siamesische Prinzessin, die ihre Tanzgruppe zur Verfügung gestellt hatte. Sie saß, wie es ihrem Rang gebührte, mit dem Prinzen Pattani auf dem Ehrensitz – einem kleinen, mit siamesischen Brokaten und Blumen geschmückten Podest – und wartete auf das Tanzdrama. Sie war eine winzige, ausgetrocknete Filigranfigur und trug ihren traditionellen Phanung und ihren unermeßlich kostbaren Schmuck mit selbstverständlicher Würde. Nang Siri brachte ihr eigenhändig die siamesischen Delikatessen auf goldenen Schüsselchen, die Petersen juniors alter Koch diskret aus der Ferne «bewachte»: es war alles echtes Gold, und Diebe gab es überall. Alle Enkelsöhne und Ah Chang bedienten zusammen mit den anderen Boys, die teils von Freunden geliehen und teils von dem großen Chinesen-Restaurant *Swee Hong* gesandt worden waren. Aber alle Speisen – auch die europäischen, die Martha und Fräulein von Kinsky kunstgerecht hatten kochen und arrangieren helfen – waren «im Hause» zubereitet worden. Das war ein Prinzip siamesischer Gastfreundschaft und die größte Freude der Gastgeberin. Martha konnte sich an den winzigen siamesischen Konfitüren nicht satt sehen: Blumen und Blüten aus gesponnenem Zukker – Kunstwerke in Gelee und Eis.

Die deutsche Kolonie war vollständig versammelt. Auch der gute Steffens, der Justus Petersen in Puket gehörig «Bescheid gesagt» hatte, war unter ihnen. Es ging Mathilde und den Zwillingen gut. Steffens würde in Petersens Haus in Bangkapi wohnen, bis Hannes und Martha aus Ceylon zurückkamen. Hannes brauchte eine Erholung nach dem Unfall, und ohne Martha wollte er nicht reisen. Die Kinder würden bei Onkel Steffens bleiben, und Familie Berger würde sich auch um sie kümmern – und natürlich Petersen senior, der seine «Enkel» täglich besuchte. Es fehlte ihm was, wenn er «unsern Jung» und «die Lütte, die täglich drolliger wurde», nicht sah.

Pummel und Pünktchen blickten mit großen Augen in das Märchen, das Nang Siri für eine Nacht in Haus und Garten hervorgezaubert hatte. Es dunkelte. Die Laternen und Ampeln wurden entzündet. – Die alte Prinzessin saß immer noch unbeweglich auf dem Ehrenplatz und aß mit unheimlichem Appetit. Man konnte sich nicht vorstellen, wo in dieser zeremoniellen Filigranfigur die Reismengen und die Süßigkeiten ihren Platz fanden. Ein Gong ertönte. – Die chinesischen Boys löschten die Lichter. Nur die Bühne war nun erleuchtet. Der Mond war aufgegangen. Hinter der Bühne standen die Palmen und Tamarindenbäume im Silberlicht, und zu ihren beiden Seiten saßen die Musiker mit ihren Zimbeln, Trommeln und Xylophonen und begannen die klassische Begleitmusik zum *lakon* – dem weltberühmten klassischen Ballett.

Und dann erschienen die von der alten Prinzessin geschulten und mit echten Edelsteinen und Brokaten geschmückten Lakon-Tänzer. Sie schwebten wie asiatische Elfen in goldenen und seegrünen Brokaten aus der Naturkulisse und bewegten ihre goldbraunen, mit kostbaren Reifen geschmückten Glieder in einem zugleich feierlichen und erregenden Rhythmus. Hier war das Geheimnis des Fernen Ostens Gestalt und ewige Schönheit geworden. Die Köpfe der Tänzerinnen bogen sich wie Lotosblüten in einem träumerischen Wind; ihre hohen, mit Edelsteinen verzierten Kronen schwankten ein wenig auf den zierlichen Köpfen. Das Ballett hieß *Ramas Klage*. – Die Tänzerin, die die Rolle des Prinzen Rama, der seine Gemahlin Sita im Dschungel sucht, verkörperte, deutete durch zarte Biegungen des Körpers und der Fingerspitzen Trauer, Sehnsucht, Einsamkeit an. Sie trug die höchste *mukata* (Krone), die der Könige. Das Gesicht war eine weißgeschminkte Maske; nur der rotgeschminkte Mund und die schwarzen, schrägen Augen gaben Leben und dramatische Spannung. Frauen spielten im siamesischen Drama erst seit zweihundert Jahren mit; früher hatten Knaben die Rollen der Prinzessinnen und Hofdamen übernommen. Doch die Zartheit und schlangengleiche Grazie der Siamesin hatten das *Frauen-Lakon* auch im heutigen Thailand zum Höhepunkt des klassischen Balletts gemacht. Der «Prinz», der seine Gemahlin vor der Naturkulisse des Petersen-Parks suchte, trug ein Kostüm von unermeßlichem Wert. Der Goldbrokat war über hundert Jahre im Besitz der prinzlichen Familie – ein Erbstück wie die Edelsteine, welche Krone und Hals- und Armreifen des Prinzen Rama schmückten. Der juwelenbesetzte Gürtel, der die Brokatschärpe hielt, war Tausende wert. Die Bewegungen der Tänzerin schufen eine Illusion, die auch die Ausländer im Publikum im Bann hielt. Lilien blühten auf den Fluten des Schmerzes ... Die Tänzerinnen, die den Prinzen Rama feierlich umspielten, waren stilisierte Lianen. – Sie bogen ihre silbernen Arme und verkörperten die vom Mythos geprägte Erotik des Ostens. Unter ihren nackten, mit Goldreifen umspannten Füßen sprossen die Blumen der Hoffnung; die beringten Hände – Wunderwerke geschulter Gelenkigkeit – demonstrierten die Nichtigkeit des *Wortes*.

Der Nachtwind bewegte Herrn Petersens alte Bäume; ihre Zweige bogen sich wie die Leiber der Lakon-Tänzerinnen. Der Tanz des Prinzen Rama suggerierte ein Panorama der Liebe, das den Europäern ewig fremd bleiben würde: Geduld, lotosäugige Schönheit, Auflösung der primitiven Begierde in das unüberwindliche und zuchtvolle Zeremoniell, das so viele Jahrhunderte die Prinzen und Tänzer von Siam umschlossen hatte.

Die alte Prinzessin folgte mit glänzenden Augen dem vertrauten Tanzdrama, das für sie mehr als ein Schauspiel war. Das *Lakon* war die Lotosbrücke, die sie in ihre Vergangenheit am siamesischen Königshof zurückführte. Die Prinzessin war bis zum Tode der Königin-Witwe *Saowapa* im Jahre 1919 im *Pya-Tai-Palast* in Bangkok gewesen. Sie hatte gesehen, wie die Traditionen, die den Hof des Königs *Chulalongkorn* regierten, eine nach der andern im Windhauch der neuen Zeit verwehten – bis auf das *Lakon*, das klassische Ballett – diese sanfte und strenge Kunst, die im «Großen Palast» in Bangkok so lange gepflegt wurde, bis das «Ministerium der Schönen Künste» sie im Silpakorn-Theater wieder übte und bewahrte. Es gab heutzutage wenig private Tanztruppen; denn auch der Lebensstil der siamesischen Prinzen hatte eine Veränderung tiefgreifender Art erfahren. Die alte Prinzessin trauerte insgeheim um jeden Standesgenossen, der – wie die Ausländer – Geschäfte machte und die «Schattenbilder» aus Hollywood dem klassischen Tanzdrama vorzog. Sie blickte verstohlen den Prinzen Pattani an, der dem *Lakon* mit intensiver Aufmerksamkeit folgte.

«Wunderschön ... nicht wahr?» flüsterte sie. Der Prinz nickte. Sein Vater hatte die Prinzessin schon als junges Mädchen gekannt. Beide hatten die Zeremonien am Königshof mitgemacht, die großen Feste zu Ehren des *Buddha* ... die traditionellen Ernte- und Mondfeste ... die *Lakon*-Nächte unter dem großen Mond. Was wußten die jungen Leute und die vielen Fremden, die heute abend dem Tanz zusahen, von der Seele dieses Landes? Von seinem Geist, seiner Tradition, seiner unwandelbaren Liebe zu Schönheit und Würde? – Die jungen Siamesinnen heutzutage verstanden nicht einmal mehr die Kunst des «Blumenmachens», wie Nang Siri und ihre Familie sie noch beherrschten. Der Prinz blickte sich in Garten und Pavillon um und nickte befriedigt. So mußte zeremonieller Blumenschmuck aussehen! Er mußte mit Phantasie und Geduld ausgeführt werden. Nang Siri und ihre Verwandten hatten die Blumen Blütenblatt für Blütenblatt mit zarten Fingern auseinandergenommen und sie mit Silberdraht zu neuen, stilisierten Gebilden zusammengefügt: zu vergänglichen und zart parfümierten Kunstwerken, die nur eine einzige Nacht blühten. Niemals würde der Westen so viel geduldigen Kunstwillen aufbringen! – Auf dem Teakholztisch, welcher der alten Prinzessin und den Pattanis zum Essen gedient hatte, standen an jedem Ende zwei silberne Schalen. Nang Siri hatte sie persönlich mit feuchtem Ton gefüllt und Blütenblätter in allen Farben des Regenbogens in ein duftendes und zeremonielles Mosaik verwandelt. Es war eine Huldigung an die hohen Gäste und war gebührend gewürdigt worden.

Doch ihr Meisterwerk hatte Nang Siri auf der Bühne geschaffen: zwischen den blumenumwundenen Holzpfählen im Hintergrund der Bühne hing ein ganzer Vorhang aus Blüten, den Nang Siri mit ihren vielen Helfern Blüte für Blüte mit Silberdraht zusammengefügt hatte. Sie hatten bis vier Uhr nachts daran gearbeitet; und dann hatten Diener bis zur festlichen Stunde den Vorhang ununterbrochen mit Wasser besprengt und frisch erhalten. Für einige Stunden war ein Zauberteppich entstanden, der die Magie des *Lakon*-Balletts in geheimnisvoller Weise erhöhte.

Nang Siri saß mit ihrer Tochter und dem amerikanischen Schwiegersohn in kissenbelegten Korbstühlen und fragte plötzlich schüchtern: «Bist du zufrieden, Kleine?»

«Oh ... Mutter!» flüsterte Pauline. «Es ist unbeschreiblich schön!»

Sie drückte ihrer kleinen, zierlichen Mutter so stark die Hand, daß Nang Siri einen Aufschrei unterdrücken mußte. Pauline hatte Winns Händedruck an sich ... so wie sie Winns hohe Gestalt und sein Kinn hatte. Man schob es ganz leicht vor, wenn man seinen Standpunkt klarmachen wollte.

Pauline blickte ihren Mann an. Larry war in einem Trancezustand. Er starrte mit aufgerissenen Augen auf die goldschimmernde Vision aus Traum und Disziplin, die sich immer noch feierlich und rätselhaft siegreich auf der Bühne bewegte. Dieses sonderbare Tanzdrama *Ramas Klage* hatte nichts von jenem Hauch der Fäulnis, der so vielen Pflanzen und Dingen des Fernen Ostens wie ein fatales Parfüm anhaftete. Das klassische Ballett war die unwandelbare, Jahrhunderte überdauernde Verkörperung einer Schönheit, die Mr. Desmond bisher nur in Vergänglichem erlebt hatte – in Blumen – in asiatischen Mädchen – in einem Sonnenuntergang über einem Tempeldach – in dem Metallglanz einer Feuerfliege, die das Auge blendete und dann verlosch. Was Lawrence an diesem Abend erlebte, war die Vermählung von Tradition und Schönheit – eine ewige Hochzeit des Ostens. Und der Sohn eines jungen und traditionsarmen Kontinents erkannte in der goldschimmernden Tänzerwelle vor dem vergänglichen Blütenvorhang die unbeugsame und lockende *Kraft* eines Erdteils, zu dem die junge Frau an seiner Seite unlöslich gehörte, im Glück und im Unglück; im Frühling und im Herbst; im Sonnenschein der Erfüllung und im Monsun der Vernichtung. Pauline war – wie Prinz Rama – in den letzten Monaten stumme Klage gewesen. Jetzt war sie stummer Jubel ... vertraut und doch im Innersten fremd. Erbin einer alten Lotosblumenkultur, die sich nicht von den Kaufleuten des Westens zertreten ließ.

Pauline blickte ihren Mann aus halbgeschlossenen Augen an.

Zum ersten Male im Leben war sie stolz auf ihr siamesisches Erbe.

IV

Während Paulines Hochzeit mit siamesischem Zeremoniell gefeiert wurde, saß Miss Macpherson allein im Hotelgarten des «Oriental» und starrte auf den dunkelnden Menam-Fluß. Es war eine wundervolle Nacht; aber auch davon merkte Jane nicht das geringste. Als Letty ihr mitteilte, daß Mr. Desmond heiraten würde, war Jane sehr rot geworden. Ein Weinkrampf war gefolgt. Letty hatte sich hochanständig benommen. Sie hatte Jane ungeschickt getröstet. Mr. Desmond wäre ein Windhund und würde seine Frau nach einigen Monaten oder Jahren verlassen. Als Jane aber in der Nacht von Paulines Hochzeit unter einer Palme im Hotelgarten saß, fand sie das Leben trotz aller Trostsprüche sinnlos und demütigend. Selbst ihr beruflicher Erfolg konnte die Bitterkeit nicht aus ihrem Herzen bannen. Was verlangte sie denn vom Leben? Ein wenig Glück, einen netten Ehemann, ein Heim, möglichst in einer exotischen Gegend ... Miss Macpherson betrachtete diese Forderungen in aller Unschuld als recht bescheiden.

Der Mond war voll über dem Menam-Fluß aufgestiegen und tauchte Barken, Sampans und Dschunken in rötliches Silberlicht. Das würde eine einzigartige Farbfotografie geben ... dachte Miss Macpherson flüchtig.

Kein Lüftchen regte sich im Hotelgarten. Der Fluß lag träge im Mondlicht wie eine satte Silberschlange. In den flachen Sampans (siamesisches Ruderboot) scherzten und sangen junge Leute. Familien in überdachten Booten zogen die rötliche Mondbahn entlang. Viele siamesische und chinesische Familien verbrachten ihr Leben in diesen Booten, die sie mit Hunden, Katzen und Hühnern teilten. Des Morgens bildeten sie ein Verkaufszentrum auf dem «schwimmenden Markt»; des Abends fuhren sie den Fluß entlang und schliefen sorglos. Der Sommer währte ja endlos ... «Nett ...» dachte Miss Macpherson, «es ist nett, seinen Wohnort ständig zu wechseln.» – Ein Leben auf dem großen tropischen Fluß erschien ihr in diesem Augenblick begehrenswert. Man änderte in den Tropen seine Ansichten in vielen Dingen.

Ein weißgekleideter Hotelboy lief auf sie zu. Er hielt einen Korb mit Orchideen in der Hand. Es mußte ein Irrtum sein. Wer in aller Welt sollte an Miss Macpherson denken? Noch dazu heute abend, wo viele ihrer Landsleute ein Zauberfest in Rong Muang mitmachten?

Der chinesische Boy stellte den Orchideenkorb auf den Korbtisch, auf dem Miss Macphersons Whisky-Soda noch ungetrunken stand. Der Brief und die Blumen schienen tatsächlich für sie zu sein. Eine heftige Röte stieg ihr ins Gesicht. Sollte Larry die Geschmacklosigkeit besitzen, ihr einen Trostpreis zu senden? –

Sie öffnete den Brief mit zitternden Händen. Die Adresse des Ratanakosin-Hotels in Bangkok stand auf dem Briefkopf. Während sie las, weiteten sich ihre etwas hervorstehenden Augen in grenzenloser Überraschung. Es gab wirklich einen Mann in dieser gleichgültigen und grausamen Welt, der ihr Grüße sandte – und an diesem Abend, wo die Amerikaner fröhlich feierten? Der Brief lautete:

Sehr geehrte Miss Macpherson,
es tat mir leid zu hören, daß Sie ein Tropenfieber haben und an dem interessanten Gartenfest bei Mr. Petersen nicht teilnehmen können. Ich bitte Sie, sich zu schonen; diese tropischen Fieber sind nicht selten tükkisch! Ich werde im Auftrag der ECAFE in wenigen Wochen mit einem Teil unseres Stabes nach Singapore und Penang fahren und möchte Sie fragen, ob Sie als unsere Fotografin mitkommen könnten? Über das Honorar werden wir verhandeln, wenn Sie sich entschließen, für uns zu arbeiten. Ich werde dafür sorgen, daß Ihre ungewöhnliche Leistung gebührend eingeschätzt wird. Vorgestern sah ich mit besonderem Interesse Ihre Aufnahmen von Puket im «Stern des Mittelwestens». Sie sind sehr plastisch und vermitteln jenes Element der Tropen, das Thailand heutzutage zur Idylle des Fernen Ostens macht. –

Bitte nehmen Sie die Orchideen als Ausdruck meiner ehrlichen Bewunderung entgegen. –

Mit den besten Wünschen für eine baldige Genesung
Ihr sehr ergebener

Kenneth Portman

V

Hochzeiten in den Tropen sind große Ereignisse. Bald würde es wieder eine Hochzeit geben. Diesmal ging es die schwedische Kolonie an. Herr Bengt Liljefors würde seine Hochzeit mit Fräulein Karin Holm im Oriental-Hotel in Bangkok feiern. Cocktails, ein Büfett mit schwedischen Spezialitäten, Jazzmusik und schwedische Lieder. – Wieder würde jemand «wegen Krankheit» an der Party nicht teilnehmen können. Miss Karins javanische Mutter wußte schon sechs Tage vorher, daß sie den Ehrentag ihrer einzigen Tochter in ihrem kleinen Pfahlhaus in der *Silom Road* verbringen würde. Karin hatte es so bestimmt. Und die scheue alte Javanerin, die in ewiger Angst vor ihrer heftigen Tochter lebte, hatte schweigend zugestimmt. Sie wollte dem Glück ihrer Tochter nicht entgegenstehen. Dennoch war es ihr unfaßlich, daß sie bei der Feier fehlen sollte. In ihrer Kampferkiste lag ein kostbares javanisches Gewand, das sie zu ihrer eigenen Hochzeit mit Eric Holm getragen hatte. Auch auf dieser Hochzeit, die in dem javanischen Heimatdorf der Braut stattgefunden hatte, war der Smaragdspiegel der Seligkeit getrübt gewesen. Denn Eric Holm war ein Ausländer und ein Christ; und seine Hochzeit war ohne die ehrwürdigen javanischen Feierlichkeiten vor sich gegangen. Eine Namenszeichnung beim Magistrat, das war alles. Dennoch hatte *Sitia* ihr schönstes Gewand getragen – einen gebatikten *kain* (javanischer langer Rock). Sie hatte selbst das Muster entworfen und in leuchtenden Farben auf den Stoff übertragen: ein Blumenmeer, das ihre schlanken Hüften umspielte.

Als Hochzeitsgabe hatte ihr der ehrwürdige Großvater einen uralten Dolch gegeben, der seit Generationen in Sitias Familie gewesen war. Der *lok sampana* besaß eine Klinge, die einer Schlange nachgeformt war. Ein ererbter Dolch gab seinem Träger oder seiner Trägerin Kraft und Unverwundbarkeit. Und das hatte Sitias Großvater ihr geben wollen. Denn sie verließ ja die Heimat, die Hindu-Tempel und die Stätte der Tanzkunst.

Ingenieur Eric Holm hatte seine Ferien in Java verbracht und Sitia vom Fleck weg geheiratet. Er brachte sie nach Siam, wo sie die ersten Jahre in den Dschungeln des Nordens gelebt hatte. Dann war Ingenieur Holm mit Gattin und der kleinen Karin nach Bangkok gegangen. Sie hatten im Hotel gewohnt. Und eines Tages war Eric Holm verschwunden. Er ließ seiner javanischen Gattin ein Bankbuch und die besten Wünsche für die Zukunft zurück. So war Sitia allmählich alt geworden. Sie hatte ihr Schicksal mit der Fähigkeit zum Dulden und Leiden getragen, die für die demütige und doch stolze Javanerin bezeichnend ist. Sie schnitzte Tänzerfiguren, betrachtete gelegentlich den ererbten Dolch und duckte sich vor ihrer Tochter, die abwechselnd heftig und großmütig war. Denn «Miss Karin» verwöhnte manchmal ihre stille Mutter; sie brachte ihr seltene Früchte ... einen alten Brokatstoff ... eine Vase mit flammenden Blüten. Sie war die beste Tochter, solange kein Europäer in Sicht war. Aber seit Karin mit Herrn Liljefors verlobt war, hatte sie ihrer Mutter keinen Blick mehr geschenkt. Und nun hatte sie ihr verboten, vor der schwedischen Kolonie zu erscheinen. Man würde sofort nach der Hochzeit nach Schweden fahren. Bengts Kontrakt war abgelaufen, und er war nicht allzu jung und nicht allzu schlank, aber er war ein weißer Mann und reich. *Alle* weißen Männer waren nach Miss Karins Ansicht Millionäre.

Drei Tage vor der Hochzeit fuhr Miss Karin ins Oriental-Hotel. Es gab noch verschiedenes zu besprechen. Bengt war nicht wohl. Er hatte ihr aus seinem Bungalow, den er mit drei anderen Schweden bewohnte, geschrieben, sie möchte alles regeln und ihn nicht besuchen. Der Arzt habe absolute Ruhe verordnet, wenn Mr. Liljefors frisch wie eine Lilie zu seiner Hochzeitsparty erscheinen wolle.

Die Besitzerin des Oriental-Hotels kam Karin bedeutend höflicher entgegen, als sie es vor der Verlobung getan hatte. Sie war eine französische Schweizerin, die lange in Bangkok gelebt hatte und jeden kannte.

«Ein Brief für Sie, Miss Holm», sagte sie lächelnd und reichte Karin einen Brief, der Bengts Handschrift trug. Es war ein dicker Brief. Ein momentaner Schreckschauer durchflog sie. Was konnte Bengt drei Tage vor der Hochzeit schreiben? War er kränker geworden?

«Einen Augenblick bitte», sagte Karin. «Ich möchte sehen, was mein Verlobter schreibt. Er war nicht wohl in den letzten Tagen.»

«Das tut mir leid zu hören», sagte die Besitzerin des Hotels höflich. Sie verbarg ihre Ungeduld. Die Dame konnte die Liebesbriefe ja schließlich nach ihrer Besprechung für das Fest lesen.

«Entschuldigen Sie mich bitte» sagte sie zu Miss Karin. «Es kommen gerade neue Gäste an. Ich stehe gleich wieder zu Ihrer Verfügung.»

Miss Karin setzte sich in die große, palmengeschmückte Halle mit dem Blick auf den Fluß und begann zu lesen. Es war ein langer Brief, und sie las ihn zweimal, als ob sie ihn nicht ganz begreifen könne. Herr Bengt Liljefors saß in diesem Augenblick in einem Flugzeug nach Schweden. Er machte mit vielen gewählten und vorsichtigen Worten klar, daß es Karin niemals in dem engen Familienhaus in der schwedischen Kleinstadt gefallen haben würde. Er hätte alle Schuld. Karin möchte ihm verzeihen, aber er hätte eingesehen, daß sie das Tropenleben dem schwedischen Alltag vorziehen würde ... Mit den besten Wünschen und der nochmaligen Bitte um Vergebung ...

Miss Karin erhob sich und verließ erhobenen Hauptes das Oriental-Hotel in Bangkok. Ihr Gesicht war eine Maske. Ihre Hand, die den Brief zerknüllte und in die kostbare Krokodiltasche steckte, war eiskalt. Sie hätte es sich denken können. Sie hatte die Einladungskarten zum Hochzeitsfest gegen den Willen ihres zaudernden Bräutigams drucken und absenden lassen. Der schwedische Konsul war als Ehrengast geladen. Leider hatte der Ehrengast seinem geschätzten Landsmann dringend geraten, die Flucht zu ergreifen. Er hatte Erkundigungen über die Braut des Herrn Liljefors eingezogen. Sie flirtete mit jedem Schiffsoffizier, der mit einer nordischen Linie in Bangkok landete. Flirten war milde ausgedrückt. Sie hatte viele Monate ein Liebesverhältnis mit einem deutschen Herrn gehabt, dem nur die Ankunft der Gattin ein Ende bereitet hatte. Sie war keine Frau, die man heiratete.

Obendrein hatte die Mutter des schwedischen «Millionärs» geschrieben, daß sie zu einer Heirat, die in den Tropen mit einer halben Javanerin stattfinden sollte, ihren Segen nur bedrückten Herzens erteilen könne. – Bengt war ihr einziger Sohn. Sie waren innig miteinander verbunden, inniger, als es vielleicht für Bengt gut gewesen war. Er hatte sich daheim zu keiner Heirat entschließen können. Er würde es auch weiterhin nicht tun. Aber das Haupthindernis war das javanische Blut seiner Braut gewesen, das seine Mutter über die Maßen erschreckt hatte. In Bangkok sah das alles anders aus, aber man lebte ja nur eine Zeitlang in den Tropen.

Miss Karin rief eine Rikscha. Ihre Stimme war schrill und doch tonlos. Sie fuhr in die Silom Road. Dort saß ihre Mutter auf ihrer Matte und verfertigte hassenswerte Symbole der Erniedrigung: javanische Figurinen – Spielzeug für Eingeborene.

Miss Karin schritt über die schwankende, morsche Holzbrücke zwischen Flammenbäumen und Palmen in das kleine Pfahlhaus ... In ihrem Kopf war ein Wirbelsturm. Ihre schrägen, schwarzen Augen blickten wie durch wehenden Sand auf die Szene eines ängstlich verborgenen und übermächtigen Privatlebens. Alles, was die alte Javanerin auf der Kokosmatte verkörperte, hatte die billige Europa-Kulisse, die Karin mühsam aufgebaut hatte, immer wieder umgeworfen. Ihre durch Schock aktivierte Einbildungskraft ließ ihr in diesem Augenblick nicht einmal die Ruhe der Verzweiflung, die das Recht jedes enttäuschten Wesens ist. Im Gegenteil: hinter der regungslosen Maske ihres Gesichts arbeitete ihr Gehirn mit fieberhafter, aber unkorrekter Schnelligkeit. – Das Zimmer, die Mutter, die geschnitzten und mit Brokatfetzen bekleideten Figurinen und die Spinne an der Holzdecke des Raums nahmen die Überdimensionen eines Albtraumes an ... In wenigen Stunden war diesem Mädchen, das kein Vater wie der alte Herr Petersen vor der feindlichen Stupidität der weißen Welt beschützte, der Sinn für Maß und Gewicht der Dinge verlorengegangen. In manischer Übertreibung sah Karin das ostasiatische Element ihrer Existenz als eine dämonische Kraft, die von Anbeginn zerstörerisch gewirkt hatte. Diese von rachsüchtigen javanischen Naturgeistern stammende Kraft hatte sich höhnend zwischen sie und die weiße Welt gestellt. Nicht einmal als Kind hatte sie die Sphäre der Unschuld legitim bewohnen dürfen. Tatsächlich war ihr Schicksal schon vor der Geburt bestimmt, gab es für sie keinen freien Willen, denn sie hatte nicht gegen Individuen angekämpft, sondern gegen eine Abstraktion: das Vorurteil der weißen Welt gegen die Mischlinge im ostasiatischen Weltreich ... Es ist ein Kampf, der mit jeder Geburt eines Mischlings von neuem beginnt und erst mit dem Tode endet. Er ist tragisch, sinnlos und – für den westlichen Zuschauer – peinlich! Denn oft wohnt ihm, wie in diesem Fall, jenes Element der Übertreibung inne, das sich in der ungezähmten, tropischen Urwaldnatur und unter der zügellosen Sonne Ostasiens überall offenbart ... Und unter dem Einfluß dieses manischen Elements verzerrten sich die Gestalt der Mutter, die Figurinen und die Spinne an der Decke zu einem grausigen Spuk. Karin schrie so gellend, daß die ahnungslose Frau auf der Matte, die das Kommen der Tochter nicht gehört hatte, mit einem Wehlaut aufsprang und sich ihrer Tochter näherte. In der einen vertrockneten Hand hielt Sitia noch den javanischen Krieger, der das Hochzeitsgeschenk für diese unbegreifliche Tochter sein sollte.

«Was hast du?» fragte sie sanft. «Ist etwas geschehen?»

Karin starrte die alte Javanerin mit offenem Munde an. Sie sah durch die Sandschleier einen Dämon, der diese zarte Hülle bewohnte. Immer noch im Banne des Tropenkollers ergriff sie die Figurine und schlug damit auf die Mutter ein. Die alte Frau wich schreckensstarr zurück. Das verzerrte Antlitz ihrer Tochter flößte ihr tödliche Angst ein. Und dann begann Karin zu lachen. Es klang noch schauerlicher als ihr Schrei. Sie schritt lachend auf ihre Mutter zu... Lachend zerbrach sie die andern Figurinen, die sie mit großem Profit hätte verkaufen können. Immer noch sagte die alte Javanerin kein Wort. Sie wich – wie ihre Brüder und Schwestern in der Heimat – der Heftigkeit instinktiv aus. Ihre fast übermenschliche Fähigkeit zu dulden und zu leiden hinderte sie, der Zerstörungswut dieser besessenen Tochter Einhalt zu gebieten. –

Karin hielt inne. Die beklemmende Stille in dem einfachen sauberen Holzraum ernüchterte sie ganz plötzlich. Sie warf das runinierte Spielzeug für Eingeborene zu Boden und blickte ihre Mutter in einem erschreckenden Umschwung von Stimmung ruhig an.

Und dann sagte sie etwas, was keine Tochter unter keinen Umständen und in keiner Sprache zu ihrer Mutter sagen dürfte. Sie sprach Javanisch, damit kein Zweifel über den Sinn der lästerlichen Reden bestehen konnte.

Die alte Javanerin hörte sich die Rede in steinernem Schweigen an. Sie hatte keine Angst mehr. Sie nickte seltsam feierlich mit dem Haupt. Der ehrenwerte Großvater hatte recht gehabt. Die Götter straften jeden, der den weißen Räubern folgte und die Insel der Seligen verließ. – Die Todesgöttin hatte Sitia mit einer entarteten Leibesfrucht gestraft...

Die alte Frau sagte immer noch kein Wort; aber ihre verdorrte und so kunstfertige Hand griff in ihr gebatiktes Brusttuch und holte den Dolch blitzschnell heraus, den *lok sampana,* dessen Klinge eine Schlange darstellte. Karin hob in Todesangst beide Hände. «Nein...» wimmerte sie.

Sitias letzter Blick galt ihrer entarteten Tochter, die nicht ein Quentchen javanischer Würde besaß. Es war ein langer Blick. Stolz war darin, Verachtung für den Westen und Mitleid mit der *Unwissenheit.* – Diese Tochter, die um ihr eigenes Leben zitterte, wußte nicht einmal, daß eine Javanerin nicht länger leben kann, wenn das eigene Fleisch und Blut ihre Würde besudelt... Sitias Schwestern waren Tänzerinnen am Sultanshof gewesen. Sie hatten Kraft und Würde behalten. Sie lebten heute im neuen Staat Indonesien im alten Frieden in ihrem Dorf; umgeben von Zuckerpalmen, Vulkanen und respektvollen Töchtern und Enkeln. Gewiß, Sitia hatte den ererbten Dolch in die Ehe mit dem weißen Mann mitgenommen. Er hatte ihr – wie er nach dem Glauben ihres Landes mußte – «Kraft und Unverwundbarkeit» gegeben. Aber in einer Lage war die Magie des Dolches wirkungslos. Wenn das eigene Fleisch und Blut die Mutter verwundete...

Darum stieß sich Sitia stumm den Dolch in die Brust, bevor Karin ihn ihr entreißen konnte.

An ihrem Hochzeitstag saß Miss Karin in dem chinesischen Tanzlokal *Hoi Tien Lao* in Bangkok. – Das Geschrei der Nachbarn, das Begräbnis ihrer Mutter, die feige Flucht eines weißen Mannes, an dessen Gesichtszüge sie sich kaum noch erinnerte, das alles lag so weit zurück, als ob es vor Jahren geschehen wäre. – Karin war sorgfältig gekleidet und geschminkt. Auf ihrem Gesicht hatte ein statisches Lächeln – das Lächeln des asiatischen «Taxi-Girls» – jeden andern Ausdruck ausgelöscht. Ihr wunderschönes blondes Haar war mit Jasminblüten durchflochten. Sie sah berückend aus, so wie damals auf der Veranda, wo sie im Mondlicht vor Johannes Petersen getanzt hatte. – Auch das war hundert Jahre her.

«Kennen Sie Hongkong?» fragte ihr Tanzpartner. Mr. *Yu* war ein reicher Geschäftsmann aus Hongkong.

Miss Karin erwiderte, daß sie für ihr Leben gern Hongkong kennenlernen möchte. Mr. Yus Flugzeug ging morgen in aller Frühe.

VI

Am nächsten Morgen standen zwei Bangkoker Paare auf dem Flugplatz und warteten. Petersen und Martha und Herr und Frau Charles Krüger. Sie fuhren nach Ceylon, wo Fräulein Florence Krüger in wenigen Stunden landen würde. Petersens würden nicht in Colombo bleiben, sondern nach der Begrüßung ihrer Hamburger Bekannten nach *Mount Lavinia* fahren, wo Hannes sich vierzehn Tage erholen sollte. Krügers wollten den erwarteten Besuch nach Bangkok bringen.

Ein ungleiches Paar betrat den Flugplatz. Ein kleiner, fetter Chinese und eine hochgewachsene Blondine mit schrägen, schwarzen Augen. Doris Krüger warf Miss Karin einen neugierigen Blick zu. Es war ein ausgewachsener Bangkoker Skandal gewesen. Der schwedische Konsul hatte im letzten Augenblick den Empfang für Herrn Liljefors und Fräulein Holm im Oriental-Hotel abgesagt. Er hatte versucht, die Gäste, die außer der schwedischen Kolonie von der Braut geladen worden waren – darunter auch Petersen junior und Gattin –, so weit wie möglich zu benachrichtigen, aber Miss Karin hatte die Liste. Und niemand wußte ihre Adresse... auch nicht die Besitzerin des Oriental-Hotels, die dann der schwedischen Gesandtschaft eine Rechnung für bereits begonnene Vorbereitungen sandte. Sie konnte doch nicht darunter leiden, wenn eine Euro-Asiatin wieder einmal die Dumme gewesen war.

«Ist das nicht...?» flüsterte die alte Frau Krüger angeregt.

«Ja...!» sagte Martha abschließend und sprach sofort von etwas anderem. «Wer den Schaden hat, braucht für den Spott nicht zu sorgen», dachte sie.

Miss Karin bestieg mit Mr. Yu das Flugzeug nach Hongkong, ohne Nai Petersen einen Blick zu schenken. Sie plauderte vernehmlich und lachte schrill. Ein englischer Mitreisender wandte sich zu seinem Geschäftsfreund. «Euro-Asiaten ...» sagte er. «Sie übertreiben immer so ...»

Dann stieg der eine Riesenvogel in Richtung Hongkong in die Luft. Und der andere Riesenvogel mit Nai Petersen flog nach Ceylon.

Die Flugzeuge entfernten sich so schnell voneinander, wie Nai Petersen und Miss Karin sich voneinander entfernt hatten.

Zweites Buch

ZEHNTES KAPITEL

Der dunkle Mond von Ceylon

I

Auf der Fahrt nach Singapore sprachen die vier Hamburger nur das Notwendigste miteinander. Martha hatte wenig Kontakt mit den beiden Lotosessern von Dusit-Park. Die Trompetenstöße, welche die alte Frau Krüger immer unverhofft in einer Unterhaltung von sich gab, gingen ihr auf die Nerven, besonders jetzt, wo sich ein Schatten auf ihre Reisefreude gelegt hatte. Sie mußte alles überdenken, bevor sie mit Hannes darüber sprach. – Zwei Tage vor der Abreise hatte einer ihrer chinesischen Angestellten ihr etwas mitgeteilt, was vor sich gegangen war, als sie in Hua Hin weilte, während sie versucht hatte, Pauline zurechtzukriegen. Aber im Augenblick konnte sie mit Hannes nicht darüber sprechen. Sie würden Zeit genug haben, wenn sie nach den Tagen in Colombo in Mount Lavinia Ferien machten. In Colombo würde Hannes geschäftliche Besprechungen mit einer singalesischen Firma haben. Und eine große Stadt in der glühenden Tropensonne war kein Ort für eheliche Unterhaltungen. Martha strich sich die lose Haarsträhne hinters Ohr zurück.

Hannes saß strahlend in seinem Sessel und rauchte eine Zigarette nach der anderen. Er freute sich darauf, Martha Colombo zu zeigen. Er liebte Ceylon am meisten von allen Inselreichen des Ostens: ein unbeschädigtes Eiland, das den Sturm des Krieges sicher überstanden hatte. Ceylon hatte keine japanische Besetzung erlebt ... Eine Insel der Seligen in einem ruhelosen Kontinent.

«Bitte, rauch nicht soviel, Hannes!» sagte Martha. Sie war sehr blaß. Petersen lachte und zündete sich eine neue Zigarette an.

«Verwechselst du mich mit Pummel?» fragte er gutgelaunt. «Dein Alter weiß genau, wieviel er verträgt!»

Gerade das hatte Hannes nie gewußt. – Martha zuckte die Achseln und schwieg.

«Verträgst du das Fliegen nicht?» fragte Petersen. «Du bist so blaß.»

«Wann sind wir in Singapore?»

Petersen blickte auf die Uhr.

«In etwa fünfzehn Minuten. – Wir gehen dann gleich aufs Schiff ... Ist das recht? Du kannst Singapore ein andermal sehen.»

Es war Martha sehr recht. Sie freute sich auf die Fahrt von Singapore nach Ceylon, fühlte sich ja überhaupt auf einem schaukelnden Kahn am wohlsten. Sie blickte Hannes minutenlang schweigend an. Konnte jemand so offen und doch so voller Geheimnisse sein? Sie würde keine Ruhe haben, bevor sie nicht mit ihm gesprochen hatte. Die asiatischen Diener lebten natürlich von der Lust an der Intrige. Es konnte alles ein Märchen sein, um die *Mem* ein wenig zu ärgern ... Aber sonderbar war es doch, daß Hannes auch nach Paulines Hochzeit kein Wort gesagt hatte.

Wenn sie erst alle nach Hamburg zurückkehrten, dann fing wieder ein geregeltes Leben an. – Martha hatte bereits zwei Monate für Bangkok zugegeben. Sie hoffte Hannes zur Heimreise zu bewegen. Irgendwie hatte sie jedoch das Gefühl, daß er gar nicht daran dachte, nach Hamburg mitzukommen. Auch darüber würde sie jetzt mit ihm reden müssen. Seit sie in Ostasien war, hing ihre ganze Existenz in der Schwebe. Außer in ihrem eigenen Geist fand Martha nirgends Stabilität. Schon die vielen Menschen, die in Bangkok ankamen und wieder abreisten – bis auf die Wiener Familie, die verurteilt war, weiter das Leben der weißen Kulis zu führen, wenn es nicht jemand gelang, den Professor an der richtigen Stelle unterzubringen. Martha hoffte, die ihr bekannten Amerikaner für den Wiener Gelehrten zu interessieren, aber dazu brauchte sie Zeit und Gelegenheit. Ihr Plan stand fest; aber auf der Hochzeit hatte sie mit dem Chef der ECAFE nicht über solche Sachen sprechen können. Sie hatte ihm Professor Berger vorgestellt. Das war alles, was sie im Augenblick hatte tun können. Mr. Portman hatte konventionell mit Professor Berger geplaudert und sich dann wieder Miss Black zugewandt. Martha konnte Mr. Portman nicht anflehen, einen Lehrposten für den unbekannten Wiener Gelehrten hervorzuzaubern. Wenn Pauline nur das Manuskript fertig übersetzt hätte! Aber Pauline hatte es nach dem ersten Kapitel aufgegeben ... es sei zu schwierig ... Tante Martha möchte vielmals entschuldigen.

Und sie mußte soviel beim chinesischen Schneider sein, so kurz vor der Hochzeit. Aber Martha gab sich nicht so leicht geschlagen, wenn es galt, einem Freund, der keine Hilfe wollte, zu helfen. In Colombo würde sie mit ihrer Hamburger Freundin, Florence Krüger, sprechen. Die Geschwister Krüger hatten eine englische Großmutter gehabt und einen Teil ihrer Kindheit und Jugend in England verlebt. Florence sprach daher Englisch wie Deutsch. Sie würde bestimmt die Übersetzung der ersten Kapitel des Werkes übernehmen, um so mehr, als sie sich wenig mit Doris Krüger und deren Hunden zu sagen hatte.

Martha blickte aus dem Fenster des Flugzeugs auf die Wasserlandschaft da unten. Die Berge und Reisdörfer waren kleine Unterbrechungen am Rande des Ozeans. Vom Flugzeug aus schien diese asiatische Paradieswelt so in der Schwebe, wie die Existenz der Europäer in Ostasien ... Vor zwei Monaten war in Korea Krieg ausgebrochen ... In

Bangkok ging das Leben unbeschwert weiter. – Die Siamesen genossen jene «begrenzte Glückseligkeit» der Existenz, die eine Frucht buddhistischer Lebensbetrachtung ist. Es ging alles vorüber. – Auch der «kleine Krieg» in Korea würde eines Tages vorüber sein. Wenn man sich überhaupt in Thailand politische Sorgen machte, dann sorgte man sich um die nächsten Nachbarn – Indochina und Burma. – Von dort konnte direkte Gefahr kommen. Das hatte Prinz Pattani Martha auf Paulines Hochzeit auseinandergesetzt. Dann hatte er wieder das klassische Ballett betrachtet und dabei jede Unze begrenzter Glückseligkeit ausgekostet... Die Siamesen waren in ihrer lautlosen Art wirklich Lebenskünstler, dachte Martha. Sie meditierten im Schatten des heiligen Feigenbaums und hatten nicht die geringste Eile, diese Existenz mit der nächsten zu vertauschen. Dieselbe geistige Luft würde in Ceylon wehen. Dort war die Wiege des Buddhismus.

Der alte Herr Krüger sagte sich die ganze Zeit, wie sehr er sich auf seine Schwester freuen müsse. «Mamma» grübelte darüber nach, ob der Boy der Hündin «Klein-Erna» den Abendreis nicht wegessen würde... Und hoffentlich würde Florence nett mit «Klein-Erna» sein! Die hatte immer Angst vor Fremden aus Europa... Für Doris Krüger war die einzige Schwester ihres Mannes heute noch so sehr eine Fremde wie vor fünfundzwanzig Jahren in Hamburg, aber sie freute sich ihrem Mann zuliebe auf sie.

Petersen hatte die Augen geschlossen. Martha war kühl mit ihm. – Was hatte sie nur? Sie mußte sehr ermüdet sein. Keine zehn Pferde hätten Petersen zu der launischen Pauline nach Hua Hin gebracht, aber Martha suchte sich ja stets lahme Enten aus, die ihr Zeit und Kraft nahmen ... Sie hatte doch einen Mann und Kinder, die alle ein Recht auf ihre Zeit und Kraft hatten. Die Ehe von Pauline mit dem Herrn aus New Orleans würde schon schiefgehen. Davon war Petersen ziemlich überzeugt. Pauline war eifersüchtig wie ein Rabe. Außerdem trug sie jede Kränkung jahrelang nach... In diesem Punkt ähnelte sie Miss Karin.

Doch als Petersen in seinen Gedanken bei dieser jungen Dame angekommen war, setzte sich das Flugzeug wie ein müder Vogel im Flughafen von Singapore nieder.

Es war gerade der richtige Moment.

II

Nach Tagen ruhiger Fahrt im «Indischen Ozean» tauchte das «Eiland der Glücklichen» aus tütenblauen Fluten auf. Martha stand mit Petersen an der Reling. Er hatte einen Arm um ihre Schultern gelegt. Mit dem freien Arm hob er das Fernglas und betrachtete erregt die leuchtende, birnenförmige Insel mit der Bergspitze, die buddhistische Pilger seit Jahrtausenden besuchten. Der *Adam's Peak* von Ceylon war so berühmt im Fernen Osten wie die *Goldene Stupa* von Nakorn Pathom in Siam. Dort sammelten sich die Wallfahrer aller Länder.

Petersen fühlte immer diese seltsame Erregung, wenn er sich einer Insel näherte. So hatte er als Knabe das Fernglas auf die Insel Helgoland gerichtet und dabei ähnliches empfunden, wie wahrscheinlich Kolumbus beim Auftauchen Amerikas. Man schiffte sich vom Meer aus an das Abenteuer heran ... Großvater hatte seinerzeit seinen Arm um seinen Enkel Hannes gelegt und gesagt: «Ja ... mein Jung ... so 'ne Insel is 'ne Sache für sich.» Auch Pummel war freudig erregt gewesen, als er mit seinem Großonkel der Zinninsel Puket entgegengefahren war. Alle Petersens empfanden so «mit den Inseln». – Aber Pummel war zu scheu, um mit seinem Vater darüber zu sprechen. –

«Nächstes Jahr fahren wir nach Java und Sumatra, wenn das Geschäft so weiter geht», sagte Petersen zu Martha. Sie glaubte ihren Ohren nicht zu trauen. – Java? – Sumatra? – Das nächste Jahr würden sie alle nach Blankenese fahren, wenn sie noch etwas in dieser Ehe zu sagen hatte. Aber Martha war zu klug, um es jetzt zu sagen; denn sie fuhren in Colombo ein. Und am Pier warteten Florence Krüger und der englische Vetter der Krügers, der – abgesehen von ein paar Unterbrechungen – die letzten dreißig Jahre in Ceylon zugebracht hatte. Florence war übrigens schon seit zwei Wochen in Colombo. Sie wollte sich erst einmal allein umsehen. Ihre Geschwister waren in kein Museum und in keinen Tempel hineinzulocken.

«Hallo, wie geht's euch?» fragte Fräulein Krüger so gleichmütig, als ob sie ihren Bruder und ihre Schwägerin vorige Woche zuletzt gesehen hätte.

«Wie geht's selbst?» fragte der alte Herr Krüger. Auch er konnte den Freudensturm in seiner Brust beherrschen. Dann machte er seinen englischen Vetter mit der Pfeife im Mund mit seinen Hamburger Freunden bekannt.

Dr. Philip Conway war sehr groß, sehr dünn und genauso unfrisiert wie Dr. Tyler in Bangkok ... Er war außerdem so gastfreundlich wie alle Engländer im Fernen Osten. Er lud Petersens sofort für den nächsten Abend zum Dinner ein. Florence und Krügers wohnten bei ihm. Er nickte zustimmend, als Petersen sagte, daß Martha und er nach einigen Tagen nach Mount Lavinia fahren würden.

«Ein ganz netter Platz», bemerkte er. Dr. Conway liebte den Ort über alles, aber das war seine Privatangelegenheit.

Dann fuhren Petersen und Martha an der holländischen Kirche und den Zimtgärten vorbei in ihr Hotel. Der Schatten, den Petersen nicht bemerkte oder nicht bemerken wollte, fuhr mit ihnen.

Er lag dunkel und rätselhaft über der weißen Stadt Colombo.

III

«Ist Mr. Petersen aus Bangkok zu sprechen?»

Der Hotelportier betrachtete die Besucherin einen Augenblick aus schlauen, abschätzenden Augen. Das weiße Tropenkostüm war schäbig. Es war zuviel gewaschen worden und obendrein von Chinesen, die manchmal mit Seidenleinen wie mit Leder umgingen. Auch an ihrer Frisur hatte die Besucherin gespart: die schlecht gefärbten Locken verrieten Heimarbeit. Die Weißrussinnen im Fernen Osten hatten längst keine Juwelen mehr zu versetzen. Und wenn sie – wie die Besucherin für Herrn Petersen – die Dreißig überschritten hatten, dann konnten sie von den Männern nicht mehr viel erwarten.

«Mr. Petersen ist schon fortgefahren», sagte der Portier. «Aber Mrs. Petersen ist noch im Hotel. Soll ich Sie melden?»

«Nein, danke!» sagte die Besucherin schnell. «Wie lange bleibt Mr. Petersen in Colombo?»

«Das kann ich nicht sagen», erwiderte der Portier. Er wußte genau, daß Mrs. Petersen in drei Tagen nach Mount Lavinia abreisen würde – aber Diskretion gehörte zu seinem Beruf.

«Danke sehr», sagte Tatjana Boulgakoff in dem harten Englisch der Weißrussen. «Ich komme wieder.»

«Wie Sie wünschen, Madame», erwiderte der Portier ohne Begeisterung.

In diesem Augenblick kam Martha in die große Halle des Hotels. Die Russin starrte sie einen Augenblick an: die Gattin von Johnny. In ihren halbgeschlossenen Augen war ein Ausdruck unergründlichen Amüsements, als ob sie Petersens Bangkoker Vergangenheit bedeutend besser als Martha kenne ... Man konnte die Vergangenheit nicht einfach abtun wie eine verbrauchte Schlangenhaut, *No, Sir*! – In ihrem russischen Restaurant auf der Suriwongse Road in Bangkok hatte Petersen alle Damen kennengelernt, die ihm die Einsamkeit in den langen Jahren der Trennung vertrieben hatten. Auch Miss Karin war ein ständiger Gast in diesem Restaurant gewesen.

Martha blickte die Weißrussin ihrerseits einen Augenblick sinnend an. Wo hatte sie noch die schäbige Gestalt mit dem von der Tropensonne gegerbten, überschminkten Teint gesehen? – Im Flugzeug nach Singapore. Die Russin hatte die ganze Zeit regungslos auf die fliehende Landschaft gestarrt und geraucht. In ihrem harten Gesicht mit den herausspringenden Backenknochen war so wenig Ausdruck wie in einer Totenmaske.

Das Restaurant war nach dem Kriege immer schlechter gegangen. Während der japanischen Besetzung hatte man viel verdient: die Schweden, Norweger, Dänen, Deutschen und Schweizer, die sich der Freiheit erfreuten, waren damals ständige Gäste im veränderten Bangkok. Doch nach 1945 hatte sich alles gewandelt. Die Amerikaner besuchten keine russischen Restaurants. Sie hatten ihren «Klub für Amerikanische Geschäftsleute», den «Rotary Club» und ihre Cocktail Parties ... Ein Teil der Deutschen war abtransportiert worden. Die britischen Militärbehörden hatten herausgefunden, daß sie «Nazis» gewesen waren. Sie waren mit dem letzten deutschen Gesandten in Bangkok verschwunden – in ihr zerstörtes Land – in Läger, wo sie «entnazifiziert» werden sollten – in eine Hungerhölle ... Johannes Petersen hatte nachgewiesen, daß er Flüchtling vor der Gestapo gewesen war. Petersen senior hatte es unter Eid bekräftigt. Sonst wäre Hannes auch 1945 zurücktransportiert worden. Martha dachte immer mehr darüber nach, ob es nicht auf lange Sicht das Bessere gewesen wäre. Hannes mußte stets zu Entschlüssen gezwungen werden. Seine Neigung, die Dinge ihren Lauf nehmen zu lassen, hatte in Ostasien eine philosophische Fundierung erhalten. Der Fatalismus der Asiaten kam dieser Neigung entgegen.

Petersen war zunächst ein häufiger Gast im «Russischen Restaurant» auf der Suriwongse Road geblieben. Mit Marthas Ankunft in Bangkok hatten seine Besuche abrupt aufgehört. Miss Karin hatte Tatjana einen farbenreichen Bericht von der Szene auf dem Kai gegeben. Sie hatten Wodka getrunken und ausgiebig gelacht.

«Er wird schon wiederkommen», hatte Madame Boulgakoff gesagt. «Sie kommen alle wieder!»

So war es auch in der Regel. Der Ferne Osten hatte seine eigenen Gesetze in Liebesangelegenheiten. Und doch hatte es den Anschein gehabt, als habe Petersen nach Marthas Ankunft dem russischen Restaurant endgültig Lebewohl gesagt.

«Abwarten ...» sagte Madame Boulgakoff. Miss Karin hatte gekichert. Dann hatte sie sich verlobt ... Und nun war sie in Hongkong, von wo sie ihrer russischen Freundin einen langen Bericht geschickt hatte. Die Weißrussin hatte gelächelt. Intrigen machten ihr genausoviel Spaß, wie Marthas asiatischen Dienern. Es war so ein netter Zeitvertreib, wenn man in die Jahre kam, wo man Männer nur noch zur Wut erregen konnte ... Madames Aufenthalt in Ceylon war ein Glücksfall, aber ein Fall in die Tiefe. Sie sollte ein singalesisches Lokal leiten. Der Besitzer war geschäftlich in Bangkok gewesen und hatte ihr den Vorschlag gemacht. Madame Boulgakoff war nun bei den «Eingeborenen» gelandet.

Martha blickte ihr nach. Wieder einmal jemand, den der Osten besiegt hatte! Der hochmütige Gesichtsausdruck der Russin hatte Martha nicht täuschen können: in den dunklen, mandelförmigen Augen wohnte fatalistische Verzweiflung – die harte, dämonische Sorte von Verzweiflung, welche die Weißrussen nach 1920 nach Ostasien gebracht hatten. Man rächte sich an allen Europäern, die große Geschäfte machten und ihre Familien aus dem schäbig gewordenen Kontinent in den Luxus der Tropen brachten.

«Hat jemand nach mir gefragt?» erkundigte sich Martha beim Portier. Sie erwartete Florence Krüger. Hannes war schon früh zu seinen Besprechungen gefahren. Bis jetzt hatten sich die deutschen Erwartungen im Warenaustausch mit Ceylon nicht erfüllt. Man hatte den Deutschen kürzlich eine Bezugsquelle für die Einfuhr wichtiger Rohstoffe eröffnet, aber mit dem *Absatz* deutscher Erzeugnisse in Ceylon haperte es bedenklich. Es wurden sogar Gesetze ins Auge gefaßt, welche die Einfuhren aus Deutschland und Japan wieder unter Lizenzzwang stellen sollten. Seitdem die Ceylonesen die Geschicke der früheren britischen Kronkolonie in die eigenen Hände genommen hatten, waren eine große Reihe von Wirtschaftsproblemen aufgetaucht. Westdeutschland war machtlos, solange man in Colombo nicht einen diplomatischen Vertreter hatte. Nur ein deutscher Konsul konnte die an sich freundschaftlichen Beziehungen zur Ceylon-Regierung vertiefen und deutsche Handelswünsche vermitteln und mit Takt durchsetzen... Petersen junior plante eine eigene Handelsvertretung in Ceylon. Er hatte schon mit Hinrich Petersen in Hamburg darüber korrespondiert und diesem nahegelegt, immer wieder bei maßgebenden Stellen darauf zu dringen, daß die neu zu ernennenden diplomatischen Vertreter im Fernen Osten kaufmännische Kenntnisse besäßen.

Johannes Petersen hatte das Zeug zum Wirtschaftspionier. Er kannte große Teile des Fernen Ostens wie seine Tasche. Er hatte das Gefühl, daß die nächsten Jahre der Ex- und Importfirma Petersen große Entwicklungsmöglichkeiten boten. Wenn Martha nicht einsah, daß sein Platz in Ostasien war – gerade jetzt, wo man in tausend Richtungen wieder aufbauen konnte –, dann... was dann? – Petersen wußte keine Antwort auf diese Frage, während er in Colombo am Vormittag nach seiner Ankunft mit zwei einflußreichen Ceylonesen über künftigen Warenaustausch verhandelte. Die Kinder mußten nach Hamburg zurück. Das hatte er von Anfang an gesagt. Das sagte er auch nach sieben Monaten. Und in dieser Beziehung hatte er recht. Er konnte Martha nicht verstehen. Er begriff nicht, daß Martha nie zuvor aus Europa herausgekommen war und sich noch nicht den Standpunkt der sogenannten «Kolonial-Eltern» zu eigen gemacht hatte. Sie war jahrelang die Beschützerin und Lehrerin der Kinder gewesen. Sie wußte, daß beide ihren Einfluß brauchten. Besonders Charlotte... Petersen verwöhnte sie geradezu sinnlos. Und jetzt war es schon so weit, daß Pünktchen möglichst jeden Tag eine *Party* mitmachen wollte. Sie hatte einen Haufen von jüngeren ausländischen Freundinnen in Bangkok.

Martha dachte gerade über ihre Tochter nach, als Florence Krüger die Hotelhalle betrat. Sie war groß, schlank und mit unauffälliger Eleganz gekleidet. Sie verkörperte, was Petersen senior «Pöseldorf» nannte, aber nicht das Pöseldorf seiner Jugend, obwohl sie nur sieben Jahre jünger als Petersen senior war. Sie hatte den Niedergang des soliden Bürgertums in Hamburg von Beginn bis zum bittren Ende erlebt. Sie war traditionsbewußt, wie ihre Eltern und Großeltern es gewesen waren; aber Florence

Krüger war eine Frau, die in der Gegenwart lebte und dieser Gegenwart ihren Tribut zollte. Sie war eine führende Persönlichkeit in den großen Frauenverbänden, die sich nach 1945 in Hamburg aktiv mit sozialen und internationalen Zielen beschäftigten. Sie besuchte häufig die Flüchtlingslager und Waisenhäuser in Hamburg und Umgebung und war dort eine bekannte Figur. Mit Martha verband sie eine saubere und anregende Freundschaft, die aus Wesensgemeinschaft entsprang; nur hatte Florence Krüger weniger Geduld mit ihren Mitmenschen.

«Charles und Doris bringen mich um», sagte sie bereits in der Hotelhalle. «Für sie gibt es nur Hunde, Pferde und das schlafmützige Tropenleben. Wenn Charles nicht in jedem Brief gedrängt hätte, wäre ich niemals gekommen.»

Martha lächelte... Es war doch immer dasselbe mit Familien. Man verstand sich recht selten und leistete einander aus purer, mißverstandener Höflichkeit in exotischen Gegenden Gesellschaft. «Florence wollte so *sehr* gern nach Bangkok kommen», hatte Doris Krüger im Flugzeug gesagt. «Wir haben sie natürlich herzlich eingeladen. Sie hat so *gar nichts* in Hamburg, nich? –»

«Martha...» sagte Florence Krüger, «Sie haben sich verändert. Haben Sie abgenommen, oder haben Sie Sorgen?»

«Beides...» erwiderte Martha, «und was macht Hamburg?»

«Erwartet Ihre Rückkehr. Wann kommt ihr denn endlich zurück? Ihr fahrt doch wohl mit mir zusammen?»

«Vielleicht. – Ich kann es heut noch nicht sagen. Es ist alles viel komplizierter, als ich gedacht hatte. Hannes...»

Sie hielt inne. – Sie hatte Hannes niemals mit einer Freundin diskutiert. Und was sollte sie Florence sagen, die sie leicht ironisch anblinzelte?

«Der geheimnisvolle Osten?» fragte Florence. «Macht er wieder Geschichten? Aus *den* Jahren sollte er ja nun bei kleinem heraus sein.»

Florence war zehn Jahre älter als Martha und fand, daß sie sich ein offenes Wort erlauben konnte. Hannes war ja bis auf seine «Dummheiten» immer ein großartiger Bursche gewesen. Aber Neigung zu Dummheiten hatten nun mal alle männlichen Mitglieder der Familie Petersen – bis auf den «stieseligen» Hinrich. Der mußte Fischblut in den Adern haben.

Martha antwortete nicht sofort. Florence hatte ihr linkes Auge zusammengekniffen. Das tat sie immer, wenn sie irgendeiner Sache auf der Spur war. Doris Krüger konnte ihr doch gestern nicht gleich den ganzen Klatsch von Bangkok erzählt haben?

«Hannes will nicht nach Hamburg zurück», sagte Martha plötzlich. Auf Florence war Verlaß. Die Ironie war mehr auf ihren Lippen als in ihrem Herzen. Es war die Ironie einer enttäuschten Frau. Florence hatte Wilhelm Christian Petersen geliebt. Aber er war ihr in den Fernen Osten entwischt, bevor sie dreimal drei gezählt hatte. – Adjüs und Farewell! – Auf die Petersen-Männer war kein Verlaß. Wenigstens nicht in bezug auf Frauen. Das war der einzige Punkt, in dem Charles recht hatte. Sonst sah Florence überall tiefer als ihr Bruder. Übrigens hatte die Enttäuschung Florence Krügers Leben bestimmt. – Sie hatte nach ihrer einzigen Liebesnacht auf dem Fleck ihre Entscheidung getroffen: sich nicht an Männer hängen! Niemals mehr! Und sie war stark genug gewesen, diesen Entschluß durchzuhalten. Eine Wunde war geblieben, und in ihre Rede war jener Saure-Gurken-Humor gekommen, der Charles und Doris Krüger so sehr irritierte.

«Hannes will nicht zurück?» fragte sie ungläubig. «Hat er einen Sonnenstich?»

«Ach, Florence», Martha strich sich müde die lose Haarsträhne hinters Ohr. «Das erzähle ich Ihnen ein anderes Mal.»

Florence verstand, aber sie war besorgt. Martha war niemals müde oder resigniert gewesen. Zehrten die Tropen an ihrer Kraft? Oder – hatte Doris Krüger recht mit ihrer Klatschgeschichte? – –

Florence blickte auf die Uhr.

«Wir wollen uns mal 'n büschen Colombo ansehen», sagte sie energisch. – Sie bestiegen den Wagen von Dr. Conway. Der Chauffeur, ein Jaffna-Tamile, lächelte strahlend die beiden *Mem Sahibs* an. Er war von Südindien nach Ceylon gekommen und bestaunte alle Europäerinnen. Alis Frau lebte dem Hindu-Gesetz gemäß auch noch im Jahre 1950 in strengster *purdah*, verschleiert und abgeschlossen von der Männerwelt, wie es sich für eine anständige Gattin gehörte. Ali war der Meinung, daß die weißen Männer ihren Frauen viel zuviel Freiheit ließen.

«Wir haben bis zum Nachmittag Zeit», sagte Florence. «Colombo ist eine bezaubernde Stadt. Lange nicht so staubig wie Port Said.»

An Florence Krügers Person war trotz der Tropenhitze kein Staubkörnchen zu entdecken. So wie es sich für einen «Staubwedel» – wie Charles seine Schwester nannte – gehörte.

Martha genoß die Fahrt durch Colombo mit allen Sinnen. Über der schneeweißen Fahrstraße am Ozean lag noch einiges vom Glanz der ehemaligen Kronkolonie ... Das üppige Kolonialleben, das Martha schon in Saigon begegnet war, hatte in Colombo ein englisches Gesicht. Die Victoria-Brücke, der weltberühmte Modell-Hafen, die Zimtgärten, die vielen Landhäuser mit den sorgfältig gepflegten Rasen und Blumenbeeten – alles trug noch das Etikett «Britisches Empire». – Es waren erst zwei Jahre vergangen, seit Ceylon ein unabhängiges Mitglied des Commonwealth geworden war. Es war hundertfünfzig Jahre eine britische Kolonie gewesen. Und überall gab es auch noch Mahnmale und Spuren der früheren Kolonialperioden, die Martha mit Staunen betrachtete. Die Portugiesen und Holländer hatten ihre Kirchen und ihre Familiennamen über die Insel verstreut. Sie hatten den Zimt exportiert. Sie hatten Fabriken gegründet. Die holländischen *Burgher*, deren Geschäfte und Häuser Ceylon beherbergte, hatten heutzutage eine starke Beimischung von singalesischem oder Tamilenblut. Und alle Rassen und Nationen – auch die indischen Mohren, die uralte Rasse der Veddhas, die Singalesen und die vielen Tamilen aus dem benachbarten Indien – hatten in der Kronkolonie friedlich beisammengelebt. Wie sie auch heutzutage unter dem toleranten Regime des Buddha friedlich beisammenlebten.

Florence hatte mit ihrem englischen Vetter vieles gesehen und besprochen. Die Harmonie der Völker hatte ihr tiefen Eindruck gemacht. Hier konnte Europa im allgemeinen und Deutschland im besonderen etwas lernen. Für Florence war die organisierte Unduldsamkeit des Hitler-Regimes eine Qual gewesen.

«Wie ist die Lage der Deutschen im Fernen Osten?» fragte sie.

«Schwierig», erwiderte Martha nach einigem Nachdenken. «Darüber kann Ihnen Hannes allerhand überzeugende Einzelheiten berichten. Sehen Sie ... wir ernten in der Welt immer noch, was die Nazis gesät haben. Und die Neuankömmlinge in Bangkok sehen uns meistens schief an. ‹Deutsche – frühere Nazis natürlich!› Man kann doch nicht jedem erklären, daß der eigene Mann auch ein Flüchtling war ... und daß man selbst ... na, Florence, Sie wissen ja ...»

Florence Krüger nickte. – Sie hatte selbst zwei jüdische Schülerinnen von Martha mit ihren Familien bei ihren englischen Verwandten und Freunden untergebracht. Und sie hatte auch ihre eigenen alten Freunde verschiffen helfen – bis auf zwei oder drei –, solange sie noch aus Deutschland entweichen konnten ... Aber natürlich – es war alles ein Tropfen auf einem heißen Stein gewesen. Doch die geretteten Familien hatten Martha und ihr rührende Anhänglichkeit bewahrt – über Meere und Politik hinweg. Wenn jeder, der helfen konnte, damals geholfen hätte ...

Florence betrachtete die Palmen in den englischen Gärten.

«Wir sind die Erben», sagte sie langsam. «Das ist nun mal so. Aber deswegen müssen wir besonders das Verständnis für Demokratie und internationale Zusammenarbeit stärken. Es ist merkwürdig, wie wenig Deutsche das wirklich verstehen. In Hamburg hat man ja noch das meiste Verständnis ... Hannes könnte den Landsleuten allerhand erklären ... glaube ich.»

«Das wird er tun. Verlassen Sie sich darauf», sagte Martha mit ihrer alten Energie. – Die Gegenwart von Florence Krüger tat ihr wohl.

Der Chauffeur stoppte plötzlich. Sie waren jetzt in der *Pettah*. Hier gab es keine englisch gepflegten Landhäuser ... nur Hütten und eine nach tausend Gewürzen und Schweiß riechende Luft. Auf dem Marktplatz drängten sich Tamilen und Singalesen. Ein Hindu in einem roten Turban blies eine Flöte. Zwei große Schlangen hatten die Köpfe gereckt und bewegten die geschmeidigen Leiber in bedrohlicher Wollust.

«Was ist denn das?» fragte Martha den Hindu-Chauffeur.

«Großer Yogi, *Mem Sahib*», flüsterte Ali in gebrochenem Englisch. «Macht alles ... weiß alles ... kann alles. Befiehlt Schlange. Befiehlt Mensch ... Großer Yogi wirft großes Tau in den Himmel.»

Martha und Florence zogen die Schuhe aus und kletterten auf die Sitze des Autos. Martha zog ihren Fotoapparat heraus und begann zu drehen. Denn im Kreise der Fruchthändler, Träger, Wasserverkäufer und Barbiere von Colombo entwickelte sich das Schauspiel der Schlangenbeschwörung mit Musik.

IV

Als Martha gegen fünf Uhr nachmittags in ihr Hotel zurückkehrte, saß Petersen an der Bar. Er hatte ihre kurze Note erhalten und sich geärgert, daß Martha nicht zum Lunch zurück war. – Wenn Petersen schlechter Laune war – was selten vorkam –, dann war er so unausstehlich, wie gerade sehr charmante Männer es sein können.

«Nett, daß du überhaupt noch kommst», brummte er. «Wie siehst du aus? *Bitte,* frisiere dich doch einmal im Leben anständig! Diese Haarsträhne treibt mich seit Monaten zur Verzweiflung.»

«Hast du interessante Gespräche gehabt?» Martha beachtete die Ausfälle so wenig, als ob Petersen nichts gesagt hätte ... aber bis jetzt waren ihre ersten Ferien noch kein Erfolg. Hannes rauchte wie ein Schlot. Fünfzig Zigaretten am Tag ...

«Ich habe genug geredet ...» erwiderte Petersen mürrisch. «In zwei Stunden müssen wir zum Dinner ... Hoffentlich hast du dich bis dahin frisiert!»

«Das ist anzunehmen ...» sagte Martha kalt. Sie fand es aufreizend, wenn ein Mann von dreiundvierzig Jahren sich wie ein ungezogener Junge benahm.

Petersen blickte auf ... Martha war noch blasser als im Flugzeug ... «Verzeihung», murmelte er. «Meine Sehnsucht nach deiner Gesellschaft nimmt lästige Formen an. – *Sorry ... Mem Sahib!*»

«Schon gut, Hannes.»

Auf Petersens Stirn hatten sich Schweißtropfen der Erschöpfung gesammelt. Martha war niemals ganz ruhig, seitdem er den Unfall gehabt hatte. Wie schwer man sich in den Tropen erholte! – Hannes war zwar durch den Sport gestählt, aber der Schock und die vielen Injektionen hatten ihn geschwächt.

«Willst du nicht einen rosa Gin haben?» Petersen streichelte ganz zart Marthas schöne, kräftige Hand. Er hatte eine Art, eine Frau in zwei Sekunden zu versöhnen.

Aber Martha war schon im Aufbruch begriffen.

«Bis nachher, mein Jung!» sagte sie. Dann begab sie sich mit leichtem Stirnrunzeln zum Hotelfriseur.

Sie wollte sich eine Kopfmassage gegen ihre Migräne geben lassen, wie man sie in Hamburg nicht haben konnte. Die Hände der asiatischen Friseure beruhigten leicht und doch intensiv den schmerzenden Kopf.

Massage war auch ein ostasiatisches Geheimnis. – Und gegen die lose Haarsträhne mußte sie auch etwas unternehmen.

In Hamburg hatte Martha niemals Zeit gehabt, in den Spiegel zu schauen. In Ostasien hatte sie entschieden zuviel Zeit ...

Petersen trank den vierten rosa Gin. Wirklich ... er mußte sich mehr zusammennehmen! Martha hatte gerade genug mit ihm durchgemacht. Er wagte nicht, ihr zu sagen, daß er an Hinrich Petersen geschrieben hatte, daß die Kinder in vier Monaten abreisen würden. Dr. Johannsen nahm Europa-Urlaub und würde sie mitnehmen. – Petersen hatte auch angefragt, ob die Kinder bei Hinrich und seiner Gattin Lisa wohnen könnten. Oder man mußte sie in Schulheime geben. Hinrich möchte sich erkundigen.

Petersen bestellte den fünften Gin. – Er konnte trinken und trinken, und man merkte ihm nichts an. Er war nicht mehr der dumme Junge, der sich von Martha hatte leiten lassen ... Das paßte vielleicht in ein verschollenes Hamburg vor mehr als einem Jahrzehnt. Aber heute war er ein reifer Mann, der die Welt von beiden Seiten kannte. Er hatte nicht die Absicht, Martha wieder zu verlieren. Er brauchte sie für sich selbst und – gegen den Rest des weiblichen Geschlechts. «Sie sollen alle zum Kuckuck gehen», dachte er. Aber die Damen gingen eben nicht zum Kuckuck. Nicht auf Befehl. Und schon gar nicht in Ostasien ... Keine Frau schien östlich von Suez einzusehen, daß Petersen Schluß mit den «Dummheiten» gemacht hatte ... Vergangenheit war eines der stärksten Elemente im Weltbild des Orients – eine Kraft, die manchmal aufbauend und manchmal zerstörend wirkte.

«Guten Abend, Mr. Johnny», sagte eine harte Stimme.

Petersen fuhr auf seinem Barsessel herum. «Ich bin schreckhaft wie ein altes Krokodil ...» dachte er stirnrunzelnd. Das hatte noch gefehlt. Die Weißrussin aus der Suriwongse Road! Ihm war schwül geworden, als er sie auf dem Flugplatz in Bangkok sah. Er hatte aber gedacht, sie wolle sich nur von Karin verabschieden. Und dann war die Person ins Flugzeug nach Singapore gestiegen. Petersen hatte gedacht, der Gibbon «Hummel-Hummel» habe ihn gebissen ... Glück mußte der Mensch haben, wenn er zur Erholung verreiste!

«Ich habe einen Luftpostbrief von Karin bekommen», erklärte Madame Boulgakoff. «Es gefällt ihr gar nicht in Hongkong.»

Petersen erhob sich. «Entschuldigen Sie», murmelte er und blickte das überschminkte Gesicht mit den grausam-amüsierten Augen nicht an. «Ich muß mich umziehen. Ich habe eine Dinner-Einladung.»

«*Einen* Augenblick, Sir!» sagte die Russin. «Schenken Sie mir ein wenig von Ihrer kostbaren Zeit! Sonst muß ich mich an Ihre Gattin wenden.»

«Lassen Sie meine Frau aus dem Spiel.» Auf Petersens Stirn erschien eine Zornader. «Sonst passiert etwas ...»

«Es passiert in jedem Fall etwas, wenn Sie alten Freunden nicht helfen», bemerkte die Russin sanft. «Warum so hitzig, Mr. Johnny?» –

«Wieviel?» fragte Petersen hart. «Ich habe wenig Zeit. Also wieviel in englischen Pfunden?» –

«Nichts ...» erklärte Madame überraschenderweise. «Unsere kleine Karin will nach Bongkok zurück. Sie möchte bei Ihnen Sekretärin werden.»

«Die Firma stellt bis jetzt noch keine Nachtklub-Tänzerinnen im Büro ein», informierte Petersen die Dame aus seiner Vergangenheit. Er war so wütend, daß die englischen Worte mit Schwierigkeit kamen. «Ihr seid wohl allesamt verrückt geworden», sagte er so laut, daß der Barkeeper aufblickte. Das kleine Erpressungsgeschäft unter dem aufgehenden Mond von Colombo ...

Eine alte Geschichte ... so alt wie die Liebe des Europäers zu den Halbasiatinnen ...

«Ich lasse mich nicht von euch auf den Arm nehmen», schloß Petersen. «Ich bin auch nicht von gestern.»

«Niemand will Sie auf den Arm nehmen», wiederholte die Russin ernsthaft die burschikose Phrase. «Aber Karin meint, daß Sie besser etwas für sie tun sollten. Sie erwartet ein Kind.»

Also *das* wurde gespielt! – Und Petersen sollte der Idiot sein ... Wie stets in Krisen, überlegte Petersen blitzschnell.

«Da wendet Miss Holm sich am besten an den entflohenen schwedischen Ehemann», sagte er und zwang sich zur Ruhe. Wenn Martha jetzt in die Bar kam, um ihn ans Umziehen zu erinnern, dann saß er schön in der Tinte.

«Machen Sie doch kein Theater mit mir, Mr. Johnny! Ich kenne Sie doch! Karin ist ein *sehr* solides Mädchen. Sie hat stets nur Sie geliebt. Sie haben sie verführt und dann grausam verlassen. Trotzdem hat sie Sie vor kurzem *jeden Abend* in Bangkapi besucht. Sie fühlte, wie einsam Sie waren! Ihre Gattin war ja wochenlang in Hua Hin. Karin hat ein weiches Herz.»

«Weich wie ein hartgekochtes Ei», sagte Petersen heiser. Er mußte Schluß machen und verhandeln. Er war doch nicht umsonst eine Verkaufskanone.

«Tatjana», sagte er einschmeichelnd, «Sie sind doch die klügste Dame zwischen Europa und Asien. Wir wollen vernünftig miteinander verhandeln. Es soll Ihr Schade nicht sein ... Das Restaurant auf der Suriwongse Road geht nicht, nicht wahr?»

«Wenn ich zehntausend Ticals hätte und Karin als – Aushängeschild – dann könnte ich es wieder aufbauen. Ich sah mir heut den Laden hier an ... grauenhaft. Diese Singalesen spucken das ganze Lokal voll. Mein Restaurant in Bangkok ist doch blitzsauber, nicht wahr?»

«Das ist es», sagte Petersen gänzlich gegen sein besseres Wissen.

«Keine eingeborenen Gäste in meinem Restaurant», verkündete die

Russin mit naivem Hochmut. Sie schien nicht zu ahnen, wie sehr die Siamesen mittellose Weißrussinnen verachteten.

«Dreitausend Ticals nach meiner Rückkehr nach Bangkok», sagte Petersen sanft. «Keine Belästigung meiner Gattin.»

«Rückreisegeld für mich...» ergänzte die Russin. Sie hatte mit zweitausend Ticals gerechnet.

«Mit dem ersten Schiff morgen früh», suggerierte Petersen. Madame Boulgakoff war für ihre Verhältnisse geradezu animiert. Sie lächelte in der ihr eigenen Art: ihre Lippen machten die Bewegung des Lächelns, ganz unabhängig vom Rest des Gesichts... Es war ein so bemerkenswerter Trick wie die Künste des Yogi in der Pettah.

«Wie kommt unsere kleine Karin von Hongkong nach Bangkok?» fragte sie.

«Keine Ahnung, Madame», erwiderte Petersen leicht. Eine mörderische Wut stieg ihm bis in den Hals, aber er wahrte sein liebenswürdiges Lächeln... Ein entzückender Urlaub!

«Glückliche Reise, meine Liebe!»

Die Russin verstand und erhob sich.

«Ich bin pleite...» sagte sie. «Mit Pauken und Trompeten.»

«Ich auch...» sagte ‹Mr. Johnny›. «Mein Bankkonto befindet sich in Bangkok.» Das hieß, daß er erst zahlen würde, wenn Madame Boulgakoff ihren Teil der Abmachung eingehalten hatte. Petersen war ja auch nicht gerade vorgestern geboren... Die Russin gab ihrem Hut einen lasterhaften Stoß.

«Einen Augenblick», sagte er, «falls *Ihre* kostbare Zeit es erlaubt! Wenn Sie oder Karin sich ein einziges Mal in Bangkapi oder sonstwo bei meiner Frau blicken lassen, dann kann ich Ihre Lizenz für Ihr Restaurant auffliegen lassen. Ist das klar? Die Bangkoker Polizei hebt heimliche Spielnester aus. Sie ist gar nicht nett in dieser Beziehung.»

Aus Madame Boulgakoffs schwermütigen Augen traf Petersen ein solcher Strahl von Haß, daß er einen Augenblick zurückwich, als ob er einen Schlag erhalten hätte, aber er tat, als ob er nichts merkte.

«Reden ist Silber und Schweigen ist Gold, sagt man in meinem Lande», bemerkte er träumerisch.

«Man lebt und lernt», sagte die Russin. «Vielleicht besuchen Sie uns mal, wenn Madame Petersen wieder abgereist ist?»

«Guten Abend», sagte Mr. Johnny und verließ langbeinig und strahlend lächelnd die Bar.

«Wo bleibst du denn, Hannes?» rief Martha. «Es ist höchste Zeit zum Umziehen!»

Martha trug schon ihr Abendkleid aus silbriger indischer Seide. Der Friseur hatte ein Wunder vollbracht: lose, glänzende Wellen legten sich anmutig um Marthas feingeformten Kopf. Im Nacken saß ein Knoten, der nichts mit dem festen «Dutt» zu tun hatte, den sie sich eilig morgens zu drehen pflegte. Sie hatte die Brille abgenommen. Auf Hannes Bitte trug sie niemals eine Brille bei Gesellschaften. Noch nie hatte Martha ein so schönes und gutsitzendes Kleid getragen, wie der chinesische Schneider auf der Suriwongse Road es ihr gemacht hatte; denn sie hatte noch niemals so viel Geld für sich ausgegeben. Sie sah außerordentlich anziehend aus und dabei von jener klaren Vornehmheit, die sie stets auszeichnete.

«Madame ist kühle, kühle Schönheit», hatte der Friseur gemurmelt. «Madame immer Haar recht weich tragen.»

Martha blickte Petersen erwartungsvoll entgegen. Was würde er zu der neuen Frisur sagen? Sie sah tatsächlich zehn Jahre jünger aus. Ein wenig so, als ob in einer nüchternen Straße Kirschbäume aufgeblüht wären ... Der Jung war doch nun einmal so ein Ästhet. – Martha hatte in Hamburg furchtbare Nachkriegszeiten erlebt. Keine Frau hatte sich um ihr Äußeres kümmern können. Sie schleppten Kohlen und Kartoffeln in Säcken in die Behelfsheime. Im Fernen Osten war aber die Frau immer noch ein Luxusartikel. Das hatte Martha zu ihrem Staunen herausgefunden. Und heute abend in der Bar hatte sie ein Klingelzeichen empfangen. Sie hatte nicht gewußt, daß lose Haarsträhnen Hannes so irritierten ... sie hatte vieles über ihren Mann nicht gewußt.

Petersen stürmte an Martha vorbei ins Badezimmer. Er hatte ihr nur einen flüchtigen Blick geschenkt und kein Wort über die Frisur gesagt.

Martha betrachtete die großen Palmen im Hotelgarten. Der Schatten zwischen Petersen und ihr wuchs riesengroß in den Himmel. *Was* war geschehen? Sie hatte eine neue Frisur, und ihr Mann hatte sie nicht bemerkt. Vor ein paar Wochen wäre er hocherfreut gewesen. War es zu spät? Martha hatte in den beiden Monaten den Eindruck gehabt, daß Hannes und sie niemals zuvor so glücklich miteinander gewesen waren. Er war doch viel reifer geworden und schien zu wissen, was er an ihr hatte. Und wie sie von Pauline aus Hua Hin zurückgekommen war, hatte Hannes gesagt: «Gott sei Dank, daß du zurück bist! Ich lasse dich überhaupt nicht mehr fort!» Er war sonderbar erregt gewesen und hatte sie fast hilfeflehend angeblickt.

Und dann – zwei Tage vor der Fahrt nach Ceylon – war der alte Koch zu Martha gekommen und hatte ihr in chinesischer Art mit vielen Umschreibungen gesagt, daß es «gute Gäste» und «schlechte Gäste» in *Mems* Abwesenheit gegeben hätte. – Aber Martha hatte nicht von Ah Chang erfahren können, wer die «schlechten Gäste» gewesen wären. Sie hatte ihr «Gesicht» wahren müssen.

«Ich weiß, Ah Chang», hatte sie ruhig erwidert. «Master hat mir alles erzählt.»

Aber der alte Chinese hatte Martha aus klugen, resignierten Augen angesehen und in seinem drolligen Pidgin-Englisch gemurmelt. «*Mem* besser niemals wegfahren! – Kürbis hat manchmal bittre Blätter; Gast hat manchmal bittre Zunge.»

Martha hatte das feste Gefühl gehabt, Ah Chang wisse, daß Petersen Martha nichts über die «schlechten Gäste» erzählt hatte. Hatte Hannes wieder «Dummheiten» gemacht? War das wirklich möglich? Aber die Atmosphäre im Fernen Osten war voller Lockung, Illusion und bedrängender Kräfte. Martha verstand zuviel vom Leben, um nicht zu sehen, daß vermögende und gutaussehende Männer die begehrte Beute in einer Jagd waren, die sie selbst nicht mitmachen konnte und wollte. Sie hatte Geduld und Verständnis. Aber Hannes mußte sein Teil tun... Ehe war eine – Vereinbarung. – Und während Martha die hohen Kokospalmen betrachtete, war es ihr, als ob noch einmal der Boden unter ihren Füßen weggezogen worden war. Von wem? – Noch niemals hatte Hannes so zu ihr gesprochen, wie vorhin in der Bar. Und niemals war er so voller Vorbehalte gewesen. Er schien zwei oder drei Existenzen zu haben: der tüchtige, kühl rechnende Geschäftsmann – Marthas ergebener Ehemann – ein sporadischer Vater... Die Kinder schienen ihm keine Lebensnotwendigkeit zu sein. Vielleicht war er zu lange von ihnen getrennt gewesen. Und dann war Petersen immer von Frauen verwöhnt worden. Und diesen Mann kannte Martha genausowenig wie die arme kleine Münchnerin ihren siamesischen Mann gekannt hatte. Agnes konnte ihn nicht halten. Martha fand sich von einer Woche zur andern in einer ähnlichen Lage. Sie – die Überlegene, die mütterliche Geliebte – konnte bei allen Kräften des Geistes und der Seele die Geheimnisse ihres Mannes nicht ergründen. Sie *konnte* ihn nicht fragen, wer ihn besucht hatte, wenn er es ihr nicht selbst sagte. Sie konnte alles verlieren, aber ihre Würde durfte sie nicht aufs Spiel setzen. Martha meinte in dieser Stunde, daß keine Frau auf der Welt ihren Mann wirklich besäße – höchstens die Frauen, die sich nichts aus ihren Männern machten... In diesem Augenblick erschien Petersen in schwarzen Hosen und dem kurzen weißen Dinner-Jackett der Tropen-Kavaliere. Das knappe Jackett brachte seine elegante Figur zu voller Wirkung.

Er legte Martha das Cape aus siamesischem Brokat um die Schultern, während sie zu dem wartenden Auto schritten, das sie zu Dr. Conway bringen sollte. Martha war nicht nach einer Dinner-Party zumute. Das gesellschaftliche Leben im Fernen Osten nahm stets seinen Gang, bis die Katastrophe die Cocktailgläser und die Gäste durcheinanderwirbelte... Die Engländer hatten im Dezember 1941 noch morgens früh im Bangkoker Sportklub ihre Drinks genommen an dem Tage, an dem mittags die Japaner die Stadt besetzten. Hannes hatte es ihr erzählt. – Auch jetzt lebten überall die Gäste unbekümmert das Leben weiter. Nur in Korea und in Indochina streikten die Gastgeber im Augenblick.

V

Dr. Conways Dinner begann in einem großen, elektrisch gekühlten Speisezimmer. Singalesische Diener – alle in wallenden, weißen Rökken und mit Schildpattkämmen im Haarknoten – servierten Speisen und Getränke, die eine stimulierende Wirkung ausübten.

Martha saß neben dem Hausherrn. Doris Krüger staunte immer noch über die Veränderung, die mit Martha vorgegangen war. Sie sprach zuerst leise, aber trompetete plötzlich:

«Ich hätte Sie kaum erkannt, Martha! Was sagen Sie bloß zu Ihrer Frau, Hannes? – *Zehn Jahre jünger* mit dieser Frisur!»

Die gute Frau Krüger hatte so viel Takt wie ein Rhinozeros.

«Sei doch s-till, Mamma!» flüsterte ihr Mann.

Martha tat, als ob sie nichts gehört hätte, und unterhielt sich weiter mit Dr. Conway. Es stellte sich heraus, daß ihr Gastgeber viele Jahre eine Art Unterricht bei einem *«Swami»* (Hindu-Meister oder «spiritueller Lehrer») genommen hatte. Er wußte von den übernatürlichen Mächten, die den Yogis durch ihre Lehre zufließen konnten.

«Ich habe selbst eine Reihe Überlegungen mit dem *Swami* gemacht; aber ich bin natürlich ein Anfänger in der Disziplin», bemerkte Dr. Conway gegen Ende des Mahls. Martha betrachtete ihn mit großem Interesse. Sie ahnte nicht, daß viele Engländer, die von ihren oberflächlicheren Landsleuten hochmütig *cranks* genannt wurden, sich an einsamen Tropenabenden mit den spirituellen Erkenntnissen Indiens beschäftigten. Je länger man im Fernen Osten lebte, desto intensiver wurde der Drang nach einer Erkenntnis, die dem Westen zumeist nicht zugänglich war.

Später saßen sie alle auf der großen Veranda und atmeten einen Duft, der von den Zimtgärten Colombos herüberwehte. Ein großer Mond stand in dem tintenschwarzen Himmel. Petersen und der alte Herr Krüger sprachen über geschäftliche Probleme in Verbindung mit Ceylon. Florence unterhielt sich mühsam beherrscht mit «Mamma Krüger». Hunde und wieder Hunde! – Wäre sie bloß nicht weich geworden! Aber Charles hatte sie in jedem Brief um ihr Kommen gebeten.

«Ich finde die Lehre des Yoga etwas unheimlich», sagte Martha zu Dr. Conway. «Ich möchte nicht beständig in Gesellschaft dieser Hindu-Weisen leben. Ziehen sie uns nicht den Boden unter den Füßen weg?»

«*Yoga* gibt einem Boden unter die Füße, Mrs. Petersen! Es ist ein Reinigungsbad für Geist und Sinne. Ich meine nicht nur die Atemübungen, die Übungen der Konzentration und zur richtigen Haltung des Körpers, die ich meinem Lehrer ein wenig abgesehen hatte ... Ich meine die *Macht,* die Ihnen die Kontrolle Ihrer Sinne und Ihrer Emotionen verleiht. Man muß unverletzlich werden ... dann meistert man sein eigenes und anderer Leute Schicksal.»

Martha hielt den Atem an. Hatte dieser Engländer mit den halbgeschlossenen Augen nicht recht? Aber – gab es unverletzliche Frauen?

«Ein *Swami* kann kraft seines Willens über Dornen wandeln, ohne sich zu verletzten. Ich habe es gesehen. Er kann sechs Tage keine Nahrung zu sich nehmen und kein Hungergefühl empfinden, weil er sich in bestimmter Weise konzentriert. Er kann vollkommene *Freiheit* durch geistige Isolierung erreichen», sagte die angenehme Stimme neben Martha. «Eine sehr nützliche Wissenschft in einer Welt, die von Sklaverei zu Sklaverei schreitet.»

In diesem Augenblick kam von den Häusern der Diener ein Schrei. Er drang bis zu Dr. Conways Gästen auf der Veranda.

«Oh», sagte der Arzt, «ich muß um Entschuldigung bitten! Die Großmutter meines Kochs ist erkrankt. Sie haben einen Teufelstänzer kommen lassen, um die Geister der Krankheit auszutreiben.»

«Lassen sich denn Ihre Diener nicht von Ihnen behandeln?» fragte Martha erstaunt.

Der Arzt lachte. – Die Großmutter war nicht seine Patientin. Und alle Diener in seinem Hause trauten mehr dem Teufelstänzer, als dem weißen Mann, der erst vor hundertfünfzig Jahren auf der Insel gelandet war.

«Wenn wir uns, ohne Lärm zu machen, hinter die Hecke stellen, dann können Sie etwas sehr Merkwürdiges sehen», schlug Dr. Conway seinen Gästen vor. «Das gibt es nur in Ceylon.»

Und so erblickten sie etwas, was sich am Rande der Gegenwart abspielte. Ceylon hatte den modernsten Hafen des Ostens und die ältesten Teufelstänzer ... Die Gegensätze waren absurd. Der Hafen von Colombo war ein Zentrum der Handelsschiffahrt. Ceylon lag auf der direkten Route vom Suez-Kanal nach Kalkutta, Rangoon, Singapore und auf der Route nach Australien. Dort überallhin ging der Ceylon-Tee, das Gummi, die Kopra und das Kokosöl.

Aber der Teufelstänzer in einem Hintergarten von Colombo kümmerte sich nicht um die moderne Zeit.

Er trug ein weißes Gewand und eine Garnierung von Palmenblättern und tanzte zur Begleitung einer dumpfen Trommel vor einem kleinen Hausaltar, der mit Opfergaben bedeckt war – Reis in Kokosmilch gekocht, Betelnußblätter, Arekanüsse und Blumen. – Ein anderer Heilgehilfe sang beschwörende Lieder. Der Tänzer bewegte sich wild und doch gemessen – wie eine Marionette, die von einer unbekannten Macht ekstatisch bewegt wurde. Reifen klirrten an seinen ausgezehrten dunklen Armen. Er begann zu zittern. Seine Augen traten aus den Höhlen. Sein schwarzes, feuchtes Haar hing ihm wirr und schlangengleich in das dunkle Dschungelantlitz ... Er war entsetzlich und komisch. Plötzlich gab er noch einen Schrei von sich und sank vor dem kleinen Altar zusammen. Der Koch und die andern Diener belebten den Wundermann, indem sie ihm ehrfürchtig Wasser ins Gesicht spritzten. Der Teufelstänzer regte sich und starrte mit leeren schwarzen Augen in die Richtung der Hütte, wo die Kranke lag... Dann erhob er sich und trug ein Tongefäß in die Hütte der Kranken. Wenn die Großmutter das heilige Wasser aus der Hand des Teufelstänzers trank, dann würde der Dämon der Krankheit aus ihrem Körper weichen.

«Sie haben es nicht leicht mit diesen abergläubischen Leuten», sagte Martha später auf der Terrasse zu ihrem Gastgeber.

«Ich weiß nicht...» erwiderte der Arzt. «Man ist in Europa auch abergläubisch. Übrigens ist mir der Teufelstänzer meines Kochs bedeutend lieber als die politischen Veitstänzer des Westens.»

Petersen rauchte die vorletzte Zigarette des Abends. Er hatte heute über fünfzig Zigaretten geraucht. Es war spät. Er unterhielt sich angeregt mit Dr. Conway. – Der war ein typischer Vertreter der ehemaligen britischen Zivilisationsmacht im Orient. Diese Macht war zu Ende gegangen; aber die Kraft des Kompromisses trug noch Dr. Conways Existenz im selbständigen Ceylon. Die Engländer waren Gäste geworden, wo sie «väterliche Beschützer» gewesen waren; aber das Geschäft blühte zwischen London und Colombo und zwischen Teufelstanz und Wissenschaft... Es gab übergenug Singalesen und Tamilen, die Dr. Conways Malaria-Behandlung wünschten.

«Wenn wir Deutschen lernten, nicht alles auf eine Karte zu setzen, würden wir noch einmal eine Chance in der Welt haben», sagte Petersen und drückte seine Zigarette aus. Es war Zeit aufzubrechen. Er wollte sich erheben.

Doch was war das? Er sah plötzlich, wie der Mond einen dunklen Schimmer bekam. War eine Mondfinsternis im Anzug? Jetzt war der Mond ein schwarzer Ball geworden, der mit unheimlicher Kraft auf Petersens Stirn zuschoß. Alles war eingehüllt in kompromißlose Nacht. Der dunkle Mond schoß näher – eine dämonische Maske, die entfernt an Madame Boulgakoff erinnerte. Grausames Amüsement und dahinter die Leere der Verzweiflung – – –

«Warum merken die andern nichts?» dachte Petersen. Eine schwindelerregende Panik sprang ihn an. Er stürzte in eine glühende Leere; in eine tropische Vorhölle mit Palmen, verschwommenen Gestalten und einem Glas mit etwas Whisky, das auf dem Korbtisch von Dr. Conway tanzte... Dann verschwand auch das Glas in dem rasenden Mondmeer... Petersen versuchte Martha mit seinem Blick zu erreichen; aber er konnte durch die Finsternis nicht zu der klaren Helle dringen, die ihr Gesicht sein mußte... Er hatte das Gefühl, daß es das Ende sei: lustig gelebt und einsam gestorben. Das war sein Los. Martha sollte nicht um ihn weinen. Das hatte er ihr gesagt, als der tolle Hund ihn angefallen hatte. Niemals hatte er etwas so Vernünftiges gesagt, dachte er verschwommen...

Er konnte noch denken, aber er konnte nicht sehen. Er streckte eine Hand durch die schwarze Leere. Nur nicht blind sein... Er mußte noch einmal die kambodianischen Türme am Menam-Fluß sehen...

Er schrie ohne Ton. Der Mond lag jetzt auf seinem Gesicht. Eine glühende Scheibe, die ihm die letzte Luft wegpreßte. Zum Donnerwetter! Er konnte nicht mehr atmen. «*Luft!*» röchelte er ... «*Luft!*»

Als der dunkle Mond wieder in die Nachtwolken geflogen war, beugte sich Martha in ihrem schönen indischen Kleid über Petersen.

«Es ist nichts, Hannes», murmelte sie.

«Ich kann dich nicht sehen.»

Petersen tappte durch den schwarzen Vorhang vor seinen Augen. Marthas Hand erreichte ihn aus rätselhaften Fernen.

«Gleich wird es besser. Nur Geduld, mein Liebling!»

Jemand stieß einen Dolch in seinen Arm. Aber es war nur eine Spritze. Petersen erblickte durch einen Schleier die tropische Kulisse.

«Eine kleine Ohnmacht», sagte Dr. Conway. «Ich fahre Sie am besten ins Hotel, sowie Sie sich erholt haben. Es tut mir so leid, Mr. Petersen!»

Petersen versuchte ein Lächeln.

«Es tut mir noch mehr leid, Herr Doktor», sagte er leise, «so ein Unfug ...»

Nach einer halben Stunde war Petersen zum Aufbruch bereit, trotzdem ein Schleier vor seinen Augen lag und ihn verwirrte. Er wollte mit gewohnter Lebhaftigkeit aufspringen, aber etwas hielt ihn auf dem Liegesessel fest.

«Ich ... ich kann nicht gehen, Herr Doktor», stammelte er. «Wie albern!» – Er war plötzlich von einer Lähmung befallen worden. Martha war weiß im Gesicht. Es konnte doch nicht jetzt nach Monaten die Drohung wahr werden, die seit dem Unfall über ihrem Mann gehangen hatte? Petersen hatte die Drohung als «Unsinn» verlacht. Und Martha war so glücklich über seine scheinbar rasche Wiederherstellung gewesen, daß sie auch nicht mehr im Ernst an so etwas gedacht hatte. Dann hatten sich so viele Dinge zwischen die Tragödie und die Angst geschoben: ihr Aufenthalt in Huan Hin – Paulines Hochzeit – die Ferienreise nach Ceylon ... Das reiche Erbe menschlichen Kummers war unter Blüten versteckt gewesen. Aber die sechs Monate Inkubationszeit waren noch nicht herum.

Martha beherrschte ihre Angst, da Dr. Conway ihr einen warnenden Blick zugeworfen hatte. Sie hatte ihm während Petersens Ohnmacht rasch und korrekt über «den Unfall» berichtet. – Während der Arzt nach einem Krankenwagen sandte und Florence Krüger ihre entsetzten Geschwister irgendwo im Hause deponierte, wurden Petersens linker Arm und sein linkes Bein unbeweglich. Dann wurde er in den Wagen gehoben und von Dr. Conway in die Klinik gebracht.

«Ich werde ihn mindestens acht Tage beobachten», sagte der Arzt stirnrunzelnd. Er fuhr sich mit der feinen Hand abwesend durch sein wirres Haar. «*Bitte,* besuchen Sie ihn die ersten Tage nicht, Mrs. Petersen! Er braucht vollständige Ruhe.»

Martha nickte. – Dieses Mal mußte Hannes die Reise durch die Nacht ohne sie machen. Das war das Bitterste.

«Hat er in den letzten Tagen Aufregungen gehabt?» fragte Dr. Conway.

«Nicht, daß ich wüßte... Er hatte sich so sehr auf den Urlaub gefreut. Man kann ihn ja überhaupt nicht aus Bangkok fortbekommen... – Was ist mit seinen Augen, Herr Doktor? Eine Nachwirkung der Ohnmacht?

«Ich weiß es noch nicht. Wir wollen das Beste hoffen», sagte Dr. Conway still. «Ich ziehe noch einen Kollegen zu. Wir werden alles versuchen, Mrs. Petersen! Aber Sie wissen ja: diese ... hm ... speziellen Fälle bringen Überraschungen. Wenn die nächsten fünf Tage gut verlaufen, kann es nicht mit den Bissen des Hundes zusammenhängen.»

«Soll ich nicht bei Ihnen schlafen, Martha?» fragte Florence. Der arme Petersen, dachte sie ... ein furchtbares Schicksal.

«Liebe Florence», flüsterte Martha. «Ich möchte ... allein sein.»

Fräulein Krüger verstand. Sie würde morgen mit Martha frühstücken. Ja... das wäre sehr schön... Martha drückte ihr die Hand. Freunde waren ein großer Trost.

Dann fuhr Martha in ihr Hotel zurück.

Um sie herum wuchsen fünf Türme des Schweigens.

ELFTES KAPITEL

Heimsuchung im Paradies

I

Niemals war Martha die paradiesische Schönheit Ceylons so aufgefallen, wie in den Tagen und Nächten, die dem Zusammenbruch ihres Mannes folgten. Ein Saphir-Bogen mit Granaträndern spannte sich gegen Abend von der mit Kokospalmen bestandenen Küste zu den Teegärten und Bergen mit Buddhatempeln und verfallenen Königsstädten. Fünf Mondnächte hatte Martha in Schweigen und Gebet verbracht. Dr. Conway ließ sie gelegentlich durch die Tür ins Krankenzimmer blicken. Petersen schlief meistens. Vor seinen Augen war eine dunkle Binde. Er konnte die ersten beiden Tage weder Arm noch Bein bewegen. – Doch allmählich zeigte sich eine leichte Veränderung.

«Es scheint eine schwere Kreislaufstörung zu sein», erklärte Dr. Conway nach den fünf Tagen der Krise. «Ihr Mann hatte sich außerdem eine Nikotinvergiftung zugezogen. Daher die Sehstörungen, die sich sicher mit der Zeit geben werden.»

Sie saßen auf Dr. Conways Veranda und blickten den großen Suryabaum an. Die Grillen begannen ihr unaufhörliches Konzert. In der ewig feuchten Luft lag eine Ahnung von Fieber und subtiler Auflösung. Junge Singalesinnen mit Antilopenaugen wandelten singend und erwartungsvoll in den blauen Abend. Sie bewegten sich mit nachdenklicher Grazie. In ihrem Gang lag unschuldige und fatalistische Leidenschaft.

«Wie lange kann ich morgen bei ihm bleiben?» fragte Martha. Es würde ihr erster Besuch sein.

«So lange Sie wollen. In drei oder vier Tagen können Sie nach Mount Lavinia fahren. Es hat keinen Sinn, einen Kranken aus Ihrem Mann zu machen.»

Der englische Arzt klopfte seine Pfeife aus. Dann sagte er zögernd: «Mr. Petersen muß große Aufregungen gehabt haben. Er sollte nur mit Menschen zusammenkommen, die ihm angenehm sind. Nach seinen Fieberphantasien in der ersten Nacht scheint es mir, daß gewisse russische Bekannte nicht gut für ihn sind.»

«Wir kennen überhaupt keine Russen, Herr Doktor», sagte Martha erstaunt.

«Dann weiß ich nicht... Auf jeden Fall braucht er viel Ruhe. Er scheint sich um Sie und die Kinder Sorgen zu machen. Er ist sehr verschlossen; aber trotzdem fragte ich ihn gestern, ob ihn etwas quält.»

«Mein Mann ist eigentlich eher zu sorglos», erwiderte Martha. Die Unterhaltung verursachte ihr aus irgendeinem Grunde tiefes Unbehagen. – Dr. Conway war so vorsichtig.

«Er hat wohl immer viel Glück im Leben gehabt?» fragte er. «Er ist so gar nicht trainiert darauf, mit seinem ... hm ... mit Schwerem fertig zu werden. Ich verspreche mir viel von Ihrem Einfluß.»

«Herr Doktor», sagte Martha mit ihrer alten Bestimmtheit, «bitte sagen Sie mir, was eigentlich mit ihm los ist! Ich kann eine Menge vertragen. Mein Mann hat das Schlimmste ... ich meine, den Nervenzusammenbruch doch wohl überstanden? Ich bin so glücklich, daß es nicht ...»

Sie konnte das Wort «Tollwut» nicht aussprechen – trotz aller Vernunft!

«Mr. Petersen wird vielleicht ein lahmes Bein behalten. Im Bein können wir wenig Besserung feststellen. Der Arm macht sich sehr nett.»

«Sie meinen ... er wird nicht reiten können?» stammelte Martha.

«Wir werden *sehr* froh sein, wenn er ohne Hilfe wird gehen können. Er hat heut die ersten Versuche gemacht – ein bißchen ungeduldig ... wie jeder Sportsmann.»

Martha blickte stumm in den leuchtenden Abend.

«Ich hoffe, daß das Bein sich langsam bessern wird. Ich werde Sie in Mount Lavinia besuchen.»

«Danke sehr, Herr Doktor», sagte Martha mit blassen Lippen. «Sie sind uns in wenigen Tagen ein Freund geworden.»

Dr. Conway hustete in tödlicher Verlegenheit.

«Well», murmelte er und betrachtete den Bambus im Abendwind. «Sie werden es schon schaffen, Mrs. Petersen!» –

«Sollte mein Mann nicht nach Europa zurück?»

«Ein Urlaub könnte nur guttun, aber Mr. Petersen will nichts davon wissen. – Warum eigentlich nicht? – Hungert man noch in Hamburg?»

«Nein ... Herr Doktor. Das ist es nicht. Mein Mann kann mit sehr wenig auskommen, wenn es sein muß. Ich weiß selbst nicht, warum er sich so sträubt. Ich hoffte immer, daß er mit uns in einigen Monaten zuzurückfliegen würde; aber wenn er jetzt nicht auf der Höhe ist, kann ich ihn ja nicht allein hier lassen.»

«Auf keinen Fall», sagte Dr. Conway. «Sie müssen die Kinder natürlich zurückschicken. Mr. Petersen sagte mir übrigens, daß er dementsprechende Maßnahmen getroffen hätte. Das ist sehr richtig.»

Martha brachte es nicht über sich, zu fragen, um welche Arrangements es sich handelte. Es wurde immer komplizierter. Hatte Hannes jedes Vertrauen zu ihr verloren?

Sie fuhr verstört ins Hotel zurück. Hatte sie sich das Leben in Bangkok zu einfach vorgestellt? Hatte sie gedacht, sie könnte nach mehr als zehn Jahren dort anknüpfen, wo Hannes und sie in Hamburg geendet hatten? Eigentlich hatte sie keine Ahnung, was während der jahrelangen Trennung um und mit Hannes vorgegangen war.

«Schlechte Gäste», hatte Ah Chang gemurmelt.

Die Heimsuchung war über die Familie Petersen hereingebrochen. Und die wachsame Martha hatte die Anzeichen nicht erkannt.

II

War das Petersen, der Martha am Stock entgegenkam?

Ein großer, gebückter Mann mit einer dunklen Brille vor den ehemals strahlenden Augen blieb wie angewurzelt im Zimmer stehen, als Martha ihm den großen Strauß mit Tropenblumen geben wollte. Petersen warf die Blumen mit einem Schwung auf die Veranda des Krankenzimmers.

«Mit den Blumen kannst du bis zur Beerdigung warten», sagte er heiser. «Bald ist es so weit. Wär auch das Beste!»

«Setz dich doch, Hannes», sagte Martha und half ihm in den Rollstuhl. «Wollen wir draußen sitzen?»

«Wie du willst.»

Martha schob den Rollstuhl auf die Veranda. Eine singalesische Krankenschwester brachte den Tee. – Petersen sagte kein Wort. Das Schweigen lastete bleiern auf Martha.

«Ich bin so glücklich, daß wir hier wieder zusammen sitzen», sagte sie endlich sanft. «Oh ... mein Lieber ...»

Petersen schwieg verbissen. Dr. Conway hatte recht. Hannes war aufs Unglück nie trainiert worden.

«Dr. Conway sagt, daß sie sehr zufrieden mit deinen Fortschritten sind», sagte Martha. Jedes Wort tat ihr weh. Wenn Florence noch hier wäre! Oder wenn Mamma Krüger etwas von ihren Hunden erzählt hätte. Hannes hatte immer so herzlich darüber gelacht. Aber Krügers waren nach Bangkok zurückgefahren. Und Martha hatte nicht erlaubt, daß Florence bei ihr blieb. Sie hatte sie nur gebeten, das Manuskript von Professor Berger bei Petersen senior abzuholen... Martha dachte an ihre Freunde, auch wenn alles zusammenbrach.

«Du... Hannes», sagte Martha in das Schweigen hinein. «Ich war ganz erstaunt, wie schön du schon gehst.»

Petersen lachte. «Ach, Martha, sei doch nicht so verdammt taktvoll! Das fällt mir auf die Nerven... Entschuldige, aber das Beste ist, du gehst jetzt ins Hotel!»

Petersen schluckte. Er holte sein Taschentuch aus dem chinesischen Hausrock und führte es ungeschickt und beschämt an seine müden, glanzlosen Augen. Er hatte das letzte Mal geweint, als Großvater auf der Bahre lag und nicht mehr mit ihm auf die Inseln fahren konnte.

Martha goß den Tee ein, als ob sie nichts merkte.

«Unsinn, mein Jung», sagte sie wie in den besten Zeiten in Hamburg. «Du hast zuviel geraucht und zuviel gearbeitet. Und jetzt wirst du dich erholen. Aber du mußt etwas mithelfen! Nachher gehen wir dreimal ums Zimmer und die Veranda.»

Petersen blickte Martha durch die dunkle Brille an.

«Martha ...» sagte er stockend, «meinst du ... daß ich mit Energie später wieder ... reiten kann? Ich meine ... wenn ich, wenn du ...»

«Ganz bestimmt, Hannes.»

Später machte Petersen an Marthas und Dr. Conways Arm den großen Ausflug um Veranda und Zimmer. Martha war so vernünftig und wohltuend! Glücklicherweise bemitleidete sie ihn nicht. In ihrer Gegenwart war das Gefühl der Isolierung, das Gefühl, plötzlich von der Welt der Glücklichen und Gesunden getrennt zu sein, von Petersen abgefallen. Diese panische Angst, bemitleidet zu werden, und dieser Hang, sich wie ein verwundeter Tiger mit einem Gebrechen in den Dschungel zurückzuziehen, waren sehr männlich.

Männliche Gefühle waren ehrenhaft und manchmal ein klein wenig albern.

III

Als Dr. Conway das Ehepaar zwei Wochen später in Mount Lavinia besuchte, kam ihm Petersen am Stock ohne Marthas Hilfe entgegen.

«Wie wär's mit einer Segeltour?» fragte er.

«Ganz mein Fall», erwiderte Dr. Conway und machte einen vergeblichen Versuch, sein Haar in Besuchsordnung zu bringen.

«Ganz netter Platz hier ... wie?» fragte er und betrachtete Petersen verstohlen und sehr genau. – Es würde wohl werden. Den Schock hatte er überwunden. Mrs. Petersen war eine tüchtige Frau.

Mount Lavinia – meerbewegte Stille, Palmen, Seeluft und ein Sommerhotel in englischem Stil. Singalesische Diener ... ein Hotel-Basar mit Elfenbein-Elefanten und Schildpattkämmen, eine große Terrasse mit Sonnenschirmen und die Wellenmusik des Ozeans. «Es geht nichts über Inseln», bemerkte Petersen. Martha kam aus dem Hotel. Sie trug einen Packen Briefe.

«Post aus Bangkok», rief sie und begrüßte den Arzt, der so schnell ein Freund geworden war.

«Kann warten ...» rief Petersen mit einem Anflug seiner früheren Sorglosigkeit. «Oder ist was von Pummel und Pünktchen dabei?» –

Martha hielt den Brief in die Höhe.

«Kannst du mir nach dem Lunch vorlesen», sagte Petersen friedlich, «jetzt gehen wir beiden Männer erst mal segeln.»

Er konnte immer noch nicht richtig lesen. Die Nikotinvergiftung hatte sich auf die Augen geschlagen ... Aber Martha sagte ja, daß es sich geben würde ... Er hatte Martha nun von seinen «Arrangements» für die

Kinder erzählt. Sie hatte ihm zugestimmt, daß die Kinder auf jeden Fall in ihre Hamburger Ordnung zurück müßten. Sie hatte nicht gesagt, was sie über die Arrangements dachte – noch nicht. Dazu mußte Hannes noch ein Stück weiter sein.

«Würde es Ihnen sehr viel ausmachen, wenn wir ein anderes Mal segelten?» fragte Dr. Conway seinen Patienten. «Ich bin heute sündhaft faul. Großer Malaria-Morgen in der Praxis... Hier auf der Terrasse ist's immer am schönsten. Ich bin nicht mehr ganz so jung wie Sie.»

Johannes Petersen war von Haus aus ein höflicher Mann. Er hatte schon als Buttje gelernt, daß man älteren Herren ihren Willen läßt.

«Wie Sie wollen, Herr Doktor», sagte er ganz vergnügt, «ich finde die Terrasse hier auch recht nett. Na ... und du, Martha?»

«Du weißt ja, daß ich hier *klebe*», erwiderte Martha schnell. Sie schwamm leidenschaftlich gern und hatte es noch kein einziges Mal getan, obwohl Petersen sie immer drängte. Auch Segeln in den schmalen Booten der Singalesen wäre für sie ein großes Vergnügen gewesen.

Aber – wie hätte Hannes in das Boot kommen sollen, ohne daß drei Männer halfen? –

Er überlegte nichts – er war wie seine Tochter Pünktchen.

ZWÖLFTES KAPITEL

Weg der Elefanten

I

Seit Petersen in Ostasien war, hatte er die Elefanten vom Katugastota-Fluß bei Kandy sehen wollen. – Nun war er seit drei Wochen in Ceylon. Er hatte sich in Mount Lavinia langsam, aber sicher erholt. Selbst seine Augen füllten sich wieder mit dem alten Glanz. Er ging immer noch am Stock und wußte nicht, ob das Bein jemals wieder zum Reiten taugen würde, aber der plötzliche Zusammenbruch, der nach den vielen Tropenjahren Körper und Geist doppelt erschüttert hatte, zwang ihn zu einer Ruhe, die ihm das hektische Bangkoker Leben nie vergönnt hatte. Wenn er mit Martha auf der Ozeanterrasse von Mount Lavinia saß, erschienen ihm die Konflikte seiner Bangkoker Existenz unwirklich. Er hatte Martha immer noch nicht erzählt, daß Miss Karin ihn auf der Veranda mit den blauen Blüten besucht hatte. Er hatte sie nicht zum Kommen aufgefordert, aber er hatte sie auch nicht hinauskomplimentiert. Er war nicht so alt, weise und wunschlos, wie die heiligen Elefanten von Ceylon – er war nur genauso schweigsam. Und nun sollten sie am nächsten Tag von Colombo aus durch den Dschungel zum Katugastota-Fluß fahren und die Tempel-Elefanten von Kandy sehen. – Petersen hatte den Prinzen Pattani einmal von seiner Pilgerfahrt nach Kandy erzählen hören. Die Elefanten trugen die weltberühmte Reliquie – den heiligen Zahn des Buddha – in Prozession durch die Insel. Tänzer und Musiker begleiteten den farbenprächtigen Zug. Der Prinz hatte mit den andern Pilgern den Weg der Elefanten beschritten und des Abends im *Queens Hotel* in Kandy meditiert.

In der Ruhe von Mount Lavinia hatte Petersen sich mit dem *dhammapada* (Die Worte der Lehre des Buddha) beschäftigt. Zum ersten Male in vielen Jahren hatte er die Zeit und die Ruhe gefunden. Die kleine englische Ausgabe war ein Geschenk des Prinzen Pattani. Seine Hoheit hatte sie Petersen vor der Abreise im Sportklub zugesteckt. «Ferienreisen sind die Zeiten der Besinnung», hatte der Prinz gemurmelt. Petersen war wirklich ruhig und zufrieden und ließ sich von Martha aus dem *dhammapada* vorlesen.

In diesen besinnlichen Stunden am Ozean ging Petersen der besondere Zauber seiner Frau auf. Martha brachte Ruhe statt Erregung. Und es schien Petersen so, als ob jede Frau, die dem Mann die Welt nicht still und harmonisch machen konnte, ihren Beruf verfehlt hätte. Gerade in der heutigen Zeit, aus der Stille und Gefühlswärme so auffällig gewichen waren.

Petersen blickte Martha an. Sie hatte sich in Ostasien verändert. Ihre Kraft und ihre Sanftmut waren jetzt in einer neuen Mischung vorhanden. Martha hatte in Hamburg oft kurz und scharf gesprochen. «Ich habe keine Zeit, in den Spiegel zu gucken», hatte sie ungeduldig gesagt, wenn Petersen sie gebeten hatte, die lose Haarsträhne abzuschaffen. *Wo* war die Haarsträhne übrigens? – Martha trug weiche Wellen und einen schönen losen Haarknoten. Ihr Haar leuchtete wieder. Hatte er das die ganze Zeit nicht gesehen?

«Martha», sagte Petersen mit dem alten spitzbübischen Lächeln, das ihm auf der fröhlichen Mädchenjagd immer so gute Dienste geleistet hatte, «ich habe dich eigentlich für einen weißen Raben unter den Frauen gehalten, aber jetzt sehe ich, daß du nicht anders als andere Frauen bist.»

Martha blickte auf. «Was meinst du damit?» fragte sie milde.

«Du hast dir ja vor Kummer über meine Krankheit eine neue Frisur zugelegt», bemerkte Petersen trocken. «Das ist das Übliche bei euch!»

Martha war buchstäblich rot geworden.

«Steht dir fabelhaft», sagte Petersen, «warum, zum Kuckuck, hast du dich nicht immer so frisiert? Du siehst entzückend aus!»

Martha sagte einen Augenblick gar nichts... Hannes hatte ihr seit Jahren kein Kompliment mehr gemacht. Er blickte sie so an wie damals, als in einer nüchternen Straße über Nacht Kirschbäume aufgeblüht waren. Es waren die kleinen Sätze der Liebe, die den ganzen Unterschied in einer Ehe machen. Man brauchte offenbar einen Teetisch zu zweien... einen isolierten Augenblick auf einer Insel ... eine neue Frisur. Männer waren und blieben eine merkwürdige Erfindung.

«Dummer Jung!» flüsterte Martha.

II

Sie fuhren in glücklicher Stimmung den Dschungelweg nach der ehemaligen Königsstadt Kandy. Neben dem Fahrer saß Dr. Nari Talaiyar – ein junger singalesischer Lehrer und ein Freund von Dr. Conway. Er war ein schlanker, mittelgroßer Singalese, der sein in einer Missionsschule erworbenes Englisch wie einen Bonbon auf der Zunge zergehen ließ. Dr. Talaiyar war ein glühender und ehrgeiziger Vertreter des neuen unabhängigen Ceylon. Seine glänzenden schwarzen Augen erblickten Tag und Nacht die Vision einer hygienisch einwandfreien Modell-Insel, wo jeder Einwohner lesen und schreiben konnte. Es war etwas Rührendes in diesen jungen Patrioten, deren angeborene Sanftmut und buddhistische

Resignation im Sturmwind der Zeit verflogen waren. Auf der runden Stirn des Universitätslehrers stand eine tiefe Falte zwischen den Augenbrauen; als ob Dr. Talaiyar im neuen Ceylon zuviel nachdenken müsse und nicht ganz damit fertig würde. Er freute sich auf die Fahrt nach Kandy. Er würde den Freunden Dr. Conways die Elefanten und den «Tempel des Heiligen Zahns» zeigen. Beides gehörte zu dem alten Ceylon, an das der junge Patriot mit tausend Banden geknüpft war. Sein Großvater war ein *mahout* (Elefantentreiber) in den unermeßlichen Dschungeln gewesen. Von ihm hatte der junge Mann im schneeweißen Tropenanzug des Westens das Verständnis und die Ehrfurcht vor dem «Fürsten des Dschungels» geerbt.

Die Fahrt zum Elefantenfluß führte über Hügel und Täler. Hin und wieder tauchten Reisfelder und Teeplantagen zwischen den Hügelketten auf. Martha sah zum ersten Male die Vorhalle des großen Dschungels. Erst hinter Kandy begannen die Urwälder, die keine Autostraße duldeten. – Doch vom Wesen des Dschungels kündeten auch hier überall die zügellosen Schlingpflanzen, die riesigen Dornbüsche und Kakteen. In den Dörfern badeten Krokodile in sumpfigen Flüssen. Und hinter Dörfern und überschwemmten Reisfeldern stand reglos der Urwald: eine grüne, zeitlose Pyramide, eine stumme Ausschweifung der tropischen Natur.

«Martha», sagte Petersen plötzlich, «ich wollte dir längst etwas erzählen. Nichts Wichtiges. Es trug sich zu, während du in Hua Hin warst.»

Martha beugte sich in intensivem Lauschen vor. Würde Hannes ihr endlich mitteilen, wer die «schlechten Gäste» gewesen waren, von denen der alte, chinesische Koch gesprochen hatte?

«Erinnerst du dich an die beiden Dienerinnen, die Ah Chang damals besorgte, als Pünktchen beinahe ertrunken wäre? Chung und Ah Bue meine ich.»

«Natürlich, mir gefiel die Ah Bue nicht besonders.»

Marthas weiche Stimmung war plötzlich verflogen.

Petersen putzte seine Sonnenbrille. Dann sagte er langsam: «Das war eine ganz verrückte Sache mit der Ah Bue! Sie ist ja eine bildschöne, freche Krabbe ... Du hast ja wohl gemerkt, wie sie immer hinter mir hertanzte? Angeblich, um mich zu bedienen.»

Es war das erste, was Martha hörte. In ihrer Gegenwart hatte Ah Bue den Herrn des Hauses niemals bedient. Kurz und gut: Ah Bue hatte sich, nachdem Martha eine Woche abwesend war, jeden Abend mit sanftem chinesischem Starrsinn in Petersens Schlafzimmer eingefunden, um den reichen lustigen Master über die Abwesenheit seiner Gattin zu trösten. Oder so ähnlich mußte ihr Gedankengang gewesen sein.

«Das ist ja unglaublich», sagte Martha. Und dabei war es wieder einmal ein ganz alltägliches Vorkommnis, bei dem weder Ah Bue noch Chung – ihre Mutter mit den Goldzähnen – sich etwas Schlimmes gedacht hatten. Chung folgte nur den Bräuchen der Chinesen, wenn sie versuchte, ihre schöne Tochter möglichst vorteilhaft «anzubringen». Nicht für immer, nur für eine kleine Weile natürlich. Chung selbst war von ihrem Vater seinerzeit an eine reiche Familie verkauft worden, wo sie über das Mißgeschick, die elfte Tochter eines armen Schneiders zu sein, in Muße nachdenken konnte. Chung war nie schön gewesen, nur fleißig und geldgierig. Sie hatte es sehr nett von ihrem Vater gefunden, daß er sie nach der Geburt nicht ertränkt hatte. Das war in Chungs Heimatort gelegentlich vorgekommen. Chung hatte noch heute Angst vor den Geistern der Flüsse. Ihre Tochter Ah Bue hatte vor nichts Angst, nicht einmal vor dem Zorn des Master Petersen. Ihm hatte die Brautwerbung nicht gefallen. Er hatte Ah Bue und ihre Mutter nach einer Rücksprache mit dem alten Koch entlassen.

Ah Chang, der sonst großen Einfluß auf Petersen hatte, war diesmal nicht durchgedrungen. Er hatte angedeutet, daß seine Nichte und ihre Tochter sich rächen könnten, ohne daß er es zu verhindern vermochte. Petersen hatte laut gelacht. Leider hatte Ah Chang durch das Gelächter des Masters viel Gesicht verloren. Er war vor sich hinmurmelnd ins Küchenhaus zurückgewatschelt und war drei Tage angeblich krank gewesen. Petersen hatte sich mit einer Gehaltserhöhung aus der Affäre ziehen müssen.

«Ich wollte es dir nur erzählen», schloß Petersen, «damit du dich nicht wunderst. Ich wußte nicht, ob die Abwesenheit der beiden Damen dir nach deiner Rückkehr von Hua Hin aufgefallen war.»

«Ich darf ja nicht ins Küchenhaus gehen, damit Ah Chang nicht etwa denkt, daß ich seine Vorräte kontrollieren will. Ich wundere mich aber über etwas ganz anderes.»

«Worüber denn, Memsahib?»

«Ich wundere mich darüber, was die Weiblichkeit in Ostasien eigentlich an dir findet...», sagte Martha lächelnd.

Ihr war ein Stein vom Herzen gefallen. Sie hatte während ihrer Unterhaltung mit dem alten Ah Chang einen Augenblick gedacht, der «schlechte Gast» sei vielleicht doch Miss Karin gewesen. Der Koch hatte einen einfachen Hinauswurf eben höflich umschrieben.

III

Als Dr. Talaiyar und Petersen beim Katugastota-Fluß anlangten, nahmen die Prinzen des Urwalds gerade ihr Bad. *Mahouts* mit nackten Oberkörpern und leuchtenden Kopftüchern beaufsichtigten große und kleine Elefanten, die Ferien im Wasser nahmen. Die mächtigen Tiere stolzierten nachdenklich und pompös durch den schimmernden Fluß mit dem Blick auf die dichten Dschungel und Hügel von Kandy.

Dr. Talaiyar erzählte seinen Gästen viele wissenswerte Dinge über die Künste der *Mahouts*. Sie mußten äußerst behutsam mit den Elefanten umgehen, nachdem diese im Dschungel gefangen worden waren. Viele Gefangene gingen «aus Kummer» schon nach den ersten Monaten der Gefangennahme zugrunde. Die andern wurden von dem *Mahout* mit langen, dünnen Bambusruten berührt, bis sie sich an Berührungen mit der Welt soweit gewöhnt hatten, daß sie einen menschlichen Fuß auf ihrer Haut ertragen konnten, ohne wild zu werden und mit rasendem Gebrüll auszureißen. Doch es war ein weiter Weg von der Zähmung der Dschungelfürsten zum Tempel-Elefanten von Kandy.

«Hoffentlich kann ich bald wieder reiten», sagte Petersen. «Dann fahren wir noch einmal hierher oder nach Nord-Siam. Ich habe mir schon als Junge gewünscht, auf einem Elefanten zu reiten.»

Er blickte die heiligen Tiere wie gebannt an. Die Landschaft am Fluß schien ihnen und den Mahouts zu gehören. Sie bewegten sich in hochmütiger Ruhe vor den Riesenfarnen am Ufer.

«Ein Mann sollte wenig Wünsche haben... wie ein Elefant im Walde, sagt der Buddha», murmelte Dr. Talaiyar.

Petersen dachte darüber nach, wie es wäre, wenig Wünsche zu haben.

IV

Wie Petersen es über sich gebracht hatte, Martha im «Tempel des Heiligen Zahnes» zu Kandy von Karin Holms Besuchen auf seiner Veranda zu erzählen, konnte er später nicht sagen. Sie waren in Mount Lavinia zum ersten Male nach vielen Jahren vollständig im Einklang miteinander gewesen. Und vielleicht hatte er deswegen plötzlich den Drang verspürt, reinen Tisch zu machen. Sie waren staunend durch die Tempelgärten gewandert und hatten den Lotos und die heiligen Schwäne in dem blauen See von Kandy betrachtet. Dann hatte Dr. Talaiyar sie ins Innere des Tempels geführt. Durch vergoldete Bronzetüren, die mit Elfenbeinschnitzereien geschmückt waren, war der Weg in die Zelle gegangen, wo die Reliquie für Wallfahrer und Fremde aus aller Herren Ländern bewahrt wird.

«Der Zahn des Erleuchteten hat Kandy zum Zentrum des buddhistischen Universums gemacht», flüsterte Dr. Talaiyar. Er war im allgemeinen sehr still geworden; er schien sich plötzlich aus einem Patrioten und Statistiker in einen Wallfahrer verwandelt zu haben. Er hatte dann einen Freund aus Colombo entdeckt und sich für einige Minuten entschuldigt. Petersen und Martha waren Arm in Arm durch die Tempelhallen geschritten. Überall huschten Singalesinnen mit sanften Antilopenaugen umher und legten Blumen und Opferkerzen nieder. Und da hatte Petersen mit abgewandtem Blick seiner Frau alles gestanden, bis auf den Erpressungsversuch, den Madame Boulgakoff in Colombo unternommen hatte.

«Wir wollen nicht mehr davon reden», sagte Martha mühsam.

«Wenn du bei mir bist, ist alles in Ordnung», murmelte Petersen. «Du bist für mich – –»

Martha hob abwehrend die Hand. «Ich werde aber nicht immer bei dir sein», sagte sie sehr leise.

Petersen wurde blaß. «Bist du mir böse?» fragte er wie in den besten Tagen.

«Nein ...» erwiderte Martha, «ich bin ja Kummer gewohnt mit dir!»

Sie zwang ein kleines Lächeln auf ihr Gesicht. Es war eine kluge Imitation ihres echten Lächelns ... Während sie zum Lunch nach Queens Hotel fuhren, überlegte sie, was Hannes wohl nächstens anstellen würde. Gleichzeitig faßte sie den Entschluß, mit den Kindern zurückzufahren. Natürlich hatte sie die Kinder in den glücklichen Stunden von Mount Lavinia nicht vergessen, aber sie hatte einmal im Leben mehr an sich selbst als an Pummel und Pünktchen gedacht.

V

In Queens Hotel in Kandy herrschte reges internationales Leben. Ein neuer Schub Besucher war aus dem näheren Ostasien angekommen. Es waren auch Bangkoker darunter. Man traf sie überall östlich von Suez. – So war auch Miss Black im Queens Hotel gelandet. Eigentlich verabscheute sie Ausflüge, sie waren kostspielig und gesundheitsschädlich; aber Miss Black war mit ihrer neuen Sekretärin nach Kandy gefahren, weil keine Journalistin die Elefanten und den «Tempel des Heiligen Zahns» auslassen durfte.

Sie trug ein Kleid aus dünnem schwarzem Seidenleinen, das die Elefanten von Katugastota über die Maßen erschreckt hatte. Sie verabscheuten die schwarze Farbe, so wie die Stiere von Sevilla das rote Tuch verabscheuen. Miss Black war heimlich entrüstet gewesen: das Kleid hatte viel Geld gekostet.

Sie war sehr erfreut, Petersens aus Bangkok zu treffen. Sie hatte sich auf Mr. Desmonds Hochzeit sehr nett mit Martha unterhalten. Mrs. Petersen konzentrierte sich bedeutend besser als die arme Jane.

«Ist Miss Macpherson auch hier?» fragte Martha, während Hannes das Essen bestellte.

«Nein», sagte Miss Black. «Sie hat einen Job bei der ECAFE angetreten. Ich bin mit meiner neuen Sekretärin hier, einer Landsmännin von Ihnen. Sie wird mich nach den USA begleiten.»

«Wer ist es denn?» fragte Martha interessiert.

«Ich traf die Kleine mit ihrem Gatten auf einer Party der UNICEF. Sie glauben nicht, was diese Parties für Geld kosten. Dieser Whisky und die Cocktails ...»

Miss Black versank in Schweigen. Sie dachte zunächst über Jane nach, von der sie so plötzlich getrennt worden war, und dann über die Steuerzahler in den USA, die den großen Aufwand im Fernen Osten bezahlen mußten.

In diesem Augenblick erschien Miss Blacks deutsche Sekretärin. Martha starrte sie sprachlos an. Es war Agnes Songhakul, die doch laut Aussage ihres Gatten zur Zeit bei ihrem kranken Vater in München weilte!

Spät am Abend erfuhr Martha von Agnes eine Tragödie, die sich in dieser Form nicht zum erstenmal im Fernen Osten abgespielt hatte. Dr. Songhakul hatte indessen seine Kusine Suvari geheiratet.

«Wie ist das möglich?» fragte Martha und blickte von der Hotelterrasse auf den Lotossee von Kandy. Hannes war schlafen gegangen. Miss Black schrieb Briefe. Agnes war allein mit Martha. Sie würde diese tröstliche Landsmännin voraussichtlich nie wiedersehen, und es tat ihr wohl, sich einmal auszusprechen. Agnes hatte ihre kleine Tochter Barbara mit einem deutschen Landsmann, der Bangkok gerade verließ, nach München geschickt. Sie mußte sich erst einmal ohne sie ein neues Leben aufbauen – Miss Black war nicht kinderlieb. Sie war sehr erstaunt, daß Kinder so viel sprachen und lachten. Den Sohn hatte Dr. Songhakul behalten. Das war vorauszusehen gewesen. Vidya hatte ja auch Tag und Nacht bei der Großmutter gesteckt.

«Aber ...» sagte Martha immer noch verblüfft, «ich ... hörte doch, Sie wären nach München geflogen.»

«Das hat mein Mann gesagt, weil er Erklärungen lästig findet. – Ich werde später nach München zurückgehen. Vielleicht kommt Miss Black mit. Sie ist begierig, das Leben in der amerikanischen Zone kennenzulernen.»

«Agnes, erzählen Sie mir jetzt nichts von Miss Black!»

Martha sprach sehr freundlich. In ihren Augen war das warme Licht des Mitgefühls. «Armes, kleines Mädel ...», dachte sie. «Was muß sie durchgemacht haben!»

Agnes hatte tatsächlich etwas durchgemacht, das manches Mädchen zerbrochen hätte, aber ihre Lethargie war von ihr abgefallen, als es bitter ernst geworden war. Sie war immer ein bayrischer Dickschädel gewesen. Und was zuviel war, war zuviel ...

Die alte Lady Songhakul hatte auf ihre eigene Weise intrigiert, damit die unangenehme und bettelarme Schwiegertochter endlich in ihr eigenes Land zurückginge. Sie hatte eine alte, wirksame Methode gewählt: sie lud ihre Lieblingsverwandte *Suvari* ein und sorgte dafür, daß Dr. Songhakul die schöne, reiche Kusine dauernd vor Augen hatte. Die junge Baronesse Suvari kaute als moderne Siamesin zwar keinen Betel, aber sie richtete das Betel-Tablett der alten Dame mit anmutiger Sorgfalt. Auch sonst umschmeichelte sie die Patriarchin. Agnes schenkte sie keinen Blick. Sie tat, als ob die Ausländerin bei Dr. Songhakul zu Besuch wäre. Suvari war untadelig höflich, wenn sie Agnes auf dem Hof des riesigen Grundstückes begegnete, aber in ihren schrägen Edelstein-Augen brannte eine kleine Flamme der Bosheit. Sie hatte fest damit gerechnet, daß

Dr. Songhakul und sie ein Paar werden würden. Die Familien hatten es seit Jahren so bestimmt. Und sie paßten in der Tat sehr gut zusammen. Sie hatten denselben Hintergrund, dieselbe buddhistische Erziehung und denselben Familienreichtum.

Dann – am Geburtstag der Patriarchin und wenige Tage vor Paulines Hochzeit – war das Ende gekommen. So blitzschnell und grausam wie der Monsun, der menschliche Schicksale durcheinanderwirbelt.

Suvari hatte an Dr. Songhakuls Seite gesessen, als ob sie seine rechtmäßige Gattin wäre. Und die alte Lady Songhakul hatte ihnen wohlwollend zugelächelt und sich angeregt mit Suvari unterhalten. Agnes hatte dabeigesessen, und jeder Bissen Curry und Reis war ihr im Halse steckengeblieben. Man beleidigte sie unausgesetzt in einer hintergründigen und schlangenhaft geschmeidigen Form. Als Agnes gegen Ende der Mahlzeit höflich die Durian-Frucht ablehnte – sie war allmählich weniger offenherzig geworden –, warf die alte Dame ihr einen unergründlichen Blick zu. Zum Schluß der Feier hatte sie jedem Verwandten ein Gastgeschenk gemacht. Suvari erhielt eine Goldkette mit Saphiren; Dr. Songhakul und die andern bekamen ebenfalls Schmuck. Und Agnes erhielt in Goldpapier verpackt eine schöne Keramikschale, von der ein ihr bekannter gräßlicher Duft aufstieg.

«Die Königin der Früchte», lächelte die alte Lady Songhakul, die offenbar nichts von Agnes' Abneigung wußte. Agnes war niemals sonst ihr Tischgast – Oder wußte sie doch davon? – Irgend etwas drehte sich vor den Augen der geplagten und vernachlässigten jungen Frau, die mit ansehen mußte, wie die alte Dame ihren eigenen Ehemann ganz unverhüllt mit der siamesischen Kusine verkuppelte. Sie stand plötzlich auf und warf der alten Dame die Schale vor die Füße.

Das war das Ende. Sie hatte die Patriarchin beleidigt. Sie hatte ein kostbares Geschenk in barbarischer Art zurückgewiesen. Wie durch einen roten Nebel sah sie, wie Suvari mit Dr. Songhakul kicherte und flirtete. Seitdem dieses Mädchen in Dhonburi unter den Fruchtbäumen der Familie Songhakul wandelte, war der siamesische Arzt keine Nacht in seinem und Agnes' Bungalow gewesen. Er war ohne Erklärung zu seiner Tante gezogen und besuchte nur die alte Dame und Suvari. Agnes hatte wie eine Aussätzige in dem verödeten Bungalow gesessen. Ihr Töchterchen hatte ängstlich gefragt, ob «Mae» (Mama) krank wäre und sterben würde. – Vidya wohnte selbstverständlich bei der Großmutter.

Agnes wußte nicht, was sie tat, als sie die Baronesse Suvari am Arm schüttelte. Sie hatte ein siamesisches *Tabu* verletzt, das in aristokratischen Familien, die mit dem Königshaus liiert waren, noch heute galt. Die Person des Königs durfte nicht angetastet werden. Darauf stand Todesstrafe. Aber auch im Privatleben sollte man niemanden berühren, schon gar nicht heftig berühren! Am allerwenigsten durfte eine Ausländerin sich soweit vergessen, eine siamesische Aristokratin wie eine Strohpuppe zu schütteln.

Den entstehenden leisen Tumult hatte Agnes dann nur halb wahrgenommen. Ihr Mann hatte sie auf einen Blick seiner Großmutter aus dem Hause in ihren eigenen Bungalow gebracht. Sie konnte nie mehr die Räume der Familie Songhakul betreten. Seine Großmutter hatte darüber keinen Zweifel gelassen. Ihres Mannes Gesicht war ausdruckslos gewesen.

«Du mußt natürlich zurück nach München», hatte er ruhig gesagt. «Das ist die beste Lösung» – dann war er lautlos verschwunden.

Zwei Tage später hatte Dr. Songhakul Agnes die Scheidungsurkunde zur Unterschrift vorgelegt. Das ließ sich in Siam in wenigen Stunden bewerkstelligen.

«Ich kann nicht zwei Haushalte haben», erklärte er sanft, aber fest. «Du weißt, daß meine Großmutter das Vermögen der Familie in Händen hat. Mein Gehalt als Regierungsarzt ist klein. Es tut mir sehr leid, Agnes! – Ich wünsche dir und unserer Tochter ein glückliches Leben.»

Agnes hatte sich zusammengerissen. Sie war am nächsten Abend bei Miss Black im Oriental-Hotel erschienen! Miss Black suchte eine Sekretärin und Reisebegleiterin. Ein glücklicher Zufall hatte es gefügt, daß die kleine Barbara mit einem Landsmann zu Agnes' Eltern nach München fliegen konnte. Mutter würde glücklich mit der zierlichen, sanften Kleinen sein. Und Vater würde Bärbel nach anfänglicher Zurückhaltung so verwöhnen, wie er leider Agnes immer verwöhnt hatte.

«Wäre es nicht richtiger, Sie wären auch gleich nach München gegangen?» fragte Martha vorsichtig.

Agnes schwieg einen Augenblick. «Nein», sagte sie langsam. «Ich muß erst einmal zu mir kommen und ... wieder Respekt vor mir selbst kriegen.»

«Ich verstehe Sie, Agnes», sagte Martha behutsam. «Ich wünsche Ihnen viel Glück! Weiß Miss Black über die letzten Ereignisse Bescheid?»

«Natürlich», sagte Agnes eifrig, «mit Miss Black kann man doch ziemlich offen reden.» Martha war nicht restlos davon überzeugt. Miss Black lebte umgeben von einem Wall der Zurückhaltung und ermutigte in keiner Weise zu vertraulichen Mitteilungen ... Liebeskummer machte sie bestimmt außerordentlich ungeduldig.

VI

Am nächsten Tag fuhren Petersens nach Colombo zurück. Die Zeit der Reisen war zu Ende. Am Tag darauf wollten sie sich nach Singapore einschiffen – fort von den Wegen der heiligen Elefanten von Kandy, die nicht ihre Wege waren.

In Colombo wartete ein dicker Brief auf sie. Er war von Hinrich Petersen aus Hamburg.

Martha öffnete den Brief in seltsamer Erregung. Und beim Lesen weiteten sich ihre Augen vor Staunen.

DREIZEHNTES KAPITEL

Johannes Petersen — privat

I

«Nun, Hannes, was hast du beschlossen?» fragte Martha. Sie waren nun eine Woche in Bangkok, und der Brief von Hinrich Petersen aus Hamburg stand gefährlich zwischen ihnen. Es war sonderbar, daß Hinrich, der nach dem Urteil aller Experten Fischblut in den Adern hatte, so eine Aufregung bei Petersens in Bangkok verursacht hatte. – Hannes und Martha hatten noch nicht in Ruhe über Hinrichs Vorschläge sprechen können, denn das Ehepaar Steffens samt den neugeborenen Zwillingen war noch da gewesen. Aber nun war der gute Steffens mit seiner Familie nach der Zinninsel Puket zurückgefahren. Hannes hatte keinen Vorwand mehr, sich vor der Entscheidung zu drücken. Es ging ihm gesundheitlich sehr viel besser. Seine Augen waren noch etwas gereizt; aber er konnte wieder lesen und schreiben. Er konnte Hinrich Petersens Brief, der an ihn gerichtet war, ohne weiteres selber beantworten.

«Hinrich ist verrückt...» sagte Petersen aufgebracht. «Ich habe noch niemals einen so verrückten Vorschlag gehört. Das würde ihm so passen, aber daraus wird nichts.»

Dann erhob er sich, um mit gerunzelter Stirn ins Büro zu fahren. Er rief aufgeregt auf der Terrasse nach dem Chauffeur, doch es erschienen nur dessen Söhne *Mu* und *Nu*. Sie bohrten mit Begeisterung in ihren Nasen und teilten mit, daß ihr Papa *mai sabei* (krank) wäre. «Also betrunken», dachte Petersen. Das hatte noch gefehlt. In diesem Augenblick kam der Geschäftswagen des alten Herrn Petersen vorgefahren. Darin saß ein junger Hamburger mit sehr langen Beinen und einem langen, rosigen Gesicht, das nicht den Schimmer eines Ausdrucks zeigte. Es war der «junge Harms», dem Petersen senior seinerzeit ohne jede Berechtigung die Knochen hatte zerbrechen wollen. Der junge Harms von «Harms & Co., Fuhlentwiete», hatte einen «Heidenrespekt», wie er es ausdrückte, vor Petersen junior. Er war sein Ideal. Wenn Thomas Harms auch niemals so gewinnend lächeln würde wie Johannes Petersen, so war er doch etliche Jahre jünger. Tommy war sechsundzwanzig Jahre alt – Hannes war in seinen Augen «ein alter Tropenhengst» ... nicht nur der Erfahrung, sondern auch den Jahren nach. Dreiundvierzig war für den jungen Harms ein biblisches Alter. Da er – wie jeder bessere Hamburger

– auf den Mund gefallen war, wußte Hannes nicht, daß der junge Harms ihn für einen betagten Herrn hielt. Es hätte seine ohnehin schwache Sympathie für den jungen Mann noch vermindert. Der junge Harms hieß bei Petersen & Co. «der Säugling». Er hatte etwas Reines und Naives an sich. Thomas Harms hielt sich allerdings selbst allen Ernstes für einen ganz verflixten Schürzenjäger. Er stand vor seiner Verlobung und hatte es seinen alten Herrschaften in Flottbek in Andeutungen mitgeteilt... Die waren so etepetete... Die Zukünftige des jungen Harms würde nach Flottbek passen wie eine Tigerin in ein Mädchenpensionat. Dies war einer der drastischen Vergleiche, die der junge Harms schweigend anstellte. Ob man mal mit Petersen junior den Fall beschnackte? Aber der Juniorchef war gar nicht erholt aus Colombo zurückgekommen. Und am Stock ging er auch noch. «Jaja, das Alter», dachte der junge Harms. Nach dreißig war das Leben wahrscheinlich vorwiegend «Schiet».

«Ich sollte Sie abholen, Herr Petersen», sagte der Säugling und verbeugte sich mit steifer Eleganz vor Martha. «Der alte Herr Petersen braucht diesen Wagen nicht.»

«Danke sehr, mein Junge», sagte Hannes würdevoll. «Bis nachher, Martha! Wir sprechen noch über die Sache!»

«Herr Petersen», sagte der junge Harms auf dem Weg zur New Road, «während Ihrer Abwesenheit haben Wong & Söhne den Auftrag für die dreitausend Schreibmaschinen annulliert. Sie schrieben, daß sie aus den USA Maschinen zu billigeren Preisen haben könnten.»

«Haben Sie Wong & Söhne daraufhin nicht ein billigeres Angebot gemacht?»

«Natürlich nicht», erwiderte der junge Harms beleidigt. «Sie sagten doch vor Ihrer Abreise, es sei das Mindestangebot für die ollen Ladenhüter.»

«Es gibt *immer* noch ein Angebot darunter. Sie lernen es nicht, mein lieber Harms! Der Brief war eine pro-forma-Absage. Der alte Herr Wong erwartet natürlich ein Gegenangebot von uns. War mein Onkel denn nicht da, um die Sache in Ordnung zu bringen?»

«Der Senior war in Hua Hin. Fräulein Krüger aus Hamburg sollte ihn dort besuchen.»

Petersen quittierte diese Mitteilungen mit verbissenem Schweigen. Natürlich war das Privatleben Onkel Winn wichtiger als das Geschäft! Wenn der Juniorchef sich nach zwölf Jahren eine kleine Ferienreise gönnte, ging alles schief. Hinrich war übergeschnappt mit seinen Vorschlägen. Bei dem Gedanken an Hinrich Petersen stieg eine leise Tropenwut in Hannes hoch.

Im Büro angekommen, stellte er erst einmal eine telefonische Verbindung mit Wong & Söhne her. Er würde hochgeehrt sein, wenn der alte Herr Wong ihn heute oder morgen auf kurze Zeit empfangen könnte. Die weiche, lispelnde Stimme des chinesischen Prokuristen gab nach kurzer Zeit für heut nachmittag eine passende Stunde an. Herr Wong würde entzückt sein, Mr. Petersen zu sehen.

«Geht in Ordnung ...» murmelte Hannes in seinem Privatbüro, wohin ihm der «Säugling» Harms glücklicherweise nicht folgen konnte. Bestimmt war der alte Herr Wong umzustimmen. Die Annullierung des Auftrags war *doch* nur eine Form! Der junge Harms war nun schon etliche Monate in Ostasien und glaubte immer noch alles, was man ihm sagte ... «Idiot», murmelte sein Juniorchef.

Dann nahm er sich den Brief von Hinrich Petersen noch einmal vor und starrte darauf, als ob er ihn zum ersten Male lese. Er setzte sich zu dem Zweck die neue Hornbrille auf – auch eine Alterserscheinung, hatte der junge Harms gedacht, als er den Juniorchef zum ersten Male mit «dem Instrument» vor den Augen gesehen hatte. Hinrichs private Mitteilungen überschlug er. Was interessierte es ihn, an welchen Nordsee-Platz Lisa dieses Mal reiste? Lisa war Hinrichs Frau ... Etepetete und immer ein wenig unzufrieden. Sie hatten keine Kinder.

«*Lieber Hannes*», schrieb Hinrich, «*besten Dank für Deinen Brief. Es tut mir leid, daß Du von einem tollen Hund gebissen worden bist. Warum impft man in Bangkok die Hunde nicht mit Anti-Tollwut-Serum? Hoffentlich erholst Du Dich recht gut. Sei nur vorsichtig nach den vielen Injektionen. Wir sind nicht mehr die Jüngsten ...*»

«*Wir* ist kostbar», dachte Petersen wütend. Der gute Hinrich war genau zehn Jahre älter als er.

Auch die geschäftlichen Mitteilungen überflog Hannes nur, obwohl sie Petersens in Bangkok sehr interessierten. Er hatte sie bereits studiert und entsprechend beantwortet.

«*Was Deinen Vorschlag anbelangt*», hatte Hannes an den Rand seines geschäftlichen Antwortschreibens geschrieben, «*so muß ich noch mit Martha und Onkel Wilhelm Christian darüber sprechen. Es scheint mir nicht wahrscheinlich, daß dieses Projekt sich verwirklichen läßt.*»

Petersen las noch einmal den abstrusen Vorschlag, den dieser stieselige Hinrich wirklich und wahrhaftig dem geduldigen Luftpostpapier anvertraut hatte.

«*Selbstverständlich sind Lisa und ich jederzeit bereit, Pummel und die Lütte bei uns aufzunehmen und sie zu erziehen, bis Martha und Du den Tropen Lebewohl sagen werdet. Ich ziehe bereits Erkundigungen nach Internaten ein, falls es weiterhin Dein Wunsch sein sollte, den Jungen in eins zu schicken. Ich persönlich bin gegen Internate. Wenn auch Lisa und ich nicht an Lärm und so weiter gewöhnt sind, so würden wir uns doch freuen, Eure Kinder bei uns zu haben. Um die Ausgaben, die uns entstehen, mache Dir keine Sorgen; ich führe Buch. Und was die Ernährung in Hamburg anbelangt, so ist bei kleinem wieder alles beim alten. Pummel kann sich wieder an seinem Leibgericht Labskaus wie eh und je den Magen verderben.*»

Petersen pausierte. Er überschlug eine Seite: Hinrichs Schilderung seiner Sommerferien in Westerland. Es war immer dasselbe. Hinrich beklagte sich über die Preise, wollte aber stets das Beste. Und Lisa spielte Bridge. Das taten wohl alle kinderlosen Frauen von morgens bis abends. Martha hatte niemals Karten gespielt. Petersen überlegte, was Martha wohl sagen würde, wenn er sofort auf Hinrichs *Vorschlag* antwortete... Verflixt noch mal, Martha konnte doch nicht im Ernst beabsichtigen, mit den Kindern zurückzufahren! Sie war doch Kummer mit Hannes gewohnt. Das hatte sie selbst in Kandy gesagt und dabei etwas gelächelt. Martha war eine wunderbare Frau... nur etwas kühl. Petersen verbot sich mit aller Strenge, an Miss Karin Holm zu denken. Das kleine Biest hatte es faustdick hinter den Ohren. Aber wenn sie «Johnny» sagte und einen dabei aus schrägen Augen schmelzend anblickte – ganz sanft und unschuldig und etwas falsch –, dann wehte betörende Luft, der Dufthauch des großen Abenteuers, von dem die indischen Dichter sangen: «Und vom Himalaya sank Blumenregen...»

Petersen wandte sich stirnrunzelnd Hinrich Petersens Vorschlag zu.

«Zum Schluß möchte ich Dir nach reiflicher Überlegung einen ganz anderen Vorschlag machen und bitte Dich, ihn nicht kurzerhand abzuweisen. Ich habe immer in Hamburg gesessen und möchte mir eigentlich noch einmal den Wind um die Nase wehen lassen, bevor ich zu alt für ein kleines Abenteuer geworden bin. Wie wäre es, wenn Du mit Martha und den Kindern nach Hamburg gingest und ich Deinen Posten in Bangkok für die nächsten Jahre übernähme? Ich weiß ja schließlich mit dem Überseegeschäft genau Bescheid und habe aus Deinen Berichten entnommen, daß gerade die Chinesen, die unsere Hauptkunden waren und bleiben, streng reell sind. Deine Erfolge beruhen doch sicherlich auf etwas, was ich die Hamburger Tugenden – im geschäftlichen Sinne – nennen möchte: Ehrlichkeit in Wort und Tat, kühles Urteil und strikte Zurückhaltung privat. Auch Lisa möchte gern nach Bangkok kommen. Marthas Bericht von der Hochzeit unserer Nichte Pauline hat sie ganz tüdelig gemacht. Sogar Prinzessinnen sollen ja dabei gewesen sein. Ich persönlich bin ja bürgerlich eingestellt. Hohe Stellung und Titel bedeuten mir nichts, wenn nicht die Persönlichkeit den Vorzug der Geburt und der öffentlichen Stellung rechtfertigt. Man hat ja niemals anders in Hamburg gedacht. Aber die Damen sind ja nun einmal für so etwas. Ich nehme an, daß der junge Harms nun so weit eingearbeitet ist, daß er mir in der ersten Zeit dienlich sein kann. Und dann ist ja Onkel Wilhelm Christian da, der doch alles aufgebaut hat, nicht wahr?»

Niemals hatte ein Satz in einem Brief Johannes Petersen so entrüstet wie Hinrichs Behauptung, daß Onkel Winn das große Nachkriegsgeschäft aufgebaut hätte. «Heilige Unschuld», murmelte Petersen und zündete sich ausnahmsweise eine Zigarette an. Es genügte nicht, selbst vor Wut zu rauchen. – Und der junge Harms als Fachmann für den Fernen Osten! Da lachten sämtliche Krokodile! *Die* hatten eine Ahnung daheim, diese... Spießer! Hinrich mit seinen vorsintflutlichen bürgerlichen Tugenden! Streng reell und ahnungslos. So wie der Säugling von Harms & Co., Fuhlentwiete.

Es klopfte. Petersens neue Privatsekretärin – eine Euro-Asiatin von fünfunddreißig Jahren – betrat den Raum auf unhörbaren Sohlen. Fräulein Knudsen – die Tochter eines dänischen Kapitäns und einer Siamesin – war eine hervorragende Kraft. Sie hatte die richtige Einstellung. Sie interessierte sich mehr für ihr Gehalt – das beträchtlich war – als für romantische Liebe. Sie ernährte ihre Mutter und vier jüngere Schwestern. Nach den Bürostunden, die in den Tropen zwischen vier und fünf Uhr nachmittags zu Ende waren, tätigte Fräulein Knudsen Grundstückverkäufe. Sie hatte vor der japanischen Besetzung bei einem englischen Anwalt gearbeitet und einen guten Einblick in die Praktiken der Bangkoker Grundstücksmakler erhalten. Fräulein Ulla Knudsen war groß, blond, verblüht und sprach mit schriller Stimme, aber sie war erstklassig. Sie sprach Siamesisch, Dänisch, Englisch, Chinesisch und Malaiisch. Der junge Harms wandte sich stets an sie. Petersen junior war zu ungeduldig, um ihm die Dinge mit Wong & Co. wirklich zu erklären. Er thronte – wie es sich für ein Ideal gehörte – in unerreichbarer Ferne an seinem riesigen Schreibtisch aus Teakholz. Martha hatte keine Ahnung, wie die Angestellten vor dem Juniorchef zitterten. Sein bezauberndes Lächeln reservierte er meist für die Kundschaft.

«Eine Besucherin, Sir!» flüsterte Fräulein Knudsen. Ihr Flüstern erinnerte an Musik aus einer geborstenen Trompete.

«Nanu!» wunderte sich Petersen. «Eine *Dame*, sagen Sie? Bitte, Fräulein Knudsen, fragen Sie, in welcher Angelegenheit! Sie wissen ja: während der Bürozeit plaudern wir nicht mit Damen.»

Petersen lächelte die Privatsekretärin mit Mittelstärke an. Sie arbeitete noch besser, wenn man das elektrische Lächeln anstellte. Das war bei jedem Menschen mit siamesischem Blut so. Das Lächeln war eine Grundlage, auf der man solide aufbauen konnte.

«Die Dame hat ein dringendes privates Anliegen.» Fräulein Knudsen blickte den Chef mit verzehrender Neugierde an. Die Neugierde war ihr einziger Fehler. Fräulein Knudsen empfand natürlich anders darüber. Sie lebte von den Erlebnissen der anderen. Die Gier nach dem Privatleben, das ihr versagt blieb, trieb sie dazu, die Menschen ihrer Umgebung mit der Blendlaterne der Neugierde bis in die geheimsten Winkel der Seele abzuleuchten. Die stürmische Karriere von Karin Holm hatte sie stets begeistert. Alle Euro-Asiatinnen in Bangkok kannten sich und lebten in einer sozialen und psychologischen Schicksalsgemeinschaft. Sie hatten ihren eigenen Tennisklub, ihre eigenen Tanzgesellschaften und ihre eigene Moral. Petersen junior war durch seine Bekanntschaft mit Karin Holm eine Quelle intensiven Interesses für seine äußerlich streng neutrale Privatsekretärin. Sie kannte die Besucherin sehr gut, aber sie wollte gern wissen, was der Chef für ein Gesicht machte, wenn er die Dame sah.

«Die Dame hat wenig Zeit», bemerkte Fräulein Knudsen.

«Lassen Sie sie herein», sagte Petersen in einem plötzlichen Entschluß. Er hatte eine Ahnung, daß es besser sei, die Besucherin zu empfangen. Er hatte soeben ihre Gestalt durch die halboffene Glastür erblickt.

«Guten Morgen, Sir!» sagte Madame Boulgakoff in ihrem harten Englisch.

Fräulein Knudsen verschwand befriedigt. Der Chef war blaß geworden. Sie versuchte, durch das Schlüsselloch ins Büro zu blicken. Aber der Chef hatte den grünen Vorhang aus Filz vor die Glastür geschoben. Er war auch nicht von gestern.

II

«Sie wünschen?» fragte Petersen kalt. «Ich muß Sie bitten, sich so kurz wie möglich zu fassen. Ich habe in fünfzehn Minuten eine Konferenz.»

Er bot der Besucherin keinen Stuhl an und stand ihr in seiner ganzen Größe gegenüber. Das war Madame Boulgakoff unangenehm. Sie hatte einen langen Oberkörper und kurze Beine und machte im Sitzen eine bessere Figur.

«Sie gestatten, daß ich mich setze», sagte sie und ließ sich auf Petersens Schreibtischsessel nieder. So stand Petersen ihr gegenüber, als ob *sie* in diesem Zimmer zu sagen hätte. «Unverschämtes Weibsbild», dachte er und wartete. Das hatte er in den vielen Verhandlungen gelernt. Man war sofort im Verlust, wenn man die Unterhaltung mit einem unangenehmen Kunden eröffnete.

«Ich bin gekommen, um mir meine dreitausend Ticals abzuholen», lächelte Madame. «Sie brauchen nur den Scheck auszustellen, und ich gehe!»

«Ich weiß nicht, wovon Sie sprechen», sagte Petersen unschuldsvoll.

Madame Boulgakoff lächelte nicht länger, sondern sprang auf. Petersen benutzte geschickt die Gelegenheit, um sich auf seinen angestammten Platz zu begeben. In der Schublade lagen sein Scheckbuch, ein Bild von Martha und den Kindern und ein Revolver. Petersen hatte eine Lizenz für Schußwaffen. – Nicht jeder in Bangkok besaß sie.

«Ich glaube, Sie wissen, wovon ich spreche. Sie versprachen mir das Geld in Colombo. Dafür wollten Karin Holm und ich ... Aber ich denke nicht daran, meinen Atem zu verschwenden. Karin ist wieder in Bangkok. Sie kam vor drei Tagen und wohnt bei mir.»

«Ich beabsichtige nicht, Miss Holms Biographie zu schreiben», sagte Petersen sanft. «Sie müssen entschuldigen, Madame, aber ich habe keine Ferien, wie in Colombo. Und unsere netten kleinen Bargespräche lassen sich nicht in einem Büro weiterführen. Sie haben doch wohl nicht im Ernst gedacht, daß ich Ihnen eine solche Summe aushändigen würde?»

Petersen war in Siegerstimmung. Wie gut, daß er sich mit Martha in Kandy ausgesprochen hatte! Mochten die Weiber hinlaufen ... Martha hatte begriffen, daß er von ihnen verfolgt wurde. Er streckte seine feingliedrige Hand aus, um nach seiner Privatsekretärin zu klingeln. Sie sollte die Besucherin hinausbegleiten. Er erhob sich und stützte sich leicht auf den Stock.

«Guten Morgen, Madame, es hat mich sehr gefreut.»

«Einen Augenblick noch, und Ihre Freude wird keine Grenzen kennen», erwiderte die Russin.

Sie öffnete die schäbige Handtasche, die ihren ganzen irdischen Besitz enthielt, soweit man ihn mit sich herumtragen kann: etwas billigen Schmuck; einige hundert Ticals und ein Bild von einer russischen Stadt vor der Revolution. – Es war eine nüchterne Stadt und doch ein verlorenes Paradies mit Erinnerungen an eine reiche Ostertafel, an Gesang und einen summenden Samowar ... Russische Kindheit – für ewig verloren und für ewig geliebt. Eine Stadt, die Tatjana Boulgakoff manchmal in Opiumwolken erschien ... Eine Malerakademie hatte es dort auch gegeben. Ihr Papa war an ihr als Professor tätig gewesen. Er hatte sich dort sein Geld auf leise und würdige Art verdienen können. Er war glücklich. Er war zur richtigen Zeit im Exil gestorben. Er hatte noch ehrgeizige Pläne für seine kleine Tochter gehabt ... Aber die kleine Tochter mußte sich ihr Geld holen, wo sie es bekommen konnte. Man konnte sich heutzutage Träume nur nach Geschäftsschluß gestatten.

«Kennen Sie diesen Brief?» fragte Madame Boulgakoff. «Er wird Ihre Gattin sicher interessieren.»

Petersen starrte sprachlos auf die vergilbten Seiten, welche die Russin in sicherer Entfernung in die Höhe hielt.

«Sie schrieben diesen Brief an Miss Karin Holm im Jahre 1946», sagte sie. «Falls Ihr Gedächtnis nachgelassen haben sollte! Sie gingen in diesem Brief eine Verpflichtung ein, für Miss Karin ...»

«Wieviel?» fragte Petersen heiser. Er wußte, was in diesem Brief stand.

«Wieviel er Ihnen wert ist», bemerkte Madame. In ihren Augen funkelte ein so grausames Amüsement, daß sie sie wohlweislich niederschlug.

Petersen nannte eine Summe, die Madames Erwartungen übertraf. Er mußte von Sinnen gewesen sein, als er diesen Brief schrieb. «Und vom Himalaya sank Blumenregen ...» In der Tat. Ein goldener Regen vom Privatkonto Johannes Petersen. Nicht einmal der junge Harms hätte sich so unbeschreiblich und unverantwortlich auslassen können, wie Petersen es zu einer Zeit getan hatte, da Marthas und der Kinder Bild gespenstisch verblaßt war. – Das Absurde an der Sache war, daß Petersen so ungern Briefe schrieb. Es war eine Familieneigentümlichkeit. Man schrieb, daß es einem gut, mittelgut oder «nicht besonders» (also: sehr schlecht) ging. Herzliche Grüße von Haus zu Haus Euer Johannes ... Das Geschäft ginge leidlich ... danke!

Und da hatte er sich in einer Bangkoker Mondnacht (wie ein Primaner) hingesetzt und wie ein Primaner geschwärmt. Nicht nur das. Er hatte geschrieben, daß er immer für Miss Karin sorgen würde. Er wisse ja, daß er «an allem» schuld sei. Ein Idiot war er gewesen. Wenn eine sich auf eine Verführungsszene in der Tropennacht verstanden hatte, so war es – trotz ihrer zarten Jugend – Miss Karin gewesen. Heut war sie dreiundzwanzig – immer noch zu jung, um so ... geschäftstüchtig zu sein. Aber im Verein mit der Russin, bei der sie seit dem Tode ihrer Mutter wohnte, nutzte Karin verblichene Emotionen auf Heller und Pfennig aus. Wenn Martha diesen Brief – wenn auch verjährt und nicht mehr wahr – zu Gesicht bekäme, würde sie Petersen abbuchen. Nicht nach außen hin – da waren die Kinder zu bedenken. Aber Martha könnte und würde diesen Akt des Leichtsinns nicht abtun, wie die andern «Dummheiten». Es hätte nur noch gefehlt, daß Petersen ein Heiratsversprechen gegeben hätte. Drauf und dran war er gewesen ... Wie hatte er so vergessen können, was Martha und die Kinder für ihn bedeuteten? Dabei war er heut zappelig, wenn Martha sich nur drei Stunden aus seiner Nähe entfernte. Es gab keine Entschuldigung für ihn. Und wenn er auch bitteres Brot der Reue bis ans Lebensende in sich hineinwürgte: er hatte Martha einmal im Leben wirklich verraten.

Petersen schrieb den Scheck aus und reichte ihn Madame Boulgakoff, die sofort verschwand. Dann riß er den Brief in kleine Stücke und verbrannte sie sorgfältig in seinem großen Aschenbecher aus chinesischem Ton. Er zeigte ein Drachenmuster: sehr passend!

Dann klingelte er seiner Privatsekretärin.

«Ich möchte nicht gestört werden, Fräulein Knudsen», sagte er ruhig. «Ich muß die Korrespondenz mit Wong & Söhne von den letzten zwei Monaten durcharbeiten. Haben Sie die Akte parat?»

«Selbstverständlich, Sir», sagte Fräulein Knudsen mit Berufseifer. «Soll ich ein Diktat aufnehmen?»

«Später. Ich muß erst einmal sehen, was eigentlich während meiner Abwesenheit an Wong & Söhne in Hongkong geschrieben worden ist. Vielleicht werde ich hinfahren müssen. Ich dachte, die Maschinen wären längst bestellt?»

«Der junge Herr Wong schrieb, er wolle mit Ihnen selbst verhandeln, Sir», erwiderte Fräulein Knudsen. Ihre Augen tasteten gierig das Gesicht des Chefs ab, aber sie konnte nichts entdecken, was auf einen inneren Tumult schließen ließ. Und die Russin war schweigsam wie das Grab verschwunden.

Fräulein Knudsen verschwand ihrerseits im Kontor und stellte eine telefonische Verbindung mit dem «Russischen Restaurant» her. Es war ihre Pflicht als Freundin, sich ein wenig um Karin Holm zu kümmern.

Sie schien in Hongkong keine guten Erfahrungen gemacht zu haben und war plötzlich sehr verschlossen. Was war los? Ein neuer Mann, von dem Miss Knudsen nichts wissen sollte? Sie würde es schon herausbekommen. Sie bekam alles heraus.

«Karin?» fragte Miss Knudsen mit der Stimme einer geborstenen Trompete, «ich wollte dich gern zu ‹Chez Ève› zum Lunch einladen. Wie bitte? Du bist krank? Das tut mir leid! Der Arzt hat Besuche verboten? *Ich* bin doch kein Besuch, Liebling! ... Also ... wie du willst! Auf Wiedersehen!»

Fräulein Knudsen legte enttäuscht auf. Immerhin sparte sie ihr Geld. Ein Lunch in dem elektrisch gekühlten Bar-Restaurant von *Chez Ève* war eigentlich zu teuer für sie. Davon konnten Mutter und Schwestern drei Tage «Reis und Curry» essen. An die Krankheit glaubte Fräulein Knudsen nicht einen Augenblick. *Diese* Ausrede hatte sie selbst oft genug gebraucht.

III

Petersen hatte sein Gesicht in den Händen vergraben. Es war ein Jammer, daß der grüne Filzvorhang diesen sensationellen Anblick vor seiner Privatsekretärin verbarg. Die Korrespondenz mit den Wongs in Hongkong lag unberührt auf der kostbaren polierten Teakholzplatte.

Petersen betrachtete sich privat und fand den Anblick unerfreulich. Nicht nur, daß er sich mit diesem Brief sozusagen nackt vor den Augen der Russin ausgezogen hatte. Das war schlimm genug und besonders für ein Hamburger Temperament unerträglich. Er hatte wahrhaftig keinen Grund, Hinrich und seine bürgerlichen Tugenden zu belächeln. Hinrich Petersen mochte langweilig und kleinlich bei Geldausgaben sein, aber er war ein Gentleman. Niemals hätte er einer kleinen Hure mit blonden Haaren und asiatischen Traumaugen diesen Brief geschrieben! Eher wäre Hinrich den größten Dückdalben im Hafen hinaufgeklettert und hätte sich von dort aus in die Elbe gestürzt ... Auch Onkel Winn besaß die Stabilität und Würde der alten Generation. Er hatte treu zu Nang Siri und seinen Kindern gehalten – was immer er sich manchmal dabei gedacht haben mochte.

Aber Johannes Petersen hatte nicht nur Martha verraten – er hatte momentweise auch seinen Sohn und sein Töchterchen vergessen. Heute kam es ihm unbegreiflich vor ... Und während ein Teil von ihm in dem kleinen, finstren Kerker der Scham saß, den seine Hände vor seinem Gesicht errichtet hatten, erkannte er, daß auch die Versprechungen, die er Martha bei ihrer Ankunft gemacht hatte, leichtsinnig dahergesprochen gewesen waren. Sonst hätte er Karin damals vor Paulines Hochzeit von der Veranda mit den blauen Blüten vertrieben. Die böse Unruhe, die er tot geglaubt hatte, war noch einmal herangekrochen und hatte ihn den

Kopf verlieren lassen. Jetzt hatte er sich aus dem Garten mit Marthas Kirschbäumen endgültig verbannt. Er wußte plötzlich mit Sicherheit, daß Martha ihn in Kandy wohl verstanden, aber den Trennungsstrich endgültig gezogen hatte. Selbst wenn sie schließlich die Kinder allein nach Hamburg senden würde – was Petersen immer noch hoffte, sie war nicht mehr dieselbe. Sie hatte ihn wohl aufgegeben – wie einen Schüler, der trotz großmütiger Nachhilfe das Ziel der Klasse nicht mehr erreichen konnte. Martha hatte recht. Sie würde zwar immer noch zu ihm halten – aber die Kirschbäume waren nun endgültig abgeblüht. Petersen merkte es jetzt erst, wo die kahlen Zweige ihm das Gesicht peitschten ... Martha würde immer mit Güte und Intelligenz ihre Pflicht tun. Aber ihre Enttäuschung, die sie schweigend trug, schuf mitten im Blütenmeer des Ostens eine herbstliche Landschaft – voller Schatten, die verstohlen dem Mond folgten. Nur der dunkle Bambus beherrschte noch die entlaubte Flur. Das war sein Werk – nach den glücklichen Tagen in Mount Lavinia. Sie konnten nicht wiederkommen. Das Leben war kein Roman, in dem die Liebe – den Lesern zuliebe – über Verrat und Schmutz triumphierte. «Ich bin ja Kummer mit dir gewohnt», hatte Martha im Tempel von Kandy gesagt. Kummer – aber nicht endlosen Verrat. Und nun gab es für Petersen keine Heimkehr zu Marthas strahlender Wärme. Es gab nur noch die Pflicht als Gatte und Vater der Kinder, die schon zu lange im Fernen Osten herumlungerten. – Er mußte sofort an Hinrich schreiben.

Petersen spannte einen Bogen mit Durchschlag in seine Schreibmaschine. Er zögerte einen Augenblick. Eigentlich könnte er genausogut jetzt nach Hamburg zurückgehen. Sein Blick fiel auf die Akte von Wong & Wong, Hongkong. Nein! Das einzige Gebiet, auf dem er nicht mit Glanz versagt hatte, war das ostasiatische Geschäft.

Und in dem Wunsch, sich auf diesem einzigen Gebiet weiterhin zu bewähren, schrieb Petersen an seinen Vetter Hinrich in Hamburg:

Lieber Hinrich!
Schönen Dank für Deinen ausführlichen Brief. Ich bin sehr erleichtert, daß Ihr unsere Gören aufnehmen wollt! Das ist hochanständig von Euch. Selbstverständlich war die Voraussetzung, daß alle Deine Ausgaben für die Kinder zu meinen Lasten gehen. Das wäre ja ulkig, wenn Du noch Unkosten wegen meiner Nachkommen haben solltest!

Besten Dank auch für die Nachfrage nach meiner Gesundheit. Es geht mir wieder ausgezeichnet. Ich bin augenblicklich allein im Betrieb. Onkel Winn ist mit Florence Krüger und seiner Frau in Hua Hin. Er wird ziemlich alt und ist den gesteigerten geschäftlichen Anforderungen der Nachkriegszeit nicht mehr ganz gewachsen. Dies streng unter uns! Selbstverständlich hat er seine riesige Erfahrung und macht das Bangkoker Geschäft in alter Frische: aber die Verbindungen zu den anderen ostasiatischen Märkten schaffe ich ganz allein. Es ist nicht einfach, das kann ich

Dir sagen! Deutschland hat einen schweren Stand ... noch vom Dritten Reich her. Aber wir werden es langsam schaffen.

Im übrigen ist Onkel Winn ein schwerreicher Mann, der mit Recht dem Geschäft keine übermäßige Aufmerksamkeit schenkt. Er hat ausgedehnten Grundbesitz – auf den Namen der Gräfin Siri. Ich bin ein armer Schlucker, der hier neu aufgebaut hat und nun anfängt, sich etwas zurückzulegen. Der Lebensstandard ist allerdings so hoch in Nachkriegs-Bangkok, daß nicht viel nachbleiben würde, wenn ich jetzt wieder nach Hamburg käme. Dein Vorschlag, lieber Hinrich, zeigt, daß Du Dir über die Situation hier nicht klar bist. Ich bitte Dich, mir meine Offenheit nicht zu verübeln. Ich spreche rein geschäftlich. Niemand schätzt Deine Qualitäten als Geschäftsmann höher ein als ich, aber gerade diese Qualitäten – Solidität und Offenheit im hanseatischen Sinne – sind gelegentlich geschäftliche Handicaps im Fernen Osten. Ich fürchte, Du stellst Dir Handelsbeziehungen mit unsern chinesischen Kunden zu einfach vor. Gewiß sind so große und weltbekannte Firmen wie Wong & Söhne durchaus reell; aber – im chinesischen Sinne! Es würde zu weit führen, Dir brieflich zu erklären, was das heißt: man kann nicht auf zwölf Seiten klarmachen, was man in zwölf Jahren unter Nackenschlägen erfahren und gelernt hat. Abgesehen davon, daß ich nie im Leben zwölf Seiten beschrieben habe und nicht die Absicht habe, in meinem hohen Alter solche Gewohnheiten anzunehmen. Ich werde ja nun bald vierundvierzig ... biblisch!

Wenn Du nichts von Internaten für unsern Jungen hältst, dann bin ich dafür, daß er wieder in Hamburg das Johanneum besucht. Ich bin zu lange von zu Haus fort, um mir ein Bild von Landschulheimen machen zu können. Albert reitet jetzt übrigens sehr nett: ich möchte, daß er in Hamburg weiter den traditionellen Sport der Familie pflegt. (Selbstverständlich auf meine Kosten!) – Bitte veranlasse nicht, daß Pummel auf Großmütter-Pferden in Hamburg anfängt! Daß damals die Schwester von Onkel Wilhelm Christian vom Pferd stürzte und sich leider den Hals dabei brach, ist kein Grund dafür, daß nun alle Petersens lahme Lieschen reiten. Der Jung hat sich hier draußen recht nett gemacht. Er ist nicht mehr so ein Bücherwurm und reitet wirklich famos. Der Abschied von den Kindern ist für uns alle eine harte Nuß; aber es muß sein. Bitte, sage Lisa, daß mein Pünktchen ein sehr liebebedürftiges lüttes Etwas ist!

Der junge Harms ist ein Esel. Er glaubt alles, was ihm asiatische Kunden vormittags um 11 Uhr ins Ohr flüstern. Hoffnungslos! Bitte erwähne das nicht bei den alten Harms in Flottbek. Eltern sind komisch in dieser Beziehung. Und Du hattest mir den jungen Harms so warm empfohlen! In seiner gewohnten Umgebung wird er sicher sein Teil leisten. Ich wäre dafür, daß er heimfährt, aber er ist von Ostasien begeistert. Das ist verständlich, denn Bangkok ist eine zauberhafte Stadt. Ich meine: privat!

Nochmals besten Dank für Deine und Lisas freundliche Absicht, die Kinder aufzunehmen. Es geht eben doch nichts über Verwandtschaft. Das merkt man erst, wenn man sehr weit vom Schuß ist. In Ostasien ist jeder auf sich selbst gestellt. Das würde Dir gar nicht gefallen, Hinrich. Du liebst doch die Bürgerschaft und Gemeinsinn und den Rest, nicht wahr? Vielleicht werde ich genauso denken, wenn ich zehn Jahre älter bin.

Mit besten Grüßen von Haus zu Haus

Euer Johannes

PS. Martha läßt herzlichst danken und grüßen. Sie hat mich schon die ganze Zeit gebeten, Dir zu antworten. Nach meiner Rückkehr von Colombo hatte sich allerhand im Geschäft angesammelt, das ich eilends erledigen mußte.

Petersen klingelte und übergab seiner Sekretärin den Luftpostbrief an Hinrich Petersen. Nun mußte er nur noch Martha seinen Entschluß mitteilen.

IV

Madame Boulgakoff fuhr nicht sofort ins «Russische Restaurant» zurück. Sie war sehr befriedigt, daß «Mr. Johnny» noch einmal Karins Spielschulden gezahlt hatte. Er war sehr verständig gewesen, er wußte wohl, daß man ihm noch auf tausend Arten schaden konnte.

Madame Boulgakoff hatte den Fernen Osten in seiner ganzen Grausamkeit kennengelernt – wie alle armen, weißrussischen Emigranten. Sie war im Jahr 1920 als neunjähriges Kind nach Shanghai gekommen. Damals waren sie noch alle angeblich Großfürsten und Fürstinnen. Dann waren die Eltern gestorben. Sie war mit andern Russen nach Bangkok gekommen und hatte einem weißrussischen General und seiner Frau in ihrem Restaurant als Küchenmädchen geholfen. Sie hatten stets Schulden – bis sie dann einen Spielsalon in einem Hinterzimmer einrichteten. Das Ehepaar war während der japanischen Besetzung bei einem Bombenangriff auf Bangkok ums Leben gekommen. Madame Boulgakoff war schon lange kein Küchenmädchen mehr gewesen. Sie war die Leiterin, denn die alten Leute sprachen nur vom «Kaiserlichen Rußland» und bewirteten alle alten Schicksalsgefährten mit slawischer Grandezza. Sie waren Narren, hatte Madame Boulgakoff gedacht, liebenswerte Narren, die nicht begreifen wollten, daß sie im ostasiatischen Exil *Geld* verdienen mußten, wollten sie nicht von den Chinesen getreten werden. Madame Boulgakoff hatte einige schöne Russinnen und Euro-Asiatinnen im Betrieb. Sie waren halb Kellnerinnen und halb *Entertainers*, wie man es in Bangkok nannte. Diese «Singsong-Mädchen», die keine Prostituierten waren, sollten Stimmung machen und mit den

Gästen trinken. Sie wohnten nicht im Hause und waren abwechselnd im Restaurant tätig. Die meisten waren im Nebenberuf noch Taxi-Girls oder Friseusen oder Verkäuferinnen. Sie waren nur stundenweise für den Nachtbetrieb engagiert.

Miss Karin war die Sensation der Nachkriegszeit. Im Jahre 1946, ein Jahr nach der Niederlage der Japaner, war sie bei Madame Boulgakoff erschienen, um javanische Puppen zu verkaufen. Doch keine Puppe hatte der Besitzerin des «Russischen Restaurants» so gefallen wie die Verkäuferin. Karin war damals siebzehn Jahre. Ihr schwedisches Blondhaar leuchtete so intensiv, als wohne sie nicht – wie die andern Mädchen und Frauen in diesem Lokal – auf der dunklen Seite des Mondes. Tatjana Boulgakoff hatte immer auf der dunklen Seite des Mondes gewohnt. Bangkoks Märchenpaläste und Gärten, in denen klassische Tänzer vollendete hinterindische Arabesken vorführten, waren für sie niemals zugänglich gewesen. Für sie und ihresgleichen gab es nur die glühenden Tropenstraßen, den erstarrten Flug der Dämmerungsvögel und den Lärm der Märkte. – Alles im Fernen Osten war eine Qual für sie: die unvertraute Armut; ein exotisches Elend, für das es im Norden keine Parallele gab; die tropische Hitze, die man nicht durch elektrische Dekkenfächer zerteilen konnte, bis eine Illusion von Wind die schmerzenden Schläfen streifte: elektrische Fächer waren unerschwinglich. Die immer wieder gestopften Moskitonetze und Kleider; die billigen Fische und Früchte, die ihr die asiatischen Marktleute verächtlich zuschoben ... eine Ausländerin sandte ihren chinesischen Koch oder ihre siamesische Köchin auf den Markt, sie ging nicht selbst und erniedrigte sich beim Aushandeln des Preises. – Die jahrelange ständige Angst vor einer Mieterhöhung, die zum Schluß doch immer erfolgte. Erst hatten die Japaner bis 1945 die Preise verdorben, und seitdem hatten die Amerikaner, die für einige Dollars die ganze Stadt kaufen konnten, das Leben weiter kompliziert.

Madame Boulgakoff rief eine Rikscha und sagte in hartem Siamesisch: «Fahre mich nach *Talat Noi*» (zum kleinen Markt).

Es waren nur ein paar Schritte von Petersens Büro auf der New Road; aber sie war erschöpft. Die Mittagshitze legte sich wie eine eiserne Kette um ihre Brust. Wenigstens hatte sie einen Scheck, von dem für Karin nichts übrigbleiben würde: die hatte erst ihre Spielschulden zu bezahlen. Nun konnte Madame das Lokal und die beiden Veranden malen lassen und die Miete bezahlen, die sie schon wieder drei Monate schuldig war. Dennoch blieb der Alltag, wie er war – der unerträgliche, mit Schweiß, Demütigungen und Unsicherheit durchsetzte Alltag der weißrussischen Emigranten in Bangkok.

Madame Boulgakoff setzte sich die schwarze Sonnenbrille auf. Sie hatte Petersen vorläufig vergessen – bis die Zeit gekommen war, ihn wieder zu erpressen. Ihr Hirn war unerschöpflich in Plänen und Intrigen. Ihre eigenen flüchtigen und schwierigen Liebes-Affären mit Landsleuten und später mit den japanischen Offizieren der Besatzung lagen hinter ihr. Sie war hart und steif im Umgang mit Liebhabern gewesen, noch in der Umarmung von jenem dunklen Groll besessen, der sich gegen die Reichen und Glücklichen in ihr angesammelt hatte. Johannes Petersen verkörperte alles, was sie haßte: er war reich, sorglos, schwach; aber er wurde brutal, wenn man ihn angriff. Wie gut, daß Karin ihr damals, nach der Ankunft von Petersens Gattin, den Brief zeigte, den er ihr in einem Anfall geistiger Verwirrung geschrieben hatte. Karin hatte ihn zerreißen wollen, aber Madame hatte ihn ihr entrissen. «Den Brief können wir noch brauchen», hatte sie gesagt und dabei grausam amüsiert gelächelt. Karin hatte verstanden. Trotz ihrer neunzehn Jahre kannte sie schon alle Tricks; allerdings mehr aus Instinkt als aus Erfahrung.

Madame Boulgakoff stieg aus der Rikscha und trat in die wimmelnde, von unzähligen Gerüchen geschwängerte Halle von *Talat Noi.* Sie suchte ein Küchenmädchen, das im Notfall servieren konnte. Sie mußte jung und hübsch sein – wie das ganze Personal des Restaurants.

In einer Ecke hockte eine chinesische Gemüsehändlerin. Sie trug einen breiten, geflochtenen Bambushut und hatte schlaue Augen und gierige Hände.

«Hast du etwas für mich?» fragte Madame auf chinesisch.

Die Händlerin *Chung* (Zweite Schwester) zeigte ihre Goldzähne in einem gierigen Lächeln. Ihre knochige Hand mit den abgebrochenen Nägeln wies auf ein bildschönes Mädchen. Ihre Tochter *Ah Bue* war stellungslos. Sie war bei erstklassigen (das heißt: reichen) Ausländern in Stellung gewesen und hatte wegen Krankheit gehen müssen.

«Ist sie jetzt gesund?» fragte Madame. «Ich habe kein Geld, kranke Mädchen zu unterstützen. Mein Lokal ist kein Wohltätigkeitsunternehmen.»

Chung grinste. Ah Bue, die von Petersen hinausgeworfen worden war, verneigte sich tief und anmutig. Sie trug schwarze Satinhosen und eine saubere, hochgeschlossene Leinenjacke mit zarten Pfingstrosen bestickt. Ah Bue war eine Künstlerin im Sticken. Sie verbarg ihren Ärger über die Stellung bei der weißen Frau in dem schäbigen Leinenkostüm. Eine Mem Ferang, die Rikscha fahren mußte! – Ein Hauch von Niederlage und Unglück ging von dieser neuen Herrin aus wie von der dreifüßigen Schildkröte, die Krankheit mit ihrem Speichel ausspuckte.

«Komm!» sagte Madame Boulgakoff, «meine Rikscha wartet.»

Ah Bue nickte mürrisch. Eine Ausländerin, die mit ihrer Dienerin in einer Rikscha fuhr, war ganz tief unten auf der sozialen Leiter. Das hatte Ah Bue dem blonden Ausländer zu verdanken, der sie hartherzig entlassen hatte. Und sie hatte «Master Petersen» in seiner Einsamkeit auf Befehl ihrer Mutter trösten wollen. Ihre Mutter hatte schon den chinesischen Wein über dem Feuer erhitzt. Ah Bue haßte Petersen. Es war eine gute Stellung für Mutter und Tochter gewesen.

Sie fuhren durch den unaufhörlichen und vergnügten Lärm des Marktes ins «Russische Restaurant» zurück. – Das Leben war merkwürdig und voller Ironie. Denn in dieser knarrenden Rikscha mit den verfleckten und zerrissenen Bezügen saßen zwei Frauen aus verschiedenen Welten, die nur ihren Haß gegen einen reichen und glücklichen Ausländer gemein hatten. Das wußte weder Madame Boulgakoff noch die junge Ah Bue. Und doch lag in ihrem zufälligen Zusammentreffen der Keim einer Tragödie, die sich langsam und unaufhörlich in der tropischen Sonne entwickeln sollte.

«Kannst du kochen?» fragte Madame Boulgakoff die junge Chinesin.

«Ich hab meinem Onkel in der Küche geholfen. Er ist immer noch in dem großen Haus in Bangkapi.»

«Wie hieß deine Herrin?» fragte die Russin ohne großes Interesse.

Ah Bue dachte einen Augenblick nach. Sie hatte kein Gedächtnis für die fremden Namen. Dann buchstabierte sie sorgfältig wie ein Kind: «Mem *Pe-Ter-Senn.*»

In diesem Augenblick fuhren sie an Petersens Büro vorbei. Ah Bue zeigte auf das große Messingschild der Firma.

«Dieser Name ...» erläuterte sie auf chinesisch. «Sehr gute Mem ... sehr, sehr böser Master. Ah Bue bedient schnell, schnell. Master stößt Dienerin mit dem Fuß fort ... Ah Bue weint ... hilft Mutter auf dem Markt in Talat Noi. Ah Bue gutes Mädchen! Master *Pe-Ter-Senn* – sehr schlechter Master.»

Ah Bue spielte der neuen Herrin in der wackligen Rikscha mit dem angeborenen theatralischen Genie der Chinesen die Tragödie ihres Lebens vor. Es war alles wieder Gegenwart. Petersen war ein grausamer Tiger, der kleine, gelbe Blumen mit dem Fuß zertrat. – Welch ein herrliches Drama!

«Laß dein Geschwätz!» verwies sie die neue Herrin in dem schäbigen Leinenkostüm; aber ihr Ton war freundlicher als ihre Worte. Bangkok verschaffte einem zuweilen eine Unterhaltung.

Eine sehr merkwürdige Stadt. –

V

Am Nachmittag desselben Tages saß Johannes Petersen im Sportklub und ruhte sich vom Geschäft aus. Sein Besuch bei dem alten Herrn Wong war so verlaufen, wie er es vorausgesehen hatte. Sie hatten über Ming-Porzellane gesprochen und winzige Tassen grünen Tees dazu getrunken. Allmählich war man aufs Geschäft zu sprechen gekommen. Ein neuer Auftrag war erteilt worden, und man hatte sich über die Schreibmaschinen auf halbem Wege geeinigt. Zum Schluß sprachen die beiden Herren über das Hongkong-Geschäft der Wongs. Auch der alte Herr Wong war der Meinung, daß Johannes Petersen einmal hinfahren sollte – mit Empfehlungen der Wongs aus Bangkok.

Tja ... dachte Petersen ... mit den Chinesen machte es ihm keiner nach. Hinrich hätte sein blaues Wunder erlebt, wenn er der heutigen Unterhaltung gelauscht hätte.

«Darf ich mich zu Ihnen setzen, Herr Petersen?»

Der junge Harms hatte sein Idol im Garten des Klubs erspäht. Er wollte die Sache nun doch einmal beschnacken.

Aber der Juniorchef war sehr unpersönlich. Er orientierte den Säugling nicht ohne Selbstgefälligkeit über den Ausgang seiner Verhandlungen mit dem alten Herrn Wong. – Sie waren alle zu einem großen Dinner eingeladen, auch der junge Harms, der darüber wenig entzückt war; aber er zeigte es nicht. Er hatte schon herausgefunden, daß Petersen wenig Wert auf seine persönlichen Mitteilungen legte.

«Was gibt's denn bei so was zu essen?» erkundigte sich der Säugling. «Gebratene Kröten und so was ähnliches?»

«Warten Sie es ab, mein Bester! Die chinesische Küche ist die raffinierteste Küche der Welt. Und wenn es Ihnen nicht schmecken sollte, dann verziehen Sie *bitte* nicht das Gesicht. Dann würden unsere Gastgeber ‹Gesicht› verlieren.»

Das war nun nicht gerecht von Hannes. Niemand konnte dem jungen Harms ein Übermaß an mimischem Ausdruck nachsagen. Er konnte es in dieser Beziehung mit jedem Asiaten aufnehmen.

«Herr Petersen», sagte der junge Harms, «darf ich Ihnen mal mit etwas Persönlichem kommen?»

«Was haben Sie denn auf der Seele?» Petersen unterdrückte heldenhaft ein Gähnen. Wahrscheinlich wollte der Säugling ihm von seinem neuen Taxi-Girl erzählen.

«Also schießen Sie los!» Petersen stärkte sich mit einem neuen Whisky-Soda.

«Herr Petersen – ich werde heiraten.»

«Nanu! *So* plötzlich?»

Der junge Harms nickte. «Ich wollte mal fragen, ob ich ... ob Sie mir aus diesem Anlaß eine Gehaltserhöhung geben würden?»

Es war heraus. Der junge Harms hatte selten so viel hintereinander gesagt.

«Hmm ...» sagte Petersen, «darüber ließe sich reden. Wer ist denn die Glückliche? Ich nehme an, Sie wollen dann nach Hamburg zurück?» Die Heiratspläne des jungen Harms sagten ihm zu. Vielleicht würde er dann weniger dämlich werden. Hannes – hatte sich seinerzeit ja auch durch die Ehe entschieden gerappelt.

«Da kommt sie!» rief der junge Harms. «Sie ist neunzehn Jahre», flüsterte er eilig. «Eltern tot. Vater war Schwede, Mutter Französin. Ne famose ... Deern. – Entschuldigen Sie mich 'n Augenblick, bitte! Darf ich sie mal eben an den Tisch bringen?»

«Sehr gern», sagte der Chef höflich. Er blickte in die Richtung der Terrasse, wo ein ganzer Schwarm von jungen Damen erschienen war.

Heut gab es Wettschwimmen und Preise. Die Jugend hatte ihre Bekannten dazu eingeladen. Der junge Harms war langbeinig auf die Veranda zugeschossen, um seine Braut «mal eben» an Petersens Tisch zu bringen.

Petersen sah durch seine dunkle Brille das junge Paar auf sich zukommen. Er war zu eitel, um seine richtige Brille aufzusetzen. Die Sonnenbrille tat es auch. Er würde die Auserwählte des jungen Harms eben einige Minuten später genauer begutachten. Sie war groß und schlank und blond. Ein nettes Paar ... dachte der Junior-Chef, als der Säugling Arm in Arm mit der jungen Dame heraufkam.

«Darf ich vorstellen?» sagte der junge Harms. «Mein Chef ... Mr. Petersen! – Meine Braut: Miss Holm!»

VI

«Entschuldige, Tommy», sagte Karin nach einem Glas Limonade. – «Karin und Limonade!» dachte Petersen. – «Ich habe noch eine andere Verabredung. Treffen wir uns dann heut abend im ‹Russischen Restaurant›?»

«Natürlich», stammelte der junge Harms enttäuscht. Warum wollte Karin so schnell weg? Gefiel ihr sein Chef nicht? Die beiden hatten kaum ein Wort miteinander geredet.

«Ich muß zum Schneider, mein Lamm», erklärte die Braut. «Ich habe nichts anzuziehen. Außerdem will ich das Brautkleid bestellen.»

Der junge Harms war versöhnt. «Schön ...» sagte er in seinem rührenden Schul-Englisch. «Das ist natürlich wichtiger als ich.» Er lachte jungenhaft und ein wenig dämlich. «Wie ein Mondkalb ...» dachte sein verehrter Chef.

Petersen starrte vor sich hin, während der junge Mann die Tochter eines Schweden und einer Französin zu einer Rikscha brachte. Das war unmöglich. Der junge Harms war nicht sein Fall – weder geschäftlich noch privat, aber plötzlich fühlte Petersen eine Verantwortung für diesen arglosen Nachkommen der Firma Harms aus Hamburg. Er mußte – so sehr es ihm gegen den Strich ging – noch heute ins «Russische Restaurant» fahren. Er würde Karin einen großen Reisescheck nach Hongkong geben. Er konnte nicht zusehen, wie dieser anständige Junge, der ganze fünf Monate in Ostasien war, kaputt gemacht wurde.

«Ist sie nicht süß?» fragte der junge Harms, der so strahlend aussah, wie es ihm möglich war.

«Warum ist Ihre Braut denn so schnell davongelaufen?» erkundigte sich sein Chef statt aller Antwort.

«Karin ist sehr schüchtern. Sie hatte gedacht, wir seien allein. Aber ich dachte es mir gerade so nett, wenn Sie sie gleich kennenlernen würden, Herr Petersen!»

Hannes antwortete nicht sofort. Er wußte nicht, wie er anfangen sollte, obwohl er doch eine Kanone bei Verhandlungen war. Dies war Ernst. In jedem andern Fall hätte er Martha gebeten, den Kram zurechtzukriegen, so wie ja auch Onkel Winn seinerzeit an Martha wegen Pauline herangetreten war. «Wo haben Sie die ... junge Dame kennengelernt?»

«In einem russischen Hotel-Restaurant, Suriwongse Road», erwiderte der junge Harms. «Ganz ulkiges Lokal, Herr Petersen. Ich meine ... für junge Leute. Karin ist auch ganz begeistert.»

Plötzlich brach ein erschreckender Redestrom aus dem Jungen hervor. Er hatte das alles schon Monate mit sich herumgetragen.

«Karin hat Unglück gehabt», verkündete er düster. «Sie war mit einem Schweden verlobt. Und gerade vor der Hochzeit stellte sich heraus, daß er unheilbar lungenkrank war. Ich war schon längst verschossen in sie, aber man ist ja korrekt, nicht? Karins Verflossener war uralt – über vierzig.»

Der junge Harms wurde puterrot. Sein Chef war auch über vierzig ...

«Na ... und?» fragte Petersen.

«Na ja ... der Schwede hatte einen Haufen Geld. Und ich fang ja nun erst an. Erst in Rußland, dann in englischer Gefangenschaft ... Und dann sagte Papa eines Tages bei einem steifen Grog, ich wäre ganz dösig aus dem Krieg nach Haus gekommen und ich sollte mir mal den Wind um die Nase wehen lassen. Und dann ... dann kam meine Chance durch Herrn Hinrich Petersen. Ich werde mir jetzt verflixt Mühe geben, Herr Petersen! Man hat ja nun eine Verantwortung.»

Der Säugling ließ seine wasserblauen Augen erregt umherschweifen. Er bereitete sich offenbar auf die Rolle des Vaters einer vielköpfigen Familie vor. Aber daraus würde nichts werden. Dafür würde Petersen persönlich sorgen. Einen Augenblick dachte Hannes daran, daß er seinerzeit noch ein paar Jahre älter gewesen war, als er – ein Neuling im Dschungel der Leidenschaften – die Braut des jungen Harms zunächst glühend aber zurückhaltend bewundert hatte.

«Von Ihrem Gehalt können Sie so eine elegante Dame nicht ernähren», sagte Petersen trocken. «Ich würde es mir an Ihrer Stelle noch gründlich überlegen, lieber Harms! Man verliebt sich oft und heiratet selten, nicht?»

Der junge Harms hatte keine Spur Humor. Er lächelte nicht einmal zu den altersschwachen Witzen seines Chefs. Was wußte Herr Petersen von Liebe? Ein gesetzter Mann mit einer Frau und zwei Kindern.

«Karin macht sich *nichts* aus Geld», bemerkte der junge Harms.

Petersen verschluckte sich beinahe.

«Na ...» sagte er diplomatisch, «wir sprechen noch darüber. Haben Sie es Ihren Eltern schon mitgeteilt?»

«Mutter freut sich über meine Verlobung. Sie schrieb, die Tochter einer französischen Mutter würde sicher gut kochen können. Vater möchte mehr wissen.»

Petersen erhob sich. «Ich muß mal fürs erste nach Hause trudeln», sagte er ungewöhnlich jovial. Er betrachtete den netten, ordentlichen Jungen, wie eine Henne ihr dösigstes Kücken betrachtet. Er fühlte sich ungeheuer alt, als ob er nicht siebzehn, sondern hundertsiebzehn Jahre älter wäre. Selig sind die Unwissenden.

«Adschüß», sagte der Chef, «machen Sie's gut, mein Lieber!»

Johannes Petersen fuhr geradewegs ins «Russische Restaurant». Er sandte den Chauffeur mit einer Botschaft an Martha nach Bangkapi. «Wichtige Besprechung. Wartet nicht mit dem Essen.»

Der Chauffeur brauchte nicht zu wissen, daß Petersen Besuche in einem zweifelhaften Hotel-Restaurant machte, das dem jungen Harms so «ulkig» und behaglich vorkam. Seine Braut war so gern dort, daß sie sogar dort wohnte. Man trank Wodka statt Grog und aß russische Spezialitäten.

Alles in Bangkok bezauberte den jungen Thomas Harms.

VII

In den frühen Abendstunden war das «Russische Restaurant» verödet. Im Barraum befand sich nur ein chinesisches Mädchen, das Gläser aufwischte und billige Öllaternen für den Abend mit Wachslichtern füllte.

«Ich möchte Miss Karin sprechen», sagte Petersen, ohne das Mädchen anzusehen.

«Einen Augenblick, Master», erwiderte eine bekannte chinesische Stimme. Petersen blickte in das lächelnde Gesicht von Ah Bue. Merkwürdig ... dachte er flüchtig und fragte Ah Bue, seit wann sie hier arbeite.

«Seit heute», war die Antwort. «Ah Bue sehr, sehr traurig, daß Master sie haßt.»

Petersen lachte laut. «Halb so schlimm», meinte er liebenswürdig. «Hole mir mal Miss Karin, kleines Mädchen!»

Ah Bue verschwand mit höflich gebeugtem Rücken. Beim unverhofften Anblick des blonden Masters war ihr ihre Demütigung noch einmal in aller Stärke ins Bewußtsein gekommen. Sie würde sich schon rächen, wenn die Zeit gekommen war. Die Zeit war langsam und stark wie eine Schildkröte, sagte Großonkel Chang in Bangkapi. Ah Bue dachte an rote Seidenwolken und Haifischflossensuppen, die ihr durch die Grausamkeit des Masters entgangen waren. Dann rief sie «die Halbe» – wie sie Miss Karin im geheimen nannte. Die dachte auch, sie säße auf der höchsten Spitze des Jadeberges, weil der blonde Master sie liebte. Wenigstens war Ah Bue der Meinung, daß Petersen ohne Miss Karin nicht existieren könne. Das war in allen Dramen so, die sie im chinesischen Theater dreimal die Woche zu sehen pflegte. Zum Schluß gab es dann immer einige Leichen und todestraurige Gesänge. Ah Bue summte solch ein chinesisches Lied, während sie die «Halbe» herbeiholte. Miss Karin war natürlich nicht beim Schneider gewesen, was Petersen sofort erfaßt hatte. Ihr hatte nur seine Gesellschaft nicht behagt.

«Was soll das heißen?» fragte Petersen scharf, als Karin Holm mit aufreizender Langsamkeit in die Bar schlenderte. «Laß die Finger von diesem Jungen – sonst endet es nicht gut.»

«Eifersüchtig ... Johnny?» Miss Karin war sehr amüsiert.

Petersen wollte auffahren, aber etwas hielt ihn zurück. In den schwarzen, schrägen Augen des schönen Mädchens flimmerte etwas wie Panik. Karin tat nur, als ob sie amüsiert wäre. Sie hatte Angst.

Petersen änderte blitzschnell seine Taktik.

«Karin», sagte er sanft, «denke doch einmal nach! Der junge Harms ist doch ein Säugling! Er kann dir keinen Schmuck und keine Existenz bieten!»

«Gib dir keine Mühe. Wir heiraten. Warum willst du es nicht? Bin ich nicht gut genug für einen Landsmann von dir?»

Ein gefährliches Licht erschien in Karins Augen. «*Du* fandest mich doch *sehr* nett», fügte sie tückisch hinzu. «Wenigstens schriebst du mir damals, daß ...»

«Kommen wir zur Sache», unterbrach sie Petersen. Jener Brief war zu Asche verbrannt – wie Marthas Liebe zu ihm.

«Ich bezahle deine Rückreise nach Hongkong und zwei Monate Hotel, bis du dich umgesehen hast. Du machst euch beide unglücklich! Nimm doch Vernunft an, Mädchen!»

«Verstehst du wirklich nicht, Johnny?» fragte Miss Karin sehr sanft. Sie schlug die Augen nieder. Eine große Stille war plötzlich um die beiden Menschen, die sich vor Jahrhunderten zu lieben geglaubt hatten.

Petersen verstand. – Es war einer der Augenblicke, in denen Vergangenheit und Zukunft versanken. Nur die Gegenwart hatte Bedeutung. Das Unfaßbare war geschehen. Karin Holm liebte den jungen Harms augenscheinlich. Sie dachte tatsächlich nicht an Schmuck, Gold oder an die Zukunft. Nur so war die Panik in ihren Augen zu erklären. Alle würden sich dagegen stemmen, daß sie einen naiven, grundanständigen Jungen in den Abgrund zog. Denn daß es ein Abgrund war, das wußten alle: Madame Boulgakoff, die Karin dem reichen und anziehenden Herrn Petersen vor Jahren zugeführt hatte; Petersen, der Karin die Entfremdung in seiner Ehe verdankte; und vielleicht Karin selbst. Sie mußte ahnen, daß es für sie keinen Weg zurück gab. Und sie fühlte Trauer und den verhängnisvollen asiatischen Starrsinn. Sie wollte das Schicksal jetzt zwingen.

«Es kann nicht gut gehen ...» sagte Petersen gedankenverloren.

«Gib mir einen Brandy», fügte er rauh hinzu.

Karin ging hinter die Theke. Selbst wenn sie unglücklich war, wandelte sie wie Aphrodite – eine leicht lädierte Aphrodite –, dachte Petersen. Und als er dies Mädchen zwischen zwei Welten stumm betrachtete, wie sie in ihrem Frisiermantel aus dünner, chinesischer Seide zwischen Flaschen und Gläsern hantierte – dreiundzwanzig Jahre alt, klassische Brüste und das Ganze eine einzige verrottete süße Lockung –, da geschah Petersen etwas, was jedem Mann unerwartet einmal geschieht: er wußte plötzlich und unerbittlich, daß er alt wurde ... nicht wegen des Stocks, auf den er sich immer noch stützen mußte, nicht wegen der zehn oder zwanzig grauen Haare, die er manchmal beim Rasieren an den Schläfen bemerkte, sondern wegen des neuen und etwas erschreckenden Gefühls, das ihn beim Anblick von Karin erfaßt hatte. Er hatte zum erstenmal *Mitleid* mit ihr, mit ihrer Jugend, ihrem tragischen Starrsinn, mit ihrer hilflosen und zum Scheitern verurteilten Liebe zu einem jungen Narren, von dem sie erhoffte, daß sie durch ihn rein werden würde ... Und während Petersen hellsichtig in der Seele des Mädchens, das so viel in seinem Leben zerstört hatte, las – da erlebte er – äußerlich unbewegt und in guter Haltung – den Tod der Leidenschaften. Er wußte nicht mehr, was ihn an Karin Holm noch vor wenigen Monaten so gefesselt hatte, daß er sie nicht von der Veranda hatte fortschicken können. Sie ging ihn nichts mehr an. Sie war jung und töricht und mitleiderregend. Petersen starrte sie an. Sie rauchte eine Zigarette in einer langen, grünen Spitze und verharrte in dem verbissenen Schweigen des Fernen Ostens. Noch zehn Jahre – und wie schnell ging die Zeit –, und Pünktchen würde fast so alt sein wie Karin jetzt. Petersen leerte sein Glas auf einen Zug. «Noch einen», murmelte er. Herr im Himmel ... wenn dann einer käme und mit Pünktchen umginge, wie die Männer mit Karin umgegangen waren! Petersen würde dem Kerl sämtliche Knochen im Leibe zerbrechen. Aber Pünktchen – die dann Charlotte Christiane Petersen heißen würde – bewohnte andere Welten. Und sie hatte eine Mutter, die stets über sie wachte. Aber gefährdet war auch sie! Alle Männer, die Pünktchen begehren würden – waren Petersens natürliche Feinde. Karin hatte eben keinen Vater gehabt, der sie vor Petersen bewahrt hatte. Das Leben war manchmal zuviel für einen Mann in mittleren Jahren, der in seiner Jugend von bürgerlichen Tugenden umgeben gewesen war.

Auch Karin betrachtete den Mann, der sie so viele Jahre abwechselnd geküßt und verworfen hatte. Sie wußte nicht, wie gut Petersen sie plötzlich verstand. Wie konnte sie auch sehen, daß er durch eine Tonbank und den dichten Schleier der Reflexion vollständig von ihr geschieden war? Man sieht fast niemals etwas, was sich direkt vor der eigenen Nase abspielt. Denn die großen Wandlungen des Menschen – auch der eine Schritt von der Stufe des Verlangens zur Stufe der Erkenntnis – vollziehen sich ohne Geschwätz und Erläuterungen. Niemals würde Petersen es Martha erklären können, daß er in einem Lokal auf der dunklen Seite des Mondes Abschied von der Jugend genommen hatte. Es war ein Abschied ohne Sentimentalität und ohne siamesische Jasmingirlanden. Der Herbstmond, der über dem Jadepaß der Erkenntnis leuchtete, verbreitete ewige Schönheit. Das hatte Petersen – bei endlosen Tassen grünen Tees

– bei seinen chinesischen Freunden erfahren. – In zehn Tagen würden sie alle beim alten Herrn Wong das chinesische Mondfest feiern.

Karin goß sich einen Brandy ein und stürzte ihn in einem Zuge hinunter. Sie betrachtete Petersen, aber sah im Geiste einen jungen blonden Burschen mit langen Beinen und einem langen, rosigen Gesicht, das rein, vertrauensvoll und ein wenig einfältig war. Er war jung, jung... Karin hatte plötzlich das Gefühl, daß der Jugend nichts unmöglich war. Ihr gehörte die Welt der Tänze, der Liebkosungen, der Vogelgesänge am Fluß. Karin würde Hand in Hand mit ihrem jungen Mann Europas Wiesen und Berge durcheilen, in dem korallenfarbigen Kleid, das Tommy so liebte. «Wie ein Schulmädchen siehst du darin aus», hatte er in seinem rührenden Englisch gesagt. Ein Schulmädchen... So ein mythisches Wesen hatte keinen kostbaren Schmuck, keine alten Liebesbriefe, die verkauft werden konnten, keine Erfahrungen mit Männern in mittleren Jahren, die einen abwechselnd küßten und fortstießen. Karin wollte auch eine Ehefrau werden – wie die blasse große Ausländerin, die immer Siegerin in dem Rennen um Mr. Johnny blieb.

«Was habe ich zu zahlen?» fragte Petersen. Diesmal meinte er die Getränke. Karin rechnete die Summe mit einem kleinen Aufschlag für die «Bedienung» im Kopf zusammen. Sie rechnete sehr gut – große sowohl als kleine Summen. Petersen bat ruhig: «Überlege es dir, Karin! – Es *kann* nichts Gutes dabei herauskommen. – Rufe mich im Büro an, wann ich deine Passage nach Hongkong buchen soll.»

Es fiel keinem von beiden auf, daß sie die Ansicht des jungen Harms nicht in Betracht zogen.

Und da machten sie beide einen großen Rechenfehler.

Als Petersen in Bangkapi ankam, saß Martha auf ihrer Veranda und betrachtete den Lampu-Baum. Der Mond war schon aufgegangen und tauchte die geordnete Wildnis des Gartens in glänzendes Licht. Martha saß sehr still da. Worüber dachte sie wohl nach?

«Du kommst spät, Hannes», sagte sie freundlich. «Willst du gleich Dinner haben?»

«Etwas später. – Ich möchte mit dir sprechen.»

Martha schien seine Gedanken zu lesen. Sie fragte nämlich, ob Petersen an Hinrich nach Hamburg geschrieben hätte. Er zog die Abschrift seines Briefes aus der Tasche und reichte sie Martha.

«Du liest es am besten selbst», sagte er scheu. «Ich habe Hinrich alles auseinandergesetzt.»

Martha las, während Petersen unbehaglich ihren Gesichtsausdruck studierte. Sie schien heute abend noch blasser. Ihre feinen Lippen waren aufeinandergepreßt.

«Dann ist es also erledigt...» sagte sie ruhig und gab Petersen den Brief zurück.

Das war alles, was Martha zu Petersens Entschluß zu sagen hatte.

VIERZEHNTES KAPITEL

Runde Kuchen aus Kanton

I

Am Morgen des chinesischen Mondfestes fuhr Martha mit den Kindern in die Chinesenstadt von Bangkok. Pummel und Pünktchen sollten vor ihrer Rückkehr nach Hamburg sehen, wie man in *Sampeng* dieses poetische chinesische Fest beging. Auch Martha wollte die Erinnerung mitnehmen. Sie hatte sich mit Hannes nun ausgesprochen. Lisa Petersen – eine der sieben bedeutendsten Bridge-Spielerinnen zwischen Europa und Asien – war keine Erzieherin für Charlotte. Lisa war keine Kinder gewöhnt; schon gar nicht heranwachsende Kinder, deren Geist durch das Erlebnis des Fernen Ostens beunruhigt war. Hannes hatte Martha schweigend angehört. Nach einer langen Pause hatte er gesagt: «Also dann fahre in Gottes Namen mit den Kindern zurück! In einigen Jahren werde ich dann wohl auch eintrudeln!»

«Hannes...» hatte Martha bittend gesagt, «siehst du nicht ein, daß...»

Doch Petersen ließ sie nicht ausreden. «Ich sehe alles ein. Die Kinder gehen natürlich vor.» Seine Stimme klang müde.

Er fuhr mit zusammengepreßten Lippen ins Büro. Er hatte die ganze Zeit geahnt, welche Entscheidung Martha treffen würde. Wozu sollte sie auch bei ihm bleiben? Sie waren nun wie alle anderen Ehepaare – höflich, pflichtbewußt, ohne Schwung. Übrigens sah Martha zum Erbarmen blaß aus. Das Klima setzte ihr von Monat zu Monat mehr zu. War es wirklich nur das Klima? Petersen konnte es nicht sagen; denn Martha gab ihm keine Gelegenheit mehr, über verschollene «Dummheiten» hinweg eine Brücke zu bauen. Marthas Rückzug in sich selbst war ganz undramatisch. Niemand – außer Hannes – bemerkte, daß die Wärme in ihren klugen, grauen Augen erlosch, wenn sie mit ihm sprach – und wie sie sich belebte, wenn gute Freunde sie besuchten – Professor Berger zum Beispiel! Was, zum Kuckuck, hatte Martha mit dem Bücherwurm auf der blauen Veranda zu besprechen? Hannes konnte nichts mit dem Wiener Gelehrten anfangen. Er schätzte ihn als Lehrer von Pummel und Pünktchen und wünschte ihm aufrichtig, daß er eine Berufung an eine amerikanische Universität bekommen würde. Der Chef der ECAFE hatte mittlerweile die von Florence Krüger übersetzten Manuskriptproben erhalten und hatte sich Martha gegenüber für seine Verhältnisse enthusiastisch geäußert. Er hatte sofort an einen Freund nach Harvard geschrieben. Seitdem lebte der Professor – und offenbar auch Martha – in qualvoller Erwartung. «Wenn sie sich nur halb so für mich interessieren würde!» dachte Hannes auf der Fahrt ins Büro. Er tat sich außerordentlich leid. Wenn einen seine Familie kaltherzig verließ...

Im Büro angekommen, begab sich Hannes in das Privatkontor des alten Herrn Petersen. Onkel Winn wurde auch täglich schwieriger. Es schien so, als ob er enttäuscht wäre, daß Hinrich Petersen nun nicht in Hannes' Kontor thronen würde.

Wieso war Onkel Winn nicht im Büro? Petersen klingelte nach seiner Sekretärin. Dumm, daß Onkel Winn nicht da war. Sie hatten heute wichtige Dinge zu besprechen, bevor sie beim alten Herrn Wong das chinesische «Fest der Herbstmitte» feiern würden. Noch niemals hatte Hannes jemanden so beneidet wie den alten Herrn Wong, in dessen Familie immer noch das Gesetz des Konfuzius herrschte. Nach diesem Gesetz traf der Hausherr allein alle wichtigen Entscheidungen in der Familie. Der «weibliche Fisch» gehorchte; wobei er allerdings versuchte, die Entscheidungen des Gatten und Vaters auf raffinierten Schleichwegen abzuändern. Aber Petersen hätte gern das Gesicht des alten Herrn Wong gesehen, wenn dessen Frau beschlossen hätte, mit dem ältesten Sohn und sechs Töchtern nach Kanton zurückzukehren.

Fräulein Knudsen kam so leise herein, daß er unwillkürlich zusammenzuckte. Er hatte sich in den vielen Jahren immer noch nicht an den unhörbaren Schritt der Asiatinnen und Halbasiatinnen gewöhnt. Diese Amazonen auf Filzsohlen!... Auch Karin Holm hatte diese geräuschlose und erschreckende Art an sich gehabt, urplötzlich wie ein Geist in einem Zimmer aufzutauchen. Petersen hatte früher manchmal Marthas festen Schritt beanstandet; heute dachte er anders darüber. Es war doch angenehmer zu wissen, ob jemand ins Zimmer kam oder nicht... besonders, wenn man so in Gedanken versunken aus dem Fenster blickte, daß man nicht wußte, wie lange Fräulein Knudsen einen schon mit Genuß beobachtet hatte. Warum klopfte die Person nicht vernehmlich an? Aber Petersen hatte ihr selbst gesagt, sie möchte sich so zeitraubende Zeremonien wie Anklopfen sparen, wenn es sich um dringliche Sachen handele. Fräulein Knudsen klopfte nämlich dreimal mit so hartem Zeigefinger an eine Tür, daß man dachte, das Schicksal stände draußen, um seine Rechnung einzukassieren. Die vortreffliche Ulla war so gekränkt über das Klopfverbot gewesen, daß sie nun mit dem Stenogrammblock wie ein siamesischer Luftgeist vor Petersens Schreibtisch erschien. Diese Mädchen kannten eben kein Mittelmaß.

«Stenogramm, Sir?» fragte Fräulein Knudsen schriller denn je. Sie sah so angeregt aus, daß Petersen ein Gefühl des Unbehagens beschlich. Ihre grünlichen, leicht geschlitzten Augen betrachteten den Chef mit geradezu unanständiger Neugierde. Sie sah aus wie eine Katze, die diesen

Morgen eine Extraportion Rahm geschleckt hat. – Genau das hatte sie getan!

«Wir werden später wegen der Fotoapparate an die Firma *Fu* nach Hongkong schreiben», sagte Petersen. Hongkong entwickelte einen erfreulichen Bedarf an deutschen Fotoartikeln. Wong & Söhne in Hongkong hatten einen großen Auftrag erteilt. Das würde – wie Petersen richtig berechnete – der nicht ganz so großen und nicht ganz so renommierten Firma Fu & Söhne keine Ruhe lassen.

«Wollen Sie bitte nachsehen, ob der Seniorchef inzwischen gekommen ist?» sagte Hannes. – Warum grinste Fräulein Knudsen eigentlich?

«Herr Petersen kommt nicht ins Office», verkündete Ulla mit Genuß. «Ich holte ihn heute früh ab, und er ließ mich in seinem Wagen ins Büro fahren. Der alte Herr ist immer so *sehr* freundlich. Er erlaubt mir so oft, mit seinem Wagen zu fahren.»

Mit dieser Auskunft wollte Fräulein Knudsen andeuten, wie viel freundlicher der Seniorchef war. Die gelegentlichen Fahrten im Wagen des alten Herrn Petersen waren die Höhepunkte in ihrem Leben. Wenn sie zurückgelehnt durch die wimmelnde, von tausend Geräuschen und Gerüchen erfüllte New Road fuhr, war sie für einen unvergleichlichen Moment Herrin der Welt und der Rikschakulis. Fräulein Knudsens Kampf mit den Rikschafahrern von Bangkok war auch eines der kleinen Dramen, von denen die Ausländer nichts ahnten. Kein Kuli war mit dem Preis zufrieden, den Fräulein Knudsen und ihresgleichen sich täglich von ihrem Gehalt abrangen. Das Leben war zu teuer im Nachkriegs-Bangkok geworden, und Fräulein Knudsen war eine vorbildliche Tochter, die *Nang Sanit* – ihre alte, hustende Mutter – grenzenlos verwöhnte. Nang Sanit hatte nichts an der schrillen Flötenstimme ihrer Tochter auszusetzen. *Luk ying* (die Tochter) sorgte für alles. Nang Sanit konnte in Frieden Betel kauen, die Miete würde bezahlt werden. Und auch der Morgenreis war immer da. *Luk ying* sorgte sogar dafür, daß ihre vier jüngeren Schwestern etwas Vernünftiges lernen und – o Wonne! – europäische Blusen zu ihren *pasins* (siamesischer Rock) tragen konnten. Auch eine Dauerwelle bekamen sie abwechselnd von der ältesten Schwester geschenkt. Ulla Knudsen hatte ungeheuer viel Vitalität, Arbeitslust, Schlauheit und Neugierde auf ihren Lebensweg mitbekommen. Ihr ungestillter Durst nach eigenen Kindern ließ sie ihre zarte siamesische Mutter wie ein Kind behandeln und verwöhnen. Sie wäre entsetzt gewesen, wenn Nang Sanit plötzlich hätte arbeiten wollen. Die sanfte Anbetung und Dankbarkeit in den Augen ihrer Mutter entschädigten Fräulein Knudsen für vieles, was ihr nicht beschieden worden war: Anmut ... eine weiße Frau ... und ein Liebhaber, der eine Mischung aus einem amerikanischen Filmhelden und einem chinesischen Millionär war. Ulla Knudsen hatte längst diese Träume als unpraktische Belastung aufgegeben. Ihr blieben immer noch genug Dinge, welche die harte Arbeit in einem Tropenparadies belohnten. Sie hatte ihre Mutter und ihre Schwestern, die sie eifersüchtig vor jeder männlichen Annäherung bewahrte. Sie hatte die vielen Feste der Siamesen und Chinesen, die ihre ungebändigte Schaulust befriedigten. Und sie hatte manchmal die Fahrten in dem riesigen Auto des Seniorchefs. Sie brachten ein Element magischer Lust in das Leben dieser seltsamen Privatsekretärin. Fräulein Knudsen verabsäumte niemals, die schwitzenden Rikschakulis mit unsagbarem Hochmut durch die geschlossenen Fenster des Autos anzustarren: lächerliche, geldgierige Ameisen... Man konnte sie jeden Augenblick überfahren, wenn man Lust hatte. Sie ging grundsätzlich zu Fuß zu dem unordentlichen Palast des Seniorchefs, um die Angebote der Rikschakulis mit Hohn zurückzuweisen. «Nein, ich fahre nicht in deiner Rikscha! Viel zu schmutzig!» – Oder: «Geh mir aus dem Weg! Mein Auto wartet!» – Oder: «Wieviel kostet eine Fahrt bis zur New Road? – Waaas? – *Viel* zu teuer!» – Das sonst so verständige Fräulein Knudsen konnte niemals genug von diesem grausamen Spiel bekommen. Sie erzählte dann ihrer staunenden und kichernden «Mammi», wie großartig sie heute wieder ihre Erbfeinde genarrt habe.

Und heute hatte sie einen kleinen Abstecher auf den Bangrak-Markt gemacht, um für Mammi und die Schwestern Mondkuchen aus Kanton zu kaufen. Es war doch abends das Mondfest! – Fräulein Knudsen feierte jedes Fest in ihrem anbetenden Familienkreise – ganz gleich, ob es sich um ein siamesisches Erntefest, eine chinesische Mondfeier oder um das Weihnachten der Ausländer handelte. – Die Mondkuchen lagen wohlverpackt in ihrer großen, schwarzen Ledertasche – auch ein Geschenk des Seniorchefs. Fräulein Knudsen hatte noch etwas vom Preis der mit Datteln, Lotossamen, Bohnenmus und gesüßtem Schinken gefüllten Kuchen heruntergehandelt. Nang Sanit konnte zwar die Chinesen nicht ausstehen; aber ihre Kuchen aß sie gern.

Ob Fräulein Knudsen im Gedanken an ihre Mutter den Juniorchef so anlächelte? Petersen hatte ihre Lobrede auf seinen Onkel und dessen Auto zu oft gehört, um beeindruckt zu sein, aber er bewahrte Geduld. Er trommelte weder mit den Fingern auf der Teakholzplatte seines Schreibtisches herum, noch zeigte er sonst irgendein Zeichen jener westlichen Ungeduld, die den Asiaten so hassenswert erscheint. Wie viele Geschäfte waren in einer Handelsstadt wie Bangkok *nicht* zustande gekommen, weil der Partner aus dem Westen mittendrin aufgesprungen war, um zu telefonieren, oder weil er abwesend geblickt hatte oder den ehrenwerten Kunden nicht hatte ausreden lassen. Petersen aber ließ seine ehrenwerte Sekretärin ausreden, bevor er sich mit Lammsgeduld erkundigte, warum sein Onkel heute früh nicht ins Geschäft gekommen war.

«Der alte Herr hat großen Ärger.»

Fräulein Knudsen legte eine Spannungspause ein, wobei sie das Gesicht des Juniorchefs bis in die Mundwinkel studierte.

Und richtig! Petersen war leicht zusammengefahren und hatte die

Lippen aufeinandergepreßt. War etwas mit Pauline geschehen? Aber das Baby wurde doch erst in einigen Monaten erwartet.

«Es handelt sich um den jungen Herrn Harms», teilte Fräulein Knudsen zögernd mit. Leider mußte man ja einmal die große Neuigkeit springen lassen. «Es ist *sehr* schlimm. Und noch dazu, wo die Herrschaften doch heute abend alle bei dem alten Herrn Wong eingeladen sind», fügte sie hinzu. Es war ein ewiges Geheimnis, woher sie immer wußte, bei wem ihre Chefs eingeladen waren.

«Was ist mit Herrn Harms?» fragte Petersen. «Ist er krank geworden?»

«*Er ist fort.* Glatt verschwunden. – Wir wissen nicht, wo er ist.»

Fräulein Knudsen hatte sich so sehr mit dem Fall «Harms und Petersen» identifiziert, daß sie verzeihlicherweise in den Plural verfiel. Sie riß sich sofort zusammen. «Ich meine ... der Seniorchef weiß nicht, wohin Herr Harms gereist ist. Er hat keine Adresse hinterlassen. Schrecklich, nicht wahr?»

«Nicht im geringsten», sagte Petersen kalt. «Man kann doch mal verreisen.»

Fräulein Knudsen räumte ziemlich widerwillig ein, daß reiche Leute beträchtliche Bewegungsfreiheit genössen.

«Herr Harms hat an den alten Herrn geschrieben, daß man nicht nachzuforschen brauche, wo er wäre. Er käme *nie wieder* nach Bangkok zurück.»

«Haben Sie den Brief gelesen?» fragte Petersen niederträchtig sanft.

Fräulein Knudsen errötete und erwiderte ausweichend, daß sie es in Rong Muang gehört hätte. Der alte Herr hätte es seiner Gattin mit so lauter Stimme auf siamesisch mitgeteilt, daß «das Mädchen, das morgens die Blumen ordnete» alles gehört habe.

Petersen junior nickte. Natürlich – Fräulein Knudsen hatte es nicht für unter ihrer sonst sorgsam gewahrten Würde gehalten, sich in der Küche bei *Mae Wat* genau zu erkundigen, warum Petersen senior zu *Nai* Charles Krüger gefahren war. Es mußte sehr schlimm sein. Petersen senior hatte am Abend vorher ein Telegramm aus Hamburg erhalten. Absender: August F. Harms; Hamburg-Flottbek. Leider konnten Mae Wat und «das Mädchen, das morgens die Blumen ordnet» deutsche Telegramme nicht entziffern. Der alte Herr hatte die Botschaft aus dem Norden mit einem unterdrückten Fluch auf den Boden geworfen, wo Nang Siri sie zwei Stunden später auflas und zerriß. Danach war Onkel Winn nach Bangkapi gefahren, hatte aber Martha und Hannes nicht angetroffen. «Ältester Enkelsohn» hatte nicht gewußt, wohin die Herrschaften gefahren waren. Er hatte zwar genau gewußt, daß *Master* und *Mem* den Abend bei Dr. Tyler verbringen würden, aber der alte Master hatte ihn so laut und ungeduldig befragt, daß er bestraft werden mußte. Der *Number One Boy* hatte viel Gesicht verloren, weil man ihn angeschnauzt hatte ...

«Soll ich jetzt Diktat aufnehmen, Sir?» fragte Fräulein Knudsen scheinheilig. Soviel *sanuk* (Spaß) hatte sie lange nicht gehabt. Natürlich würde der Chef jetzt ins «Russische Restaurant» stürzen, um sich zu erkundigen, ob etwa Karin Holm mit dem Säugling von Harms & Co. nach Hongkong ausgerückt wäre. Es war Fräulein Knudsens langjährige Erfahrung, daß Europäer in jeder Krise nach dem Chauffeur schrien und sich keine Zeit zur Überlegung ließen.

Aber diesmal hatte sie sich getäuscht. Im Gegensatz zu dem Säugling von Harms & Co. war Johannes Petersen nicht erst vor wenigen Monaten in Bangkok angekommen. Er wußte genau, was Fräulein Knudsen erwartete. Und er tat ihr nicht den Gefallen, weiteren Stoff zu Klatsch und Tratsch zu liefern. Er diktierte mit steinernem Gesicht den ganzen Vormittag. Dann – nachdem er sich überzeugt hatte, daß seine ausgezeichnete Sekretärin tief enttäuscht zum Mittagsreis zu ihrer Mutter gefahren war – fuhr er ins «Russische Restaurant».

Während des Diktats war ihm eine Botschaft seines Onkels gebracht worden, die Petersen nicht vor den Augen seiner Sekretärin geöffnet hatte. Petersen senior teilte ihm mit, daß Herr August F. Harms ihn telegrafisch ersucht hätte, seinen Sohn mit dem nächsten Flugzeug zu verfrachten – «Tommys Heirat unmöglich; Brief folgt», hatte der besorgte Vater über sieben Weltmeere hinweggedonnert. Herr August F. Harms hatte ebenfalls seine Sturm- und Drangjahre in einigen verflixt aufregenden Städten östlich von Suez verbracht. Er hatte daher auf dem Brautbild vom Säugling und Miss Karin erkannt, daß diese junge Dame *keine* französische Mutter gehabt haben konnte und auch sonst betrüblich schlecht nach Flottbek paßte. Bei alledem war merkwürdig, daß alle – Johannes Petersen, Karin und Herr August F. Harms aus Flottbek – dachten, daß sie über einen langbeinigen jungen Mann mit völlig ausdruckslosen Zügen wie über ein Kind oder ein Postpaket verfügen konnten.

Als Petersens Chauffeur in rasender Fahrt vor dem «Russischen Restaurant» vorfuhr, drängten sich die Verkäufer der runden Kuchen aus Kanton um den Ausländer im schneeweißen Tropenanzug und leichten grauen Filzhut. Man trug heutzutage einen Tropenhelm vorwiegend im Dschungel. Er war zu schwer für die Stadt.

«Mondkuchen, Sir!» schrien sie. «Billige Mondkuchen! Aus Kanton und aus Soochow!»

Es wogte immer ein scharfer und lustiger Kampf zwischen den Herren, die ihre Heimatprodukte am Morgen des Mondfestes anboten. Die Kuchen aus Soochow waren kleiner als die Spezialitäten aus Kanton, und ihre Füllung bestand aus Garnelen, Hühnerwürfeln oder Schweinefleisch.

«Nichts kaufen!» sagte Petersen ungeduldig auf chinesisch. Doch dann besann er sich. Madame Boulgakoff würde die Kuchen aus Kanton am Abend ihren Gästen anbieten. Und Martha aß die Soochow-Art mit den Garnelen sicherlich gern. – Aber sie würde sie heimlich essen müssen. Der alte Ah Chang hatte ihnen – wie jeder chinesische Koch in Bangkok – zum Frühstück eine gehäufte Kuchenplatte voll Mondkuchen mit vielen Verbeugungen und strahlendem Lächeln verehrt.

«Kanton-Kuchen ... die besten Kuchen in China, Mem! – Soochow-Kuchen ganz, ganz schlecht!» – Martha hatte die Information mit gebührendem Ernst entgegengenommen und sich herzlich bei dem Alten bedankt. Ja ... sie wüßte, daß die runden Kuchen aus Kanton so sehr gut wären.

«Viel, viel größer als Soochow-Kuchen, Mem! Kosten Ah Chang eine *Menge* Geld!»

Ah Chang war der Meinung, daß der Empfänger darüber orientiert werden müsse, mit welchen pekuniären Opfern Geschenke erkauft wurden. Das erhöhte den Wert der Gabe und gab dem Spender noch eine Extraportion «Gesicht».

Martha schien ganz überwältigt von Ah Changs Großmut. Das durfte er erwarten. So watschelte er befriedigt ins Küchenhaus zurück, während Martha die Kinder rief, um nach Sampeng zu fahren.

Der kleine Master hatte natürlich von Ah Chang ein besonderes Geschenk zum «Fest der Herbstmitte» erhalten. Zweiter Enkelsohn hatte unter Tränen dreimal die Figur des «weißen Mondkaninchens» aus Reismehl formen müssen, bis der Großvater mit dem kleinen Kunstwerk zufrieden war.

Pünktchen bekam – wie immer – nicht einmal ein Zigarettenbild mit der Figur der Mondgöttin geschenkt. Sie existierte nicht für den alten Chinesen. Er hatte seiner Tochter Cheng, die ihm das Bild der Mondgöttin für das Kind mit den goldenen Haaren entwendet hatte, eine Szene im Küchenhaus gemacht. Die Dame Goldklang hatte – unter Nichtbeachtung der töchterlichen Pietät – so vernehmlich geantwortet, daß Martha der Mondkuchen fast in der Kehle steckengeblieben wäre. Man hätte meinen können, daß jemand im Küchenhaus ermordet wurde. Schade, daß die poesievollen Feste der Chinesen mit so viel Lärm verbunden waren! – Drei Minuten später war der Höllenlärm verstummt. Cheng führte stumm und demütig die Befehle ihres ehrenwerten Vaters aus. Es gab viel zu tun. Der alte Ah Chang erwartete seine in Bangkok ansässige Familie zu einer kleinen Mondfeier im Dienerhaus. *Master* und *Mem* würden nicht zu Hause sein. Die Kinder waren bei Familie Berger eingeladen, wo sie den Abend mit Musik und «Gugelhupf» verbringen würden. Damit Cheng auch einmal feiern konnte, würde Pünktchen bei Bergers schlafen. Sie hatte eine schwärmerische Liebe zu Tante Kathi gefaßt und weinte zu Marthas Ärger schon jetzt Abschiedstränen, sowie die Rede auf Hamburg kam. Das Kind weinte immer noch bei jeder Gelegenheit wie ein Baby.

Es gab keinen Zweifel darüber, daß Pünktchen viel lieber bei ihrer Amah Cheng und bei Pappi in Bangkok bleiben würde.

II

Petersen beauftragte in diesem Augenblick das Mädchen Ah Bue, ihn bei Madame Boulgakoff anzumelden. Er mußte herausbekommen, ob und wo Karin den Säugling von Harms & Co. deponiert hatte, um ihn mit Haut und Haar zu verspeisen.

Während Petersen überlegte, was zu tun wäre, erschien eine Dame in einem rosa Seidenkostüm in der mit russischen Öldrucken geschmückten Halle des Lokals. Petersen starrte Miss Karin wie eine Erscheinung an. Hatte er doch gedacht, sie hätte den Säugling entführt.

«Wo ist Tommy?» Petersens Kehle war so ausgetrocknet, daß er nur mit Anstrengung auf einen Whisky-Soda verzichtete: vor fünf Uhr nachmittags rührte man keinen Alkohol an.

«Ich habe keine Ahnung», sagte Miss Karin Holm und puderte sich so hingebungsvoll, als ob sie allein vor ihrem Toilettetisch stünde. Sie behandelte Petersen wie einen lästigen Chinesen, der ihr seidene Wandteppiche mit kleinen Fehlern verkaufen wollte.

«Ich denke, ihr wollt in acht Tagen heiraten?» Petersen sprach ungewöhnlich sanft.

«Selbstverständlich! Aber des Morgens schuftet der arme Tommy doch für einen Sündenlohn in deinem Büro. Du jagst ihn ja immer zu den gräßlichen Chinesen.»

Miss Karin schien vor Mitleid mit dem Opfer der Firma Petersen zu schmelzen.

«Er ist verschwunden – seit gestern nachmittag ...» sagte Petersen.

Die junge Dame stieß einen Schrei aus, der der Heroine eines chinesischen Dramas alle Ehre gemacht hätte. Sie trat dicht an Petersen heran und zischte:

«Du hast die Schuld, du Satan! – Der arme Tommy hat sicherlich Selbstmord begangen. Er verdiente ja auch ein Schandgeld bei dir!»

Es war bezeichnend, daß Miss Karin trotz ihres Verzweiflungsschreis ihren Geist nicht einmal im Augenblick bitteren Verlustes von Gehaltsfragen frei machen konnte. Petersen starrte die schöne, unglückliche Braut von Thomas Harms an. Konnte er jemals leidenschaftliche Gefühle an so eine alberne Gans verschwendet haben? Er war so ernüchtert, daß er nicht einmal mehr väterliches Mitleid empfand. Dieses Mädchen war einfach eine heimtückische und nicht allzu intelligente Goldgräberin.

«Wir müssen ihn suchen», sagte Miss Karin. «Gib mir Geld für eine Taxe und so weiter! Ich werde die Polizei alarmieren.»

«Du bist verrückt!» sagte Petersen liebenswürdig. «Ein Skandal mit Zeitungsklatsch fehlt uns gerade noch. Die Firma kann höchstens einen Privatdetektiv engagieren. Bitte unternimm nichts auf eigene Faust!»

Karin Holm betrachtete Nai Petersen mit einem unergründlichen Blick. Dann sagte sie ruhig: «Der beste Spürhund ist Nai Ketaki. Er ist sehr teuer. Ein Inder ... Er wohnt Ecke Silom Road bei dem mohammedanischen Tempel.»

«Ich kenne den Herrn», sagte Petersen abweisend. «Aber ich habe meinen eigenen Mann.» Sein Instinkt warnte ihn, mit Miss Karin gemeinsame Sache zu machen.

«Wenn Tommy nach Bangkok zurückkäme, würde er dann in der Firma eine große Gehaltszulage bekommen?» fragte die Braut in diesem Augenblick.

«Erst einmal muß er ja da sein», erwiderte Petersen vorsichtig. Er war hellhörig geworden. Wollten Tommy und Karin die Firma erpressen? War der Junge bereits ein willenloses Werkzeug geworden? Aber es war doch wohl ausgeschlossen, daß der Sohn von August F. Harms sich zu so schmutzigen Tricks hergab.

Hatte Tommy vielleicht herausgefunden, daß Karin nicht treu sein konnte, selbst wenn sie es beabsichtigte? Hatte er sich in der gräßlichen Phase der plötzlichen Entzauberung etwas angetan? – Aus Karin würde er nichts herausbekommen. Darüber war Petersen sich klar. Und was sollte man dem Vater des Jungen schreiben? Petersen mußte sofort Onkel Winn aufsuchen. Er verließ das «Russische Restaurant» in großer Eile. – Miss Karin blickte ihm nach. Von einem Augenblick zum andern zerfiel ihr Gesicht, als ob eine Maske abbröckelte und das nackte Gesicht zum Vorschein käme: ein verzweifeltes Gesicht! Sie nahm mechanisch das große Paket mit den Mondkuchen, das Petersen vergessen hatte. Ein Gedanke schoß ihr durch den Kopf. Sie blickte auf ihre goldene Armbanduhr. Es war gerade noch Zeit, einen Besuch zu machen. Karin brauchte Geld. Ulla Knudsen hatte Geld, auch wenn sie sich tagtäglich mit den Rikschakulis herumzankte. Sie besaß zwei ziemlich wertvolle Grundstücke und kostbaren Schmuck. Eigentlich hatte sie es nicht nötig, mit ihrer anbetenden Familie in einem halbverfallenen Pfahlhaus hinter dem *Klong Hualampong* zu wohnen.

Karin zog einen Brief aus der Tasche und las ihn zum zwanzigsten Male. Thomas Harms hatte ihn ihr geschrieben. Er mußte wahnsinnig geworden sein.

Als Karin bei Fräulein Knudsen anlangte, saß diese in ihren Kreisen sehr einflußreiche Dame noch beim Mittagessen. Fräulein Knudsen war recht gastfreundlich, aber sie verabscheute es, wenn ihr jemand beim Essen auf den Mund blickte. Und ihrer kleinen Mammi blieb dann vor Schreck der Bissen Sagopudding mit Palmzuckersoße im Halse stecken. Nang Sanit war sehr schreckhaft und krankhaft schüchtern in Gegenwart der eleganten Freundinnen ihrer Tochter. Nur die Erkenntnis, daß Ulla trotz ihrer verwaschenen Baumwollkleider viel, viel reicher war als Nangsao «Kalin» (Nang Sanit sprach das «r» wie «l» aus) gab der alten, scheuen Siamesin ihre Ruhe wieder. Dennoch erhob sie sich sofort bei Karins Eintritt in den schmucklosen Wohnraum von ihrer Matte und verschwand in einer Laube in dem kleinen Garten.

Sie schlich gebückt und demütig davon, als ob sie eine Dienerin wäre. Fräulein Knudsen erhob sich stirnrunzelnd und ergriff – ohne Karin zu begrüßen – die Puddingschale und den Krug mit der übersüßen Soße aus Palmzucker. Der Krug hatte einen abgebrochenen Henkel, was niemand in der Familie Knudsen störte.

«Mammi, Mammi», rief Fräulein Knudsen so schrill, daß Karin nervös zusammenzuckte. «Willst du wohl deinen Pudding aufessen, kleine süße Mammi? Du ißt ihn doch so gern! Und Ulla hat noch eine Überraschung für Mammi! Die bekommt sie erst heute abend zum Mondfest, wenn sie jetzt schön brav ihren Sagopudding ißt.»

Und Fräulein Knudsen erhob sich und trug ihrer Mutter Pudding, Palmzuckersoße und ihre grenzenlose Liebe in die Laube mit den dunkelroten Bougainvilla-Blüten nach.

Als sie zurückkam, blickte sie etwas freundlicher und bemerkte: «Mammi darf nicht beim Essen gestört werden, das bekommt ihr nicht. Mammi muß sich jetzt besonders schonen. Ich werde ein großes Fest zu ihrem siebzigsten Geburtstag geben. Du und Mr. Harms werdet uns hoffentlich auch die Ehre geben.»

Fräulein Knudsen sprach plötzlich so formell, als ob sie sich nicht in einem kahlen Holzraum, sondern auf dem Parkett der Bankiers und Prinzen befänden. Sie hatte diese Anfälle von Feierlichkeit, auf die man Rücksicht nehmen mußte, wollte man nicht ihren Zorn erregen. Der bevorstehende Ehrentag ihrer Mutter ließ sie nachts vor Aufregung nicht schlafen. Eine ganze Reihe Europäer würden eingeladen werden. Hoffentlich sagten sie nicht ab. Fräulein Knudsen zitterte bei dem Gedanken, daß Johannes Petersen etwa absagen würde. Diese Schande vor ihren Bekannten würde sie nicht überleben. Sie hatte schon allen erzählt, daß die Chefs ihrer Mutter ein kostbares Geschenk machen und den ganzen Nachmittag und Abend mitfeiern würden. Beide Leistungen der Herren Petersen waren zu diesem Zeitpunkt Ausgeburten ihrer fruchtbaren Phantasie... Fräulein Knudsen würde einfach zu Mrs. Petersen gehen und bei dieser großen, mitleidigen Dame die Einladung vorbringen. Sie hatte Martha mehrere Male im Büro gesehen und hatte sich ihr so lange beharrlich in den Weg gestellt, bis Martha sich mindestens zehn Minuten lang mit ihr über ihre Familie unterhalten hatte. Je mehr Fräulein Knudsen von «Mammi» erzählt hatte, desto reizender war Martha mit ihr geworden. In ihren grauen, besonnenen Augen war ein Wärmefunken getreten, der Fräulein Knudsen wunderbar tröstete. Sie lebte ja beständig in der Angst, daß der Husten Mammi eines Tages so weit überlisten würde, daß...

Aber da war Fräulein Knudsens Stimme so schrill geworden, und ihre Augen hatten sich so sehr von ungeweinten Tränen verdunkelt, daß Martha ihre Wiegenliedstimme angewendet hatte, um die unvergleichlich tüchtige Sekretärin ihres Mannes zu beruhigen. Nein, die Gattin des Juniorchefs würde Ullas Einladung bestimmt nicht ablehnen.

«Es wird Cocktails, Limonade und zum Schluß für jeden ein Glas mit französischem Sekt geben», bemerkte Fräulein Knudsen träumerisch und ökonomisch.

«Ulla ...» sagte Karin, «hast du einen Augenblick Zeit?»

«Leider nicht!» Fräulein Knudsen hatte Karin immer noch nicht verziehen, daß sie seinerzeit ihre Einladung ins *Chez Ève* abgelehnt hatte. «Ich muß Mammi jetzt massieren. *Nur ich* weiß, wie sie es braucht. Auf Wiedersehen, Karin!»

«Auf Wiedersehen», murmelte das Mädchen in dem hocheleganten rosa Kostüm.

«Und – bitte – störe uns nicht wieder beim Mittagessen», rief Fräulein Knudsen ihrer ehemaligen Freundin nach.

Leider hatte auch das vorbildliche Fräulein Knudsen einen kleinen Charakterfehler. Er war wie ein Sprung in einem Stück Jade. Fräulein Knudsen gab einem kranken Hund gern noch einen kleinen Tritt.

III

Karin Holm rief eine Rikscha und fuhr zum Diebsmarkt von Nakorn Kasem. Dort wohnte ein alter Chinese, der sämtliche Europäer, die in Geldverlegenheit waren, kannte. «Onkel Ho» würde vielleicht wissen, ob Tommy etwas versetzt oder verkauft hatte. Onkel Ho rauchte die aus der Mode gekommene Wasserpfeife und nahm Karins Mondkuchen mit tiefer Verbeugung entgegen. Er schnüffelte an dem großen Paket, fragte «Kuchen nach Kantoneser Art?» und legte das teure Geschenk befriedigt auf eine kostbare, sehr schmutzige Marmorplatte ... Leider konnte Karin nichts von ihm erfahren.

Er verschwieg eben, daß ein langbeiniger junger Mann mit völlig ausdruckslosem Gesicht vor zwei Tagen eine ererbte goldene Uhr gebracht hatte. Diese Uhr war vor einer halben Stunde abgeholt worden. In ihrem Deckel befand sich eine Inschrift: «Thomas Harms. Hamburg 1822.» Die Inschrift hatte einen rundlichen alten Herrn, der zufrieden mit seiner Gattin und vielen Rassehunden und Pferden im Dusit-Distrikt lebte, so interessiert, daß er die Uhr zurückgekauft und Onkel Ho um Diskretion über den Kauf gebeten hatte. Dann war Herr Charles Krüger zu Onkel Winn nach Rong Muang gefahren, der einen leichten Herzanfall erlitten hatte. Dr. Tyler, der englische Tierarzt, saß an seinem Lager in der Sala und versuchte ihn aufzuheitern. Hannes war indessen in das große Reisebüro auf der New Road gefahren. Man mußte herausbekommen, wohin der junge Harms eine Schiffskarte oder ein Flugbillet gebucht hatte.

Während der alte Herr Petersen abwechselnd die goldene Uhr von Großvater Harms und das Bild «Die Elbe bei Sturm» anstarrte, kam Hannes atemlos in die Sala gestürmt.

«Er ist nach Hongkong geflogen – der Idiot!»

«Dann muß man ihn ja finden...» sagte Petersen senior etwas beruhigt.

«Genausogut wie eine Stecknadel in einem Heuhaufen», bemerkte Dr. Tyler. Er kannte Hongkong. Man konnte dort verschwinden. Oder nach der Kolonie *Macao* übersetzen. Dort gab es viele Spielhöllen und Schlupfwinkel und eine portugiesische Polizei, die sich kein Bein ausriß.

«Was schreiben wir nur an Vater Harms?» fragte Hannes.

Der alte Herr Petersen blickte auf und schob sein Kinn leicht vor.

«*Die Wahrheit*», sagte er.

«Ist... hm... ist die kleine Holm mit ihm ausgerückt?» fragte Charles Krüger und betrachtete «Die Elbe bei Sturm». «Dann könnte man sich ja einen Reim auf diese ungereimte Affäre machen.»

«Weiß ich nicht...» erwiderte Johannes Petersen.

Eine unbehagliche Pause entstand. Sie wurde durch die Ankunft von Dr. Johannsen beendet. Nein... Onkel Winn dürfte auf keinen Fall heute abend zu Mr. Wong gehen und aus Höflichkeit schwerverdauliche Mondkuchen, gebratene Entenhaut, Fisch in süßsaurer Soße und sonstige chinesische Delikatessen genießen.

«Unmöglich...» widersprach Petersen senior. «Mein lieber Johannsen, eine Absage verzeiht uns Herr Wong im ganzen Leben nicht. Wo schon...» Er stockte. Er wollte Dr. Johannsen nicht mitteilen, was passiert war. Noch nicht... Vielleicht besann Tommy sich und kam zurück, bevor alles Porzellan zerschlagen war. Es war peinlich genug, den jungen Harms mit einer plötzlichen Dengö-Fieber-Erkrankung bei den Wongs zu entschuldigen.

«Unmöglich», wiederholte Johannes Petersen in seltener Übereinstimmung mit seinem Onkel.

Dr. Johannsen hatte zu lange im Fernen Osten gelebt, um nicht die Wirkung einer Absage vorauszusehen. Vor allem sollte man einen alten Patienten und Freund nicht noch mehr aufregen. Er traf eine schnelle Entscheidung. –

«Wann sind Sie eingeladen?» fragte er.

«Um acht Uhr. – Gegen zehn Uhr wird gegessen werden.»

Dr. Johannsen beklagte im stillen die verflixten chinesischen Sitten. Viele seiner westlichen Patienten litten an Magenkrankheiten infolge dieser späten opulenten Abendessen, besonders, wenn sie die sechzig überschritten hatten. «Sie bekommen jetzt eine Beruhigungsspritze», sagte er. «*Wenn* Sie sich abends danach fühlen, gehen Sie zum Dinner. Ich verlasse mich auf Ihre Vernunft.»

Der gute Dr. Johannsen wußte genau, daß Vernunft ein rarer Artikel bei den männlichen Mitgliedern der Familie Petersen war, aber er wollte dem alten Herrn die Illusion der Entscheidung lassen. Er wußte, daß Wilhelm Christian Petersen die Nacht des chinesischen Mondfestes in seinem eigenen Hause verbringen würde.

IV

Indessen fuhr Karin Holm nach dem Bangkoker Inderviertel, wo Gold- und Seidenläden in der Tropensonne lagen. Sie betrat den Laden des Herrn Ketaki, dessen Familie Ecke Silom Road residierte. Dort hatte Herr Ketaki ein wunderschönes Haus, das den vereinigten Profiten aus dem Juwelenhandel und der privaten Detektivtätigkeit entstammte.

Karin brauchte Geld für ein Flugbillet nach Hongkong. Madame Boulgakoff würde ihr keinen Pfennig geben. Karin war das Aushängeschild des «Russischen Restaurants». Aus diesem Grunde hatte Madame Boulgakoff ein wenig Schicksal gespielt. Sie hatte den jungen Harms vorsichtig über Verschiedenes aufgeklärt: über Karins Mutter, über ihre Vergangenheit, wobei Johannes Petersen taktvoll als ein «Herr aus dem europäischen Norden» fungierte. Denn Petersen konnte ihr Lokal, in dem illegal gespielt wurde, auffliegen lassen. Ferner hatte Tommy den wahren Grund von Karins mißlungener Hochzeit mit dem reichen Dänen erfahren. Der Säugling von Harms & Co. hatte sich alles schweigend angehört. Den nächsten Tag war er geflohen. Madame Boulgakoff hatte richtig kalkuliert. – Der todunglückliche Junge hatte seine goldene Uhr versetzt, um das Flugbillet nach Hongkong zu erstehen. Er gab schon längst jeden Monat sein Gehalt aus und hatte begonnen, leise und wohlerzogen zu verlumpen. Hongkong würde den Rest schaffen. Madame Boulgakoff lächelte bei diesem Gedanken. Wie nett, wenn einmal ein sozial Bevorzugter in wenigen Monaten auf der dunklen Seite des Mondes landete! Wenn sie sich Petersen vorstellte, wie er den Eltern des Jungen die bittere Wahrheit schreiben mußte – das Leben hatte tatsächlich seine Ausgleiche! *Und* – Karin blieb ihr erhalten!

«Haben Sie einen zuverlässigen Mann in Hongkong?» fragte Karin Holm den großen Inder mit dem blutroten Turban und dem weißen Gewand.

Sie hatte ihm ihre goldene Uhr verkauft und ging nun zu ihrem Geschäft über. Selbstverständlich hatte Herr Ketaki seine Leute in Hongkong und Macao: Chinesen ... mit allen Wassern gewaschen. Aber es würde sehr schwierig sein, den jungen Ausländer zu finden. Tommy hatte Karin geschrieben, daß er auf eigene Faust seinen Lebensunterhalt in Hongkong verdienen wolle. Kein Wort, wer ihn über Karins «wahre Natur» – wie der Säugling melodramatisch schrieb – aufgeklärt hatte. Was wollte Tommy in Hongkong anfangen? Ein kleiner Schauder lief Karin über den Rücken. Selbst gewiegte Geschäftsleute, die den Osten wie ihre Tasche kannten und über großes Kapital in der heutigen Freistätte der chinesischen Intellektuellen und Kapitalisten verfügten, gingen dort schneller als anderswo kaputt. Die asiatische Bevölkerung überflutete jetzt die ehemaligen europäischen Wohnviertel und geschäftlichen Tummelplätze.

Ein weißer Mann mußte heutzutage in Hongkong mit allen Wassern gewaschen sein. Karin fröstelte in der Tropensonne. Sie fühlte einen leichten Schmerz in der Herzgegend. Petersen mußte Tommy über ihr Vorleben aufgeklärt haben. Er hatte doch geradezu drohend von ihr gefordert, die Finger von dem Jungen zu lassen. Sie haßte Petersen jetzt. Sie hoffte, sie könne ihm einmal etwas antun, woran er zeitlebens denken würde. Aber was? Nun ... sie würde darüber nachdenken. Er sollte ihr nicht umsonst ihr Glück vor der Nase in Verzweiflung verwandelt haben. Denn Karin war verzweifelt. Sie hatte vor Petersen ahnungslos getan, um besser nachdenken zu können. Sie war nicht sofort auf den Gedanken gekommen, daß Nai Petersen, der auch nicht von gestern war, einfach die Bangkoker Reisebüros befragen würde. Aber sie war überzeugt, daß er früher oder später nach Hongkong fliegen würde, um Tommy wieder einzufangen. Dem mußte sie zuvorkommen. Deswegen verkaufte Karin Holm am Tag des chinesischen Mondfestes ihre goldene Uhr, um übermorgen nach Hongkong zu fliegen und sich mit Herrn Ketakis Agenten zu beraten. In Hongkong waren ihre Geldfragen gelöst. Dort war Herr *Yu*, der kleine fette Chinese, den Karin an ihrem mißlungenen Hochzeitsabend in dem Bangkoker Tanzlokal *Hoi Tien Lao* bezaubert hatte. Der ehemalige Hafenkuli war ein einflußreicher Geschäftsmann in Hongkong und vorläufig blind verliebt in Karin Holm. Mit seinem Geld würde Karin die Hongkong-Agenten des Herrn Ketaki bezahlen können. «Schade, daß immer die verkehrten Leute das viele Geld haben», dachte Tommys Braut und fuhr ins Russische Restaurant zurück.

V

Madame Boulgakoff war in einer Rikscha auf der Jawarad Road angekommen. Sie hatte sich nicht in das festlich geschmückte Chinesenviertel begeben, um legendäre Mond-Bilder zu bewundern oder sich den Magen mit den schweren Kuchen zu verderben. Beide Raritäten waren ihr aus Shanghai bekannt. Madame Boulgakoff schenkte also dem bunten Straßenbild keinen Blick, sondern begab sich in eine verwinkelte Gasse, die – von drei anderen Gassen versteckt – von der Hauptstraße Jawarad Road abzweigte. Im Erdgeschoß war ein Speisehaus für Kulis. Auf einer brüchigen Treppe stand ein mageres chinesisches Kind in geflickten blauen Leinenhosen und einem ebensolchen Jäckchen, das auf den Namen «Brokat» hörte. Es grüßte die Russin mit verschlagenem Lächeln und erhielt als Gegengruß einen starren Blick aus den halbgeschlossenen Augen der Russin.

«Ist dein Vater zu Haus?» fragte Madame Boulgakoff.

Das Kind nickte und lief kichernd davon.

Madame Boulgakoff betrat ein Etablissement, in dem wilde Unordnung herrschte. Eine alte Chinesin hockte in der Ecke eines großen Raumes vor drei winzigen Kohleöfchen. Lebensmittel – Gemüse, Fisch, Gewürze und ein Sack Reis – lagen wie hingemäht um die Öfchen herum. Der Raum hatte ein kleines Fenster mit klappenden Holzläden. Einige zerrissene Bambusmatten und eine Öllaterne mit der verwischten Zeichnung einer chinesischen Landschaft – sanfte Hügelwellen und ein Dorf, das durch das trübe Pergament wie eine Geisterstadt in einem gelben Halbdunkel flimmerte – und Spinnweben in allen Ecken vervollständigten die Einrichtung. Überall lagen Haare, Bärte und Bänder herum. Herr *Lü,* der Vater des mageren, verschlagenen Kindes und Inhaber der Werkstatt, begrüßte Madame Boulgakoff mit einer mitteltiefen Verneigung. Um die Greisin, die mit den tappenden Bewegungen der Blinden den Mittagsreis bereitete, saßen acht Kinder herum, die mit der Herstellung von Theaterbärten beschäftigt waren. Herr Lü war ein Spezialist in dieser alten, traditionsreichen Kunst. Er belieferte die großen chinesischen Theater in der Jawarad Road mit den vorgeschriebenen klassischen Bärten der Schauspieler, die durch die Form und Anordnung ihres Bartes den Zuschauern verständlich machten, wer und was sie waren. Herr Lü war besonders geschickt in der Herstellung des *Chou-san.* Dies waren drei lange, dünne Bartsträhnen, welche die Komödianten trugen, wenn sie kleinliche Beamte darzustellen hatten. Herr Lü sah selbst wie ein kleinlicher Beamter aus, war aber das Gegenteil. Es gab keine Masche des Gesetzes, durch die er nicht zugleich würdevoll und flink hindurchschlüpfte. Selbstverständlich begnügte er sich als tüchtiger Geschäftsmann nicht mit der Herstellung von Theaterbärten, deren Absatz er gelegentlich durch einen kleinen Brand in den Theatergarderoben nachhalf. Herr Lü kaufte Kinder, welche die billigsten Arbeitskräfte auf dem chinesischen Markt sind. Das heißt: er kaufte kleine Mädchen. Die Kinder, die so traulich um seine blinde Mutter herumsaßen, waren alle Gelegenheitskäufe. Wenn sie das richtige Alter erreicht hatten, wurden sie für die Nacht von Herrn Lü an die anspruchsloseren Bordelle vermietet. «Brokat» war die einzige Tochter des Herrn Lü und berichtete ihrem Vater alle Schandtaten der andern kleinen Mädchen, die von sechs Uhr früh bis spät in die Nacht kunstvoll und vergnügt Theaterbärte herstellten. Ein chinesisches Waisenkind ist zufrieden, wenn es seinen Reis und nicht allzuviel Schläge erhält. Es war eigentlich schade, daß die Organisation der «Vereinten Nationen» nicht einmal das Etablissement des Herrn Lü aufsuchte, aber es lag so versteckt, daß selbst Madame Boulgakoff, welche die unbeleuchteten Straßen und Geschäfte von Bangkok kannte, die Wohnung des Bärte-Machers nie ohne die Hilfe ihrer Dienerin Ah Bue gefunden hätte. Herr Lü war entfernt mit Ah Bues Mutter verwandt.

«Hast du das Zeug für mich?» fragte die Russin Herrn Lü.

Wollte sie etwa Bühnenbärte kaufen? O nein – Madame Boulgakoff wollte nur ihre kleine Portion Opium, die sie auf Abzahlung von Herrn Lü bekam. Opium war besser als Mondkuchen. Es lag nicht schwer im

Magen und befreite den Geist so weit, daß er die Ketten der Wirklichkeit für Stunden abstreifte. Madame würde heute nacht den glänzenden Mond auf ihrer kleinen Privatveranda betrachten und in die Vergangenheit reisen. Nur Herr Lü konnte ihr den Reisepaß ins Traumland der Weißrussen verschaffen.

«Das Zeug ist wieder teurer geworden», sagte er leise lächelnd. «Es wird immer schwerer mit der Beschaffung. Die siamesischen Behörden geben schwere Zuchthausstrafen für Opiumschmuggel.»

«Wieviel?» fragte Madame Boulgakoff. Die Ausführungen des Herrn Lü hatten einen so langen Bart, als ob sie auch zur chinesischen Bühne gehörten. Herr Lü gab unvermittelt einem der kleinen Mädchen einen etwas unsanften Tritt und nannte seinen Mondfest-Preis. «Großes Geschäft... schweres Geschäft», erläuterte er. Madame Boulgakoff zahlte den Preis und verschwand ohne Gruß. Der Kuckuck sollte Herrn Lü holen. Aber was wollte man machen? Das Leben war auch ein großes und schweres Geschäft. Ohne den «Mohn des Vergessens» war es nach Madames Meinung unerträglich.

Als sie in ihrem Restaurant anlangte, war Ah Bue schon fortgegangen. Sie sollte den Abend des Mondfestes mit dem Rest der Familie bei ihrem Onkel Ah Chang in Bangkapi verleben. Madame Boulgakoff war sehr ungehalten über diesen Ausbruch von Familiengefühl gewesen; aber langjährige Erfahrung hatte sie gelehrt, sich nicht störend oder fordernd zwischen Angehörige einer chinesischen Familie zu stellen. Karin mußte eben mitbedienen, wenn Ah Bue durchaus den Mond in Bangkapi bewundern wollte.

Karin lag unter ihrem Moskitonetz und rauchte eine Zigarette. Sie hatte gerötete Augen.

«Willst du dich nicht anziehen?» fragte die Besitzerin des Russischen Restaurants. «Wir erwarten schon Gäste am Nachmittag.»

«Ich habe Kopfschmerzen.»

Madame warf dem Opfer ihrer kleinen Intrige einen scharfen Blick zu.

«Immer noch wegen dieses langbeinigen jungen Narren? Sei nicht lächerlich, Karin! Ich habe etwas sehr Gutes für dich in petto. Er hat Geld und ist ziemlich jung.»

Karin schien nicht zuzuhören. Sie hatte während Madames Abwesenheit eine längere Unterhaltung mit dem Mädchen Ah Bue gehabt. Der Name Petersen war des öfteren in dieser Unterhaltung vorgekommen. Ja... so konnte man sich vielleicht an ihm rächen – wenn die Zeit reif war. Ah Bue hatte einen tollen Vorschlag gemacht, und Karin hatte genickt. An diesen Spaß würde Nai Petersen zeitlebens denken. Es konnte nicht schiefgehen, denn Ah Bue war ein kluges, vorsichtiges Mädchen. Sie hatte von Karin ein kleines Geschenk erhalten und eins, das sie bezauberte: eine Kette mit roten Steinen. Sie waren weder wertvoll noch besonders groß, aber Ah Bue meinte niemals etwas so Schönes gesehen zu haben.

«Zu deinem Mondfest ...» hatte Karin lächelnd gesagt.

Auch Ah Bue hatte so unschuldig gelächelt, als ob sie nicht wüßte, warum «die Halbe» ihr dieses Schmuckstück geschenkt hatte.

Man bekam nichts umsonst geliefert im Fernen Osten – nicht einmal eine Rache.

VI

Der alte Ah Chang und seine Tochter Cheng waren fieberhaft mit Vorbereitungen zum Mond-Mahl beschäftigt, als Ah Bue in ihrem bestickten Jäckchen und neuen Satinhosen ankam. Cheng mischte gerade Zimt mit Zwiebel-Extrakt und dampfte die Mischung ein. Ah Chang kochte eine Schildkröte, die er vor fünf Tagen in einem Teich gefunden hatte. Das Gehirn der Schildkröte würde zusammen mit Marthas Zimt und Chengs Zwiebelsaft eine Essenz ergeben, die das Leben verlängerte. Jeder Enkelsohn würde heute nacht vom Großvater diese Essenz zu kosten bekommen. Cheng fand es in der Ordnung, daß der ehrenwerte Vater dieses Rezept für die männlichen Mitglieder der Familie reservierte ... *Sie* würde auch ohne Schildkröte hundert Jahre alt werden, glaubte Cheng in einem Anfall von Respektlosigkeit.

Ah Bues Erscheinen löste keine Freudenstürme aus. Der alte Ah Chang konnte sie nicht leiden. Er hatte durch die Entlassung von Chung und Ah Bue beim Master «Gesicht verloren» und würde den beiden nie verzeihen. Doch der Groll ihres bejahrten Verwandten war Ah Bue herzlich gleichgültig.

«Wo ist kleiner Master?» fragte sie.

Ah Bue mußte ihre Frage wiederholen, bevor Cheng mit der verarbeiteten Rechten in die Richtung des Kanals zeigte. Aus Loyalität gegen ihren ehrenwerten Vater behandelte sie Ah Bue wie eine Aussätzige. Cheng war niemals auf den Gedanken verfallen, daß Ah Bue das Erziehungsprodukt ihrer Mutter war. Daß sie selbst diese unerfreulichen Verwandten im Hause Petersen installiert hatte, schien ihr entfallen zu sein. Cheng war ein Muster töchterlicher Ergebenheit und allgemeiner Ungerechtigkeit.

Ah Bue schlenderte zum Kanal, wo Pummel mit «Zweitem Enkelsohn» angelte. «Zweiter Enkelsohn» hatte die Tränen, die er wegen des weißen Mondkaninchens vergossen hatte, getrocknet und fischte stumm und begeistert mit «Kleinem Master». Er würde selbst alle Fische braten, die er bis heute abend mit Pummels Hilfe fangen konnte.

Ah Bue trat so leise an Pummel heran, daß er sie nicht hörte.

«Junger Master ...» flüsterte sie. «Ah Bue bringt armseliges winziges Geschenk. Heute ist Mondfest.»

Sie war plötzlich verlegen und blickte zu Boden.

«Oh, Ah Bue», sagte Pummel überrascht, «das ist aber nett von dir!»

Er öffnete das Paket. Ah Bue hatte ihr kärgliches Gehalt zusammengespart, um ihm teure Kantoneser Mondkuchen zu schenken. Pummel wußte nicht, was er sagen sollte. Er trat von einem Riesenfuß auf den anderen. Endlich murmelte er: «Danke vielmals. Das ist viel zu gut für mich.»

«Ganz schlechtes, schlechtes Gebäck», erwiderte Ah Bue höflich. «Ah Bue würde jungem Master weiße Jade schenken, wenn sie mehr Geld hätte.»

Wenn Pummel das Angebot übertrieben fand, so sagte er es nicht. Er hatte noch niemals von einem Mädchen ein Geschenk erhalten. Er blickte Ah Bue scheu von der Seite an. Sie gefiel ihm großartig in ihrer fein bestickten Jacke, die bis zum Halse schloß und ihre goldgelben Arme freiließ.

«Hast du die Chrysanthemen selbst gestickt?» fragte er.

Ah Bue nickte. «Will Junger Master sie zählen?» Sie berührte sehr zart eine kleine Chrysantheme auf ihrer Brust und sah Pummel schräg von der Seite an.

«Das ist doch Unsinn, Ah Bue!» sagte Marthas Sohn.

Ah Bue war einen Augenblick ratlos. War Junger Master böse? Sie wollte ihm doch eine Freude machen! – Es machte doch jedem jungen Herrn Vergnügen, die Blumen auf ihrer zarten kleinen Brust zu zählen. Aber Pummel blickte sie freundlich und treuherzig durch seine Brillengläser an.

«Du, Ah Bue», sagte er in seinem sorgfältigen Chinesisch, das er gelegentlich mit siamesischen Worten mischen mußte, «wenn ich später wiederkomme, mußt du mir den Haushalt führen.»

«Vielleicht kann Junger Master Ah Bue heiraten?» schlug die junge Dame vor.

Pummel lachte. Der Gedanke an Heirat erschien ihm in diesem Augenblick unwiderstehlich komisch. Obwohl er selbst einmal Großonkel Petersen gesagt hatte, daß eine Chinesin sehr nützlich als Ehefrau sein würde.

«Na, weißt du, Ah Bue – das hat noch lange Zeit», sagte er treuherzig. «Erst muß ich leider wieder zur Schule und scheußlich büffeln.»

Ah Bue schwieg. Sie blickte den großen, blonden Jungen aus dem fremden Lande wieder von der Seite an. Niemand war jemals so freundlich zu ihr gewesen. Junger Master hatte sie niemals geschlagen. Er hatte ihr öfters einen Leckerbissen aus dem Haupthaus gebracht. Er hatte ihr sogar etwas Englisch beigebracht. Niemals würde er sie mit Füßen treten, wie sein grausamer Vater es getan hatte. Ah Bues chinesische Einbildungskraft hatte zu diesem Zeitpunkt bereits einen Tiger aus Petersen gemacht. «Junger Master» war ihr einziger Freund. Darin hatte Ah Bue eigentlich nicht so unrecht.

In ihren dunklen Augen waren blinde Ergebenheit und eine erste resignierte Trauer. Junger Master ging in wenigen Monaten fort. Und sie würde weiter im «Russischen Restaurant» hocken müssen.

«Ah Bue wird vor Kummer sterben», sagte sie ernsthaft. «Junger Master wird die dumme, schlechte Ah Bue ganz, ganz schnell vergessen.»

«Aber Ah Bue», rief Pummel entrüstet, «wie kannst du so etwas sagen? Ich werde dich nicht vergessen.»

Ah Bue senkte die Augen. Sie war in diesem Augenblick ein einsames Kind, das nichts mehr von den häßlichen Racheplänen wußte, die sie vorhin mit der «Halben» ausgebrütet hatte. Als Chinesin lebte sie intensiv dem bösen und dem guten Augenblick. Wobei sie den bösen schnell vergaß und den guten Augenblick im Gedächtnis bewahrte.

Pummel sah Ah Bues trauriges Gesicht und streichelte plötzlich leise ihren Arm. Das tat er immer, wenn Pünktchen weinen wollte. Aber als er den schlanken Elfenbeinarm der schönen, kleinen Chinesin berührte, wurde ihm einen Augenblick seltsam heiß und kalt. Er fühlte ein fremdes Zittern, das offenbar von dem glatten, kühlen Arm des Mädchens ausging, und wurde blutrot und dann sehr blaß. Er war noch niemals so verwirrt gewesen.

Am Horizont erschien eine matte Mondscheibe, die sich erst in der Nacht in vollem Glanze entfalten würde. Der Glanz war nicht für Knaben.

«Vielen Dank für den Kuchen, Ah Bue», murmelte Pummel tödlich verlegen. «Das war ... nett von dir. Ja ... und ...»

Ah Bue rührte sich nicht.

Während Pummel noch von einem Riesenfuß auf den andern trat und nicht wußte, wie er sich verabschieden sollte, fuhr der Wagen mit seinen Eltern zum Tor herein.

«Ah Bue muß gehen», sagte die Kleine eilig. «Alle fünf Segenswünsche für den Jungen Master!»

Sie verbeugte sich feierlich und sehr anmutig unter der blassen Scheibe des Mondes.

Pummel stürmte mit langen Sätzen ins Haus. Ah Bue war ein gutes Mädchen. Was hatten seine Eltern gegen sie? Ah Bue hatte ihm die «fünf besten Sachen des Lebens» gewünscht: ein Bett, eine Kerze zum Lesen, eine Pfeife, gute Geschichten und heißes Essen.

Und Mondkuchen hatte sie ihm auch gebracht ...

FÜNFZEHNTES KAPITEL

Die Gäste des alten Herrn Wong

I

Martha und Hannes hatten sich in aller Eile zu dem Dinner bei Herrn Wong umkleiden müssen, denn der alte Herr Petersen hatte sehr viel mit ihnen zu besprechen gehabt. Er hatte allein in seiner *Sala* gelegen; Nang Siri war nach Süd-Siam abgereist, wo sie Grundstück-Verkäufe tätigen wollte. Sie waren übereingekommen, die Nachrichten vom jungen Harms in Ruhe abzuwarten.

«Er ist mit seinen sechsundzwanzig Jahren ein erwachsener Mensch», hatte Martha zu bedenken gegeben. «Er muß von selbst zur Vernunft kommen.» Es war ihr zum Schluß gelungen, den alten Herrn von der Idee abzubringen, Hannes als rächenden Engel hinter dem entflohenen Säugling herzusenden.

«Wir sind seinen Eltern gegenüber für ihn verantwortlich», hatte Petersen senior gegrollt. Es hatte der ganzen Geduld und Güte von Martha bedurft, Onkel Winn zu beruhigen.

«Wenn er kein Geld mehr hat, wird er schon wieder auftauchen.» Dieses Stück Weisheit kam von Hannes. «Geld ...» dachte Martha. Es war Hannes wichtiger als seine Familie. Er bliebe in Siam, um das Geschäft weiter auszubauen und «für seine alten Tage» vorzusorgen, hatte er Martha erklärt.

«Onkel Winn macht mir Sorge», bemerkte Martha, als sie durch die schwach erleuchteten Straßen zum alten Herrn Wong fuhren.

Petersen antwortete nicht gleich. Er hatte sich wieder einmal über seinen Onkel geärgert, denn als Martha ins Orchideenhaus gegangen war – auch in Rong Muang züchtete man diese feierlichen und launischen Blüten –, hatte der alte Herr plötzlich gesagt: «Weißt du, Hannes – ich würde den Deubel tun und eine Frau wie Martha mit den Gören wieder allein lassen.»

Petersen war aufgefahren und hatte seinen Onkel gebeten, das Thema fallenzulassen; es sei alles besprochen. Martha billigte seinen Entschluß. Onkel Winn hatte seinen tüchtigen Neffen kopfschüttelnd betrachtet. Hannes glaubte immer, was er glauben wollte.

«Mach dir um Onkel Winn keine Sorgen», sagte Petersen zu Martha und betrachtete die flammenden Bäume, die den Weg zum Phya Thai-

Distrikt, wo der alte Herr Wong wohnte, säumten. Die Abendsonne tauchte die roten Blüten in so intensives Licht, daß sie wie ein feuriges Meer Häuser, Gärten und Kanäle überfluteten.

Auf den Straßen eilten die Rikschas und Autos zwischen zitterndem Laternenlicht und verspäteten Lastkraftwagen dahin. Ganz Bangkok schien jeden Abend in die Gefährte des Ostens und Westens zu steigen, um irgendeinem Traum in einem Garten oder auf einer Veranda nachzujagen. Niemand schien hier eine Nacht in seinem eigenen Hause zu verbringen. Auch die Rikscha-Kulis, mit denen Fräulein Knudsen so viele Kämpfe ausfocht, schienen ihre Fahrgäste nur abzusetzen, um ihrerseits an die Stätten nächtlicher Vergnügung zu eilen, in einen Opiumkeller in Bangrak, in einen versteckten Spielsalon oder in eine enge, von Schlingpflanzen überwucherte Gasse am Kanal, wo ein Mädchen mit einer Blüte im glatten, schwarzen Haar und ein Topf mit «Reis und Curry» auf sie warteten. Beide – das Mädchen und der Curry – waren heiß und taten den Sinnen wohl. Zu Hause saßen nur die Lahmen, die Blinden, die Aussätzigen und jene Flüchtlinge, welche die Politik aus allen möglichen Ländern und Erdteilen nach Bangkok verwehte –. Heute abend jedoch schien das Leben auf den Straßen noch intensiver als sonst. Die Öllämpchen an den Rikschas warfen einen flakkernden Schein auf die festlich geschmückten chinesischen Familien, die zur Mondfeier zu ihren Freunden fuhren. Kleine Chinesenjungen in zerrissenen Hemden und kurzen schwarzen Höschen boten heiser die letzten Mondkuchen an. Die tropische Nacht sank herab. Sie steigerte Hunger und Liebesdurst. Um fünf Uhr früh würde der Kampf um die Schale Reis von neuem beginnen.

Petersen sog die Nachtluft ein; er war ganz gefangengenommen von dem nächtlichen Schauspiel der Straßen.

«Wird dir das alles nicht fehlen?» Er machte eine vage Bewegung, die das ganze hinterindische Gaukelspiel einschloß.

«Doch ... natürlich», sagte Martha gemessen.

Martha war mit ihren Gedanken immer noch bei Onkel Winn, der sie und die Kinder so sehr ins Herz geschlossen hatte. Der bevorstehende Abschied lastete ohne Zweifel auf ihm, wenn er auch kein Wort darüber verlor. Martha sah nur zu wohl, daß der Schleier der Melancholie, der zuweilen Wilhelm Christian Petersens hellblaue Augen beschattete, in den letzten Wochen dichter geworden war.

«Was ist eigentlich mit Pauline los?» fragte Martha.

«Keine Ahnung. Hat Onkel Winn etwas über sie gesagt?»

«Er hat schon lange keine Post von ihr. Es ist unerhört. Pauline weiß ganz genau, daß der alte Mann nur für sie lebt.»

«Er hat sie eben sinnlos verwöhnt. Ich kann gar nicht verstehen, wie man eine Tochter so in Watte packen kann.» Sprach Hannes im Ernst?

«Jeder kehre vor seiner eigenen Tür, mein Lieber», sagte Martha. Sie hatte immer noch für jede Situation ein Sprichwort.

Hannes lachte und streichelte Marthas Hände, die still in ihrem Schoß lagen.

«Ach Martha... Du bist immer noch die Alte!» Er sprach weicher, als er seit Monaten gesprochen hatte.

«Gott sei Dank...» sagte Martha energisch. Es war sehr nötig, daß wenigstens einer in der Familie den nüchternen Verstand walten ließ. Sie würde morgen sofort an Pauline schreiben. Martha konnte sich nicht vorstellen, warum Pauline plötzlich nichts von sich hören ließ; aber sie hätte sich erst recht nicht vorstellen können, daß Pauline nach zwei Kartengrüßen, welche die Stadt Manila und ein Reisdorf in den Philippinen zeigten, überhaupt nicht mehr an ihren Vater geschrieben hatte.

Das hatte Wilhelm Christian Petersen seiner Hamburger Nichte trotz allen Vertrauens nicht gesagt.

Das ging nur ihn und die verflixte Deern in Manila etwas an.

II

Das Haus des alten Herrn Wong lag in der Nähe des alten Phya Thai Palastes in der Rajavithi Road. Der Palast war, dem Zug der Zeit folgend, jahrelang ein Hotel gewesen und wurde zuletzt ein Wohnhaus. Die großen neuen Hotels in der Rajadamnoen Avenue, die in der Nachkriegszeit immer bis zum letzten Zimmer besetzt waren, hatten den alten Palast, der auch als Hotel noch etwas von dem Fluidum seiner einstigen königlichen Bewohner ausgestrahlt hatte, aus dem Felde geschlagen. Er besaß die weiten Rasenflächen, die bezaubernd sorgsamen Blumen-Arrangements, die Miniaturwasserfälle und den Pavillon für klassische Tänze, den siamesische Prinzen als unerläßlich erachteten; der Palast war geräumig, einsam, exquisit und alt. Und der alte Herr Wong hatte sich und seine Familie ganz in der Nähe angesiedelt, weil er nach Geschäftsschluß alte und exquisite Dinge liebte.

Auch in seinem eigenen Hause und Grundstück, das er im November 1940 kurz vor dem Einmarsch der Japaner von der Gattin des alten Herrn Petersen gemietet hatte, herrschte jener typische Geist des Fernen Ostens, der Raumverschwendung und sparsames, auserlesenes Mobiliar mit Schönheit gleichsetzt. Doch das Kennzeichen der altchinesischen Kultur, die dieses Haus im fremden Land zu einem wirklichen Heim für die Familie Wong hatte werden lassen, war der Garten, den Petersen und Martha über alles liebten. Bei ihrem ersten Besuch hatte der alte Herr Wong ihnen erklärt, daß nach chinesischer Auffassung Haus und Garten keine separierten Stätten, sondern ein harmonisches Ganzes wären – ein *yüancheh*, ein «Garten-Heim».

Und wirklich schienen Haus und Garten ineinander überzugehen; denn was in den Räumen als «Wasser-Hügellandschaft» an den Wänden hing – «unzählige Hügel und Teiche im lieblichen Wind» –, das wiederholte sich im Garten als kunstvolle Miniatur-Landschaft. Pavillons mit zierlichen Dächern und große kostbare Porzellanvasen mit Blumen halfen die vollendete Illusion eines vornehmen *yüancheh* in der Fremde zu vermitteln.

In dem größten dieser Pavillons saßen die Gäste des alten Herrn Wong, nachdem das Festmahl von zwanzig Gängen – zierliche, zart garnierte Delikatessen, in denen die Elemente des Scharfen und Süßen, des Knusprigen und Weichen nach traditioneller Vorschrift abwechselten – in dem Speisesaal an den runden Marmortischen beendet war.

Halbwüchsige Chinesinnen in engen Brokatkleidern – die schönen Töchter des alten Herrn Wong – bewegten sich zwischen den Gästen und dirigierten die Diener, die Mokka, Whisky, Limonaden und Mondkuchen auf Lacktabletts servierten. Die Stunde des Mondes war gekommen. Die Gäste aus China und aus dem Westen betrachteten einige Augenblicke den Mond, zu dessen Ehren dieses Fest stattfand. Die Dame des Hauses war nicht zugegen. Der alte Herr Wong hatte seine Gattin mit einer leichten Unpäßlichkeit entschuldigt. Man würde niemals wissen, ob diese Unpäßlichkeit vorgeschützt worden war. – Auf jeden Fall würde Madame Wong auf ihrer privaten Veranda viele Stunden zufrieden und ungestört den glänzenden Mond betrachten.

Es war eine kleine Gruppe von Gästen, die der alte Herr Wong zur Stunde des Mondes zu sich gebeten hatte. Wie meistens in Bangkok kamen sie aus den verschiedensten Ländern und Sphären. Den Mittelpunkt der Gruppe bildete der Stolz des Hauses – der älteste Sohn, der am Vortage mit seiner Braut aus San Francisco eingetroffen war. Der junge Herr Wong «studierte» in San Francisco das Wirtschaftsleben der Industrien. Sein Geist war angefüllt mit Dingen wie Lachskonserven, Chemikalien und Einfuhrbestimmungen für Tee, Reis und Kohle. Er hatte drei Leidenschaften: Kaugummi, amerikanische Jazzmusik und seine Braut Pao-Chai (Kostbare Tugend). Welche kostbaren Tugenden die junge Chinesin in dem eleganten westlichen Abendkleid besaß und wann und wo sie sie der Mitwelt präsentierte, ließ sich nicht ohne weiteres erkennen. Jedenfalls nicht im Hause ihres Schwiegervaters in Bangkok! – Fräulein Pao-Chai sprach sehr schnell und viel, mischte sich zum Entsetzen ihrer sechs wohlerzogenen kleinen Schwägerinnen in die Gespräche der Männer und zeigte ihrem künftigen Gatten keine Spur von Respekt. Wenn der alte Herr Wong mit der Wahl seines Sohnes unzufrieden war – er mußte es eigentlich schon aus Prinzip sein, weil er die Mutter seiner Enkelsöhne nicht persönlich ausgesucht hatte –, dann zeigte er es nicht. Er behandelte die junge Dame mit milder Höflichkeit und so leiser Ironie, daß niemand bis auf die alte Madame Wong seine Mißbilligung hätte ahnen können, aber Madame Wong saß zufrieden und ungestört auf ihrer Veranda. Die alte Dame, die zart und bescheiden in ihrer schwarzseidenen Jacke und den seidenen Hosen den Mond betrachtete, würde «Kostbare Tugend» nach der Hochzeit so gründlich und sanft schikanieren, bis sie im neuen Bangkoker Heim jene Manieren erlernt hatte, die ihr so auffällig fehlten. Ihrem ältesten Sohn hatte Madame Wong allerdings gesagt, daß er in ihren Räumen ohne Kaugummi im Munde zu erscheinen habe. Und der junge Mann, der tüchtig und selbstbewußt neben dem Studium der Volkswirtschaft in San Francisco Verbindungen für die Firma Wong anknüpfte, hatte seine Mutter mit einem schafigen Ausdruck angeblickt und demütig Besserung seiner Sitten gelobt.

Im Augenblick unterhielt er sich – gemessen und vorsichtig – mit einem amerikanischen Ehepaar. Mr. David Spark war Mr. Desmonds Nachfolger in der kleinen Familie der ECAFE. Er vertrat seinen Chef heute nacht. Mr. Portman untersuchte zur Zeit die Nahrungssituation der Mütter und Kinder in Indien. Miss Macpherson machte Aufnahmen in indischen Dörfern, die deutlicher als alle Tabellen zeigten, wieviel in diesem zur Selbstregierung erwachten Land noch für den Westen zu tun war.

Mr. Spark war zum erstenmal im Fernen Osten und gedachte recht lange dort zu bleiben. Er war ein großer, dünner Herr mit einem randlosen Kneifer und einem Lächeln aus der Konservenbüchse. Er sah aus wie ein Missionar, der sich auch für die ökonomischen Bedingungen der fremden Länder, in denen er weilte, interessierte. In Wirklichkeit war er ein Mann der Wirtschaft, der sich nach Büroschluß für die Presbyterianische Mission in Bangkok interessierte. Wann immer Mr. Spark die Zeit erübrigen konnte, ging er zu *Prayer-Meetings* in ein großes schattiges Haus an der Sathorn Road. Mrs. Betty Spark war eine dünne, sauerblickende Dame. Sie besaß die durchsichtige Haut der Blondinen, die in den Tropen pergamentartig austrocknet, war schnell irritiert und wußte alles besser. Je geduldiger ihr Mann ihr beistimmte, desto irritierter wurde Mrs. Spark. Gerade in diesem Augenblick wandte sie sich an ihre Nachbarin – eine große, dünne Landsmännin, in deren blassen Augen die Passion für die Vollkommenheit flimmerte.

«Ich sage David die ganze Zeit, er kann die Siamesen nicht wie Amerikaner behandeln. Er ist viel zu vertrauensvoll.»

Miss Blacks lange, spitze Nase schien noch spitzer zu werden. «Trauen *Sie* unsern Landsleuten denn so sehr, Mrs. Spark? *Ich* muß sagen, die Bangkoker Auswahl flößt mir wenig Vertrauen ein. Nur Geldausgeben ... Tanzen ... Bridge-Spielen und Geschwätz über den lieben Nächsten.»

Miss Black stand auf und ging hinüber zu Martha, die sich gerade angeregt mit einem kleinen, fetten Chinesen aus Hongkong und seiner Tochter unterhielt. Im stillen grübelte Martha, wo sie den Mann mit den scharfen Augen und dem behaglichen Doppelkinn schon gesehen hatte. Plötzlich wußte sie, wo sie diesen Herrn, der ihr als «Herr Yu» vorgestellt worden war, gesehen hatte: auf dem Bangkoker Flugplatz. Er war seinerzeit mit Karin Holm nach Hongkong geflogen. Seine Tochter war nicht dabei gewesen. «Natürlich nicht ...» dachte Martha. Seine Tochter Phoenix schien sein ganzes Sinnen und Trachten auszufüllen. «Wie bei Onkel Winn ...» dachte Martha und war wieder einen Augenblick auf Pauline böse. Herr Yu ließ kein Auge von seiner Tochter. Er strahlte, wie nur chinesische Väter strahlen können, jedesmal wenn Phoenix – die wirklich wie ein Goldvogel wirkte, der aus der Asche der Kuli-Existenz emporgestiegen war – Martha intelligente und reizende Antworten gab. Seine verarbeitete Hand, die heute noch die Spuren der Schwerarbeit im Hafen von Hongkong zeigte, hielt gedankenverloren eine Brokattasche, die seiner Tochter gehörte. Er mußte immer etwas von Phoenix in seinen Händen halten: eine Karte, die sie ihm als Schulkind geschrieben hatte; ein rotes verblichenes Haarband, das zur Zeit in Hongkong in seinem Schreibtisch lag; oder die neue Brokattasche, die er Phoenix zu diesem Ausflug nach Bangkok geschenkt hatte. Phoenix fand die Tasche zu bunt und zu reich verziert. Aber niemals hätte sie *tai-lao-yeh* («Großen, alten Vater») dadurch «Gesicht» verlieren lassen, daß sie seine überladenen Liebesgaben in die Truhe aus Kampferholz legte. Phoenix trug eine sorgfältige Frisur, die ihre lackschwarzen, glänzenden Haare zur Geltung kommen ließ. Ihr langes chinesisches Brokatkleid schimmerte rosa und silbern. – Herr Yu ließ kein Auge von ihr und ebensowenig von dem viereckigen Stück opalisierender Jade, das wie eine glänzende, besonnte Wolke an einer Platinkette um ihren Hals hing. Es war ein uraltes Stück von unermeßlichem Wert, das der ehemalige Kuli auf einer Auktion in Hongkong erworben hatte. Der alte Herr Wong, der alte und kostbare Dinge liebte, hatte seinen Geschäftsfreund zu der Jade, die seine Tochter sorglos um den Hals trug, beglückwünscht, und Herr Yu hatte seinem Gastgeber den unerhörten Preis des Schmuckstücks im Flüsterton verraten, aber laut genug, daß die ganze Gesellschaft verstanden hatte... Auf diese Weise hatte der ehemalige Kuli seiner Meinung nach in dieser Gesellschaft sofort «Gesicht» gewonnen.

Miss Black warf Fräulein Phoenix einen mißbilligenden Blick zu. Sie war für ein so junges Mädchen viel zu kostspielig gekleidet. Dann beantwortete sie Marthas Frage nach Agnes Songhakul mit einem Achselzucken.

«Es geht ihr ganz gut», sagte sie, obwohl niemand besser als sie wußte, daß es Agnes ziemlich schlecht ging. «Natürlich hat sie eine unpassende Heirat gemacht und leidet an den Folgen.» Es klang, als ob Heiraten zu den ernsteren Magenverstimmungen gehört.

«Agnes ist eine ganz tüchtige Sekretärin», fuhr Miss Black fort. Sie warf einen kurzen scharfen Blick auf die Braut des jungen Herrn Wong, die tatsächlich Anstalten machte, mit Mr. Spark – ausgerechnet! – zu kokettieren. Mrs. Spark blickte noch saurer als beim Verzehren ihres Mondkuchens und zog ihren Gatten in die Richtung von Johannes Petersen und dem alten Herrn Wong, der sich teilnahmsvoll nach Onkel Winns ehrenwerter Gesundheit erkundigte. Er fragte dagegen mit keinem Wort nach dem jungen Harms und quittierte Hannes' Entschuldigung mit Schweigen. Der alte Herr Wong saß sehr still auf seinem Sessel. Die wenigsten Ausländer verstanden, daß ein Chinese im Licht des herbstlichen Mondes die Poesie, Reife und Weisheit des Lebens so intensiv empfindet, daß Wong im Augenblick das Zeitalter der Anarchie, in das er hineingeraten war, mit Gelassenheit betrachten konnte. – Herr Wong war ein Taoist; und der herbstliche Mond war der Freund jener Taoisten, die es im China des Mao Tse Tung nicht mehr gab. Und doch hoffte der alte Herr Wong, während er den Mond betrachtete, daß dem roten Sturm, der sein Land von einer Ecke zur andern durchbrauste, wieder Stille folgen würde, eine geläuterte Stille, die neben der Landreform und manchen anderen Verbesserungen, die der rote Sturm mit sich gebracht hatte, auch wieder Raum für die alte Weisheit ließ, die das chinesische Volk durch Jahrtausende gestärkt hatte. – Auch ein klein wenig angenehme Korruption dürfte es später wieder geben, dachte der alte Herr Wong insgeheim – nicht so viel Korruption wie vor dem roten Sturm – und nicht so wenig Freundlichkeit und so wenig Talent zum Kompromiß wie augenblicklich.

Der alte Herr mit dem Gesicht eines Weisen, der viel von Geschäften versteht, erhob sich aus seinem Sessel und bat Johannes Petersen um die Erlaubnis, seiner Gattin heute die Bilder mit den Schriftzeichen zeigen zu dürfen. Darauf hatte er sich seit Monaten gefreut. Er zeigte seinen ehrenwerten Besuchern aus dem Westen jedesmal nur wenige auserlesene Dinge in seinem Gartenheim. Einmal waren es die Vasen; ein anderes Mal die Wasserlandschaften, die Bronzen oder die Mandarinmäntel in den Kampfertruhen. Und heute nacht wollte er Martha seine kostbarsten Dinge zeigen. Denn Madame – so hatte nun auch der Seniorchef des Hauses Wong erfahren – wollte mit dem ältesten Sohn der Familie wieder nach Europa zurückreisen.

Auch die anderen Gäste hatten sich erhoben und begannen mit den Töchtern ihres Gastgebers durch den Garten zu wandeln. Zufällig befand sich Hannes plötzlich neben Miss Black, obwohl er viel lieber mit der amüsanten kleinen Krabbe, die den ältesten Sohn des Hauses heiraten sollte, gescherzt hätte. Denn wenn Hannes nun auch ein älterer Herr war, den seine Familie kaltherzig verließ – so hatte er immer noch verflixten Spaß an der Unterhaltung mit jungen Damen, die, wie Fräulein «Kostbare Tugend», bereit waren, ihm schelmisch und ein klein wenig verschlagen die Zeit zu vertreiben.

Miss Black konnte jedoch auch ihr schlimmster Feind nicht Schelmerei vorwerfen. Sie war willlensstark, sparsam und nicht ohne Mitgefühl. Agnes Songhakul tat ihr leid. Sie vermißte ihren kleinen Sohn Seppl, den alle Vidya nannten. Miss Black wäre eher gestorben, als jemandem zu verraten, daß sie eines Morgens, als Agnes wieder mit rotgeweinten Augen ein Diktat aufgenommen hatte, zu Dr. Songhakul in die Arbeitsräume der UNICEF marschiert war und diesen «siamesischen Blaubart»

– wie Miss Black ihn insgeheim nannte – aufgefordert hatte, seinen Sohn zweimal die Woche zu seiner Mutter ins Oriental-Hotel zu bringen. Seitdem war die arme Agnes ausgeglichener und arbeitete besser für das große Gehalt, das Miss Black ihr aus lauter falsch orientiertem Mitgefühl zahlte. Miss Black glaubte nachgerade selbst, daß sie Agnes nur deshalb eine Freude gemacht hatte, damit sie schneller Schreibmaschine schrieb.

Aber Miss Black besprach mit Hannes interessantere Sachen. Sie erzählte ihm, daß Mr. und Mrs. Spark kürzlich in Manila gewesen und dort Mr. Lawrence Desmond aufgesucht hätten.

«Landsleute besuchen sich ja stets in fremden Gegenden», bemerkte Miss Black, die niemals einen Landsmann in einer fremden Gegend besucht hatte und es auch künftig unterlassen würde.

«Wie geht es unserer Pauline?» fragte Hannes eine Spur zu eifrig.

«Sie scheint äußerst unverträglich zu sein», erwiderte Miss Black streng.

Hannes stolperte vor Überraschung beinahe über eine Baumwurzel.

«Was heißt denn das?» fragte er.

«Das heißt, daß Ihre Nichte sich nicht mit andern Leuten vertragen kann», erklärte Miss Black ungeduldig. Sie war überzeugt, sich deutlich genug ausgedrückt zu haben.

Hannes war sprachlos. – Wer waren die «anderen Leute», mit denen der Augapfel des alten Herrn Petersen sich nicht vertrug? Aber danach konnte man weder Miss Black noch das Ehepaar Spark fragen.

III

Während sich die andern Gäste im Garten vergnügten, war der alte Herr Wong mit Martha in den Empfangsraum zurückgekehrt. Er hatte zur Mondfeier ausgewählte kalligraphische Meisterwerke an seidenen Schnüren, die von einer Bambusrolle gehalten wurden, an die kahlen Wände gehängt. Er wechselte die Schriftbilder – wie seine «Wasser- und Hügel-Landschaften» – beständig aus. Er würde nie verstehen, wie seine hochwürdigen Freunde aus dem Westen es ihr Leben lang mit zwei oder drei Ölgemälden aushielten. Der alte Herr Wong liebte das Reine und Farblose. Er liebte weiße Jade, den Schnee in Peking und das Mondlicht über seinem Bangkoker Gartenheim. Ein Taoist war sich jeden Augenblick darüber klar, daß die Farben das menschliche Auge blendeten und es für den hohen Genuß der Kalligraphie blind machten.

Martha studierte stumm die Schriftrollen, die an den Wänden hingen. Ihr ästhetischer Sinn war an gotischen Meisterwerken geschult, und ihre Neigung galt der einfachen, edlen Linie. So empfand sie eine vage Befriedigung beim Anblick dieser Schriftbilder. Irgend etwas in ihrem klaren und geformten Geist bejahte diese uralte chinesische Kunst. Die

Schriftbilder erinnerten sie entfernt an die «Schriftbilder» ihrer geliebten Mathematik. Wenn die Mathematiker sich plötzlich entschlössen, ästhetische Wirkungen hervorzubringen...

Als Martha ihrem Gastgeber diese Gedanken zögernd mitteilte, erhellte sich das Gesicht des alten Herrn Wong. Er holte statt aller Antwort aus einer geschnitzten Truhe, welche das Format der Wandbilder hatte, ein in Brokat gehülltes kalligraphisches Meisterwerk hervor. Es war sehr alt und der Inbegriff der Vitalität und Keuschheit dieser Kunst. Sie gingen ins Privatzimmer des Hausherrn. Die Einrichtung seiner «Bambusklause» war asketisch; ein Ruhebett aus Bambus, einige kleine Sessel und Tische; ein Wandschränkchen mit dünnen, henkellosen Tassen aus altem Porzellan und einige erlesene Proben chinesischer Malerei an den Wänden. In diesem Raum war alles Einfachheit und voll vom Aroma der Meditation.

Der alte Herr wies mit der dünnen Gelehrtenhand auf einige Landschaften und erklärte Martha, wie sehr die Wiedergabe der Wolkenmassen, des Bambus und der Felskonturen den kühnen, sparsamen Strichen der Kalligraphisten verwandt wäre.

Plötzlich brach er seine Erklärungen ab. Eine leichte Unruhe lag wie eine Wolke über seiner heiteren Stirn. Martha fühlte eine unerklärliche Änderung in der Atmosphäre. Der alte Herr Wong lud Martha mit einer Gebärde zum Sitzen ein. Dann läutete er eine alte Kupferglocke. Eine entzückende kleine Chinesin erschien. Sie war halb Kind, halb Frau und trug schwarze Hosen und einen hochgeschlossenen Kittel aus leichter, geblümter Seide. Irgend etwas an dem Mädchen erinnerte Martha an die sechs Töchter des alten Herrn Wong. In der Tat war auch diese Kleine seine Tochter; doch ihre Mutter war nicht die allmächtige Madame Wong, die gelassen und ungestört auf ihrer Veranda den Mond betrachtete und Pläne für ihre Familie entwarf. *Ping-erh* (Geduld) war die Tochter einer Stickerin – anmutig, dienstfertig und – wie ihr Name besagte – geduldig. Sie bediente vor allem die alte Frau Wong, die ihr zugetan war.

«Ping-erh», sagte der alte Herr Wong sanft, «bereite den Tee für meinen Gast und für mich.»

«Geduld» machte eine kleine formelle Verbeugung und huschte bescheiden in ihren gestickten Pantöffelchen hinaus. Der alte Herr – so schien es Martha – hatte sehr liebevoll mit dieser Dienerin gesprochen, viel sanfter als mit den sechs Töchtern der Madame Wong, die – wie es sich für reiche, legitime Töchter geziemte – nur ihrem Vergnügen lebten und sich alle möglichen Gegenstände von Ping-erh nachtragen ließen.

Nachdem Ping-erh das Lacktablett mit den winzigen Tassen gebracht, es auf einen Bambustisch gestellt hatte und dann lautlos verschwunden war, begann der alte Herr Wong ein Gespräch, das er seit Stunden vorbereitet hatte. Es war still in der «Bambusklause». Das Mondlicht warf fliehende Silberlichter auf die Tassen mit dem grünen Tee, auf den alten

Hausherrn und auf die Ausländerin, die ein Kleid in der Farbe des Mondes trug. Es war immer noch das grausilberne Gewand, das Martha in Colombo getragen hatte.

«Madame», sagte der alte Herr Wong, «ist Ihr hochverehrter Onkel sehr krank?»

Martha erwiderte, daß Onkel Winn eigentlich nur Ruhe brauchte. Er wäre so gern heut abend gekommen. «Aber eine kleine Herzschwäche...!»

«Ist es wegen des jungen Herrn Harms?» fragte der alte Herr schnell. Martha wurde rot. Was sollte sie sagen? Sie hatten die Ausrede der Krankheit gebraucht, um allerseits das Gesicht zu wahren. Hannes würde außer sich sein, wenn sie jetzt das Verkehrte sagte.

«Dieser junge Mann ist nicht so krank, wie es scheint», sagte der alte Herr Wong in das peinliche Schweigen hinein. Er goß Martha behutsam den Tee in die winzige Schale. Die Kanne in seiner Hand war so alt wie er selbst, oder noch viel älter.

Martha schwieg weiter. Sie war sehr verlegen. Hatte ihr Gastgeber durch den dünnen Vorwand hindurchgesehen? Das schien unmöglich. Niemand außer der Familie, Charles Krüger und Dr. Tyler wußten bis jetzt von Tommys kopfloser Flucht.

«Madame», flüsterte der alte Herr Wong, «betrachten Sie mich bitte als Ihren Freund!»

Aus seinen Augen sprachen Erfahrung, Leid und Weisheit; aber in ihnen blitzte auch Scharfsinn und sogar ein Funke von Eulenspiegelei: er war ein großer Geschäftsmann nebenher.

«Der junge Herr Harms war vor seinem Flug nach Hongkong bei mir», erklärte der alte Herr Wong.

«Bei *Ihnen*!» stammelte Martha. –

«Gewiß. Er lieh sich Geld von mir. Er möchte sich in Hongkong selbständig machen. Ein sehr lobenswerter Entschluß.»

Martha dachte, sie träume vielleicht. Sie wünschte es sogar. War es möglich, daß der ausdruckslose junge Mann, über den alle wie über ein Kind oder ein Postpaket verfügt hatten, mehr Vertrauen zu einem Fremden als zur Familie Petersen hatte? Es mußte wohl so sein. Und es würde zu den vielen Bitternissen, die Onkel Winn seit Marthas Ankunft erfahren hatte, noch eine kleine Bitternis hinzufügen.

«Hat er sich viel Geld geliehen?» fragte Martha praktisch. «Selbstverständlich werden mein Onkel und mein Mann...»

Der alte Herr hob die Hand. «Keine Sorge, Madame. Der alte Wong hat noch niemals Geld verloren; aber er hat auch die Geduld, Wochen, Monate oder Jahre auf die Einlösung einer Schuld zu warten.»

Er sagte das in einem heiteren Ton, so als ob es für ihn nichts Vergnüglicheres gäbe, als auf das Geld von dem Säugling von Harms & Co. zu warten.

«Herr Thomas ist der Enkelsohn eines Bankiers», schloß Bangkoks einflußreichster Finanzmann. Es schien ihm eine ausgemachte Sache, daß er das Geld von den Nachkommen eines Mannes, in dessen goldener Uhr «Thomas Harms, Hamburg, 1822» eingraviert war, bekommen würde.

«Ich lieh ihm ein Drittel von dem, was er sich leihen wollte, da ich annahm, daß das die Summe sei, die der junge Herr Harms vernünftigerweise von mir erwarten konnte. Leider hatte er seine ererbte goldene Uhr schon versetzt. Aber Ihr Onkel kann sie sicherlich in Nakorn Kasem zurückkaufen.»

Martha überlegte, warum der alte Herr Wong diese Mitteilungen nicht Hannes machte. Wahrscheinlich meinte er, daß Hannes zu viel Gesicht verlöre, wenn man ihm eine glatte Lüge – allerdings eine Notlüge – nachwies. Aber vielleicht hatte der alte feine Chinese andere ... unerfindliche Gründe.

«Mr. Wong», sagte Martha in einem plötzlichen Entschluß. «*Warum* kam Thomas Harms zu Ihnen statt zu uns? Offen gestanden, es ist mir unverständlich! Mein Mann hätte ihn bestimmt beraten, wenn er unsern Onkel nicht aufregen wollte.»

Diese zarte Rücksicht auf den Seniorchef der Firma hatte dem Säugling ferngelegen; aber das konnte Martha, die stets an die Gefühle der andern dachte, nicht wissen.

Der alte Herr Wong erwiderte ruhig: «Ich wäre untröstlich, wenn Sie sich unnütz erregten, Madame! Der junge Mann kam zu mir, weil er wußte, daß Sie ihn nicht verstehen würden. Er war so weise, vor einer unerträglichen Situation davonzulaufen, anstatt sich von ihr ruinieren zu lassen. Er liebte ein Mädchen, das nicht zu ihm paßte.» Der alte Herr lächelte.

«Alle unsere Weisen raten uns, den unpassenden Gefährtinnen zu entfliehen. Der sicherste Weg, einer Gefahr zu entgehen, ist: davonzulaufen.»

Martha starrte den alten Eulenspiegel an.

«Gewiß», sagte der alte Herr Wong behaglich, «Davonlaufen ist vielleicht nicht, was der Westen als heroisch ansieht, aber es ist außerordentlich vernünftig.»

Nun mußte auch Martha lächeln, obwohl ihr nicht danach zumute war. Sie bewunderte im stillen die Eleganz, mit der ihr Gastgeber von den Dingen der Kunst auf die Dinge des Alltags zu sprechen gekommen war.

Der alte Herr Wong betrachtete Martha einen Augenblick in tiefem Schweigen. Sie hatte ihm heute abend durch ihr Verständnis eine erlesene Freude bereitet. Sie hatte außerdem einen prachtvollen Sohn, den der alte Herr Wong zweimal zum Angeln eingeladen hatte. Sie war von Sorge beschattet. Vielleicht war es der Gedanke an den Abschied, der in wenigen Monaten bevorstand.

«Sie wundern sich jetzt, warum ich den jungen Herrn Harms nicht in

Bangkok zurückhielt, nicht wahr?» fragte er gelassen. Martha fuhr zusammen. Ihr Gastgeber hatte ihre Gedanken verblüffend genau gelesen.

«Es würde uns allen und auch Thomas selbst wahrscheinlich viel Plage erspart haben, wenn Sie ein Machtwort gesprochen hätten, lieber Mr. Wong», sagte sie gemessen. «Um so mehr, als er sich von Ihnen verstanden fühlte.» – Sie sagte das letzte ohne jede Ironie. Sie hatte die Feststellung, daß Tommy die Familie Petersen für verständnislos hielt, gelassen akzeptiert. Aber der alte Herr Wong hatte etwas unterlassen, meinte Martha im stillen. Sie war nicht für das Davonlaufen, auch wenn alle chinesischen Philosophen und der alte Herr Wong dafür waren. Sie machte das vorsichtig und höflich klar. *Warum* hatte der alte Herr Wong nicht sofort bei Hannes angerufen, damit er den Säugling zum Bleiben veranlaßte? Tommy war so unerfahren! Er würde unter die Räder kommen. Er war erst wenige Monate im Fernen Osten.

«Er wird ihn kennenlernen, und zwar von unten nach oben. Das wird für ihn sein Leben lang von Wert sein», erwiderte der alte Herr Wong mit einer solchen Autorität, daß Martha verstummte. Sie war sich niemals im Leben so ratlos vorgekommen.

«Bitte, geben Sie mir seine Adresse, Mr. Wong! Wir müssen Tommy schreiben. Sein Vater wünscht seine sofortige Rückkehr nach Hamburg.»

«Ich habe keine Adresse, Madame. Ich bat den jungen Herrn Harms, sich auf sich selbst zu stellen. Er wird versinken oder die Leiter emporklimmen. Das wird uns die Zukunft lehren.»

Martha war nun wirklich sprachlos. Ihr kunstsinniger Gastgeber mußte ein Herz von Granit haben, wenn er einen verzweifelten dummen Jungen mit etwas Geld und dem Ratschlag, sich nicht wieder bei ihm zu melden, nach Hongkong hatte gehen lassen. Und doch hatte Mr. Wong Martha gebeten, ihn als Freund der Familie zu betrachten. Seine Stimme war weiter sanft. Und seine Augen verrieten ein Verständnis, das nicht aus seinen Handlungen sprach.

Und wie Martha nun ehrlich sagte: «Ich verstehe Sie nicht!», da versuchte der alte Herr Wong mit viel Geduld seinen sehr lieben Gast darüber aufzuklären, warum er sich nicht aktiv in das Schicksal des jungen Harms eingemischt hatte. Und warum er es auch in Zukunft nicht tun würde. Eine solche Handlungsweise war einem Taoisten wesensfremd, wie die fatale Sucht der Europäer, Schicksal zu spielen. Sich nicht einmischen, selbst wenn es einen reizte, war oberstes Gebot chinesischer Lebensweisheit. Das *wu-wei* (Passivität; Nicht-Handeln) des Laotse war das Prinzip, nach dem Marthas Gastgeber sich richtete. Er war sehr gut damit gefahren.

Der Ratschluß, dem Geschick ungestört seinen Lauf zu lassen, verlange Stärke und Disziplin, schloß der alte Herr Wong sehr sanft.

Er blickte Martha plötzlich so außerordentlich freundlich an, daß ihr warm ums Herz wurde. In den schmalen, glänzenden Augen des alten

Chinesen lag ein Ausdruck so tiefen Verstehens, daß Martha sich wunderbar geborgen fühlte. Es schien ihr, als ob in dieser zauberhaften, von Legende und Erinnerung gesättigten Mondnacht ein Strom endloser Sympathie von dem alten Mann ihr gegenüber zu ihr floß. Über Weltmeere und Anschauungen hinweg – von einem weisen Großvater zu einer geliebten und besonnenen Enkeltochter.

«Es liegt an Ihnen, ob Sie Ihre Familie zusammenhalten, Madame», sagte der alte Herr Wong sodann. Er ahnte wohl, daß Martha die Stütze der Familie war, sich aber trotz ihrer Stärke und Disziplin im Augenblick in der schwersten Krise ihres Lebens befand. Sie wollte ja mit dem ältesten Sohn der Familie nach Europa zurückkehren. Der alte Herr Wong hatte vor einigen Wochen die Mitteilung mit höflichem Schweigen entgegengenommen. Selbstverständlich würde er sich nicht in die Entschlüsse seiner Freunde einmischen. Er tat es auch jetzt nicht – in dieser vergänglichen und kostbaren Minute des gegenseitigen Verstehens.

Er erhob sich aus dem Bambussessel und schritt leicht und würdevoll auf Martha zu. Dabei zog er aus seiner Rocktasche ein sehr kleines, sehr edles Stück weiße Jade, das er dort vor dem Eintreffen seiner Gäste geborgen hatte.

«Es ist ein alter Brauch, einem lieben Gast eine kleine Gabe am Mondfest zu überreichen», sagte er still und feierlich. «In meiner Heimat gilt die Lotoswurzel, welche die Farbe der weißen Jade besitzt, als Sinnbild der Standhaftigkeit. Machen Sie mir die unverdiente Freude, Madame, diese Jade zur Erinnerung an einen für mich köstlichen Abend anzunehmen!»

Martha bedankte sich überwältigt. Sie brauchte nicht eine jener Redewendungen, durch die Menschen des Westens, von der östlichen Großzügigkeit überwältigt, die des Ostens häufig beleidigen. «Das kann ich nicht annehmen!», oder gar: «Ich werde Sie doch nicht einer solchen Kostbarkeit berauben!»

Martha nahm die Gabe in ihre Hände. Das Licht des Mondes, das durch zwei ovale Fenster in das Privatzimmer des Hausherrn fiel, wetteiferte mit dem reichen Glanz der Jade in dem offenen Brokattuch.

«Wie herrlich ...» flüsterte sie.

«Eine armselige kleine Gabe, Madame», sagte der alte Herr Wong höflich.

IV

Es war lange nach Mitternacht, als Hannes und Martha auf der Veranda mit den blauen Blüten die Abendgesellschaft des alten Herrn Wong noch einmal im Gespräch aufleben ließen. Dies war eine alte Gewohnheit von ihnen; sie wenigstens war nicht vom Wechsel der Dinge berührt worden.

Hannes hatte die Mitteilung, daß der Säugling von Harms & Co. beim alten Herrn Wong gewesen war, überraschend ruhig entgegengenommen. Warum sein alter Freund sich nicht weiter eingemischt hatte, war ihm von vornherein klar. Wieder einmal mußte Martha im stillen staunen, wie gründlich und richtig Petersen «seine Chinesen» kannte.

Der Abend in dem Gartenheim seines ältesten Bangkoker Freundes hatte ihn köstlich erfrischt. Und noch ganz im Banne der Ruhe, die über den mondbeglänzten *yüancheh* gelegen hatte, fragte Hannes seine Frau zum letzten Male, ob sie ihren Entschluß, mit den Kindern Anfang des neuen Jahres nach Hamburg zurückzukehren, nicht doch noch einmal überlegen wolle.

«Wir haben doch alles erwogen, mein Lieber», sagte Martha zart. «Glaube mir, es gibt keine andere Lösung. Natürlich ... ist es ... sehr schwer für mich.»

Petersen betrachtete den Mond. Es war alles umsonst. Aber er versuchte es noch einmal. Martha hatte liebevoll gesprochen. Der Mondschein verfing sich in ihren herrlichen Haaren. Der Knoten lag wie ein schweres Stück Silber in ihrem kraftvollen Nacken. Die Ruhe in Bangkok hatte ihr eine Schönheit verliehen, die sie im nüchternen Norden niemals besessen hatte. Ihr feines Gesicht mit den großen grauen Augen war von schimmernder Blässe; die Falten, welche die Angst und der Hunger der furchtbaren Kriegs- und Nachkriegsepoche in dies Antlitz gezeichnet hatten, waren nur noch als feine Spuren zu sehen. Hamburg würde Martha wahrscheinlich in die nüchterne, abgehetzte, tüchtige Frau zurückverwandeln, die sich frühmorgens in aller Eile einen «Dutt» am Hinterkopf zusammendrehte und niemals Silbergewänder, sondern nur graue Kostüme trug.

Im Fernen Osten war Martha wieder aufgeblüht; denn nur viel Zeit und viel Ruhe verleihen einer Frau jene dauerhafte Schönheit, die über kosmetische Kniffe triumphiert. Alles Herbe in Martha war milde Zurückhaltung geworden; sie sprach jetzt sehr selten so scharf und kurz angebunden wie in Hamburg; denn der Ferne Osten gab auf scharfe und kurze Reden kein Echo. Martha selbst wußte nichts von dieser Veränderung; aber Hannes hatte auch durch die Glaswand der Entfremdung Marthas Veränderung erkannt, und er liebte sie jetzt, wie er sie niemals in seiner Jugend geliebt hatte. Nur war die Wand immer noch zwischen ihnen. Und Hannes, dessen ganze Initiative auf das äußere Leben gerichtet war, war zu scheu oder zu ungeschickt, die Brücke neu zu bauen, die er selbst niedergerissen hatte.

«Martha», sagte er gedankenverloren, «weißt du eigentlich, daß du hier eine schöne Frau geworden bist?»

«Dummer Jung», sagte Martha. Das hatte sie sehr lange nicht gesagt. Wollte Hannes sie weich machen? Es wäre nicht das erste Mal gewesen, aber es war selten etwas Gutes dabei herausgekommen.

Petersen setzte sich dicht neben Martha. Er entzündete für beide Zigaretten: erst rauchte er ihre Zigarette an, danach entzündete er seine eigene «an Marthas Atem», wie er es nannte. Es war das traditionelle Vorspiel – stumm, zärtlich und beiden vertraut. Und wie sie nun in der Mondnacht beisammen saßen, sprach Hannes stockend und abgewandten Gesichts von den Dingen, die er wochenlang heruntergeschluckt hatte. Es war sozusagen der neunte Heiratsantrag, den er Martha im Laufe der Jahre gemacht hatte. Er drückte sich sehr schlecht aus; denn alle Petersens waren auf den Mund gefallen, wenn es ernst wurde.

Aber Martha verstand ihn. Hannes war ihr viel vertrauter, wenn er über seine eigenen Worte und Gefühle stolperte, als wenn er den glatten Weltmann spielte, der den Frauen die Köpfe verdreht.

«Laß doch», sagte Martha mit Wiegenliedstimme. «Ich weiß ja Bescheid.»

Sie wußte Bescheid. Nur daß Petersen kürzlich im «Russischen Restaurant» Abschied von seiner wilden Jugend genommen hatte, das wußte Martha nicht. Das mußte ein Mann mit sich selbst abmachen. Aber Hannes' Stocken und Stammeln verriet so viel Ehrlichkeit und verborgene Seelennot, daß Martha endlich sagte:

«Warum quälst du dich und uns? Mach dich doch endlich frei von den Tropen!»

Und als Petersen schwieg, flüsterte sie: «Wir brauchen uns doch, Hannes!»

Und nun wäre alles in Ordnung gewesen, wenn Hannes der Stimme der liebenden Vernunft gefolgt wäre. Aber kein männliches Mitglied der Familie Petersen war jemals der liebenden Vernunft gefolgt. Petersen warf seine Zigarette in weitem Bogen in den Garten und blickte Martha hilflos an. Hatte sie nicht eben gesagt, daß auch sie ihn brauche? Merkwürdigerweise war Petersen Martha gegenüber so bescheiden, daß er niemals auf diesen Gedanken verfallen wäre. Er hatte sie immer gebraucht.

«Warum gehst du fort?» fragte Petersen heiser. «Es können nicht nur die Kinder sein.»

«Nein», erwiderte Martha überraschend, «es sind nicht nur die Kinder.» Sie schwieg einen Augenblick, als ob sie – die Wortgewandte – nach Worten suchte. Es kam so viel darauf an, daß Hannes sie jetzt verstand – jetzt, wo wieder die alte Vertrautheit und Wärme zwischen ihnen aufgeblüht war.

Wenn Martha nun ihrem Mann erklärt hätte, daß die Gesellschaft des alten Herrn Wong ihr letztes Schwanken beseitigt habe, hätte er sie verständnislos angeblickt. Er dachte nicht so schnell und sah nicht so rasch Zusammenhänge wie Martha; außerdem hatte er die männliche Abneigung gegen unangenehme Tatsachen, die bei näherem Zusehen immer unangenehmer wurden.

«Hannes», sagte Martha schließlich, «ich kann hier nicht länger sein. Wir leben in Bangkok in einem luftleeren Raum – ohne Wurzeln, ohne

Bindung an Landschaft und Zivilisation. Sieh mal ... man ist hier doch nur Gast, nicht wahr?»

«Natürlich! Was hast du daran auszusetzen? Du hast sogar ein Stück weiße Jade geschenkt bekommen, um das die Museen sich reißen würden. Oder denke an Paulines Hochzeit! Hast du jemals in Hamburg ein solches Fest mitgemacht?»

«Ich weiß, Hannes! – Hier nimmt man Gäste königlich auf. Und ich hänge genau wie du an meinen Bangkoker Freunden; aber man kann nicht ewig Gast sein! Selbst der höflichste Gastgeber erwartet, daß die Gäste eines Tages fortgehen.»

«Ach, Martha», sagte Petersen gequält, «ich bin vielleicht nicht so klug wie du! Oder so ein Bücherwurm. Entschuldige, mein Liebes, aber es rutschte mir heraus. Ich will das alles nicht hören. Ich will ... daß du bei mir bleibst. Ist das so schwer zu verstehen?»

«Ich kann nicht hierbleiben, Hannes! Der heutige Abend hat es mir noch klarer gemacht.»

«Ich mache klar, du machst klar, er macht klar ... Ich habe ein Recht auf meine Frau. Da brauchst du mir gar nichts klarzumachen!»

«Ich betrachtete mir die Gäste des alten Herrn Wong», sagte Martha, als ob sie den Zwischenruf nicht gehört hätte. «*Nicht ein einziger war in Bangkok geboren oder zu Hause!* Ein Exil bleibt ein Exil, auch wenn man es zu einem Luxusparadies ausbaut. Ach, mein Lieber, hast du wirklich dein Zuhause vergessen? Bedeutet Hamburg dir überhaupt nichts?»

Petersen sah sekundenlang die Elbufer ... den großen Michel, der die heimkehrenden Seefahrer von weitem grüßte ... Großvaters Stammtisch im Ratsweinkeller mit dem einzigartigen Duft von gutem Burgunder, Ans-tand und Tradition. Und dann eine große Lücke. Eine Fahne mit einem Hakenkreuz, das eigentlich ein indisches Fruchtbarkeitssymbol war, – aber das hatten die Herren wohl nicht gewußt. Kaum einer von ihnen hatte sich den Wind um die Nase wehen lassen, wie Johannes Petersen. Seine Flucht nach Siam. Onkel Winn und Nang Siri ... Der alte Herr Wong ... Die kambodianischen Türme ... Mädchen-Schönheit und siamesische Sanftheit und Toleranz ... Nein, man konnte die Zeit nicht zurückschrauben. Auch Martha konnte es nicht. Die Heimat war Erinnerung geworden. Hamburg ... eine graue Stadt im Nebel! Und die Elbe bei Sturm ... Natürlich blieb auch Johannes Petersen ein Hamburger. Aber er hatte die Brücken hinter sich verbrannt.

«Es hat keinen Sinn, Martha», sagte er. «Wir sind hier nicht in der ‹Patriotischen Gesellschaft›! Ich bleibe hier. – Laß nur. Ich will nichts weiter hören! Es geht hier einfach um dich und mich!»

Und Petersen erhob sich, um das Gespräch in seiner eigenen Weise zu beenden. Er beugte sich über Martha und zog sie aus ihrem Sessel. Seine Arme umschlossen sie, und seine Lippen berührten ihren weißen, kühlen Nacken und den Ansatz ihrer Brüste.

«Martha ...» stammelte er. «Bleib bei mir!» Wieder überflutete ihn das Gefühl, wie rein und stark Martha war. Die einzige Frau, die immer nur gab und keine Rechnung präsentierte.

Martha war sehr still in seinen Armen. Hannes' Liebe war wie Flut und ernüchternde Ebbe. Die Flut konnte Martha verschlingen, wie damals – in den Tagen auf Mount Lavinia. Aber die Ebbe, die unfehlbar in den langen Ehejahren mit der Macht eines Naturgesetzes der Flut des Gefühls gefolgt war, hatte Martha jedesmal etwas resignierter und vernünftiger zurückgelassen.

Diesmal erhob sie sich, bevor die Flut sie verschlingen konnte. Sie entzog sich Hannes' Armen mit einer sehr zarten Gebärde. Aber in diesem Augenblick fühlte sie einen furchtbaren Schmerz. Es war ein Nachhall aller vergangenen Schmerzen und eine Ahnung der Zukunft. Sie bedeutete: Abschied von dem Mann, der ihr alles bedeutete ... mit seinen großen Vorzügen und mit seinen großen Schwächen, um deretwillen sie ihn um so tiefer liebte. – Es waren nicht die Musterschüler der Ehe, um die die bittersten Tränen geweint wurden. Martha wußte und empfand in diesem Augenblick alles, was in ein paar Monaten an einem tropischen Hafen stattfinden würde. Sie konnte Hannes' Küsse, seine Arme, die sie fest umschlossen, nicht einen Augenblick länger ertragen.

«Gute Nacht, Liebster», flüsterte sie. «Ich bin sehr müde.»

Sie betrachtete Hannes einen Augenblick aus Augen, die von ungeweinten Tränen glänzten, und schritt langsam und wie unter einer Last zu der Glastür, die in ihr Schlafzimmer führte.

Petersen blieb auf der Veranda zurück. Aus dem Dienerhaus klang Lachen, Gespräch und das Klappern der Schalen und Schüsseln. Der alte Koch feierte noch das Mondfest im Kreise seiner Familie. Es war zwei Uhr nachts.

Als Petersen Marthas Zimmer betrat, lag sie still unter ihrem Moskitonetz. Der ganze Raum duftete von Sauberkeit und war von einer Schönheit, die der Ordnung entsprang. Auf Marthas Nachttisch standen drei Dinge: Ein Bild von Hannes und den Kindern, kurz nach Pünktchens Geburt aufgenommen. – Ein Palmenblattfächer, den «Zweiter Enkelsohn» freiwillig für sie geflochten hatte. Und auf einem alten Brokattuch lag die weiße Jade – das Sinnbild der Standhaftigkeit.

Das Mondlicht lag auf Marthas blassem Gesicht. Sie schlief nicht. Aus ihren grauen Augen, die bei Tage die Dinge nüchtern und sorgsam betrachteten, flossen Tränen, die sie nicht fortwischte.

«Warum weinst du?» fragte Petersen, obwohl er es genau wußte.

Er nahm Martha in seine Arme und sprach ihr ungeschickt Trost zu. Und keiner von ihnen lächelte, weil Hannes sie wegen ihrer Standhaftigkeit trösten mußte.

SECHZEHNTES KAPITEL

Die Elbe bei Sturm

I

Alle Petersens – einschließlich Wilhelm Christian Petersen in Bangkok – hatten aus sicherem Instinkt lebenstüchtige und gastfreundliche Frauen geheiratet. Die einzige Ausnahme von dieser Regel war Hinrich Petersen. Vielleicht hatte er gedacht, daß er Lebenstüchtigkeit und Lebensart für zwei besaß, als er, kurz vor Hannes' Flucht nach Ostasien, die fünfzehn Jahre jüngere Lisa Thorsten geheiratet hatte. Hinrich war jetzt dreiundfünfzig Jahre alt und hatte wenig Sinn für ‹Allotria›, wie er alle Äußerungen der Lebenslust nannte. Lisa dagegen war sehr für Allotria. Und da sie es bei Hinrich nicht haben konnte, hatte sie sich an den Bridge-Tisch verfügt, von dem sie einfach nicht fortzulotsen war. Hinrich schluckte alle seine Empfindungen mit Erfolg herunter. Man konnte seinem langen dünnen Gesicht mit den wasserblauen Augen nicht ansehen, wie es in ihm aussah.

An dem Tag, wo Petersens in Bangkok das Mondfest feierten, hatte es bei Hinrich die ausführlichste Auseinandersetzung seit vielen Monaten gegeben. Marthas Brief hatte sie hervorgerufen. Er war am Vortag gekommen, und seitdem hatte Hinrich keine Minute Ruhe mehr gehabt.

«Martha wird selbstverständlich bei uns wohnen», hatte er gesagt, «bis sie eine eigene Wohnung findet.»

«Ausgeschlossen, Hinrich! – Du weißt genau, wie nervös mich Besuch macht! Es hätte mir schon gereicht, diese gräßlichen Gören von Hannes hier aufzunehmen! Aber Martha ist *ein* Gast zuviel. Die Oberlehrerin kann bei ihrer Busenfreundin Florence Krüger wohnen – falls Florence überhaupt wieder nach Hamburg kommt.»

Hinrich aß sorgfältig ein Stück Toast, bevor er antwortete. Es war ein schöner Septembertag. Sie saßen im Garten ihres alten Hauses an der Elbchaussee. Im Garten war man vor seinen Untermietern sicher... Hinrich haßte fremde Leute in seiner privaten Sphäre; aber er begegnete seinen Untermietern mit untadeliger Höflichkeit und Hilfsbereitschaft. Er war – wie Hannes seinerzeit in seinem Privatbüro in Bangkok richtig vermutet hatte – ein Gentleman. Seine Untermieter waren Flüchtlinge aus Schlesien. Für Hinrichs Begriffe waren sie Ausländer. Zwei Zimmer in der ersten Etage des Hauses, die Lisa und er bewohnten, hatte er freigekauft. Er hatte ein Badezimmer und auch eine Notküche für die ‹Ausländer› im zweiten Stock eingerichtet. Und nun sollten Martha und die Kinder die beiden Zimmer in ihrem eigenen Stockwerk bewohnen. Man fand nicht so leicht eine Wohnung in diesen Zeiten. Lisa seufzte schwer. Sie hatte Martha vom ersten Augenblick an nicht ausstehen können. Sie goß sich die dritte Tasse Tee ein und fragte: «Hast du die Sprache verloren, Hinrich? Sei doch nicht immer so – langweilig!» Ihre Augen mit dem starren Blick einer Porzellanpuppe blickten zum Telefon. Sie *mußte* etwas Unterhaltung mit ihren Freundinnen haben, da Hinrich auf den Mund gefallen war.

«Warum bleibt Martha nicht in Bangkok?» fragte Lisa stirnrunzelnd. «Ich denke, es ist ein Märchenland?»

Lisa war immer noch nicht darüber hinweggekommen, daß Hinrich und sie nun nicht nach Siam kommen würden, nur weil Hannes es Hinrich nicht gönnte, sich auch einmal den Wind um die Nase wehen zu lassen. Dies war Lisas feste Überzeugung, die sie seit der Absage aus Bangkok ihrem Mann zu jeder Mahlzeit servierte. Sie hatte am Bridgetisch so viel von ihrer Übersiedlung nach Bangkok erzählt, daß die Absage ein Schlag für ihre Eitelkeit gewesen war. Lisa war ein Snob. Die ‹Prinzessinnen›, von denen Martha anläßlich Paulines Hochzeit geschrieben hatte, kamen ihr nicht aus dem Sinn. Die elegante Lisa fand, daß sie bedeutend besser als die ‹Oberlehrerin› zum Verkehr mit siamesischen Prinzen und chinesischen Millionären geeignet war.

Lisa blickte in den Spiegel, der in das goldene Puderdöschen, das sie immer bei sich trug, eingelassen war. Sie war eine der Frauen, von denen man sagt, daß sie als junges Mädchen bezaubernd gewesen sein müssen. Lisa hatte immer noch die blonden, jetzt leicht getönten Locken, die zierliche und elegante Figur und das naive Oval des jungen Mädchens, das Hinrich Petersen bei einer stürmischen Barkassentour auf der Elbe zu Allotria verführt hatte – – leider, leider! Hinrich hatte sich einsam gefühlt, wenn er Hannes, Martha und die Lütten gesehen hatte. Er wünschte sich Kinder. In seinen Gedanken hatte er einen großen, blonden Jungen vor sich gesehen, der an einem Zwillingsschreibtisch auf die großartige Steinlandschaft zwischen Chilehaus und Sprinkenhof blickte. Es war nichts mit dem Sohn geworden. Und Hinrich hatte zu seinem Erstaunen im Laufe der Jahre herausgefunden, daß er mit Lisa einsamer war, als vordem ohne sie. Nun hatte er nur noch die Arbeit im Geschäft, seine bedeutende Sammlung von Hamburgensien, die er durch das Feuerbad und den Bombenregen des Krieges gerettet hatte, und – die *Elbe*. Hinrich Petersen hatte eine intime Beziehung zu diesem Fluß, der Hamburg mit der Welt verband. Es hatte schon begonnen, als er als Buttje mit seinem Papa durch den Hafen gestrolcht war. Des Abends hatten sie alle in demselben Haus, das Hinrich heute mit seinen Ausländern aus Oberschlesien teilen mußte, von der großen Veranda auf den Fluß geblickt. Auch während seiner Lehrzeit, die Hinrich in London bei einem Geschäftsfreund der Firma Petersen verbrachte, hatte er sich nach Mama und nach der Elbe gesehnt. Aber Mama war dann ganz plötzlich gestorben. Und so hatte Hinrich nur noch den Fluß mit seinem undefinierbaren Duft von Fisch, Fernweh, Mineralöl und Beständigkeit.

«Martha wird ihre guten Gründe haben, wenn sie mit den Kindern nach Hause kommen will», sagte Hinrich gemessen. «Im übrigen wollte ich dich bitten ...»

Aber Hinrich kam nicht mehr dazu, eine seiner seltenen Bitten auszusprechen. Lisa verdrehte ganz leicht die Porzellanpuppen-Augen und rief: «Meine Krämpfe!»

Lisas Magenkrämpfe waren offenbar eine Sache, die sie wie eine Torte oder ein Theaterbillett bestellen konnte. Aber sie erschreckten Hinrich, der eine eiserne Gesundheit besaß, immer wieder. Er holte sofort Lisas Pillen, ihr Kölnisch Wasser und ein Daunenkissen für den Liegestuhl. Indessen puderte sich Lisa und stöhnte ganz leise, sowie Hinrichs lange Gestalt im Garten erschien.

Nach einer Pause sagte Lisa: «Also das wäre abgemacht, Hinrich! Martha wohnt bei Florence Krüger! Die Kinder werde ich wohl eine Zeitlang übernehmen müssen.»

«*Martha wohnt bei uns.* Ich schreibe ihr sofort», sagte Hinrich in einem Ton, den Lisa sehr selten zu hören bekommen hatte. Es war Entrüstung darin, Erstaunen, daß eine Hamburgerin die Tradition der Gastfreundschaft mißachtete, und – der unbeugsame Wille der Petersens, wenn sie einmal zu etwas entschlossen waren.

Hinrich schob sein Kinn ganz sachte vor – er hatte ja seinen Standpunkt klargemacht – und betrachtete Lisa mit einem kalten Blick. Dann ging er langsam ins Haus zurück und schrieb an Martha, wie sehr Lisa und er sich auf sie und die Kinder freuten. Selbstverständlich würden sie alle bei ihnen wohnen. Es mache nicht die geringsten Umstände.

Als Hinrich Petersen den Brief beendet hatte, blickte er auf die Uhr. Er ging heut nachmittag nicht mehr ins Geschäft, denn er hatte eine Sitzung in der Bürgerschaft. Es war Hinrich und seinen Vorfahren, die der Hansestadt bedeutende Mitglieder für Senat und Bürgerschaft geliefert hatten, stets eine schweigende Befriedigung, daß ihre Stadt seit Jahrhunderten nach gesunden Prinzipien regiert wurde. – Das fanden sie jedenfalls. – Ihre korrekten und soliden Kaufleute hatten seit dem Mittelalter Sitz und Stimme in der Regierung gehabt. Hinrich hatte in seiner Sammlung von Hamburgensien einige Stahlstiche, die gelassene und würdevollbockbeinige Vertreter des Senats zeigten. Sie waren alle zufrieden und lebenstüchtig gewesen und natürlich auch gastfreundlich.

Hinrich seufzte, klebte den Brief an Martha sorgfältig zu und erhob sich, um sich von Lisa zu verabschieden. Er hatte eigentlich mit ihr im Garten sitzen wollen, aber Lisa hätte nur versucht, ihn umzustimmen. Es war Hinrich unbegreiflich, daß Lisa sich mit Martha nicht verstehen konnte. Martha war doch eine famose Frau. Und so vernünftig! Es war

Hinrich Petersen, der viel von Export und wenig von Frauen verstand, nie in den Sinn gekommen, daß gerade Marthas Vernunft der Hauptgrund für Lisas Abneigung war ... und obendrein die Tatsache, daß Martha zwei Kinder hatte und Hinrich aus seinem ‹Tran› zu erwachen pflegte, sowie Pummel und Pünktchen in dem Haus an der Elbchaussee erschienen. Er hatte geradezu ‹Allotria› mit den Gören getrieben.

Wenn Martha in Bangkok hätte hören können, mit welcher Freude Lisa ihrer Rückkehr entgegensah, wäre ihr der Entschluß, Hannes allein zu lassen, leichter geworden. Aber sie hatte Hannes schließlich nicht umsonst gesagt, daß man Lisa die Kinder nicht längere Zeit überlassen konnte. Lisa war in Marthas Augen eine Frau, die dem Phantom ihrer ersten Jugend nachjagte. Das war selbstverständlich Lisas Angelegenheit. Aber Pummel und Pünktchen waren Marthas Angelegenheit.

Sie würden natürlich bei Hinrich wohnen müssen.

Hinrich zuliebe.

II

Hinrich fuhr, nachdem er den Brief an Martha per Luftpost aufgegeben hatte, in das Landungsbrücken-Restaurant in St. Pauli. Es waren noch zwei Stunden bis zur Sitzung in der Bürgerschaft. Er betrachtete seine Notizen. Der Außenhandel war sein Steckenpferd. Er hatte schon viel darüber gesagt innerhalb und außerhalb des Rathauses. Die Interessen der hanseatischen Exporteure mußten in Bonn sorgfältig beachtet werden. Der Wiederaufbau der Hamburger Handelsflotte hing aufs engste mit dem Wiederaufbau des Hafens zusammen. Man mußte den Ausbau der Dockkapazität fördern, wenn der Hamburger Hafen wieder ein Welthafen werden sollte, den auch ausländische Schiffe, die reparaturbedürftig waren, anliefen.

Hinrich steckte seine Notizen in seinen leichten grauen Sommermantel und blickte von dem Restaurant ‹Landungsbrücken› auf den Hafen und die Elbe. Sie lagen bewegt und doch gefestigt in einer Art Zwielicht. Das Wetter war umgeschlagen. Graue Wolken jagten durch den verhängten Himmel. Es sah nach Sturm aus. Der korrekte Hinrich liebte die Elbe bei Sturm. Das entfesselte Element, aus Traum und Feuchtigkeit gemischt, entfesselte etwas in seiner Seele, das niemals ein Ventil gefunden hatte. Die Elbe bei Sturm ließ ihn an ferne Länder denken, deren Hauch der Nordwind bis zu den Landungsbrücken wehte ... einen Hauch von Siam zum Beispiel, das er nun doch nicht sehen würde. Nicht einmal vor sich selbst hatte er zugegeben, daß Hannes' Absage ihm einen Stoß versetzt hatte. Aus ganz anderen Gründen als Lisa, die an einen Dienertroß und Abendgesellschaften mit Prinzen dachte, hatte Hinrich sich einen Wechsel von Land und Leuten verlockend vorgestellt. Das Fernweh war ihm als Hamburger eingeboren.

Daß er niemals darüber sprach, nahm diesem Gefühl nichts von seiner Kraft. Und so saß Hinrich Petersen wie ein Kapitän ohne Schiff in dem Landungsbrücken-Restaurant und sah aus blassen, hellen Augen, wie der Himmel immer dunkler wurde. Er sah alles, was er von Kind auf gesehen hatte. Der Hafen war eine kleine Welt für sich mit ihrer eigenen Tradition, ihren eigenen Gesetzen und ihren eigenen Erinnerungen. Und die Familie Petersen war eng mit diesen Erinnerungen verknüpft. Sie kannte alles – den Hafen der tausend Schiffe, die schweren Zeiten zwischen den Kriegen, den Abbau des Stolzes nach 1945 und den zähen und langsamen Neubeginn. Hinrich hatte wenig Phantasie. Er rechnete mit Tatsachen, aber er sah manchmal, wenn er ganz allein von den Landungsbrücken in das noch bescheidene Hafenleben von 1950 blickte, eine Vison der ‹Tausend Schiffe›, die von Hamburg wieder in die Welt gehen oder von der Fahrt über die sieben Meere hier ausruhen würden. In solchen Augenblicken schien es Hinrich Petersen, als habe er in aller Bescheidenheit an einem Weltgeheimnis teil. Einem Geheimnis der Weite, der kühnen Planung, der Geschäftigkeit, die zugleich der Heimat und der Fremde gilt. Dies Geheimnis hatte Wilhelm Christian Petersen und seinen Bruder Justus – den Vater von Hannes – in die Ferne getrieben. Und Hannes war gefolgt. Nur Hinrich saß jahraus, jahrein – wenn Lisa und ihr Allotria ihm zuviel wurde – auf seinem Stammplatz in den ‹Landungsbrücken› und hütete das Geheimnis der Seefahrer und guten Bürger. Es konnten eben nicht alle in der Fremde Allotria treiben. Hinrich sah das vollständig ein. Es gab für ihn genug in Hamburg zu tun, im Geschäft und in der Bürgerschaft. Er war wohl nicht zur Sonntagsfeier in fernen Ländern berufen, sondern dem Alltag seiner Vaterstadt verhaftet.

«Es gibt Sturm, Herr Petersen», sagte der Kellner, der Hinrich seit Jahren kannte.

«Ja ...» antwortete Herr Petersen zufrieden. «Es gibt Sturm ...» Er zahlte und ging langsam zum Hafen, bestieg eine kleine Barkasse und schaukelte eine Weile zwischen Schleppern, Leichtern und Schuten herum. Das Wasser war so bewegt, daß man sich mit einiger Phantasie vorstellen konnte, man sei auf offener See. Aber Hinrich hatte keine Phantasie. Er machte die ‹kleine Hafenrundfahrt› mit einem wachsamen Auge. Die Werften lagen im Halbschlaf. Das würde anders werden. Hinrich machte sich einige Notizen. – Der Himmel war jetzt schwarz.

Als Hinrich endlich mit seinem kleinen Volkswagen in die Sitzung der Bürgerschaft fuhr, war er wieder ganz beruhigt. Aber Onkel Wilhelm Christian hätte er gern wiedergesehen. Er war ein Buttje gewesen, als der wilde ‹Krischan› ausgezogen war, um Petersen & Co. in einem tropischen Wunderland aufzubauen. «Dat helpt nu nix ...» dachte Hinrich. Vielleicht war er auch schon zu gesetzt für den Tropenzauber.

Als Hinrich das Rathaus betrat, war er erfrischt und in gesetzter Weise kampflustig. Es war gut, wenn man eine Ahnung von Sturm und Hafennähe in die feierlichen Säle mitbrachte. Bonn und Hamburg waren getrennte Welten. Man kannte in Bonn nicht den uralten Zusammenklang von Schreibmaschinengeklapper, Börsenlärm und den Nebelhörnern auf einem uralten und doch ewigjungen Fluß.

III

Auch der alte Herr Petersen hätte seinen Neffen Hinrich gern wiedergesehen. Er hatte eigentlich fest damit gerechnet, daß Hannes mit seiner Familie nach Hamburg zurückgehen würde. Zwölf Jahre waren eine lange Zeit. Der alte Herr hatte niemals angenommen, daß Hannes seinen ständigen Wohnsitz in Bangkok aufschlagen würde. Auch jetzt hatte Hannes sich gegen diese Annahme gewehrt. Drei Jahre, oder noch fünf Jahre; dann würde er seine Familie in Hamburg mit einem Dauerbesuch überraschen. Drei Jahre, hatte Hannes zu seinem Onkel gesagt; aber man blieb eben immer länger, als man dachte. Das hatten die Städte östlich von Suez so an sich. Hannes' Gründe waren einleuchtend. Er wollte sich ein kleines Vermögen ersparen, bevor er zurückkehrte. Die heranwachsenden Kinder mußten eine Ausbildung erhalten. Die Lebenskosten im Nachkriegs-Hamburg waren erschreckend hoch. Hannes wollte das Geschäft in Bangkok weiter ausbauen. Es gab gute Aussichten für einen deutschen Export nach Indonesien und Hongkong. Man konnte nichts gegen all das einwenden.

Der alte Herr Petersen saß acht Tage nach dem chinesischen Mondfest allein in seiner *Sala* und betrachtete das Bild ‹Die Elbe bei Sturm›. Seine Frau war immer noch in Petchaburi. Die Töchter waren zum Teil bei ihr. Zwei waren in dem Hause in Hua Hin, und die Jüngste besuchte Justus Petersen auf der Zinninsel.

Justus widmete sich jetzt vollständig der Kokosnuß-Plantage seiner Frau. Er war zu oft von der Mine fortgeblieben, um seine Stellung halten zu können. Ingenieur Steffens hatte es dem alten Herrn Petersen schonend mitgeteilt. Justus-Prasert schrieb ja niemals an seinen Vater. Er wußte, daß er einen «grausamen» Brief von *Khun Paw* erhalten würde, wenn er ihm mitteilte, daß er das Arbeiten so gut wie aufgegeben habe. Justus bezog von seiner Frau ein Taschengeld. Das war alles. Aber das hatte der gute Steffens nicht geschrieben. Seine Empörung über Justus kannte keine Grenzen. Er hatte auf der Plantage getobt. Justus hatte sich sehr über die abscheulichen Manieren von Herrn Steffens gewundert.

Natürlich war Justus immer liebenswürdiger geworden, je aufgeregter Herr Steffens sich gebärdete. Er erinnerte Justus an einen großen Ochsenfrosch, der vor einem Gewitter dumpf-brüllende Töne ausstieß. Dieser Vergleich stimmte Justus so heiter, daß er mit Mühe ein Kichern unterdrückte. Zum Schluß hatte Justus versprochen, nach Bangkok zu fahren, um sich mit *Khun Paw* zu beraten. Das war das einzig wirksame

Mittel gewesen, den lästigen Nai Steffens loszuwerden. Der *Ferang* war auch wirklich gutgläubig abgezogen. Justus konnte endlich mit seiner siamesischen Gattin in Frieden den Abendreis essen. Sie beide kicherten noch eine Weile über den Ochsenfrosch.

An seinen Vater schrieb Justus weder am nächsten Tag noch in den folgenden Monaten. Er hatte am nächsten Morgen schon alles vergessen. Warum sollte er mehr arbeiten als nötig? Er hatte sein gutes Auskommen und genug Taschengeld für ein Glücksspiel im chinesischen Kaffee-Shop. Das war alles, was Justus Petersen vom Leben verlangte. Wenn sein Vater das nicht einsehen wollte, so war es seine eigene Schuld.

Im Augenblick dachte *Khun Paw* aber nicht an seinen ältesten Sohn. Er sann in der Sala darüber nach, mit wem seine Deern sich in Manila nicht vertragen konnte. In einer Stunde erwartete er Florence Krüger. Sie wollte in drei Tagen wieder nach Hamburg zurückfahren. Petersen senior hatte gehofft, daß Florence wenigstens noch das Weihnachtsfest in Bangkok feiern würde, aber Florence hatte es sich in den Kopf gesetzt, einen Haufen von unbekannten Flüchtlingskindern in Hamburg zu beschenken. Der alte Herr Petersen schüttelte den Kopf. Er brauchte Florence viel nötiger als die Flüchtlinge, fand er. Er kannte sie viel länger. Und sie kannten dieselben Menschen in Hamburg. Tja... die Gäste kamen und gingen in Bangkok. Manchmal meinte man, man lebte auf einem großen Bahnhof. An die Abreise von Martha und den Kindern im Januar mochte er nicht denken. Er schob sein Kinn ganz leicht vor und ignorierte diese Drohung des Geschicks.

Der Ferne Osten hatte ihn gelehrt, das Unvermeidliche mit äußerem Gleichmut zu ertragen. Die Enttäuschungen seines langen Lebens wurden vor seinem grüblerischen Blick zu Luftgebilden, die sich riesig und ungreifbar um die Sala bewegten. Manchmal drückten sie auf sein Herz, mit dem Dr. Johannsen seit einiger Zeit so unzufrieden war. Dann wieder flogen die Bedrückungen davon – in die laue Tropenluft, die ihn tröstlich umschmeichelte.

Der Garten lag in der Nachmittagshitze. Das anmutige Dach der Sala schien in der Luft zu tanzen. Er würde mit Florence den Tee hier einnehmen. Und dann, wenn die Dämmerung den unordentlichen Palast in Rong Muang einhüllte und die Sonne – ein eilender Purpurball – hinter den hohen Hecken des Grundstückes versank, dann würden sie in dem großen, leeren Speisesaal zu Abend essen. Und sie würden Sekt aus Saigon trinken, den Dr. Johannsen dem alten Herrn Petersen verboten hatte. – Fruchtsäfte sollte er trinken. Und, wenn es ihm schmeckte, Coca-Cola. – Auf die Anregung mit Coca-Cola hatte Onkel Winn die hohe Stirn in Denkfalten gezogen und endlich gebrummt: «Wer's mag, der mag es; und wer's nich mag, der wird es ja wohl nich mögen.» Heute abend gab es Sekt. Florence sollte nicht denken, daß er jeden Funken Lebensart in sich erstickt hätte. Man hatte bei allen Petersens in Hamburg jede Ankunft und jeden Abschied gefeiert.

Der alte Herr Petersen wollte gerade nach seiner siamesischen Köchin klingeln, als *Mae Wat* aus dem Küchenhaus auftauchte und rauchend zur Sala schlenderte. Was war geschehen? Es war nicht Mae Wats Gewohnheit, einen Gang umsonst zu machen. Sie hatte ein großes Dinner – eine typische Mischung aus europäischen und siamesischen Speisen – zu kochen. Der alte Herr Petersen dachte einen Augenblick, warum Siri niemals da war, wenn er sie brauchte.

Nachdem die Begrüßungsformeln beiderseits ausgetauscht worden waren – ein Kopfnicken des Masters und ein Kniefall von Mae Wat, wobei sie ihre Hände zum siamesischen Gruß zusammenlegte –, begann das Gefecht.

«Master Pe-Ter-Senn *sehr* guter Master», begann Mae Wat und blickte den guten Master verschlagen aus ihren lustigen Schlitzaugen an. «Alle Marktleute bieten Mae Wat *große* Stellungen an. Mae Wat sagt immer ‹Master Pe-Ter-Senn sehr guter und reicher Master!›»

Der alte Herr Petersen bedankte sich in aller Form für die gute Meinung, die Mae Wat von ihm hegte. Er wußte genau, was kommen würde, aber er beschleunigte den Vorgang nicht, denn das wäre unhöfllich gegen eine so ergebene Dienerin gewesen.

«Mae Wat ist eine wunderbare Köchin. Macht alles *first class*», fuhr Mae Wat fort. Es klang, als ob sie von einer ganz andern Dame sprach. «Mae Wat spart und spart für Master Pe-Ter-Senn. Aber Master sagt: *Pai sia* (geh fort)! Master sagt: Schlechtes Essen, schlechtes Essen heute! Geh schnell in ein anderes Haus!»

Der alte Herr Petersen verwahrte sich in ausgezeichnetem Siamesisch gegen solche Undankbarkeit seinerseits. Er versicherte Mae Wat, sie sei die beste Köchin in Rong Muang.

«Auch in Dusit Park», fügte Mae Wat ehrgeizig hinzu. «Fremde *Mem* von Dusit Park wird heute abend sagen: *Aroi, aroi* (Köstlich, köstlich!), Huhn ganz weich und Eiscreme ganz hart.»

Herr Petersen sagte, wie sehr er sich auf das Festmahl freue.

Mae Wat schwieg einen Augenblick, als ob sie ganz in Bewunderung ihrer Künste versunken wäre. Dann murmelte sie:

«Mae Wat sehr, sehr traurig. Kann heute abend nicht für Master Pe-Ter-Senn kochen.»

«Warum denn nicht?» fragte Petersen senior ungerührt.

«Huhn zu teuer auf dem Markt. Böser Chinese gibt Mae Wat kein großes Huhn. ‹Geh weg›, schreit böser, chinesischer Hühnermann. ‹*Viel* zu wenig Geld.› Mae Wat weint sehr laut. Alle Diener lachen, weil Mae Wat nicht genug Geld mitbekommt. ‹Kein Geld, kein Huhn›, sagt böser Chinese. – Mae Wat muß heute weit fortgehen. Nai-Petersenn hat Besuch von fremder *Mem*. Kein Huhn. Kein Essen. Kein Curry. Kein Custard ... Gar nichts ...»

Auch die Aussicht, Florence heute abend nichts zum Essen vorsetzen zu können, ließ den alten Herrn Petersen kalt. Er hatte am Morgen gesehen, wie Mae Wat mit prachtvollen Hühnern und den feinsten Gemüsen in ihren beiden Bambuskörben vom Markt heimgekehrt war. Er hatte ihr eine beträchtliche Summe für den Einkauf mitgegeben, doch nicht ganz so viel, wie Mae Wat haben wollte. Sechs Ticals hatte er wohlweislich zurückbehalten und getan, als ob er die plötzliche Sonnenfinsternis auf Mae Wats rundem, schlauem Gesicht nicht bemerkt hätte.

«Was würde denn das beste Huhn kosten, wenn du jetzt gleich zum Markt fährst?» – Mae Wat sagte die Summe, die sie morgens erhalten hatte. Plus *vier* Ticals.

Der gute, reiche Master zog sechs Ticals aus seiner Brieftasche. Es waren sechs einzelne Scheine, die Mae Wat sorgfältig nachzählte.

«Mae Wat ehrlichste Köchin in ganz Bangkok», bemerkte sie selbstgefällig. «Master macht Fehler. Gibt zwei Ticals zuviel. Mae Wat zählt nach: eins, zwei, drei, vier, fünf, sechs! – Mae Wat sagt: Zwei Ticals gehören Master. Vier Ticals gehören bösem Hühnermann. Nichts für Mae Wat. Nichts für Tempeljahrmarkt im November.»

«Zwei Ticals sind für Mae Wat, weil sie ehrlich ist», sagte der alte Herr Petersen. Es schien ihm nicht aufzufallen, daß Mae Wat trotz ihrer großartigen Rede keine Anstalten gemacht hatte, den Rest des Geldes zurückzuerstatten.

Mae Watt erhob sich strahlend und verneigte sich.

«Alle bieten *große* Stellungen an», wiederholte sie träumerisch. «Doppeltes Gehalt, wie bei Master Pe-Ter-Senn, aber Mae Wat sagt: ‹Laßt mich in Ruhe!› Sie sagt: ‹Master Pe-Ter-Senn *sehr* guter Herr, sehr reich. Geht *alle* weg!› sagt Mae Wat.»

Der alte Herr Petersen hätte es ganz nett gefunden, wenn Mae Wat samt ihrem imaginären Markt-Publikum auch weggegangen wäre, aber sie hockte sich bequem auf die Bambusmatte nieder und setzte zu weiteren Eröffnungen an.

«Sangvien heut abend nicht da.»

Diese Eröffnung schien dem Master wenig zu gefallen. Er runzelte die Stirn. Das war ja die Höhe! Sangvien war erstes Serviermädchen und unentbehrlich bei Besuch. Wenn Petersen senior nicht so lange im Osten gelebt hätte, wäre er jetzt aufgesprungen und hätte mit der Faust auf den Korbtisch der Sala geschlagen. Das wäre aber sehr schlimm für sein Dinner gewesen. Denn Mae Wat wäre in solchem Falle tatsächlich weggegangen, – zu einer kranken Tante. Nach drei Tagen wäre sie wieder erschienen, wenn der Master wieder lächelte.

«Weswegen ist Sangvien weggegangen? Wußte sie nicht, daß Master Besuch erwartet?» fragte der alte Herr Petersen milde.

Mae Wat erwiderte, Sangvien habe es gewußt. Sie sei ein sehr kluges Mädchen. Mae Wat fügte hinzu, daß sie ihre Nichte wäre. Sangvien hätte zu einer Familienfeier gemußt. Es war ein großes Ereignis. Ihr Verlobter, Herr *Sut Chai*, der in einem Dschungeldorf, etwa hundertzwanzig Meilen von Bangkok entfernt als «Elefanten-Jäger» bekannt sei, hatte einen weißen Elefanten gefangen. Das wäre ein großes Ereignis. Der Elefant würde in die königlichen Ställe nach Bangkok gebracht werden, falls es sich herausstellte, daß er alle Merkmale eines weißen Elefanten aufwies.

Mae Wat war überzeugt, daß Nai Sut Chai von der siamesischen Regierung die traditionellen Ehren empfangen würde. Er würde Geld, Ruhm und den Titel *luang* erhalten. Selbstverständlich konnte die Braut eines so ruhmreichen Herrn heut abend nicht servieren. Sie mußte mit der Familie des Herrn Sut Chai, die alle aus dem Dschungeldorf nach Bangkok gekommen waren, bei ihren Verwandten feiern. Es würde viel Reisschnaps und Curry mit zwölf Beilagen geben. Mae Wat legte besonderen Wert darauf, daß Master Petersen die Natur der Beilagen erfuhr, und sie zählte sie daher an ihren fetten Fingern auf. Der alte Herr Petersen hörte mit Engelsgeduld zu. Mit einem weißen Elefanten konnte er nicht konkurrieren, selbst wenn der nur heute abend weiß sein sollte und nach den staatlichen Untersuchungen als grau bezeichnet werden würde. Aber – *wer* sollte heut abend das Servieren leiten? Vielleicht Ah Changs «Ältester Enkelsohn» aus Bangkapi?

Mae Wat lachte so schrill, daß Herr Petersen dachte, er hätte Fräulein Knudsen, seine ausgezeichnete Sekretärin, vor sich. Ein *Chinese* in Khunying Siris Haus! Mae Wat schien vergessen zu haben, daß die ganze Familie von Ah Chang bei Paulines Hochzeit serviert und aufgepaßt hatte. Sie vergaß immer alles, was ihr nicht paßte. Diese Vergeßlichkeit war eins der glücklichsten Attribute der siamesischen Natur.

Mae Wat sagte also, daß niemand heute abend glücklich sein könnte, wenn «Ältester Enkelsohn» den Speisesaal mit seiner Gegenwart verunzierte. «*Mai di, mai di maak*» (Schlecht, sehr schlecht). Dann erst teilte sie ihrem Herrn mit, was sie gleich zu Anfang hätte sagen können. Sie hatte für Ersatz gesorgt. Das erste Serviermädchen von *Mem Tyler* in Dusit würde gern aushelfen. Für eine sehr kleine Bezahlung. Es stellte sich heraus, daß die Bezahlung unverhältnismäßig üppig war, aber der alte Herr Petersen hatte keine Wahl. Die siamesische Gattin von Dr. Tyler hatte ausgezeichnete Dienerinnen. Sie ließ sich keinen Unsinn von ihnen bieten und bezahlte für alle Leistungen und Einkäufe ein Drittel von dem, was die Fremden in Bangkok zahlten.

«Das hast du sehr gut gemacht, Mae Wat», sagte der Master erlöst, «ich will *Pian* gern das Geld geben.»

Er meinte es in vollem Ernst. Und das Lustigste war, daß auch Mae Wat davon überzeugt war, daß Master sehr billig davongekommen sei.

IV

«Florrie», sagte der alte Herr Petersen, «warum zum Kuckuck fährst du wieder nach Hamburg? Gefällt dir Bangkok nicht?»

Sie saßen bei ihrem Mokka in der Sala. Der Mond war aufgegangen und beschien milde und leicht ironisch zwei alte Hamburger, die sich vor Jahren beinahe geheiratet hätten. Wilhelm Christian war immer guter Stimmung, wenn Florence bei ihm war. Sie hatte ihm kein einziges Mal etwas vorgesungen. Sie schien die Staubschichten auf den kostbaren Teakholz-Tischen nicht zu bemerken. Sie befriedigte in dem alten Mann, der ihr in verschollenen Zeiten Schmerz zugefügt hatte, ein Bedürfnis nach einer inneren Ordnung der Existenz. Ohne von Hamburg zu sprechen, war ihre Person die Brücke zwischen zwei grundverschiedenen Lebens-Inhalten. Wenn Florence bei ihrem weißhaarigen Jugendgeliebten in der Sala saß, wurde der Abend heller. Das öde Dickicht seiner Gedanken entwirrte sich; seine Einsamkeit, die nach Paulines Hochzeit nur von Martha gelindert worden war, löste in diesen Stunden keine Trauer mehr aus, die vom Herzen aus in alle Glieder strömte und eine Dumpfheit in seinem Gehirn erzeugte. Sie war ein Bestandteil der Existenz, der weder verwundete, noch jene Anfälle von Rebellion in der Seele des alten Mannes erzeugte, die ihn nur ohnmächtiger und noch isolierter zurückließen. Er war sich über all das nicht im geringsten klar. Er wäre nie auf den Gedanken gekommen, seine Reaktionen zu beobachten oder zu analysieren. Er wußte nur, daß Florence ihm wohltat, und er wollte mit dem kindlichen Egoismus und dem Starrsinn aller Petersens, daß sie weiter mit ihm in der Sala sitzen sollte. Der «Weiberklub» – wie Petersen senior die große Frauen- und Mütter-Organisation nannte, die Florence leitete – könnte sehr gut ohne sie auskommen. Daß er Florence niemals geschrieben hatte und nach der einzigen Liebesnacht in den Fernsten Osten verschwunden war, schien dem alten Petersen nicht besonders schlimm. In der Tat schrieb er selbst genauso ungern Briefe, wie die verflixte Deern in Manila.

Florence antwortete nicht. Sie fuhr in drei Tagen nach Hamburg und damit basta. Sie war eine sehr selbständige Dame, und da sie nicht geheiratet hatte, war sie seit langem unbestrittene Herrin ihrer Entschlüsse. Aber «Chris», wie sie ihn noch aus alter Gewohnheit nannte, machte ihr Sorgen. Sie hatte lange mit Martha über ihn gesprochen. Warum benahmen sich seine Kinder so häßlich gegen ihn? Martha hatte an Pauline geschrieben und ebenfalls bis jetzt keine Antwort erhalten. Sie war dagegen gewesen, daß Hannes dem alten Herrn erzählte, daß Pauline sich mit irgendeiner mysteriösen Person «nicht vertragen» könne.

Aber Hannes hatte es für richtiger gehalten, Onkel Winn über «Paulines Zicken» zu unterrichten, bevor sie womöglich eines Tages mit Sack und Pack ihre eigene Villa in Hua Hin bezog. Man konnte bei Pauline nie wissen.

«Chris», sagte Florence nach einer Weile, «warum fährst du nicht nach Manila und siehst mal selber nach, was deine Tochter macht?»

Der alte Herr Petersen blickte Florence nicht an. Seine Augen, über denen plötzlich wieder die dichten Schleier der Melancholie lagen, betrachteten «Die Elbe bei Sturm», den geisterhaften Hafen, die gelassenen Dückdalben, die winzigen, japanischen Figuren an Bord des Schiffes und die eine schwarze Wolke in dem blassen Himmel.

«Wenn sie mich haben will, kann sie ja schreiben», sagte er grollend. Florence schüttelte unmerklich den Kopf. Wilhelm Christian benahm sich eher wie ein gekränkter Liebhaber, als wie ein Vater, aber das war seine Sache. – Es war nun ganz dunkel im Garten. Große Sterne waren herausgekommen. Die Palmen wiegten sich träge und verschwiegen in dem kühlen Nachtwind. Florence zog die Schultern zusammen, als ob sie fröstelte. Sofort erhob sich Chris und nahm aus einer Kampfertruhe, die neben seinem Ruhebett stand, ein großes Tuch aus siamesischem Baumwollbrokat. Es war dunkelblau und besaß ein raffiniertes und legendenreiches Muster in Silber und Altrosa. Florence, die sich im zahmen Hamburger Geschmack kleidete – blaues Kostüm, blütenweiße Blusen und charakterlose Filzhüte –, glaubte niemals etwas so Kühnes und doch Harmonisches gesehen zu haben.

«Eine kleine Abschiedsgabe», sagte ihr Jugendfreund und legte der erstaunten Florence die Kostbarkeit um die Schultern. Das Tuch war in Lampang, der Stadt der Seidenweber im nördlichen Siam, in einer Sternennacht entworfen worden.

«Ich werde es in Hamburg als Flügeldecke benutzen», meinte Fräulein Krüger. Der alte Herr Petersen starrte sie an. Flügeldecke? Er sah ein mittelgroßes Hamburger Zimmer. Statt indischer Mandelbäume und bläulicher Paradiesvögel eine Zimmerpalme und ein Kanarienvogel in einem Käfig. Die listige Magie der Vergangenheit hatte die Kraft verloren. Plötzlich wußte Wilhelm Christian Petersen, warum er damals geflohen war – bevor Florence ihn mit ihrer Flügeldecke ersticken konnte. «Möchtest du noch eine Tasse Kaffee, Florrie?» fragte er sanft. Zum erstenmal tat ihm Florence leid. Sie war eine Feindin all der Schönheit, die sich östlich von Suez um ihrer selbst willen darbot. In einer Ecke des Gartens schrien die weißhaarigen Affen von Nang Siri, schattenhafte Kreaturen im Mondlicht, die sich an ihren dünnen Fußketten auf einem Drahtseil von Baum zu Baum schwangen. Ihr Schrei war ein Echo des Urwalds, in dem ihre großen schwarzen Brüder frei in den Riesenbäumen tanzten. Es war Unrast und Einsamkeit in dem Schrei der Affen. Petersen senior war die Schreie seiner Gibbons so gewöhnt, daß er sie nicht mehr hörte. Sie gehörten zu seiner eigenen Einsamkeit.

«Warum schreien die Affen, Chris?» fragte Florence müde. Die lähmende Müdigkeit, die sie niemals in Hamburg verspürte, war wieder wie ein Raubtier über sie hergefallen.

«Ich weiß es nicht.» Der alte Herr Petersen dachte an das Schriftbild, das der alte Herr Wong ihm am Abend des Mondfestes gesandt hatte. Die Pergamentrolle enthielt nur die beiden ersten Verse eines Gedichtes von *Liu Ch'ang-ch'ing* aus der T'ang-Dynastie.

Die Gäste gingen fort. Die Affen schrein,
Über dem Strom fällt nun das Dunkel ein.
Dem Menschen ist bestimmt ein Herz, das blutet.
Dem Wasser ist bestimmt, daß stumm es flutet ---

Und mit dem flutenden Wasser, so hatte der alte Herr Wong wohl gemeint, flossen auch die Schmerzen fort.

«Welch ein seltsames Bild», sagte Florence in diesem Augenblick und betrachtete «Die Elbe bei Sturm». Sie hatte sich erhoben. Es war Zeit zum Abschied. Ihre Kehle war trocken. Was würde aus Wilhelm Christian werden? «Wann besuchst du mich in Hamburg, Chris?» fragte sie.

Doch der alte Herr Petersen antwortete nicht. Er hatte «Die Elbe bei Sturm» von der Wand genommen und in ein seidenes Tuch gehüllt, das der Künstler als Packpapier verwendet hatte. Kein wohlerzogener Japaner überreichte einen Gegenstand in farbloses Papier verpackt. «Gib das Hinrich Petersen für seine Sammlung», sagte Wilhelm Christian ein wenig heiser. Er hatte von Florence viel über Hinrichs Hamburgensien, die er kaltblütig durch Feuer und Schwefel gerettet hatte, gehört. «Vielleicht macht es ihm Spaß zu sehen, wie ein japanischer Meister die Elbe sieht», fügte er scheu hinzu.

«Aber Chris, davon kannst du dich doch nicht trennen. Das ist doch ein Museumsstück!» Florence hatte das Bild nicht zum ersten Male an ihrem Abschiedsabend bewundert.

«Laß man, Florence», sagte ihr alter Freund gelassen, «ich ... hm ... ich weiß auch so Bescheid.»

V

Lange, nachdem Florence Krüger nach Dusit-Park zurückgefahren war, saß der alte Herr Petersen noch in der Sala. Es war jetzt sehr still im Garten. Die Affen waren in ihre Häuschen gegangen und schliefen wie müde, verwöhnte Säuglinge mit den Köpfchen in ihrem linken Arm. Nur die Grillen zirpten. Das Licht in der Sala war erloschen. Wilhelm Christian Petersen war ins Haus gegangen. Genau genommen, stand er riesig und gähnend in Paulines Zimmer und blickte mit Augen, die vor Müdigkeit wie glasiert waren, in dem großen, leeren Raum umher. Es waren nur noch Paulines Bett, ihr kleiner Schreibtisch und die leeren Teakholzschränke da. Er ging öfters in Paulines Zimmer; aber nur, wenn Siri nicht da war und die Diener schliefen. Er saß dann eine Weile auf dem harten Bett oder blickte aus den mit Moskitodraht gesicherten Fenstern in den Garten. Er wußte selbst nicht, was er zur Nacht in diesem leeren Zimmer wollte.

Er erhob sich schwer vom Bett und setzte sich an den Schreibtisch. In einer Schublade lagen noch Briefpapier und Umschläge. Er konnte ja mal der Deern schreiben. Damit vergab er sich nichts. Und schlafen konnte er in letzter Zeit sowieso nicht...

Liebe Pauline, schrieb der alte Herr Petersen um ein Uhr nachts. *Mutter und ich haben lange nichts von Euch gehört. Wir hoffen, es geht Euch gut. Hast Du auch keine Beschwerden? Hast Du einen guten Arzt in Manila? Schone Dich nur, mein Lütten! Deine Mutter freut sich schon auf den Enkelsohn. Ich natürlich auch. – Mutter ist mit Susanne und Gretchen in Petchaburi. Es muß ihnen dort sehr gut gehen, sonst wären sie wohl längst zurückgekommen. Sie sind schon drei Wochen über die abgemachte Zeit fort. Daß Tante Martha mit den beiden Gören wieder nach Hamburg geht, schrieb sie Dir wohl. Onkel Hannes bleibt erstmal in Bangkok. – Ich hatte auch Besuch aus Hamburg; eine alte Bekannte von mir. Aber das interessiert Dich nicht.*

Du kannst Deinem Mann mal sagen, er möchte gelegentlich schreiben, wie sich sein Geschäft in Manila anläßt. Schließlich habe ich eine ganz anständige Einlage gemacht und möchte sie nicht gern verlieren.

Der Bräutigam von Sangvien soll einen weißen Elefanten im Dschungel erwischt haben. Wenn er wirklich weiß ist, werde ich im Hause keine Ruhe mehr haben. Sangvien sollte heute abend servieren und ging einfach feiern. Aber das ist ja immer so. Weißt Du noch, wie Du mal ein famoses Dinner gekocht hast, weil Mae Wat zum Glücksspiel ging und wir den alten Herrn Wong eingeladen hatten? Du bist ja immer meine gute Deern!

Wenn Du mal nichts Besseres vorhast, kannst Du gern mal an Mutter und mich schreiben, wie es Dir geht und was ich Dir von Bangkok schicken soll. Ißt Du auch genügend, mein Lütten? Soll ich Dir einen Hamburger Puffer schicken? Mamma Krüger backt ihn gern für Dich. Sie hat es gerade neulich mal angeboten. Onkel Charles hat seinen kleinen Renner mit gutem Profit verkauft. Denk bloß mal an, mein Lütten, «Alsternixe» ist beim letzten Rennen im Sportklub ganz hintenruntergefallen! Onkel Charles war richtig wütend. Er meinte, daß die Jockeys untereinander gewettet hatten und daß Cham, Onkel Charles' bester Jockey, «Alsternixe» zurückhielt, als es um die Wurst ging.

Mir geht es gut. – Dr. Johannsen dibbert zwar wegen meinem Herzen, aber dafür sind die Doktors ja da. Wenn sie nicht dibbern, können sie keine Rechnungen schicken. Im Hause ist alles in bester Ordnung. Ich passe auf, daß Sangvien auch von Zeit zu Zeit in Deinem Zimmer abstaubt, im Falle, daß du mal herkommst. –

Das wäre alles. Grüße Deinen Mann recht schön von uns! Und schreib, ob ich Dir den Puffer schicken soll. Und einen Scheck, falls Du Geld brauchst.

Beste Grüße

Dein alter Papa
Wilhelm Christian Petersen

SIEBZEHNTES KAPITEL

Fräulein Knudsens Gesellschaft

I

Drei Wochen nach der Abreise seiner Freundin Florence saß der alte Herr Petersen mit Hannes in seinem Privatkontor in der New Road. Er betrachtete kennerisch eine riesige Tasche aus Krokodilleder, die Hannes soeben von den Papierhüllen befreit hatte. Es war das Geschenk für Nang Sanit, die Mutter der ausgezeichneten Privatsekretärin von Petersen & Co. Mammie Knudsen wurde heute siebzig Jahre alt. Ulla hatte so viel mit den Vorbereitungen zu der großen Party zu tun, daß sie heute nicht im Büro erschienen war. Dabei war die wichtige Korrespondenz nach Hongkong zu erledigen. Hannes wollte Ende dieses Monats hinüberfliegen. Im November wollte er in Bangkok sein, denn er hatte den Kindern versprochen, den großen Tempeljahrmarkt am «Goldenen Berge» mit ihnen zu besuchen. Es war das erste und letzte siamesische Volksfest, das Pummel und Pünktchen erleben würden. Hannes war jedes Jahr dagewesen; der alte Herr Petersen hatte es sich in den letzten Jahren geschenkt. Wenn Pauline nicht mit ihm ging, machte es ihm keinen Spaß. Pauline hatte bis jetzt den Brief, den ihr Vater nachts an ihrem Schreibtisch geschrieben hatte, nicht beantwortet.

«Famoses Stück!» sagte der alte Herr Petersen und untersuchte die Ledertasche von innen und außen. «Aus einer Haut geschnitten! Wo hast du das erwischt? Ich würde gern eine ähnliche Tasche für Pauline arbeiten lassen.»

Es gab nichts Schönes und Wertvolles, was Petersen senior *nicht* der verflixten Deern in Manila zu schenken bereit war.

«*Ich* habe sie nicht ausgesucht. Fräulein Knudsen bestellte sie», erwiderte Hannes grinsend. «Du weißt doch – unsere Ulla kauft besser als wir alle zusammen. Und sie hat höchstens siebzig Ticals aufgeschlagen. Das ist wirklich nicht zuviel, nich?»

«*Sehr* ordentlich», bemerkte der alte Herr Petersen allen Ernstes. «Famoses Mädel.»

Hannes dachte einen Augenblick daran, wie Hinrich Petersen sich wohl mit dem traditionellen Preisaufschlag, den *jeder* Einkäufer als sein Recht betrachtete, abgefunden haben würde. Hinrich wäre wahrscheinlich zehnmal am Tage vor Entrüstung den «Goldenen Berg» von Bangkok hinaufgeklettert. Hannes hatte noch nie so viel an seinen gesetzten Vetter gedacht, wie nach dem Absage-Brief, den Hinrich sehr höflich und sachlich beantwortet hatte, so sachlich, daß selbst Hannes, der nie allzuviel über die Reaktionen anderer Leute nachdachte, die Enttäuschung förmlich gerochen hatte. Lisa hatte seitdem keine Zeile geschrieben. Wahrscheinlich tobte sie ihre Wut am Bridge-Tisch aus. Lisa Petersen war die einzige hübsche Frau, die niemals Eindruck auf Hannes gemacht hatte. Eine richtige «Pute», wie man sie immer noch gelegentlich in Hamburg herzustellen schien.

«Was schenkst du eigentlich, Onkel Winn?» fragte Hannes. Er war ans Fenster getreten. Sie erwarteten einen Besuch.

«Ich habe Ulla und Nang Sanit für ihre Weihnachtsferien nach Hua Hin eingeladen.»

«Wie wirst du Ullas liebliche Stimme aushalten?»

«Gar nicht», erwiderte Petersen senior trocken. «Siri und die Mädels werden da sein. Ich feiere mit euch noch Weihnachten, falls Pauline nicht ...»

«Das ist doch erst im Januar soweit!»

«Eigentlich ja. Aber die Deern bereitet einem immer Überraschungen. Ich fliege dann natürlich zur Taufe nach Manila.»

«Wie geht Desmonds Geschäft?»

«Ach so», sagte der alte Herr Petersen und zog einen Brief aus der Tasche. Er war aus Singapore. «Mein Schwiegersohn will nicht für die Dauer in den Philippinen bleiben. Du kannst ja selbst mal nachlesen. Er wird im Neuen Jahr wieder einen Posten in den United Nations übernehmen.»

«Und deine Einlage? Desmond wollte doch Kopra und Manila und Hanf exportieren.»

«Ich verliere keinen *Peso*. Er hat vorsichtig disponiert. In dieser Beziehung sind Amerikaner famos.»

Hannes steckte den dicken Brief in die Tasche. «Lawrence schreibt sehr vernünftig», bemerkte der alte Herr Petersen. «Er meint, gerade in den Philippinen hätten die Amerikaner es heute viel schwerer als früher.»

«Da hat er recht», sagte Hannes nachdenklich. «Wir Ausländer haben heute überall im Osten einen schweren Stand. Man kann eigentlich nur noch in Siam ungestört leben und arbeiten. Die Siamesen nehmen den Ferangs nichts übel, nicht mal, daß wir hier unser Geld verdienen.»

«Sie waren immer frei und hegen nicht den Groll der Kolonialvölker, mein Jung! Aber wenn sich hier was ändern sollte, na, ich bin ein alter Mann. Und Siri und die Mädels sind siamesische Staatsangehörige. Für *dich* liegt der Fall anders, Hannes. Du solltest doch noch mal überlegen ...»

«Ich weiß», sagte Petersen nicht allzu freundlich. «Wie wär's, wenn wir mal'n büschen an die Arbeit gingen? Nach drei Uhr ist heute ja nichts mehr zu wollen. Unsere Ulla wird mich vergiften, wenn ich dem

Freudenfest nicht bis zum letzten Tanz beiwohne. – Übrigens, was schreibt Pauline?»

«Lawrence schrieb, seine Mutter wäre in Manila. Er selbst ist zu einer Konferenz nach Singapore geflogen.»

«Da kommt Herr Ketaki!» rief Hannes. Er stand wieder am Fenster und sah eine große, dünne Figur in wallenden weißen Gewändern auf das Büro zuschreiten. ‹Der Kuckuck hole den jungen Harms›, dachte er. Nicht nur, daß jede Woche eine Anfrage des alten Herrn Harms aus Hamburg eintraf. Der Säugling stahl Petersen & Co. noch obendrein kostbare Zeit und Geld. Man mußte mit Herrn Ketaki verhandeln. Dieser indische Privatdetektiv war nicht gerade billig. Seine Auskünfte waren so teuer wie die Juwelen, die er in seinem schäbigen Laden verkaufte. Hannes hatte gerade vorgestern bei ihm ein Abschiedsgeschenk für Martha gekauft: eine goldene Halskette mit Rubinen. Der Schmuck war von exquisiter Einfachheit, so wie Martha es liebte.

«Haben Sie Herrn Harms gefunden?» fragte der alte Herr Petersen den riesigen, düsterblickenden Inder. «Ist er überhaupt noch in Hongkong?»

Herr Ketaki warf finstere Blicke auf den verschlossenen Geldschrank der Firma Petersen & Co. und grübelte offenbar über den Inhalt nach. Er enthielt wohl in der Hauptsache Korrespondenzen und Papiere. Nicht einmal Europäer – so dachte Herr Ketaki – würden so einfältig sein, ihr Bargeld nicht der «Hongkong & Shanghai Bank» anzuvertrauen und eine größere Summe einer siamesischen Bank! Im Falle einer Revolution oder einer Invasion – wie man sie zur Japanerzeit in Bangkok erlebt hatte – hatte die englische Bank gesperrt. Herr Ketaki selbst hatte den Hauptteil seines Geldes in den USA. Er dachte nicht daran, etwa in der Zukunft einen militärischen Ausflug der chinesischen Kommunisten nach Thailand von Burma oder Indochina her zu finanzieren.

«Habe ich Herrn Harms gefunden?» wiederholte Herr Ketaki sinnend. Er hatte die Gewohnheit, jede Frage zu wiederholen und sie sozusagen wie einen Diamanten von allen Seiten zu betrachten und abzuschätzen. Diese Gewohnheit trieb Petersen junior zu einer Raserei, die er hinter einem besonders strahlenden Lächeln verbarg.

«Wie heißt der Großvater des jungen Herrn Harms?» fragte Herr Ketaki. Hannes fiel beinahe vom Stuhl. «Auch ‹Thomas› glaube ich», erwiderte sein Onkel. Herr Ketaki holte ein rotes Notizbuch aus seiner Aktenmappe und notierte den Namen. Wollte er Großvater Harms in Hongkong suchen? Er lag längst in Ohlsdorf. Das Familiengrab der Harms war etwas, woran sogar Hannes sich noch erinnerte. Es hatte besonders viel Marmor und besonders wenig Geschmack aufzuweisen. Herr Ketaki pausierte. Er hatte nur aus Interesse gefragt. Er erkundigte sich immer nach den Großvätern, genau wie die siamesische Polizei, wenn man einen Einbruch meldete. Es war eine nette, den Ausländern unverständliche Sitte.

«Hongkong ist eine große Wildnis», äußerte Herr Ketaki schließlich. «Was heißt überhaupt ‹Hongkong›?» fragte er unvermittelt und sah seine Brotgeber betrübt an. «Der junge Mann kann in der Kolonie Macao oder auf dem Festlande sein. Er ist ein Flüchtling. Viele Flüchtlinge verbergen sich in den Hütten von *Kowloon*. Es ist eine Niederlassung, wo Herr Harms auch noch Platz hätte. Er hat wenig Geld, sagten Sie mir! Er wird kaum in Victoria wohnen. Die Insel Hongkong ist nicht für jeden der ‹Ort der süßen Lagunen›.»

«Was schreibt Ihr Detektiv?» fragte Petersen junior ziemlich brutal. Er war genau über Hongkong und Umgebung orientiert.

«Was schreibt mein Detektiv?» Der Inder zog ein abgegriffenes mit Butterflecken verziertes Schreiben aus der Aktenmappe, wobei er blitzschnell berechnete, was der Siegelring des alten Herrn Petersen bei einer Auktion bringen würde. Diese Berechnungen waren ein Privatvergnügen von Herrn Ketaki und verliehen auch seinen Unterhaltungen mit langweiligen Kunden brennendes Interesse. «Mein Detektiv schreibt, daß vorige Woche sechs Leichen ans Festland geschwemmt wurden. Es ist möglich, daß Herr Harms darunter ist.»

Der alte Herr Petersen schlug trotz jahrelanger Übung im Umgang mit Asiaten mit der Faust auf den Tisch. «Himmeldonnerwetter», schrie er auf deutsch, «jetzt ist es genug. Dieser Kerl zieht uns das Geld aus der Tasche! Wo ist Tommy abgeblieben?» fragte er wütend.

Herr Ketaki wiederholte diese Frage nicht, da er der deutschen Sprache nicht mächtig war. Er fischte aus seiner Aktenmappe ein Bild, das einen Mann mit einem Bart zeigte. Der Unbekannte trug einen langen Rock. Sein Haar schien blond zu sein. Er war sehr groß und dünn.

«Kennen Sie diesen Herrn?» Herr Ketaki reichte Hannes den Schnappschuß, der ebenfalls Spuren seiner Morgenmahlzeit trug.

Hannes starrte das Bild an. Bei aller Phantasie hatte der Europäer im Priesterrock keine Ähnlichkeit mit dem Säugling von Harms & Co. «*Bitte*, rege dich nicht auf, Onkel Winn», sagte er auf deutsch und blickte seinen Onkel besorgt an. Der alte Herr war kirschrot im Gesicht. Seine durchfurchten, von dicken blauen Adern durchzogenen Hände zitterten.

«Das ist nicht Herr Harms», sagte Hannes ruhig.

«Das soll er auch gar nicht sein», verwies ihn Herr Ketaki und sah sich nach einem Glas Eiskaffee um. Da es nicht erschien, wandte er sich widerwillig den Geschäften zu. «Dies ist Pater Mollmann. Ein Flüchtling aus dem Gefängnis in Tsingtau. Er ist ein Deutscher. Herr Harms ist auch ein Deutscher.»

Herr Ketaki machte wieder eine seiner nervenzerrüttenden Pausen und taxierte schweigend die Brillantnadel, die Hannes im Schlips trug. Sie war nicht bei Herrn Ketaki, sondern bei einer Konkurrenz auf dem Neuen Wall in Hamburg gekauft.

«Landsleute begegnen sich so oder so im Fernen Osten», bemerkte

Herr Ketaki. Er führte nicht näher aus, was «so oder so» bedeuten sollte. Aber sein Ton war noch düsterer geworden. – «Ein Deutscher spricht mit einem Deutschen von der Heimat oder von dem kommunistischen Gefängnis in Tsingtau. Pater Mollmann trinkt vielleicht auch einen Eiskaffee mit dem jungen Herrn Harms.»

Diesmal verstand Hannes die bedeutsame Pause und klingelte nach Eiskaffee für Herrn Ketaki. «Mein Agent hat dem Pater den Fall Harms unterbreitet», verkündete Herr Ketaki. «Er bat um Nachricht, falls der Geistliche eine Spur von dem jungen Mann finden sollte. Der Pater wartet auf sein Schiff nach Deutschland. Er hält sich Tag und Nacht bei den Flüchtlingen auf, die von überall her nach Hongkong strömen. *Warum* ist Herr Harms dort? Er ist kein Pater. Er ist kein Kommunist. Sonst wäre er ja nach Peiping oder Shanghai gegangen. Vielleicht ist er dort – – –», schloß Herr Ketaki. Er hatte die irritierende Gewohnheit, in seinem letzten Satz eine Annahme zu äußern, die in striktem Gegensatz zu allem Vorausgegangenen stand. Hannes hatte aufgehorcht.

«Könnte ich die Adresse dieses deutschen Paters haben?» sagte er und lächelte den sphinxhaften Herrn Ketaki an.

Herr Ketaki schüttelte den Kopf. Adressen gab er nicht. Sie waren das Kapital, das Zinsen brachte.

Hannes verstand. «Ich möchte einige Zeilen an Pater Mollmann schreiben; würden Sie sie per Luftpost an Ihren Agenten in Hongkong senden?» fragte er. «Mit großem Vergnügen, Sir! Vielleicht ist der geistliche Flüchtling noch in Hongkong. Vielleicht trägt sein Schiff ihn aber bereits in die Heimat.»

Als der Inder mit einer gemessenen Verbeugung und Hannes' Schreiben verschwand, sagte der alte Herr Petersen nicht gerade gerecht: «Der Kerl ist ein Brechmittel. Die Japaner taten was sehr Vernünftiges, als sie ihn seinerzeit hier einsperrten.»

Hannes antwortete nicht, denn er dachte sehr scharf über etwas nach.

«Und dieser Schnack mit den Wasserleichen», fuhr Petersen senior erbost fort. «Tommy schwimmt wie ein Fisch. Er hat neulich noch einen Preis beim Wettschwimmen im Sportklub bekommen. Segelt auch famos. Der ertrinkt nicht so leicht.»

«Onkel Winn», sagte Hannes langsam, «ich lernte beim Mondfest bei Wongs einen Herrn Yu aus Hongkong kennen: früher Hafenarbeiter, heute steinreich. Hat großen Einfluß. Ich habe mich erkundigt, weil wir versuchen wollen, ins Geschäft mit ihm zu kommen. Erstklassiger Mann, sagte mir der alte Herr Wong. Ich könnte ihn privat bitten, sich nach Tommy und Pater Mollmann – hoffentlich heißt er so – also nach einem deutschen Pater aus Tsingtau zu erkundigen.»

«Gute Idee», sagte sein Onkel erleichtert. «Warum ist dir das nicht sofort eingefallen?»

«Ich denke in Sprüngen wie dein Freund Ketaki. Ich werde Herrn

Yu natürlich um strengste Diskretion bitten, falls er Tommy finden sollte. – Der Säugling denkt doch, wir verstehen ihn nicht.»

Der alte Herr Petersen klopfte Hannes dankbar auf die Schulter. Fix war er – das mußte man ihm lassen. «Also schreib gleich mal, mein Jung», sagte der alte Herr zufrieden. «Du weißt ja ... ich schreibe niemals Briefe.»

Er erhob sich schwerfällig aus seinem Sessel und klingelte nach Eiswasser.

«Ich kann Tommy nicht verstehen», meinte Hannes nachdenklich. «Man meint es gut mit ihm und berät ihn nach bestem Wissen und Gewissen.»

«Selbstverständlich. Die Mädels hier haben ihn tüdelig gemacht.»

Es kam weder ihm noch Hannes in den Sinn, daß Thomas Harms die Bevormundung und die Ratschläge von Petersen & Co. sowie von seinen Eltern satt hatte.

Petersen senior klingelte. Der chinesische Buchhalter erschien in der Tür.

«Ist Post gekommen?» Vielleicht hatte Pauline einen Brief ins Office geschickt?

«Die Post liegt bei Fräulein Knudsen, Sir. Soll ich sie bringen?»

Der alte Herr Petersen sah den Packen Briefe durch. Es war ein Luftpostbrief dabei. Na endlich! Er setzte sich umständlich seine Brille auf. Aber es stellte sich heraus, daß der Brief von Hinrich Petersen aus Hamburg war. Wahrscheinlich wollte er sich für das Bild bedanken.

Hannes hatte indessen die geschäftliche Post durchgesehen. «Gut, daß Mammie Knudsen nicht jede Woche siebzig Jahre wird», bemerkte er. «Gerade heut sind wichtige Briefe zu diktieren. Aber unsere Ulla bereitet ja das Fest des Jahrhunderts vor. Wie sollen wir eigentlich alle in dem kleinen Haus und im Garten Platz finden?»

«Keinen Schimmer, ich werde nicht lange stören. Um sechs gehe ich heim.»

«Weiß Ulla schon von deinem Fluchtversuch?»

«Ich habe mich schwer gehütet, ihr das auch nur anzudeuten. Wenn sie es wüßte, würde sie mich um dreiviertel sechs fesseln.»

Hannes grinste. «Ich weiß nicht, was sie an uns beiden findet.»

«Sie ist 'ne drollige Deern», meinte der alte Herr Petersen. «Da muß man ihr manches nachsehen.»

II

Fräulein Knudsen war seit drei Tagen fieberhaft geschäftig. Sie paßte auf, daß Mammi sich nicht anstrengte und frisch für ihren Ehrentag war. Sie bestellte Getränke, Speisen, Blumen und tausend andere Dinge. Alle europäischen Gäste hatten zugesagt. Fräulein Knudsen hatte aufgeatmet.

Im Augenblick saß das stimmgewaltige Fräulein Knudsen im Restaurant-Café Swee Hong und schnappte nach Luft. Sie saß nicht allein. Fräulein Knudsen war eine gesellige Natur. Sie hatte Madame Boulgakoff und Ah Bue auf dem Markt getroffen und die Russin zu einem Eiskaffee eingeladen. Fräulein Knudsen hatte es nicht in sich, daß Männer und Frauen um ihrer selbst willen bei Swee Hong mit ihr Kaffee tranken. Sie mußte alles im Leben bezahlen. Aber sie hatte es ja dazu. Und sie brannte darauf zu erfahren, was ihre ehemalige Freundin, Karin Holm, in Hongkong machte und ob sie bereits mit dem jungen Harms in Liebe vereint war, wie man sagte.

Aber Madame Boulgakoff wußte nichts. Sie fand ein düsteres Vergnügen in der Tatsache, daß dieses gräßliche und protzige Fräulein Knudsen drei Eiskaffees umsonst spendiert hatte. Madame Boulgakoff entwickelte einen pathologischen Durst, sowie jemand sie einlud. Übrigens hatte Fräulein Knudsen sie nicht für würdig befunden, ihr großes Fest heute mit ihrer Anwesenheit zu verschönen. Dennoch erzählte ihr Fräulein Knudsen mit einem erstaunlichen Mangel an Takt von ihren wichtigen Vorbereitungen. Die Russin nahm die Informationen wie im Halbschlaf entgegen und bestellte sich aus Rache einen vierten Eiskaffee.

Fräulein Knudsen zündete sich eine Zigarette an, die sie in einem kostbaren goldenen Halter hielt. Madame Boulgakoff betrachtete die Kostbarkeit mit sehnsüchtigen Augen.

«Was kostet sie?» fragte sie atemlos. «Ziemlich billig; aus zweiter Hand», erwiderte Fräulein Knudsen gleichgültig.

Madame Boulgakoff konnte sich nicht einmal Zigarettenspitzen aus dritter oder vierter Hand leisten. Es war Zeitverlust, ihr diese Spitze zum Kauf anzubieten.

Ein Zeitungsjunge kam in das Restaurant und schrie «Bangkok Gazette! Neueste Nachrichten! Politik, Gesellschaft, Wirtschaftsnachrichten!»

Fräulein Knudsen kaufte eine Nummer und begann zu lesen, ohne Madame Boulgakoff eines weiteren Wortes zu würdigen. Zwei Kuchen hatte sie auch noch bestellt – Unerhört! Ulla überflog die Korea-Nachrichten auf der ersten Seite, lächelte mitleidig über den Artikel eines europäischen Korrespondenten in Tokio («Japan – die große, neue Demokratie des Fernen Ostens») und stürzte sich auf die Gesellschaftsnachrichten auf Seite vier. Wieder so viele Parties, zu denen sie niemals geladen werden würde. Eine große Spalte war den Galafesten der siamesischen Prinzen und chinesischen Bankiers gewidmet. Fräulein Knudsen stutzte. Hatte sie eben den Namen «Petersen» in den Nachrichten über jene glänzende, den Mischlingen verschlossene Welt gelesen? Die Mischlinge mußten schon sehr reich oder sehr prinzlich sein, wenn sie zu diesen Festen geladen werden sollten. Richtig, hier stand ein ganzer Absatz über Fräulein Knudsens Seniorchef.

Wir erfahren soeben, daß der in Bangkok weilende, berühmte Gelehrte, Professor Franz Berger *aus* Wien *eine Berufung an eine bekannte Universität in den* USA *erhalten hat. Der Professor, der studienhalber einige Jahre in Thailand gelebt hat, wird sich schon in vierzehn Tagen von uns verabschieden, um mit seiner Gattin, einer Wiener Aristokratin, nach Amerika zu fliegen. Professor Berger und Gattin werden unser Thailand noch einmal von der schönsten Seite genießen. Sie folgen übermorgen einer Einladung des in Bangkok bekannten Seniorchefs der* Firma Petersen & Co. *und seiner Gattin* (Gräfin Siri Kutharamarn) *in ihre Märchenvilla nach* Hua Hin *am Meer. Diese Villa hat im Laufe der Jahre viele distinguierte Gäste aus Thailand und Europa aufgenommen, und wir wünschen dem Gelehrten und seiner Gattin vollendete Abschiedstage im ‹Land des Lächelns›.*

Fräulein Knudsen ließ die Zeitung sinken. Wie war es möglich, daß sie nie etwas von diesem hochinteressanten Wiener Paar gehört hatte? Ob der große Gelehrte wegen seiner Forschungsarbeit keine Parties mitgemacht hatte? Das erschien Fräulein Knudsen unwahrscheinlich. Sie wußte nur von *einem* Österreicher in Bangkok, dessen Namen sie nicht kannte. Er lief schon jahrelang mit einem Gebäckkorb in den sonnenglühenden Straßen herum und wurde gelegentlich von den chinesischen Hausboys der reichen Ausländer unmißverständlich vor die Tür gesetzt. Ein Habenichts ... Ein Ausgestoßener mit einer weißen Haut. Abfall aus einem ehemaligen Diktaturstaat, ein Gescheiterter, wie sie den Fernen Osten zu Tausenden heimgesucht hatten. Etwas Ähnliches wie Madame Boulgakoff.

«*Lesen Sie bitte*», sagte Fräulein Knudsen und reichte Madame Boulgakoff, die – o Schrecken! – sich wieder nach dem bedienenden Boy umsah – die Gesellschaftsnachrichten.

«Mammi und ich sind Weihnachten in dieser Märchenvilla eingeladen», bemerkte Fräulein Knudsen, während sie die kleine Bemerkung über Nang Siris distinguierte Gäste in Hua Hin noch einmal über Madame Boulgakoffs Schulter hinweg las.

«Gratuliere», sagte die Russin in ihrem harten Englisch. «Ich hoffe aufrichtig, daß Ihre Mutter dieses Weihnachten noch erlebt. Erzählten Sie nicht neulich, daß sie Blut gespuckt hat?»

Madame Boulgakoff erhob sich und betrachtete das zu Stein erstarrte Fräulein Knudsen mit grausamem Amüsement. Ihr Vater war auch ein berühmter Gelehrter gewesen. Daheim ... in Rußland. Tatjana Boulgakoff ließ sich nicht von boshaften Mischlingen ärgern.

III

Als Hannes und Martha mit Onkel Winn und Dr. Johannsen bei der Familie Knudsen am Klong Hualampong anlangten, war das Fest bereits im vollen Gange. Mammi Knudsen hockte betäubt und artig wie ein Kind auf einem gepolsterten Sessel auf der winzigen Veranda und begrüßte die Gäste ihrer wundervollen Tochter Ulla mit dem siamesischen Gruß. Sie war grenzenlos verschüchtert. Sie hatte noch niemals so viele Ausländer beisammen gesehen. Ulla hatte alles aufgetrieben – Geschäftsbekanntschaften, Freunde ihrer Freunde und viele reiche und einflußreiche Euro-Asiaten, deren Gattinnen und Töchter alle an Eleganz und Schmuckauslage übertrafen. Fräulein Knudsen, die mit schriller Stimme versuchte, die wimmelnden Scharen miteinander bekannt zu machen, trug ein Kleid aus giftgrüner Seide, das ihr Gesicht noch gelblicher erscheinen ließ und schlecht zu ihrem bereits mit grauen Strähnen durchzogenen, fahlbraunen Haar stand. Es war bedauerlich, daß niemand Ulla Knudsen in Kleiderfragen beriet. Ihre jüngeren Schwestern hatten glücklicherweise nicht das Geld, sich importierte Schweizer Stoffe zu kaufen. Sie trugen leichte, zarte Kleidchen aus japanischen und indischen Kunstseiden und sahen – wie Petersen junior sich ausdrückte – «zum Anbeißen» aus. Die Hübscheste war Betty. Sie hatte sich trotz Fräulein Knudsens Polizeiaufsicht mit einem jungen Mann aus Lopburi verlobt, und diese Verlobung sollte zusammen mit dem Trinkspruch auf «Mammi» bei einem Glas Sekt bekanntgegeben werden. Betty hatte ihr Problem gelöst. Sie kam in eine angesehene siamesische Familie, die ihr Vorurteil gegen Mischlinge aufgegeben hatte, nachdem sie die reizende, bescheidene Betty Knudsen über ein Wochenende bei sich in Lopburi begutachten konnte. Nai *Charoen*, Bettys Verlobter, war Königlicher Beamter bei der Eisenbahn in Lopburi und konnte an Bettys Seite auf eine geruhsame Zukunft mit den üblichen Beförderungen und Eiskaffees rechnen. Das Beste an dieser Zukunft – so erschien es Nai Charoen bei diesem Fest in Bangkok – war die Tatsache, daß Betty und er hundertdreiunddreißig Kilometer von Fräulein Ulla Knudsen entfernt leben würden. Er hatte noch niemals jemanden getroffen, der so schrill und schnell sprach, wie seine neue Schwägerin. Betty sprach so leise und nachdenklich, wie eine echte Siamesin aus gutem Hause. Sie war die Jüngste und hatte die meiste Zeit mit der stillen Mammi verbracht.

Mammi bemühte sich sehr, alles so zu genießen, wie Ulla es von ihr erwartete. Ihre eigenen Freunde – alte Siamesen mit ihren Frauen und Töchtern, die zu der großen Feier von Reisfarmen und aus Fischerdörfern der Menam-Ebene gekommen waren – saßen wie Schildwachen um Mammi Knudsen herum und paßten schweigend und scharfblickend auf, daß die vielen Ausländer ihrer alten Freundin nichts am Zeuge flickten. Es lag so viel drolliges Mißtrauen in den sonnenverbrannten, pfiffigen

Zügen dieser Thai Gäste, daß Hannes und Onkel Winn sich in die Veranda begaben und sich auf siamesisch mit ihnen unterhielten. Wie mit Zauberschlag war das Eis gebrochen. Die Farmer und Fischer, die ununterbrochen Reisgerichte aßen und auch schon einige Gläser Reisschnaps genehmigt hatten, wachten auf. Nachdem sie beide Herren Petersen genau nach den Reisbeständen ihrer Großväter befragt hatten, kam ein freundschaftliches Gespräch über die Lage der Farmer in Thailand zustande, das Petersen außerordentlich interessierte. Leider konnten sie sich nicht lange an Nang Sanits eigenen Gästen erfreuen, denn Fräulein Knudsen kam wie eine Megäre auf die Veranda gestürzt, als sie Hannes zufrieden auf einer Bambusmatte neben einem reichen Farmer vom Klong Rangsit-Distrikt sitzen sah.

«Mr. Petersen», schrie Ulla, «um Gottes willen! Es sind Stühle für die Ausländer im Garten!» Sie wandte sich an den Seniorchef: «Sie stehen ja, Sir! *Bitte,* kommen Sie mit mir! Es sind sehr interessante dänische Freunde von mir gekommen, die ich Ihnen vorstellen möchte.»

Fräulein Knudsens nervöse Intensität hatte den Höhepunkt erreicht. Die Petersens erhoben sich mit vielen höflichen Verbeugungen; gefolgt von den strahlenden Blicken der Thai-Gäste. *Sehr* vernünftige *Ferangs*! Wer hätte das für möglich gehalten? Mammi Knudsen verließ einen Augenblick ihren Thron, um ihre müden Füße und Beine auf einer Bambusmatte auszuruhen. Sie saß sonst nie auf einem Stuhl. Diese Sitzweise war lächerlich und ungesund, aber sie hatte es ihrer Ulla für heute abend versprochen. Ulla hatte so viele ausländische Freunde eingeladen, die zum ersten Male ein siamesisches Haus betraten. Mammi hustete verstohlen in ein feines weißes Tuch und verbarg es sofort in ihrer Bluse. Ein häßlicher roter Flecken war auf dem Tuch. Ihr zarter Körper zitterte von der Anstrengung des Hustens. Auf ihrem kleinen, braunen Gesicht war eine fiebrige matte Röte. Wenn einer bei dieser Geburtstagsfeier auf die Schlafmatte unter das Moskitonetz gehörte, dann war es Mammi Knudsen.

«*Mai sabai*» (sie ist krank), murmelte eine ihrer alten Freundinnen.

«*Mae lambag*» (Mühe und Plage), erwiderte ein Farmer. Es war nicht ganz klar, ob er die Gesellschaft von Fräulein Knudsen oder Nang Sanits Krankheit meinte.

Die Atmosphäre war jetzt wie in einem türkischen Bad. Die überfüllten Räume und Veranden des kleinen Pfahlhauses am Kanal erweckten bei Fräulein Knudsen den Eindruck, daß ganz Bangkok sich zu ihrer Party gedrängt habe. Sie verfaßte im Geiste eine Anzeige für die ‹Bangkok Gazette›: «Eine gewählte Gesellschaft verschiedener Nationen traf sich letzten Donnerstag zu einem denkwürdigen Fest in der idyllisch gelegenen Residenz von Fräulein Ulla Knudsen, Tochter des verstorbenen Kapitäns Alf Knudsen und seiner Gattin, Madame S. Knudsen. Unter den distinguierten Gästen bemerkte man ...»

Man bemerkte eine halbe Stunde später unter den distinguierten Gästen der Familie Knudsen eine junge Dame, deren Anblick den alten Herrn Petersen veranlaßte, das rauschende Fest zu verlassen.

IV

Martha Petersen hatte bei Fräulein Knudsens Gesellschaft alle Hände voll zu tun. Sie war die einzige gewesen, die sich überlegt hatte, wie eigentlich die Bewirtung der vielen Menschen in den kleinen Räumen vor sich gehen sollte. Die gewählte Gesellschaft wäre zum Teil verhungert, wenn Martha nicht «Ältesten Enkelsohn» und «Zweiten Enkelsohn» schon um drei Uhr nachmittags hingeschickt hätte. Es war nichts an Platten und Geschirr vorhanden, was nur annähernd ausgereicht hätte. Während Fräulein Knudsen verworrene Befehle gab, hatte Martha kühl die Möglichkeiten berechnet und genutzt. So liefen – wie die Gäste dann eintrafen – livrierte Boys mit den viel zu kostbaren kalten Platten mit scharfen und süßen Delikatessen herum, während die siamesischen Helferinnen – nämlich die Töchter von Mammi Knudsen mit Ausnahme von Ulla, die ja die Gastgeberin spielte – für die Getränke sorgten. Limonaden und Reisschnaps für die Thai-Gäste; Whiskys und Cocktails – von «Ältestem Enkelsohn» mit Sachkenntnis gemischt – für die Europäer. Ohne daß jemand es bemerkte – am allerwenigsten Fräulein Knudsen, die überwältigt vor Glück und Stolz immer neue Gäste empfing –, hatte Martha die erste und letzte Abendgesellschaft von Ulla Knudsen gerettet. Selbst das siamesische Büffet, wunderschön von Mammi Knudsen und ihren alten Gefährten aus dem Reisland vorbereitet und dekoriert, hatte noch Platz in dem zweiten ausgeräumten Wohnraum der Knudsens gefunden. Mammi Knudsen hatte ihre guten Freunde behalten, obgleich sie den dänischen Kapitän seinerzeit geheiratet hatte, kurz nachdem er einen Barkassen-Ausflug nach dem Klong Rangsit-Distrikt unternommen hatte.

Kapitän Knudsen war vor fünfzehn Jahren in Bangkok gestorben. Er war nie mehr nach Dänemark zurückgegangen, sondern mit einem kleinen Handelsschiff zwischen Bangkok und Singapore hin und her geschaukelt, ein guter Gatte und Vater. «Paß auf sie auf, Ulla!» hatte der sterbende Däne seiner ältesten Tochter gesagt. «Sie sind Kinder. Das größte Kind ist deine Mutter.»

Mammi! – Ulla lief immer wieder zur Veranda und herzte und küßte ihre Mammi. Sie merkte nicht, daß die alte Frau ein schattenhaftes Lächeln auf ihr Gesicht zwang, sobald die stürmische, liebe Ulla erschien. Sie hatte das Temperament ihres Vaters, nur noch lauter und so – besitzergreifend. Das war es. Mammi saß in Ullas maßloser Liebe wie in einem Käfig. Aber eine gute Tochter... Mammi Knudsen hustete wieder und bemühte sich, Ulla zuliebe ihren Ehrentag zu genießen. Sie dachte – wie jetzt so häufig – an ihr Dorf. Und an den großen Menam-

Fluß, auf dem sich zu dieser Zeit die Boote zum *tot kathin*-Fest sammelten, wie auf jedem Fluß und Kanal im Reisland und in der Stadt. Sie hatte auch als junges Mädchen gelbe Roben, Reisbeutel und Früchte für die «Brüder der Gelben Robe» vorbereitet, und dann waren sie alle in die umliegenden *Wats* gefahren und hatten den Mönchen ihre Gaben kniend dargeboten. Das hätte Sanit Knudsen an ihrem siebzigsten Geburtstag noch einmal machen mögen. Oder nur still am Ufer knien und sehen, wie die Boote mit ihrer frommen Last Flüsse und Kanäle entlangglitten. Aber die liebe Ulla hatte gemeint, daß Mammi lieber ein großes Fest mit Ausländern und einer Notiz der ‹Bangkok Gazette› haben sollte ...

Flaggen hatten die Kathin-Boote; und Gesang und Gelächter scholl über die großen, friedlichen Gewässer – damals wie heute ... jedes Jahr gegen Ende des Oktobers war Mammi Knudsens Geburtstag und das große, feierliche und fröhliche *tot kathin.* Betty würde es wieder mitmachen in Lopburi. Betty war heimgekehrt in den Zyklus des siamesischen Lebens. Mammi Knudsen blickte von ihrem Sessel aus nach Ulla und Betty. «Arme Ulla ...» dachte sie zum erstenmal in ihrem Leben. –

Gerade als das Theaterstück aufgeführt werden sollte – ein echtes siamesisches Volksstück (*likay*) – das hatte Mammi Knudsen für *ihre* Gäste gewünscht –, fuhr eine Rikscha vor. Eine zierliche mädchenhafte Gestalt entstieg ihr. Und dem alten Herrn Petersen entglitt das Glas mit Whisky-Soda, als er die junge Frau näher ins Auge faßte.

Es war *Thanom Chandrayarat,* die Frau seines ältesten Sohnes. Seitdem Thanom mit Justus-Prasert verheiratet war – es waren jetzt acht Jahre –, hatte der alte Herr Petersen nichts mehr von ihm gehört. Thanom hatte ihn veranlaßt, seinen Vater auf der Zinninsel Puket nicht zu begrüßen. Thanom war vom ersten Augenblick an gegen den europäischen Vater ihres Mannes gewesen und hatte in der höflichen und undurchsichtigen Art der Asiatinnen das letzte schwache Band zwischen Vater und Sohn gelöst. Wenn es jemanden gab, der Wilhelm Christian Petersen Leid zugefügt hatte, dann war es die zierliche, lächelnde Thanom, die soeben mit einer alten verhutzelten Dienerin zur Veranda von Mammi Knudsen schritt. Justus mußte dann wohl auch bald erscheinen.

«Khom» (Buckel), rief Thanom der alten verkrüppelten Siamesin in herrischem Ton zu, «gib Nang Sanit unsere Geburtstagsgabe!»

Khom schleppte in ihren Armen ein riesiges Paket, das sich als ein Kokoskuchen – genau nach einem alten, siamesischen Rezept bereitet – entpuppte. Außerdem schleppte «Buckel» einen Bambuskorb mit auserwählten Früchten. Sie bewegte den Betelpriem keuchend im Munde hin und her. Ihre sehnigen ausgemergelten Arme zitterten von der Last. Khom aß bei Thanom auf der Kokosplantage den Gnadenreis und blickte zu Thanom auf, als ob sie Schläge erwartete. Nang Thanom hatte «ein Temperament» – das war überall bekannt. Ihr Wille war maßgebend auf der Plantage. Sie hatte das Geld, das Selbstgefühl und den eisernen Willen, den so viele zierliche, sanftlächelnde Siamesinnen der Welt nicht zeigen. Sie war – im Gegensatz zu Justus – eine glänzende Geschäftsfrau und von morgens bis abends auf der Plantage tätig. Hoffentlich – so dachte der alte Herr Petersen bitter – behandelte sie Justus ein wenig freundlicher als die bucklige Alte, die vor ihrer Stimme sichtbar in sich zusammenkroch. Thanom war entfernt mit Betty Knudsens neuer Familie verwandt und war daher zum Ehrentag von Mammi nach Bangkok gereist. Siamesische Familien waren weit verzweigt. Thanom hatte ihren Schwiegervater neben einer hochgewachsenen Europäerin erblickt und grüßte ihn von weitem mit dem siamesischen Gruß, den er höflich erwiderte.

«Entschuldige mich, Martha», sagte er mit belegter Stimme, «ich... ich muß mit meiner Schwiegertochter sprechen.»

Martha blickte Onkel Winn erstaunt nach. Welche Schwiegertochter? Und wo war sie? Auch Hannes, der mit Fräulein Knudsens Schwestern herumscherzte, konnte ihr keine Auskunft geben. Martha seufzte. Onkel Winns Familienverhältnisse erschienen ihr sehr verwickelt. Wenn nur Pauline schreiben wollte! Der alte Mann lebte in einer ungesunden Spannung. Martha war wieder sehr in Sorge um ihn. Sie wollte sich mehr um ihn kümmern, sobald Familie Berger nach den USA abgeflogen war. Jetzt war Martha Tag und Nacht im Hause Berger. Der Professor war völlig kopflos, soweit es nicht die vielen Manuskripte und Fußnoten zu seinem halbvollendeten Werk betraf. Und Fräulein von Kinsky verbarg heroisch den Abschiedsschmerz. Sie ging nach Wien zurück. Der Franzl brauchte sie jetzt nicht mehr. Sie hatte in Wien ihre Freunde und ihre Alterspension. Martha hatte die Wogen glätten müssen. Der Professor hatte – unvernünftig und edelmütig – Himmel und Hölle in Bewegung gesetzt, um seine Schwägerin – die wirkliche Gefährtin seines Lebens – zur Übersiedlung in die USA zu veranlassen. Aber Fräulein von Kinsky war fest geblieben. Ihre Aufgabe war erfüllt. Sie hatte durch Mit-Leiden und Gebet einen geliebten und bedeutenden Mann im Exil gestützt. Und Martha hatte ihn – der in wenigen Jahren Weltruhm erringen sollte – in aller Stille aus der Backstube in seine eigene Sphäre zurückgebracht. Niemand war glücklicher als Martha. Sie dachte ununterbrochen auf Fräulein Knudsens turbulenter Party an ihre Wiener Freunde. Tante Kathi würde sie in Hamburg besuchen, sowie Martha und die Kinder wieder ein eigenes Heim hatten.

Am liebsten hätte Martha Onkel Winn mit nach Hamburg genommen; fort von den Kindern, die – vielleicht nur in gedankenloser Selbstsucht – nach und nach sein einfaches und treues Herz brachen. Es wäre ja wohl zu erwarten gewesen, daß die Schwiegertochter zu dem alten Herrn hinging, statt ihn wie einen Bittsteller in Seelenruhe auf sich zukommen zu lassen. *Falls* Thanom den Ferang überhaupt sprechen wollte.

«Wo ist Justus?» fragte Herr Petersen. «Kommt er auch hierher?» Thanom sah ihren Schwiegervater aus schrägen Edelsteinaugen schweigend an. Sie machte ein so erstauntes Gesicht, als ob *pho ta* (Schwiegervater) von einem wildfremden Herrn redete. Sie kannte niemanden, der ‹Justus› hieß. «Ich meine *Prasert*», sagte der alte Herr Petersen mühsam beherrscht in die peinliche Pause hinein.

Thanom aß langsam eine Thai-Süßigkeit aus klebrigem Reis und Palmzucker und betrachtete den Kanal.

«Ich weiß nicht, wo Prasert ist, Herr Schwiegervater», sagte sie endlich.

«Was heißt das?»

«Prasert ist nicht da.»

«Sie meinen, mein Sohn ist in Puket geblieben?»

«Ich weiß es nicht, Herr Schwiegervater.»

Thanom gähnte höflich hinter ihrer vorgehaltenen Hand und steuerte auf Betty Knudsen zu. Sie wollte sich mit ihrer neuen Cousine unterhalten und sie nach Puket einladen. Thanom war so gastlich wie alle Siamesen.

«Einen Augenblick, Thanom!» – Der alte Herr Petersen hätte seine undurchsichtige Schwiegertochter am liebsten am schlanken Arm festgehalten, aber er wußte, daß man Siamesen nicht berühren durfte. – Thanom wandte sich höflich ihrem Schwiegervater wieder zu. Er schien *lambag* (Mühe und Plage) für Thanom machen zu wollen. Hatte Prasert denn nicht seinen Eltern mitgeteilt, was ... vorgefallen war? Oder hatte er nur seiner Mutter geschrieben? Thanom hatte keine Ahnung, und eigentlich interessierte sie nichts auf der Welt weniger.

Sie hatte auch mit Ulla Knudsen noch Geschäfte zu besprechen. Fräulein Knudsen machte privat auch Geschäfte mit Zinn und Kopra. Thanom zog die dichten Augenbrauen zusammen. Eine Spur von Jähzorn zeigte sich in ihren Augen, eine winzige Flamme. Die alte Khom blickte ihre Herrin geduckt und verängstigt an. – Wenn der Fremde mit den farblosen Augen ihre Herrin ärgerte, würde sie es nachher ausbaden müssen, wahrscheinlich mit einem mageren Abendreis und vielen einander widersprechenden Befehlen für die müden Füße und Arme ... Aber jetzt wollte Thanom endlich *sanuk* (Spaß) haben. Die *Likay*-Spieler hatten sich schon auf dem Rasen versammelt. Die herrlichen, siamesischen Clowns in grotesken Kostümen warteten auf das Zeichen zum Anfang. Fräulein Knudsen stand zwischen ihren ausländischen Freunden und erklärte ihnen, daß das *Likay* im Gegensatz zum klassischen Tanzdrama sehr lustigen Dialog hätte. Sie selber – so sagte Fräulein Knudsen – zöge das klassische Drama oder Filme aus Hollywood vor. Martha fand diese Zusammenstellung bemerkenswert, sagte aber nichts. Es war jetzt ein erwartungsvolles Flüstern unter den Gästen von Mammi Knudsen. Die Thai-Farmer und ihre Familien saßen voller Spannung. Endlich einmal ein *sanuk*, den sie liebten und von Kindheit an geliebt hatten! Selbst Mammi Knudsen vergaß das Husten und reckte ihr Vogelköpfchen.

Und als auf dem Rasen die ersten Komiker der Stadt – Fräulein Knudsen mochte noch nicht an die Rechnung des Theaters denken – ihre unnachahmlichen Chaplin-Possen, in siamesischen Geist getaucht, aufführten, brach für den alten Herrn Petersen die letzte Hoffnung für Justus zusammen. Seine Schwiegertochter hatte ihm soeben mitgeteilt, daß sie sich von Prasert geschieden hätte. Wahrscheinlich hatte sie ihn in einem Anfall von Jähzorn hinausgeworfen. Weshalb? Justus Petersen, der seinen Namen nach dem Gründer der Familie – dem Ratsherrn Justus aus Buxtehude – trug, hatte seine eigene Frau *bestohlen*, um eine Summe von zweihundert Ticals. Er hatte auch auf der Plantage nicht mehr gearbeitet, nur Glücksspiele im Dorf gemacht und dazu große Mengen Thai-Whisky getrunken. Ein *kamoi* (Dieb)... Ja, Thanom hatte großen *lambag* mit Prasert gehabt.

Der alte Herr Petersen betrachtete blicklos das Schelmenspiel auf dem Rasen, die alten, zufriedenen Thai-Farmer, die ihre pfiffigen Erläuterungen zu jeder Phase des *likay* gaben, das brave erregte Fräulein Knudsen und seine Schwiegertochter, die mit einer unmißverständlichen Wendung des zierlichen Kopfes zu verstehen gab, daß sie endlich auch etwas Spaß haben wolle. Die Farbe war aus seinem Gesicht gewichen. In seinen scharfen blauen Augen schien das Leben erloschen. Das war das Ende. Sein ältester Sohn – der das Blut von ehrlichen Hanseaten und einer altadeligen siamesischen Familie in seinen Adern hatte, war als Dieb von seiner eigenen Frau vom Hof gejagt worden.

«Ich bezahle selbstverständlich die Summe», sagte er heiser.

Thanom lachte und blickte den alten Ausländer verständnislos an. «Nang Siri hat längst die Summe bezahlt», murmelte sie. «Ich nehme an, sie wollte nicht, daß das ganze Dorf...»

«Es ist gut...» sagte der alte Herr Petersen, obwohl es sehr schlecht war. «*Schweigen Sie*», rief er mit Würde und Autorität, als Thanom weitersprechen wollte. – Also deshalb war seine Frau so lange fortgeblieben! Wahrscheinlich war Justus zur Mutter nach Petchaburi geflüchtet, und Siri hatte versucht, ihn irgendwo unterzubringen. Aber vielleicht hatte Justus sich auch erhängt. Selbstmord war nichts Unübliches bei einer verstörten, asiatischen Seele. Er mußte sofort an Siri telegrafieren. Diese entsetzliche siamesische Verschlossenheit. Niemals hatte Siri über ihre Kinder mit ihm gesprochen. Sie trug alles allein. Und vielleicht tat es auch Justus. Seine ehemalige Frau hatte gesagt, daß sie nicht wisse, wo Justus sich aufhielte. Sie grollte ihm nicht. Sie litt nicht. Sie nahm die Auflösung des Familienlebens mit buddhistischer Resignation hin. Alles war dem Gesetz des Wandels unterworfen. *Anicca* – das ewig rollende Rad – beherrschte die Existenz. Thanom zeigte nur in kleinen Dingen ihr heftiges Temperament. Die große Änderung in ihrem Leben hatte sie mit einer solchen Fassung ertragen, daß der alte Europäer sie für vollständig herzlos hielt. Sie blickte ihren Schwiegervater an. Er sah erschreckend aus. Er ist ein Unwissender, dachte Thanom flüchtig. Eine Regung von Mitgefühl zeigte sich in ihren intelligenten Zügen. Die *Ferangs* wollten, daß das Rad des Schicksals für sie still stehe. Das war unvernünftig. Denn alles auf dieser Welt – Geburt, Blüte, Verfall und Tod – war: *anicca* ... Wechsel ... Unbestand. Und dann gab es nach einer langen Wanderung das Ende des Wechsels.

«Vergessen Sie alles!» sagte Thanom mit ungewohnter Weichheit. «*Mai pen arai* (es macht nichts; es ist nichts).» – «*Mai pen arai*» war ein siamesisches Glaubensbekenntnis; eine dringende Mahnung, nichts allzu ernst zu nehmen. Der alte Herr Petersen hatte diese Mahnung tausendmal von seiner Gattin gehört.

Im nächsten Augenblick hatte Thanom Chandrayarat, die niemals den Namen «Petersen» angenommen hatte, sich den Spielern auf dem Rasen zugewendet. Sie lachte kindlich und herzhaft über die Sprünge und possenhaften Dialoge der Meisterclowns. «Sehr spaßig», sagte sie zu ihrer Nachbarin, der jüngeren Schwester von Mammi Knudsen. – Spaß gehörte zu den wenigen Dingen, die jeder Siamese ernst nahm.

Der alte Herr Petersen hatte sich diskret erhoben und ging mit steinernem Gesicht zu seinem Wagen, der an der Straßenecke hielt. Sein Chauffeur hockte mit den anderen Fahrern in einem Winkel des Nachbargrundstücks und genoß das *likay*. Man jagte gerade eben einen Dieb, der sich vor dem Polizisten hinter einer Bananenstaude in Fräulein Knudsens Garten verbarg. Es war großer *sanuk*. – «Wo bist du, kleiner Dieb?» rief der Thai-Polizist und tanzte grotesk um die wackelnde Bananenstaude herum, ohne den Galgenvogel zu sehen. «*Kamoi, kamoi!*» riefen die Thai-Zuschauer von Mammi Knudsen und wischten sich die Lachtränen mit der karierten Schärpe ab, die sie um die Taille geschlungen trugen. Auch die Ausländer lachten herzlich; niemand konnte den gelenkigen und schlagfertigen siamesischen Komikern widerstehen.

Martha hatte sich erhoben und lief Onkel Winn auf die Straße nach. «Was ist geschehen?» rief sie, als sie das Gesicht des alten Mannes sah. «Bitte, Onkel Winn – laß mich deinen Chauffeur rufen! Oder soll ich dich nach Hause fahren?»

«Geh zurück, Martha. Fräulein Knudsen wird dich vermissen. – Nein, rufe den Chauffeur nicht. Er hat gerade so viel Spaß! Vorige Woche ist sein Sohn gestorben.»

Im Gegensatz zu den meisten Ausländern, die nur einige Jahre in Siam verbrachten, wußte der alte Herr Petersen über jeden einzelnen Diener und jede Dienerin Bescheid. Sie kamen mit allen ihren Sorgen wie die Kinder zu einem Vater zu ihm.

Martha fühlte sich hilflos, was ihr selten passierte.

«Willst du mir nicht sagen, Onkel Winn ...»

Der alte Mann hob die Hand und legte sie seiner Lieblingsnichte auf die Schulter. Er wollte etwas sagen, aber in diesem Augenblick kam das in giftgrüne Seide gehüllte Fräulein Knudsen den Gartenweg heruntergeschossen. In fünf Minuten war das Possenspiel zu Ende. Dann wollte sie den Sekt geben und auf Mammi und das Brautpaar anstoßen lassen. Es war der Höhepunkt des Festes. Man würde dänische, siamesische und englische Lieder singen, und die jungen Leute würden tanzen. Ulla Knudsen war noch niemals so glücklich gewesen. Alle machten ihr Komplimente, wie großartig sie die Diener auf engem Raum eingesetzt hatte. Sie nahm sich vor, öfters Gesellschaften zu geben. Sie hatte gar nicht gewußt, daß sie eine so gewandte Gastgeberin war.

«Mr. Petersen! – *Mem!*» schrie Fräulein Knudsen schon von weitem, «Sie werden doch *jetzt* nicht schon gehen?» Tränen sammelten sich in ihren grünlichen, leicht geschlitzten Augen. Ihr Mund mit den vollen, siamesischen Lippen zitterte plötzlich, wie bei einem kleinen Mädchen, dem jemand die Lieblingspuppe entreißt. Die Ferangs waren Fräulein Knudsens Lieblingspuppen – – – Martha sah sofort, daß man Fräulein Knudsen zwei Deserteure nicht antun konnte. Sie wandte sich schweigend zum Garten und winkte Fräulein Knudsen beschwichtigend zu. «Ich komme schon ... weine nicht, kleines Dummchen», bedeutete die Bewegung. Wenn Fräulein Knudsen – die gerissene Geschäftsfrau, der strahlende Stern ihrer Familie – geahnt hätte, daß Martha sie in diesem Augenblick wie ihre Tochter Pünktchen behandelte! Und mit demselben Erfolg. Denn Fräulein Knudsen schluckte noch einmal und blickte vertrauend zu Martha empor. «Warum ist der alte Herr gegangen, Mem?»

«Er war müde. Es war etwas zuviel für ihn.»

Fräulein Knudsen nickte. Mammi sagte auch oft, daß ihr alles «zuviel» war.

«Hat Mr. Petersen viel Spaß gehabt, Mem?» fragte sie schüchtern.

«*Sehr* viel Spaß, liebes Kind», sagte Martha fest. «Übrigens, den Sekt lassen wir am besten ‹Ältesten Enkelsohn› servieren, nicht wahr? Ihre Schwestern und ‹Zweiter Enkelsohn› reichen das Gebäck herum.»

Fräulein Knudsen flatterte nervös wie ein giftgrüner Schmetterling zur Veranda. «Da muß ich sofort ...»

«Ich habe schon alle Anweisungen gegeben», sagte Martha. Sie fügte zart hinzu: «Ich dachte ... ich sah doch, wie viele Gäste Sie zu unterhalten haben. Wenn ich eine Party habe, lasse ich mir immer von Freundinnen helfen.»

Fräulein Knudsen blickte verklärt. Die Mem hatte sich als ihre «Freundin» bezeichnet. Schade, daß man das nicht in der ‹Bangkok Gazette› veröffentlichen konnte.

«Sie machen mich sehr glücklich, Mem», sagte Fräulein Knudsen.

Sie betrachtete die große Europäerin so anbetend und demütig, daß es Martha weh tat. Und Fräulein Knudsen hatte so leise gesprochen, daß Martha sie kaum verstanden hatte.

«Also, Fräulein Ulla», sagte Martha energisch, «nun eine schöne Rede auf Mammi und das Brautpaar! Ich spreche noch mal eben mit ‹Ältestem Enkelsohn›, daß alles bereit ist, wenn wir auf Mammis Gesundheit trinken.»

«Ist *ein* Glas pro Gast auch wirklich genug, Mem?» fragte Fräulein Knudsen. Sie hatte plötzlich – in einem erschreckenden Wechsel der Stimmung – allen Mut verloren.

«Es ist *reichlich*», sagte Martha fest.

«Ich weiß nicht, was ich sagen soll», Fräulein Knudsen zitterte an allen Gliedern. Schweißtropfen standen auf ihrer gewölbten Stirn.

«Examensfieber», dachte Martha. Plötzlich war sie wieder Fräulein Dr. Jansen. Man durfte nicht nachgeben, wenn ein Mädel die Nerven verlor.

«Unsinn, Fräulein Ulla, Sie wissen es ganz genau. Sie blicken *nur* Mammi fest an. Dann fällt Ihnen schon ein, was Sie ihr sagen wollen.»

«Ich ... habe solche Angst, Mem! Ich habe noch nie so eine große Party gegeben. Und ich kann nicht sprechen ...»

Martha nickte «Ältestem Enkelsohn» zu. Er schlug dreimal an einen großen Gong. Die Gäste sammelten sich und schwiegen. Mammi Knudsen wurde auf ihrem Thron in die Mitte des Rasens gesetzt. Das junge Brautpaar stand Hand in Hand. Martha drückte dem großen erschreckten Mädchen an ihrer Seite fest die Hand. Fräulein Knudsens Hand war kalt wie Eis, aber Marthas Berührung strahlte Beruhigung und Kraft aus.

«Kommen Sie, Ulla», beschwor Martha sie, «eine so gute Tochter weiß, was sie ihrer Mutter an diesem Tage wünscht.»

Und wirklich bewegte sich Ulla Knudsen, wie von einer inneren Macht getrieben, zu der gebrechlichen Gestalt mit den leuchtend dunklen Reh-Augen. Ein Strom von stummer Liebe und Dankbarkeit ging von den Augen der alten Siamesin zu ihrer großen, erfolgreichen Tochter, die zitternd und stammelnd vor ihr stand. Und noch etwas war in Mammi Knudsens Augen: der siamesische Schalk, der im Reisland zu Hause ist.

«Fang an, große Tochter», sagte sie laut und deutlich, «wir sind alle *sehr* durstig!»

In ihr feines Kichern mischte sich entspannendes Gelächter und Händeklatschen von jung und alt, von Ost und West. Ulla blickte Martha fragend an. Die nickte. Und so ermutigt, hielt Ulla Knudsen ihre Festrede auf ihre Mutter, die kein Anwesender vergessen konnte. Denn diese Rede war ein Ausdruck jener tiefen und ergebenen Kindesliebe, die im Fernen Osten ihre kostbarsten Blüten treibt, hinweg über Unterschiede der Lebensform, der Hautfarbe und der Nation.

Auch Mammi Knudsens Schildwache, der Betty die Rede der großen Schwester gleich ins Siamesische übersetzte – Ulla sprach erst englisch aus Höflichkeit für ihre europäischen Gäste und dann siamesisch für Mammi persönlich – auch die Schildwache, die nichts verlieren wollte, was da geredet wurde, nickte befriedigt. Die «große Tochter» war eine gute Tochter. Das war die Hauptsache in Stadt und Land.

So wurde Mammis Geburtstag auch Ullas Ehrentag. Und Martha mußte gewußt haben, warum sie sagte, daß der Sekt reichlich bemessen wäre. Es gab mehrere Gläser für alle, die das «Getränk aus Saigon» einmal kosten wollten. Fräulein Knudsen erfuhr niemals, daß ihre beiden Chefs dafür gesorgt hatten, daß «das Zeug» nicht vorzeitig versickerte. Man stand doch zum siebzigsten Geburtstag und zu einer Verlobungsfeier nicht auf einem Bein.

Während es bei Familie Knudsen noch hoch herging und die jungen Leute auf dem Rasen *ram wong* (siamesischer Volkstanz) und westliche Tangos tanzten, fuhr der alte Herr Petersen mit steinernem Gesicht in seinen leeren Palast nach Rong Muang zurück.

Er für seinen Teil hatte genug von Fräulein Knudsens Galafest. In seinen Ohren dröhnte eine Melodie: «Wo bist du, kleiner Dieb? – kamoi ... kamoi ... Vergessen Sie alles! ... *mai pen arai* ...»

Das Haus lag dunkel im Park, als der alte Herr Petersen durch das Tor fuhr. Nur in der Sala brannte die kleine Ampel. Was bedeutete das? War Siri zurückgekommen? Hatte sie Justus mitgebracht?

Als der alte Herr Petersen den schlafenden Gast auf seinem Ruhebett in der Sala sah, drehte sich einen Augenblick alles um ihn. Alles hatte er erwartet, nur nicht die verflixte Deern aus Manila.

Was war geschehen? Was wollte Pauline bei ihm in der Sala? Der alte Herr Petersen setzte sich auf seinen Korbsessel und blickte seine Line an, als ob er sich nicht sattsehen konnte. Und im selben Augenblick, wo Ulla Knudsen ihrer Mammi Glück und Gesundheit wünschte, schlug Pauline die Augen auf und sagte schmollend:

«Warum kommst du so spät, Papa? Ich warte schon seit drei Stunden auf dich.»

ACHTZEHNTES KAPITEL

Pauline und Prasert

I

«Es ist zuviel», dachte der alte Herr Petersen. Monatelang hatte er nichts von Justus und Pauline gehört. Und dann plötzlich – mit der Heftigkeit eines Monsuns – wehten Unruhe, dunkles Geheimnis und tödliche Angst in seine Sala. Er blickte Pauline an: sie saß in einer Wolke von Schwermut und Eigensinn da. Keine Spur der leidenschaftlichen Freude und des vitalen Triumphs, die ihr bei ihrer Hochzeit Leuchtkraft gegeben hatten, war in dieser jungen Frau. Die Schwangerschaft hatte schon ihr Siegel in Gesicht und Körper gegraben. Paulines Gesicht war sehr mager. Ihre Augen blickten düster. In drei Monaten erwartete sie ihr Kind. Sie war schon ziemlich stark. Die Wolke von Schwermut und Eigensinn, die dieses geliebte Kind seit seiner Geburt umschattet hatte, drohte gewitterschwer in diesem Augenblick des unerwarteten Wiedersehens.

«Warum hast du mir nicht telegrafiert, Line? Ich hätte dich vom Flugplatz abgeholt.»

«Ich habe mich ganz plötzlich entschlossen. Ich bleibe jetzt immer bei dir, Papa!» –

Und als ihr Vater nur fortfuhr, sie stumm zu betrachten, fragte Pauline: «Freust du dich denn nicht?»

«Frag nich so dummerhaftig, Deern! Warum bist du ausgekniffen?»

Pauline schob das Kinn vor und versank in mürrisches Schweigen, jenes Schweigen, das ihr Vater immer gefürchtet hatte; es wirkte lauter als Pauken und Trommelschlag. Eine schwere Müdigkeit ergriff den alten Mann; aber er durfte jetzt nicht müde sein. Er mußte Pauline zur Vernunft bringen, sie nach Manila zurücksenden, und zwar so bald wie möglich. Kinder waren Geschenke auf Zeit. Man besaß sie kurz, dann verlor man sie an das gefahrvolle, boshafte, schreckliche, herrliche Leben – irgendwo hinter der Sala.

«Warum bist du hier?» fragte er zum zweitenmal.

Pauline begann zu weinen. Sie weinte immer noch wie ein kleines Mädchen. Sie fing die Tropfen mit den Lippen auf und schien sie zu verschlucken.

«Nein» ... dachte Wilhelm Christian Petersen. «Sie will mich weich machen. Sie weiß, daß ich sie nicht weinen sehen kann.»

«Hast du ein Taschentuch, Papa?»

Natürlich, Pauline hatte niemals ein Taschentuch, weder im großen noch im kleinen Kummer. Alles wiederholte sich. Wie bei Paulines Hochzeit zog der alte Herr ein riesiges Taschentuch heraus und tupfte ihr einzeln die Tränen ab.

«Es wird schon alles wieder gut, mein Lütten», murmelte er.

Pauline legte ihren zierlichen Kopf an seine Schulter. Eine rote Haarlocke fiel ihr in die Stirn. Die kleine Locke lag verloren da, bis ihr Papa sie zurückstrich. Er zog sie sanft von dem Ruhebett empor.

«Es wird kühl hier draußen. Wir wollen erst mal was Nettes essen, nich?»

«Ich habe keinen Appetit, Papa!»

«Schnickschnack! Du hast immer Appetit, mein Lütten. Ich habe mir heut abend *khao thom* bestellt.»

Khao thom war ein leichtes, schmackhaftes Reisgericht mit gekochtem Huhn, Kräutern, Gemüsen und *nam pla*, der würzigen siamesischen Fischsauce, die man sich auf das fertige Gericht gießt.

Pauline trocknete die Tränen und lächelte zum erstenmal.

«Ein paar Löffel *khao thom* werde ich vielleicht essen», meinte sie zögernd. «Keiner kocht das so wie Mae Wat.»

Der alte Herr Petersen ging Arm in Arm mit der verflixten Deern in den unordentlichen Palast zurück, wo Mae Wat und Sangvien den großen Speisetisch mit Orchideen geschmückt hatten. Die Nachspeise stand schon im Eisschrank: Nangsao, Paulines Lieblingsspeise. Der Eierrahm aus der siamesischen Frucht *noi na*, eine schneeweiße, schaumige Creme aus winzigen, entkernten Fruchtteilen, war in aller Eile zubereitet worden. Sie schmeckte nach Erdbeeren, Vanille und einem hinterindischen Paradiesapfel. Sangvien hatte mit rotgeweinten Augen Stück für Stück der Frucht entkernt. Der alte Herr Petersen tat so, als ob er Sangviens verheultes, kleines Gesicht nicht sah. Verflixt noch mal, alle Frauenzimmer in diesem Hause hatten sich offenbar verschworen, ihm etwas vorzuheulen! Er brauchte nicht zu fragen, er wußte: der weiße Elefant war grau... Sangvien würde eine kleine Gehaltszulage bekommen. Das würde ihren Schmerz lindern.

«Na, schmeckt's, mein Deern?»

«Famos», sagte Pauline und bediente sich mit einer dritten Portion des tröstlichen siamesischen Nationalgerichtes.

Der alte Herr Petersen aß so gut wie nichts. Er wurde satt, wenn er sah, wie es der Deern zu Haus schmeckte.

II

Paulines Zimmer war bereits gerichtet. Auf ihrem Toilettentisch war schon die übliche wilde Unordnung, die Pauline schuf, wo immer sie erschien. Man hatte ja die Dienerinnen zum Aufräumen. Sie lag mit verschränkten Armen in ihrem alten Bett. Sie hatte kein Moskitonetz. Ihr Vater hatte ihr ein Drahthäuschen um ihr Bett bauen lassen, in dem ein Nachttisch und ein kleiner Sessel noch Platz hatten. Auf diese Weise konnte man die Fenster offenstehen und den Nachtwind hineinwehen lassen. Über Paulines Bett war eine elektrische Leselampe. Sie lag umfriedet und beschützt in diesem tropischen Drahthaus, als ihr Vater vorsichtig die Tür – ebenfalls aus Draht – öffnete und sich schwer auf ihrem Bettrand niederließ. Man sah nur Paulines dünne Mädchenarme und ihr blasses Gesicht, um das das rote Haar flammend stand. Die leichte weiße Decke aus Chiengmai-Wolle verhüllte ihren Körper, aber der Leib zeichnete sich in sanfter Wölbung unter der Decke ab. Der alte Herr Petersen hatte niemals etwas Rührenderes gesehen als dies schwermütige, schmale Mädchengesicht und den gesegneten Leib.

«Ich gehe nicht zu Lawrence zurück, solange diese Frau da ist», sagte Pauline. – Sie sagte nicht «Larry» und sprach tonlos und ruhig, was ihren Vater noch mehr erschreckte. Aber er war froh, daß sie überhaupt den Mund aufmachte.

«Welche Frau? – Himmeldonnerwetter, Deern! Laß dir nicht jedes Wort einzeln rausziehen!»

Wilhelm Petersen war so entsetzt, daß er schalt. Eine andere Frau ... natürlich eine Amerikanerin. Mr. Desmond mußte herausgefunden haben, daß sie doch besser zu ihm paßte als Pauline. Aber daraus wurde nichts. Pauline trug sein Kind. Er hatte eine Verpflichtung, und Pauline hatte zum Glück einen Papa, der aufpaßte, daß man ihr nichts tat.

Aber diesmal hatte der alte Herr sich getäuscht. Pauline schloß die Augen in unsagbarem Abscheu:

«Ich spreche von meiner Schwiegermutter! Mrs. Annette Desmond – *Maman!*» Pauline stieß das französische Wort hervor, als ob es eine Beschimpfung wäre. Was es ja wohl auch sein sollte. Der alte Herr Petersen hätte vor Erleichterung gelacht, wenn Line nicht so unglücklich dagelegen hätte. Und dann kam alles an die Oberfläche, was Pauline schweigend aufgespeichert hatte. Die alte absurde Geschichte! Die Schwiegermutter, die den einzigen, vergötterten Sohn nicht abgeben will ... Ein Kampf zwischen Frauen, wie immer so zäh und erbittert, daß die Auseinandersetzungen von Männern daneben zahm wirkten. Pauline hatte diese hochmütige und verständnislose Dame aus New Orleans mit den Waffen der Asiatin bekämpft. Sie hatte passiven Widerstand geleistet. *Maman* war französischen Ursprungs. Sie war sparsam, lebhaft und ordentlich. Pauline war von ihrer Mutter her an ein glückliches Gehenlassen und an Großzügigkeit im Haushalt gewöhnt. *Maman* erschien auch im tropischen Manila fest korsettiert am Frühstückstisch. Pauline kleidete sich salopp und nahm ihre Mahlzeiten ein, wann es ihr paßte, ließ sich alles von den Filipino-Dienern nachtragen und verbreitete Chaos, wo sie erschien. Sie liebte keine geistreiche Konversation.

Das war *lambag* in der Hitze! Und das Ergebnis war ein endloser, zermürbender Kampf um einen jungen Mann, der seine Mutter und seine Frau liebte und keine von ihnen verletzen wollte.

Aber alles war viel schlimmer, als das übliche Duell zwischen Schwiegermutter und Schwiegertochter. *Maman* stammte aus New Orleans, aus den Kreisen, die mit verletzendem Hochmut auf die vielen Halbblut- und Viertel-Blut-Menschen herabsahen, die diese Gegend seit Jahrhunderten bevölkerten. *Mamans* verstorbener Ehemann hatte jahrelang mit einem bildschönen *Quadroon-Girl* (Mädchen mit einem Viertel Negerblut) gelebt. Aus dieser häuslichen Tragödie hatte sich ein pathologischer Kastengeist entwickelt. Nun hatte ihr einziger Sohn ein Mädchen geheiratet, das zwar kein Negerblut hatte, aber eine Mischung aus Europa und Ostasien war. *Maman* verabscheute Mischungen jeder Art. Sie war nicht zur Hochzeit gekommen, weil sie von dem Schicksalsschlag mit Herzanfällen auf ihrem Bett gelegen hatte.

Und dann war es zum Klappen gekommen. Pauline hatte wieder einmal ihre Schwiegermutter sehr nervös gemacht. *Maman* gab kleine Diners für die amerikanischen Landsleute in Manila, an denen Pauline nicht teilnahm. Sie boykottierte alles, was *Maman* tat, mit dem Starrsinn und der Schweigsamkeit, die ihr asiatisches Erbe war. Aber dieser Starrsinn hatte einen tragischen Kern. Pauline sehnte sich heimlich nach der Anerkennung ihrer gewandten und amüsanten Schwiegermutter, und als sie diese Anerkennung nicht erhielt, auch nicht, wenn sie früh aufstand, um mit *Maman* zu frühstücken – da hatte sich der Widerwille gegen diese selbstsichere Frau wie ein Gärstoff in ihrer Seele entwickelt, im selben Maße wie *Maman* den kleinen Vorrat an Frohsinn und Selbstsicherheit, den Pauline besaß, zerstörte. Sie tat es nicht nur durch deutliche Worte, sondern durch so feine Andeutungen, daß Pauline sich nicht wehren konnte, ja nicht einmal genau hätte sagen können, wodurch es geschah.

«Deine Mutter muß abfahren», hatte sie nach vier Wochen zu ihrem Mann gesagt. «Was hast du bloß gegen *Maman*, Polly?» hatte er unschuldig gefragt. «Sie sagt mir immer, wie reizend sie dich findet. Ich dachte, ihr wäret sehr gute Freundinnen.»

Dieser Abgrund männlicher Naivität! – Oder glaubte Lawrence, was er glauben wollte? Fiel es ihm nicht auf, daß Pauline immer einsamer und hilfloser wurde? Das Manila-Heim der Desmonds wimmelte von Besuchern. Sie kamen zu *Maman*, nicht zu Pauline. *Maman* bestimmte alles im Haushalt. Sie tat allmählich, als ob Pauline bei ihr Gast wäre.

Paulines Zustand hatte noch dazu beigetragen, ihre geringe Aktivität zu verringern. Sie hatte ihrem Papa nicht geschrieben, denn sie hatte das alles nicht schreiben können. Sie hatte gehofft, daß *Maman* endlich abreisen würde. «Wer wartet, gewinnt», meint man in Ostasien.

Aber Pauline schien verloren zu haben. Tatsächlich hatte sie während

Larrys Abwesenheit – er war in Singapore – ihrer Schwiegermutter einen Gefallen tun wollen. *Maman* hatte wieder «ein kleines Diner» gegeben, und Pauline hatte ausnahmsweise ein kostbares Kleid angezogen, um teilzunehmen. Und dann, als sie im Begriff war, den Empfangsraum zu betreten, wo der japanische Hausboy, der von der Besetzung her noch in Manila war, die Cocktails herumreichte, hatte Pauline *Maman* mit ihrer klaren silberhellen Stimme zu einer befreundeten Amerikanerin sagen hören: «Meine Schwiegertochter wollte uns zwar heute abend die Ehre geben, aber entweder wird sie drei Stunden zu spät erscheinen oder überhaupt nicht. Sie wissen ja, wie diese ... Mischlinge sind. Kein Verlaß ...»

Pauline hatte den Boy mit einer Botschaft zu *Maman* geschickt. Sie fühle sich plötzlich nicht wohl. *Maman* möchte entschuldigen. Sie hatte sehr höflich geschrieben. Den Tag darauf war sie ohne Abschied nach Bangkok geflogen. *Maman* würde tüchtig erschrecken und Lawrence noch mehr. Das war Pauline ein sehr angenehmer Gedanke. Sie war unabhängig. Sie hatte ihre Villa in Hua Hin. Dort würde sie – wie Nang Siri es geplant hatte – in Frieden mit «dem Sohn» leben. Sie würde Lawrence allmählich vergessen. Das vorgeschriebene Los der Mischlinge war eben auch Paulines Los geworden.

Sie hatte ihrem Vater nun alles erzählt. Bis auf die Bemerkung ihrer Schwiegermutter, die sie aus dem Haus getrieben hatte. Pauline hatte während ihrer Beichte einmal ihren Papa angesehen. Er sah so merkwürdig aus, als ob er krank wäre – oder einen heftigen Schmerz verspürte. Zum ersten Male in ihrem Leben nahm Pauline mehr Rücksicht auf Papa als auf sich selbst. Er war immer so lieb zu ihr gewesen.

«Ist das alles, mein Lütten?»

Und als Pauline stumm nickte, streichelte Papa ihre Hände und sagte: «Du brauchst mir nichts weiter zu sagen. Ich weiß doch Bescheid, mein Deern! Du hast es schwerer als andere Mädels ... Aber ich ... ich ...»

Er wollte sagen, daß er immer das Beste gewollt habe, daß er nur immer darüber nachgedacht habe, wie er Pauline glücklich machen könne. Aber so etwas konnte man nicht sagen. Seine Tochter war beleidigt worden. Er wußte kraft seiner Liebe nämlich von Anfang an Bescheid. Er war darauf gefaßt gewesen, daß die Dame aus New Orleans ihren Gefühlen über Menschen gemischten Blutes früher oder später Ausdruck geben würde. Die Unduldsamkeit war der Wurm im Paradiesapfel der Welt. Und seine Line, seine süße, ehrliche Deern – auch wenn sie vielleicht ein wenig träge und nicht sehr ordentlich war – hatte es nicht nötig, sich von einer eifersüchtigen, alten Hexe beschimpfen zu lassen. – Der alte Herr Petersen wußte nicht, daß Mrs. Desmond weder alt noch hexenhaft war. Eifersüchtig war sie allerdings wie ein wohlerzogener Rabe. – Der Kuckuck sollte sie holen! Er strich Pauline wieder die kleine verirrte Locke aus der Stirn. Es war eine Schande, daß so ein Kind so viel durchmachen mußte. Er fühlte einen Zorn, der um so mehr brannte, weil er ohnmächtig war.

Was war denn Mutterliebe, wenn sie nicht duldsam war? Ein Spott auf ein heiliges Gefühl, ein Fetisch der machtvollen Beschränktheit und der beschränkten Macht. Denn die Macht der Mutterliebe war beschränkt. Wenn der Sohn seine Frau liebte, wie er sie lieben sollte, dann entschied er für die Frau. Das war immer so gewesen. *Maman* würde nichts daran ändern. Aber – liebte Lawrence seine Frau mit dieser energischen und männlichen Liebe? Wer konnte das wissen? Pauline wußte es nicht. Und ihr Vater, der sie grübelnd betrachtete, wußte es erst recht nicht. Pauline und Justus! Das Leben stellte ihnen offenbar zu schwierige Fleißaufgaben. Er wollte heute nacht über Justus nachdenken. Morgen würde er nach Petchaburi telegrafieren, ob der Jung bei seiner Mutter war. Ging alles schief bei seinen Kindern, weil sie nicht genug Liebe bekamen? Wilhelm Petersen allein konnte sie nicht vor dieser Welt schützen. Die heutigen Menschen liebten nicht die Gefährten ihres Lebens sondern ihre eigenen Vorurteile oder die Vorurteile ihrer Eltern. Darum gingen so viele Ehen schief. Gab es denn überhaupt noch Liebe, die sich ohne Vorurteile erbarmte? Und dabei war jeder Mensch heutzutage erbarmungswürdig, wenn man ihn bei Licht besah... besonders Justus und Pauline, welche die Vorurteile zweier Welten zu überwinden hatten. Thanom wollte einen Mann namens *Prasert* haben. *Maman* wollte aus Pauline eine ordentliche, zielbewußte Frau des Westens machen, die bei den beruflichen und gesellschaftlichen Verpflichtungen ihres Gatten ihr Teil zum Erfolg beitrug, mit so viel Geist und so viel haushälterischer Umsicht wie sie selbst. Erfolg war der Fetisch der Amerikaner, wie *sanuk* (Spaß, angenehme, glückliche Dinge) der Fetisch der Siamesen. Wie dem auch war, der alte Herr Petersen gab es auf, weitere Reflexionen anzustellen. Er fühlte in jedem Knochen seines riesigen, erschöpften Körpers, daß man seine Deern in Manila nicht behandelt hatte, wie es sich gehörte.

Pauline war in einer bösen Lage. Sie wollte und konnte nicht zurück, wenn Lawrence sie nicht rief. Sie liebte ihn immer noch – mit dem ungeheuren Stolz und der unbeschreiblichen Demut einer asiatischen Julia. Sie trug sein Kind. Sollte es in einem sozialen Niemandsland in Hua Hin aufwachsen?

Der alte Herr Petersen dachte in diesem bösen Augenblick: «Mein Enkelkind darf nicht so aufwachsen.» Er mußte morgen mit Martha sprechen. Vielleicht konnte sie Pauline zur Rückkehr nach Manila bewegen. Er strich Pauline übers Haar und hob danach eine Zigarette auf, die zerdrückt im Drahthäuschen lag. Er war bei Licht besehen genauso peinlich ordentlich, wie seine Feindin *Maman*... aber er war in den Tropen nicht durchgedrungen. Er hätte sich den ganzen Tag bücken, Dinge auf ihren Platz tun und Staub wischen müssen, wenn sein Palast so hätte aussehen sollen, wie etwa Hinrich Petersens Elbvilla. Siamesische Diener waren keine Chinesen. Das Herrschen, nicht das Bedienen, lag dem «Volk der Freien» (*khon Thai*) im Blut. Oder gehörte beides zusammen?

«Du mußt jetzt schön schlafen, mein' Line!» sagte Petersen.

«Papa...» flüsterte Pauline, «wenn es ein Junge wird, soll er wie du heißen.»

«Du bist ja wohl nicht klug, Deern? – Es gibt viele nettere Namen.»

«Es ist der schönste Name auf der Welt», murmelte Pauline und legte ihre weiche junge Wange in die Hand ihres Vaters. «Vielleicht... wird der Junge... dann... wie du! Ich meine... er soll nie... Angst haben...»

Pauline hatte die letzten Worte schon halb im Schlaf gesprochen. Sie hatte die Augen geschlossen und atmete gleichmäßig – wie ein Kind, das sich wieder umsorgt und geliebt fühlt – ein Kind voller Stolz und voller Angst.

Der alte Herr Petersen blickte sie an. – Geliebtes Gesicht! – Pauline hatte ihr üppiges Haar wie früher in zwei Zöpfe geflochten, die zu beiden Seiten schulmädchenhaft auf dem Spitzenkissen lagen. Das Kissen war das Hochzeitsgeschenk von Tante Kathi gewesen, handgearbeitet, wie das in Wien üblich war. Wie schnell Paulines Haar wieder gewachsen war, Lawrence hatte es gewünscht. Bald würde die rote Haarflut von Pauline wieder bis zur Taille reichen – in dieser Hitze... Aber so ein wildfremder Bursche brauchte ja nur einen Wunsch auszusprechen, und Line gehorchte wie ein Lämmchen. Nang Siri war nie ein Lämmchen gewesen. Ihre sanfte Anmut umkränzte einen eisernen Willen.

«Es ist der schönste Name auf der Welt», hatte die Deern gesagt. Der alte Herr Petersen schlich auf Zehenspitzen zur Tür. – Monate des Kummers und des dumpfen Wartens waren wie nichts vor der Tatsache, daß seine Line ihn doch noch ein wenig gern hatte.

Er hob ein seidenes Blüschen vom Boden und legte es sorgsam in den Schrank mit den offenen Türen. Er konnte offene Schranktüren auf den Tod nicht leiden. Und in den Tropen erlaubten sie den Ameisen, noch flinker in die Wäsche zu kriechen. Er schloß beide Schranktüren sehr leise, damit die Deern nicht gestört wurde. Ein klein bißchen ordentlicher könnte sie ruhig sein, dachte er, als er die Tür zu Paulines Zimmer schloß. Was sollte denn «der Lütte» später denken?

III

Justus-Prasert war bei seinem Onkel in *Sukhothai.* Er hatte einen langen verworrenen Weg zurückgelegt und ruhte sich nun bei *Phya* (Graf) *Sri* aus. Allmählich lichtete sich die Wolke stumpfer Verzweiflung, die seinen Geist so beschattet hatte, daß seine Mutter für seinen Verstand fürchtete. Prasert war nach der häuslichen Katastrophe auf der Zinninsel zu ihr nach Petchaburi geflüchtet. Er redete wie ein Mann, dessen Herz krank und dessen Geist umschleiert ist. Prasert war labil von Natur; der billige Thai-Whisky, Thanoms Härte und die Schande hatten ihn umgeworfen. Nang Siri und ihre Töchter hatten nichts mit ihm anfangen können. Er trug sich mit Selbstmordgedanken. Er saß reglos vor seiner gefüllten Reisschale, schüttelte den Kopf mit der hohen europäischen Stirn, von der das glänzende, schwarze Haar zu beiden Seiten wie ein dunkler Glorienschein emporwuchs, und murmelte von Zeit zu Zeit: «*Mai di ... mai di maak*» (Schlecht; sehr schlecht). Man wußte nicht, ob er das Essen, das Leben, seine Frau oder sich selbst meinte.

Als Nang Siri die Hiobspost von Thanom erhielt – sie hatte nicht einmal gewußt, daß das Paar nun gesetzlich geschieden war –, überwies sie erst einmal das Geld, das Prasert entwendet hatte. Dann ging sie schweigend in den ältesten Teil der Stadt Petchaburi, vorbei an den Heimstätten der Reisfarmer, den Fruchtgärten und dem schwebenden Bambus. Nang Siri brachte Opfergaben ins *Wat Yai* Suvarnavaram; in den «Großen goldenen Tempel». Sie kniete lange vor dem Buddhabild im *Bot* (Hauptkapelle). Ihr Kummer war wie ein Fisch in einem ausgetrockneten Fluß. Denn der Kummer um den erstgeborenen Sohn geht einer Mutter tiefer als die Enttäuschungen mit ihren späteren Kindern. Er ist eine Qual, wie sie der Fisch in einem ausgetrockneten Fluß empfinden muß. Jeder Siamese setzte Fische ins strömende Flußwasser zurück, wenn er die Gelegenheit hatte. Auch Prasert – so fühlte es seine Mutter – mußte seinem Element zurückgegeben werden. Aber – *wo* war er zu Haus? *Was* war seine Bestimmung? Das fragte sich Nang Siri, während sie sich erhob und stumm eine kleine Statue in der alten Kapelle betrachtete. Sie stellte einen Abt dar, der in Petchaburi geboren war und dieses Heiligtum errichtet hatte. *Somdech Chao Taeng Mo* (Der ehrwürdige Lord Wasser-Melone) hielt drei Lotosblumen in seiner erhobenen Hand – ein Symbol der reinen Weisheit. Und während Nang Siri so das Bildnis des Abtes betrachtete, formte sich schattenhaft eine Erkenntnis und strömte wie Wasser in ein vertrocknetes Flußbett in ihre Seele. Sie erkannte plötzlich, daß Praserts Leben eine falsche Richtung genommen hatte. Ihr Sohn mußte langsam und vorsichtig zu den Quellen der *siamesischen* Existenz wandern; sein europäisches Erbe hatte ihm nur Konflikte gebracht. Nang Siri dachte in diesem Augenblick der Entscheidung nicht an Winn, der es so gut mit «Justus Petersen», der nur in seinen Wünschen existierte, gemeint hatte. Winn hatte Pauline. Prasert mußte aus den Quellen trinken, die seine Mutter genährt hatten. Er mußte eine Zeitlang an einem Platz leben, der in vergangenen Jahrhunderten eine Nation geformt hatte, die ihren Stolz, ihre uralte Tradition, ihren kriegerischen Mut und ihre buddhistische Sanftheit bewahrte und sie noch in der letzten, verfallenen Palastruine und in Tempelresten bekundete, die der Dschungel vor den Augen der Fremden verbarg.

Darum schickte Nang Siri ihren verstörten Sohn nach Sukhothai. Im

Jahre 1238 hatten die Thai von dort aus ihr Königreich in dem Gebiet aufgerichtet, das sie dem kambodianischen Reich im Kampf entrissen hatten. Es war ein mächtiger Staat gewesen. Und die Siamesen hatten der kambodianischen Hauptstadt den Namen «Sukhothai» gegeben: «Glückseligkeit der Thai-Völker».

Dort, in dem Haus ihres ältesten Bruders, sollte Prasert sich besinnen; mit Hilfe von Phya Sri, der im heutigen Sukhothai einen gepflegten Palast mit einem riesigen Garten bewohnte, der sich bis zum Fluß hinunterzog. Phya Sri war ein hoher siamesischer Beamter im Ruhestand. Er schrieb an einer Geschichte von Sukhothai und machte regelmäßig Fahrten in die alte Ruinenstadt, die man in einigen Stunden erreichen konnte. Prasert – so hatte Nang Siri ihrem Bruder vorgeschlagen – sollte erst einmal als Sekretär bei Phya Sri arbeiten, für ein kleines Gehalt, das sie bezahlen wollte; denn ein Mann mußte sich seinen Reis verdienen, sonst wurde er krank im Herzen.

Prasert hatte den Vorschlag seiner Mutter nicht mit dem üblichen *«mai di»* (schlecht!) beantwortet. Zum ersten Male seit Monaten hatten seine schwarzen, verträumten Augen lebendig aufgeleuchtet. Er hatte seine hünenhafte Gestalt – die Gestalt der Petersens – zu seiner kleinen, zierlichen Mutter hinuntergebeugt und ihr gedankt. Die letzten Tage in Petchaburi waren schnell und harmonisch vergangen. Prasert war auch einmal in dem «Großen, goldenen Tempel» im alten Teil der Stadt gewesen. In der Galerie mit den hundertsiebzehn Buddha-Statuen hatte sich ein junger Mönch in der gelben Robe zu ihm gesellt, ein Reisbauer aus Süd-Siam, der sich entschlossen hatte, für den Rest seiner Tage «Die Lehre» zu studieren. In der einfachen Sprache des Farmerjungen erklärte er Prasert, daß das rechte Wissen einem Mann nicht wie ein Vogel zufliegt. Man muß sich unablässig darum bemühen und die «rechte Aufmerksamkeit» entwickeln.

Das waren in gewisser Weise Neuigkeiten für Prasert. Er hatte Anstrengungen sein Leben lang gescheut und immer mehr geträumt als aufgemerkt. Er kehrte nachdenklich zu seiner Mutter und seinen Schwestern zurück.

Prasert blieb drei Monate bei Phya Sri in Sukhothai. Danach wußte er, was er zu tun hatte.

IV

Pauline war nun zehn Tage in Bangkok. Sie lag in ihrem Liegestuhl auf der hinteren Veranda und schlief. Sangvien kniete vor ihr und fächelte sie mit großem Eifer. Die kleine Dienerin sah mit Ehrfurcht zu der jungen Herrin auf: sie würde ja bald einen Sohn zur Welt bringen. Pauline träumte ... sie war wieder in Manila. Ein Lächeln spielte um ihren vollen, leidenschaftlichen Mund ... «Das Fräulein hat schon Reis gegessen», flüsterte Sangvien, woraufhin sich der alte Herr Petersen enttäuscht allein zum Tiffin niedersetzte. Das Haus lebte mit und von Pauline. Ihr Vater war immer sonderbar zufrieden, wenn die Deern so friedlich schlief. Im Schlaf gewann sie neue Kräfte.

Pauline lag noch im Halbschlaf, als Petersen senior schon wieder ins Büro gefahren war. Sangvien war zum Reis-Essen ins Küchenhaus gegangen. «Das Mädchen, das morgens die Blumen ordnete» versah das Amt des Fächelns. Pauline lächelte immer noch... Sie mußte etwas träumen, was vor der Ankunft von *Maman* in Manila gewesen war: ihre ersten Wochen mit Larry... die neue und doch vertraute Umgebung; denn die Tropenländer hatten alle diesen Anflug von Überfluß, Lässigkeit, hinreißender Schönheit und unbeschreiblichem Elend. Pauline war von Manilas Wasserfront am Pasig-Fluß bezaubert gewesen. Sie hatte vom Schiff aus, auf Larrys Arm gelehnt, träumerisch die Berggipfel betrachtet, die sich über den vulkanischen Inseln bis in den tiefblauen Himmel erhoben... Die Insel Luzon, wo Pauline wohnen sollte, war eine Region der sanften Erdbeben und heftigen Orkane, wie sie sich in Paulines Seele bisweilen auch abspielten. Erst hatte sie Papa nicht geschrieben, weil sie zu glücklich zum Schreiben war. Und danach war sie zu unglücklich... Jetzt im Traum war Pauline wieder glücklich. Sie strich wieder mit Larry durch die alte Stadt mit den vielen Erinnerungen an die spanischen Siedler, und Larry nannte sie zärtlich «Polly». Sie schlenderten durch die *Escolta* – den großen Geschäftsboulevard von Manila. Der Regierungspalast, die gepflegten Villen, von denen auch sie eine bewohnten, die Filipino-Frauen mit den langen Röcken und den Blusen mit duftigen Flügelärmeln – alles entzückte Pauline.

Sie erwachte aus ihrem Halbschlaf. Eine Träne fiel von ihren langen Augenwimpern auf ihr fein besticktes Hemd mit den kleinen Trägern, das sie der Hitze wegen über ihrem grünseidenen Pasin trug. Eine entsetzliche Sehnsucht nach Larry überkam sie. Sie starrte das «Mädchen, das morgens die Blumen begoß» wie eine Fremde an. Aber das Mädchen ließ plötzlich den Fächer fallen und stieß einen leichten Schrei aus, wie ein erschreckter Vogel.

«Was hast du, Meh Chan?» fragte Pauline.

Dann sah sie selbst: ein langbeiniger junger Mann mit einem dunklen, rastlosen Gesicht, das nervös zuckte, kam das Treppenhaus heraufgejagt.

«Polly...» schrie er, «wo zum Kuckuck steckst du?»

Paulines zarte Hand fuhr nach ihrem Herzen.

«Pai sia!» (geh fort!), flüsterte sie der kleinen Dienerin zu. Meh Chan sollte nicht dabei sein, wenn Mr. Lawrence Desmond seine Frau nach einer kleinen überraschenden Trennung begrüßte.

Larry war außer sich. Er war von Singapore nach Manila und von Manila – nach einer Aussprache mit seiner Mutter – nach Bangkok geflogen. Er war so verwirrt gewesen, daß er bei Herrn und Frau Charles

Krüger vorgefahren war. Er hatte den Dusit Distrikt mit Rong Muang verwechselt – er war nicht oft in Rong Muang gewesen. Und ein kleiner Weltuntergang lag dazwischen. Er kniete vor Pauline und legte seinen Kopf in ihren Schoß.

«Wie konntest du mir das antun?» stammelte er. Er zitterte am ganzen Körper. Je aufgeregter er war, desto ruhiger wurde Pauline. Glück hatte sie immer ruhig gemacht.

«Ich weiß nicht, Larry», sagte sie schließlich, obwohl sie es recht gut wußte, aber sie konnte nicht einmal Larry sagen, was sie aus seinem Haus getrieben hatte.

Lawrence hatte sich erhoben und warf sein schwarzes Haar von der Stirn zurück. «Wenn du noch ein einziges Mal davonläufst, Polly, dann ...»

Er konnte nicht sagen, was geschehen würde. Er küßte Paulines Flammenhaar, ihre Augen, ihren zitternden Mund. Seine lange, feine Hand strich ganz zart über ihren gewölbten Leib.

«Ich hab doch nur dich», flüsterte er, «du dumme, dumme Person!»

Pauline lachte sanft. – Sie war wohl wirklich sehr dumm. Sie hatte nicht einmal gewußt, daß Larry sie ebenso dringend brauchte, wie sie ihn.

«Ich werde Tiffin für dich bestellen», sagte sie schließlich.

«Um Himmels willen! Mir ist sehr schlecht, Liebling.»

«Unsinn», sagte Pauline und verfiel unbewußt in den Ton ihres Papas, «du kannst immer essen, Larry!»

Und während Mr. Desmond den Rest des Tiffins verzehrte – der in den tropischen Haushalten so reichlich ist, daß sechs europäische Familien davon satt werden könnten –, erzählte er Pauline von Singapore und seinen Aussichten für einen Posten in der UNESCO. Im März würde er ihn vielleicht antreten. In Bangkok ...

«Da würde Papa sich aber freuen», sagte Pauline strahlend. Nach *Maman* fragte sie nicht. Sie hatte sie vergessen ...

So war Pauline.

V

Der alte Herr Petersen hatte gegen Abend eine Unterhaltung mit seinem Schwiegersohn – in der Sala. Dort pflegte er alle Unterhaltungen zu führen. Pauline war in ihrem Zimmer und schrieb auf Papas Wunsch an Nang Siri. Pauline schrieb auf siamesisch:

Liebe Mutter!
Es ist sehr schön bei Papa. Wir haben viel Spaß zusammen. Ich hoffe, daß es Dir und den Mädels gut geht. Hoffentlich ist Justus wieder zur Vernunft gekommen. Es ist s e h r häßlich von ihm, so wenig Rücksicht auf Papa zu nehmen ... Papa weiß gar nicht, was er von Justus

denken soll. Er will es gern noch einmal im Geschäft mit ihm versuchen, wenn Justus sich in Sukhothai bei Onkel Sri erholt hat. Das möchtest Du ihm schreiben. Papa schreibt nicht selbst; er ist zu beschäftigt.

Heute ist Larry angekommen. Wir fahren nach Manila zurück, wenn wir Dich hier in Bangkok begrüßt haben. Papa sagte heute, Du kämest Ende der Woche mit Gretchen und Susanne nach Bangkok. Die Einrichtung meines Hauses in Hua Hin hat noch Zeit bis zum März nächsten Jahres. Das erzähle ich Dir mündlich. Es ist sehr langweilig für die ganze Familie, Briefe schreiben zu müssen. Ich bin enorm stolz auf Larry. Er ist so famos wie Papa ... nur natürlich wieder anders.

Glück und Gesundheit wünscht Dir

Deine ergebene Tochter
Pauline

VI

An diesem Abend wurden Petersen senior und sein Schwiegersohn Freunde. Lawrence war sehr offen, wie es amerikanische Art ist; aber er blieb dabei, daß *Maman* von sich aus beschlossen hätte, nach New Orleans zurückzukehren ... Was er gesagt hatte, war zwischen Mutter und Sohn begraben. Es war die schlimmste Stunde in Lawrences Leben gewesen, aber er war ein Mann geworden. Er hatte immer Angst vor *Maman* gehabt. Jetzt hatte er Verständnis und Mitleid für sie, eine ganz neue beschützende Liebe. *Maman* mußte sie gefühlt haben. Sie war nicht bitter gewesen. Ihre französische Vernunft hatte gesiegt. Sie hatte eingesehen, daß sie sich ein eigenes Leben schaffen müsse. Vielleicht hatte sie auch erkannt, daß ihr Sohn nun sein eigenes Leben führen wollte, daß ihre Aufgabe längst erfüllt war. Eine Mutter konnte den Keim zur Fülle des Lebens in die Seele ihres Sohnes pflanzen, nicht ihn bis zur Vollendung überwachen. Im übrigen hatte *Maman* nicht nur Haltung bewahrt, sondern Pauline einen großmütigen und vernünftigen Brief geschrieben. Der alte Herr Petersen empfand Respekt. Es war ja wohl auch für *Maman* nicht einfach gewesen, den Sohn ihres Herzens an ein fremdes Mädchen abzugeben. Er hätte seine Line auch am liebsten behalten.

Sein Schwiegersohn war ihm nun kein Fremder mehr. Sie verstanden sich großartig ... dachte Petersen senior. So wie ein junger und ein alter Mann sich verstehen, wenn sie durch etwas innerlich miteinander verbunden sind.

Dieses Etwas kam strahlend in die Sala geschlendert. Pauline hatte die für die Menschen des Ostens typische Fähigkeit, einen glücklichen Augenblick schöpferisch zu verlängern. Er reichte weit über einen Abend oder über eine Woche oder über ein Jahr hinaus und kräftigte Geist und Seele in den Perioden der Dürre und Dunkelheit. Paulines Vater konnte einen Augenblick des Glücks nicht verlängern. Ihn bedrückte bereits der Gedanke, daß Pauline in einigen Tagen abreisen und ihn allein in der Sala zurücklassen würde. Nur eine kosmische Stoppuhr hätte den alten Mann trösten können. Er hätte ewig so sitzen mögen – in seinem eigenen Tropenreich, mit der Deern an seiner Seite ...

«Kommt ihr nun bestimmt nach Bangkok?» fragte er.

«Es ist in Aussicht genommen», erwiderte Larry vorsichtig. «Es hängt von vielen Dingen ab, hauptsächlich von der politischen Lage, aber ich habe wenigstens Aussicht, für die nächste Zeit in Ostasien zu bleiben.» «Er hat recht», dachte der alte Mann. Außerhalb dieses Gartens gab es fieberhaften Wechsel, das neue China und Thailands unsichere Grenzen. Pauline mußte Sicherheit haben. Das war die Hauptsache, Pauline und – «der Lütte».

«Wenn ich es noch erlebe, nehme ich den Lütten eines Tages mal zu Besuch nach Hamburg», sagte Petersen senior aus seinem Sinnen heraus. «Er muß doch schließlich sehen, wo sein Großvater herkommt ...»

«Und dann fahren wir einmal nach New Orleans», sagte Pauline großmütig. Sie saß im magischen Kreis der Glückseligkeit. Warum sollte sie nicht *Maman* später besuchen?

Die große Hauseidechse (*tokay*) begann ihren Unkenruf. Die drei Menschen in der Sala horchten auf. Wenn der *Tokay* siebenmal rief, dann bedeutete es Glück für die Bewohner des Hauses. Es war ein Volksglaube, der auch auf Thailands Gäste übergesprungen war. Während das junge Paar miteinander flüsterte, zählte der alte Herr Petersen die Unkenrufe. Später mußte er immer wieder daran denken, daß der Tokay nur viermal gerufen hatte.

Drittes Buch

NEUNZEHNTES KAPITEL

Junger Mann in Hongkong

I

Drei Tage nach Paulines Abreise nach Manila flog Johannes Petersen nach Hongkong, teils um neue Absatzmärkte zu finden, teils um einen langbeinigen jungen Mann mit einem gänzlich ausdruckslosen Gesicht zur Rückkehr nach Hamburg zu bewegen. Petersens wußten nun, wo Thomas Harms sich aufhielt. Der Agent von Herrn Ketaki hatte sich mit Pater Mollmann und Herrn Yu in Verbindung gesetzt. Beide hatten Tommy aufgesucht, aber es war ihnen nicht gelungen, den Ausreißer nach Europa zu verschiffen. Herr Yu hatte sich allerdings nicht besonders darum bemüht. Er hatte Eigenschaften an Tommy entdeckt, die ihn brauchbar für seine eigenen Zwecke erscheinen ließen. Das hatte er natürlich *nicht* an Petersen & Co. nach Bangkok geschrieben, er hatte jedoch wahrheitsgemäß mitgeteilt, daß der junge Herr Harms nicht nach Hamburg zurück wollte. Martha fand es merkwürdig, daß Hannes sich so darüber aufregte. Er selber wollte ja schließlich auch nicht nach Hamburg zurück. Sie hatte gemeint, wer im Glashaus säße, solle nicht mit Steinen werfen. Sie bewahrte immer noch ihre alte Vorliebe für Sprichwörter.

Bangkok wurde immer leerer ... dachte Hannes im Flugzeug. – Nun waren die jungen Desmonds wieder fort. Professor Berger und Gattin waren vorgestern nach den USA geflogen. Kurz vorher war «Tante Kathi» an Bord eines Schiffes gegangen, das sie für immer von Bangkok fortbrachte. Sie wolle nun noch den Frühling im Prater erleben, solange sie ihn erleben durfte, hatte sie Hannes zum Abschied erklärt. Er hatte sich zuletzt sehr mit Fräulein von Kinsky angefreundet. Es war seltsam, wie jeder, der in Ostasien die Muttersprache redete, beinahe ein Verwandter wurde und wie jede Abreise ein schwerer, wenn auch uneingestandener Verlust war.

Den größten Schock hatte Hannes einen Tag vor seinem Flug nach Hongkong durch Dr. Johannsen bekommen: Der Arzt, der die deutsche Kolonie in Bangkok jahrelang betreut hatte, ging in seine Vaterstadt Bremen zurück. Er hatte eine Kabine auf Marthas Schiff gebucht und würde mit ihr und ihren Kindern im Januar abreisen. «Wer soll denn nun Mamma behandeln?» hatte der alte Herr Krüger empört gefragt.

Die meisten fanden es sehr rücksichtslos von Dr. Johannsen, daß er den Rest seiner Tage in seiner Vaterstadt verleben wollte.

Das Flugzeug näherte sich Hongkong. Das Juwel des Fernen Ostens tauchte aus den Sonnenschleiern auf. Hongkong war heute mehr als je der «Ort der süßen Lagunen». Die britische Kronkolonie mit den prunkvollen Bankhäusern von Victoria, hinter denen sich steile enge Chinesengassen erhoben, war heute ein Eiland der Freiheit für Tausende von chinesischen Intellektuellen und von Geschäftsleuten aus dem inneren China, die nicht wollten, daß ihre Söhne in den roten Armeen mitmarschierten, und selbst auch keine Neigung dazu hatten.

Als das Flugzeug sich senkte, erblickte Petersen durch sein Fernglas das Festland von Kowloon, genannt die «Höhe der neun Drachen»; den Flugplatz zwischen Fels und Strand und das einzigartige Inselreich mit Hongkong-Harbour, den Berggipfeln und den idyllischen Hügelterrassen, wo früher nur Engländer und heute auch die chinesische Hochfinanz ihre Luxusvillen hatten.

Die Fähre von Kowloon nach Hongkong war dicht besetzt. Ein unaufhörliches Kommen und Gehen herrschte in diesem Zipfel der Welt. Im Augenblick machte Hongkong glänzende Geschäfte: es war Freihafen. In seinen überfüllten Straßen, Geschäftspalästen und Läden jagten Engländer, Amerikaner, Russen, Chinesen, Japaner, Filipinos und Inder nach neuen Absatzmärkten. Vielleicht gab es hier in Zukunft eine Chance für Westdeutschland, überlegte Petersen, während er Thomas Harms suchte. Tommy war wie ein wildgewordener Esel vor einer kleinen Hure mit Traumaugen und schwedischem Blondhaar davongelaufen. Er hatte nichts als seinen Fotoapparat, das Darlehen vom alten Herrn Wong und seinen gigantischen Dickkopf.

Aber Thomas Harms hatte noch etwas: glückliche Hände. Holz, Eisen, Schrauben, Scharniere und Schlösser wurden gefügige Diener, wenn er sie berührte. Das war eine große Sache für Ostasien. Petersen hatte übersehen, daß der junge Harms ein leidenschaftlicher Bastler und Hämmerer war. Er hatte gerade die technische Hochschule besuchen sollen, als Herrn Hitlers Krieg kam, und so war nichts daraus geworden. Aber in seinen Händen steckte immer noch viel Kraft und Zartheit, und er war ein rechter Mann, wenn es galt, Verbogenes gerade zu biegen und eine Planke haargenau neben die andere zu setzen. Er brauchte das nicht zu lernen. Es war in ihm. Es war eine Gabe wie große Gedanken denken oder chinesischen Fisch in süß-saurer Sauce kochen, daß das Süße eine Ahnung von Saurem und das Saure die Sensation des Süßen vermittelt. Madame Yu, die Gattin des steinreichen Herrn Yu, dessen Dschunken und Sampans im Hafen von Hongkong aus lauter kleinen Geschäften ein großes Geschäft zurechtschaukelten, konnte solchen Fisch kochen. Tommy hatte ihn dort gegessen und nachher einen Rosenholzkasten, der nicht schließen wollte, mit einigen Griffen zur Vernunft gebracht. Herr Yu und seine Tochter Phoenix hatten die langen, geschickten Hände bei ihrer Arbeit atemlos betrachtet. Dabei war Mr. Yu ein Gedanke gekommen. Er begann den Gast, den Pater Mollmann ihm gebracht hatte, zu befragen. Nach zehn Tagen war Thomas Harms Aufseher in einem der Reparaturhöfe, in denen Herrn Yus Dschunken und Sampans, die Waren aus aller Welt brachten und auf Seeschiffe schafften, ausgebessert wurden. Dafür zahlte der ehemalige Kuli dem Ausländer ein unverhältnismäßig hohes Gehalt, nicht weil Thomas Harms ein weißer Mann war – Chinesen waren heutzutage nicht länger geneigt, einen Aufschlag auf die Hautfarbe zu bezahlen –, sondern weil Tommys alte, verschüttete Leidenschaft, zerbrochene Dinge wieder heil zu machen, mit der chinesischen Leidenschaft, keine Schraube und kein Stück Holz fortzuwerfen, sehr glücklich zusammentraf.

In Hongkong begann für Tommy eine Karriere, wie man sie nur in Ostasien von einer Woche zur andern machen kann, ohne Prüfungen, ohne «Zeugnisse», ohne Fragen und Formalitäten. Herr Yu hatte den jungen Hamburger nach dem Abend in seinem Hause in die Werkstatt beim Hafen genommen, hatte ihm eine Dschunke mit zerbrochenem Mast gezeigt und gefragt: «Können Sie das heilmachen?» Der junge Harms hatte sich lange das Ding betrachtet; es war eine schlanke Dschunke, die manchmal Schmuggelware beförderte – aber das ging nur Herrn Yu etwas an. Dann hatte Thomas genickt und in Pidgin-Englisch «*Can do, Mister*»! gemurmelt. Er hatte einen Tag gearbeitet. Alle standen herum und sahen grinsend zu, wie der Ausländer zuerst Werkzeuge suchte, die nicht vorhanden oder verrostet waren, und dann mit dem arbeitete, was er fand. Er arbeitete mit Leidenschaft, und die Herren Kulis hatten nach kurzer Zeit begonnen, zu springen und mit Feuereifer und Mordsgeschrei mitzuhelfen. Wenn man bei der Arbeit nicht schrie, als ob man am Spieße steckte, dann war es nicht richtig. Und so fand Johannes Petersen einen jungen Mann in Hongkong wieder, der nur noch die langen Beine und das ausdruckslose Gesicht des alten Tommy hatte. Sonst schien er nichts mehr mit ihm gemein zu haben.

Als Johannes Petersen den jungen Harms in der Reparaturwerkstatt aufsuchte, war dieser gerade mit Arbeiten und gutmütigem Schimpfen fertig.

«Tag, Herr Petersen. – Wie geht's?»

«Wie geht's selbst?» sagte Herr Petersen.

«Sehr ordentlich», sagte Herr Thomas Harms und schoß auf seinen langen Beinen einer Schraube nach. «Verzeihung … die Jungs verlegen die Dinger immer.»

«Warum haben Sie Ihren Eltern und uns nicht geschrieben?»

«Ach, Herr Petersen», meinte der neue Oberaufseher von Yu & Söhne gedehnt, «das hätte gar keinen Sinn gehabt. Mama hätte doch nur gedibbert. Und Sie hätten mich nach Bangkok zurückhaben wollen.»

«Überschätzen Sie meine Sehnsucht nicht, mein lieber Harms! Sie sehen, ich habe es überlebt.»

«Und wie!» sagte der junge Harms und betrachtete seinen ehemaligen Chef mit Kennerblicken. «Kein Stock mehr und zehn Jahre jünger.»

Petersen konnte nicht anders: er fand den jungen Harms plötzlich äußerst vernünftig. Dann blickte er auf die Uhr und sagte wie nebenbei: «Zeit zum *chow* (Reisessen), mein Lieber. Wir wär's mit einem Lunch zwischen uns beiden Pastorentöchtern?»

«Famos», sagte der junge Harms, der – wie alle andern – den Lieblingsausdruck seines Seniorchefs in Bangkok übernommen hatte. «Ich weiß ein kleines Lokal, Herr Petersen – hinter den Bankpalästen und so weiter ... Enge Chinesengasse ... Erstklassiges Teehaus ... Meinen Sie, wollen Sie ...?»

«Klar», sagte Petersen vergnügter, als er seit langem gewesen war. Hier sprach nicht mehr der junge Esel, der ihn im Bangkoker Sportklub gefragt hatte, ob es beim alten Herrn Wong «gebratene Kröten oder so was Ähnliches» zu essen geben würde.

«Sie können alle Leckerbissen haben», sagte Tommy. «Paniertes Hackfleisch, süß-saures Schweinefleisch, Krabben, Peking-Klöße und den Rest. Aber wir müssen uns beeilen. Die Bude ist immer gerammelt voll. Ich will mich nur eben umziehen.»

Er verschwand in einem zementierten Raum und erschien wenige Minuten später in einem korrekten weißen Anzug. Sein blondes Haar triefte noch von der Dusche.

«*Meine* Einladung, Herr Petersen», bemerkte der Säugling von Harms & Co., während sie bis zu einer engen Gasse fuhren, die steil hinter den mächtigen Bankhäusern an der Wasserfront bergan kletterte. Sie stiegen schweigend Stufe um Stufe in die wimmelnde chinesische Welt.

Und als sie dann vor Peking-Klößen und paniertem Hackfleisch saßen und den grünen chinesischen Tee aus winzigen, henkellosen Tassen tranken, da erfuhr Johannes Petersen etwas über die Stationen, die der junge Harms aus Flottbek durchschritten hatte.

Er hatte tatsächlich – wie der alte Herr Wong Martha andeutete – das chinesische Leben «von unten» kennengelernt.

II

Tommy hatte zuerst sein Geld sehr sorglos in Victoria ausgegeben, so wie er es in Bangkok gewöhnt gewesen war. Dann hatte er einen Teil der Barschaft im Hotel unverschlossen im Schrank gelassen. Dieser Teil war gestohlen worden. Es war ein kleines Hotel, aber nun viel zu teuer für Thomas Harms. Es wimmelte von chinesischen, japanischen und Filipino-Geschäftsleuten, mit denen Tommy sich nicht verständigen konnte. Tagsüber lungerte er am Hafen herum. Der Hafen beruhigte ihn irgendwie: ein fremder und doch heimatlicher Anblick. Eine unerhörte Luft von Aktivität und Zähigkeit wehte in Hongkong-Harbour. Während der japanischen Besetzung war ein großer Teil der Hafen-Ausrüstung entfernt worden. Den Rest hatten die Japaner verkommen lassen. Seit Kriegsende hatten die Behörden in Hongkong ein Aufbauwerk durchgeführt, das jeden in Erstaunen setzte. Hongkong war schon wieder eine der geschäftigsten Welthafenstädte; aber Thomas Harms betrachtete Dschunken, Motorfähren und Schiffe aus aller Herren Länder und wußte nicht, was er hier machen sollte. Er wußte nur, daß er Karin Holm niemals wiedersehen wollte und daß er nicht in diesem Zustand zu seinen Eltern fahren konnte. Er hatte noch seinen Fotoapparat, machte damit Aufnahmen im Hafen und verkaufte sie für wenige Hongkong-Dollars in den kleinen chinesischen Geschäften, die sich den Hügel hinter der Wasserfront hinaufschlängelten.

Eines Tages sah er in einem mattbeleuchteten Matrosen-Dancing ein Mädchen mit schwedischem Blondhaar und schrägen, asiatischen Traumaugen. Er stand wie angewurzelt. Dann wollte er fliehen, aber seine langen Beine versagten den Dienst. Eine entsetzliche Leere war in seinem Kopf. Karin Holm schritt nach beendetem Diensttanz auf ihn zu und sagte: «Schnell tanzen!» Danach war alles noch schlimmer als in Bangkok, bevor Madame Boulgakoff ihm ein Licht über Karins Vorleben aufgesteckt hatte. Sie liebte ihn und wollte ihn haben. Vorläufig hatte sie ihn – in Hongkong in einem verschmutzten chinesischen Boarding-House. Sie konnte ihn nicht in das luxuriöse Appartement nehmen, das Herr Yu bezahlte. Es war eine ganz einfache Geschichte, wie sie tausendmal vorkommt. Sie hatte ihn und verlor ihn, weil sie ihn hatte.

Er konnte sich mit den Fotos nicht ernähren, obwohl Fotografie ein begehrter Kunst- und Industriezweig in Hongkong ist. Aber man mußte einen Namen haben. Einige Chinesen hatten einen Namen und schickten daher ihre Bilder sogar von Hongkong und Kowloon nach London zur internationalen Fotoschau. Eine kurze Zeit lebte der Enkel des alten Bankiers Harms von dem Geld seiner Geliebten. Das machte ihn völlig kaputt. Man mußte wohl dazu geboren sein. Mit dem Rest seines Geldes und dem Erlös für seinen ererbten Siegelring entfloh Thomas Harms ohne Abschied nach Kowloon in das Settlement der Flüchtlinge aus Rotchina. Dort war – wie Herr Ketaki mit Recht vermutet hatte – für ihn auch noch Platz. Tommy erwähnte die Episode Karin Holm mit keinem Wort. Er aß nachdenklich sein Schweinefleisch mit weißen Kastanien und sagte zu Hannes:

«Victoria wurde mir zu kostspielig. Ich nahm die Fähre nach Kowloon.»

«Sehr vernünftig», sagte Petersen mit unbewegtem Gesicht. Er wartete, bis Tommy eine Tasse Tee getrunken hatte. Zwei rote Flecke waren auf seinem blassen Gesicht erschienen. Armer Kerl... was war passiert?

Hannes fragte mit keinem Wort nach der ehemaligen Braut des jungen Harms.

Kowloon. – Es war wahrhaftig kein *Peak Hill*, wohin die Herren der

Kronkolonie mit der Drahtseilbahn fuhren, um frische Luft und soziale Erhabenheit auszukosten. Von der «Höhe der Neun Drachen» blickte man auf einen kahlen Hügel. Dort war die Grenze schon nahe, wo die Herrschaft Mao Tse-tungs begann. Hütte an Hütte hausten die Flüchtlinge. Sie waren von den Grenzschmugglern im wahren Sinne des Wortes ausgezogen worden, bevor sie Kowloon erreicht hatten. Thomas Harms mit seinen paar Hongkong-Dollars war noch ein Krösus gegen die chinesischen Lehrer, Ingenieure, Zeitungsmänner und Geschäftsleute, die hier eine Schlafstelle, Küche und einen Werkraum – alles durch Tücher voneinander getrennt – bewohnten. Tommy hatte in Kowloon Dr. Liu, einen chinesischen Gelehrten aus Shanghai, kennengelernt, einen Universitätslehrer, der Christ geworden war und einen Rest persönlicher Geistesfreiheit der «Gehirnwäsche» der jetzigen Machthaber in Shanghai vorgezogen hatte. Er saß eines Morgens mit dem Gelehrten auf den Steintreppen, als Pater Mollmann ihn ansprach. Die Frau und Tochter des Shanghai-Lehrers waren in ihrer Hütte. Dort brachten sie Bohnen in wassergefüllten Gefäßen zum Keimen. Die Hotels und Restaurants kauften diese Keime. Tommy und der Gelehrte stellten damals Besen her. Das heißt: Tommy machte sie, und der Gelehrte versuchte zu helfen. Tommy war eine Woche in Kowloon, als Pater Mollmann ihn nach einer Unterhaltung mit Dr. Liu ansprach.

«Er ist natürlich römisch-katholisch», sagte Tommy zu Petersen in einem Ton, als ob das Bekenntnis Pater Mollmanns ein ernster Schönheitsfehler wäre, «aber enorm vernünftig! Sie glauben gar nicht, Herr Petersen, wie famos Pater Mollmann mir den ganzen Kram erklärt hat.» – Tommy ließ sich nicht näher darüber aus, welchen «Kram» sein Landsmann ihm erklärt hatte. Es mußte wohl etwas über die Art sein, wie man das Leid anpacken und meistern könne. Tommy war noch ganz erfüllt von Pater Mollmann, den er vor wenigen Tagen an sein Schiff gebracht hatte. «Was der in Tsingtau durchgemacht hat! Ich kann Ihnen sagen, Herr Petersen, doll! Einfach doll!»

«War er im Gefängnis?»

«Klar. Achtzehn Monate.» Tommy umriß in knappen Sätzen das Schicksal eines deutschen Missionars im heutigen China. Die Stationen wurden geplündert, die Missionare verschleppt. Immer mehr Mitbrüder von Pater Mollmanns Tsingtau-Station wanderten ins Gefängnis. Dann traf es auch ihn. Dreimal täglich stundenlange Verhöre. Man half dem Gedächtnis des Paters mit Schlägen und Püffen nach. Er hatte einen langen «Sündenkatalog» vorgelegt bekommen. Für fast jedes der ihm vorgeworfenen Verbrechen drohte die Todesstrafe. Der deutsche Pater hatte sich immer wieder durchlaviert: er war in Logik und Argumentation geschult. – Dann ging es – stets mit eisernen Handschellen – in die Zelle zurück. Je schwerer die Handschellen lasteten, desto freier wurde sein Geist. Viele Stunden des Tages mußten die Häftlinge die kommunistische Lehre studieren. Sein Brevier und sein Rosenkranz waren ihm bei der Verhaftung abgenommen worden. Pater Mollmann übte das innere Gebet. Auch darin war er geschult. Endlich war er mit Drohungen entlassen, das heißt ausgewiesen worden. Und nun kamen sein Mut und sein rheinischer Frohsinn vielen Flüchtlingen in Kowloon zugute.

«Pater Mollmann war famos», schloß Tommy. «Er wird Vater und Mutter in Hamburg besuchen und ihnen alles erklären. Er meinte auch, ich soll ruhig hier bleiben, erstmal wenigstens.»

Der Säugling machte eine Kunstpause. Dann sagte er:

«Ich will nämlich heiraten, Herr Petersen.»

«Schon wieder mal, mein lieber Harms?»

«Diesmal ist es das Richtige», sagte Tommy fest, «Sie kennen mein Mädel, glaube ich. Sie haben sie bei dem alten Herrn Wong getroffen.»

III

Phoenix Yu war die Richtige. – Das dachte auch Petersen, als er nach zwei Geschäftstagen, die er hauptsächlich mit den Wongs in Hongkong verbrachte, in dem prunkvollen Heim von Herrn Yu seinen Cocktail schlürfte.

Phoenix wirkte in ihrer eigenen Umgebung weniger ornamental als sie es auf dem Mondfest beim alten Herrn Wong getan hatte. In ihrem englischen Sportrock und der seidenen Hemdbluse war sie einfach eine moderne junge Chinesin. Sie hatte gar keine Lust, dem Ideal ihres Vaters zu entsprechen, denn Herr Yu mit seinen harten Arbeitshänden und dem weichen Herzen hätte seine Tochter am liebsten in eine Luxuspuppe verwandelt, in eine Mischung aus einer altchinesischen Hofdame und einem Hollywood-Filmstar. Allen reichen Chinesen mittleren Alters gaukelte die Phantasie so ein unrealistisches, aus traditioneller Schönheit und dem Firnis des Westens gemischtes Traumbild vor. Yu war so reich, daß Phoenix dieses Gaukelbild gut hätte verwirklichen können, aber die Tochter des ehemaligen Kulis sehnte sich nach Arbeit. Ihre tüchtigen, nicht sehr schmalen Hände, ihr in einer englischen Missionsschule geschulter Geist verlangten nach Betätigung.

Die jungen Leute hatten ihr Geheimnis noch nicht dem mächtigen Herrn Yu mitgeteilt. Tommy hatte den Verdacht, der Vater seines Mädchens habe sehr viel ehrgeizigere Pläne. Er täuschte sich nicht. Ein junger chinesischer Bankier war heut abend eingeladen. Er hatte die Absicht, Phoenix zu heiraten. Eine glänzende Zukunft an der Seite eines Mannes der einer alten Familie von Hongkong-Chinesen entstammte, erwartete die Tochter des ehemaligen Kulis. Auch das war neues China. «Wenn das man gut geht», dachte Petersen, dem die Blicke des jungen Herrn Li und die unterwürfige Aufmerksamkeit, mit der Herr Yu den weisen Sprüchen des arroganten, jungen Bankmannes lauschte, nicht entgangen waren. Tommy und Phoenix saßen zusammen auf einer kleinen Bank auf der prachtvollen Terrasse, von der aus man einen Blick auf das lichterglänzende Hongkong und die Bucht hatte. Es war ein schöner, kühler Abend. Petersen atmete nachdenklich die kostspielige Luft von Peak Hill. Phoenix Yu war tatkräftig und nüchtern barmherzig, dachte er. Sie hatte klassische chinesische Tugenden. Man konnte Tommy nur wünschen, daß er sie kriegte.

Phoenix wollte gern warten, bis Tommy noch etwas weitergekommen war. Warten war für eine chinesische Braut etwas Selbstverständliches. Chinesische Bräute warteten fünf und zehn und hundert Jahre und wurden nicht im geringsten hysterisch dabei. Tommy hatte es Phoenix angetan. Petersen sah es an ihren verstohlenen Blicken und an dem privaten Lächeln, das sie ihm manchmal wie ein Geschenk anbot.

Herr Yu war glänzender Laune und lud Hannes gegen Ende des Abends nach der Insel Macao ein. «Das müssen Sie sehen», sagte er und lächelte verschlagen. «Ich habe Ihnen etwas ganz Besonderes in Macao zu zeigen!»

Als Tommy seinen ehemaligen Chef in sein Hotel begleitete und sie noch eine Weile durch die Straßen schlenderten, sahen sie einen Straßenverkäufer, der den Kindern Süßigkeiten anbot, die sie mit einem kleinen Glücksspiel erwerben sollten. Der Verkäufer hielt den johlenden Kindern – sie waren noch zu dieser nächtlichen Stunde voll versammelt wie auch in Bangkoks Chinesenstadt – ein Päckchen mit Strohhalmen entgegen. Das Kind zog einen Strohhalm, an dessen Ende die Zahl der Süßigkeiten angegeben war. Spiel war hier alles! Man nahm das Spiel ernst und den Ernst des Lebens als Spiel.

«Tommy», fragte Petersen, «was wollen Sie machen, wenn Herr Yu seine Tochter einfach an den jungen Bankhelden verkuppelt? Das kommt ja auch heute noch alle Nase lang vor.»

Thomas Harms wurde sehr rot und dann sehr blaß. «Ich weiß es nicht», sagte er langsam. «Phoenix und ich sind uns im klaren. Wir können und wollen beide arbeiten. Außerdem vergöttert ihr Vater sie doch.»

«Solange sie seinen Willen tut, mein Lieber! Chinesen haben immer einen unerwarteten Kern von Härte. Haben Sie das nicht schon gemerkt?»

«Doch, natürlich. Aber wir haben ja Zeit. Und im Betrieb braucht mein künftiger Schwiegervater mich noch kräftig.»

«*Noch*, mein lieber Harms! – Bringen Sie den Herren nur nicht zuviel bei!»

Tommy grinste. «Keine Sorge. Ich hab mir ja nun auch den Wind etwas um die Nase wehen lassen, nicht? Sind Sie mit dem Geschäft hier zurechtgekommen?»

Petersen überlegte. In Bangkok hätte er dem Säugling niemals etwas anvertraut, aber ihm gegenüber saß ein ganz anderer Bursche. Er war nicht nur viel magerer, sondern auch schneller und vifer geworden. Das

Babyfett war von Geist und Körper abgefallen ... «Ulkig», dachte Petersen. «Sehr ulkig.»

«Wissen Sie», bemerkte er nach einer Pause, «ich bin mit den Verhandlungen nicht unzufrieden, aber wir sind ja gegen die andern Länder des Westens ganz im Rückstand hier. Unsere Einfuhr macht nach der Statistik noch keine drei Prozent aus. Die Ausfuhr ist noch schäbiger. Man müßte Verbindungen schaffen. Uns fehlt ein *Kompradore* (Vermittler zwischen chinesischen und westlichen Firmen) in Hongkong.»

«Wie wär's mit *mir*?» sagte Tommy und blickte noch ausdrucksloser als gewöhnlich. «Ich bin zwar kein Chinese; aber manche Brüder nennen mich schon ‹Hongkong-Tommy›. Ich rieche ja auch im Hafen rum, nicht? Und dann treffe ich durch Herrn Yu allerhand einflußreiche Leute. Er mag mich ganz gern, solange uns noch keine Familienbande verbinden.»

«Was verlangen Sie als prozentualen Anteil an einem Geschäft?»

Der junge Harms nannte einen so hohen Anteil, daß Petersen unmerklich zusammenzuckte. Das war doch wohl nicht die Möglichkeit? Aber der junge Mann, der die chinesische Welt von oben gestreift und von unten recht gut kennengelernt hatte, verfügte über hanseatische Sturheit und wußte nur zu wohl, daß er die Antwort auf die Gebote der Firma Petersen & Co. war.

Hannes hüstelte. Das war ein kleiner, taktvoller Übergang. Chinesen spuckten in solchen Augenblicken in den Spucknapf. Obwohl Hannes die hohe Forderung gar nicht in den Kram paßte, betrachtete er «den langen Schlacks», wie er ihn immer genannt hatte, nunmehr mit einem gewissen Respekt. Sein Instinkt sagte ihm, daß Thomas Harms seit der Stunde, wo sie einträchtig paniertes Hackfleisch und Peking-Klöße gegessen hatten, entschlossen war, den Vorschlag zu machen. Er hatte den richtigen Augenblick abgewartet, wie man es in chinesischen und hamburgischen Geschäftszirkeln eben tat. Er würde auch seine Zeit mit Phoenix abwarten.

«Wie wär's mit einem Whisky-Soda in meinem Hotel?» schlug Petersen vor. «Da können wir uns gemütlich über den Bedarf und unsere Kapazität unterhalten.»

«Sehr gern, Herr Petersen», Tommy war merklich zurückhaltend. Er hatte schwerlich die Absicht, seine Tips Petersens schöner Augen wegen gratis und franko weiterzugeben.

«Im Prinzip bin ich einverstanden», sagte Petersen schnell. «Ich muß natürlich noch alles mit dem Senior besprechen. Ich glaube, wir können ins Geschäft steigen.»

Er fühlte einen gewissen Stolz, daß der Nachkomme des Bankhauses Harms sich so nett herausmachte; aber wenn Tommy etwas weniger in Hongkong gelernt hätte, wäre es Petersen & Co. in Bangkok billiger gekommen. Jedes Ding hatte eben zwei Seiten.

«Kommen Sie morgen nacht mit nach Macao?» fragte Petersen, nachdem alles zur beiderseitigen Zufriedenheit besprochen worden war. «Anfang der Woche fliege ich nach Bangkok zurück.»

«Tut mir leid, Herr Petersen! Ich habe nichts mehr für Nachtlokale über, wenn's vielleicht auch gediegen klingt.»

Einen Augenblick herrschte Schweigen. Tommys Gesicht war eine Maske. Er sah wohl in einem Drehspiegel ein Stück seiner jüngsten Vergangenheit, das ihm nicht gefiel. Er hatte vor hundert Jahren in Bangkok Karin Holm in einem Nachtlokal getroffen und sie für ein Geschöpf des Lichtes gehalten. Auch wenn man die Augen fest schloß und das Gesicht von Phoenix mit aller Macht beschwor, zeigte der Drehspiegel beschämende Bilder. Tommy war noch sehr jung. Eines Tages würde er den Drehspiegel der Vergangenheit zerschlagen und die Scherben in den großen Abfalleimer des Ostens werfen.

«Gute Nacht, Herr Petersen», sagte Tommy gedankenverloren.

«Sehe ich Sie noch vor der Abfahrt?»

«Natürlich, Herr Petersen! Ich bringe Sie zum Flugplatz. Ich wollte Ihnen auch gern noch 'n kleines Andenken für Pummel mitgeben.»

«Sie meinen: ‹Albert›? Der junge Mann hat sich ‹Pummel› aufs strengste verbeten.»

«Wann segelt die Familie?»

«Im Januar.» – Plötzlich war Petersen flau zumute.

«Also viel Spaß in Macao», sagte Thomas Harms seltsam heiser.

«Danke, mein lieber Harms», erwiderte Herr Petersen. «Ich werde sehen, was sich tun läßt.»

ZWANZIGSTES KAPITEL

Eine Nacht in Macao

I

Sie fuhren mit der Nachtfähre nach Macao hinüber. Herr Yu hatte im Handumdrehen das Visum für Petersen beim portugiesischen Konsul in Hongkong besorgt. Er besorgte alles im Handumdrehen.

Die Überfahrt auf der überfüllten Fähre dauerte gegen vier Stunden. Hannes stand mit seinem Gastgeber an der Reling und betrachtete die dunklen Wasser. Herr Yu erzählte ihm in einem posaunenartigen Flüsterton, daß dieser portugiesische Stützpunkt an der südchinesischen Küste sehr gut für Chinesen wäre. Sie hätten in Macao «keine Kopfschmerzen». Hannes verstand. Macao war heutzutage eine Art Schweiz des Fernen Ostens, eine neutrale Sphäre zwischen der westlichen Welt und dem Reich Mao Tse-tungs, das Mr. Yu und viele andere einflußreiche Hongkong-Chinesen mit allen möglichen Waren belieferten und umgekehrt. Genau genommen konnte man sagen, daß Mr. Yu – neben seinen tausend anderen Geschäften – Rotchina das Material für den kleinen Krieg der Mißverständnisse in Korea verkaufte. Aber das geschah keineswegs aus reiner Geldgier. Mr. Yu sicherte sich mit diesen geschäftlichen Gefälligkeiten die Gewißheit, daß er einmal in der Nähe von Kanton, wo er geboren war, in Ruhe und Würde begraben werden konnte. Davon sprach der ehemalige Hafenkuli jedoch auch nicht mit seinem deutschen Gast.

«Wollen Sie gleich einen Spielsalon in Macao sehen, Mr. Petersen? – Oder wollen Sie erst einmal eine Rundfahrt durch die Kolonie machen? Das können wir mit einem Taxi in zwei Stunden schaffen.»

Petersen hatte zu lange mit Chinesen verkehrt, um die zweite Frage nicht als eine Höflichkeits-Phrase zu bewerten. Herr Yu wollte spielen, wie jeder auf dieser Insel, deren Name in China und Europa mit dem von einem der erregendsten Hasardspiele am Kartentisch verbunden wurde. In Macao war die Wiege dieses Spiels. Und die portugiesischen Behörden sanktionierten die unzähligen Spielhöllen auf dieser malerischen Felseninsel. Sie waren vierundzwanzig Stunden lang durchgehend geöffnet.

«Ich werde mir morgen früh die Stadt ansehen», sagte Petersen zu Herrn Yus ausgesprochener Beruhigung. «Zuerst möchte ich etwas vom Nachtleben sehen. Das heißt: wenn es Ihren Plänen entspricht.»

So landeten Herr Yu und Herr Petersen in schöner Übereinstimmung in einer Kolonie, die abwechselnd «die Schweiz des Fernen Ostens» und die «Sündenecke bei Hongkong» genannt wird – es hängt vom Blickpunkt ab.

II

Merkwürdige Kolonie, gefahrvolle Nacht!

Petersen fragte sich später, warum er nicht gemerkt hatte, daß die Luft auf dieser Felseninsel mit Vorahnungen erfüllt war. Es hatte alles sehr nett begonnen. Petersen und Herr Yu waren vom Hafen aus in die Hauptstraße – die Avenida Almeida da Riberior – gefahren. Dann hatte Herr Yu das Taxi entlohnt, und sie waren im Schatten eines verschollenen Europas am «Senatspalast» vorübergeschlendert – zwei Pilger aus andern Welten.

Sie schritten durch große und kleine Straßen. Ein schwacher Opiumduft hing über dem chinesischen Viertel. Der «Mohn des Vergessens» wurde unter Aufsicht der portugiesischen Regierung für den lokalen Verbrauch zubereitet. Hinter drachenverzierten Toren ruhten sich in der «Straße der vielen Vergnügen» glücklose Spieler von der launischen Wirklichkeit aus. Sie verschafften sich Träume und der portugiesischen Regierung viel Geld.

Endlich betraten Herr Yu und Petersen einen kleinen Spielsalon, wo das schadenfrohe Schicksal schon wartete.

Herr Yu schritt durch einen Vorhang in ein Lokal, das zu fünfundsiebzig Prozent den Spielern und zu fünfundzwanzig Prozent den Bardamen gehörte. Es war ein großer, kahler Raum, der zum Ersticken mit Rauch gefüllt war. In seiner Mitte standen die Spieltische, an denen verschiedene Spiele – auch chinesische Glücksspiele mit Würfeln in schwingenden Kästen – vor sich gingen. Herr Yu stürzte an den Tisch, wo man *fantan* spielte. Eine Maske fiel von seinem Gesicht ab. Seine kleinen, geschlitzten Augen begannen fieberhaft zu leuchten; seine derben Hände zitterten vor Erregung. Es war ihm gleich, ob er viel verlor oder viel gewann. Das Spielen berauschte ihn wie alle seine Landsleute. Aber Herr Yu spielte trotz des Rausches mit einer gewissen Vorsicht; als ob er das Glück durch Berechnung zu sich zwingen könnte. Ein sagenhafter Eigensinn malte sich auf seinen groben und sehr intelligenten Zügen. Er schien die Chance zu wittern. Ein Chinese beim Spiel! Ein Chinese beim Spiel enthüllt so deutlich gewisse Wesenszüge, wie ein Chinese beim Geschäft oder bei den Vergnügungen der Liebe. Es ist ein unverwüstliches, hintergründiges und durchaus vernünftiges Volk – noch im Rausche.

Die Bar am andern Ende des Spielsaals schwankte in den Rauchwolken wie eine verwunschene Insel. Zwei Mädchen standen hinter der Theke und bedienten die im Geiste abwesenden Spieler an den kleinen

Tischen mit den Marmorplatten und den unbequemen Stühlchen. Der Barmixer stand zwischen den Mädchen: ein kleiner Mann mit einer hohen Stirn, mongolischen Augen und einem Kinn, das jeden Augenblick davonlaufen wollte. Senhor Pinto, von den chinesischen Gästen einfach Pin genannt, war ein guter Barmixer und ein schwieriger, undurchsichtiger Herr portugiesisch-chinesischen Ursprungs. Er arbeitete am Tage in Geschäften für Herrn Yu. Er spionierte für ihn. Herr Pin war während der japanischen Besetzung in Hongkong gewesen und konnte sich nach dem Kriege dort als japanischer Kollaborateur nicht mehr zeigen. Herr Yu hatte ihm in Macao diese Stellung besorgt und fand ihn recht nützlich. «Pin» zitterte vor den Agenten der fünften Kolonne, war aber gut Freund mit ihnen. Aus dem Reich Mao Tse-tungs kamen täglich neue Vertreter der Kolonne. Senhor Pinto spielte ein gewagtes Spiel.

An seiner rechten Seite stand ein blondes Mädchen mit asiatischen Augen. Zu seiner Linken stand eine blutjunge Chinesin, die Herr Yu vor einer Woche nach Macao verfrachtet hatte. Sie hieß *Chaoyi* und war schwatzhaft, neugierig und ziemlich unschuldig. Das blonde Mädchen hieß *Karin Holm*.

Herr Yu hatte sie in diesem letzten Winkel des Ostens untergebracht, nachdem sie ihm in Hongkong lästig geworden war. Sie war erledigt. Sie stand wie eine Gefangene in der schmutzigen Bar neben einem Euro-Asiaten, der sie liebte und den sie verabscheute. Sie konnte nun nur noch tiefer sinken. Das wünschte Senhor Pinto. Dann würde er ihr ebenbürtig sein, dachte er. Auch Herr Yu hatte nichts dagegen. Für ihn war Karin Holm ohne jedes Interesse. Nur seine chinesische Passion, kein beschädigtes Ding fortzuwerfen, hatte bewirkt, daß dieses Mädchen immer noch Reis und Kleider kaufen konnte. Miss Karin war beschädigt. Sie trank wie ein Fisch. Und sie war genauso stumm.

Kurzum: sie war erschreckend verändert. Eine große, rote Narbe zog sich vom linken Augenwinkel im Halbkreis bis zum Mundwinkel und teilte ihr Gesicht in drei ungleiche Teile. Wenn sie lächelte, was sie nur auf Befehl tat, war ihr Gesicht völlig verzerrt. Diese Narbe machte aus einem bildschönen Geschöpf eine Karikatur. Aber – so hatte Herr Yu gedacht – die Spieler schauten nicht sehr auf die Barmädchen. Sie stürzten abwesend einen Drink herunter, um wieder an die Spieltische zu gelangen.

Senhor Pinto hatte Karin bei dem ersten Wochenende des Herrn Yu in Macao kennengelernt. Sie war damals unversehrt und frisch. Es war kurz nach Tommys Ausrücken nach Kowloon. Senhor Pinto war vollständig hingerissen gewesen – wie jeder Mann, der Karin Holm vor zwei Monaten sah. Dann hatte ein eifersüchtiger australischer Seemann in einer Tanzbar in Hongkong – die sie natürlich ohne Wissen von Herrn Yu gelegentlich besuchte – das Messer gezückt und nach Karin geworfen. Er wollte diesem koketten Biest schon beibringen, wen sie anzulächeln hätte! Karin hatte gehofft, daß sie verbluten würde. Als sie sich im Krankenhaus im Spiegel betrachtete, war sie ohnmächtig geworden. Später hatte Herr Yu sie nach Macao gebracht – aus purem Mitleid, wie er ihr wiederholt versicherte.

Senhor Pinto war einen Augenblick zurückgeschreckt, als er sie wiedersah, aber dann hatte er gedacht, daß sie ihn jetzt lieben würde – aus Dankbarkeit, oder was Männer sich eben so denken. Aber Karin verabscheute ihn mehr denn je. Er war und blieb klein, häßlich, gefährlich und starrsinnig. Er stand manchmal hinter ihr wie ein Dämon und betrachtete den herrlichen nackten Rücken in dem Brokatkleid. Am Rücken von Miss Karin war nichts auszusetzen.

Karin liebte jetzt das Leben mit der Haßliebe, mit der Entstellte das Leben lieben. Sie behandelte Senhor Pinto mit lächerlicher Arroganz. Er würde sie niemals bekommen. – Der Gedanke, daß sie immer noch einen Mann quälen konnte, erheiterte sie. Wußte sie nicht, wie gefährlich der Barmixer war?

«Hallo», sagte sie und starrte Petersen ohne Lächeln an. Vielleicht war sie dann nicht ganz so abstoßend? «Hallo», sagte Petersen, der sich nach zwei Spielen zu der Bar in den blauen Rauchwolken durchgefunden hatte. Er war noch nie so entsetzt gewesen. Das war ja ... unwahrscheinlich.

Er bestellte bei Pin zwei teure Bargetränke, die nach Verwesung schmeckten. Karin blickte ihn lauernd an. Ein Gedanke formte sich in ihrem durch den Trunk lädierten Gehirn. Sie setzte sich mit der alten Grazie zu Petersen an ein Tischchen und sagte tonlos:

«Ich würde viel Gesicht gewinnen, wenn du mich heute nacht ins Hotel mitnehmen würdest!» In ihrem Ton schwang die Suggestion mit, daß nachts alle Katzen grau wären ...

«Das ist leider nicht möglich», erwiderte Petersen.

«So, so», sagte Karin und verzog ihr zerstörtes Gesicht zu einem Lächeln.

«Wie ist dir das passiert?»

«Ich habe es vergessen. Verblaßt die Narbe nicht schon?»

«Doch ... natürlich.»

«Wie geht es dir, Johnny?»

«Danke, gut.»

«Hast du die Sprache verloren? Ist deine Frau abgereist?»

«Noch nicht.»

«Wie würde es dir gefallen, wenn deine schöne Tochter sich mit dreckigen Chinesen in diesem Ausschank abgeben müßte?» fragte Karin sanft.

«Laß den Blödsinn, Karin.»

Petersen trank sein Getränk mit einem Ruck aus und stand auf. Was zuviel war, war zuviel.

Senhor Pinto kam auf ihn losgeschossen und zwang ihn zu weiteren, teuren Bargetränken. Seine unnatürlich glänzenden Augen, aus denen portugiesische Leidenschaft und chinesischer Geschäftssinn sprachen, ließen nicht ab von dem eleganten Ausländer, der mit Karin gut bekannt zu sein schien. Sie hatte dem Ausländer die unversehrte Gesichtsseite zugekehrt. Rechts betrachtet vermittelte sie vielleicht noch eine Illusion.

«Ich möchte zahlen», rief Petersen.

«Einen Augenblick, Senhor», sagte Pin in gebrochenem Englisch und brachte neue Getränke. Petersen war zu resigniert, um die Drinks, die Senhor Pinto mit Windeseile auf den Marmortisch stellte, zurückzuweisen. Er hatte durch die Rauchwolken gesehen, daß Herr Yu noch tief im Spiel war und keine Anstalten machte, aufzubrechen. Senhor Pinto ging mürrisch an die Theke zurück. Der Ausländer beachtete ihn nicht genug. Er liebte es, sich gewunden und feierlich auszudrücken. Petersens Gleichgültigkeit – oder war es etwa Verachtung? – versetzte ihn in einen Zustand von Gereiztheit, der sich in seinen zusammengekniffenen Augen offenbarte. Er konnte zuweilen unerwartet gewalttätig werden, wenn er nicht zeremoniell sein konnte; und jetzt war er schwer verstimmt. Das war nicht gut für das Barmädchen. Die kleine Chinesin duckte sich vor ihm, als ob sie Prügel erwartete. In ihrer nervösen Unruhe stieß sie ein Glas um. Senhor Pinto ergriff eine Scherbe und ritzte leicht den nackten Arm des Mädchens, so daß einige Blutstropfen auf die Theke fielen. Chaoyi starrte ihn mit großen, runden Kinderaugen an. Sie war so erschrocken, daß sie zu schreien vergaß. Hier wollte sie nicht bleiben. Sie würde Herrn Yu anflehen, sie wieder nach Hongkong zu ihren Eltern in die kleine Schneiderwerkstatt zurückzubringen. Sie würde die Nächte hindurch nähen, damit die ehrenwerten Eltern Herrn Yu das Kaufgeld für sie zurückzahlen konnten.

«Daraus wird nichts ...» sagte Herr Pin, der im Nebenberuf Gedankenleser war. «Du bleibst hier.»

Chaoyi blickte den Barmixer hilflos an. In ihre sonst so fröhlichen Kinderaugen trat jene Resignation, die chinesische Töchter seit Jahrtausenden und auch heute noch hilflos machte – besonders wenn sie aus armen und töchterreichen Familien stammten.

«Ja ... Herr», murmelte Chaoyi und senkte das Köpfchen mit den glänzenden, schwarzen Haaren. Ihre Neugier und ihre Schwatzlust waren wie gelähmt.

Karin hatte den Vorgang amüsiert verfolgt. Chaoyi war blutjung und sehr hübsch. Hoffentlich würde es ihr recht schlecht im Leben ergehen!

«Ich möchte nach Bangkok ins ‹Russische Restaurant› zurück», erklärte Karin und blickte Petersen von der Seite an. «Dort wird eine Europäerin wenigstens behandelt, wie es ihr zukommt. Bitte, Johnny, bezahle mir die Reise! Ich habe alles Geld verspielt.»

Eine alte Melodie summte in Petersens Ohren. Das hatte Karin auch bei Marthas Ankunft auf dem Kai gesagt. Als sie gekommen war, um seine Ehe zu zerstören.

«Bist du taub? Ich werde mit dir zurückfliegen.»

«Gute Nacht!»

Petersen stand abrupt auf.

«*Bloß raus . . .*» dachte er.

«Du bist an allem schuld, Johnny, du hast mich auf dem Gewissen!»

Petersen zuckte die Achseln: wenn er nicht gekommen wäre, dann wäre es ein anderer gewesen.

«Es hat keinen Sinn, Karin. Das ist alles Schnee vom vorigen Jahr. Leb wohl.»

Er begann, sich den Weg zu Herrn Yu zu bahnen. Es war fünf Uhr morgens.

«Lebe wohl, Mr. Johnny», flüsterte Karin Holm und wandte ihm ihr Gesicht voll zu. Ihr herrliches Haar war eine goldene Krone über dem grausam entstellten Gesicht.

«Ich wünsche dir alles Gute, mein Freund! Liebst du jetzt nur noch deine schöne Tochter? Wäre es nicht lustig, wenn sie eines Tages, so wie ich, in einer dreckigen Chinesenbude . . .» –

Miss Karin begann betrunken zu kichern . . .

«Sie ist nicht zurechnungsfähig . . .» dachte Petersen wild. Er hatte ein elendes Gefühl in der Magengrube. «Idiot . . .» sagte Petersen wütend zu sich selbst. Wie konnte er sich über die Reden einer betrunkenen Hure aufregen? Aber seine Vernunft war eine Sache, und seine Nerven oder sein Herz eine andere. Ein merkwürdiges Angstgefühl stieg in ihm hoch . . . Sein Pünktchen! – – – Sie war so unschuldig, so behütet, so viel kindlicher als ihre elf Jahre . . . Gut, daß Martha mit den Kindern im Januar abreiste. Sie war eben doch die Weisere . . . Petersen war durch Rauchwolken auf die Insel der Spieler zugeschritten.

«Gute Nacht, Herr Yu», sagte er heiser. «Meinen herzlichen Dank!»

«Ich komme bald nach. Hier ist die Karte unseres Hotels. Zimmer mit Bad ist für Sie reserviert, Sir!»

Herr Yu gab Petersen ohne aufzublicken eine Karte, auf die er einige Worte geschrieben hatte. «Auf später!»

III

Petersen lief durch die hügelige Stadt, die zwischen Nacht und Morgen in leiser und unaufhörlicher Geschäftigkeit den Tag erwartete. In den offenen Läden des Chinesenviertels brannten Öllämpchen. Frauen in Kulihosen und sauberen Leinenjacken bereiteten den Morgenreis. Eine blasse Mondsichel hing über der Insel der Spieler und Opiumesser, einer Welt, in welche die beängstigenden Geräusche des neuen östlichen Tages noch nicht gedrungen waren.

Ein Straßenkoch schritt durch eine Gasse, die in den Morgenschleiern wie Silber und Elfenbein schimmerte, und bot Petersen kleine Pasteten aus Sojabohnen an, die er auf seinem winzigen Holzkohleofen in Öl buk. Petersen aß mit Heißhunger. Eine Glocke rief zur Frühmesse in eine nahe Kirche. Auf dem Pflaster hockte ein uralter Chinese in zerlumpter Jacke und Hose und fegte mit einem kleinen Handbesen Pastetenreste auf, die Petersen beim hastigen Essen hatte fallen lassen. Er schob die Speisereste mit einer mumienhaften Hand in ein Bambuskörbchen, das wie ein Kinderspielzeug in seiner linken Hand hin- und herschaukelte.

Petersen kaufte zwei Pasteten, ließ sie in ein Palmenblatt verpacken und reichte sie dem Alten mit einem chinesischen Gruß. Der alte Chinese blickte auf Petersen und auf das Päckchen. Schließlich nahm er es entgegen und warf es mit einem gemurmelten Fluch zu Boden. Er spuckte auf die Blätter, als ob er darin einen bösen Geist vermutete.

«Er mag keine ‹Fremden Teufel›», sagte der Pastetenbäcker erfreut.

In der Hotelhalle stand Herr Yu und betrachtete den eintretenden Petersen aus zusammengekniffenen Augen. Auch er war schwer ermüdet, aber immer noch von mythischer Vitalität.

«Haben Sie sich gut unterhalten, Sir?» fragte seine rauhe Stimme.

«Besten Dank! – Es war sehr ... ungewöhnlich.»

Herr Yu hüstelte den Lungenhusten der Hafenkulis und blickte Petersen seltsam an. «Sie sehen angegriffen aus, mein Freund! Ist Ihnen der Aufenthalt im ‹Senfkorngarten› nicht bekommen? Ich wäre untröstlich.»

«Es ist nichts, Herr Yu. Ich bin ein wenig müde.»

«Man soll keine hundert Meilen gehen, wenn man müde ist. Schlafen Sie wohl, Sir!»

Herr Yu verschwand mit schweren Schritten in Richtung seines Zimmers. Und Petersen war sich plötzlich klar, daß er alles wußte. Karin Holm war niemals diskret gewesen ... und ein europäischer Liebhaber hatte ihr vor Herrn Yu Gesicht gegeben. Herr Yu hatte sich einen kleinen Spaß gemacht – einen etwas grausamen, sehr chinesischen Spaß. Er würde morgen alles vergessen haben.

IV

Der junge Harms brachte Petersen zwei Tage später zum Flugplatz. Er zog ein sorgfältig verschnürtes Päckchen aus der Tasche. Es war das Geschenk für Pummel, der jetzt unwiderruflich «Albert» hieß.

«Was ist es denn?» fragte Petersen.

«Eine kleine chinesische Dschunke», sagte der Kompradore aus Flottbek. «Ich habe sie selbst geschnitzt, und Phoenix hat die Segel genäht. Pummel – ich meine ‹Albert› – soll doch in Hamburg mal an den Fernen Osten zurückdenken.»

«Wie *sehr* nett von Ihnen, mein lieber Harms! Also: alles Gute! Ich kriege doch eine Einladung zur Hochzeit?»

«Klar, Herr Petersen. Aber es wird wohl noch'n büschen dauern.»

Petersen schüttelte Tommy die Hand. «Nochmals: machen Sie's gut!

Ich habe mich ... wirklich gefreut, Tommy. Ich meine ... hm ... na ... Sie machen's ganz famos!»

Tommy nickte so feierlich, wie ein chinesischer Mandarin auf der Bühne. «Man ist ja ein schreckliches Rindvieh, wenn man direkt von Flottbek im Osten eintrudelt», sagte er langsam. «Aber man lebt und lernt.»

Petersen nickte. Mancher blieb ein Rindvieh ... dachte er. Zum Beispiel er selbst. Er ärgerte sich immer noch über Karins dösige Reden im «Senfkorngarten». –

Das Flugzeug hob sich in den tropischen Himmel. – Der langbeinige junge Mann wurde immer kleiner. Zum Schluß war Tommy ein winkender Punkt.

Wieder ein Stück Hamburg, das sich mit Windeseile verkrümelte.

EINUNDZWANZIGSTES KAPITEL

«Der Jahrmarkt am goldenen Berge»

I

Martha holte Hannes vom Flugplatz ab und sagte sofort: «Du siehst schlecht aus, Hannes! Hast du dich in Hongkong zu sehr angestrengt?»

«Es ist nichts, meine Gute! Ich kann das Fliegen nicht vertragen.»

Beim Tee auf Marthas Veranda schloß Petersen sekundenlang die Augen.

«*Was* hast du eigentlich?» fragte Martha. Petersen reichte seine Tasse hinüber. «Bitte noch etwas Tee, Mem», sagte er und wich Marthas forschendem Blick aus. Darin hatte er jahrelange Übung. Dann öffnete er sein Köfferchen und entnahm ihm die kleine, holzgeschnitzte Dschunke für Pummel. «Sieh mal, Martha ... das hat Tommy gemacht.»

«Seit wann kann er schnitzen? Das ist ja ein kleines Kunstwerk. Ich habe gar nicht gewußt ...»

«Wir haben alle nichts gewußt.» Petersen zündete sich eine der mit Maß erlaubten Zigaretten an und erzählte Martha die erstaunliche Geschichte von Thomas Harms. Er erzählte ihr alles, was er in Hongkong und Macao erlebt hatte, bis auf das Wiedersehen mit Karin Holm. Mitten in die Erzählungen kam Pünktchen hereingestürzt und umarmte ihn mit Leidenschaft. In ihrer Begleitung befanden sich ihre «Kinderfrau» Cheng mit «Jüngstem Enkelsohn» auf dem Arm und eine Kreatur, die Petersen mit einem: «Was ist denn *das* für ein Bursche?» begrüßte.

«Das ist *tia* (Zwerg)», sagte Pünktchen stolz und streichelte das winzige Ungeheuer. «Cheng und ich haben ihn am Klong gefunden, *tia* ist *süß*, Pappi!»

Martha schüttelte den Kopf, schwieg aber. – Petersen starrte immer noch den «Zwerg» an, der demütig um Pünktchen herumschlich und geschickt Chengs Fußtritten auswich. Cheng konnte hungrige Straßenköter nicht leiden ... Sie beleidigten ihren Sinn für das Solide. Cheng hatte keinen Funken Mitleid mit tia gehabt, hatte aber den Bitten des goldhaarigen Kindes nicht widerstehen können. Seitdem führte sie einen stillen, zähen und manchmal erfolgreichen Kampf gegen Pünktchens geliebten Zwerg.

«Zwerg» war eine schlechte Mischung sämtlicher asiatischen Hunderassen. Er war eine Kreatur aus Niemandsland; in seinen Augen spiegelten sich Angst, Schelmerei und blinde Anhänglichkeit an jeden, der ihn nicht mit dem Fuß wegstieß und einsah, daß selbst Straßenhunde gelegentlich Wasserreis essen möchten... «Zwerg» hatte den langen, ungestutzten Schwanz aller Bangkoker Straßenhunde. Sein Fell hatte eine undefinierbare Farbe, die wie Schmutz wirkte, obwohl Cheng den Zwerg brummend gewaschen hatte. Sein Körper war eine Kreuzung zwischen einer Wurst und einer abgebrochenen Giraffe auf Streichholzbeinen. Kein Surrealist hätte ihn besser erfinden können.

«Hör mal, Pünktchen», sagte Petersen, «das ist ja ein Monstrum.»

Pünktchens schöne blaue Augen füllten sich mit Tränen. Wie konnte ihr Pappi den armen Zwerg so kränken? Sie kniete nieder und hielt dem Hündchen die Ohren zu. «*Mai pen arai, tia*», (Mach dir nichts draus, Zwerg!) flüsterte sie. «*Khun Paw mai khao tjai*», (Papa versteht das nicht). Kein siamesisches Kind hätte es besser machen können.

Martha ärgerte sich über Pünktchens Tränen und ihre heftige Zuneigung zu tia. Es war höchste Zeit, daß das Kind aus dieser exzentrischen Umgebung wegkam.

«Laß das, Lottie», sagte sie nicht unfreundlich. «So ein großes Mädchen weint doch nicht gleich! – Pappi hat Spaß gemacht...»

Petersen war sehr zerknirscht. Die Kleine konnte ihn um den Finger wickeln. Er gab Pünktchen schnell die hellblaue Hongkong-Seide, die er für sie gekauft hatte.

Pünktchen hatte im Nu ihren Kummer vergessen. «Cheng muß die Seide mit kleinen weißen Vögeln besticken,... bitte, bitte, Cheng», rief sie mit leuchtenden Augen. Sie lief in Marthas Schlafzimmer.

«Wohin will sie?» fragte Petersen. Er hatte einen *sehr* flüchtigen Kuß von seiner schönen Tochter erhalten.

«Zum Spiegel», sagte Martha trocken. «Diese Seide ist viel zu kostbar für Hamburg, Hannes! – *Wann* soll das Kind das tragen?»

«Sie ist ja noch in Bangkok», erwiderte Petersen gereizt. Seine Freude war dahin. Er betrachtete Cheng, jüngsten Enkelsohn und den Zwerg mit lebhafter Abneigung. Besonders den Zwerg, der Pünktchen auf seinen Streichholzbeinen nachlief.

«Gräßliches Vieh», sagte er so wütend, daß Martha lächeln mußte. Hannes schien auf tia eifersüchtig zu sein.

II

Endlich war der Tag des großen Tempeljahrmarkts gekommen, der alljährlich im November am «Goldenen Berge» in Bangkok gefeiert wurde. Die Kinder hatten darüber so viel von Nang Siri gehört, daß sie die letzten Tage in freudiger Erwartung verbracht hatten.

Leider gab es am Morgen des großen Tages einen Ärger in Bangkapi. Cheng, die selbstverständlich als Pünktchens Amah hatte mitkommen wollen, erklärte zu Haus bleiben zu müssen. Sie hielt Martha «Jüngsten Enkelsohn» wie ein Postpaket entgegen.

«Er sehr krank...» sagte sie in ihrem gebrochenen Siamesisch. «Cheng ihn pflegen.»

Martha fand das durchaus in der Ordnung. Sie teilte Pummels Abneigung gegen die herrschsüchtige Cheng. Da sie aber immer freundlich zu ihr war, glaubte Cheng, die Herrin könne ohne sie nicht auskommen. Martha schätzte Chengs Ergebenheit, aber in den letzten Monaten hatte ihre Liebe zu Lottie tyrannische Formen angenommen. Cheng hatte tatsächlich großen Einfluß auf Pünktchen und nutzte ihn hinter Marthas Rücken mit chinesischer Zähigkeit und Vorsicht aus.

Pünktchen stand neben Cheng und dem «Jüngsten Enkelsohn», der nach Marthas Meinung kerngesund aussah, und ließ kein Auge von ihrer Amah. Ihr zartes Gesicht war bereits zum Weinen verzogen.

«Was hat ‹Jüngster Enkelsohn› denn?» fragte Martha.

«Böser Wind hat ihn angepustet. Hustet wie kleiner Geist. Cheng hat sehr, sehr gute Medizin gekauft. *Sehr* teuer.»

Martha überhörte die kommerzielle Seite von Chengs Mutterliebe. «Böser Wind» hieß in Siam alles – von der Lungenschwindsucht bis zur leichten Erkältung.

«Hat er Fieber?»

Cheng nannte voller Stolz eine Temperatur, die kein Sterblicher überlebt hätte. Sie war – wie viele Chinesen – vage in ihren Zahlenangaben. So hatte sie Martha einmal gesagt, daß «Jüngster Enkelsohn mindestens zehn Jahre» alt wäre.

Martha gab Cheng eine Tablette und eine Flasche mit Hustentropfen. Die Amah nahm beides ohne Begeisterung in Empfang. Schlechte Medizinen! Eine teure und hilfreiche Medizin war knallrot oder giftgrün.

«Cheng bleibt heut zu Haus.»

Hier schaltete sich Pünktchen ungefragt ins Gespräch ein.

«Dann bleibe ich bei Cheng und tia!» rief sie weinerlich. «Wenn Cheng nicht zum ‹Goldenen Berg› mitkommt, gehe ich auch nicht.»

«Du bist wohl nicht klug, Kind», erwiderte Martha aufs höchste erstaunt. «Was würde Pappi dazu sagen?»

Statt aller Antwort schlang Pünktchen schluchzend die Arme um Chengs Hals, der in einer hartgestärkten weißen Jacke steckte. «Ich bleibe bei dir, Cheng... immer... immer!» stammelte sie in fehlerhaftem Chinesisch.

«Kleine Missie muß das nicht sagen», murmelte Cheng heuchlerisch. Sie warf Martha unter gesenkten Augen einen triumphierenden Blick zu. Missie war böse, auch wenn sie es nicht zeigte. Die fremde Teufelin liebte das Kind mit den Goldhaaren eben nicht, wie Cheng es liebte. Cheng verbeugte sich so tief und demütig vor Martha, wie nach ihrer Ankunft, als sie die malaiische Amah hinausgeekelt hatte, um selbst Pünktchens «Kinderfräulein» zu spielen. Seltsam, daß Martha die Szene gerade in diesem Augenblick wieder gegenwärtig war. – «Cheng hat Amah bedeutet, daß du ihre Dienste entbehren kannst. Sie will Pünktchen für sich behalten. Das ist doch ganz einfach», hatte Hannes ihr damals erklärt.

«Laß das Weinen, Charlotte», sagte Martha verstimmt, als Cheng endlich gegangen war. «Ich will kein Theater von dir, hörst du?»

Pünktchen war völlig außer sich.

«Ich gehe nicht mit ...» schrie sie und stampfte mit dem Fuß wie ein kleines Kind. Sie war kirschrot. Hatte sie einen Tropenkoller bekommen?

«Cheng ist meine chinesische Mutter. Sie hat es mir selbst gesagt», Pünktchen schluchzte zum Steinerweichen.

Martha war sehr aufmerksam geworden. Was hatte das Kind da eben gesagt? Cheng ging entschieden zu weit. Martha gab Pünktchen ein Taschentuch – wie Pauline hatte sie niemals Taschentücher – und sagte sehr freundlich:

«Wie du willst, Lottie! Wenn du lieber bei Cheng bleibst, soll es mir recht sein. Nur sei vorsichtig mit ‹Jüngstem Enkelsohn›. Ich glaube kaum daß er krank ist, aber er kann ja noch Fieber bekommen.»

Pünktchen starrte Martha mit offenem Munde an. Dann sagte sie weinend, aber bedeutend ruhiger:

«Ich dachte, Pappi wollte, daß ich mitkomme.»

«Das wollen wir alle, Liebling! Aber niemand wird dich zu einem Vergnügen zwingen. Jetzt sei ein gutes Kind und leg dich erst einmal schlafen.»

«Ja, Mutti ...» – Es klang *sehr* unsicher.

«Du kannst es dir gründlich überlegen, mein Kleines! Wir gehen nicht vor neun Uhr abends fort. Die Marionettenspiele beginnen erst so spät. Die wolltet ihr doch gern sehen.»

«Ja, Mutti ...» –

Große Pause. – Pünktchen weinte nicht mehr. Sie blickte Mutti scheu von der Seite an.

«Bist du mir böse, Mutti? Soll ich lieber hier bleiben?»

«Aber nicht doch, Dummchen! Wir gehen alle zusammen zum ‹Goldenen Berg›. Du bist noch nie so spät ausgegangen, nicht wahr?»

«Nur in Hamburg bei den Bomben. Pummel hat es mir erzählt. Ich weiß es nicht so richtig. War es sehr schlimm, Mutti?»

«Das ist alles längst vorbei. Schlaf schön, mein Kleines!»

«Darf ich mein hellblaues Kleid anziehen? Cheng muß es plätten.»

«Also ausnahmsweise. Es sollte eigentlich für Hamburg bleiben. Für deinen Geburtstag im Sommer.»

«Du bist *süß*, Mutti! – Du ... glaubst du, daß Cheng ... böse ist, wenn ich heut abend fortgehe?»

«Sie wird sich sicher freuen, daß du etwas so Seltenes zu sehen bekommst», erwiderte Martha gegen ihre Überzeugung. Die Sache gefiel ihr immer weniger.

«Ich mag Cheng *schrecklich* gern leiden. Warum hat sie gesagt, sie wäre meine chinesische Mutter?»

«Sie kann sich nicht so ausdrücken, Kind.»

Martha zog die grünen Sonnenrouleaus herunter. Cheng war im Küchenhaus und aß ihren Mittagsreis. Es war die einzige Stunde, zu der sie das Kind mit den Goldhaaren aus ihrer Nähe ließ.

Pünktchen gähnte. «Cheng kann nicht lesen und schreiben, Mutti! Dafür kann sie wunderbar sticken, nicht?»

«Ja ...» sagte Martha. «Sie ist recht geschickt.»

Sie verließ sehr nachdenklich das verdunkelte Zimmer. Cheng war entschieden kein guter Einfluß für das erregbare Kind, aber sie fuhren ja im Januar fort.

Martha war es sehr recht, daß Cheng beschlossen hatte, diese Nacht bei ihrem leiblichen Kind zu verbringen. «Pünktchens chinesische Mutter!» So eine Überspanntheit! Charlotte mußte Cheng falsch verstanden haben. Das war bei Chengs Kauderwelsch von Chinesisch, Siamesisch und Englisch durchaus möglich. Aber vielleicht hatte Cheng es auch gesagt. Die drohende Trennung von Pünktchen schien ihr schwer zu schaffen zu machen.

III

Martha war nicht die einzige, die sich an diesem Tage ärgern mußte.

Madame Boulgakoff hatte auch ihren kleinen Ärger. *Ah Bue* war einen Tag vor dem großen dreitägigen Volksfest ohne Abschied aus dem Russischen Restaurant verschwunden. Die Aushilfe für *Ah Bue* schlug gleich fünf Teetassen entzwei. *Wo* in aller Welt war *Ah Bue*? Sie hätte wenigstens die übliche Entschuldigung, daß eine Urgroßmutter im Sterben liege, vorbringen sollen. Madame war entrüstet über soviel Unhöflichkeit.

Bevor sie zum «Goldenen Berge» wanderte – las Madame Boulgakoff zwei Dinge, deren Bedeutung ihr erst später klar wurde. Das erste war eine Anzeige in der «Bangkok Gazette». Madame Boulgakoff interessierte sich für die Spalte, wo Verbrechen, Kindesentführungen, Rauschgiftschmuggel und ähnliche anregende Themen behandelt wurden. Es wurden täglich Opiumschmuggler von der siamesischen Regierung verhaftet. Madame zitterte, daß eines Tages Herr *Lü*, ihr Lieferant hinter der Jawarad Road, unter den Verhafteten sein würde. Kindesentführungen las sie wegen der versprochenen hohen Belohnungen. Sie konnte doch einmal Glück haben und so ein Wurm finden. Im übrigen liebte sie es, etwas über das Unglück anderer Leute zu lesen. Da merkte man, daß es doch eine ausgleichende Gerechtigkeit gab.

Madame überflog die Spalte mit den Verbrechen. Eine Chinesin namens *Chung*, die Anführerin einer gefährlichen Einbrecherbande, war bei einem Einbruch im «Oriental-Hotel» gefaßt worden. Sie war in das

Zimmer von Miss Lettice Black geschlichen und hatte die Dame mit einem betäubenden Mittel bespritzt. Miss Black hatte aber nicht geschlafen und ihre lange, sensitive Nase hatte etwas Seltsames gerochen, bevor sie die Augen einen Spalt geöffnet hatte. Als Chung sich an ihrem Schmuckkasten auf der Frisiertoilette zu schaffen machte, war Miss Black mit einem Satz bei ihr gewesen und hatte sie festgehalten. Sie ließ sich nichts stehlen. Kurz und gut, diese Chinesin, die mittlerweile einige ihrer Komplicen verraten hatte, sollte deportiert werden. *So, wie man es immer in Bangkok mit unliebsamen Ausländern machte,* schrieb das Blatt.

Madame Boulgakoff kniff die Augen zusammen und ließ das Blatt achtlos auf die abgeschabte Kokosmatte fallen, die als Teppich in ihrem Privatbüro diente. Sie wußte nicht, daß Chung die Mutter von *Ah Bue* war. Sie hatte sie einmal auf dem Markt gesehen, als sie *Ah Bue* gemietet hatte. Das verwischte Zeitungsfoto zeigte eine Chinesin in mittleren Jahren mit dem breiten Bambushut der Markthändlerinnen. Sie hatte schlaue Augen und gierige Hände.

«Das haben sie alle», dachte Madame Boulgakoff angewidert.

Dann blickte sie auf die Uhr: in zehn Minuten würde sie zum Tempeljahrmarkt aufbrechen. Bei einer bestimmten Bude würde Herr Lü mit einem Päckchen auf sie warten. Es würde den «Mohn des Vergessens» in einem der Bambuskästchen enthalten, die ein Freund des Herrn Lü mit anderen Bambusartikeln in seiner Jahrmarktbude verkaufte. Madame Boulgakoff atmete tief im Vorgenuß. Ein Gefühl der unendlichen Möglichkeiten der Existenz überkam sie mit derselben Intensität, wie Melancholie und Haß sie überfielen. Russische Gefühle ... herrliche Gefühle mit einem Anflug von Bitterkeit ... über den Verfall des Schönen und Frommen in einem Platz wie das «Russische Restaurant» auf der Suriwongse Road. Diese Bitterkeit saß tief in der letzten Opiumpfeife und erhöhte den Genuß.

Doch bevor Madame Boulgakoff ihre Pilgerfahrt zum «Goldenen Berg» antrat, las sie den Brief, der heute nachmittag aus Macao gekommen war. Sie las mit grausamem Amüsement. Miss Karin wollte plötzlich nach Bangkok zurückkommen – so schnell es ginge. Sie wäre im «Russischen Restaurant» viel glücklicher gewesen, als im «Senfkorngarten» in Macao. Man trachtete ihr dort nach dem Leben.

«Bitte hilf mir, Tatjana», endete der Brief. *«Du weißt doch, daß alle Gäste nur meinetwegen Dein Restaurant aufgesucht haben. Der junge Harms wollte mich hier übrigens heiraten, aber er ist mir noch zu grün. Du hast doch immer recht, Liebste! Alle sagen, ich wäre noch schöner geworden. – – Sende mir bitte umgehend das Geld für die Passage! Ich werde es abarbeiten ...*

Deine Dich liebende und Dir gehorsam ergebene
Karin.»

Madame Boulgakoff war auch nicht von gestern. Wenn diese unverschämte Euro-Asiatin, die ihr hinterlistig davongelaufen war, so plötzlich und demütig (bei aller Frechheit!) zurückkriechen wollte – dann stimmte etwas nicht. Das Geld für eine Passage schicken! Karin mußte verrückt geworden sein. Wenn sie in Bangkok ankam – auf irgendeine Weise war sie ja immer abgefahren und angekommen –, war noch genügend Zeit zu Verhandlungen. Bildschön war sie ja, aber sie quälte alle mit ihren Launen. Madame Boulgakoff zerriß den Brief und warf die Papierfetzen auf die Matte. Natürlich antwortete sie nicht. Wäre schade um das Porto. Die schöne Karin mußte auf einem absteigenden Ast sein.

Madame Boulgakoff erhob sich achselzuckend. Es war ein netter Gedanke, daß Schönheit immer verging und das «Russische Restaurant» immer noch bestand.

Die ersten Leute, die Madame am «Goldenen Berge» traf, waren Mr. Petersen mit Gattin und den zwei halbwüchsigen Kindern. Tatjana starrte Pünktchen an. Ein bildschönes Kind! – Sie würde schon ihre Portion Unglück bekommen ... Dann eilte sie mit halbgeschlossenen Augen an den erleuchteten Buden vorbei zu der Stelle, wo man Bambusartikel verkaufte. Sie hatte die deutsche Familie bereits vergessen.

IV

Die Kinder waren begeistert. Sie hielten sich wie in den guten, alten Zeiten an den Händen, und Pünktchens winziger Zeigefinger wies auf die tausend Lichter, Spielwaren und asiatischen Leckerbissen, die am Fuße des Sraket-Tempels aufgebaut waren. Es war eine wundervolle, nicht allzu heiße Nacht. Von der Spitze des künstlich geschaffenen Berges, den die Bevölkerung *Pu Khao Tong* nennt, leuchtete die große Stupa, welche die von Indien nach Siam gebrachten heiligen Reliquien des Buddha enthält. Pilgerscharen und Fremde wanderten unablässig die vielen Stufen zur Stupa hinauf, um dort zu meditieren oder nur zu schauen. Die Wanderung zur Stupa war schon eine buddhistische Pilgerfahrt. Überall auf den sich zur Höhe windenden Wegen standen kleine Höhlen, Reliquienschreine, Statuen und Salas, welche die Kinder an die «Sala» ihres Großonkels in Rong Muang erinnerten. Wie eine glitzernde Schlange wand sich die bunt gekleidete Menge die Treppenwege hinauf und herunter. Nur einmal im Jahr – im November – hatten die Frommen und Schaulustigen den Zugang zu der Reliquie der Stupa. Nur im November wand sich ein granatrotes Tuch wie eine Feuerwolke um den Sockel des Heiligtums. Und nur im November war am Fuße des «Goldenen Berges», unter dem tiefen Schweigen im Innern der Stupa der lärmende Budenzauber – Verkaufsstände, fahrende Garküchen, Tänzerinnen, Clowns, Marionettentheater, Ausstellungen von Mißgeburten und das jährliche Treffen der Prinzen und Bettler, der Pilger und Taschendiebe, der Einheimischen und Ausländer.

Wie auf allen Bangkoker Märkten, standen chinesische Verkaufsstände Seite an Seite mit siamesischen Buden, die Leckerbissen, Spielzeuge und Sonnenschirme, die wie tote Hühner an einer Stange hingen, feilboten. Pünktchen erhielt einen Sonnenschirm für sich und einen für «Jüngsten Enkelsohn», der wahrscheinlich zu dieser Stunde eine giftgrüne oder knallrote Medizin schlucken mußte.

Dicht vor dem Aufgang der Stupa tanzten zwei junge Siamesinnen in Brokatkostümen ein klassisches Ballett. Marionettenfiguren, die an langen Stöcken über eine Miniaturbühne schwebten, stellten Szenen aus Legenden dar. Siamesische Clowns machten leisen, zwerchfellerschütternden Unfug. Ein Duft von gerösteten Erdnüssen und heiliger Wallfahrt durchzog die Nacht. Betelkauende alte Siamesinnen mit kurz geschorenem Haar und weißen, geflickten Jacken fragten Pummel und Pünktchen verschiedene Male: «*pai nai*?» (Wohin gehst Du?), worauf Pummel höflich erwiderte, daß sie «spazieren gingen» (*pai tio*). Pummel wußte bereits, daß die Frage nur eine Formsache war und die alten Damen, die zufrieden und rasend neugierig vor einer Bude mit entsetzlichen Süßigkeiten hockten, keine Auskunft darüber erwarteten, wohin der kleine *Ferang* gehen wollte. Sie sahen ja, daß er mit seiner Schwester zur Treppe strebte. Die eine alte Dame fragte noch schnell, was der Stoff zu Pünktchens hellblauem Kleid gekostet hätte, und nahm Petersens Auskunft befriedigt entgegen. Petersen hatte den dreifachen Preis geflüstert, damit seine Tochter nicht verachtet würde. Martha schüttelte lächelnd den Kopf. Man konnte diesen treuherzigen alten Frauen, die vergnügt und nicht wenig verschlagen zu ihnen aufblickten, nicht böse sein. Eine unbesiegliche gute Laune beherrschte die vornehmen siamesischen Familien in dieser Nacht. Die Laune wurde von sämtlichen Bangkoker Bettlern und Taschendieben aufs herzlichste geteilt. Petersen hielt seine Brieftasche fest in der Hand. Er hatte seine Erfahrungen in früheren Jahren gemacht.

Plötzlich nahm er Pünktchen fester an die Hand und sagte hastig: «Komm, komm Kleines!» Vor einer Bude saß nämlich eine Siamesin in mittleren Jahren und stellte ein fußlose Mißgeburt zur Schau, deren großer Kopf wie ein Kürbis auf dem verkrümmten Körper saß. Viele Zuschauer standen herum und lachten harmlos. Die Schaustellerin lachte ebenfalls. Pünktchen begann zu weinen und versteckte ihren Kopf in Petersens Ärmel.

«Da haben wir es», sagte Martha resigniert.

In diesem Augenblick erschien Miss Black und fragte: «Haben Sie vielleicht Agnes gesehen, Mrs. Petersen?»

Petersen hatte Agnes Songhakul nicht gesehen.

«Übermorgen reisen wir nach den USA», bemerkte Miss Black. Eine sonderbare Melancholie lag auf ihrem nüchternen Gesicht. In ihrer Tasche knisterte ein Brief. Von Jane Macpherson aus Singapore. Jane hatte sich – ohne Miss Blacks Erlaubnis – mit Mr. Portman, dem Chef der ECAFE, verheiratet. Sie war für Miss Black verloren.

Miss Black war sehr ungehalten. Erst wurde ihr beinahe der Schmuck von einer Chinesin gestohlen. Und dann stahl Mr. Portman ihr die Gefährtin ihrer Jugend. Das Gefühl des Verlustes hüllte Miss Black von Kopf bis Fuß ein und machte sie mürrisch.

«Wenn Sie Agnes noch sehen, sagen Sie ihr bitte, daß ich ins Hotel zurückgefahren bin», murmelte sie endlich, «Feste fallen mir immer auf die Nerven.»

Aber Agnes Songhakul, die vor einigen Monaten bei Miss Black in einer Ehekrise Zuflucht gesucht hatte, kam nicht mehr zurück. Sie traf am «Goldenen Berge» ihren geschiedenen Ehemann.

Ihr Sohn Seppl, den alle *Vidya* nannten, war auch da. Nur die neue Gattin des siamesischen Arztes war nicht mit von der Partie.

V

«Wo ist Suvari?» fragte Agnes Songhakul in der gedeckten Galerie der Stupa.

«Sie ist nicht da ...» erwiderte der Arzt.

Zorn stieg in Agnes auf über diese echte siamesische Antwort, aber sie beherrschte sich um des Kindes willen, das sie glücklich aber seltsam lächelnd betrachtete.

«Das sehe ich ...» sagte Agnes ironisch. «Ist sie verreist? Oder überläßt sie jetzt *dir* Seppls Erziehung?»

Dr. Songhakul schien zu überlegen. Er trat an den Rand der Galerie und blickte von der Höhe auf das lichterglänzende Bangkok. Am Fuße des Berges leuchteten die Dächer und goldenen Schnitzereien von *Wat Sraket*. Die Welt war schön und entsetzlich. Alles war Leiden ... wie Buddha es ja lehrte.

«Ich habe meine jetzige Frau wieder nach Haus geschickt», erklärte er endlich. «Sie kann mir keine Kinder gebären.»

Der abergläubische Abscheu vor der unfruchtbaren Frau, der von Indien nach Hinterindien geweht sein mußte, klang aus der sanften Stimme des siamesischen Arztes.

«Suvari hat mich getäuscht. Sie ist einmal als junges Mädchen unglücklich gefallen. Meine Großmutter wußte nichts davon.»

Agnes schwieg. Sie fühlte weder Triumph noch Mitleid. Sie hatte zuviel in der Familie Songhakul durchgemacht.

«Agnes», sagte Dr. Songhakul in seinem fehlerfreien, leise singenden Deutsch, «komm zu mir zurück! Wir werden ein eigenes Haus bewohnen. In drei Monaten gehe ich nach den USA. Die UNICEF schickt mich im Austausch nach Washington. Wir werden so glücklich sein wie in München. Wir werden viele gesunde Söhne haben.»

Der letzte Satz, der das selbstverständliche Wunschbild des asiatischen Ehemannes ausdrückte, dem die Söhne viel wichtiger als die Mutter der Söhne sind, machte Agnes rasend. Das Blut schoß in ihr vergrämtes junges Gesicht. Unwillkürlich packte sie Seppl, der ängstlich zurückwich, wieder mal viel zu heftig an der Hand und fragte hart:

«Genügt dir dein Sohn *Vidya* nicht?»

Sie wandte sich dem Kind zu. «Was ist mit dir? – Warum stehst du so verdattert da? Hast du Angst vor deiner Mammi?»

Seppl streichelte mit einer rührenden Gebärde Agnes' heiße Hand. Er sagte immer noch nichts.

Agnes konnte sich nicht mehr beherrschen. «Antworte mir doch», schrie sie und schüttelte den kleinen zarten Burschen in dem weißen Hemd und den kurzen Leinenhosen.

«Er kann dich nicht hören», sagte Dr. Songhakul.

«*Was?*»

«Er ist taub», erklärte Dr. Songhakul mit der ruhigsten Stimme von der Welt. Nichts in seinem Gesicht zeigte an, ob er die Tragödie, die seinen einzigen Sohn und Erben befallen hatte, in Ruhe oder Auflehnung miterlebt hatte. Vidya hatte ein schweres Fieber bekommen. Seine Großmutter hatte ihn auf ihrem Besitz in West-Siam gepflegt, mit Hilfe von Geisterdoktoren und Opfern vor den Altären des Buddha. Aber das Kind war und blieb taub. Dr. Songhakul hatte es Agnes nicht mitgeteilt, weil er Szenen haßte. Man mußte sich abfinden. Man mußte andere Söhne haben. Vidyas Zukunft war die Zukunft aller derer, die unbeachtet und ungetröstet in einem Winkel des Familien-Palastes den Gnadenreis essen.

Agnes, die nie etwas im Hause Songhakul richtig verstanden hatte, wußte plötzlich hellseherisch, daß dies die Zukunft ihres einzigen Sohnes sein würde. Sie konnte nicht weinen. Es war zu schwer. In diesem Augenblick auf dem «Goldenen Berg», auf diesem heiligen Gipfel der buddhistischen Resignation, setzte sie die Aktivität und die Rebellion der europäischen Mutter gegen den Fatalismus des asiatischen Vaters. Sie war sehr ruhig. Agnes Songhakul sah in diesem Augenblick nur das zierliche, resignierte Kind, das zitternd und demütig ihre Hände streichelte. Agnes konnte nicht länger vor ihrem Kreuz davonlaufen.

«Dhevi», sagte sie mit neuer Ruhe, «so geht das nicht. Wir werden Seppl nach den USA mitnehmen. Die besten Ärzte müssen ihn untersuchen. Wenn aber alles nichts nützt» – sie schluckte hart –, «dann muß er in den USA oder bei meinen Eltern in eine Schule für ... taube Kinder kommen. Er muß etwas lernen.»

«Wozu denn? Körbe zu flechten braucht er nicht. Vidya ist der Haupterbe meiner Großmutter.»

«Wir wollen das später besprechen», sagte Agnes müde und nahm das Kind wie einen Säugling auf den Arm. Es gab genügend Methoden, den Geist eines tauben Kindes auszubilden.

«Also du kommst wieder dahin zurück, wo du hingehörst?» fragte Dr. Songhakul, als ob *er* nicht Agnes seinerzeit in bester Form aus dem Hause geworfen hätte.

«Ich komme zu Seppl. Er braucht seine Mutter.»

Sie begannen den Abstieg vom «Goldenen Berg».

«Seppl» hatte seine dünnen Arme um Agnes' Hals geschlungen und rieb seine kleine platte Nase an ihrem Gesicht, wie ein verschüchtertes Tierchen, das sich endlich geborgen fühlt.

«Bleibst du bei mir?» fragte er auf siamesisch.

Agnes strich ihm über das glänzende, schwarze Haar. «Natürlich, mein Liebling!» Sie nickte ihm zu. – Und er verstand.

Es war das erste Mal seit dem Unglück, daß Vidya Songhakul etwas verstanden hatte, was man zu ihm sagte.

«Schön, Mammi», flüsterte er und blickte in die erleuchteten Buden, an denen Agnes vorbeieilte. «So viel *sanuk* ...» (Spaß und Heiterkeit). Dr. Songhakul rief seinen Chauffeur und brachte Agnes und das Kind für diese Nacht ins Ratanakosin-Hotel. Dann fuhr er in sein leeres Haus um seiner Großmutter, die die halbe Nacht ihre Juwelen betrachtete, mitzuteilen, was die letzte Drehung des *samsara,* des sich ewig drehenden Schicksalsrades des Lebens gebracht hatte.

Agnes schrieb noch in dieser Nacht an Miss Black. Sie mußte sie verstehen, denn sie selbst hatte ja Dr. Songhakul veranlaßt, das Kind gelegentlich zu seiner Mutter ins Hotel zu senden. Agnes dankte Miss Black für alles, was sie für sie getan hatte, und sprach die Hoffnung auf ein Wiedersehen aus. –

Viel schwerer war der Brief an ihre Eltern nach München, die im Augenblick ihre Tochter bei sich hatten. Das Kind war sehr gern bei den Großeltern. Agnes hörte selten von ihren Eltern. Und sie schrieb auch nicht. Ihre Eltern hatten nicht verstehen können, daß Agnes, die doch immer ein Dickschädel gewesen war, sich so hatte verdrängen lassen, aber ihre Eltern kannten weder den machtvollen Einfluß der alten Siamesinnen, noch verstanden sie das verwickelte Netzwerk der fatalistischen Gedanken, die in Ostasien das Leben komplizierten.

Agnes stand auf und trat auf den Balkon des Hotels. Es war ein teures Hotel. Dr. Songhakul mußte eine gehörige Gehaltsaufbesserung von der Regierung erhalten haben. Als sie noch bei ihm war, konnte er sich ein eigenes Haus, wie er es jetzt bewohnen wollte, nicht leisten.

In der Tat war der junge Arzt nicht mehr abhängig von seiner Familie. Nach gutem siamesischem Brauch hatte er einen Großonkel beerbt, der ihm ein Haus und Reisfelder in der Menam-Ebene hinterlassen hatte. Alles wäre anders gekommen, wenn sie schon damals ein eigenes Haus hätten bewohnen können. Das Rad des Geschicks hatte sich etwas zu spät gedreht. Vidya mußte wieder *sanuk* haben. Sie – Agnes – würde dafür sorgen.

Eines Tages würde sie mit ihrem Mann und ihren Kindern auf den

«Goldenen Berg» steigen und von dem Gipfel auf ein Bangkok blicken, das ihr zweite Heimat geworden war.

VI

Petersens standen immer noch vor der Marionettenbühne, als eine vertraute Stimme Pummel anrief:

«Na, mein Jung! ... wie gefällt dir das?»

Es waren «Pappa und Mamma Krüger», die alljährlich den Tempeljahrmarkt besuchten. Der alte Herr Krüger war etwas verstimmt. Er war vorhin bei «Krischan» vorgefahren, um ihn zum «Goldenen Berge» mitzunehmen, aber Petersen senior war fest geblieben. Er ging nur mit Pauline zum «Goldenen Berge». «Mamma» war heut abend glänzender Laune. Wie immer, seitdem die liebe Florence wieder abgereist war.

«Wir hatten einen Brief von Lisa Petersen», verkündete Doris Krüger. «Ich glaube, sie ist wütend, daß Hinrich nun in Hamburg bleiben muß.»

«Lisa kann die Bangkoker Verhältnisse absolut nicht beurteilen», sagte Martha mit der Geduld, die sie früher bei zurückgebliebenen Schülerinnen angewendet hatte. «Ich werde ihr schon alles erklären.»

Charles Krüger hatte Pünktchen an der Hand genommen und führte sie zu dem Verkaufsstand mit den Bambusartikeln, wo Madame Boulgakoff sich mit zwei Chinesen unterhielt. Der eine Chinese war Herr *Lü* aus einer Seitengasse der Jawarad Road, der Madame Boulgakoff mit dem Mohn des Vergessens versorgte.

Herrn Lüs längliches Gesicht mit der hohen Stirn, den Opiumlöchern in den Backen und den kleinen, dunklen Augen, welche die schweren Lider beinahe ganz bedeckten, hatte etwas unendlich Schlaues und unendlich Gelangweiltes: das dämonische Gesicht eines kleinen Beamten, der – flink, würdevoll und korrupt – in ein verschollenes China gepaßt hätte. Herr Lü besuchte den Tempeljahrmarkt hauptsächlich, um kleine Mädchen zu kaufen, die bei ihm Theaterbärte herzustellen hatten und gelegentlich für andere dunkle Zwecke mißbraucht wurden. Neben ihm stand eine Chinesin in mittleren Jahren, deren Gesicht durch viele Bandagen vollständig unkenntlich war. Vielleicht hatte Herr Lü, der beim Lächeln kleine grausame Nagetierzähne zeigte, ihr eine Bratpfanne ins Gesicht geworfen?

Das alte Ehepaar Krüger hatte sich verabschiedet. «Mamma» wollte den ganzen Weg zur Stupa machen. «Immer langsam voran ...» sagte sie tapfer. Sie durfte eigentlich den Weg wegen ihres Fettherzens nicht machen, aber ihr Mann liebte den Blick über Bangkok so sehr. Sie waren jedesmal im November dort hinaufgegangen.

Diesen Anblick hatte Martha immer noch vor Augen, als das große Gedränge begann: zwei alte, vergnügte Europäer, die langsam und nach Luft schnappend die Treppen zum Heiligtum bezwangen, so wie sie alles in den Tropen bezwungen hatten – das Klima, das Tempo der Kulis in ihrer Papierfabrik, das Heimweh, das sich nur in verschwommenen Träumen meldete.

Am sonderbarsten hatte Martha berührt, daß Charles und Doris Krüger sie jetzt mit derselben höflichen und gleichgültigen Freundlichkeit behandelten, die Pauline schon bei ihrem letzten Besuch in Bangkok gezeigt hatte. Martha Petersen war eine Deserteurin in ihren Augen. Die Tatsache ihrer Abreise suggerierte eine verschleierte Kritik am tropischen Leben, mehr noch – eine Absage an eine Form der Existenz, die allen diesen Menschen als die einzig mögliche erschien. Martha wollte in ein tätigeres und rauheres Klima zurück – welche Vermessenheit!

Niemand konnte später sagen, wie das lebensgefährliche Gedränge vor der Marionettenbühne und der Bude mit den Bambusartikeln zustande gekommen war. Es gab gelegentlich bei Tempeljahrmärkten solches Gedränge – aber es war selten so gewaltig wie an diesem Abend. Die Familie Petersen – die Eltern und die beiden Kinder – wurde von einer Sekunde zur andern voneinander getrennt. Um sie herum war plötzlich ein Meer brauner, fremder Gesichter, Arme und Beine. Die Hitze und das unheimliche Gedränge nahmen den wenigen in die Masse eingekeilten Europäern beinahe die Fähigkeit, Luft zu holen. Eine unwiderstehliche Welle riß Martha und Petersen in die Richtung der Treppe – fort von der Marionettenbühne, den Buden und den Kindern.

«Pünktchen ist ja mit Albert», sagte Hannes beruhigend. Martha rief: «Lotte! Wo bist du ... Pünktchen! – Pummel!» Das Echo war nur tausendfältiges, asiatisches Stimmengewirr. Ein unbeschreibliches Chaos herrschte in der kleinen Welt des «Goldenen Berges».

Einmal glaubte Martha die beiden Papierschirme zu sehen, die Pünktchen geschenkt bekommen hatte, aber es war eine Täuschung. Ein nackter kleiner Siamesenknabe schwenkte später zwei ähnliche Schirme über dem Kopf seiner Mutter – einer Farmersfrau mit kurz geschnittenem schwarzem Haar und mit dem blutroten Zahnfleisch der Betelkauerin. Neben Martha schob sich ein sehr beleibter Siamese vorwärts, dem das Gedränge nur ein weiterer *sanuk* zu sein schien. Er lächelte Petersen strahlend an – wobei sämtliche Falten seines runden Gesichts noch privat lächelten – und sagte begeistert, daß so ein Jahrmarkt sehr viel «Mühe und Plage» wäre. Martha starrte ihn an, wie eine Blinde. Ein Vorgefühl unbestimmter Art schnürte ihr so die Kehle zusammen, daß sie nur flüstern konnte. Sie keuchte: «Lottie, Lottie!» Petersen faßte ihren Arm fester. «Aber ... Liebste, beruhige dich! Es lichtet sich schon. Bald sind die Kinder bei uns.»

«Ja, Hannes», sagte Martha immer noch in demselben Flüsterton. Sie versuchte zu lächeln. Neben ihr stand plötzlich Madame Boulgakoff. Sie starrte Petersen regungslos an. Ihr Anblick war für die überreizte Martha eine Qual.

«Haben Sie vielleicht unsere Kinder gesehen, Madame?» fragte Petersen. «Meine Frau ist sehr erregt. Aber es verläuft sich ja schon.»

«Ich kenne Ihre Kinder nicht, Sir», erwiderte Madame Boulgakoff und wandte sich ab.

Und dann – so plötzlich wie das Gedränge begonnen hatte – lichtete sich die Menge. Eine weißhaarige Siamesin, die nur aus Haut und Knochen bestand, trug heulend ein lebloses Kind zu einer Bude mit Süßigkeiten. Es war im Gedränge totgetreten worden. Zwei Taschendiebe machten noch schnell einige Gelegenheitsgeschäfte. Die Buden erstrahlten wieder vom Schein der Öllampen und Laternen. Überall begann wieder das Lachen, Essen, Trinken und die Wanderung zum Gipfel des Berges. Petersen und Martha eilten zum Marionettentheater zurück, um Pummel und Pünktchen in Empfang zu nehmen. Martha hatte sich beruhigt, sowie die Menge sich verlaufen hatte; aber sie wollte mit der Kleinen nach Hause fahren. Petersen und Pummel konnten noch mit den alten Krügers weiter durchfeiern. Martha sah nach der Uhr, während sie sich, an einer vielköpfigen Chinesenfamilie vorbei, zur Bude mit den Bambuskörben und Hüten begab. Es war genauso wie vor dem Gedränge. Nur die Kinder waren nicht da.

«Sie müssen jeden Moment kommen», sagte Petersen. Martha zuckte zusammen, als jemand sie versehentlich anstieß.

«Sei doch nicht so schrecklich nervös», sagte er gereizt. «Albert ist schließlich fünfzehn Jahre alt und paßt immer auf Pünktchen auf. Siehst du ... da kommen sie!»

Wirklich sah man Pummels hochroten Kopf einen Augenblick zwischen den vielen dunklen Gesichtern auftauchen. Er konnte nicht rennen. Martha mußte sich gedulden. Immer mehr Menschen waren in Rikschas und Autos zum «Goldenen Berge» gefahren. Soeben erschien Ulla Knudsen mit ihrer Mutter am Arm und begrüßte ihren Juniorchef und seine Gattin in den schrillsten Tönen, die ihr zu Gebote standen. Ein Redestrom brach regelmäßig aus Fräulein Knudsen, wenn sie ihre Chefs «gesellschaftlich» traf.

«Ist es nicht herrlich, Sir? *Was* sagen Sie nur zu diesem Jahrmarkt, *Mem*? Willst du wohl aufpassen, Mammi, daß dir niemand auf den Fuß tritt! Nachher muß Ulla dich nach Haus tragen.»

Mammi Knudsen kicherte glücklich und zog Ulla wie ein verwöhntes Kind am Ärmel. Sie wollte zu den Spaßmachern und zu der Bude mit den heißen Reiskuchen und den Bananen-Eierkuchen.

«Tolles Gedränge!» sagte Ulla noch rasch. «*Ganz* Bangkok ist wieder mal auf dem Jahrmarkt ... Ich sage immer zu Mammi ...»

«Haben Sie unsere Kinder gesehen?» unterbrach sie Petersen. «Eben dachte ich, daß unser Junge hier auftauchte.»

«Nein», sagte Fräulein Knudsen gleichgültig. «Ich habe niemanden gesehen. Ich muß ja auf *mein* Kind hier aufpassen.» Sie lachte schrill und liebevoll. «Ja ... Mammi ... ich komme schon. *Nein*, du darfst nicht allein gehen. Warte brav auf deine Ulla, hörst du?»

Damit war Fräulein Knudsen wieder an der Seite ihrer Mutter, die in ihrer gestärkten weißen Bluse und dem roten *phanung* so reizend zerbrechlich wie eine siamesische Puppe wirkte. Martha hatte die ganze Zeit geschwiegen. Sie hielt die Augen auf die glitzernde Menschenschlange gerichtet, die sich beständig hin und her wand und die Orientierung erschwerte.

Sie standen jetzt vor der Bude mit den Bambusartikeln. Da waren noch Herr Lü und die anderen Chinesen. Nur die Frau mit den Bandagen war verschwunden. Wahrscheinlich war sie nur eine Kundin gewesen, die mit Herrn Lü und dem Besitzer der Bude geplaudert hatte. Es fiel Martha trotz ihrer Benommenheit auf, daß diese Frau nicht mehr da war. Es ging sie nicht das Geringste an; ihre innere Spannung mußte ihre Beobachtungsgabe krankhaft gesteigert haben.

«Pappi, Mutti!» Pummel kam außer Atem angerast. «Pünktchen ist doch bei euch?» –

Er stand stockstill, als er das Gesicht seiner Mutter sah.

Petersen hielt sie fest, da sie schwankte.

«Um Gottes willen, Martha», murmelte er, «es wird sich gleich aufklären.»

Pummel stammelte hilflos: «Ich dachte ... ich ... meinte, Pünktchen wäre mit euch. Ich ... ich rief ... immerzu ...»

Er verstummte und blickte seinen Vater hilflos an. Alles Blut war aus seinem Gesicht gewichen. «Wo ist sie ...?» sagte er mühsam, weil ein großer Kloß in seinem Hals saß. Er blickte sich wild um. Nur fremde braune Gesichter. «Pünktchen!» schrie Pummel so laut, daß Petersen ihm die Hand auf den Mund legte. Denn sofort hatte sich eine Menschenmenge angesammelt, die alle Pummel und die versteinerte Europäerin neugierig betrachteten und harmlos schwatzten und lachten. Sie lachten keineswegs aus Herzlosigkeit; sie wußten ja nichts von dem Schreck, den diese drei Ausländer soeben erlitten hatten. Sie hörten nur, daß der große, blonde Junge laut schrie, und das war unwiderstehlich komisch. Um so mehr, als sie nicht verstanden, was «Pünktchen» bedeutete. Es mußte ein böser Geist in ihn gefahren sein; aber der böse Geist war gleichzeitig «schrecklich lustig». Denn der junge Ferang war puterrot geworden. Große Tränen liefen ihm aus den Augen hinter der Brille, so daß er gar nichts sehen konnte.

In diesem Augenblick kam Ulla Knudsen mit Mammi wieder an. Noch niemals hatte Petersen so erleichtert beim Anblick seiner tüchtigen Sekretärin aufgeatmet. Er erklärte ihr heiser, daß er das Kind suchen werde, das sicherlich ruhig bei einer Bude auf sie warte. «Bitte, bleiben Sie bei meiner Frau, Ulla! *Nicht* von der Stelle rühren. Ich bin gleich wieder da.»

Die gutherzige Ulla, die Martha aufrichtig verehrte, spielte mit schlecht verhehlter Begeisterung die Beschützerin der Familie Petersen. Sie war gleichzeitig entsetzt. Der Juniorchef schien die Sache zu leicht zu nehmen. Wer konnte wissen, was dem Kind allein im Gedränge passiert war? «Sie haben vorhin ein totes Kind im Gedränge gefunden», flüsterte sie ihrer Mutter auf siamesisch zu, ohne zu bedenken, daß Pummel jedes Wort und Martha jedes zweite Wort verstand.

«Halt den Mund, Ulla», sagte Mammi Knudsen mit ungewohnter Festigkeit. Plötzlich waren die Rollen vertauscht. «Schwatzen ... schwatzen ... schwatzen ...» murmelte sie böse. Sie streichelte scheu Marthas Hand und blickte aus ergebenen, sanften Augen zu ihr auf. «Es wird schon gut werden, Mem», flüsterte sie auf siamesisch.

Martha erwachte aus ihrer Erstarrung und blickte Mammi Knudsen wie aus weiter Ferne an.

Sie schritt langsam auf die Bude mit den Bambusartikeln zu und fragte: «Können Sie Chinesisch, Fräulein Ulla?»

«Natürlich, Mem! – Ich spreche Chinesisch, Siamesisch, Malaiisch, Englisch und *sehr* gut Französisch», erklärte Fräulein Knudsen. Die kleine Zutat mit dem Französischen hatte sie hinzugefügt, weil es sich so nett in diesem Zusammenhang machte.

«Fragen Sie ihn bitte, ob er ... ein Kind im hellblauen Kleid ... ein *blondes* Kind ...» Wieder versagte Martha die Stimme. Alle Kraft schien von ihr gewichen. Sie, die Stütze der Familie, suchte Stärkung bei Fräulein Knudsen. Ulla war prahlerisch, unbalanciert und laut wie eine ganze Damenkapelle, aber sie war eine gute Tochter. Sie mußte verstehen ...

Aber Herr Lü schüttelte gleichgültig den Kopf.

«Wer war noch hier?» fragte Ulla die Gattin des Juniorchefs. «Eine Russin ... Sie starrte das Kind an. Es fiel mir auf», antwortete Martha, immer noch seltsam tonlos.

«Das muß Madame Boulgakoff gewesen sein», sagte Ulla schnell. «Ich sah sie vorhin. Vielleicht paßt sie auf die Kleine auf.»

Jede Aufpasserin wäre Martha recht gewesen, selbst diese Russin mit dem grausam-amüsierten Lächeln.

In diesem Augenblick kamen Charles und Doris Krüger von ihrer Wanderung zurück und stutzten, sie, die Freundin und Pummel in diesem Zustand zu sehen. Während Ulla erklärte, schluchzte Pummel unverhohlen und wischte sich linkisch die Tränen mit seiner schmutzigen Faust ab. Fünfzehn Jahre waren noch kein Schutz gegen Schock und Angst.

Charles Krüger klopfte ihm auf die Schulter. «Immer ruhig Blut, mein Jung.» Er hatte viel für Pummel übrig. Reiten tat er jetzt auch so nett!

Doris bemühte sich inzwischen freundschaftlich um Martha. Sie holte einfach aus der Bambusbude einen kleinen Hocker und setzte Martha darauf. «Hannes wird ja gleich mit ihr kommen», murmelte sie ununterbrochen. Sie war sehr blaß und gar nicht wie die komische «Mamma Krüger».

«Morgen bleibt ihr alle im Bett! Und dann ist alles wieder in Ordnung», sagte sie, als ob schon alles in Ordnung wäre.

Martha nickte. Doris Krüger war so normal und so behaglich, daß der Gedanke an eine Tragödie in ihrer Gegenwart absurd schien.

«Ich weiß selbst nicht, warum ich mich so erschrocken habe», flüsterte sie dankbar.

«Es ist ja lächerlich.» Sie drückte der alten Landsmännin die Hand.

«Ja ... natürlich», sagte Doris Krüger sehr leise. Sie hatte Hannes kommen sehen.

Er war allein ...

VII

Was dann geschah, erlebte Martha nur noch als bösen Traum.

Charles Krüger nahm die Situation in die Hand. Er fuhr zur nächsten Polizeistation und schickte Hannes zum Prinzen Pattani. Ein Neffe des Prinzen war der wichtigste Mann in der «CID» (Criminal Investigation Department).

Zehn Minuten später erschien Herr Krüger mit drei Polizisten, die alle Pünktchens Personalbeschreibung erhalten hatten. Eine Anzeige, die eine hohe Belohnung versprach, würde am nächsten Morgen in den Zeitungen stehen. Man mußte *sofort* alles unternehmen, sagte Charles, als er mit den Polizisten zu der Marionettenbude zurückeilte. Er zwang Martha, mit Doris nach Haus zu fahren. Doris würde in Bangkapi übernachten. Martha wollte von der Bude nicht fortgehen und versuchte immer noch auf versagenden Füßen, das Kind zu suchen. Hier war es verlorengegangen. Hier mußte sie es wiederfinden, aber ihr Verstand siegte schließlich, und sie fuhr mit Doris Krüger und dem fassungslos schluchzenden Jungen nach Haus. Keine Träne kam aus ihren geschlossenen Augen. Sie sah alle möglichen Bilder. Hätte sie das Kind nur bei Cheng gelassen! – beim «Jüngsten Enkelsohn», bei dem Hundezwerg tia!

Doris Krüger schnitt Chengs maßloses Geheul bei Marthas Ankunft mit einer Handbewegung ab. «Laufe zu Dr. Johannsen, Cheng», sagte sie und gab ihr ein überreichliches Rikschageld. «*Mem* ist nicht wohl. Ich schlafe heut hier.»

Cheng lief immer noch laut weinend zum Küchenhaus, um sich ihre wattierte Jacke zu holen. Die Jacke lag das ganze Jahr in einer Kampfertruhe. Doch jetzt war die «Kalte Saison» in Bangkok. Obwohl es dieses Jahr noch tropisch heiß war, trug Cheng eigensinnig die wattierte Jacke und schwitzte sich tot.

Dr. Johannsen kam sofort und gab Martha eine schwere Schlafspritze. Sie würde ihre Kräfte brauchen. Dann setzte er sich mit Doris in die große Halle und wartete mit ihr auf die Männer.

«Gehen Sie nach Haus, Herr Doktor», bat die alte Frau Krüger jede Viertelstunde. «Sie haben doch morgen wieder vierzig Chinesen im Wartezimmer sitzen.»

Aber der große, ruhige Bremer, der so fest mit der Familie Petersen verbunden war, schüttelte stumm den Kopf.

Erst kam Charles Krüger angefahren. Er konnte sich kaum noch auf den Beinen halten. Sie hatten das ganze Gelände bis hinauf zur Stupa abgesucht und die Menschen befragt. Lautsprecher hatten dieselbe Frage und gleichzeitig die Belohnung ausgerufen. Die gleiche Meldung würde morgen früh als erstes im Rundfunk verkündet werden und in allen siamesischen, chinesischen, indischen und malaiischen Zeitungen stehen, ebenso in den zwei bis drei Zeitungen, die in englischer Sprache erschienen.

Um zwei Uhr nachts kam Johannes Petersen mit Seiner Königlichen Hoheit, dem Prinzen Pattani. Der alte Ah Chang servierte *Drinks* und *Sandwiches.* Er sah grau vor Kummer aus. Petersen sprach kein Wort. Er ging nur zu Martha hinauf und war dann fünf Minuten bei Pummel, der sich in den Schlaf geschluchzt hatte und wie als Kind einen feuchten Bettzipfel in der Faust hielt. Petersen schlich hinaus, gebeugt wie ein sehr alter Mann.

Um drei Uhr nachts kam ein Polizeiauto angefahren. Petersen blieb angewurzelt in seinem Sessel. Der Prinz war schon nach Hause gefahren, nicht ohne seine Hilfe und seinen ganzen Einfluß zu versprechen. Er wollte sofort morgen früh seinen Neffen alarmieren.

Charles Krüger und Dr. Johannsen sahen eine kreischende Siamesin und ein Kind in einem hellblauen Kleidchen, das die Siamesin nicht loslassen wollte. Der Bremer stürzte zum Auto. Er wich zurück, sobald er das Kind näher sah. Es war nicht etwa totgetreten, wie er es erst gefürchtet hatte. Das Kind in dem hellblauen Kleidchen und dem blonden Haar war springlebendig. Nur war es das Kind der Siamesin und eines Schweden. Daher das blonde Haar. Das hellblaue Kleid hatte die siamesischen Polizisten so fasziniert, daß sie Mutter und Kind mitgeschleppt hatten.

Charles Krüger gab der Siamesin ein Entschädigungsgeld. Sie nickte und kreischte dem Polizisten zu, daß er nach Hause fahren solle. Sie war sehr zufrieden. Von dem Geld würde sie morgen mit ihrer Tochter den dritten und letzten Tag am «Goldenen Berge» verfeiern.

Doris Krüger war endlich schlafen gegangen.

Petersen saß mit seinen beiden Freunden bis fünf Uhr früh in der Halle. Er hatte den alten Ah Chang schlafen geschickt.

Die Freunde sprachen kaum miteinander; aber ihre Gegenwart war Petersen ein Trost. Endlich schliefen sie alle in den Sesseln ein.

Morgen war wieder ein Tag.

ZWEIUNDZWANZIGSTES KAPITEL

Ein Kind ist verschwunden

I

«Es tut mir leid, Sir! Wir haben keine Spur von Ihrer Tochter entdecken können.»

Polizeimajor Karawek Nayadharn zog sein rundes, fröhliches Gesicht in teilnehmende Falten. Er war ein kleingewachsener, stämmiger Siamese mit kurzgeschorenem Haar, schneeweißen Zähnen und schwarzen, lebhaften Augen, die trotz seiner jungen Jahre von tausend Falten und Fältchen umgeben waren. Die größte Tugend des Polizeimajors war seine Verwandtschaft mit dem Prinzen Pattani, der ihm den einflußreichen Posten in der Bangkoker Kriminalpolizei verschafft hatte. Nicht etwa, daß der Polizeimajor ein untüchtiger Beamter gewesen wäre, aber es fehlten ihm einige Gramm genialen Spürsinns. Immerhin hatte er seine Portion eingeborener Schläue und Gewandtheit. Er liebte übrigens den Boxsport und hatte sich als Jüngling in dieser Hinsicht erfolgreich mit Händen und Füßen betätigt. Dies kam ihm bisweilen auf der Verbrecherjagd zustatten.

Der Fall Petersen war ein riesengroßer *lambag,* dachte der fünfunddreißigjährige Major. Eine Woche war seit dem Fest am «Goldenen Berge» vergangen. Das Kind war wie vom Erdboden verschluckt. Auch nachdem man die versprochene hohe Belohnung auf den Rat des alten Herrn Wong verdreifacht hatte, meldete sich niemand.

«Haben Sie alle Leute, die meine Frau und ich Ihnen nannten, befragt und beobachtet, Herr Major?» fragte Petersen müde. Er blickte den vergnügten siamesischen Beamten aus trüben Augen an. In seinem Hinterkopf pochte derselbe Hammer, der ihn damals – bei Marthas Ankunft – so aus dem Gleichgewicht gebracht hatte.

«Wir haben vor allem das ‹Russische Restaurant› beobachtet, Sir! Die Diener wissen nichts von einem Kind, das Madame Boulgakoff etwa mitgebracht haben könnte. Es kamen auch keine verdächtigen Leute dorthin. Unser bester Mann beobachtet das Lokal noch weiter.»

Petersen schwieg. Marthas Gedanke, daß Madame Boulgakoff, die das Kind so seltsam angeblickt hatte, Pünktchen geraubt haben könnte, um ein hohes Lösegeld herauszuschlagen, schien ein Hirngespinst zu sein.

«Und die Chinesin mit den Bandagen im Gesicht?» fragte Petersen. Martha blieb dabei, daß diese sonderbare Person bei der Bude mit den Bambusartikeln etwas mit dem Raub des Kindes zu tun haben müsse. Es war nur ein instinktives Gefühl. Es konnte richtig oder falsch sein.

«Die Frau ist niemandem bekannt», erwiderte der Polizeimajor und unterdrückte ein Gähnen. Es war die Zeit des Tages, wo man sich entspannte, möglichst bei einer Eislimonade oder einem doppelten Mokka. In diesem Augenblick erschien «Ältester Enkelsohn» mit beiden Erfrischungen. Der Haushalt funktionierte weiter. Auch das Leben in Bangkok mit seiner ewigen Runde von Cocktailparties, politischen Intrigen und buddhistischen Zeremonien ging weiter. Nur Pünktchen fehlte... Petersen wunderte sich manchmal, daß die Tropensonne es wagte, mit so viel Pracht auf- und unterzugehen. Für Martha und ihn stand das Leben still.

Pummel war mit Nang Siri beim Grafen Sri in Sukhothai. Martha hatte Nang Siris Vorschlag, den völlig verstörten Jungen in eine andere Umgebung zu schicken, dankbar angenommen.

«Es gibt natürlich noch eine harmlose Erklärung», sagte der Major in die Pause hinein. «Es kommen viele Farmer zur Wallfahrt zum ‹Goldenen Berg›. Sie lesen keine Zeitung und hören kein Radio. Sie sind gute aber ungewandte Menschen. Irgendeiner hat vielleicht Ihre Tochter bei sich. Spricht sie Siamesisch?»

«Sie kann sich verständigen. Sie könnte jedenfalls sagen, wer sie ist und wo wir wohnen», erwiderte Petersen heiser.

«Vielleicht hat die Kleine einen Nervenschock und kann sich noch nicht sammeln?»

«*Wenn* sie noch am Leben ist...» dachte Petersen und blickte stumpf vor sich hin. Im Gegensatz zu Martha, die nach dem ersten lähmenden Schock eine rastlose Aktivität entfaltet hatte, war Petersen nur noch halb lebendig. Alles glitt wie ein siamesisches Schattenspiel an ihm vorbei – die Welt war farblos geworden.

«Bitte noch ein Glas Eislimonade», sagte der Major. «Ältester Enkelsohn» goß ein und ließ dabei den Kristallkrug fallen. So etwas Ungeschicktes war noch nie vorgekommen. Petersen sprang mit einem Fluch auf. Ältester Enkelsohn zuckte zurück. Aber die Gewohnheit langer Jahre siegte. Petersen sagte freundlich: «Es macht nichts. Hole andere Limonade!»

«Unsere Diener sind auch alle verstört», bemerkte er.

Der Major kniff die schwarzen Augen zu einem Spalt zusammen und sah plötzlich wie ein wohlgelaunter, aber nicht ungefährlicher Fuchs aus.

«Ihre Dienerschaft, Sir», murmelte er. «Ich werde sie heute befragen. Ich bitte Sie, mir die Erlaubnis zu erteilen.»

«Wenn Sie durchaus wollen! Aber unsere Angestellten sind treu wie Gold. Sie sollten sehen, wie die chinesische Amah meiner Tochter herumläuft! Sie sucht das Kind den ganzen Tag. Ich lasse *nichts* auf unsere Leute kommen, Herr Major. Sie dienen uns seit Jahren.»

«Ich mißtraue *jedem*, Sir! Je mehr Vertrauen Sie haben, desto sicherer mündet eine Spur des Verbrechens in Ihrem eigenen Hause. Das ist eine Erfahrung, Sir! Ist vielleicht einer Ihrer Diener seit dem Vorfall fortgelaufen?»

«Keiner. Alle lesen uns jeden Wunsch von den Augen ab.»

Das stimmte. Das Traurige für diese treuen Hausgenossen war nur, daß weder Martha noch Petersen Ah Changs Kochkünste bemerkten oder «das Mädchen, das morgens die Blumen ordnete», für ihren Geschmack und die liebevolle Herstellung der Blumenwunder lobten, die sie demütig und eifrig über Schalen und Vasen verteilte. Sie bemerkten kaum, was um sie herum vorging. Hannes war noch am liebsten im Geschäft. Onkel Winn war sehr zartfühlend. Sie sprachen nur das Notwendigste in bezug auf die Tragödie. Aber der alte Herr Petersen hatte eine Sitzung nach der anderen mit seinem bewährten Freunde, dem alten Herrn Wong. Wenn jemand das Quentchen genialen Spürsinn besaß, das dem guten Polizeimajor abging, dann war es der Senior des Hauses Wong & Söhne.

«Falls einer Ihrer Diener fortlaufen sollte, bitte ich um sofortige Nachricht. Es ist wichtig, Sir!»

«Selbstverständlich, Herr Major! Was denkt Seine Königliche Hoheit über den Fall?»

«Prinz Pattini ist nicht der Ansicht, daß Ihre Tochter sich bei siamesischen Reisbauern aufhält», erwiderte der Major zögernd. «Er meint, solche stadtfremden Zugvögel hätten nicht die Initiative, ein ausländisches Kind mitzunehmen. Wozu auch? Sie wollen kein Lösegeld erpressen. Unsere Thai-Farmer sind freie Männer und gute Buddhisten.»

Der Major sprach plötzlich mit unterdrückter Leidenschaft. Ein harter Zug erschien in seinem behaglichen Gesicht. Nur ein paar dieser geldgierigen Chinesen konnten den Streich angezettelt haben! Sie verkauften Thailand und sich selbst für jedes Lösegeld. Das wenigstens war die Ansicht des Majors Karawek Nayadharn. – Sie wurde in diesem Augenblick von Millionen von Siamesen in Stadt und Land geteilt. Prinz Pattani hatte seinem Neffen in dem Pavillon mit den Lotosteichen angedeutet, wie maßgebende Kreise über den Kindesraub dachten.

«Haben Sie selbst in den letzten Monaten einen Diener oder eine Dienerin entlassen, Sir?» fragte Major Nayadharn.

«Nein – das heißt: doch! Ich warf eine kleine Chinesin hinaus, die sich mir gegenüber dreist benommen hatte. Das ist aber schon Monate her.»

«Wie hieß sie?»

Petersen mußte nachdenken. Sein Gehirn funktionierte sehr langsam zur Zeit. Schließlich sagte er, das dreiste Mädchen habe Ah Bue geheißen.

«Hat sie Verwandte hier im Hause?»

Petersen sprang erregt auf.

«Hier ist vielleicht eine Fährte», sagte er so laut, daß der Major «Ältestem Enkelsohn» die Glastür vor der Nase zuschlug. Er winkte dem jungen Chinesen, sich zu verziehen. Die Eislimonade war unwichtig.

«Ah Bue ist die Tochter von Chung, die kurz vor dem Fest am ‹Goldenen Berge› mit ihrer Bande verhaftet wurde. Erinnern Sie sich, Herr Major?»

«Selbstverständlich. Wir suchen immer noch einige Komplicen. *Wo* ist dieses Mädchen Ah Bue jetzt? Wissen Sie es vielleicht?»

«Im ‹Russischen Restaurant›, soviel ich weiß», sagte Petersen noch erregter.

«Ich fahre sofort mit meinen Leuten hin», sagte der Major und erhob sich trotz seiner wachsenden Korpulenz mit der Behendigkeit eines «Klassischen Tänzers».

«Ich komme mit Ihnen! Wenn diese Ah Bue sich etwa an mir rächen wollte und das Kind versteckt hält, dann ...!»

«Es tut mir leid, Sir», sagte Major Nayadharn mit ungewohnter Schärfe. «Sie können *nicht* mit uns kommen. Sie würden alles gefährden, wenn man Sie erkennt. Übrigens fahren wir in Zivil. Kann ich mich schnell umziehen?»

Ohne eine Antwort abzuwarten, pfiff Major Nayadharn einem jungen siamesischen Fruchthändler vor der Tür des Grundstücks und sagte diesem Polizisten, er solle mit drei anderen Kollegen beim «Russischen Restaurant» auf ihn warten.

«Es ist vielleicht eine Fährte, Sir», sagte er sanft. «Sie hören sofort von mir, wenn ich etwas feststelle.»

Als Major Nayadharn in Zivil – er trug seine Uniform in einem Suitcase – das Grundstück verließ, blickte ihm Cheng vom Dienerhaus nach. Sie watschelte aufgeregt zu ihrem Vater.

«Der Polizeimann fährt fort. Er hat sich verkleidet. Vielleicht finden sie meine kleine Tochter mit den Goldhaaren», murmelte sie und unterdrückte ein Schluchzen.

«Hole Bohnen vom Markt», erwiderte der alte Ah Chang in befehlendem Ton. Er hustete mürrisch und stocherte in seiner Reisschale herum. Nichts schmeckte ihm, seitdem dieses Kind verschwunden war. Die vielen Gerüchte, die von der Dienerschaft selbst und den Dienern der Nachbarn – mit der üppigen Phantasie der Asiaten ausgeschmückt – ständig verbreitet wurden und bis zu Ah Chang drangen, verdarben ihm die Laune. Er hatte seiner Tochter und seinen Enkelsöhnen untersagt, ihn mit diesen Schauermären bei jeder Mahlzeit zu unterhalten, aber nur «Jüngster Enkelsohn» hielt wirklich den Mund, da er noch nicht genug sprechen konnte. Er hatte seine lebensgefährliche Krankheit am Abend des Tempeljahrmarkts großartig überstanden. Ah Chang erhob sich und suchte nach der Soyasauce. Natürlich, die Flasche war leer. Er warf sie

Cheng an den Kopf. Sie bückte sich und sammelte stumm die Scherben zusammen, damit der ehrenwerte Vater sich nicht die nackten Füße in den zerlöcherten Sandalen verletzte.

«Warum keine Soyasauce, du faule Kröte?» schrie der alte Mann. «Nächstens drehe ich dir den Hals um! *Du* wirst das Kind nie finden! Den ganzen Tag wegrennen, auf dem Markt klatschen und Vaters Reis essen.» Der Alte spuckte auf den Boden. In seinem plötzlichen Zorn hatte er wohl vergessen, daß Cheng den Reis des Herrn Petersen aß.

«Ich hole die Sauce schnell, schnell», murmelte Cheng demütig. Sie gab dem Hundezwerg *tia,* der sich stets an ihre Fersen heften wollte, einen so heftigen Tritt, daß das Tier laut jaulend zum Abfalleimer hinkte. Cheng lächelte. Es geschah *tia* recht. Er hatte ihr einen Teil der Zuneigung gestohlen, die das Kind mit den Goldhaaren ihr vom ersten Tage an geschenkt hatte.

«Mach, daß du fortkommst», brummte der alte Koch wieder ruhiger. «Bring auch Erdnüsse mit. Master ißt sie abends so gern geröstet zu den Cocktails.»

«Master trinkt nicht. Ißt nicht. Sagt nicht einmal: ‹Sehr feines Essen heute abend›!»

«Halt dein Maul», erwiderte Chengs ehrenwerter Vater liebenswürdig. «Warum habe ich dich nicht als Baby in den Fluß geworfen?»

Ah Chang setzte sich auf ein winziges Hockerchen und sah seine Tochter voller Abneigung an. Er war eben immer zu gut gewesen. Cheng hatte soeben seinen wundesten Punkt berührt. Daß Master gestern abend nicht einmal die Ente nach Peking-Art gelobt hatte – es war Ah Changs große Spezialität –, war für den alten Koch ein tiefer Kummer gewesen. Daneben war sein Kummer um ‹Kleine Missie› verblaßt. Im Grunde war ‹Kleine Missie› dem alten Mann vollkommen gleichgültig; aber er teilte jetzt die Sorgen von *Master* und *Mem,* an denen er aufrichtig hing. Im Grunde konnte Ah Chang überhaupt nicht begreifen, wie man ein solches Geschrei um einen kleinen weiblichen Fisch machen konnte. Was waren denn schließlich Töchter? Eine lebenslängliche Enttäuschung, daß sie keine Söhne geworden waren. Über die fürstliche Höhe des Lösegeldes, zu dem auch Nang Siri großmütig beigetragen hatte, konnte der alte Ah Chang nur den Kopf schütteln. Man verkaufte hübsche Töchter im besten Falle; man zahlte doch nicht noch Geld obendrauf.

«Bringe mir eine Wassermelone vom Markt», rief er Cheng nach. Eine Wassermelone war eine ganz kleine Freude in einem Hause, aus dem das Glück sich auf Filzsohlen davongemacht hatte.

II

Es *war* ein trauriges Haus, das Haus in Bangkapi.

Das fanden auch Phom, der Chauffeur, und «das Mädchen, das morgens die Blumen ordnete». Es war seltsam, wie die Diener des Hauses sich bei diesem traurigen Ereignis genauso voneinander schieden wie früher, wenn großer *sanuk* bei Petersens gewesen war. Die chinesische Familie trauerte im Küchenhaus. Gärtner, Chauffeur, Fußbodenkuli, Waschfrau, «das Mädchen, das morgens die Blumen ordnete», und die Helfer und Helferinnen dieser siamesischen Hausgeister hockten in innig verbundenen Gruppen in dem riesigen Grundstück und wisperten angenehm erregt. – Der indische Nachtwächter, der tagsüber einen blühenden Zeitungshandel betrieb, hockte bei der Garage und blickte noch düsterer als sonst. Zum ersten Male paßte er scharf auf, wer das Grundstück der Petersens betrat und wer es verließ. Wenn er auf seinem Fahrrad Zeitungen austrug, mußte seine Frau aufpassen. Seltsam, der Inder hatte seiner Ehefrau gräßliche Strafen angedroht, wenn sie ihm des Abends nicht einen genauen Bericht geben konnte. So erklärte er ihr, er würde sie mit scharfen Messern «in ganz kleine Stücke» zerlegen, wenn sie ihre Pflicht als Torwächter vernachlässigte. Es war bemerkenswert, mit welcher Ruhe die schweigsame Dame den angedrohten Handgreiflichkeiten entgegensah.

Im Augenblick saßen Phom, der Chauffeur, und Manee, «das Mädchen, das morgens die Blumen ordnete», mit Phoms Söhnen «Ratte» und «Schwein» in einer vergnügten, siamesischen Gesellschaft und ergötzten sich an einem Fischkampf, der vor ihren Augen in einem Winkel des Nachbargrundstücks ausgefochten wurde. Phom hatte sich krank gemeldet. Er mußte endlich mal etwas Spaß haben. Fischkämpfe mit Wetten waren ganz großer *sanuk*. – «Das Mädchen, das morgens die Blumen ordnete» blickte schwärmerisch zu Phom empor, obwohl eigentlich nichts an ihm zu bewundern war. Phom blickte mit Befriedigung auf seine ungewaschenen und unfrisierten Söhne. Sie trugen nicht nur abstoßende Namen, Ratte und Schwein waren so häßlich, daß die Geister sich nicht an ihnen vergreifen würden, so wie sie es an dem Kind mit den goldenen Haaren getan hatten. Phom rechnete sich die mangelnde Anziehungskraft seiner Sprößlinge als großes Verdienst an. «Sie werden mir keinen *lambag* machen», murmelte er. Manee nickte träumerisch. Sie hoffte, daß die Mutter der kleinen Jungen nicht mehr zu Phom zurückkommen würde. Manee erwartete ein Kind von Phom und wollte mit ihm in ihr Reisdorf nach Süd-Siam gehen.

«Mein Vater hat sehr wenig Pachtschulden», flüsterte sie.

Phom reagierte nicht auf diese zarte Werbung. Alles zu seiner Zeit. Manee sprach fast soviel wie seine entschwundene Frau. Er blickte erregt auf die Fische, die sich in einem großen Glasgefäß auf Tod und Leben bekämpften. Er wollte das nächste Mal auch einen Fisch bringen;

wenn sein Fisch gewann, gab es sehr viele *satangs*. Phom hatte große Schulden. Er hatte zuviel Zigaretten geraucht und zuviel Reisschnaps getrunken.

«Das Lösegeld für das blonde Kind ist sehr, sehr hoch», sagte er plötzlich und blickte Manee starr aus seinen runden, schwarzen Augen an.

Sie nickte scheu. Phom machte so ein merkwürdiges Gesicht. Ob er vielleicht das blonde Kind irgendwo versteckt hielt? Er redete Tag und Nacht von dem Lösegeld. Seine Augen funkelten wie harte, scharfe Steine. Im Augenblick erhellte sie kein Licht des Frohsinns. Manee erhob sich mit der Grazie der jungen Siamesin.

Plötzlich hatte sie Angst vor Phom. Sie war ein Landkind und hatte leicht Angst in der großen Stadt am Menamfluß. Sie wollte in ihre Hütte mit dem Kanalgärtchen gehen. Dort wuchsen ihr die Bananen in den Mund hinein. Dort war es ruhig und still. Morgen würde sie für die große, blasse Mem eine Schale mit Orchideen ordnen, die sie dem Gärtner stehlen wollte.

«Ich gehe nach Hause, Phom», sagte Manee leise.

Phom hörte sie nicht. Er starrte gebannt auf das Glasgefäß mit zwei neuen Fischen. Oder erblickte er die riesige Geldsumme, die Nai Petersen für seine Tochter ausgesetzt hatte?

III

Zwei Tage später fuhren Martha und die alte Frau Krüger in die Chinesenstadt. Doris wollte einige Gewürze bei einem ihr seit Jahren bekannten Gewürzkrämer in Sampeng besorgen. Sie holte Martha jetzt öfters in ihrem großen, altmodischen Wagen ab.

«Ist etwas bei der Suche nach Ah Bue herausgekommen?» fragte Frau Krüger. Martha schüttelte den Kopf.

«Das Mädchen ist spurlos verschwunden. Madame Boulgakoff hat der Polizei gesagt, daß sie schon vor dem Fest am ‹Goldenen Berg› das Restaurant verlassen hat. Ach, liebe Frau Krüger, *wie* soll man hier eine kleine Chinesin finden?»

Das Gewühl auf der Jawarad Road war beängstigend. Hunderte von jungen Chinesinnen schlüpften durch Straßen und Gassen. In Marthas Augen sahen sie alle wie Ah Bue aus.

«Was hat Ah Bues Mutter ausgesagt?» fragte Frau Krüger.

«Chung weiß angeblich nicht, wo ihre Tochter ist. Sie sitzt im Gefängnis und zuckt die Achseln. Später . . .»

Martha hielt inne. Ihre grauen Augen weiteten sich. Sie ergriff Frau Krüger am Arm und keuchte:

«Chauffeur, fahre schnell geradeaus!»

«Aber Martha, was ist denn?» fragte Frau Krüger ganz erschreckt.

«Die Chinesin mit den *Bandagen*», flüsterte Martha. Wieder blieb ihr die Stimme fort. Sie zeigte irgendwo ins Gewühl. «Sie stand zuletzt neben Lottie ... Sie muß ... Bescheid ... wissen.»

«Lert», befahl Frau Krüger geistesgegenwärtig ihrem Chauffeur. «Halte an! Laufe einer Chinesin mit verbundenem Gesicht und spitzem Bambushut nach. Hast du sie gesehen?»

Lert reckte seinen langen, braunen Hals in dem schneeweißen, steifen Kragen seiner Chauffeursuniform.

«Nein, Mem», erwiderte er seelenruhig. «Lert hat nichts gesehen.»

«Schnell», rief Martha laut, «sieh doch dorthin, Lert!»

Der Chauffeur folgte Marthas ausgestreckter Hand. Er sah die Chinesin. Sie hatte sich indessen weiter entfernt. Eine große Menge bewegte sich wie eine zähe, undurchdringliche Substanz auf der Jawarad Road hin und her.

Lert begann zu laufen. – Die Chinesin mußte aber etwas gemerkt haben. Hatte sie den Wagen mit den beiden Ausländerinnen gesehen? Auf jeden Fall begann sie zu laufen und stieß rauhe Laute und Erklärungen aus. Es mußte so etwas sein wie: «Die Ausländer sind hinter mir her!» – Oder: «Helft mir schnell! Die fremden Teufel wollen mich fangen.»

Plötzlich war eine Jagd entstanden. Alle Chinesen waren gegen die drei Fremden – Martha, Frau Krüger und den Siamesen Lert – miteinander verbündet. Von Polizei war nichts zu sehen. Die Chinesen umgaben die Frau mit den Bandagen wie eine Mauer. Dann war sie plötzlich wie ein Spuk verschwunden. In einer Seitengasse? In einem Keller? In einem der dunklen Hinterzimmer der mit tausend bunten Kleinigkeiten angefüllten Chinesenläden?

Martha war schneeweiß, als sie gedrückt aus der Jawarad Road hinausfuhren.

«Fallen Sie mir nur nicht um», sagte Doris Krüger besorgt.

«Keine Sorge, liebe Frau Krüger», erwiderte Martha grimmig. «Sie sehen, es sind *keine* Hirngespinste von mir. Warum hätte die Frau sich sonst vor uns versteckt? Wir müssen sofort zu Major Nayadharn fahren.»

Zum erstenmal seit Pünktchens Verschwinden leuchtete Kampflust aus Marthas grauen Augen.

IV

Auch Hannes schöpfte etwas Hoffnung, obwohl die Frau mit dem verbundenen Gesicht genauso schwierig zu finden sein würde wie Ah Bue oder der Mann im Mond ...

Sie saßen am Abend dieses Tages auf der Veranda mit den blauen Blüten. Es war gerade ein Brief von Pummel gekommen, und sie lasen ihn beim Schein des Windlichts.

«Ich habe ihm neulich geschrieben», sagte Martha. «Pummel muß im Januar allein mit Dr. Johannsen nach Hamburg fahren. Ich bleibe in Bangkok, bis ...»

Eine Pause entstand. Petersen begriff, daß Martha bleiben würde, bis sie das Kind lebendig oder tot in den Armen hielt.

«Ich dachte es mir», murmelte er und strich Martha übers Haar. Wie in alten Zeiten hing ihr eine lose Strähne hinterm linken Ohr herunter. Sie hatte keine Zeit, in den Spiegel zu schauen. Seltsamerweise gemahnte die Haarsträhne, die Petersen stets irritiert hatte, ihn jetzt an die glücklichen Zeiten.

«Der alte Herr Wong besuchte mich im Büro», sagte Petersen müde. «Er ist ganz gegen Onkel Winns Wunsch, das Lösegeld weiter zu erhöhen. Er hält den Fall für komplizierter. Er meint, es könne sich hier *nicht* um reine Erpressung handeln, es sei ein Racheakt oder sonst etwas Undurchdringliches. Er fragt mich immer wieder, ob wir Feinde haben.»

«Entweder ich traue jetzt allen oder keinem mehr, Hannes!»

«Wir müssen nachdenken», murmelte Petersen. «Mein Kopf platzt.»

Martha erhob sich und goß ihm ein Glas Ananassaft ein. Er ließ es unberührt auf dem Tisch stehen. In diesem Augenblick näherte sich «Ältester Enkelsohn» der Herrschaft auf der Veranda.

«Master», murmelte er niedergeschlagen, «Chauffeur Phom ist mit beiden Kindern fortgelaufen. Er sendet noch ergebene Grüße. Auch an *Mem* ... Er sagte, er wäre nicht mehr *glücklich* in Bangkapi; kein *sanuk* mehr; Master sehr grausam zu Ratte und Schwein; *Mem* lächelt nicht mehr. *Mai di* ... sehr schlecht ... *no good.*»

Es ging nicht klar aus der Rede des Dieners hervor, ob er sich die Ansicht seines Feindes Phom zu eigen gemacht hatte. Ein Haus, in dem man nicht lächelte, war für einen Asiaten in der Tat *no good.*

«Sind sie nicht wie die Kinder?» fragte Martha nachher.

Petersen antwortete nicht. Er mußte sofort dem Polizeimajor Phoms Verschwinden mitteilen. Er glaubte zwar nicht, daß Phom etwas mit dem Verbrechen zu tun hatte, aber vielleicht hatte der Major recht. Man konnte keinem mehr trauen. Petersen schloß die Augen und grübelte darüber nach, wer seine Feinde in diesem Paradies östlich von Suez wären. Die Zeitmaschine drehte sich in die jüngste Vergangenheit zurück. *Eine Nacht in Macao!* ... Eine Bar in Rauchwolken ... Ein gefährlicher Barmixer ... Ein entstelltes Mädchen ... *Karin* ... Auf ihrem Brokatkleid blühen Chrysanthemen und Silbervögel. In ihrer Stimme lauert der Tod ...

«Wäre es nicht lustig, wenn deine schöne Tochter eines Tages so wie ich in einer dreckigen Chinesenbude bedienen würde?»

Das war es. – Petersen war taub und blind gewesen. Karins Worte saßen ihm zwar wie ein Geschwür im Leibe, aber er war zu sorglos gewesen.

«Martha ...» sagte Petersen erregt, «ich muß sofort ins ‹Russische

Restaurant› fahren! Mir ist etwas eingefallen. Vielleicht weiß Madame Boulgakoff ...»

«Hat es nicht bis morgen früh Zeit, mein Lieber? Du siehst wieder total erschöpft aus!»

«Wenn man vom Wolf spricht ...» sagte Petersen heiser. Eine Rikscha war in das große Tor eingefahren. Eine Russin in einem schlecht geplätteten Kostüm und mit schlecht gefärbtem Haar entstieg ihr und ging langsam auf die Veranda mit den blauen Blüten zu.

Madame Boulgakoff hatte sich zehn Uhr abends zu ihrem ersten Besuch im Hause von Johannes Petersen ausgesucht.

«Verzeihen Sie die späte Stunde, Madame», wandte die Russin sich höflich an Martha. «Mein Name ist Boulgakoff. Ich bin die Besitzerin des berühmten ‹Russischen Restaurants› an der Suriwongse Road.»

Petersen hörte zum erstenmal von dem Ruhm des Restaurants, aber er sagte nichts. Es war augenscheinlich, daß Madame Boulgakoff ihrem Entrée in ein ausländisches Haus großen Stil zu geben gedachte.

«Das Schicksal Ihrer unglücklichen Tochter zerreißt mir das Herz», bemerkte die Besucherin animiert. «Der Ferne Osten ist ein Moloch, der alles verschlingt ... Bankkonten ... die besseren Gefühle und Kinder.»

«Einen Whisky oder eine Limonade, Madame?» fragte Petersen. Martha hatte mittlerweile die seltsame Besucherin mit einer Handbewegung zum Sitzen eingeladen.

«Einen *starken* Whisky, wenn ich bitten darf», sagte Madame Boulgakoff in ihrem normalen Ton. «Ich habe so schwerwiegende Nachrichten für Sie, daß wir alle eine Stärkung gebrauchen können.»

Petersen machte mit zitternden Händen die Drinks zurecht. Wenn er Ungeduld zeigte, würde Madame Boulgakoff ihren Prolog noch um einige Meter verlängern. Sie hatte da etwas von den Chinesen gelernt.

Endlich hielt die Russin die Zeit für gekommen. Sie hatte zwei Doppel-Whisky in solcher Eile heruntergestürzt, als ob man sie ihr entreißen würde, wenn sie sich beim Genuß etwas Zeit ließe. Sie entnahm ihrer zerrissenen Handtasche, die ihr Geld und einige Fotos aus einem historisch gewordenen Rußland enthielten, einen Brief, der den Poststempel *Macao* trug.

«Ist Ihnen *Miss Karin Holm* ein Begriff?» fragte Madame harmlos und betrachtete Petersen mit grausamem Amüsement.

Petersen und Martha nickten. Etwas in Marthas Kehle schnürte sich zusammen. Schon im Augenblick ihrer Ankunft hatte das Mädchen Karin ein unterirdisches Zerstörungswerk an ihrer Familie begonnen. Was war es jetzt?

«Die Menschen sind grausam und stupide», erklärte Madame Boulgakoff. «Karin Holm – Gott sei ihrer Seele gnädig – hatte diese Attribute im Übermaß.»

«Möchten Sie uns nicht sagen ...» fragte Martha.

«Zu diesem Zweck habe ich die lästige Rikscha-Fahrt zu Ihrem Hause unternommen, Madame», belehrte Madame Boulgakoff sie. «Sie glauben nicht, Madame, wie unverschämt die Thai Rikscha-Kulis sind! Damals, während der japanischen Besetzung hieß es plötzlich, daß Chinesen keine Rikschas mehr fahren dürften. Nicht, daß ich viel für Chinesen übrig habe – im Gegenteil! Aber ...»

Madame Boulgakoff unterbrach sich an diesem Punkt. Ihre Gastgeber schienen sich nicht für sozialpolitische Fragen in Thailand zu interessieren. Sie hatten es offenbar nicht nötig, folgerte Madame nicht ohne Einsicht. Sie reichte Martha einen zerknitterten, von Fettflecken verunzierten Brief. «Ich erhielt ihn vor drei Tagen», erklärte sie nachlässig.

«Warum haben Sie uns nicht sofort benachrichtigt», brachte Petersen mit Anstrengung heraus. Er beugte sich über Marthas Schulter, um den Brief zu lesen.

«Ich lese Miss Holms Briefe, wenn ich nichts Besseres zu tun habe. Heute abend war dies der Fall. Ich machte mich sofort auf, um Ihnen Aufklärung zu geben!»

«Vielen Dank, Madame», sagte Martha tonlos. Sie lasen den Brief von Karin Holm zweimal, als ob sie plötzlich kein Englisch verstünden. Madame Boulgakoff verhalf sich umsichtig zu einem dritten Whisky und Soda, bei dem man den Soda-Anteil mit dem Mikroskop suchen konnte.

«Nein ...» flüsterte Martha, «das kann doch nicht sein!»

Madame Boulgakoff ignorierte den Zwischenruf. Diese reichen Frauen hatten keine Ahnung, was es alles auf der Welt gab! Den ganzen Tag im Auto in Bangkok herumfahren, Cocktail-Parties geben und ihre Ehemänner vom Besuch berühmter Restaurants abhalten – das war das einzige, was sie konnten. Aber sie bekamen ihre Strafe. Das Leben war kein Spaß ... auch wenn Madame Petersen es immer gedacht hatte. Eine hochnäsige Person ... dachte Madame Boulgakoff. Sie betrachtete Martha mit dem unpersönlichen Interesse eines Irrenarztes. Würde sie schreien? Würde sie ohnmächtig werden? Seltsam! Madame Petersen blieb ruhig. «Heuchlerin ...» dachte die Russin. –

Martha war aber nur erstarrt. Karin Holm nannte den Plan zu einem Verbrechen einen Scherz und einen Denkzettel für Mr. Johnny, der den jungen Thomas Harms durch gemeine Verleumdungen von ihr abgebracht habe. Sie hatte am Abend des Mondfestes den Scherz mit Ah Bue ausgeheckt. Ah Bue hatte den Vorschlag gemacht, und Karin hatte sich einverstanden erklärt. Sie hatte Ah Bue eine Kette mit roten Steinen geschenkt, damit sie verschwiegen und vorsichtig wäre. Die beiden Damen hatten im «Russischen Restaurant» beschlossen, die kleine Tochter der Petersens zu kidnappen, sobald die Gelegenheit sich dazu böte. Das Lösegeld sollte zu fünfundsiebzig Prozent an Ah Bue gehen, da Karin zu ängstlich war, um das Verbrechen selbst zu begehen. Ihr genügte der Gedanke, daß sie Petersen einen Denkzettel geben würde, an den er sein Leben lang denken sollte. Bei einem hohen Lösegeld – die Mädchen hatten sich eine bestimmte Summe gesetzt, die längst erreicht war – würde auch für Karin noch ein kleines Vermögen abfallen. Ah Bue, die sich sehr schlecht mit ihrer Mutter stand, wollte sich von dem Geld einen Laden in Sampeng kaufen und dort chinesische Stickereien anfertigen und verkaufen. Sie hatte Karin anvertraut, daß sie heraus aus dem Leben wollte, das ihre Mutter für sie plante: Prostitution und Diebstahl. Ah Bue sah kein anderes Mittel, um von ihrer Mutter loszukommen. Daß sie sich außerdem an dem grausamen Nai Petersen rächen konnte, war ihr als Chinesin ein angenehmes Bewußtsein. Sie wußte genau Bescheid über Karins Groll gegen Petersen. Aber sie wußte nicht, daß Madame Boulgakoff – und nicht Petersen – den jungen Harms über Karins Vergangenheit aufgeklärt hatte. Wie so häufig basierte hier ein verbrecherischer Streich zum Teil auf falschen Voraussetzungen. Doch das hatte den Kindesraub nicht verhindert.

Aber – warum beichtete Miss Karin jetzt der Besitzerin des «Russischen Restaurants» dieses Verbrechen? Sie hatte plötzlich Gewissensbisse bekommen. Sie hatte im Wartezimmer des Krankenhauses über alles nachgedacht. Karin war schwindsüchtig. Das hatte der Arzt ihr nach der Untersuchung klipp und klar gesagt. Schwindsucht war eine der häufigsten Geißeln des Fernen Ostens! Der Brief war in der Bar des «Senfkorngartens» geschrieben. Karin war offenbar aus dem Krankenhaus dorthin zurückgekehrt, um ihre Kleider und ihren Schmuck abzuholen. Sie hatte ausdrücklich mit Ah Bue verabredet, daß Pünktchen nichts geschehen dürfte. Es sollte – wie gesagt – nur ein Denkzettel für einen arroganten Ausländer sein. Ah Bue hatte also am Mondfest genau mit Karin überlegt, wohin man das Kind für eine Woche oder etwas länger bringen sollte. Endlich war ihr ein leeres Grundstück in *Klong Toi* eingefallen. Das Haus war nicht bewohnt, da die Siamesen behaupteten, daß ein böser Geist darin hause. Aber im Dienerhaus wohnte eine malaiische Gärtnerfamilie, die der Hauswirt im Grundstück gelassen hatte, damit nicht sämtliche elektrischen Anlagen und Wasserrohre gestohlen würden. Ah Bue hatte mit ihrer Mutter Chung in der Nebenvilla eine Stellung gehabt, bevor sie durch Cheng zu Petersens nach Bangkapi gekommen war. Chung hatte auch in Klong Toi gestohlen. Sie hatte Cheng auf dem Markt getroffen und ihr die Hälfte des Gehalts für drei Monate versprochen, wenn sie sie und Tochter Ah Bue bei Nai Petersen unterbrächte. Cheng, die nichts von Chungs Diebstählen wußte, hatte natürlich zugegriffen. Das Geld wurde für ‹Ältesten Enkelsohn› beiseite gelegt, der ja nur lernen und lesen wollte. Er besuchte jetzt mit Petersens Erlaubnis zweimal die Woche eine chinesische Abendschule auf der Silom Road.

Leider hatte Miss Karin vergessen, das Haus näher zu bezeichnen oder die malaiische Gärtnerfamilie mit Namen zu nennen. Sie konnte mittlerweile fortgezogen sein. Das Haus konnte Mieter bekommen haben. Man mußte sofort an Karin Holm nach Macao telegrafieren, Straffreiheit zusichern und zusätzliche hohe Belohnung versprechen, wenn das

Kind an diesem Platz gefunden wurde. Karin Holm war die einzige Rettung. Ihre Regung von Gewissen konnte noch alles ins Lot bringen. Sie hatte – sehr charakteristisch – in einem Nachsatz des Briefes geschrieben, Madame Boulgakoff möge sich doch um das Kind und die Malaiin kümmern, falls Ah Bue das ‹Russische Restaurant› verließe oder gar Bangkok den Rücken kehrte. Man wüßte ja nie mit diesen hergelaufenen Chinesen und Heiden … schrieb Miss Karin tugendhaft. *Nicht* geschrieben hatte sie, daß sie nach Jahren wieder zur Beichte gegangen war und daß der Pater darauf bestanden hatte, daß sie unverzüglich Madame Boulgakoff alles mitteilte. Miss Karin hatte große Angst vor dem Tode. Noch mehr Angst hatte sie vor dem portugiesischen Pater gehabt, der seine Pappenheimer kannte.

Petersen würde natürlich auch Madame Boulgakoff eine große Belohnung geben. Er stand auf und sagte, er wolle ein Telegramm an Miss Holm aufsetzen.

«Das hat keinen Sinn, Sir», sagte Madame Boulgakoff langsam. «Sie können sich die Ausgabe sparen.» – Ihr Gesicht war undurchdringlich. Sie entnahm ihrer Tasche eine Zeitungsnotiz mit einem Bild. Es zeigte ein junges Mädchen, dessen Gesicht durch eine schwere Verletzung in drei ungleiche Hälften geteilt war.

«Die portugiesische Polizei schickte mir Karins Brief, da er adressiert in der Bar lag», murmelte sie. «Ein schreckliches Ende … aber so bekommt jeder seine Strafe.»

Petersens lasen den Zeitungsabschnitt durch. Martha schloß einen Augenblick die Augen, als ob sie sich weigerte, noch länger in einem Melodrama des Fernen Ostens mitzuwirken. Aber es nützte nichts: Miss Karin war von einem Mann namens Senhor Pinto, der Manager im «Senfkorngarten» war, ermordet worden, und zwar mit dem javanischen Dolch ihrer Mutter. Die Zeitungsnotiz versprach den Lesern Einzelheiten, sowie die Kriminalpolizei alle Tatsachen beisammen hätte. Die wichtigste Tatsache war schon bekannt: Senhor Pinto – ein früherer Spion der Japaner in Hongkong – war verschwunden. Nach der Zeitung hatte eine kleine Chinesin, Chaoyi, die erst kurze Zeit in der Bar des «Senfkorngartens» beschäftigt war, der Polizei heulend Mitteilung gemacht, daß Fräulein Karin «ganz, ganz mausetot» in der Bar läge – vielmehr im Hinterzimmer der Bar, wo sie den Brief an Madame Boulgakoff angefangen hatte. Zwei Stunden vor ihrem gewaltsamen Ende.

«Vielleicht ist es das Beste so», sagte Madame Boulgakoff, die inzwischen erfahren hatte, wie grausam das Mädchen in Hongkong entstellt worden war. «Für ein mittelloses Mädchen in Asien ist ihr Gesicht ihr einziges Kapital. Reiche Frauen brauchen nicht schön zu sein.»

Wenn diese Bemerkung auf Martha gemünzt war, verfehlte sie ihren Zweck, denn diese nahm keine Notiz von dem Hinweis. Statt dessen schlug sie vor, sofort nach *Klong Toi* zu fahren und das Haus zu suchen. Welcher Segen, wenn Lottie dort bei anständigen, malaiischen Gärtnern einige Tage zugebracht hatte – wenn auch unter Tränenströmen! Martha verbot sich, an all die Tränen von Lottie zu denken, die seit dem Fest am «Goldenen Berge» geflossen sein mochten. Man mußte das Kind vor allem nach Hause holen.

Über Karin Holms Schicksal konnten Petersens im Augenblick nicht nachdenken. Das tote Mädchen existierte in dieser Nacht nur in einer einzigen Beziehung – in ihrer Beziehung zu dem Kindesraub.

«Ich danke Ihnen, Madame», sagte Martha herzlich. «Sie haben uns einen großen Dienst erwiesen.»

Madame Boulgakoff blickte die große, blasse Frau grüblerisch an.

«Das Schicksal meiner Nachbarn zerreißt mir das Herz», erwiderte sie nicht ohne Selbstgefälligkeit. Sie wirkte mit ihrem verfärbten Haar und dem blankgeplätteten, kunstvoll gestopften weißen Kostüm wie eine Heldin in einem Tschechow-Drama.

«Sprechen Sie Malaiisch, Madame?» fragte Petersen plötzlich. Man konnte keinen Augenblick die praktischen Notwendigkeiten außer Acht lassen. Sie konnten nicht einfach losfahren. Die Malaien waren ein Fremdkörper in Thailand. Sie hatten ihre eigene Sprache, ihre eigenen Traditionen und lebten in ihren eigenen Gärten.

«Malaiisch ist eine der wenigen Sprachen, die mir im Fernen Osten erspart geblieben sind», äußerte Madame Boulgakoff düster. «So brauche ich mir wenigstens die Lügen der Malaien nicht anzuhören. Gute Nacht, Sir! Meine besten Wünsche, Madame!»

Aber die Russin zögerte noch. Sie hatte sehr viel für diese Leute getan. Sie hätte ja genausogut den Brief zerreißen können. Mr. Johnny hatte sich nicht allzu freundlich gegen sie betragen. In der Vergangenheit hatten ihre Leiden ihm keineswegs das Herz zerrissen.

Petersen hatte das Zögern richtig gedeutet.

«Morgen geht Ihnen ein Scheck für diese erste Bemühung zu, Madame», sagte er freundlich, aber nicht ohne Vorsicht. Ohne Onkel Winns und Nang Siris edelmütige Hilfe würden seine Ersparnisse durch die «Scherze» von Ah Bue und Miss Karin bald aufgebraucht sein. Aber natürlich hätte er den letzten Satang für Pünktchen hergegeben.

«Wer spricht Malaiisch?» fragte Martha, nachdem die Russin befriedigt in ihre Rikscha gestiegen war.

«Ulla Knudsen», erwiderte Petersen nach fieberhaftem Nachdenken. Er stürzte zur Verandatür: «*Khon Rot*», schrie er, «*reu, reu!*»

«Phom ist doch weggelaufen, weil er hier unglücklich ist», sagte Martha trocken. «*Ich* fahre!» Sie war schon auf dem Wege zur Garage. «Glaubst du, daß wir Ulla um diese Zeit noch belästigen können?»

«Natürlich», erwiderte Petersen naiv. «Sie spielt bis Mitternacht mit Mammi Knudsen Karten. Die alten Siamesinnen finden nicht auf die Schlafmatte. Und dann ... Ulla ist doch 'ne anständige Deern.»

«Das ist sie», erwiderte Martha mit Überzeugung.

V

Sie fuhren in tiefem Schweigen mit Ulla Knudsen nach Klong Toi. Martha hatte die Augen starr auf den Weg gerichtet. Petersen hatte nichts dagegen gehabt, daß Martha fuhr. Er hätte nicht fahren können, er zitterte am ganzen Körper. In seiner Hosentasche steckte ein Revolver.

«Wir müssen sehr vorsichtig sein, Mr. Petersen», sagte Ulla in einem Verschwörerton, der Petersen irritierte, aber sie hatte recht. Die arme Ulla konnte nichts dafür, daß sie allen Leuten auf die Nerven ging. Aber die Art, wie sie von einer Party nach Haus gestürzt kam – Betty hatte sie erst holen müssen –, wie sie sich mit Leib und Seele zur Hilfe anbot, hatte Martha tief gerührt. Auch Petersen war beeindruckt gewesen. Fräulein Knudsen hatte viele Geschäfte mit Malaien getätigt. Es würde natürlich schwierig sein, dieses bestimmte Haus mit den malaiischen Gärtnern im Distrikt Klong Toi zu finden. Aber es war keineswegs unmöglich. Sie bat Martha, an der Ecke einer schmalen Straße – es war ein Feldweg – zu halten.

Ulla verschwand in einem chinesischen Kaffeeladen, dessen Besitzer sie kannte. Martha parkte auf der gegenüberliegenden Seite. Es war besser, wenn die Bewohner von Klong Toi nicht sahen, daß jemand mit dem Auto kam. Sie könnten die Malaien warnen. Ausländer waren eben in Bangkok auf Meilen hinaus auffällig. Die Häuser am Feldweg, die kleinen, offenen Läden, die Herden von Wasserbüffeln, die von einem großen Inder entlanggetrieben wurden – alles war ländlich und von der Zeit vergessen.

Ulla kam triumphierend zu Petersens zurück. – «Wir müssen etwas weiter gehen, Sir! Das Geisterhaus liegt in der Parallelstraße. Die malaiischen Gärtner wohnen noch dort. Mehr konnten sie mir nicht sagen.» Sie war ganz atemlos und hatte vor Aufregung rote Flecke im Gesicht.

«Ich gehe mit Fräulein Ulla», bestimmte Petersen. «Bitte, bleibe im Wagen, Martha! Wir können ihn nicht allein stehen lassen und müssen uns in der Dunkelheit vorsichtig ins Grundstück schleichen. Hoffentlich sind keine Hunde dort.»

Petersen hatte trotz seiner Erfahrung mit dem tollen Hund keine Angst vor Hunden. Er meinte nur richtig, daß Hunde vorzeitig Krach machen könnten. Er wollte eben Pünktchen nehmen und sofort zurückkommen. «Es dauert nicht lange, Martha», flüsterte er.

«Hoffentlich!» sagte Martha.

Mohammed Ali lebte mit seiner Frau Saleha und fünf Söhnen, die bei der Gartenarbeit halfen, im Gartenhaus des riesigen Grundstücks. Große Pinien umstanden den Platz. «Wie ein Friedhof», dachte Petersen. Ein siamesischer Lustpavillon und eine gedeckte Halle umgaben das von Geistern besetzte Haupthaus. Rechts am Kanal lag das Waschhaus, um das ein Privatdschungel von Bananenbüschen und Sumpfblumen wuchs. Ganz links an der Hecke, jenseits des großen Rasens, lag das Gärtnerhaus.

Fräulein Knudsen hatte sich in Windeseile einen Plan gemacht, wie sie Petersen einführen wollte. Sie sahen ein Öllicht in dem Häuschen. Vollständige Stille, bis auf das Zirpen der Grillen und den Schrei der großen Hauseidechse, die hier offenbar den bösen Geist mimte.

Der Gärtner kam sofort aus der Hütte, als er die Ferangs sah. Ulla trug ein europäisches Kleid und einen weißen Strohhut und wirkte in der trüben Mondnacht sehr dänisch mit ihrer kräftigen Gestalt.

«Der Herr möchte das Haupthaus mieten», erklärte sie.

Wenn Mohammed Ali, der einen dunklen Fez zu einem grellkarierten Sarong trug, sich über die späte Stunde wunderte, so sagte er es nicht. Seine Gattin Saleha – eine schlanke Frau in mittleren Jahren in einem leuchtenden Sarong mit einer knapp anliegenden, zerlöcherten Baumwolljacke – erschien mit dem jüngsten Sohn auf dem Arm. Ihre großen Tieraugen musterten die Besucher, während sie ihrem Mann etwas zuflüsterte.

«Was sagt sie?» fragte Petersen nervös.

«Sie fragte, ob wir Engländer wären», erklärte Ulla leise. «Sie mag sie nicht.» –

Mohammed Ali entschloß sich zu der Aussage, daß das Haus wegen eines Geistes leer stehe. Die elektrische Leitung funktioniere nicht. Er könne es den Fremden nicht zeigen. Mittlerweile war Saleha mit dem Kind zu einem Teich im Garten geschritten und fuchtelte ihrem schreienden Sohn mit einer Wasserlilie auf dem Gesichtchen herum. Wahrscheinlich beabsichtigte Saleha, ihren Sprößling zu beruhigen, aber die Methode mit der Wasserlilie war entschieden nicht die richtige.

Während Ulla den Gärtner in ein Gespräch verwickelte und ihm Geld in die Hand steckte, damit er ihr das Haus aufschlösse, bewegte sich Petersen rückwärts dem Türspalt zu, den Saleha offengelassen hatte. Er stieß plötzlich die Tür weit auf. Mit einem Satz war Mohammed Ali an seiner Seite.

«Kein Ungläubiger betritt meine Schwelle», schrie er. Petersen schob ihn einfach beiseite.

«Vorsicht, Sir!» rief Ulla. Sie hatte Mohammed Alis Arm gepackt. Ein Dolch fiel zu Boden. Mohammed Ali war klein und schwach, und Ulla war groß und kräftig.

«Es passiert dir nichts», sagte sie auf malaiisch. «Du mußt uns nur die Wahrheit sagen. Wo ist das blonde Kind?»

Inzwischen hatte Petersen mit seiner Taschenlaterne die drei Räume und das Küchenhaus abgesucht. Eine uralte Frau saß im zweiten Raum und sang zwei schlafenden Kindern etwas vor. Sie hatten glatte, schwarze Haare und malaiische Gesichter. Von Pünktchen keine Spur!

Mohammed hatte sich beruhigt. Er führte sie zum Lustpavillon und wies mit ausgesuchter Höflichkeit auf eine wacklige Bank. Auf dem Wege schrie er Saleha an, sie solle sich mit dem Kind und der Lilie so schnell wie möglich ins Haus begeben. Wo hatte sie den Schleier? – Saleha zog ein ehemals silbriges Gazetuch aus dem Sarong und bedeckte gehorsam Haar und einen Teil ihres Gesichts. Sie war noch im alten Stil erzogen und gehorchte ihrem Mann.

«Fragen Sie ihn, ob er etwas von meiner Tochter weiß!» Petersen wischte sich zitternd die Stirn ab. Eine große, bunte Seifenblase der Hoffnung gaukelte halb zerplatzt vor seinen Augen.

«Nichts ...» erwiderte der Gärtner. «Weiß nichts ...»

Ulla gab es nicht so schnell auf. Sie versprach Mohammed Ali eine Geldsumme, bei deren Nennung seine Augen zu leuchten begannen. Seine schlanken, verdorrten Hände schwenkten seinen dunkelroten Fez, als ob er bereits kleine Goldvögel damit finge. Ein Strom malaiischer Worte brach von seinen bläulichen Lippen, die sich für gewöhnlich so fest schlossen. Ja ... eine kleine Chinesin war einen Tag nach dem Mondfest bei ihm in Klong Toi gewesen. Sie hatte gesagt, daß sie reichen Engländern diene. Sie wollte diese Engländer «ein wenig ärgern». Mohammed Ali hatte ihr vermutlich einen seiner seltenen Lächelversuche vorgemacht. Jedenfalls hatte er erwidert: «Gewiß ... sehr schön ... eine sehr nette Idee!» Die Engländer hatten die Mohammedaner im Fernen Osten ja auch öfters «ein wenig geärgert». Kurz und gut: das Mädchen wollte ein blondes Kind auf eine Woche zu ihnen bringen. Sie hatte extra gesagt, daß das Kind gut genährt und gut behandelt werden müsse. Es handele sich – wie gesagt – um einen kleinen Scherz. Die Engländer würden eine große Geldsumme geben, wovon Mohammed Ali nach Erfüllung seiner Hausherrenpflichten für eine Woche auch seinen Teil bekommen würde. Die kleine Chinesin hatte als ungefähren Zeitpunkt das «Fest am Goldenen Berge» genannt. *Und dann war sie nicht wieder erschienen*. Der Gärtner schwor beim Barte des Propheten, daß sie nicht gekommen wäre. Im übrigen hätte er sie mit dem Kind – falls sie es gebracht hätte – doch wieder fortgeschickt. Er wollte bei näherer Überlegung kein ungläubiges Kind in seinem Hause beköstigen. Seine alte Mutter hatte es ihm streng verboten.

«Weiß er, wo Ah Bue jetzt ist?»

Ulla übersetzte. Die Tränen liefen über ihr verblühtes Gesicht. Sie konnte den Juniorchef nicht ansehen.

«Nein», sagte sie so leise, wie es ihre schrille Stimme erlaubte. «Er hat diese Ah Bue niemals wiedergesehen.»

Mohammed Ali steuerte noch etwas zur Unterhaltung bei. «Er hält es für möglich, daß Ah Bue den ganzen Plan fallengelassen hat. Sie machte einen sehr kindischen Eindruck», vermittelte Ulla.

«Kommen Sie, Ulla», sagte Petersen tonlos. «Wir wollen meine Frau nicht länger warten lassen!»

Beim Verlassen des Grundstücks streifte sein Blick noch einmal die kleine schäbige Gärtnerhütte, auf die er soviel Hoffnung gesetzt hatte. Die malaiische Familie hatte einen ruhigen Schlaf vor sich, denn ihre Kinder waren im Hause. Sie hatten vielleicht auch Feinde, aber keine so tödlichen Feinde wie Petersens.

Martha und er waren von vielen Menschen in Bangkok beneidet worden, um ihr Geld, um das große, luxuriöse Haus, um die vielen Gesellschaften, die sie mitmachten.

Und doch waren sie die Ärmsten der Armen in der Stadt am Menamfluß.

VI

Am 15. Dezember besuchte der alte Herr Wong seine Freunde in Bangkapi. Petersen war nicht zu Haus. Er hatte gerade wieder eine Besprechung mit Herrn Ketaki, der noch nichts erreicht hatte. Der indische Privatdetektiv war empört, wie geschickt Ah Bue sich vor ihm versteckte. Denn daß Ah Bue das Kind geraubt und aus irgendeinem Grunde nicht bei den Malaien untergebracht hatte, stand für Petersen und Herrn Ketaki fest.

Der alte Herr Wong brachte Martha zwei Besucher mit. Der eine war ein hochgewachsener Italiener im weißen Priesterrock; der andere war ein junger Chinese. Der alte Herr Wong hatte nach seiner letzten Unterhaltung mit Onkel Winn in der Sala beschlossen, jetzt «inoffizielle Kanäle zu befahren». Pater Aldano leitete die Mission für verwahrloste asiatische Knaben, welche die Ordensbrüder der Salesianer in Bangkok und in einigen ländlichen Plätzen in Siam gegründet hatten. Sie holten die Waisenknaben asiatischer Herkunft aus den dunkelsten Schlupfwinkeln der Stadt.

«Dies ist mein alter Freund Pater Aldano», stellte der alte Herr Wong vor. «Und dies ist *Chia Yu-sen Joseph*», fügte er hinzu und wies auf den jungen Chinesen mit den glänzenden intelligenten Augen. Das hieß, daß der junge Mann aus der Familie Chia stammte, von dieser Familie «Yu-sen» gerufen worden war und den Namen «Joseph» in der heiligen Taufe empfangen hatte. Joseph war Pater Aldanos persönliches Faktotum. Der Pater hatte ihn als Kind in einer Verbrecherspelunke in Sampeng aufgelesen und ihn seitdem unterrichtet und geleitet. Joseph kannte Bangkoks Chinesenstadt aus eigener Erfahrung bis in den letzten Winkel. Er würde das Kind und Ah Bue schon finden, bemerkte er und lächelte ausgiebig.

Martha klingelte nach Getränken. Sie sah zum Erbarmen aus. Es war zwei Tage nach dem vergeblichen Ausflug nach Klong Toi. Sie hatten Onkel Winn nichts davon gesagt. Er sollte nicht unnütz aufgeregt werden, hatte Dr. Johannsen geraten. Pünktchen war nun über zwei Wochen verschwunden. Martha mußte sich große Mühe geben, noch einen Funken von Hoffnung am Leben zu erhalten. In neun Tagen war Weihnachten. Pummel sollte dann mit Nang Siri von Sukhothai nach Bangkok zurückkommen. Er würde den «Heiligen Abend» zusammen mit Herrn und Frau Krüger, Dr. Johannsen und Dr. Tyler bei Großonkel Winn verleben.

Pater Aldano blickte Martha sinnend an. Er war zurückgedrängtes Leid in den Gesichtern des Ostens und des Westens gewohnt. «Sie müßte einmal richtig weinen», dachte er.

Der alte Herr Wong hatte sich erhoben. Martha brachte ihn zu seinem neuen amerikanischen Wagen. «Ich danke Ihnen, Mr. Wong», murmelte sie. «Sie sind uns solch ein Trost.»

«Chia Joseph wird sein möglichstes tun», erwiderte der alte, feine Chinese und verbeugte sich gemessen. «Pater Aldano hat auch schon mit Major Karawek Nayadharn gesprochen. Sie sind alte Bekannte. Der Pater hat eine besondere Begabung, den Waisenknaben der Straße die Tugend begehrenswert zu machen. Er arbeitet auf indirekte Weise.»

Der alte Herr Wong blickte Martha aus müden und welterfahrenen Augen an. «Meine besten Wünsche sind mit Ihnen, Madame», sagte er sanft. «Wissen Sie, wir haben da ein altes Wort der Weisheit, das mir auch schon manchmal geholfen hat.»

Martha wartete stumm.

«Wir können nicht verhindern, daß die Krähen des Unglücks über unsern Häuptern kreisen; aber wir können verhindern, daß sie Nester in unseren Haaren bauen», flüsterte der Senior des Hauses Wong.

«Es gefällt mir nicht», sagte Chia Joseph zu Pater Aldano, während sie auf Marthas Rückkehr in der Veranda warteten.

«Was gefällt dir nicht?» fragte Pater Aldano geduldig. Joseph drückte sich oft so allgemein aus, daß man Mühe hatte, genau zu erfassen, was er eigentlich meinte.

«Die Diener dieses Hauses», sagte Chia Joseph fest. «Von allen Seiten kriechen sie herbei, wenn Besuch für Master und Missie kommt. Was will ‹Ältere Schwester› hier bei der Veranda?»

Josephs schwarze Luchsaugen hatten Cheng entdeckt, die zwischen Sträuchern versteckt an der Veranda mit den blauen Blüten lauschte.

«Das muß die Amah der kleinen Charlotte sein», meinte Pater Aldano. «Der alte Herr Wong hat mir gesagt, daß sie das Kind über alles liebt. Sie möchte vielleicht hören, ob eine Spur gefunden ist.»

«*No good*», sagte Chia Joseph. *No good* war sein englisches Lieblingswort, das er ziemlich wahllos anwendete.

«Signora», wandte sich der Pater an die soeben zurückgekehrte Martha, «können Sie meinem jungen Freund hier ein Foto Ihrer Tochter geben?»

Martha öffnete ihre Handtasche und entnahm ihr zögernd eines der letzten Bilder; Pummel hatte es im Garten aufgenommen. Es zeigte Pünktchen im Luftanzug mit langen, hellen Locken, Cheng mit ‹Jüngstem Enkelsohn› zu ihren Füßen und den Hundezwerg *tia*, der sich natürlich noch in letzter Minute ins Bild gedrängt hatte.

«Der kleine Hund ist gestern vergiftet worden», bemerkte Martha nebenbei. «Wir wissen nicht von wem. Meine Tochter liebte ihn sehr.» Sie gab sich einen Ruck. Wie konnte sie von Pünktchen in der Vergangenheitsform sprechen?

«Das ist sehr merkwürdig», bemerkte Pater Aldano in seinem fehlerfreien, langsamen Englisch. «Haben Sie eine Ahnung, wer es getan haben könnte?»

«Nein», erwiderte Martha. «Wir haben ja von nichts eine Ahnung, Hochwürden!» Sie blickte den Priester nicht an. In diesem Augenblick überkam sie die Grausigkeit des Geschehens mit solcher Macht, daß ihr die Tränen in die brennenden Augen traten. Joseph hatte sich taktvoll erhoben und machte sich an seinem Fahrrad zu schaffen. Dann stand er plötzlich vor Cheng, die vor Überraschung einen Schritt zurückwich.

«Alle Leute sehr traurig in diesem Haus. *No good*», eröffnete er die Unterhaltung.

Cheng blickte ihn feindselig an. Was wollten die vielen Besucher in Bangkapi? Sie nahm ‹Jüngsten Enkelsohn›, der vor ihr im Grase rollte, auf den Arm und verschwand wortlos im Küchenhaus.

Joseph Chia betrachtete intensiv das Kind mit den goldenen Haaren, das so vergnügt neben seiner «chinesischen Mutter» mit Anhang auf dem Rasen saß. Ein sehr schönes Kind, nach dem Foto zu schließen, auch wenn es farblose Haare und Augen hatte. Joseph stellte sich Pünktchen mit schwarzen Haaren vor, einer kurzen, glatten Mähne, wie ein chinesisches Kind sie trug. Sie würde schön wie der Morgenstern sein, dachte er. Chia Joseph war sehr poetisch, seitdem er nicht mehr mauste und statt dessen aufpaßte, daß Pater Aldanos andere Schützlinge auch nichts mausten. Er war jetzt siebzehn Jahre und sich der Wichtigkeit seiner Ehrenstellung in der Mission bewußt. Er blickte vorsichtig zur Veranda hinauf. Martha saß immer noch im Gespräch mit dem «christlichen Mandarin», wie Chia Joseph seinen geistlichen Beschützer bezeichnete.

Pater Aldano sprach, und Martha hörte zu. Die Isolierung, in die ein unverhofftes Unglück einen Menschen treibt und ihn auch von den besten Freunden trennt, löste sich in Gegenwart des ruhigen Italieners mit den lebhaften, dunklen Augen und der völlig tonlosen Stimme. Der Priester war ihr plötzlich kein Fremder, obwohl sie niemals Kontakt mit der römischen Geistlichkeit gehabt hatte. Er war so einfach und vernünftig. Martha quälte sich mit etwas herum, das sie nicht einmal Hannes sagen konnte. Sie machte sich in schlaflosen Nachtstunden jetzt öfters Gedanken, ob sie Pünktchen genug Liebe gegeben habe. Sie hatte immer so viel an ihr auszusetzen gehabt. Pummel war von Anbeginn der Sohn ihres Herzens gewesen. Und nun war sie – die kühle, vernünftige Martha – in schwere innere Zweifel geraten, die sie sich selbst bald einer Unterlassungssünde anklagen, bald wieder das Ganze als eine Ausgeburt ihrer überreizten Nerven ansehen ließ. Und ehe sie wußte, wie es geschah, hatte sie Pater Aldano zögernd, aber klar und logisch ihren Fall vorgetragen. Es war eine Pause entstanden. Martha wischte sich mit eiskalten Händen den Schweiß von der Stirn. Es war heute wieder ein sehr heißer Tag, obwohl man den 15. Dezember schrieb. Die Tropen richteten sich nicht nach dem nördlichen Kalender.

Pater Aldano hatte sofort erfaßt, daß die große, blasse Frau mit den feinen, erstarrten Zügen sich mit etwas herumquälte, das – wie alle seelischen Bürden – real und doch ein Hirngespinst war. Sie mußte unter normalen Umständen eine ausgezeichnete Erzieherin der Jugend sein. Pater Aldano konnte es beurteilen, da er selbst ein Lehrer und Erzieher war. Marthas unausgesprochene Schlußfolgerung war gewesen, daß Gott sie nun dafür strafte, daß sie ihre Tochter nicht genug geliebt hatte.

«Sie quälen sich ganz unnötig, Signora», sagte Pater Aldano. Er lächelte. Es war ein Lächeln, das viel geistigen Charme und eine große, spirituelle Erfahrung verriet. «Wenn Sie versucht haben, die Eitelkeit und übergroße Empfindlichkeit Ihrer kleinen Tochter einzudämmen, dann haben Sie getan, was jede gute Erzieherin und Mutter tut. Was heißt ‹Unterlassungssünde›?» fragte Pater Aldano und machte eine sehr italienische Handbewegung, die menschliche Torheit und Gottes Barmherzigkeit im großen Bogen umschloß. «Glauben Sie im Ernst, daß der HERR in dieser Weise rächt und straft? Dazu sind Sie doch viel zu vernünftig, Signora! Sie haben mir soeben gesagt, daß Sie den HERRN jede Nacht um Kraft und Geduld bitten. Bitten Sie heute nacht darum, daß Sie nicht weniger Verstand und Einsicht im Unglück zeigen mögen, als Sie in den Tagen des Glücks bewiesen haben!»

Martha blickte den Italiener im weißen Priesterrock dankbar an. Er hatte ihr tatsächlich etwas geholfen.

«Lieben Sie ‹Unsern Herrn›, Signora, fürchten Sie IHN nicht!» sagte er sanft und machte eine kleine zeremonielle Abschiedsverbeugung. «Das Leben ist zu armselig, wenn man die Furcht an die Stelle der Liebe setzt. Furcht ist *‹Ersatz›*. Sagen Sie nicht im Deutschen *‹Ersatz›*?»

Martha lächelte. «Ich habe Ersatz-Leben immer schrecklich gefunden.»

«Das kann ich mir vorstellen, Signora», sagte Pater Aldano nachdenklich. Er zog ein kleines Buch aus der Tasche seines weiten Gewandes.

«Für eine stille Stunde, Signora», sagte er fast schüchtern. «Ein Landsmann von Ihnen schrieb dies Büchlein im fünfzehnten Jahrhundert. Es ist sehr praktisch, wenn man ... hm ... einen Rat braucht.»

Martha öffnete das dünne Buch. Es war in englischer Sprache geschrieben. Auf dem vergilbten Titelblatt stand: «De Imitatione Christi».

«Wie soll ich Ihnen danken?» sagte Martha noch scheuer. «Ich kenne Thomas a Kempis. Er war der Lieblingsschriftsteller meines Vaters.»

Pater Aldano lächelte plötzlich wie ein Junge. «Dann hätte ich mich gern mit dem Signore unterhalten. Oh, Signora!» Wieder machte Pater

Aldano eine sehr italienische Handbewegung: «Wenn wir Bücherwürmer uns irgendwo in der Welt zusammensetzen, dann vergessen wir Ort, Zeit und die Pflicht, nicht wahr? Leider, leider muß ich Sie noch ein wenig behelligen.»

Er trat an den Rand der Veranda und winkte dem treuen und neugierigen Joseph.

«Ich bitte Sie jetzt, unserem Joseph *alles* zu sagen, was Sie über dieses Mädchen Ah Bue und ihre Mutter wissen! Beschreiben Sie sie ihm, so gut es geht. Und die Verwandten nicht vergessen, Signora! Bei Chinesen spielt die Familie eine entscheidende Rolle.»

Martha berichtete alles, was sie wußte. – Dabei fragte Joseph respektvoll auf Pidgin-Englisch, wer denn Chung und Ah Bue ins Haus gebracht hätte.

Martha fiel zum ersten Male wieder ein, daß es Ah Chang – oder seine Tochter Cheng – getan hatte. Aber natürlich könne man sie nicht für ihre Verwandten verantwortlich machen, fügte Martha hinzu.

«Natürlich nicht», bestätigte Pater Aldano.

«*No good*», sagte Chia Joseph kritisch. Es ging aus seiner Rede nicht hervor, ob er die Familie Ah Changs oder Marthas Schlußfolgerung meinte.

Nachdem der Pater und Chia Joseph in das kleine Missionshaus bei Saladeng zurückgefahren waren, fühlte Martha sich zum ersten Male ein wenig hoffnungsvoller.

VII

An diesem Abend, während Martha in dem Buch las, das ihr neuer italienischer Freund ihr dagelassen hatte, saß ihre Tochter in einem Raum ohne Echo.

«Wann komme ich nach Hause?» fragte Pünktchen in einer asiatischen Sprache.

Eine Frau, deren Gesicht durch Bandagen völlig unkenntlich gemacht war, murmelte, daß man noch warten müsse. «Aber nicht weinen! Das wäre gar nicht gut. Dann würde jemand *sehr* böse werden.»

«Ich will zu meiner Mutti», sagte das Kind schwach. Es schob den Teller mit Reis und Fisch fort.

Kein Echo. Es war so, als ob das Kind nichts gesagt hätte. Das Kind wiederholte etwas lauter, daß es zu seiner Mutter wolle.

«Deine Mutter ist abgereist», murmelte die Frau mit den Bandagen.

Charlotte Christiane Petersen richtete sich von der Matte auf, auf der sie den ganzen Tag hockte.

«Das ist nicht wahr», sagte sie in ihrem asiatischen Kauderwelsch. «Meine Mutti reist nicht ohne mich ab ... du lügst!»

Sie sprang auf und wollte zur Tür rennen.

Was nun folgte, war nicht schön. Es tat Pünktchen weh. Und weinen durfte sie nicht. Dann wurde alles noch schlimmer.

«Ich will nach Haus», flüsterte sie eigensinnig. «Mutti, Pappi, Pummel... Cheng... *tia*.» Das Kind murmelte die Namen aller seiner Lieben. Es war, als wolle es damit seine Identität festhalten. Es war sehr klug von dem Kind. Die Frau mit den Bandagen antwortete nicht. Die Namen verloren sich in dem Raum ohne Echo.

«*Pummel!*» sagte das Kind noch einmal.

«Wie heißt du?» fragte die Frau mit den Bandagen.

«Charlotte Christ – – –»

Es tat dem Kind *sehr* weh. Diesmal schluchzte es.

«Wie heißt du?»

«*Hsi–Jen*» (durchdringender Duft), flüsterte das Kind.

«Wirst du es jetzt behalten? Sonst geht es dir nicht gut. Du willst doch bald zu deinem Vater zurück?»

«Ja», sagte Hsi-Jen schnell, «wann?»

Aber die Frau mit den Bandagen war verschwunden.

«Wann?» fragte das Kind jemanden, der ins Zimmer gekommen war. «Sage es mir doch, *chieh-chieh*!»

«Ältere Schwester» (chieh-chieh) lachte. «Du bist sehr dumm», sagte sie. Aber auch diese Bemerkung hatte kein Echo.

Das Kind schluchzte fast lautlos.

«Weine nicht, Hsi-Jen», sagte ‹Ältere Schwester›, «hast du mich nicht lieb?»

«Doch», sagte Pünktchen, «ich habe dich sehr lieb! Du ziehst mich an und deckst mich abends zu. Du bist sehr, sehr gut.»

«Und du bist sehr, sehr schön», sagte Ältere Schwester. «Gefällst du dir nicht mit den schwarzen Haaren?»

«Ich weiß nicht. Hier ist kein Spiegel. Was wird Mutti sagen, wenn ich mit schwarzen Haaren ankomme?»

«Sie ist in Europa, kleine Schwester! Deinem Vater wirst du schon gefallen. Wirst du ihm sagen, daß ‹Ältere Schwester› gut zu dir war?»

«Natürlich! – *Wann* komme ich nach Hause?»

«Ältere Schwester» lachte wieder. Es war kein angenehmes Lachen. Das Kind war zu müde, um es zu merken. «Mutti... Pappi... Pummel...» murmelte es.

Das Haus ohne Echo war eine halbe Auto-Stunde von Bangkapi entfernt.

DREIUNDZWANZIGSTES KAPITEL

Spinne und Seidenraupe

I

Am 18. Dezember – drei Tage nach dem Besuch des alten Herrn Wong und seiner Freunde – nahm Martha Petersen um zehn Uhr früh eine Rikscha in das Chinesenviertel von Bangkok. Immer wieder trieb es sie aus dem Hause. Sie mußte ihre Tochter suchen. Ein Instinkt trieb Martha stets von neuem in die Jawarad Road – dorthin, wo die Unbekannte mit dem bandagierten Gesicht und dem spitzen Bambushut vor ihr geflohen war.

Cheng wartete mit Marthas Sonnenschirm bei der Rikscha, die sie auf Befehl der Herrin kopfschüttelnd geholt hatte. Cheng hatte vom Weinen – oder vom Rauchen – rotgeschwollene Augen.

«Darf ich mitkommen, Mem?» fragte sie scheu. «Master sagt, Mem soll nicht allein fahren. Böse, böse Menschen lauern auf Mem.»

«Es ist gut, Cheng, ich fahre allein.» Martha bemühte sich geduldig und freundlich zu sprechen. Pünktchens Amah verbeugte sich und trollte sich traurig ins Küchenhaus. Martha blickte ihr nach. Chengs Flüsterton und ihre ewigen Warnungen ermüdeten sie. Niemand lauerte auf sie in Sampeng. «Unsinn ...» dachte Martha nervös.

Der Rikscha-Kuli hatte schon zweimal gefragt, wohin er die Mem Ferang bringen sollte. Martha gab sich einen Ruck.

«Halte an der Ecke New Road», befahl sie dem Rikscha-Kuli. Sie wollte zu Fuß in die Jawarad Road gehen. Sie vermied nach Möglichkeit jedes Aufsehen; allerdings machte sie in ihrem weißen Kleid mit der schwarzen Sonnenbrille und dem Schirm aus chinesischem Ölpapier allein schon Aufsehen; aber in der wimmelnden Chinesenstadt hatte jeder mit sich selbst zu tun. Allerdings, wenn jemand Martha folgte oder vor ihr davonlaufen wollte ...? Die Stadt am Menamfluß war ein großes Spinnennetz, in dem die Familie Petersen sich beim Jahrmarkt am «Goldenen Berge» verfangen hatte.

Martha entließ den Rikscha-Kuli an der Ecke Jawarad Road und beendete sein Geschrei nach einem höheren Fahrgeld, indem sie sich einfach umdrehte und fortging. In ihrer Handtasche, die sie fest an sich gepreßt hatte, lag ein Brief von Pummel. Pummels Briefe bereiteten Martha jedesmal etwas Freude. Er plagte sie nicht mit Fragen. Er wußte, daß er sofort ein Telegramm erhalten würde, wenn seine Schwester gefunden war. In sechs Tagen sollte er mit Nang Siri nach Bangkok zurückkehren. Pummel hatte etwas Angst vor seinen Eltern, seitdem sie so unglücklich waren. Unglück verändert das Vertraute leise und unfaßbar. Alle Unterhaltungen zu Haus hatten bis zu seiner Abreise mit Nang Siri etwas Gezwungenes gehabt. Als ob man nur etwas Geräusch machte, um die quälende Stille beim Essen zu übertönen. Seinem Vater war Pummel konsequent aus dem Wege gegangen. Er hatte ja in den Monaten nach seiner Ankunft noch keinen starken Kontakt mit Petersen bekommen. Und nun würden sie vielleicht wieder für viele Jahre getrennt bleiben. Martha sehnte trotzdem Pummels Abreise herbei. Er mußte in ein normales Leben, soweit man das Leben mit Hinrich und Lisa Petersen als das Normale für Pummel bezeichnen konnte. Aber sie hatten keine Wahl. Es war Martha eine Beruhigung, daß der Junge bis Hamburg mit Dr. Johannsen zusammensein würde.

In Gedanken versunken war Martha in der Jawarad Road angelangt. Ein paar Schritte von ihr entfernt hatte ein chinesischer Briefschreiber – und Leser von Briefen – sein Tischchen auf dem Straßenpflaster aufgeschlagen. Es gab in Sampeng genug Mütter, die Briefe an ihre fernen Söhne oder Enkel in China schreiben oder die Antworten lesen lassen wollten. Außerdem verkaufte Herr *Lin* Geheimnisse und Auskünfte aller Art. Man konnte sich heutzutage geschäftlich nicht mehr allein auf Familien-Beziehungen verlassen.

Herr Lin hatte sein Tischchen mit dem darüber thronenden Sonnenschirm aus Ölpapier vor einer Kulikneipe aufgestellt, aus der soeben ein junger, zerlumpter Chinese heraustrat. Er ging zu Herrn Lin hinüber und flüsterte mit ihm. Martha wollte schon weitergehen, als der junge Chinese kurz auflachte. Das Lachen kam ihr irgendwie bekannt vor. Sie nahm ihre Sonnenbrille ab, um im grellen Sonnenlicht besser zu sehen. Eine schmerzhafte weiße Lichtwelle brandete an ihre empfindlichen, von schlaflosen Nächten geröteten Augen. Sie stieß einen leisen Ausruf aus und wollte auf den zerlumpten jungen Mann zugehen. Es war Chia Joseph, der ihr vor drei Tagen zusammen mit Pater Aldano einen Besuch gemacht und Pünktchens Foto mitgenommen hatte. Aber Chia Joseph drehte ihr so resolut den Rücken zu, daß Martha verstand. Gleichzeitig machte er ihr mit der rechten Hand ein Zeichen. Sollte sie warten? Sollte sie verschwinden, zum mindesten – so schien es Martha – sollte sie auf keinen Fall verraten, daß sie Joseph kannte. Sie trat vor ein Geschäft mit Spiegeln, wie es sie in der Jawarad Road zu Dutzenden gab. Die chinesische Leidenschaft für Spiegel manifestierte sich hier sehr deutlich. In einem Wandspiegel beobachtete Martha den Verlauf der Unterhaltung. Sie dauerte lange wie jede chinesische Transaktion. Schließlich nahm Chia Joseph ein Kuvert aus der Tasche, das eine Geldsumme enthalten mußte, denn Herr Lin reckte seinen fetten Entenhals, fuhr sich mit gespreizten Händen wohlgefällig über die nackte Brust und schrieb einen

Zettel für Chia Joseph, den er in seine geflickte Hosentasche steckte. Dann setzte Chia Joseph seinen schmutzigen Tropenhelm tiefer ins Gesicht und schlenderte langsam in eine gegenüberliegende Seitenstraße. Er bestieg eine Rikscha und blickte sich dabei nach Martha um. Sie rief ebenfalls eine Rikscha und sagte dem Kuli:

«Folge dieser Rikscha. Paß gut auf!»

Sie fuhren hintereinander her, durch Gassen und Gäßchen, die Martha niemals gesehen hatte. Wie die meisten Ausländer kannte sie die Jawarad Road mit den großen chinesischen Theatern und Speisehäusern und den kleinen offenen Läden. Aber erst hinter der Jawarad Road begann das geheime Leben der Chinesen. Schließlich landeten sie in der *Rajawongse Road*, die von der New Road bis zum Fluß hinunterführt.

Joseph stieg aus der Rikscha und schlenderte zu einem Lagerhaus zum Fluß hinunter. Martha folgte mit Schwindelgefühlen im Kopf. Die Hitze schien unerträglich. Oder war es das Gefühl, dem Ziele näher zu sein? Sie blickte sich um, ob ihr nicht jemand folge.

Im Lagerhaus teilte Chia Joseph ihr mit, daß Ah Bue sich hier in der Nähe vor der Polizei versteckt hielte, wahrscheinlich mit dem Kind, hatte Herr Lin gemeint.

«*Wo!*» flüsterte Martha. Wieder fühlte sie die seltsame Lähmung ihrer Stimmbänder, die sie zuerst in der Nacht am «Goldenen Berge» befallen hatte.

«In *Sapan Han*», flüsterte Chia Joseph. «Weiß *Mem* Bescheid?»

Martha blickte den jungen Chinesen, der sie treuherzig und mit schlauen Blicken betrachtete, hilflos an.

«Es ist nicht weit von der Rajawongse Road. Ich gehe voran. *Mem* folgt ganz langsam.»

Martha nickte.

«Kann *Mem* noch gehen?» fragte Chia Joseph besorgt. Die Mem Ferang schien ihm unsicher auf den Beinen zu sein.

«Gewiß», erwiderte Martha tonlos.

«Wird *Mem* diese Ah Bue erkennen?»

Wiederum nickte Martha. Es war eine Geisterpantomime am hellen Tag. Das seltsame Paar setzte sich in Bewegung. Glücklicherweise fand Chia Joseph zwei Rikschas, die sie in gemessenem Abstand bis nach *Sapan Han* brachten. Martha blickte sich während der Fahrt nicht um und sah daher nicht, daß ihnen eine dritte Rikscha folgte. In dieser Rikscha saß eine schwarzgekleidete Frau mit einem spitzen Bambushut. Ihr Gesicht war durch Bandagen unkenntlich.

Es war die Spinne, die ihr tödliches Netz um die Familie Petersen geworfen hatte. Die Spinne selbst war nicht im Netz. Sie stand außerhalb und zog das Netz zusammen.

Cheng hatte recht gehabt: Martha war in Gefahr. *Nur* Martha? – – – Pünktchen war mit jedem Schritt, den man unternahm, noch viel gefährdeter.

II

Sapan Han war eine alte, malerische Brückenstraße, über die sich ein Dach spannte. Darunter floß der Kanal *Klong Ong-ang*, in dessen trüben Wassern sich fliehende Schatten spiegelten. Zahllose winzige Läden, die mit Kuriositäten und Eßwaren bis zum Rande gefüllt waren, standen in dieser seltsamsten aller Bangkoker Straßen. Vor einer Bude mit frischen und gebratenen chinesischen Fruchtkuchen hielt Chia Joseph. Martha betrachtete in der Nebenbude chinesische Kissenbezüge, die auf mattem Brokat verschlungene Drachen- und Vögelmuster zeigten.

«*Tau rai?*» (Wieviel), fragte Martha. – Eine Ausländerin war in Sapan Han nichts Besonderes. Chia Joseph sprach indessen mit der Kuchenbäckerin, einer alten, vertrockneten Chinesin, die sich von Zeit zu Zeit keifend in die Hinterräume ihres Ladens begab, wo Ah Bue mit einer andern jungen Chinesin Fruchttörtchen bereitete. Hier hielt sie sich also vor der Polizei versteckt! Sapan Han barg das Geheimnis, das die Familie Petersen an den Rand der Verzweiflung gebracht hatte.

«Hm ...» murmelte die alte Chinesin und versteckte Joseph Chias Bestechungsgeld in einem geschnitzten Kasten mit einem wackligen Verschluß. «Ich werde das Mädchen also jetzt hinausschicken. *Mich* trifft keine Schuld, junger Bruder, ich wußte nicht, daß die Polizei sie sucht. Lügen ... nichts als Lügen werden einem heutzutage aufgetischt. Aber wie der Fisch im Kessel, so springt die Lüge nach oben.»

Die Alte hielt inne und betrachtete Chia Joseph einen Augenblick starr und ängstlich.

«Ist sie wirklich die Tochter der Diebin Chung?»

«Die Fremde erkennt sie», sagte Chia Joseph und deutete verstohlen auf Martha. «Wir müssen sehr vorsichtig sein ... wegen des Kindes.»

«Wegen welches Kindes?» fragte die Alte.

«Schon gut ...» sagte Chia Joseph, der sie mit Luchsaugen beobachtete. «Warte noch etwas. Ich hole ... noch jemanden.»

Zwei Minuten später stand ein kräftiger junger Chinese mit Chia Joseph vor der Bude mit den Fruchtkuchen. Er war gern bereit, jemanden gegen eine hohe Belohnung festzuhalten und mit Chia Joseph zur nächsten Polizeistelle zu bringen.

«Bue, Bue ...» kreischte die Alte. «Komm, hilf verkaufen! Viele Kunden!»

Ah Bue erschien gehorsam und blickte sich scheu um. Martha hatte sich in den Schatten einer Blumenbude zurückgezogen, damit Ah Bue sie nicht sah.

Chia Joseph ließ sich zwei Kuchen von Ah Bue in ein sauberes Platanenblatt verpacken. Er lachte mit seiner jungen, rauhen Stimme. Das war das Zeichen für Martha, die prompt erschien und tonlos auf englisch sagte: «*Sie ist es!* Schnell, schnell!»

Im nächsten Augenblick war Ah Bue von Chia Joseph und seinem

Helfershelfer wie in einem Schraubstock gefangen. Sie stieß einen schrecklichen Laut aus – wie ein gefangenes Tier – und warf mit dem freien rechten Arm das große Backmesser, das auf dem Tisch mit den Kuchen lag, nach Martha. In ihren schrägen, dunklen Augen blitzte sinnloser Haß.

Martha verspürte einen stechenden Schmerz im rechten Arm und sah, das große Blutflecken ihr weißes Kleid besudelten. Sie trat an das heulende Mädchen heran und flüsterte: «Fragen Sie sie, wo das Kind ist!»

«Ich weiß es nicht», erwiderte Ah Bue.

Chia Joseph schlug ihr ins Gesicht.

«Du wirst dich schon auf der Polizei erinnern, du Kröte», schrie er außer sich. Er lief in die Bude, stieß dabei den Tisch mit den Kuchen um und suchte das Kind mit den goldenen Haaren. Es war nicht da.

«Mem fährt schnell nach Haus», sagte er und winkte einer Rikscha, die am Ende der Brückenstraße hielt.

Eine ungeheure Menschenmenge hatte sich in der engen Straße angesammelt, als Martha mit Chia Joseph in die Rikscha stieg. Mit letzter Kraft hielt sie sich aufrecht. In einer zweiten Rikscha hielt sein Helfershelfer Ah Bue, der er mittlerweile Hände und Füße gefesselt hatte, wie eine Puppe auf dem Schoß. –

«Wir fahren zur nächsten Polizeistelle, *Mem*», sagte Chia Joseph heiser. «*Mem* ist krank.»

Martha sagte wie aus weiter Ferne: «Sie wird schon gestehen ... Sofort zur Polizei.»

Etwas später fuhr Martha mit Chia Joseph nach Bangkapi zurück. Petersen war schon zu Haus und hatte mit dem Lunch gewartet.

«Cheng», schrie er, als er seine halb ohnmächtige, blutende Frau aus der Rikscha hob. «Wo bleibst du? *Mem* ist krank!»

«Ältester Enkelsohn» kam zitternd angelaufen.

«Mutter ist auf dem Markt. Großvater schickte sie nach Enten», stammelte er.

«Chia Joseph, wollen Sie bitte sofort zu Major Nayadharn fahren! Sagen Sie ihm, daß Sie Ah Bue gefunden haben! Große, große Eile», sagte Petersen auf chinesisch, «unser Kind ist in Gefahr.»

Während Chia Joseph in der Rikscha davonraste, trug Petersen mit Hilfe von «Ältestem Enkelsohn» und dem alten Ah Chang seine Frau auf die Veranda mit den blauen Blüten. Martha hatte die Augen aufgeschlagen. Sie blickte Petersen groß und unbeweglich an.

«Ich habe ... sie nicht ... gefunden ...» murmelte sie. «Ich ... glaube ... sie ... ist ...»

Aber Martha konnte selbst jetzt das Wort nicht sagen. In diesem Augenblick kam Cheng angestürzt und wurde von Ah Chang mit Schimpfworten begrüßt.

«Keine Enten ...» rief sie klagend, «Cheng lief bis nach *Talad Noi* ...»

Dann verstummte sie. «Ältester Enkelsohn» mußte ihr gesagt haben, daß die Herrin blutend in der Veranda lag. Cheng stürzte heulend in die Veranda.

«Cheng», sagte Petersen mit unheimlicher Ruhe, «nimm eine Rikscha und fahre zu Dr. Johannsen! Wenn er nicht zu Haus ist, laß dir sagen, wo er ist, und fahre dorthin. *Mem* ist krank. Beeile dich!»

«Ja ... Sir», wimmerte Cheng, «Cheng ist die Schnellste im Haus.»

Die Rikscha-Kulis hatten einen großen Tag am 18. Dezember ...

III

Als Ah Bue dem siamesischen Polizeimajor Karawek Nayadharn nach zwei Stunden in einem Privatraum der Kriminalpolizei vorgeführt wurde, hatte sie so geweint, daß ihre Augen fast zugeschwollen waren.

«Setze dich, Ah Bue», sagte der Major unerwartet sanft. «Wir wollen dich nicht bestrafen. Nai Petersen gibt dir noch eine große Belohnung, wenn du mir jetzt sagst, wo du das Kind hingebracht hast.»

«Ich weiß nicht, Sir», stöhnte Ah Bue, die am ganzen Körper zitterte.

«Wie würde es dir gefallen, wenn du mit vielen Ratten in einen Keller eingesperrt wirst?» fragte Major Nayadharn noch sanfter.

Ah Bue sprang vom Boden auf. Ihre Augen weiteten sich vor Schreck.

«Nein ...» schrie sie, «keine Ratten! ...»

Major Nayadharn lächelte zufrieden. Ah Bue war noch ein halbes Kind. Man konnte sie mit primitiven Mitteln einschüchtern. Der Major hatte auch andere Methoden zur Verfügung. Er wandte sie ohne Vergnügen an, wo sie ihm notwendig erschienen. Er liebte Blumen und sanfte Dinge ...

«Also, Ah Bue», sagte er freundlich, «nun packe mal aus! Wir sind ganz ungestört. Hat deine Mutter etwas mit dem Kindesraub zu tun?»

«Meine ... Mutter?» Ah Bues Herz klopfte wie ein Hammer.

«Du weißt doch sicher, daß sie aus dem Gefängnis entflohen ist?» fragte Major Nayadharn im Plauderton. «Versteckt sie sich in Sapan Han? Backt ihr jetzt alle Fruchtkuchen und werft mit Messern um euch?» –

«Meine Mutter ist nicht in Sapan Han», flüsterte Ah Bue. «Ich habe nichts davon gehört, daß sie entflohen ist.»

Sie war so erregt, daß sie ständig chinesische Worte in ihr fehlerhaftes Siamesisch mischte.

«Fang an», sagte Major Nayadharn in einem gänzlich veränderten Ton. Seine Augen hatten sich bis auf einen Spalt zusammengezogen. Er thronte in dem kahlen Raum wie eine entsetzliche Gottheit, die Ah Bue vernichten wollte. Unter dem Holzfußboden waren scharrende Geräusche zu hören ... «Ratten ...» erläuterte die Gottheit und rief einen jungen Mann in Khakiuniform.

«Schreibe alles auf!» sagte er zu dem jungen Beamten, «die Wahrheit und die Lügen!»

Polizeimajor Nayadharn war nämlich der richtigen Meinung, daß die Lügen der Gefangenen ebenfalls die Wahrheit enthüllten.

IV

Zwei Stunden später machte der Polizeimajor sich auf den Weg zu Petersens nach Bangkapi. Er war mit zwei andern Polizei-Offizieren nach Ah Bues Verhör noch einmal nach Sapan Han gefahren und hatte eine Unterhaltung mit der alten Fruchthändlerin. Sie hatte ihm ein langes Kuchenmesser ausgehändigt. Es hatte *keine* Blutflecke, nur Ah Bues Fingerabdrücke. «Ah Bue hat *nicht* das Messer geworfen, das Ihre Gattin am Arm verletzt hat», sagte Major Nayadharn zu Petersen. «Wir haben es einwandfrei festgestellt. Chia Joseph und sein Helfer hatten das Mädchen ja bereits am linken Arm gepackt. Sie *wollte* das Messer natürlich nach Madame schleudern; aber tatsächlich hat jemand anders das Messer, das Madame verwundete, geschleudert. *Dieses* Messer ist verschwunden. Wir haben die ganze Gegend absuchen lassen.»

«Was ist mit meiner Tochter?» fragte Petersen. Er trug eine schwarze Brille vor den Augen, dennoch taten ihm die letzten Sonnenstrahlen, die durch die Veranda ins Empfangszimmer strömten, weh. Martha lag verbunden oben in ihrem Zimmer. Pater Aldano war bei ihr. Er hatte ihr gerade einen Besuch machen wollen und hatte Chia Joseph noch nicht sprechen können. Er war erschüttert von den letzten Ereignissen, zeigte Martha aber nur heitere Ruhe und eine aus täglicher Resignation geborene Geduld. ---

«Ihre Tochter?» sagte Major Nayadharn düster. «Wir müssen weiter suchen. Wir sind der Meinung, daß Ah Bue das Kind *nicht* geraubt hat. Es bestand die *Absicht*, Sir», sagte er schnell und hob beschwörend seine zierliche siamesische Hand. «*Aber* – sie wurde offenbar nicht ausgeführt. Wir stellten ihr soeben den Gärtner Mohammed Ali aus Klong Toi gegenüber. Wir hatten ihn vorbereitet auszusagen, daß sie ihm das Kind gebracht hätte. Ihre Empörung war echt, Sir! Ich kenne mich da aus. Selbstverständlich bleibt Ah Bue in Haft, bis Ihre Tochter... gefunden ist.»

Petersen schien nicht mehr zuzuhören. *Wer* hatte das Messer nach Martha geschleudert? Die Alte im Fruchtladen, die so ehrpusselig tat? Jemand anders? Vielleicht jene Frau mit den Bandagen, die Martha nie wiedergesehen hatte?

«Haben Sie eine Spur jener Frau entdeckt, Herr Major?» fragte Petersen. Er war todmüde. Aber man durfte nicht müde sein...

«Leider nein. Wir haben einen Polizisten in der Nähe von Jawarad Road stationiert. Übrigens – warum wird so fest angenommen, daß die fragliche Person mit den Bandagen eine *Frau* ist? Ihre Gattin hat als Ausländerin vielleicht keinen Blick dafür, ob ein Mann oder eine Frau sich unter einem Kittel und weiten Hosen verbirgt. Es gibt so viel dünne Chinesinnen mit fast männlichem Körperbau und rundliche Männer, die in einem Frauenkittel und einer weiten Hose nicht von einer fetten Chinesin zu unterscheiden sind... zum mindesten nicht auf den ersten Blick. Und schon gar nicht in der großen Erregung, in der Madame Petersen sich am ‹Goldenen Berge› und an jenem Morgen in der Jawarad Street befand. Leider hat unser Mann diese Person mit den Bandagen bis jetzt nicht entdecken können.»

Major Nayadharn konnte nicht wissen, daß der Polizist gerade eine Eislimonade in einem Kaffee-Laden getrunken und daher nicht gesehen hatte, wie die Person mit dem verbundenen Gesicht und dem spitzen Bambushut, der die ganze Kopfform verbarg, Martha und Chia Joseph in einer Rikscha nach Sapan Han gefolgt war.

«Wir haben im Lepra-Asyl angefragt, ob vielleicht ein Lepra-Kranker dort entlaufen ist. Das würde die Bandagen erklären. *Falls* die fragliche Person etwas mit dem Fall zu tun hat.»

Was sollte ein Lepröser mit Pünktchen anfangen? – Petersen schauderte bei dem Gedanken. Aber er bewahrte Haltung. Major Nayadharn tat alles, was er konnte.

«Haben Sie die Mutter von Ah Bue nochmals verhört?»

«Selbstverständlich, Sir! – Wir hatten dem Mädchen zuerst eingeredet, daß Chung aus dem Gefängnis entflohen wäre. Ich hoffte dadurch mehr zu erfahren... Nein, wir müssen andere Wege einschlagen. – Ich möchte jetzt noch einmal Ihre Diener befragen. Sie scheinen über Ah Bues Verhaftung erregt zu sein. Wie geht es Madame Petersen?»

«Es ist glücklicherweise eine leichte Fleischwunde. Dr. Johannsen ist zufrieden.»

«Madame darf nicht mehr allein herumsuchen, Sir! – Sie müssen ihr klarmachen, daß sie verfolgt wird, sowie sie sich aus dem Hause rührt. Jenes Messer war *nicht* für Madames Arm bestimmt! Wenn sie sich nicht zufällig in jenem Augenblick bewegt hätte...»

Der Major stockte. – Der große Buddha hatte die Ausländerin vor dem Schlimmsten bewahrt. –

«Ich habe schon mit meiner Frau gesprochen, Herr Major, sie sieht es natürlich ein. Aber...»

«Ich weiß, Sir», sagte der Major leise. Sein sonst so vergnügtes Gesicht war ernst und vom Mitgefühl erleuchtet. –

«Da fällt mir ein», begann Major Nayadharn nach einer Pause, «wir haben Ihren Chauffeur mit seinen Söhnen weiter unter Beobachtung. Er lebt augenblicklich in Dhonburi.»

«So weit fort?» fragte Petersen erstaunt.

«Ja», erwiderte der Polizeimajor, «so weit fort. – Wäre es nicht Zeit, daß sich endlich jemand die hohe Belohnung abholt?»

V

Um dieselbe Stunde saß der alte Herr Petersen in seiner Sala und erwartete einen Besuch. – Seitdem «seine Lütte» verschwunden war, hatte er nur noch Paulines Briefe und die Stille der Sala. Sein von Melancholie umschleierter Blick fiel auf die Schriftrolle, die der alte Herr Wong ihm am Abend des Mondfestes gesandt hatte. Sie hing dort, wo so viele Jahre «Die Elbe bei Sturm» gehangen hatte.

Wilhelm Christian Petersen war seit der Katastrophe noch schweigsamer geworden. Worüber sollte er auch mit Hannes sprechen? Der Jung war im Büro so abwesend, daß er einen Posten Schreibmaschinen geradezu weggeschenkt hatte. Aber das war ganz unwesentlich. – Auch mit Martha sprach der alte Herr Petersen nicht viel. Er besuchte sie getreulich einen um den andern Tag und saß schweigend bei ihr auf der Veranda. Seine Gegenwart war Martha nie zuviel. Ein tiefes Einverständnis verband Onkel Winn und Martha miteinander, seitdem sie damals – bei ihrem ersten Besuch in Rong Muang – Pauline mütterlich ans Herz gezogen hatte. Ja – der alte Herr Petersen wußte, was Martha durchmachte. Wenn ihm so etwas mit seiner Line zugestoßen wäre!... In wenigen Tagen kamen Nang Siri und Pummel nach Bangkok zurück. Siri hatte sich in dieser ganzen Zeit vorbildlich um die Verwandten ihres Mannes bemüht. «Gar nicht dran zu tippen»... murmelte Petersen senior in seiner Sala. Er dachte jetzt manchmal laut.

Wie immer, wenn er allein sein wollte, kam seine alte Köchin Mae Wat zur Sala gewatschelt. Sie sollte Reistorte für den alten Herrn Wong backen, der in einer halben Stunde erwartet wurde. Der alte Herr Wong hatte «soviel Ticals und goldene Schüsseln» zu Hause, daß Mae Wat ihm nachsah, daß er ein Chinese war. Sie gab sich stets die größte Mühe, wenn er bescheiden und unauffällig seinem riesigen, amerikanischen Wagen entstieg... Jetzt watschelte sie aufgeregt in die Sala und kniete grüßend vor ihrem Master nieder. Nachdem dieser seinerseits seine Wirtschafterin zeremoniell gegrüßt hatte, erklärte Mae Wat, daß sie sehr gute Nachrichten für Master hätte. «Gute Nachrichten?» dachte der alte Herr Petersen. Gab es so etwas noch in Rong Muang und Bangkapi?

Es stellte sich heraus, daß Mae Wat hinten im Garten ein Bienennest entdeckt hatte. Nach siamesischem Volksglauben brachte «der Besuch der Bienen» einem Hause großes Glück. Das wollte sie Master mitteilen.

Vielleicht war Master Petersen enttäuscht, aber er zeigte es nicht. Die alte Siamesin hatte treu bei ihm ausgehalten, ohne ein einziges Mal Vorschuß dafür zu verlangen, daß sie blieb, obwohl niemand in dem großen, leeren Palast «glücklich» war. Sie schlug nicht einmal noch extra auf den Markteinkauf auf, obwohl der Master mit den weißen Haaren ihren phantasievollen täglichen Abrechnungen keinerlei Beachtung schenkte.

«Hier hast du fünf Ticals für die gute Nachricht», sagte der alte Herr

Petersen mit Anstrengung. «Aber jetzt wird nicht zum Glücksspiel fortgelaufen! Großer Master Wong kommt zum Tee.»

«Mae Wat läuft niemals fort, wenn Master Gäste erwartet», erklärte Mae Wat tugendhaft. Dies entsprach durchaus nicht den Tatsachen, aber Mae Wat schien es wirklich zu glauben... «Mae Wat ist doch nicht *‹Khon Rot Bangkapi›*!»

«Khon Rot Bangkapi» war Johannes Petersens Chauffeur Phom, der augenblicklich mit seinen Söhnen «Ratte» und «Schwein» in Dhonburi saß, obwohl man ihn dringend brauchte. Petersen hatte sich geweigert, zu diesem Zeitpunkt einen neuen Fahrer zu engagieren. Auch die Polizei war dagegen gewesen. Die unbekannten Feinde der Familie konnten zu leicht einen ihrer Helfershelfer ins Haus schmuggeln und weiteres Unheil anrichten.

«Phom ist hier, Master», sagte Mae Wat in diesem Augenblick. Es schien ihr gerade noch eben eingefallen zu sein. «‹Ratte› und ‹Schwein› sind auch mitgekommen.»

Der alte Herr Petersen sprang von seinem Ruhebett auf. «Das sagst du mir erst jetzt?» schrie er. «Bist du verrückt geworden? Das ist wichtig, du alte Närrin!»

Mae Wat wich ängstlich einen Schritt zurück. Master Pe-Ter-Senn meinte es nicht böse; aber er brüllte jetzt schlimmer als der Tiger, der einmal in Mae Wats Dorf bei Nacht eingebrochen war, als sie noch ein Kind war.

«Phom hat Angst...» flüsterte sie scheu. «Er hat schöne Früchte und Kokoskuchen für Mem Bangkapi. Auf großem Lacktablett.»

«Schicke ihn sofort zu mir!» befahl der alte Herr Petersen. Es kam ihm sonderbar vor, daß Phom plötzlich wieder auftauchte. Wußte er etwas? Waren ihm seine Spielschulden über den Kopf gewachsen?

Oder wollte Phom das Lösegeld einkassieren?

Der alte Herr Petersen zwang sich zur Ruhe. Es tat ihm schon leid, daß er Mae Wat angeherrscht hatte. Mit Heftigkeit erreichte man nichts bei Siamesen. Sie klappten zusammen wie ein Buch. Es war nichts mehr aus ihnen herauszubekommen, wenn sie durch die schlechten Manieren der Ferangs erst einmal verbockt oder verängstigt worden waren.

So sagte denn auch Petersen senior, daß er Phom «Glück und Gesundheit» wünsche und sich außerordentlich über seinen Besuch in Rong Muang freue... Wenn er den Chauffeur von Hannes und Martha nicht so genau gekannt hätte, dann hätte er in dieser zerlumpten Jammergestalt mit den zerrissenen Hosen und dem schmutzigen, karierten «Badetuch» um die Hüften kaum Hannes' adretten Fahrer in der weißen Uniform und der passenden Mütze erkannt. –

«Ist es dir nicht gut gegangen, Phom?» fragte der alte Master.

Phom schüttelte den Kopf mit dem kurzgeschorenen Borstenhaar und sah sich angstvoll um. «Phom muß gleich wieder gehen», murmelte er. «Nur fragen, ob blondes Kind gefunden ist.» –

Der alte Herr Petersen zog zehn Ticals aus der Tasche und legte sie auf den Korbtisch. «Die sind für Phom, wenn er mir alles sagt, was er weiß», bemerkte er freundlich.

Phom schwieg störrisch. In seinen dunklen Augen flammte Gier auf.

«Ratte und Schwein sind sehr hungrig. Keinen Reis, keinen Fisch...» sagte er düster. Es hätte nur noch gefehlt, daß Phom behauptet hätte, daß sein Nachwuchs keine Bananen zu essen hätte. Sie wuchsen in jedem Garten. So wie es überall Fische und eine Schale Reis gab, wenn man etwas arbeitete und sein Geld nicht in die Spielhölle trug.

«Ratte und Schwein bekommen ihren Reis von Mae Wat», erwiderte der alte Herr Petersen geduldig. «Hab keine Angst, Phom! Jeder weiß, wie gut und ehrlich du bist! Master Bangkapi ist *sehr* traurig, daß du ihn und Mem nicht fahren willst.»

«Böses Haus, schlechtes Haus in Bangkapi», murmelte Phom. «Phom große Angst. Räuber und Mörder... Frau mit verbundenem Gesicht schleicht herum...»

Der alte Herr Petersen sprang auf und packte den kleinen, stämmigen Siamesen. «Was redest du da? Frau mit verbundenem Gesicht? Wer? «Wo? Kennst du sie?»

Phom stieß hohe, spitze Schreie aus. «Phom weiß nichts», flüsterte er mit grauem Gesicht. «Phom... hat Angst... Phom will schnell, schnell zurück nach Dhonburi...»

In diesem Augenblick fuhr ein großer amerikanischer Wagen vor. Der alte Herr Wong, der seinem Freund eine kleine graue Keramikschale von großem Wert mitgebracht hatte, legte die Gabe vorsichtig aus der Hand. «Laufe zur Sala», rief er seinem eigenen Chauffeur zu, «beeile dich! Alter Master kann den Siamesen nicht mehr halten.»

Eine unglaubliche Szene spielte sich soeben in der Sala ab. Phom hatte in seiner Todesangst begonnen, nach siamesischem Boxerbrauch den alten Herrn mit Fäusten und Füßen zu bearbeiten. Er war ihm wie ein Fisch entglitten und wollte ihm ein Bein stellen, als der Chauffeur des alten Herrn Wong ihn packte. Er war ein großer, kräftiger Nordchinese, gegen dessen eiserne Umschlingung keiner so leicht ankonnte.

Es wurde nichts aus dem Tee. – Sie fuhren mit Phom zu Polizeimajor Nayadharn. Phom wimmerte die ganze Zeit auf dem Wege, entschuldigte sich bei dem alten Herrn Petersen wegen seiner Unhöflichkeit und heulte, daß er nicht auch ermordet werden wollte. So wie das blonde Kind aus Bangkapi...

Dann begann ein stundenlanges Verhör.

In der Küche in Rong Muang fielen «Ratte» und «Schwein» heißhungrig über eine herrliche Reistorte her. Es war niemand in der Küche. Mae Wat war fortgegangen, um ihr Glück im Spiel zu versuchen. Sangvien putzte in der Pantry Silber.

«Wo ist *Khun Paw* (Papa)?» fragte Ratte nach dem dritten Stück

Reistorte. «Spazieren gegangen...» erwiderte Schwein gleichgültig. «Die Torte ist *aroi* (köstlich).»

«*Aroi maak*» (sehr köstlich), bestätigte Schwein und machte sich nun an die auserlesenen Früchte, die Papa mit den Kokoskuchen auf einem Lacktablett geordnet hatte. Die Früchte hatten Ratte und Schwein eigenhändig in verschiedenen Fruchtgärten in Dhonburi «sammeln» müssen. Die Kokoskuchen hatte Phoms verheiratete Schwester gebacken. Das Lacktablett stammte aus Bangkapi. Petersen hatte es Martha eines Tages aus Nakorn Kasem mitgebracht.

Phom hatte der Mem in ihrem Kummer eine kleine Freude machen wollen. – Mae Wat sollte seine Gaben nach Bangkapi bringen, da er selbst sich nicht hinwagte.

VI

Am nächsten Tag um dieselbe Nachmittagsstunde holte der alte Herr Wong seinen Teebesuch bei Petersen senior in der Sala nach. Joseph Chia hatte ihn begleitet und war nach einer längeren Unterhaltung wieder in die Jawarad Road gefahren. Man konnte die Suche nach der Person mit den Bandagen nicht aufgeben. Es war also kein Hirngespinst von Martha. – Phom hatte – durch freundliches Zureden von Major Nayadharn beruhigt – alles ausgesagt, was er wußte. Es war viel, aber zu wenig für eine Aktion. Ja – er hatte zweimal eine Person in schwarzen Chinesenhosen und schwarzer, loser Jacke in Bangkapi gesehen. *Nicht* im Grundstück der Petersens – dabei blieb Phom – aber in der Nähe des Grundstücks. Die Person hatte die Binden vorm Gesicht und einen Korb mit Eßwaren am Arm. Sie war in eine Rikscha gesprungen, als sie Phom gesehen hatte. Er war zufällig auf die Straße gelaufen, weil Ratte und Schwein trotz seines Verbotes auf den Fahrweg gestürzt waren, um einen chinesischen Trauerzug aus der Nähe zu sehen. Das war wenige Tage nach dem Fest am «Goldenen Berge» gewesen.

Dann hatte Phom die Person noch einmal gesehen. Und diesmal war etwas vorgegangen, das ihn zur Flucht zu seiner verheirateten Schwester nach Dhonburi veranlaßt hatte. Phom war mit seinen Söhnen in seinem besten *phanung* zu einem Tempel in der Nähe des Grundstücks gewandert. Alle drei hatten Körbe mit Opfergaben bei sich. Die wollten sie den «Brüdern der Gelben Robe» für den Altar geben, damit der Erleuchtete das Kind mit den gelben Haaren seinen Eltern wiedergäbe.

Als Phom und seine Söhne bis zur Ecke gewandert waren und gerade eine Rikscha besteigen wollten, war die Person mit den Binden vorm Gesicht aufgetaucht und hatte auch eine Rikscha bestiegen. Wieder hatte sie einen großen Marktkorb mit Lebensmitteln unter dem rechten Arm. Phom hatte natürlich längst alles über die «Frau mit den Bandagen» gehört, die «seine Mem» in Bangkapi in Sampeng gesehen hatte. Er hatte seinem Rikscha-Kuli etwas auf siamesisch zuflüstern wollen; aber in diesem Augenblick hatte die Person ihn von hinten mit einem harten Griff gepackt und aufs Gesicht geworfen. Und bevor die wenig geistesgegenwärtigen Siamesen sich von ihrer Überraschung erholt hatten, war sie in ihrer Rikscha auf und davon. Es hatte eine wilde Jagd begonnen. Phom hatte geschrien und mit dem Finger in drei Himmelsrichtungen gewiesen. Aber die Person – der Griff war der eines Mannes gewesen, meinte Phom und sah sich angstverstört in Major Nayadharns Büro um – die Person war auf und davon.

«Warum hast du uns nicht sofort Mitteilung gemacht? Oder wenigstens Nai Petersen alles erzählt?» fragte der Major mit kaum verhehlter Verzweiflung. Alles ging schief in diesem Fall.

«Ich wollte nicht, daß die Person mit den Bandagen mir das nächste Mal den Hals abschneidet», erwiderte Phom nicht ohne Berechtigung.

Man behielt ihn erst einmal da; aber er hatte es gut. Man hatte eigentlich keinen Grund, seine Angaben zu bezweifeln. Alle Diener bei Johannes Petersen bestätigten, daß Phom und seine Söhne mit Opfergaben das Haus verlassen hatten. Cheng gab widerwillig zu, daß er mit zerschundenem Gesicht – er war unglücklich gefallen – und mit schreienden Kindern zurückgekommen war, ohne den Tempel besucht zu haben. Er hatte so etwas wie einen Nervenschock. Den nächsten Tag war er verschwunden. – Seine Schwestern in Dhonburi, die einzeln verhört worden waren, bestätigten, ohne Furcht zu zeigen, daß ihr Bruder zu ihnen geflüchtet war, weil er Angst für sein und seiner Kinder Leben hatte. Die Person, die das Kind geraubt hatte, kannte ihn und verfolgte ihn jetzt. – Aber er hatte «seiner Mem» mit seinen Geschenken zeigen wollen, daß er ihrer gedachte. Nun saßen Ah Bue und Phom hinter Gittern. Und die Frau (oder der verkleidete Mann) mit dem verbundenen Gesicht schlich um das Haus in Bangkapi herum und war nicht zu fassen.

«Ich habe meiner Frau telegrafiert, daß sie mit meinem Großneffen in Sukhothai bleiben soll», erzählte Petersen senior dem alten Herrn Wong. «Nach den letzten Entwicklungen ist es besser, daß unser Jung nicht in Bangkok auftaucht.»

«Das ist sehr weise gedacht, lieber Freund», erwiderte der alte Herr Wong. – Er saß in seinem weißen Tropenanzug aus feinster Seide in der Sala und verbreitete eine Atmosphäre von Ruhe und geistiger Gesundheit. Seine Freundschaft war für Petersens ein kostbarer Besitz. Er forderte nichts; er erwartete nichts. Er stand auf einem Hügel des Taoismus und blickte mit mild-ironischem Erbarmen in die törichte und sündhafte Welt. Er half Petersens einfach damit, daß er da war.

«Wir wissen nicht mehr ein noch aus», murmelte Wilhelm Christian Petersen. «Und es scheint der siamesischen Polizei genauso zu gehen.»

«Major Nayadharn ist sehr tüchtig», sagte der alte Herr Wong. «Aber ein Polizeimajor hat seine Begrenzungen, nicht wahr? Gewiß – er muß mit den Augen sehen und mit den Ohren hören. Der Major *hat* scharfe

Sinne. Aber um *dieses* Verbrechen aufzudecken, genügt das nicht. Man muß sich konzentrieren, wie unsere chinesischen Mystiker es taten – mit dem *Geiste* hören und sehen. Nur dann erkennt man, wer dieses Kind geraubt hat und *warum.*»

«Haben Sie es erkannt?» fragte der alte Herr Petersen geradezu. Der alte Herr Wong blickte seinen verehrten Freund mit erbarmender Ironie an. «Ich versuche es», sagte er sanft. «Ich trainiere *Chia Joseph* mit Erlaubnis meines trefflichen Freundes, Pater Aldano. Der gute Major hat bis jetzt lauter Seidenraupen eingefangen. Sie haben sich in ihren eigenen Kokon der Angst oder Gier eingesponnen und sind *Gefangene.* Die Spinne aber – so sagt man in meinem Lande –, die Spinne webt ihr Netz und *bleibt draußen.* Sie ist daher zum Guten und zum Bösen frei.»

Der alte Herr Petersen unterdrückte einen Seufzer. Was nützte ihnen der Schnack von den Insekten und der Konzentration? Man mußte die Lütte finden. Mit chinesischen Spitzfindigkeiten kam man nicht weiter.

Der alte Herr Wong legte seine feine Elfenbeinhand auf die große, kräftige, mit blauen Adern durchzogene Hand seines alten, deutschen Freundes.

«Ich weiß, was Sie denken, mein Freund», sagte er lächelnd. «Dieser alte Wong ist ein Schwätzer und Bücherwurm. – Lassen Sie mich ruhig nachdenken! Es gibt genug Leute, die handeln. . .»

Wilhelm Christian Petersen war entwaffnet.

«Wir haben keinen besseren Freund in der Welt», sagte er einfach. Seine hohe Stirn war mit Schweißtropfen bedeckt. «Aber – verehrter Herr Wong – es ist so schwer zu sitzen und nachzudenken, wenn unser Kind womöglich . . .»

Er stockte. Dann sagte er ruhiger:

«Wir haben nur Fehlschläge erlebt. Was soll nun geschehen?»

«Im Augenblick *nichts.* Die Spinne muß sicher werden, daß wir es aufgegeben haben. Ich habe Major Nayadharn geraten . . . nun, das ist gleichgültig . . . Sie wissen doch, verehrter Freund, woraus ein Sieg sich zusammensetzt?»

Wilhelm Christian Petersen starrte seinen Freund wortlos an.

«Aus vielen kleinen Niederlagen . . .» sagte der alte Herr Wong fest.

Er erhob sich, verbeugte sich mit exquisiter Höflichkeit und bestieg seinen riesigen amerikanischen Wagen, um in aller Stille daheim über diesen verwickelten Fall nachzudenken. –

VIERUNDZWANZIGSTES KAPITEL

Tropische Weihnacht

I

Am 21. Dezember kam Pünktchens Amah schreiend vom Markteinkauf nach Bangkapi zurück. Cheng blutete im Gesicht und hatte vor Schreck den Bambuskorb mit den Hühnern und den Bohnen fallen lassen. Sie stürzte zu Martha, die mit der alten Frau Wong, welche Martha einen Krankenbesuch machte, und ihrer kleinen Dienerin in der Veranda saß. Martha trug nur noch einen leichten Verband am Arm. Sonst ging es ihr gut. Sie hatte nun Hannes das Versprechen gegeben, nicht mehr allein nach dem Kind zu suchen.

Cheng berichtete wimmernd, daß auf dem Markt eine Person mit verbundenem Gesicht plötzlich neben ihr gestanden habe. Als Cheng sie festhalten wollte, hatte die Unbekannte ihr einen Messerstich ins Gesicht versetzt und war geflohen. Cheng hatte keine Hühner und keine Bohnen. Dies schien ihr viel schlimmer als der Überfall.

«Weine nicht, Cheng», sagte Martha freundlich. «Wir werden in der Stadt essen. Willst du bitte den Chauffeur rufen.»

Nach längerem Widerstand hatten Petersens das Angebot des alten Herrn Wong, seinen eigenen Chauffeur für die Dauer der Krisenzeit zu engagieren, schließlich dankbar angenommen. Martha war immer noch durch die Armverletzung behindert, und Petersen hatte wieder nervöse Augenschmerzen, die ihn als Fahrer unsicher machten. Und sie brauchten jetzt einen Fahrer nötiger denn je, nicht nur wegen der tropischen Hitze, die eine Fortbewegung zu Fuß verbot, sondern auch, weil bei jedem neuen Vorfall Eile geboten war.

«*Ping-erh*», sagte Madame Wong zu der kleinen Dienerin, «Mrs. Petersen und ich fahren mit Cheng zur Polizei. Bleibe hier, bis wir wiederkommen.» Die schöne junge Chinesin, die halb Dienerin und halb Tochter des Hauses zu sein schien, nickte. Als Martha sie genauer ansah, stellte sie fest, daß es das Mädchen war, das beim Mondfest den Tee für sie bereitet hatte. Cheng sträubte sich abergläubisch, zur Polizei mitzukommen. Sie glaubte, die Siamesen würden sie sofort dabehalten – genau wie ihre Nichte Ah Bue. Aber Madame Wong sprach mit ihr auf chinesisch, und Cheng gehorchte augenblicklich.

Während der Fahrt unterhielten sich Martha und die alte Frau Wong.

«Ich verstehe immer noch nicht», sagte Martha, «warum Ah Bue sich vor der Polizei versteckt hielt, wenn sie nichts mit der Entführung unseres Kindes zu tun hatte.»

«Sie wollte der Bande ihrer Mutter entfliehen.» Madame Wong blickte Martha warnend an. «Bitte keine Namen nennen, Madame! Ihre Dienerin hört sehr aufmerksam zu.»

«Sie ist treu und liebt unsere Tochter über alles», sagte Martha, die viel Mitgefühl mit Cheng hatte, obwohl sie sie eigentlich nicht leiden konnte.

«Der Major will die Kleine entlassen», sagte Madame Wong. Martha war erstaunt. Ah Bue, die doch den Plan zur Entführung ausgeheckt hatte, sollte zu diesem Zeitpunkt in Freiheit gesetzt werden? Die alte Dame setzte Martha geduldig auseinander, daß Ah Bue zwar den Plan erdacht, aber vor Schreck über die Verhaftung ihrer Mutter ganz vergessen hatte, ihn auszuführen. Sie hatte, nachdem Chung gefaßt worden war, nur den einen Gedanken, zu verschwinden. Sie hatte ein umfassendes Geständnis abgelegt. Die Familie Wong, die als Chinesen die nationale Eigentümlichkeit, sorgfältig gefaßte Pläne im letzten Moment fallenzulassen, nur zu gut kannte, hielt Ah Bues Rechtfertigung für glaubwürdig. Major Nayadharn hatte den alten Herrn Wong aufgesucht und den Fall diskutiert.

Bei dieser Gelegenheit hatte Herr Wong dem Major einen Rat gegeben, über den er mit dem alten Herrn Petersen nicht gesprochen hatte. Sein Verdacht fiel auf jemanden, den niemand auch nur im Traum bis jetzt verdächtigt hatte. Er hatte diesen Verdacht *nur* dem Major mitgeteilt und ihn gebeten, des Kindes wegen allergrößte Vorsicht walten zu lassen. Er war der Ansicht, daß das Kind lebe und der Entführer das größte Interesse daran habe, daß dem Kind nichts geschehe. Major Nayadharn war noch nie so erstaunt gewesen wie im Privatzimmer des alten Herrn Wong.

«Ist das nicht ein Hirngespinst, Herr Wong?» hatte er gefragt.

«Ich habe lange nachgedacht», hatte der alte Herr Wong geantwortet. «Der Fall hat nur in zweiter Linie mit *Geld* zu tun. Sonst wäre das Kind längst zurückgebracht worden. Hier muß etwas anderes mitspielen.»

Major Nayadharn war verstummt. Er wußte nicht, worauf Herr Wong, den er seit Jahren kannte und schätzte, hinauswollte. Endlich erwiderte der alte Herr, daß es sich hier um «eine fixe Idee», um eine Abirrung des Gefühls, handeln müsse. Und in diesem Zusammenhang hatte er dem Major erklärt, auf *wen* sein Verdacht gefallen war und *warum*. Nur Major Nayadharn, Pater Aldano, Chia Joseph und der alte Herr Wong selbst verfolgten jetzt diese phantastische Spur.

Auf dem Polizeirevier benahm sich Cheng so störrisch wie ein Maulesel. Erst als Major Nayadharn drohte, sie zu ihrem eigenen Schutz dazubehalten, wiederholte sie ihre Erzählung mit typischen, dramatischen Ausschmückungen. Man hatte zum Schluß den Eindruck, daß ein neunköpfiger Drache sich mit einem gewaltigen Schwert auf Cheng gestürzt hatte. Cheng berührte anklagend das Pflaster, das Martha ihr aufgeklebt hatte, nachdem sie – sehr zu Chengs Mißfallen – die kleine Wunde desinfiziert hatte. «Und kein Huhn und keine Bohnen ...» heulte Cheng.

Der Major unterdrückte ein Lachen. Eine chinesische Hausfrau blieb eine Hausfrau, auch wenn sich neunköpfige Drachen auf sie gestürzt hatten. Er ließ Cheng im Gewahrsam eines jungen Polizeioffiziers und ging zu Martha und der alten Frau Wong, die in der Halle des Polizeigebäudes auf einer Holzbank warteten und die kleinen Tagediebe betrachteten, die hier hinter hohen Gittern schwatzten, rauchten und Karten spielten. Es schien ein sehr fideles Gefängnis zu sein. Phom und Ah Bue waren nicht unter dieser Schar.

«Ihre Amah sollte auch nicht mehr allein ausgehen», bemerkte Major Nayadharn. «Sie ist durch ihre Treue zu Ihrer Familie in ernster Gefahr. Es wäre gut, wenn sie eine kleine Chinesin zur Seite hätte, wenn sie zum Markt geht. Hat sie Töchter oder Nichten?»

«Nur Ah Bue», sagte Martha. «Sie hat allerdings drei Söhne. Können sie nicht mit ihr gehen?»

«Eine ausgezeichnete Idee, Madame», sagte Major Nayadharn und runzelte die Stirn so ausgiebig, daß man das Gefühl hatte, er suche nach bedeutend besseren Vorschlägen. «Ich habe die Söhne befragt», fuhr er dann auch fort. «Sie sind so verängstigt und kopflos, daß sie die Mutter noch nervöser machen. Wie können drei Moskitos eine ausgewachsene Henne beschützen?» fragte der Major die gegenüberliegende Wand.

Eine Pause entstand. Alle dachten nach, wen man als unauffälligen Begleiter wählen könne. Es mußte jemand sein, der noch nicht von der Atmosphäre der Unsicherheit und des Schreckens infiziert war.

«Wie wäre es mit unserer Ping-erh?» fragte die alte Frau Wong. Sie erklärte dem Major in wenigen Worten, daß Ping-erh eine Vertrauensstellung in ihrem Hause innehabe. Sie würde genau wissen, was zu tun wäre, falls Cheng noch einmal angegriffen werden würde.

«Ausgezeichnet! Wir danken Ihnen, Madame», sagte Major Nayadharn erleichtert. «Wollen Sie mir das junge Mädchen – ohne daß es auffällt – so bald wie möglich herschicken?» Er stockte einen Augenblick. Dann sagte er sehr langsam:

«Ich möchte *nicht*, daß Cheng weiß, daß sie beschützt wird. Sie macht einen sehr eigensinnigen Eindruck. Außerdem würde sie denken, sie verlöre ‹Gesicht›, wenn man ein halbwüchsiges Mädchen zu ihrem Schutz bestellt. Ping-erh bleibt daher besser bei Ihnen wohnen und folgt Cheng jeden Morgen um acht Uhr unauffällig zum Markt. Glauben Sie, daß sie das kann?»

«Sicherlich», sagte die alte Frau Wong. «Ich sende sie sofort zu Ihnen, Herr Major.»

Auf dem Heimweg nach Bangkapi sprach Cheng kein Wort. Sie zitterte noch vor Aufregung und war hochrot im Gesicht. Sie war noch nie im Leben auf der Polizei gewesen und schien die Begegnung mit neunköpfigen Drachen für weitaus angenehmer zu halten.

«Lege dich gleich zu Haus hin, Cheng!» sagte Martha besorgt in ihrem fehlerhaften Siamesisch, «sonst bekommst du noch Fieber!»

«Cheng nicht hinlegen», erwiderte diese störrisch. «Cheng weggehen und blondes Kind suchen.» – Chengs Siamesisch war von derselben Qualität wie Marthas.

«Das wirst du *nicht* tun», sagte Martha laut und sehr ärgerlich. «Ich verbiete dir, das Haus zu verlassen, hörst du, Cheng?»

Madame Wong legte eine beruhigende Hand auf Marthas gesunden Arm. «Ich werde es ihr erklären, Mrs. Petersen! Sie ist überreizt. Überlassen Sie mir Cheng!»

«Ist es nicht seltsam, daß Treue so oft mit tyrannischem Wesen zusammengekoppelt ist?» fragte Martha auf englisch. «Ein Onkel daheim hatte eine Haushälterin vom Lande, die genauso wie Cheng war. Niemand konnte mit ihr fertig werden. Dabei ging sie für meinen Onkel und seine beiden Töchter durchs Feuer.»

«Es wäre zu schön auf der Welt, wenn tugendhafte Menschen auch immer angenehme Menschen wären», erwiderte die alte Frau Wong.

II

Am 23. Dezember, als sich alle Europäer in Bangkok auf den ‹Heiligen Abend› vorbereiteten, entschied sich das Schicksal der kleinen Charlotte Christiane Petersen.

Ihre Eltern und Onkel Winn hatten keine Ahnung davon. Wenn sie eine Ahnung gehabt hätten, wäre alles mit Sicherheit anders gekommen. Zwischen dem 23. und 24. Dezember wurde in verschiedenen Häusern und Wohnvierteln der Stadt eine unterirdische Tätigkeit entfaltet, die zur Lösung des Rätsels führte. Beinahe wäre das Kind nicht entdeckt worden, obwohl Chia Joseph ihm endlich gegenüberstand. Das Foto in seiner Tasche zeigte ein Kind mit *blonden* Haaren. Folglich suchte er – wie alle andern – ein blondes Kind. Im letzten Moment erst fiel ihm ein, daß er sich das blonde Kind sekundenlang mit schwarzen Haaren vorgestellt und es schön wie den Morgentau gefunden hatte. – Das war bei seinem ersten Besuch bei Martha gewesen, den er ihr in Gesellschaft des Paters abgestattet hatte. – Nur so – durch einen Gedankensprung in letzter Minute – entdeckte Chia Joseph das entführte Kind.

III

Am 23. Dezember ging Cheng wie immer auf den Markt. Sie hatte gehofft, daß Master und Mem trotz allem ein richtiges *Christmas-Dinner* bestellen oder wenigstens zu der Weihnachtsfeier zum alten Herrn

Petersen fahren würden. Alle Europäer in Bangkok feierten Weihnachten mit einem großen Dinner und in fröhlicher Gesellschaft. Master und Mem blieben zu Haus. Es war ihnen gleichgültig, was Ah Chang kochte.

«*No good ...*» hatte ‹Ältester Enkelsohn› die Gefühle der chinesischen Familie summarisch ausgedrückt.

Die kleine Ping-erh war Cheng unauffällig gefolgt, bis sie sie ganz plötzlich auf dem Markt aus den Augen verlor. Es ging sehr schnell, und so merkte sie erst, daß Cheng nicht mehr bei den Fischen stand, als es zu spät war. Vor dem Weihnachtsfest drängten sich so viele Diener um die Fischhändler, daß die kleine zarte Ping-erh eingekeilt zwischen chinesischen Köchen und siamesischen Köchinnen stand und den Hals nicht hoch genug recken konnte. Ihr kleines Einkaufskörbchen war ihr dabei aus der Hand gerissen worden. Als Ping-erh verzweifelt nach ihrer Schutzbefohlenen Ausschau hielt – der Major hatte ihr eingeschärft, im Notfall sofort einen Polizisten durch Geschrei herbeizuholen –, sah sie plötzlich die geheimnisvolle Gestalt, welche die Familie Petersen seit Wochen verfolgte oder narrte: die Person mit dem verbundenen Gesicht und dem spitzen Bambushut. Ping-erh bekam Herzklopfen. Die arme Cheng war wieder in Gefahr. Was sollte sie tun?

Während Ping-erh noch überlegte, fühlte sie einen leichten Druck auf ihrem linken Arm. Neben ihr stand eine hochgewachsene, überschlanke junge Chinesin, die stark geschminkt war. Ihr lackschwarzes Haar, in dem eine Feuerblume steckte, sah aus wie eine Perücke – so glänzend und regelmäßig umrahmte die traditionelle Stirnfranse das Gesicht. Ping-erh wollte gerade etwas sagen, als ihr die Chinesin einen Zettel in die schwitzende kleine Hand steckte und einen Augenblick ihren Zeigefinger warnend auf Ping-erhs Mund legte. Wie merkwürdig! Ping-erh las verstohlen, was die junge Chinesin ihr aufgeschrieben hatte:

«Folge mir unauffällig in einer Rikscha. Sofort! Kümmere dich nicht um die Frau mit den Bandagen! *Ich* tue das schon. Zerreiße diesen Zettel und verschlucke ihn. Keine Angst! Ich arbeite für M.N.»

Das hieß Major Nayadharn. Es war das Kennwort, das der Major ihr eingeschärft hatte. Seine Agenten benutzten nur die Buchstaben M. N.

Wieder fuhren drei Rikschas hintereinander her, aber diesmal saß die Spinne in der vordersten, und zwei junge Chinesinnen folgten. An Cheng dachte niemand mehr. Ping-erh vermeinte, sie mit einer Fischhändlerin schwatzen zu sehen, aber es gab so viele Chinesinnen, die Cheng glichen. Es war jetzt auch einerlei.

Die Rikscha mit der verbundenen Unbekannten hielt in der Jawarad, dort, wo Martha die Spinne das erste Mal wiedergesehen hatte. Es war kein Hirngespinst von Martha. Sie hatte von Anfang an recht gehabt; aber ihr halbes Wissen hatte nur geschadet.

Die Rikscha der jungen, geschminkten Chinesin hielt ebenfalls. Sie hatte einen so schlanken, schmalhüftigen Körper wie ein Jüngling, dazu winzige Brüste und lange Beine. Eine entzückende Prostituierte... so schien es.

Auch Ping-erh stieg aus und betrachtete einen Laden, in dem schwarze Zähne und mit kleinen bunten Steinen besetzte Goldkronen zu sehen waren. Die schlanke Chinesin trat neben sie und sagte leise: «Wenn ich *nicht* zurückkomme – sagen wir in einer Stunde –, sage M. N. Bescheid.»

Ping-erh nickte. Ihre Kehle war wie zugeschnürt. Große Schweißtropfen standen auf ihrer kindlichen Stirn; aber sie blieb gehorsam auf ihrem Platz und sah, wie die große, geschminkte Agentin sehr langsam hinter der Figur mit den Bandagen in einer Gasse verschwand.

Um Ping-erh brandete das Straßenleben der Jawarad. Händler schrien ihre Waren aus; aus den chinesischen Theatern drang das ohrenbetäubende Geräusch von Flöten und Zimbeln; Lautsprecher posaunten Nachrichten, chinesische Lieder und politische Propaganda in die überfüllte Vergnügungsstraße der Chinesen. Zehn Minuten vergingen – zwanzig Minuten – dreißig Minuten. Keine Spur von der Agentin.

Da! – Aus einer Gasse trat die Gestalt mit dem verbundenen Gesicht und sah sich verstohlen um. Ping-erh nahm zur Sicherheit ihr Taschentuch und wischte sich damit im Gesicht herum; aber die Spinne blickte gar nicht in ihre Richtung. Sie ahnte nicht einmal etwas von der Existenz der kleinen Ping-erh auf der Jawarad Road. Sie bestieg eine Rikscha. Ihr Bambuskorb, in dem Lebensmittel gelegen hatten, war leer. Das konnte Ping-erh mit ihren Luchsaugen deutlich sehen. Ihr erster Impuls war, der Frau mit den Bandagen in einer Rikscha zu folgen. Dann erinnerte sie sich, daß sie auf die junge Chinesin warten sollte. Nach fünf Minuten kam eine Europäerin aus dem Hohlweg, der in die versteckten Gassen des Chinesen-Viertels führte. Ping-erh war sehr verwundert, denn hinter dieser Europäerin, die ein schäbiges Kostüm und einen verblichenen Strohhut über ihrem schlechtgefärbten Haar trug, folgte mit Katzentritten die junge, geschminkte Agentin. Sie flüsterte Ping-erh zu: «Fahre nach Hause! Schnell! Es ist alles erledigt!» Dann sprang sie in eine Rikscha und fuhr hinter der schäbigen Europäerin her – immer weiter – über die New Road – hinein in die Suriwongse Road.

Die Rikscha mit der Europäerin hielt vor einem Hause, das dringend gemalt werden mußte. Zwischen zwei Bäumen mit flammenden Hibiskusblüten hing ein großes buntgemaltes Schild. Es zeigte ein europäisches Bauernpaar im Tanz. Der siamesische Regen hatte die Farben verwischt. Darunter stand die Aufschrift:

«RUSSISCHES RESTAURANT

Russische Spezialitäten zu jeder Tageszeit. Bar. Jeden Samstagabend Tanz. –»

Die junge geschminkte Agentin studierte die Aufschrift, oder vielmehr das verwischte Bild. Merkwürdige Kostüme... dachte sie. Dann fuhr sie auf dem schnellsten Wege zu Major Nayadharn, der sie bereits ungeduldig erwartete.

«Bist du ihr gefolgt?» fragte der Major.

«Wem?» fragte die Chinesin und wischte sich den Schweiß.

«Der Person mit den Bandagen.»

Die Agentin nickte. Es war unerträglich heiß. «Erlauben Sie...» murmelte sie und nahm mit einem raschen Griff die Perücke mit den regelmäßigen Stirnfransen ab.

«Ich bin ihr gefolgt», sagte *Chia Joseph* dann. «Ich glaube, es ist das Kind, das Sie suchen, es hat schwarze Haare jetzt.»

Der Major stieß einen Pfiff aus. «Sehr schlau», murmelte er und fragte dann: «Sonst etwas bemerkt?»

Chia Joseph, der sich mittlerweile auch den engen Frauenkittel ausgezogen hatte, nickte.

«Sie ging ins ‹Russische Restaurant›?» fragte der Major. «Nicht jung? Schäbig? Opiumlöcher im Gesicht? Das ist ja *unglaublich.* Das ist Madame Boulgakoff! Wir haben sie wegen ihres Spielsalons schon lange auf dem Strich. Spielen ist in Thailand verboten», bemerkte der Major tugendhaft. Er meinte wohl Spiele, an denen er nicht teilnahm.

«Ich danke Ihnen, Chia Joseph», sagte er mit seltener Herzlichkeit. «Sie sind ein Juwel!»

«Soll ich Mr. Petersen in Bangkapi Bescheid sagen?» fragte Joseph, als er sich verabschiedete. –

«*Nein...*» rief der Major. «Schweigen Sie unter allen Umständen. Sonst legen wir der Mutter ein totes Kind in den Arm. Wenn jetzt eine Panik – dort – entsteht, ist das kleine Mädchen verloren. Die Ausländer dürfen nicht denken», schloß Major Nayadharn geradezu feierlich, «daß man ihnen in Thailand ihre Kinder stiehlt und ermordet. Es handelt sich hier weniger um die Familie Petersen als um das Ansehen des Landes.»

Chia Joseph nickte. Er hatte schon öfters bemerkt, daß die Siamesen in bestimmten Angelegenheiten genauso ängstlich ‹Gesicht› zu wahren wünschten wie die Chinesen.

«Fahren Sie zum alten Herrn Wong und bitten Sie ihn, so bald es geht, zu Pater Aldano zu kommen», sagte der Major. «Ich stelle Ihnen ein Polizeiauto zur Verfügung.»

«Und die Russin?» fragte Chia Joseph. Die unersättliche Neugierde des Chinesen sprang ihm aus den Augen.

«Die nehme ich mir heute abend vor», sagte der Major friedlich. «Die läuft uns nicht davon. Schlafen Sie heute gut aus! Wir brauchen Sie morgen noch einmal.»

«Soll das blonde Kind denn...»

«Jawohl», sagte der Major mit eiserner Bestimmtheit. «Heute kommt mir keine Seele mehr in die Jawarad Road. Es ist alles verloren, wenn wir jetzt voreilig handeln.»

«Und was soll mit diesem Kittel geschehen?» fragte Chia Joseph und blinzelte den Major an.

«Den tragen Sie morgen noch einmal, und dann schenken Sie ihn Ihrer Braut», sagte der Major Karawek-Nayadharn mit einem bei ihm seltenen Anflug von Humor.

Danach machte er sich auf den Weg zu Pater Aldano.

IV

Am Nachmittag des 24. Dezember saßen Martha, Petersen und Onkel Winn auf der Veranda mit den blauen Blüten schweigend beieinander. Onkel Winn hatte seine Neuigkeiten erzählt. Er hatte ein Telegramm von Nang Siri erhalten, daß sie in zwei Stunden mit Pummel in Bangkok ankäme. Sie wollte ihre Gäste zum Fest empfangen. Und Pummel hatte so lange gebeten, «nach Hause» fahren zu dürfen, daß seine siamesische Großtante nachgegeben hatte. «Morgen früh besuchen wir den Jungen», sagte Petersen, und Martha nickte.

«Wollt ihr nicht doch heute abend zu mir kommen?» bat Onkel Winn zum letztenmal. «Es sind doch unsere alten Freunde da!»

«Lieber Onkel Winn...» sagte Martha leise. Sie streichelte seine Hand. Dann sagte sie mit Anstrengung: «Du weißt ja, wie es ist. Hannes und ich sind am liebsten zu Haus.»

Ein Gefühl der Trostlosigkeit überfiel Onkel Winn wie eine Sturzwelle. Dann schob er sein Kinn vor. Es war gut, daß seine alten Freunde heute abend kamen. Sie hatten es stets so gehalten. Letzte Weihnachten hatten sie bei Krügers gefeiert. Da war Hannes dabeigewesen. Er hatte gerade Marthas Brief bekommen, in dem sie schrieb, daß sie sich nun doch entschlossen hätte, Hannes mit den Kindern in Bangkok zu besuchen.

Martha seufzte matt. Sie dachte wieder an die Person mit den Bandagen, diesen furchtbaren und verderblichen Luftgeist...

Petersen blickte in die blühende Wildnis seines Gartens. Die Sträucher und Blumen standen das ganze Jahr über in Blüte. Niemals empfanden die Europäer das Fehlen der Jahreszeiten so intensiv wie um die Weihnachtszeit. Das schöpferische Element, das die Jahreszeiten in Europa dem menschlichen Geist gaben, ging im Gleichmaß der ewigen Sommerzeit verloren. Frühling... Sommer... Herbst... und Winter! Magische Worte. Sie strömten die Kräfte fruchtbaren Wechsels aus.

«Ich bin müde...» dachte Petersen. Es war gespenstisch, daß man seinen Sohn nicht ohne Gefahr ins Elternhaus bringen konnte.

Es war sechs Uhr nachmittags, als Onkel Winn sich verabschiedete. «Also, meine Lieben», begann er. Er wollte sagen, daß man gegen alle Hoffnung am Weihnachtsabend hoffen sollte, aber er brachte es nicht über die Lippen. Er beugte sich zu Martha, murmelte: «Mach's gut, mein Deern!» und strich ihr zart übers Haar. Martha drängte gewaltsam die Tränen zurück und sagte ruhig: «Grüß mir unsern Jungen und Nang Siri! Und alles Gute und Schöne für dich, Onkel Winn!»

Als der alte Herr Petersen fortgefahren war, ging Martha ins Küchenhaus. Ah Chang und Tochter Cheng waren eifrig mit einem unerwünschten Festmahl beschäftigt. Das heißt, sie bereiteten ungeheure Mengen aller möglichen europäischen und chinesischen Festgerichte vor. Martha und Hannes würden sich der liebevollen Tyrannei ihrer treuen Chinesen beugen müssen.

«Ich sagte dir doch, daß ihr ausgehen und mit Freunden feiern könnt, Ah Chang», sagte Martha sanft.

Der alte Koch blickte sie groß und erstaunt an.

«Feiern *no good,* Mem», erwiderte er in seinem langsamen Siamesisch. «Ah Chang macht feines, feines *Christmas-Dinner.* Mem ißt. Master ißt. Alle glücklich!»

«Ich danke dir, Ah Chang», flüsterte Martha.

Der treue, alte Koch versuchte auf seine Weise, «kleines Glück» zu verbreiten.

Man konnte ihn nicht enttäuschen.

V

Sieben Uhr abends.

In den Häusern der Europäer wurde schon geheimnisvoll mit Paketen und Päckchen geraschelt, die wie daheim in zartes Geschenkpapier gehüllt waren. In den deutschen Häusern gab es kleine Palmen, die als Tannenbaum hergerichtet waren. Auch Doris Krüger hatte in letzter Minute so ein Bäumchen gerichtet, als sie hörte, daß Pummel am Abend bei Großonkel Winn sein würde.

«Der Jung muß seinen Christbaum haben», sagte sie eigensinnig und liebevoll. «Rede mir nich dazwischen, Pappa! Das weiß ich besser!»

«Kannst du Hannes und Martha verstehen?» fragte er verdrossen. «Ich finde es gar nicht nett, daß sie nicht zu Krischan kommen. Wir würden sie doch nur aufheitern!»

«Ach, laß doch, Pappa», sagte Doris Krüger. «Man kann sich da wohl nicht hineinversetzen.»

Ihr rotes, behagliches Gesicht verzog sich krampfhaft. Dann lief sie hinaus. «Ich seh noch nach den Hunden», rief sie. «Und dann müssen wir uns anziehen. Frau Tyler und ich wollen Nang Siri helfen.»

Der alte Herr Krüger wollte seiner Frau noch nachrufen, daß er später mit dem Sekt aus Saigon nachkäme, aber er kam nicht mehr dazu. Er starrte auf das große, weiße Tor, durch das in diesem Augenblick ein alter, im Dienst klapprig gewordener Ford fuhr. Darin saßen ein hochgewachsener Italiener im weißen Priestergewand und eine schlanke, geschminkte Chinesin. Ein sehr merkwürdiger Anblick! Seit wann fuhr Pater Aldano mit einem «Blumenmädchen» spazieren? Charles Krüger kannte Pater Aldano sehr gut. Die Salesianer hatten drei ihrer ehemaligen Schüler in Herrn Krügers Papierfabrik untergebracht. Die jungen Männer waren gute Arbeiter und gingen jeden Sonntag in das Missionshaus zur heiligen Messe.

Was Pater Aldano, der seine Begleiterin im Wagen gelassen hatte, dem ältesten Freund der Petersens zu sagen hatte, war so unglaublich, daß Charles Krüger zu träumen glaubte. Pater Aldano blieb eine Viertelstunde. In dieser Viertelstunde hatte er Herrn Krüger alle Anweisungen gegeben.

«Leider habe ich meinem Chauffeur heute nacht Urlaub gegeben», sagte dieser am Ende. «Aber es macht nichts. Ich fahre selbst.»

«Gott lohne es Ihnen, Signore», sagte Pater Aldano und verschwand.

Charles Krüger ging langsam ins Badezimmer, wo seine Fau sich gerade ihr Gesicht mit Reinigungscreme einrieb. «Mamma» wußte um den Einfluß der glühenden Sonne auf den europäischen Teint und hatte schon vor Jahren eine rationelle Schönheitspflege begonnen. Das Resultat war, daß ihr Gesicht trotz ihrer Jahre und des Klimas ungepudert wie ein Apfel und in gepudertem Zustand wie ein Pfirsich wirkte.

«Du bist und bleibst die Schönste, Mamma», meinte Herr Krüger, aber er sagte es so geistesabwesend, daß seine Frau ihn scharf anblickte.

«Was ist los, Charles? Hast du Ärger gehabt? Was wollte denn Pater Aldano hier? Ach Pappa, seit dreißig Jahren muß ich dibbern, daß du dich zur rechten Zeit anziehst!»

«Hör mal, Mamma, ich komme etwas später zu Krischan. Der Boy kann den Sekt rübernehmen.»

«Was soll denn das heißen, Charles? Daraus wird nichts, mein Jung! Zu spät zum Dinner zu kommen! Was ist eigentlich los?»

«Gar nichts ist los, Mamma. Sieh mal, Pater Aldano hat doch die drei Jungens in der Fabrik, und die müssen in 'ner halben Stunde zum Choralsingen in die Mission.»

«Ja ... natürlich. Na und?»

«Tja ... Pater Aldano hat mich *sehr* gebeten, doch auf einen Sprung hinzukommen. Der eine Jung, der Lert, singt solo. Ich mein ... ich *kann* doch Pater Aldano so was nich abschlagen!»

Mamma sagte bockig, aber bereits halbweich:

«Du hast doch dem Chauffeur Urlaub gegeben.»

«Gott, Mamma, tu doch nicht so, als ob ich noch nie den Wagen gefahren hätte.»

Herr Krüger schwoll wie ein kleiner, runder Truthahn an.

«Meinetwegen. Nur reg dich nicht auf! Das schadet deiner Leber. Dr. Johannsen hat es extra noch mal gesagt. Ich weiß überhaupt nicht, was das hier ohne ihn werden soll. Ich sag ihm heute abend, *wie* rücksichtslos ich es finde, daß er nach Bremen zurückgeht. Was soll er denn in *Bremen*?»

«Na schön, mein Doris! Du kannst ihm das ja alles sagen. Holen Tylers dich hier ab? Oder soll ich dich hinfahren?»

«Nein, nein, sie kommen hierher. Wir wollten hier noch erstmal einen Kleinen trinken. Kannst du nicht wenigstens so lange warten?»

«Nun fang nicht wieder an, Mamma. In einer halben Stunde geht es los. Ich will die Weihnachtslieder von Anfang an hören.»

«Du bist doch so unmusikalisch, Pappa! Ich muß wirklich lachen.»

«Lachen ist gesund. Du hast mich ja immer ausgelacht, Doris!»

«Hab ich auch, mein Jung! Nur dadurch bist du so nett geblieben.»

«Du mußt es ja wissen. Also – Tschüs, mein Deern!»

«Paß beim Fahren auf, hörst du? Und nich so schnell! Ich *will* es nicht haben, Charles!»

Aber der alte Herr Krüger war schon in der Garage verschwunden.

VI

Charles Krüger fuhr in einem Tempo, das seine Gattin mit Recht empört hätte ins «Russische Restaurant». Dort warteten Madame Boulgakoff, Chia Joseph in seiner Verkleidung und ein zerlumpter Rikscha-Kuli.

«Fahren Sie bitte hinter uns her, Sir», sagte der Rikscha-Kuli und winkte zwei uniformierten Polizisten.

«Ihr steigt ins Auto zu Mr. Krüger und wartet mit ihm an der Ecke Jawarad», befahl Major Karawek Nayadharn, der in seiner Lumpenpracht nicht von einem Bangkoker Rikscha-Kuli zu unterscheiden war.

«Haben Sie alles genau verstanden, Madame?» fragte er die Russin. «Ein Fehler kann das Leben des Kindes kosten. Das Etablissement ist zwei Treppen hoch, wie Sie wissen. Wenn eine vorzeitige Panik entsteht, werfen die Leute das Kind zum Fenster hinaus. Ich habe einmal so etwas erlebt.»

«Was machen wir, wenn Herr Lü nicht zu Haus ist?» fragte Madame Boulgakoff aufgeregt.

«*Bitte*, bleiben Sie ruhig, Madame! Ich bin ja mit Ihnen. Unten vorm Haus stehen bereits sechs unserer Leute in Chinesenkleidung. Wenn Herr Lü nicht zu Haus ist, warten wir, bis er kommt. Erst sehen wir im Speisehaus nach. Sie kennen ihn doch genau, nicht wahr?»

Madame Boulgakoff nickte zustimmend. Sie kannte ihren Opiumhändler besser als irgend jemand in Bangkok.

«Sie haben mir versprochen, mein Wissen später nicht gegen mich zu verwenden», erinnerte sie den Major.

«Wenn Sie zur Rettung des Kindes beitragen, habe ich nie etwas von einer Opiumpfeife gehört», versicherte Major Karawek Nayadharn. Er rauchte selbst von Zeit zu Zeit, wenn die Verbrechen der Riesenstadt ihm den Appetit verdorben hatten. Opiumschmuggel war übrigens nicht sein Departement in der CID (Criminal Investigation Department) in Bangkok.

«Wir müssen uns auf den Weg machen. Langsam fahren, Sir! Keinen Schritt weiter als Ecke Jawarad.»

«In Ordnung, Herr Major», sagte Charles Krüger. Er bot den beiden Polizeioffizieren Zigaretten an. Er selbst rauchte nicht. Mamma hatte es ihm verboten. Mamma verbot ihm nachgerade alles. Er war sehr ruhig – wie immer, wenn es ernst wurde.

Und während der Rettungszug langsam ins Chinesenviertel von Bangkok vordrang, während Chia Joseph zum ersten Male vor Angst zitterte und Pater Aldano die Hilfe des Himmels erflehte, während die ersten Weihnachtslieder aus rauhen Knabenstimmen aus der salesianischen Mission auf die noch glühende Tropenstraße drangen – saß der alte Herr Wong in seinem Privatraum und fragte Ping-erh:

«Hast du die Frau mit dem verbundenen Gesicht heute morgen in der Jawarad gesehen?»

Ping-erh verneinte es.

«Hast du auf Cheng aufgepaßt, daß niemand ihr etwas tat?»

«Sie war nur kurze Zeit auf dem Markt», erwiderte Ping-erh schüchtern.

«Es ist gut, kleine Tochter», sagte der alte Herr Wong und schloß die Augen.

Ping-erh schlich auf Zehenspitzen hinaus. Der große alte Vater schien sehr, sehr müde zu sein.

VII

Als Madame Boulgakoff sich am 23. Dezember von Herrn Lü etwas Opium holen wollte, war Herr Lü nicht zu Hause gewesen. Nur seine Tochter Brokat, die kleinen Mädchen und die blinde, alte Frau waren in dem kahlen Raum. Es war ihr nicht aufgefallen, daß eines der kleinen Mädchen in chinesischen Hosen und einem geblümten Kittel helle Haut und blaue Augen hatte. Madame Boulgakoff war in das Haus ohne Echo gekommen, um Opium zu kaufen; nicht um kleine Mädchen, die mit der Herstellung von Theaterbärten beschäftigt waren, zu betrachten. Später, als Major Karawek und Pater Aldano ihr auseinandergesetzt hatten, daß das fragliche Kind die Tochter der Petersens sein müßte, erinnerte sie sich eines sonderbaren Vorfalls: Das schwarzhaarige Kind, das von Brokat mit schriller Stimme *Hsi-Jen* gerufen wurde, hatte versucht, sich ihr zu nähern, um ihr etwas zu sagen. Sie dachte, das Kind wolle sie anbetteln, und hatte es beiseitegeschoben, aber Brokat hatte das Kind eilig in den Nebenraum gezerrt. Madame Boulgakoff hatte das Lokal verlassen, ohne darüber nachzudenken. Ein lästiges Mischlingskind, wie tausend andere. Der Vorfall war in den Schacht ihres durch das Opium benebelten Bewußtseins gesunken – bis er wie ein Blitz aus dem Dunkel der Vergessenheit aufgetaucht war. Madame Boulgakoff hatte sich sofort bereit erklärt, ihren Teil zur Rettung des Kindes beizutragen. Seit dem Tode von Karin Holm quälte sie etwas, was man in heimatlichen Gegenden «Gewissen» oder «Reue» nannte. Es war zu heiß in Bangkok, um außer Moskitobissen auch noch Gewissensbisse zu ertragen... hatte Tatjana Boulgakoff jahrelang gedacht. Aber Karins schreckliches Ende hatte sie aus ihrer Lethargie gerissen. Sie selbst hatte die Intrige mit dem jungen Harms angezettelt, um Karin in Bangkok zu behalten. Natürlich hatte sie nicht ahnen können, daß die bildschöne Euro-Asiatin dem jungen Harms nach Hongkong folgen würde, statt im «Russischen Restaurant» ihren Kummer in Wodka zu ertränken. Wir ahnen ja niemals, welche Folgen unsere kleinen Scherze und Schicksalsspielereien haben... Aber dann war es geschehen: Karin Holm, die ihr geschrieben hatte, daß jemand ihr nach dem Leben trachte, war von einem Senhor Pinto ermordet worden, und Madame Boulgakoff sagte sich mit dem Pathos der Russin, daß sie das Messer zwar nicht geschwungen, aber doch geschärft habe. Nun gab es eine Gelegenheit – entgegen ihrer Gewohnheit –, einmal etwas für andere zu tun – eine gute Tat, die ihre Belohnung finden würde. Und Madame Boulgakoff dachte in der Nacht des 24. Dezember *nicht* an das Lösegeld. Sie war unversehens aus ihrer Gefühlsstarre in die russische Ekstase der Nächstenliebe gefallen.

Pater Aldano hatte sein Teil dazu beigetragen, Madame Boulgakoff in dieser Stimmung zu halten.

Madame Boulgakoff schritt langsam die verfallene Treppe zu den Räumen des Herrn Lü hinauf. Alles war wie am gestrigen Morgen und am Nachmittag des chinesischen Mondfestes. Auf dem winzigen Kohleöfchen braute die blinde Greisin irgendein Gericht, das nach Essig und Verfall roch. Die Öllaterne mit der klassischen Hügellandschaft brannte trübe. In ihrem Schein hockten die kleinen, käuflich erworbenen Mädchen des Herrn Lü und klebten nach Brokats Anweisungen Theaterbärte für ein großes Theater auf der Jawarad Road, das eine Ewigkeit von der verwinkelten Gasse getrennt schien, in der «Hsi-Jen wegen eines Scherzes» eingesperrt war und darauf wartete, wieder zu ihren Eltern zurückgebracht zu werden. Warum machte Mutti dem Scherz kein Ende? Hsi-Jen aß sehr wenig von den Leckerbissen, die eine Gestalt mit einem spitzen Bambushut und vielen Verbänden im Gesicht öfters brachte. Sie war so abgemagert, daß man die Rippen zählen konnte, aber sie war gesund. Der vitale Selbsterhaltungstrieb aller Petersens hielt dieses zarte, verwöhnte, weinerliche Kind in einer fremden, aber nicht unheimlichen Umgebung am Leben. Pünktchen hatte zu wenig Erfahrung, um etwas Unheimliches in dem flinken Herrn Lü, der versteckt lächelnden Brokat und selbst in der Person mit dem verbundenen Gesicht zu entdecken. Die nahm sie manchmal in die Arme und fütterte sie. In diesen Augenblikken weinte Pünktchen vor Sehnsucht nach Cheng und nach ‹Jüngstem Enkelsohn› und dem Zwerg tia. Zu ihrem Glück wußte sie nicht, daß der Hundezwerg vergiftet worden war und daß ‹Zweiter Enkelsohn› ihm ein Tropengrab beim Klong gegraben hatte.

Den ganzen Tag verfertigte «Hsi-Jen» Theaterbärte; des Abends ging Brokat mit ihr in den dunklen Gassen spazieren. Niemals gelangten sie bis zur Jawarad Road mit den tausend bunten Lichtern. Hsi-Jen hatte keine Ahnung, wie dicht sie bei der Jawarad Road wohnten. Brokat war sehr selten häßlich zu ihr. Nur wenn sie versuchte, mit Fremden zu sprechen, die zur blinden Großmutter oder zu Herrn Lü kamen. Brokat war oft sehr zärtlich; das starke mütterliche Gefühl der Chinesen war ebenso lebendig in diesem dünnen und korrupten Kind wie in Cheng und in der alten Frau Wong. Es hatte keiner Drohung von seiten der bandagierten Gestalt bedurft, zu verhindern, daß man dem fremden Kind ein Haar krümmte. Man hatte ihm nur das Haar gefärbt. Herr Lü, der es unternommen hatte, dies Kind «auf unbestimmte Zeit» versteckt zu halten, kümmerte sich nicht um den kleinen, verirrten Vogel. Es war ein Teil seines Abkommens mit der maskierten Person, daß Herr Lü niemals den Versuch machen würde, das schöne, kleine Mädchen etwa zu dunklen Zwecken zu vermieten. Täte er das, so würde es für Herrn Lü Ausweisung und Gefängnis wegen Opiumschmuggels bedeuten, und er bekäme keinen *satang* (Pfennig). Das hatte die Unbekannte mit den Bandagen, die ihm kurz vor dem Fest am «Goldenen Berge» vorgeschlagen hatte, das Kind zu rauben, deutlich gemacht. Herr Lü wußte nicht, wer die Person war, die ihr Gesicht verbarg. Er kannte auch den Namen des Kindes nicht, bis die chinesischen Zeitungen ihn ausschrien. Er war viel zu gleichgültig und zu geldgierig, um sich ein Drittel des Lösegeldes entgehen zu lassen, das ihm zugesagt war, wenn das Kind eines Tages abgeholt werden würde. Die maskierte Person konnte nicht sagen, wann das sein würde. Sie handele im Auftrag ... hatte sie erklärt. Und so waren vier Wochen oder etwas mehr vergangen, als der alte Herr Wong auf den rettenden Gedanken kam, dem Augenschein zu mißtrauen und das Motiv zu dieser Tat in den dunkelsten Verstecken der menschlichen Seele zu suchen. Ihm war es zu danken, daß die Spinne umgarnt wurde.

«Wo ist dein Vater?» fragte Madame Boulgakoff das dünne Kind Brokat, das sofort bei ihrem Eintritt das blauäugige Kind in eine Kammer geschoben und deren wacklige Tür sorgfältig verschlossen hatte. Hsi-Jen versuchte, mit jedem zu sprechen. Sie war schlau ... dachte Brokat oft. Man merkte es nur nicht sofort, weil sie so weinerlich war. Brokat hatte immer gehört, daß die Fremden mit der «roten Haut» sehr dumm wären.

«Was wollen Sie von Herrn Lü?» fragte Brokat vorsichtig. Ihr Vater hatte ihr seit langem eingeschärft, Fragen nach seinem Aufenthalt erst einmal mit einer Gegenfrage zu beantworten.

Die Russin rief ins Treppenhaus: «Ch'ing-Chao! Komm herauf!»

Eine junge Chinesin, die den Namen «Flüchtiges Licht» trug, schwebte in das Etablissement des Herrn Lü. Chia Joseph hatte sich heute noch mehr Schminke aufgelegt und, nicht ohne künstlerische Lust, Perlenschnüre in seine Mädchenperücke geflochten. Er verbeugte sich schweigend und blickte verstohlen, aber angespannt umher. Wo war das Kind mit den blauen Augen, das er gestern entdeckt hatte, als er der Figur mit dem verbundenen Gesicht vorsichtig gefolgt war und dieses Zimmer betreten hatte, nachdem sie selbst wieder verschwunden war? Er sah die Tür, vor der Brokat stand, und kam ein wenig näher. Doch Brokat hatte seine Bewegung gesehen und stellte sich nun ganz dicht an die Tür. Es wäre Chia Joseph ein leichtes gewesen, das dünne Kind fortzuschieben und die morsche Holztür mit einem Fußtritt zu öffnen, aber falls die Spinne mit dem Kind hinter dieser Tür hockte, war das Kind in Gefahr, aus Wut oder Panik getötet oder weiter entführt zu werden – irgendwohin, wo man nicht mehr folgen konnte. Es war ja auch erst nach Wochen gelungen, diesen Aufenthalt des Kindes zu entdecken. Dies alles überlegte Chia Joseph, während er – wie man es ihn gelehrt hatte – ein Stoßgebet zur Muttergottes emporsandte. Die große *Kuan Ying* des Himmels mußte doch dafür sorgen, daß eine Mutter in Bangkok ihr Kindchen zurückbekam ... dachte Chia Joseph. Er starrte Brokat schweigend an und überlegte, was zu tun wäre. Sie hatten angenommen, das geraubte Kind würde wie gestern mit den andern kleinen Mädchen in einer Ecke hocken und Theaterbärte verfertigen. Hätte er nur gestern das Kind sofort mitgenommen! Aber er wußte nicht, ob jemand ihn in seiner Verkleidung erkannt hätte. Und vor allem hatte er die Russin, die heute bei der Rettung des Kindes helfen wollte, gestern in diesem Raume gesehen. Selbst in ihrer schäbigen Kleidung war sie als Europäerin eine so ungewöhnliche Erscheinung in dieser versteckten Chinesengasse, daß Chia Joseph angenommen hatte, die Russin habe das Kind geraubt und halte es hier versteckt, bis das Lösegeld noch höher gestiegen wäre. *Was* sollten sie jetzt tun? Major Karawek wartete im Treppenhaus. Er wollte kommen, wenn sie das Kennwort *Phon tra'wen* (Polizist) riefen. Auch der Major im Treppenhaus mußte sehr vorsichtig sein, aber zerlumpte Rikscha-Kulis lungerten in allen Ecken und Eingängen der Häuser herum.

Madame Boulgakoff ergriff die Initiative.

«*Ch'ing-Chao*», sagte sie auf chinesisch, «ist eine große Nummer im ‹Schwarzen Stern›.»

Brokat nickte beruhigt. Der «Schwarze Stern» war ein Nachtlokal, das sich gelegentlich von Herrn Lü gegen große Bezahlung kleine Mädchen auslieh. Außerdem befand sich ein Nebenzimmer im «Schwarzen Stern», wo man den «Großen Rauch» verkaufte. Herr Lü lieferte regelmäßig Opium an dieses entzückende Vergnügungslokal im finstersten Sampeng.

«Mein Vater ist unten im Speisehaus. Er muß nachher ins Theater», gab Brokat atemlos Auskunft. «Fragen Sie unten den hinkenden Kellner nach ihm.»

«Es wäre besser, du holst ihn herauf», meinte Madame Boulgakoff, «man weiß nie, wer im Speisehaus zuhört.»

Brokat dachte nach ... Das war richtig, aber ihr Vater hatte ihr befohlen, den Raum *niemals* und unter keinen Umständen ohne das blauäugige Kind zu verlassen. Sie hatte das Kind zwar eingeschlossen; aber sie hatte zu große Angst vor Herrn Lü, um seinen Befehl nicht zu befolgen. Eine chinesische Tochter in einer armen Familie gehorchte bedeutend besser als eine chinesische Tochter in einer reichen Familie.

«Das geht nicht», sagte Brokat. Sie wußte nicht, daß sie damit die Pläne ihrer Besucher zunichte machte. Sie hatten das Kind aus der Kammer holen wollen, während Brokat das Zimmer verließ. Die blinde Frau hockte apathisch über ihren Kochtöpfen. Und die andern Kinder wußten von nichts. Außerdem würden sie den chinesischen Gleichmut gegen alles, was nicht unmittelbar ihre eigene Person betraf, auch bei einer Entführung des Kindes durch die Russin und die geschminkte Chinesin bewahrt haben.

«Sollen wir dann ein anderes Mal wiederkommen?» fragte Chia Joseph heuchlerisch mit einer hellen, unnatürlichen Stimme, die dem Kind Brokat aber nicht auffiel. «Ich habe wenig Zeit. In einer Stunde beginnt der Betrieb im ‹Schwarzen Stern›. Es gibt ja noch mehr Kinder zu mieten. Und den großen Rauch kann ich auch woanders bekommen. Bei ...» – Er murmelte Madame Boulgakoff irgendeinen Namen zu. Es klang wenigstens so. In Wirklichkeit sagte er in Pidgin-Englisch: «Ganz, ganz ruhig sein.»

Brokat zögerte. Die Geldgier, die sie von ihrem Vater geerbt hatte, war stärker als ihre Bedenken. Papa Lü gab seiner Tochter und Komplicin stets einige Prozente für geschickte Vermittlung von Geschäften.

«Gut ...» sagte sie. «Ich hole meinen Vater.»

Aber in diesem Augenblick betrat Herr Lü das Zimmer und warf damit den Plan von Major Karawek völlig über den Haufen. Madame Boulgakoff unterdrückte einen Schrei. Sie konnte es sich nicht erklären, wieso Herr Lü *nicht* um diese frühe Abendstunde im Speisehaus saß. Es war seine Gewohnheit. Und Chinesen hängen fanatisch an wichtigen und kleinen Gewohnheiten.

Durch einen rätselhaften Streich des Schicksals stand er im Zimmer, und man mußte blitzschnell andere Wege zur Rettung ausdenken. Der Schweiß lief Joseph unter seiner Mädchenfrisur herunter. Seine Hände waren trotz der erstickenden Hitze in dem düsteren Raum eiskalt.

«Es ist zu Ende ...» dachte Madame Boulgakoff in russischem Fatalismus. Ihr Gesicht entspannte sich; wie immer, wenn das Schlimmste endlich eingetreten war.

Unten auf der Straße, an der Ecke Jawarad Road, stand das große, Krügersche Auto, und der alte Herr wartete mit Herzklopfen. Die arme, kleine Deern! In welchem Zustand würde er sie ihren Eltern bringen? Er starrte in die erleuchtete Jawarad Street: hier wurde noch bis zum Morgengrauen verkauft, getanzt und gearbeitet.

Drinnen vollzog sich indessen Pünktchens Geschick. Sie stand in der dunklen Kammer, in die Brokat sie immer schob, wenn Besucher kamen. Sie war es schon gewohnt und weinte nicht mehr. Sie hatte in diesem Hause zum erstenmal im Leben erfahren, daß ihre Tränen keinen Eindruck auf ihre Umgebung machten. Pünktchen erlebte etwas wie die Gefangenschaft, die Tausende von holländischen Kindern zu Beginn der japanischen Herrschaft in Java durchgemacht hatten. Sie waren Jahre und Jahre hinter Stacheldraht in einem schmutzigen Camp gewesen, hatten trockenen Reis gegessen und ihren Vater verloren. Aber – die Mutter war in den meisten Fällen bei ihnen gewesen. Und Pünktchens Mutter – so hatte Brokat ihr immer wieder klargemacht – war nun abgereist. Sie konnte es immer noch nicht glauben. Mutti war seit der Bombenzeit in Hamburg ihr Inbegriff von Sicherheit und Schutz.

«Mutti ...» flüsterte Pünktchen hinter der Tür, «Pappi ... Pummel ... Cheng ... tia ...»

Indessen erkundigte sich Herr Lü, was die Damen wünschten. Bei Madame Boulgakoff wußte er es und fragte erst einmal, ob sie Bargeld bei sich hätte. In diesem Augenblick gab es ein Geräusch hinter der verschlossenen Tür. Eine Kinderstimme stieß einen schwachen Schrei aus und rief in einer Sprache, die weder die Chinesen noch die Russin verstanden: «Hilfe! *Ratten!* Hilfe!»

Mit einem Satz war die Russin bei der Tür. Chia Joseph schrie aus Leibeskräften «Polizei! Polizei!» Und was dann geschah, ging so schnell und verwirrt vor sich, daß keiner der Beteiligten sich später erinnern konnte, wie das Drama sich vollzogen hatte. Chia Joseph hatte sich auf alle Fälle auf Herrn Lü gestürzt, während Brokat sich zitternd unter die andern Kinder mischte und einen Theaterbart ergriff. Sie hatte das richtige Gefühl, daß ein Kind unter andern Kindern am leichtesten verschwindet. Chia Joseph hatte zwar Herrn Lü gepackt, aber bevor er es verhindern konnte, hatte dieser einen Revolver gezückt – für den er keine Lizenz hatte – und auf die Russin geschossen. Die Kugel schien Madame Boulgakoff nur zu streifen und durch die Tür in den Raum zu gehen, in dem Pünktchen plötzlich Ratten entdeckt hatte. Die Russin rüttelte noch halb ohnmächtig an der Tür, als Major Karawek sie schon mit der Faust aufstieß. Herr Lü war indessen von zwei Polizeioffizieren gefesselt worden. Er warf seiner Tochter einen beschwörenden Blick zu, daß sie sich ruhig verhalten solle. Die blinde Greisin rief mit schriller Stimme: «Wer schießt hier?» und begann zu wimmern. «Rette dich, Sohn», murmelte sie, «rette dich und Brokat!»

«Halte den Mund!» schrie der gefesselte Herr Lü, ohne den berühmten Respekt des Sohnes gegen die Patriarchin der Familie Lü zu zeigen.

Major Karawek und die Russin stürzten in den Raum, um das Kind herauszuholen. *Der Raum war leer.* Nur zwei Ratten liefen umher und verschwanden blitzschnell unter einem großen Schrank, der Herrn Lü zur Aufbewahrung von Theaterbärten und einigen Kostümen diente, in die er seine kleinen «Töchter» für Abende im «Schwarzen Stern» einkleidete.

«Wo ist das Kind?» fragte die Russin mit versagender Stimme. Der Major hatte indessen den Schrank geöffnet und durchsuchte ihn etwas flüchtig. Siamesen waren nicht allzu gründlich. Kostüme und Bärte! Polizisten – alle in schwarzen Chinesenhosen und ärmellosen Baumwollhemden – durchsuchten indessen den Arbeitsraum mit den Kindern. Herr Lü lächelte trotz seiner Fesseln. Er hätte sich allerdings die Kehle durchschneiden mögen, daß er heraufgekommen war. Es hatte unten geröstete Entenhaut gegeben, die seine alte Mutter so gern aß, und er hatte der Blinden einige fettriefende Stückchen in einer Schale heraufgebracht. Die Schale war ihm aus der Hand gefallen, als die geschminkte, junge Chinesin sich auf ihn gestürzt hatte, wobei ihr enger Kittel geplatzt war. Herr Lü hatte sekundenlang auf den Brustkasten eines jungen Mannes gestarrt. Dann hatte er auf die Russin geschossen, die ihm die Suppe eingebrockt hatte. Also eine von der siamesischen Polizei bezahlte Agentin hatte ihn hereingelegt! Er würde schon Mittel und Wege finden, sie unschädlich zu machen. Erst einmal würde Brokat ihn ja im Gefängnis besuchen. Die Hauptsache war, daß Brokat nicht verhaftet wurde. Ein schlaues Mädchen, wie sie friedlich unter den andern Kindern saß und jede Angst aus ihrem Gesicht verbannt hatte.

Mittlerweile beklopfte Major Karawek die Holzwände der kleinen Kammer. Kein versteckter Ausgang! Aber wenn ein versteckter Ausgang dagewesen wäre, dann hätte die Person mit den Bandagen ihn längst benutzt, um das Kind woanders hinzubringen.

Major Nayadharn war graublaß. Seine vollen Lippen waren zusammengepreßt. Die sinnlose Vereitelung eines Planes, der alle Aussicht auf Erfolg gehabt hatte, ließ in seinem Geist eine Leere und in seiner Magengegend einen krampfhaften Schmerz zurück. Er war sehr sensitiv; alles schlug ihm auf den Magen.

«Gehen wir!» sagte er dumpf. Auch die blinde Greisin war von den Polizisten ergriffen worden.

Madame Boulgakoff nickte. Sie hatte es geahnt. – Es war das Ende.

Herr Lü und seine Mutter waren bereits auf der Treppe, um zur Polizeistation gebracht zu werden, als Brokat sich aus dem Kreise der verstummten Kinder erhob. Sie ging wie eine kleine Schlafwandlerin auf Chia Joseph zu. Ihre schrägen schwarzen Augen hatten sich geweitet. «Hsi-Jen», flüsterte sie, «kleine fremde Schwester stirbt.»

Chia Joseph beugte sich plötzlich wie ein guter, älterer Bruder zu dem zitternden Kind.

«Brokat will nicht ins Gefängnis. Brokat immer sehr, sehr gut mit Hsi-Jen! Liebt Hsi-Jen», schluchzte sie. Ohne ihren Vater und die Großmutter war sie einfach ein verlassenes und verängstigtes Kind. Sie versteckte ihr Gesicht in Chia Josephs Hand.

«Wo... ist... kleine, fremde Schwester?» fragte Chia Joseph. «Alle werden dich beschenken. Schnell, zeige Älterem Bruder das... Versteck!»

Brokat streckte eine unbeschreiblich schmutzige Hand in die Richtung des leeren Raumes. «Geheime Tür und Gang...» flüsterte sie.

Chia Joseph flüsterte Major Nayadharn, der immer noch reglos bei der ohnmächtigen Russin stand, etwas zu: «Bleiben Sie... bitte», flüsterte er auf siamesisch, was Brokat nicht verstand. Sie drang niemals bis in die siamesische Welt von Bangkok vor. «*Geheime Tür...*»

Major Nayadharn erwachte zum Leben. Erfahrung und Instinkt sagten ihm, daß das Kind nur Vertrauen zu einem Chinesen haben würde. Chia Joseph wußte mit verlorenen Kindern umzugehen. Er stammte aus einem ähnlichen Milieu wie Brokat.

Brokat zog «Älteren Bruder» stumm an den Schrank, den der Major zu flüchtig untersucht hatte. Sie öffnete ihn und schob die Theaterkostüme und Materialien beiseite. Chia Joseph warf sie auf den wurmstichigen Boden. Dann stieg Brokat in den Schrank und schob die Rückwand ein wenig beiseite. Es ging ohne jede Anstrengung, denn die Wand war lose eingesetzt. Chia Joseph und Brokat betraten durch den Spalt einen langen, dunklen Gang. Der Major folgte. Die Russin lag auf einer Matte im großen Zimmer. Sie war wieder zu sich gekommen und merkte, daß sie an der Hüfte, wo die Kugel sie gestreift hatte, blutete. Ihr war sehr leicht zumute, als ob sie fliegen könnte.

In der Mitte des verwinkelten Ganges, der in das Treppenhaus des Nachbarhauses führte, lag eine kleine Gestalt in schwarzen chinesischen Satinhosen und einem schmutzigen, hochgeschlossenen, geblümten Kittel. Schwarze, seidenweiche Haare fielen dem Kind in die weiße Stirn.

Brokat stürzte sich mit einem Schrei auf die reglose Kindergestalt. «Hsi-Jen», wimmerte sie, «kleine Schwester! Du mußt leben. Sonst tötet Frau mit verbundenem Gesicht arme, kleine Brokat!»

«Komm, kleine Schwester», sagte Chia Joseph erstickt und bekreuzigte sich, «störe kleine, fremde Schwester nicht im Schlaf!»

VIII

So kam es, daß Chia Joseph zum Schluß die kleine Charlotte Christiane Petersen durch die hellerleuchtete Jawarad Road zum Auto des alten Herrn Krüger brachte. Es war elf Uhr nachts. Zwei Polizisten stützten die blutende Russin. Major Karawek folgte. Sein Polizeiauto wartete.

«Ich glaube, sie lebt noch», sagte er zu dem alten Herrn Krüger, der fassungslos und mit aufgerissenen Augen das schwarzhaarige, ohnmächtige Kind in der chinesischen Tracht anstarrte. «Schnell in die nächste Apotheke, Sir! Bringt Madame ins Krankenhaus St. Louis», rief er den beiden Offizieren zu.

In diesem Augenblick drängte sich Brokat an Chia Joseph heran und schluchzte zum Steinerweichen. «Nimm mich mit, Älterer Bruder.»

Major Nayadharn schob das Kind ins Polizeiauto und rief seinem Fahrer zu: «Wir nehmen sie erst einmal zu Pater Aldano.»

Es dauerte eine kleine Ewigkeit, bis Pünktchen die Augen in der chinesischen Apotheke aufschlug. – Dr. Ho, der Apotheker, hatte ihr eine Spritze gegeben, und Herr Krüger hatte ihre Stirn mit einer belebenden Flüssigkeit benetzt. Gleichzeitig hatte er ein Stoßgebet zum Himmel gesandt; es konnte doch nicht sein, daß er Martha ein totes Kind bringen mußte ... Endlich schlug Pünktchen die Augen auf, aber sie schloß sie gleich wieder. «Ratten ...» wimmerte sie. Sie schien noch einmal zu erleben, wie sie vor Schreck in den ihr wohlbekannten Schrank geflüchtet und geistesgegenwärtig die lose Rückwand verschoben hatte, damit sie in den Gang schlüpfen konnte. Dann hatte sie die Wand aus Angst vor den Ratten mit allen Kräften wieder zugeschoben. Sie war schon zweimal mit Brokat auf diese Weise aus der Wohnung geflüchtet, weil Polizeibeamte Herrn Lü einen Besuch hatten abstatten wollen. Brokat hatte die Uniformen mit ihren Luchsaugen von weitem die Treppen heraufkommen sehen und war sofort mit «Hsi-Jen» durch den Schrank verschwunden. Vom Nachbarhaus aus hatte sie dann ihren Vater warnen lassen. Wenn Major Nayadharn etwas genauer das Mobiliar untersucht hätte, wäre ihm die lose Wand hinter den Kleiderhaufen aufgefallen. Jedes Kind konnte sie ein wenig zurückschieben ...

Als Pünktchen die Augen wieder aufschlug, beugte sich ein bekanntes Gesicht über sie.

«Onkel Charles ...» sagte sie stockend, «ich will zu ... Mutti ... nach ...» Sie wollte wohl «nach Hamburg» sagen, aber der alte Herr Krüger hatte sie in seinen Wagen gehoben.

«Wir fahren zu Mutti, mein Lütten», murmelte er erschüttert. Und so fuhren sie am Heiligen Abend nach Bangkapi: Charles Krüger, Chia Joseph und ein zartes, unfaßbar zähes kleines Mädchen, das wegen «eines Scherzes», der noch nicht aufgeklärt war, den Namen «Hsin-Jen» (durchdringender Duft) getragen hatte.

Major Nayadharn fuhr zum alten Herrn Wong, nachdem er Brokat bei Pater Aldano abgeliefert hatte.

IX

Petersen und Martha saßen immer noch auf der schwach erleuchteten Veranda, als der Wagen des alten Herrn Krüger durch das Tor fuhr. Charles hatte erst dreimal ans Tor klopfen müssen, bevor der indische Nachtwächter es öffnete. Er schlief gerade und träumte von seiner Heimat – einem Dorf ohne Wasserleitung abseits von Delhi.

«Hannes», rief Martha, «ist das nicht das Auto von Krügers?»

Aber da hielt der Wagen schon, und Charles Krüger öffnete den Schlag. Eine junge Chinesin im zerrissenen Kittel entstieg dem Fond und kam mit einem Kind im Arm langsam die Stufen zur Veranda hinauf.

«Hannes...» schrie Martha – aber da hatte Chia Joseph ihr schon das Kind in die Arme gelegt. Charles Krüger hatte sich abgewandt und machte sich an seinem Wagen zu schaffen.

«Mutti», murmelte Pünktchen, «Mutti, Pappi... Pummel...»

X

Plötzlich war Leben und fieberhafte Tätigkeit in dem stillen Hause, das wochenlang unter dem Schatten des Todes gestanden hatte. Petersen schrie nach Ah Chang und Cheng. Martha bemühte sich, Pünktchen den Kittel auszuziehen. Ihre Tränen fielen wie ein Sturzbach auf Pünktchens Gesicht, ihren abgemagerten Körper und ihre seidenweichen, schwarzen Haare.

«Es war nur ein Scherz, Mutti», flüsterte Pünktchen. «Ich bin sooo müde.» Sie schlang ihre spindeldürren Ärmchen um Marthas Hals, als ob sie sie nie wieder loslassen wollte. Petersen stand mit abgewandtem Rücken. Dann riß er sich zusammen und drückte Charles Krüger die Hände. Er wollte ihm und den andern danken; aber als er sich nach Chia Joseph umblickte, war er verschwunden.

«Charles», murmelte Petersen, «wir...» Er konnte nicht weiter.

Charles Krüger murmelte: «Laß man, Hannes! Ich hole Pummel und ... Also Fröhliche Weihnachten und so, meine Lieben!»

Als der alte Herr Petersen und Nang Siri vorfuhren, um Pummel im Elternhaus abzuliefern, waren bereits Ruhe und Ordnung in der Villa in Bangkapi eingekehrt. Ah Chang hatte endlich eingesehen, daß «Kleine Missie» jetzt kein *Christmas-Dinner* essen konnte, und hatte sorgfältig alle guten Sachen wieder in den Eisschrank verstaut. Morgen würde kleine Missie alles nachholen, hatte Petersen ihm versichert.

Cheng hatte endlich ihr ohrenbetäubendes Heulen eingestellt und – mit Martha zusammen – das Kind gebadet. Sie hatte «Ältesten Enkelsohn» sofort in den chinesischen Krämerladen gegenüber dem Klong geschickt. Er war mit einer Flüssigkeit zurückgekehrt, die scheußlich roch, aber die schwarze Farbe aus Pünktchens Haar tatsächlich entfernte. Nun lag Pünktchen wie ein frischgewaschener Weihnachtsengel in ihrem rosa Hemdchen im Bett; nur ihr Kopf mit dem blonden Flaum erinnerte an ein gerupftes Hühnchen. Ihre herrlichen, langen Locken waren der Schere zum Opfer gefallen, sobald Herr Lü sie nach dem von ihm veranstalteten Gedränge am «Goldenen Berge» in sein Haus entführt hatte. Übrigens hatte er von der Person mit dem Verband, die im «Auftrag» gehandelt hatte, tägliches Kost- und Logiergeld erhalten und gar kein Interesse daran gehabt, das fremde Kind vorzeitig wieder herzugeben.

«Ältester Enkelsohn» hatte Pünktchens Bett auf Marthas Wunsch in ihr Schlafzimmer geschoben. Sie konnte sich noch keine Minute von ihrer Tochter trennen... Sie saß und blickte das schlafende Kind unter dem Moskitonetz an und sandte ein Dankgebet nach dem andern zu Gott empor. Cheng hockte immer noch vor dem Bett des Kindes, als Major Karawek Nayadharn zusammen mit Petersen Marthas Schlafzimmer betrat. Sofort erhob sich Cheng und schickte sich an hinauszuschleichen. Der Major nickte ihr rasch noch freundlich zu und sagte: «Bist du nun glücklich, Cheng? Sind alle wieder glücklich?» Cheng nickte und zeigte strahlend alle ihre Goldzähne. «Morgen großes *Christmas-Dinner* für kleine Missie», murmelte sie und verschwand in Richtung des Küchenhauses.

Major Nayadharn starrte in tiefem Sinnen auf das blonde Kind unter dem Moskitonetz und wehrte Petersens und Marthas Dank ab.

«Danken Sie dem alten Herrn Wong...» sagte er plötzlich. «Er allein hat den Weg zur Rettung herausgefunden.»

Sie saßen auf der Veranda und blickten den Lampu-Baum an. «Er wird Ihnen alles selbst erzählen. Er will Sie morgen besuchen», meinte der Major. «Ein hervorragender Mann... der alte Herr Wong.»

Dann erzählte er ihnen, wie die Rettung des Kindes vor sich gegangen war. Und wie heldenhaft sich auch die Russin daran beteiligt hatte. «Übrigens – für das Kind Brokat, das uns den geheimen Weg aus Sorge um Ihre Tochter zeigte, sollte etwas getan werden», fügte er hinzu. «Sie hat sie gerettet.»

XI

Major Karawek Nayadharn stand auf. Er betrachtete schweigend den Lampu-Baum, der Marthas Tropenglück und ihren großen Schmerz gesehen hatte. Was er noch zu sagen hatte – noch dazu jetzt, wo in wenigen Minuten die Kirchenglocken der Stadt am Menamfluß die Weihnachtsbotschaft verkünden würden –, fiel ihm schwer. Madame Petersen strahlte. Es war ein Glanz, der aus der Seele strömte und sie wunderbar verschönte.

«Madame», sagte Major Nayadharn, «leider muß ich noch einen Mißton in Ihre große Freude bringen. Ich... muß einen Arrest vornehmen.»

«Einen Arrest *hier* im Hause?» fragte Martha mit Herzklopfen. «Unsere Diener... nein, das ist doch unmöglich. Sie haben alle treu zu uns gestanden. Irren Sie sich nicht, Herr Major?»

Martha wußte im selben Augenblick, daß sie eine törichte Frage gestellt hatte, die kein Polizist beantworten würde. Sie war sehr blaß geworden.

«Ich sende Ihnen Ihre Herren herauf. Sie bleiben am besten alle bei dem Kind!» Er verbeugte sich mit der feierlichen Höflichkeit der vornehmen Siamesen und bewegte sich – mit der rechten Hand den Revolver in der Hosentasche umklammernd – in die Richtung der Dienerquartiere.

Es war schon überall dunkel. Der chinesische Chauffeur des alten Herrn Wong schlief in der ersten Kammer. Die Waschfrau mit ihren Kindern schlief im Nebenquartier. «Das Mädchen, das morgens die Blumen ordnete» hatte die leere Kammer daneben genommen, denn sie wollte nicht täglich den weiten Weg von ihrem Hause zu Petersens machen. Sie hatte ihr Häuschen an andere Siamesen vermietet. Dann kam der neue Fußboden-Kuli. Ein wenig abseits stand das Küchenhaus mit den Schlafräumen der chinesischen Familie. Auch dort war alles dunkel. Ah Chang – der Herr des Hauses – hatte eine Kammer für sich. Seine älteren beiden Enkelsöhne schliefen daneben. Und in der dritten Kammer des geräumigen Hauses schlief Cheng mit ‹Jüngstem Enkelsohn›. Der indische Torwächter wohnte mit seiner Gattin bei der Garage am anderen Ende des Gartens.

Doch Major Nayadharn wandte seine Schritte nicht zur Garage. Er schlich zu den Behausungen der andern Diener. Vom Kanal kamen unhörbar zwei Polizisten heran.

«Bleibt hinter den Palmen», flüsterte der Major. «Wenn ich euch brauche, pfeife ich. Nur jetzt kein Aufsehen. Ich muß ... sie ... überraschen.»

XII

Cheng saß auf der Schwelle ihres Schlafraums und wartete. «Jüngster Enkelsohn» schlief friedlich unter seinem Moskitonetz. Er sah aus wie eine in Tüll gewickelte Wurst und atmete geräuschvoll mit offenem Mund. Sein rundes Köpfchen mit dem glatten, schwarzen Haar war halb von seinem Arm bedeckt. Chengs Zimmer war sehr sauber und kahl. An der Wand hing ein Bild ihres Heimatdorfes. In einer Ecke lag ein spitzer Bambushut, der Cheng vor der Sonnenglut schützte, wenn sie für den ehrenwerten Vater auf dem Bangrak-Markt einkaufte. Eine solide Holztruhe stand verschlossen an der Wand. Sie enthielt Chengs Kleider und Wäsche und alle Gegenstände, die ihr persönlich gehörten. ‹Jüngster Enkelsohn› hatte keine reiche Garderobe. Er trug zur Nacht ein Hemdchen, das ihm bis zum Nabel reichte, und darüber ein wollenes Jäckchen wegen der kalten «Saison».

Cheng hatte ihre Arbeitskleidung – eine weite, schwarze, geflickte Hose und eine blauweiß gestreifte, hochgeschlossene Jacke – in die Truhe gelegt und ihre seidenen Hosen und eine schwarze seidene Jacke angezogen. In ihrem glattgekämmten, mit duftendem Öl eingeriebenen Haar steckte der Jadepfeil – ihr einziges Schmuckstück. So saß Cheng still und fein gekleidet auf der Schwelle ihres Schlafraumes und wartete auf den Tod.

Es war für Cheng eine Selbstverständlichkeit, daß sie keine Schande über ihre Familie bringen durfte. Sobald der alte Herr Krüger mit dem goldhaarigen Kind angekommen war, hatte Cheng Gift genommen. Es wirkte bereits in ihrem kräftigen, widerstandsfähigen Körper, der noch viele Jahre ihren Söhnen hatte dienen sollen. Cheng würde sich nicht verhaften lassen. Die Freundlichkeit des siamesischen Polizeimajors hatte sie keinen Augenblick getäuscht. Er hatte herausgefunden, daß Cheng und «die Person mit dem verbundenen Gesicht» ein und dieselbe Person waren. *Wie* er es herausgefunden hatte, konnte Cheng nicht sagen. Es war auch gleichgültig. Sie hatte ihr Spiel um den Besitz des goldhaarigen Kindes gespielt und verloren. Es blieb ihr nur der Tod und ein wenig Warten auf die lange Wanderung. Man würde es ihr in der nächsten Welt zu ihren Gunsten anrechnen, daß sie dafür gesorgt hatte, daß der ehrenwerte Vater und ihre drei Söhne kein «Gesicht» verloren hatten.

Cheng blickte in den großen Garten, der still und zauberhaft im Mondlicht lag. Vorn, im Haupthaus, war immer noch Licht auf Mems Veranda. Das Kind mit den Goldhaaren, das wenige Wochen lang «Hsi-Jen» geheißen hatte, schlief. Cheng dachte dumpf darüber nach, wie die Liebe zu diesem fremden Kind alles um sie und in ihr verändert hatte. Zuerst war diese Liebe eine süße Granatfrucht für Cheng gewesen. Dann eine leise Qual. Als später die Abreise der strengen Mem eine beschlossene Sache geworden war, hatte Cheng einen bohrenden Schmerz gefühlt, der langsam vom Herzen in ihren Kopf gestiegen war. Ihr Kopf hatte immer weh getan. Zum Schluß war dieser Schmerz ein Drache geworden, der Cheng vorwärtsgetrieben hatte – in ein Spiel voller Irrtum, Gefahr und Verbrechen. Ja, sie hatte am Ende ein Messer nach der Mem geschleudert. – Die Liebe zu dem fremden Kind hatte Chengs Existenz zerrüttet und das festgewirkte Gewebe der Tage und Nächte zerrissen. Cheng war – ohne sich dessen ganz bewußt zu sein – aus dem Zyklus der chinesischen Feste und der Traditionen, der Arbeitszeiten und der Feierstunden herausgeschleudert worden. Seit dem Fest am «Goldenen Berge» – wo sie Herrn Lü das schöne Kind im seidenen Kleidchen gezeigt hatte, damit er es für sie verstecke – war sie eine Ausgestoßene unter der Maske der ergebenen Tochter und dienstwilligen Mutter gewesen; eine Zerstörerin fremden Glücks, die gleichmütig in einem Küchenhaus in Bangkapi Chili und Bohnen schnitt und Enten briet. Bis sie – die Bandagen unter dem spitzen Bambushut versteckt – auf den Markt schlich und in einer Hütte, die einer Fischerfrau gehörte, die schützenden Verbände anlegte, um dem Kind Leckerbissen zu bringen und zu sehen, ob ihm nichts bei Herrn Lü geschah. Sie hatte sich alles so einfach gedacht. Mem und der Sohn sollten ja im Januar abfahren. Wenige Tage später wollte Cheng das goldhaarige Kind wieder zu seinem Vater bringen und das enorme Lösegeld einheimsen, damit ‹Ältester Enkelsohn› in Hongkong eine Schule der Gelehrten besuchen konnte. Cheng hatte nichts von dem Geld behalten wollen. Sie hätte weiter mit Master Petersen und dem schönen Kind in Bangkapi gelegt – jetzt und für alle Ewigkeit. Es war doch so einfach und schlau ausgedacht. Und sie wären alle zufrieden gewesen.

Cheng erhob sich mit schweren Gliedern und ging ins benachbarte Küchenhaus. Neben dem großen, roten *Ong* (Tonne für Regenwasser) brannte noch ein Feuer. Cheng schob mit dem Fuß den Rest der Verbände, die hier verkohlten, in das Feuer. Niemand durfte sie sehen, vor allem nicht der ehrenwerte Vater, der immer soviel Geduld mit Cheng gehabt hatte. Sie hatte immer ein Drittel ihres Gehaltes behalten dürfen, und der Vater hatte ihr sogar noch etwas von der Ente oder dem jungen Bambusgemüse nachgelassen, obwohl sie sehr gut Reis mit Soyasauce hätte essen können.

Cheng blickte im Küchenhaus in den vollen Reistopf. Sie hatte ausnahmsweise den Morgenreis schon heute abend gekocht. Die Familie durfte durch ihren Tod auf keinen Fall beim Frühstück gestört werden. Alles war da – der gekochte Reis, jedes Korn eine einzelne durchsichtige Perle – die gedörrten Fische, die Enteneier und die Früchte.

Neben der Regentonne schliefen Ah Changs Hühner. Vorne beim Kanal war das Grab des Hundezwerges tia. Cheng hatte ihn umbringen müssen, da er ihr immer auf den Markt nachgelaufen war. Es geschah ihm recht, daß er das goldhaarige Kind nun nicht wiedersah! Tia hatte Cheng einen Teil der Liebe gestohlen, die das goldhaarige Kind vorher ganz seiner «chinesischen Mutter» geschenkt hatte.

Cheng blickte noch einmal auf ihre vertraute Welt – das Küchenhaus, die Hühner, die Kammern der beiden älteren Söhne, den Kanal und den großen, fruchtschweren Garten mit den Grillen, den Feuerfliegen und den tanzenden Palmen, die ein Element der Bewegung und Unsicherheit in die schlafende Landschaft brachten. Dann ging sie langsam in ihre Kammer und schloß die Holztür hinter sich. Der dunkle Schatten des Todes hatte schon beinahe ihr einfaches und verwirrtes Herz erreicht. Sie streckte sich mit einem Seufzer neben ‹Jüngstem Enkelsohn› aus. Er schlief friedlich weiter. Er war kräftig und heiter. Bald würde er in der Küche mithelfen können.

Cheng sank immer tiefer in den guten und notwendigen Schlaf. Sie hatte eine große Sünde begangen und wußte es. Aber sie hatte sich beeilt, die Rechnung zu bezahlen. Jeder ehrenhafte Chinese bezahlte seine Schuld vor dem Neujahrsfest. Cheng hatte es etwas früher getan. Das war alles. Sie schloß die Augen. Ihre kleine, festumrissene Welt in Bangkapi begann schon, sich in Nacht aufzulösen.

Auf Chengs derbem Holzschnittgesicht breitete sich die Ruhe des Todes aus. Ihre erkaltende Hand hielt ein Zipfelchen von dem Moskitonetz, unter dem ihr jüngster Sohn in einen neuen Tag hineinschlief. Dieser Tüllzipfel, der Cheng noch mit der Welt der Lebenden verband, war ein zartes aber unlösbares Band, das sie noch im Verlöschen mit ihrer Familie verknüpfte. Sie hatte geirrt und Schande auf sich geladen. Aber sie war zeitlebens eine gehorsame Tochter gewesen. Sie hatte für ihren ehrenwerten Vater gearbeitet und ihm drei gesunde Enkelsöhne geschenkt.

Als Major Nayadharn Chengs Kammer betrat, lag sie still und kalt neben ihrem jüngsten Sohn. Der Major blickte die Tote schweigend an. Er ging in den Garten zurück und winkte seinen beiden Polizisten.

«Holt Mr. Petersen her», befahl er. «Ich muß mit ihm sprechen.»

Dann klopfte der Major an Ah Changs Tür. Der alte Koch erschien sofort. Er schlief leicht und nur wenige Stunden.

«Ah Chang», sagte der Major sanft. «Deine Tochter ist eingeschlafen. Die Freude ließ ihr Herz stillstehen.»

In diesem Augenblick begannen die Glocken die Mitternachtsmesse im nahen Ursulinenkloster einzuläuten. Sie verkündeten für alle die Friedensbotschaft und das Versprechen der erlösenden Liebe.

Der alte Ah Chang wankte ein wenig, als er Chengs Kammer betrat. Sie war eine gute Tochter gewesen, auch wenn sie stets wie eine Ente geschnattert hatte. Er kniete neben ihr nieder und blickte sie aus müden und ungläubigen Augen an. Sie war doch immer so kräftig gewesen! Und fleißig und sauber. Da lag sie in ihren feinen Kleidern – stumm schweigsam, unangreifbar.

«Ich werde ihr ein kostspieliges Begräbnis bereiten», dachte Ah Chang und ging gebückt kopfschüttelnd in seine Kammer zurück.

Um zwei Uhr nachts schlich Petersen auf seinen chinesischen Pantoffeln in Marthas Schlafzimmer. Er hatte noch kein Auge geschlossen. Major Nayadharn hatte ihnen in kürzesten Zügen die nötige Aufklärung gegeben. Petersen und Martha hatten zu allem nur stumm genickt. Es war zuviel. Sie konnten nichts mehr aufnehmen. Sie dachten nur: «Pünktchen ist wieder daheim.» Der Gedanke löschte alles andere aus.

Petersen stand mitten in Marthas Schlafzimmer und blickte auf die Gruppe unter dem Moskitonetz. Die Kleine mit dem gerupften Engelsköpfchen lag in Marthas Armen. So war sie eingeschlafen. An Marthas linker Seite schlief Pummel in einem frischen Pyjama. Sein blonder Kopf mit dem wirren Haar fiel vom Kissen herunter. Seine rechte Hand war ausgestreckt, als ob er im Schlaf nach einer Locke von Pünktchen griffe, die er festhalten wollte. Martha lag friedlich zwischen ihren Kindern. Die Gruppe wirkte wie ein Gemälde der Erfüllung. – Einfaches und ewiges Ereignis: Mutterglück!

In diesem Augenblick vollzog sich in Petersens Innerem jene Wandlung, welche die Erschütterung und das Leid der letzten Wochen vorbereitet hatten. Es war weniger eine gefühlsmäßige Reaktion, als der Bruch mit einer Gewohnheit des Intellekts, nämlich mit der Idee, daß dies Tropenleben die einzig mögliche Form der Existenz für Johannes Petersen sei. Mit dem Bild seiner schlafenden Familie vor Augen ging Petersen in sein Zimmer zurück. Er suchte nach seinem Füllfederhalter und Luftpostpapier, fand beides schließlich zwischen zwei Sporthemden, die

Cheng noch tadellos gewaschen und geplättet hatte, setzte sich ans offene Fenster und schrieb über eine Stunde. Endlich stand er auf und gähnte, aber bevor er unter sein Moskitonetz schlüpfte, schrieb er noch die Adresse auf einen Luftpostumschlag.

Der Brief war an Hinrich Petersen in Hamburg gerichtet. Johannes Petersen teilte ihm darin ausführlich mit, warum er sich plötzlich entschlossen habe, mit seiner Familie nach Hamburg zurückzukehren. Ob Hinrich jetzt noch seinen Plan, auf einige Jahre nach Bangkok zu gehen, ausführen wolle? Onkel Wilhelm Christian wäre sehr damit einverstanden.

Dann lag Petersen im Bett und zählte bis dreihundert, um einzuschlafen. Schon halb im Traum fiel ihm ein, daß er Martha nichts zu Weihnachten geschenkt hatte. Das war noch nicht vorgekommen. Er erhob sich schlaftrunken und nahm den Brief an Hinrich Petersen. Der Umschlag war noch nicht geschlossen. Er schlich noch einmal mit der Taschenlampe in Marthas Schlafzimmer und legte ihr den Brief auf die dünne Leinendecke. Martha würde auf diese Weise morgen früh ihr Weihnachtsgeschenk mit der Morgensonne erhalten. Petersen konnte nicht behaupten, daß dieses Geschenk ihn nichts gekostet hätte. Er trat auf die Veranda seines Schlafzimmers und blickte in den Garten, den er so liebte.

In dem Mondlicht erschien ihm die geordnete Wildnis wie eine Landschaft aus einer andern Welt – losgelöst von der Realität und von vergänglichem Reiz.

FÜNFUNDZWANZIGSTES KAPITEL

Reis aus Silberschalen

I

Zwischen Weihnachten und Neujahr lud Nang Siri die Familie Johannes Petersen und deren Freunde zu einer großen Reistafel ein. Es war gleichzeitig der Beginn der Abschiedsfeiern, die bis zum Abreisetag, der auf den 25. Januar fiel, die Familie in einen der gesellschaftlichen Wirbel stürzte, die neben den Staatsstreichen und den buddhistischen Zeremonien das Leben in Bangkok in Bewegung halten. Martha war sehr gegen diese Feiern, die sie alle aufregten und ermüdeten, aber sie sah ein, daß die vielen Freunde, die Hannes sich während seiner zwölf Tropenjahre in diesem Teil der Erde erworben hatte, keine Absage dulden würde.

Pummel und Pünktchen waren bereits zu Onkel Winn übergesiedelt. Die Kleine hatte bis auf nächtliche Schreckanfälle keinen sichtbaren Schaden davongetragen. Sie weinte nur viel seltener, dafür hatte sich eine seltsame Geduld und Resignation dieses elfjährigen Kindes, das so Außergewöhnliches erlebt hatte, bemächtigt. Martha betrachtete ihre Tochter mit Staunen und Vorahnungen; wie würde sie sich in Hamburg einleben? Sie hatte beschlossen, Pünktchen ein ganzes Jahr selbst zu unterrichten. Die Kleine brauchte einen langen Abstand von den Schrecken und Schönheiten des Tropenlebens. Pummel dagegen sollte so schnell wie möglich wieder ins Schuljungenleben eingeordnet werden. Wie Johannes Petersen sich «einordnen» würde, das war ihm und Martha bis jetzt ein Buch mit sieben Siegeln.

Im Augenblick saßen sie alle nach der üppigen und zeremoniellen Reistafel von Nang Siri in den verschiedenen Pavillons im Garten, schlürften geeiste Getränke und sprachen wieder über die wunderbare Fügung in ihrem engsten Familienleben. Martha war immer noch schwer erschüttert von Chengs Verirrung und ihrem freiwilligen Tod.

«Es war das Beste, was sie tun konnte, Madame», sagte gerade der alte Herr Wong nachdenklich. «Wie ich darauf kam, daß die Amah dieses Verbrechen begangen hatte? Das war ganz einfach, Madame! Wenn es auch andrerseits wieder verwickelt war. Das Unglück ist ja stets einfach und verwickelt zugleich. Zuerst fiel mir auf, daß das sehr hohe Lösegeld nicht eingefordert wurde. Das brachte mich auf den Gedanken, der Kindesraub sei kein einfacher Erpressungsversuch. Es mußte etwas

Tieferes dahinter stecken... eine fixe Idee... eine Verwirrung der Seele.»

«Aber... wie sind Sie auf Cheng verfallen? Ihre Treue und ihr Kummer waren doch... schienen doch so echt.»

«Sie *waren* echt, Madame! Chengs Treue war aber Fanatismus geworden, und ihr Kummer hatte ihren einfachen Geist verwirrt. Dennoch wäre ich nicht auf Ihre Amah gekommen, wenn mich nicht zwei Zeitungsnotizen auf diese Fährte gelenkt hätten.»

«Zeitungsnotizen?» Auch die beiden Herren Petersen lauschten nun gespannt.

«Wir erfahren beinahe alles aus der Zeitung», bemerkte der alte Herr Wong. «Ich beklage diese Informationsquelle, benutze sie aber genau wie jeder andere Zeitgenosse. Glauben Sie mir, es gibt Verbrechen, die von einer bestimmten Zeit geboren werden, wenn auch die mitwirkenden Instinkte so alt wie der Himalaja sind. Ich las eines Abends, als ich über den Fall Ihres Töchterchens nachdachte, die rettende Notiz in einer chinesischen Zeitung, die mir ein Neffe aus Hongkong gesandt hatte. Dort stand etwas über eine chinesische Waschfrau, die während und nach dem ostasiatischen Krieg ein europäisches Kind als «ihre Tochter» aufzog. Der Vater des Kindes war ein Offizier auf einem britischen Kriegsschiff gewesen. Über die Mutter wußte man nichts. Die «chinesische Mutter» des Kindes wiederholte immer wieder, daß Mary – so hieß das kleine Mädchen – nun ihre Tochter wäre und auch Wäscherin werden sollte. Ein amerikanischer Oberst, dessen Hemden von dieser Waschfrau gebügelt wurden, entdeckte nach dem Kriege das Mädchen und gab es in Hongkong in eine europäische Schule. Der Bericht verschwieg, was ‹die chinesische Mutter› dazu sagte. Sie hatte dieses Mädchen vierzehn Jahre lang betreut und abgöttisch geliebt.»

Der alte Herr Wong schwieg und trank ein Glas Eiskaffee, dann fuhr er fort:

«In diesem Zusammenhang entsann ich mich eines Sensations-Prozesses, den holländische Eltern nach dem ostasiatischen Kriege gegen eine Amah in Batavia führten, die das im Kriege bei ihr verbliebene kleine Mädchen nicht zurückgeben wollte. Es wäre *ihre* Tochter, sagte die malaiische Amah, und sie solle einen mohammedanischen Malaien heiraten, statt in Holland auf die Schule zu gehen.»

«Und das Mädchen selbst?» fragte Martha.

«Das holländische Kind – es war mittlerweile halb erwachsen – wollte bei der Amah bleiben und tun, was sie für richtig hielt.»

Martha wurde es ganz kalt. Auch Pünktchen zeigte nach den wenigen Wochen eine östliche Resignation, obwohl sie während ihrer Gefangenschaft bei Herrn Lü eigensinnig und tapfer ihre Identität gewahrt hatte. Aber der Einfluß Ostasiens war stark. Hatte nicht Chengs Einfluß auf die Kleine ihr schon Wochen vor dem «Fest am Goldenen Berge» zu denken gegeben? Martha erinnerte sich genau der vielen kleinen Streitigkeiten, bei denen Cheng meist ihren Willen mit Schlauheit und Vorsicht durchgesetzt hatte. Cheng ... solides, tragisches Muttergeschöpf.

«Cheng übertrieb», schloß der alte Herr Wong sanft. «Das verstärkte mein Mißtrauen. Daß sie blutend angelaufen kam und erzählte, die «Person mit den Verbänden» habe sie auf dem Markt angegriffen, war eben gerade das Zuviel an Eulenspiegelei, das sie verriet.»

«Wir alle glaubten aber Cheng aufs Wort», flüsterte Martha.

«Das hatte sie ja auch beabsichtigt.» Der alte Herr Wong warf seinen Freunden aus dem Westen einen unergründlichen Blick zu. Dann erhob er sich, um Pater Aldano und Chia Joseph zu begrüßen, die soeben in ihrem uralten Ford durchs Tor gefahren kamen.

«Chia Joseph wird seinen Teil des Lösegeldes dazu benutzen, um der industriellen Schule der Mission einige zusätzliche Nähmaschinen und viele Schlafdecken zu schenken», bemerkte der alte Herr Wong abschiednehmend. «Ich sagte Ihnen ja immer, Madame, daß Pater Aldano es meisterhaft versteht, der Jugend die Tugend begehrenswert zu machen.»

«Wir sehen Sie doch noch, lieber Freund?» fragte Martha.

«Ich plane ein intimes Abendessen in meiner Bambusklause. Wir wollen Schriftbilder betrachten und noch einmal das Geschenk der Freundschaft genießen.»

«Wann sehen wir Sie in Hamburg?» fragte Petersen. Eine große Melancholie hatte sich seiner bemächtigt. Wann würde er wieder solche Freunde finden? Er hatte keine Freunde in Hamburg. Er war dort ein Fremder geworden.

«Ich weiß es nicht, mein Freund», erwiderte der alte Herr Wong sanft. «Vielleicht sehen wir uns noch einmal in Bangkok wieder? Sie und Ihre Söhne werden stets über die bescheidenen Dienste des Hauses Wong verfügen können.»

Der alte Herr verbeugte sich vor Martha.

«Ich freue mich schon auf unsern Abend, Madame! Man muß die Feste feiern, wie sie fallen, nicht wahr?»

II

Eine Woche später zogen Petersen und Martha bei Onkel Winn und Nang Siri ein. Ihr Haus stand leer, seine Einrichtung hatten sie versteigern lassen. Hinrich und Lisa Petersen sollten das erste halbe Jahr bei Onkel Winn in Rong Muang wohnen. Es war nicht ratsam, sie in ein großes Haus mit einer Schar von asiatischen Dienstboten ziehen zu lassen, bevor sie Siamesisch sprechen konnten und sich in den Tropen eingelebt hatten. Hinrich hatte sich sofort prinzipiell einverstanden erklärt. Er wollte Hannes und seine Familie noch in Hamburg begrüßen und ihnen sein Haus und das Büro übergeben. Dann wollte er mit Lisa nach Bangkok fliegen. Alles andere mußte abgewartet werden.

Onkel Winn sah der Ankunft seines ältesten Neffen mit aufrichtiger Freude entgegen. Er schätzte ihn durch seine Briefe, die soviel ruhige Energie und «Ans-tand» verrieten. Wenn ihm leise vor Lisa graute, dann sagte er es nicht. Onkel Winn hatte aus Unterhaltungen mit Hannes entnommen, daß Lisa erstens eine Pute, zweitens «etepetete» und drittens kein Ersatz für Martha war. Die war nun einmal Onkel Winn ans Herz gewachsen. Es war so, als ob sie sich immer gekannt hätten. Und Martha liebte ihrerseits Onkel Winn. Sie mochte nicht an den Abschied und an die einsame Sala denken, in die er sich vor der Gesellschaft der Pute retten würde. Lisa hatte angefragt, ob Onkel Winn viele Parties gäbe, da seine Gattin doch eine siamesische Gräfin sei. Martha hatte diesen Brief dahingehend beantwortet, daß Onkel Winn sehr selten offizielle Gäste hätte, da seine Gattin viel geschäftlich unterwegs sei. Seine alten Freunde sehe er natürlich beständig. Martha hatte das sichere Gefühl, daß Lisa sich nicht das geringste aus Onkel Winns alten Freunden machen würde.

Martha dachte in diesen letzten Wochen über viele Dinge nach. Es war nach Pünktchens Heimkehr eine Art Meeresstille eingetreten. Alles hatte sich gelöst und aufgelöst. Der alte Koch Ah Chang hatte erklärt, er wolle nicht mehr in Stellung gehen. Er hätte in vielen Dienstjahren genug Geld gespart, um sich ein kleines Restaurant in Sampeng zu kaufen, das er mit seinen Söhnen und Ah Bue bewirtschaften würde. Ah Bue war aus der Haft entlassen worden und hatte dem ehrenwerten Onkel sofort ihre Hilfe angeboten. Sie wußte nicht, wo sie hingehen sollte, und da war ja auch «Jüngster Enkelsohn». Familie blieb eben Familie. Das hatte Ah Chang brummend zugegeben. Er war recht froh über die flinke, hübsche Ah Bue und schalt sie daher beständig aus. Natürlich ließ sie sich nicht mit Cheng vergleichen. Der Alte unterhielt Ah Bue sehr häufig mit Erzählungen über Chengs Vorzüge, die immer großartigere Ausmaße annahmen. Das war er seiner toten Tochter schuldig.

Martha hatte viele Helferinnen beim Zusammenpacken ihrer Bangkoker Existenz, vor allem Mamma Krüger, mit der sie jetzt eine feste Freundschaft verband, und natürlich Ulla Knudsen, die unter Tränenströmen viele Stunden des Tages bei *Mem Pe-Ter-Sen* zubrachte und nicht von Pünktchens Seite wich, wenn Martha und «der Chef» zu Abschiedsparties eingeladen waren. Ulla wohnte zu ihrem unbeschreiblichen Entzücken bei Onkel Winn, bis Petersens abfuhren. Sie kommandierte die alte Mae Wat zu den sonderbarsten Dienstleistungen, die selbstverständlich von dieser nicht ausgeführt wurden. «Die Halbe ist verrückt!» sagte Mae Wat zu Sangvien. Aber Ulla mochte sein, wie sie wollte, Martha würde schwerlich je wieder soviel Ergebenheit und demütige Hilfsbereitschaft – wenn auch gepaart mit absurder Anmaßung – finden. Es war außerdem für Hannes eine Beruhigung, daß Ulla Hinrich Petersens erste Amtshandlungen im Bangkoker Office von Petersen

& Co. überwachen würde. Hinrich würde schon bei kleinem dahinterkommen, auf den Kopf gefallen war er wahrhaftig nicht.

Daran mußte Petersen denken, als er eine Woche vor ihrer Abreise um halb sechs Uhr früh eine Rikscha bestieg, um allein von Bangkok Abschied zu nehmen. Petersen hatte große Ideen für die weitere Ankurbelung des Exports und Imports zwischen Hamburg und Bangkok und begrüßte die Aussicht, die Hauptsachen noch mit Hinrich besprechen zu können, bevor der Ferne Osten diesen korrekten Hamburger aufnehmen würde. Petersen dachte an die Produkte aus Schaumgummi, denen er eine Zukunft in Ostasien voraussagte. Das Material war nicht nur leicht wie Kork, sondern unempfindlich gegen Hitze, Insekten und Seewasser, also ideal für die Tropen. Hannes würde nach seiner Ankunft nach Hannover fahren und die Herstellungsfirma besuchen. Auch neue Röntgenapparate und Diesel-Motoren standen auf einer Liste, die er liebevoll betrachtete, während er im Morgengrauen durch Bangkok nach *Wat Arun* (Porzellantempel) zum Westufer fuhr. Petersen war sich nicht darüber klar, warum er allein nach *Wat Arun* fuhr. Er empfand dunkel, daß er den kambodianischen Türmen dieses Tempels, die seine Begriffe von Schönheit umgestürzt und sein Glück und seine Niederlagen mit angesehen hatten, jetzt privat Lebewohl sagen müsse. Eine unterirdische Wechselbeziehung bestand zwischen den Türmen von Wat Arun und einem Hamburger Geschäftsmann, der die Schönheit in den verschiedenen Formen, die sie östlich von Suez annahm, leidenschaftlich und ein wenig töricht angebetet hatte. Noch eine Woche weiter – und diese fünf Türme, deren höchster geradewegs in den Tropenhimmel zu starren scheint, würden zurückweichen ... immer weiter in den Sonnenschleier zurückweichen. Sie würden nur zu bald Vergangenheit sein – wie alles andere schon jetzt Vergangenheit geworden war: Petersens Heim in Bangkapi ... die chinesische Familie im Küchenhaus ... sein Büro in der New Road mit dem elektrischen Luftfächer und Ulla Knudsens rasend neugierigem Gesicht. Selbst Onkel Winns unordentlicher Palast in Rong Muang, die Hunde von Charles und Mamma Krüger, Petersens Geschäftsreisen in abenteuerliche Städte und das «Russische Restaurant» in der Suriwongse Road waren schon in jenes unbehagliche Zwischenreich zwischen Gegenwart und Erinnerung hinübergeglitten, das die Leichtsinnigen an die Vergänglichkeit aller Dinge gemahnt.

Richtig ... das «Russische Restaurant»! Petersen wollte auf der Rückfahrt von Dhonburi Madame Boulgakoff noch besuchen. Morgen, dachte Petersen müde, war ein offizielles Abschieds-Souper bei Seiner Königlichen Hoheit dem Prinzen Pattani, der sehr herzlich zu der glücklichen Wendung in Petersens Familienleben gratuliert hatte. Der Prinz hatte Pünktchen einen im Norden des Landes gewebten Wollbrokat geschenkt, den die Prinzessin über zwanzig Jahre in ihrer Truhe aus Rosenholz aufbewahrt hatte. Die Geschenke ihrer asiatischen Freunde! – Hinrichs Räume in dem Hause an der Elbchaussee würden ein Museum werden.

Petersen fuhr mit halbgeschlossenen Augen durch die erwachende Stadt. Sie lag in einem silbergrauen Licht, das Kühle vortäuschte. In den Kanälen und auf dem Fluß war schon reges Leben. «Die Brüder der Gelben Robe» wandelten gesenkten Blicks durch die Stadt der Tempel und Märkte und nahmen den ehrerbietigen Gruß und die Gaben von Reis und Früchten entgegen, die ihnen in Palast und Bambushütte im Morgendämmern dargeboten wurden. Es war alles, wie es immer gewesen war, nur überblickte Petersen die vertrauten Szenen und Landschaften mit neuen Augen. Man sieht alles neu und intensiv, wenn man ankommt oder abfährt.

Als er beim Porzellantempel ankam, war die Sonne schon voll herausgekommen. Ihre Strahlen verwandelten die bunten Porzellan-Krusten der Türme in Diamanten von märchenhafter Pracht. Petersen wandte sich der großen Treppe zu, die zu den Terrassen und der Spitze des höchsten Reliquienschreins führte. Er hatte den Balkon erreicht und blickte nun zum letzten Male auf die siamesische Hauptstadt hinunter. Der Menam-Fluß glänzte im Sonnenlicht. Im Osten lag der Königspalast mit den schneeweißen Mauern und den schimmernden Türmen. Petersen ließ seine Augen durch ein Fernglas zwischen den Tempeln, den Hütten und dem üppigen Laubwerk umherwandern. Das alles war ihm sehr vertraut geworden. Bangkok – immer noch ein kleines Paradies in einem chaotischen Kontinent!

Aber da war auch *Pu Khao Tong,* der «Goldene Berg»! Noch einmal durchschüttelte ihn die Angst und die ohnmächtige Verzweiflung, die vom «Goldenen Berge» in sein Heim gedrungen waren. Pater Aldano hatte recht: die Güte und das Erbarmen des *HERRN* waren grenzenlos.

Petersen wischte sich den Schweiß von der Stirn; aber er stand immer noch wie angewachsen auf der Terrasse und blickte über den Fluß und die Stadt in sein vergangenes Leben. Wieder setzte er das Fernglas an die schmerzenden Augen – er mußte in Hamburg wirklich einen guten Augenarzt aufsuchen – und folgte dem großen Fluß nördlich vom Königspalast bis nach Sampeng hinunter, wo er in einer kühnen Kurve nach Süden und Westen verschwand. Unvergeßliche Chinesenstadt! Dort hatten sich Petersens geschäftliche Erfolge und seine Familientragödie abgespielt. In Sampeng hatte der alte Herr Wong ihn milde erklärend herumgeführt – damals, vor vielen Jahren, als Petersen jung, vertrauensvoll und allzu eifrig in Bangkok Geschäfte machen wollte. In Sampeng hatte Pünktchen darauf gewartet, zu ihnen zurückgebracht zu werden – Petersen wischte sich wieder die Schweißtropfen von der Stirn. Wie würde das Kind dieses absonderliche Erlebnis verarbeiten? Martha beruhigte ihn stets über diesen Punkt: Pünktchen hatte bedeutend mehr Rückgrat bewiesen, als man hätte erwarten können.

Gen Süden, weit entfernt von den weiten Fruchtgärten Dhonburis, sah Petersen noch einmal die rauchenden Schornsteine der Reismühlen und Sägewerke von Bangkolem und Bukalo. Hier war Bangkoks Bedeutung im Welthandel verankert. Hier war der Hafen, den Petersen von Anbeginn geliebt hatte. Er sah durch sein Glas die Kais, die Reiskähne und die einfahrenden und ausfahrenden Schiffe aus aller Welt. Ja – nur von dem höchsten Turm von *Wat Arum* nahm man richtig Abschied von Bangkok.

«Eine Stadt, die viele Städte umfaßt», dachte Petersen. Er wandte sich zum Gehen. Diese Phase seiner Existenz war abgeschlossen. Plötzlich sah er, daß er nicht mehr allein auf der Turmterrasse war. Ein hochgewachsener junger Mann im weißen Tropenanzug stand neben ihm und betrachtete ihn so unverwandt, daß es unverschämt gewesen wäre, hätte der junge Mann nicht so bescheiden geblickt. Auch Petersen sah ihn nun genauer an. An wen erinnerte ihn diese seltsame Erscheinung? Der Unbekannte war eine Mischung aus Europa und dem Fernen Osten, eine hünenhafte Gestalt... ein asiatisches Gesicht... goldbraune Haut... schwarze, verträumte und mongolisch geschlitzte Augen. Die Stirn war hoch und irgendwie europäisch. Und das glänzende, schwarze Haar ragte zu beiden Seiten der Stirn wie ein dunkler Glorienschein empor. In der Mitte fehlte das Haar vollständig. «Wie bei Onkel Winn...», dachte Petersen und wußte Bescheid. Der Fremde mußte Justus Petersen sein; jener rätselhafte, im Verborgenen lebende älteste Sohn seines Onkels, der jetzt mit Pummel und Nang Siri bei ihrem Bruder, dem Grafen Sri in Sukhothai gewesen war. Petersen hatte ihn flüchtig auf Paulines Hochzeit gesehen.

Justus Petersen starrte seinen Verwandten aus Hamburg, den er bei der Hochzeit neugierig betrachtet hatte, immer noch schweigend an. Er hatte das Talent der Siamesen, eine Unterhaltung lediglich mit den Augen zu führen.

«Ich glaube, wir sind verwandt», sagte Hannes endlich. «Ich bin Johannes Petersen aus Hamburg. Wir trafen uns kurz auf Paulines Hochzeit.»

Justus-Prasert legte seine schmalen, aristokratischen Hände zum siamesischen Gruß zusammen und verbeugte sich. Er war noch größer als Petersen, aber loser zusammengefügt.

«Ich hatte den Vorzug, Ihren Sohn in Sukhothai näher kennenzulernen», sagte er gemessen. «Ein verständiger und bewunderungswürdiger Jüngling.»

Nur jahrelanger Aufenthalt im Fernen Osten und sein natürlicher Takt verhinderten Petersen, seinem seltsamen Verwandten ins Gesicht zu lachen. Er hatte nie etwas Bewunderungswürdiges an Pummel entdecken können. Das mußte er Martha erzählen!

Nachdem Justus-Prasert diese Feststellung gemacht hatte, verfiel er in jenes behagliche und kompromißlose Schweigen, das ein wichtiger Bestand jeder Unterhaltung mit Siamesen ist. Man jagte nicht unzivilisiert von einem Thema zu andern.

«Bleiben Sie länger in Bangkok?» fragte Petersen verlegen. Plötzlich fiel ihm ein, daß er Justus jetzt nicht in Rong Muang gesehen und daß Nang Siri die Anwesenheit ihres Sohnes in der Hauptstadt mit keinem Worte erwähnt hatte. Wie taktlos von ihm, diesen verschlossenen jungen Mann nach seinen Plänen zu fragen. Er benahm sich wahrhaftig wie ein Anfänger in Siam!

Justus bestrafte die ausländische Neugierde, indem er Petersens Frage liebenswürdig lächelnd ignorierte.

«Meine Mutter teilte mir mit, daß Sie und Ihre Familie in wenigen Tagen in Ihr Land zurückkehren werden», sagte er noch gemessener. «Gestatten Sie mir, Ihnen meine aufrichtigen Wünsche für eine glückliche Überfahrt auszusprechen.»

«Ich danke Ihnen», murmelte Petersen. – Lange Pause. – Justus Petersen schob seinen riesigen Körper näher an die Brüstung des Balkons heran. «Es ist befriedigend, von der Höhe auf diese Stadt herabzublikken», bemerkte er schließlich... «Man ist mit ihr verbunden und hält dennoch den nötigen Abstand. Der Wind der Weisheit weht hier oben reiner.»

Wieder schwieg Justus, und auch Petersen sagte nichts. Die siamesische Leidenschaft für Metaphern hatte ihn stets geschlagen auf der Strecke gelassen. Auch Justus Petersen schien von dieser Leidenschaft besessen zu sein, denn er erwähnte, daß die Gewohnheit ein Vogel wäre, dessen Gefieder in jedem Lande andere Farben trüge. Ob Petersen nicht auch meine, daß der Vogel Gewohnheit in den Tropen ein besonders schillerndes Gefieder trüge?

Petersen meinte es. Er hatte die feste Absicht, sich nach der nächsten Redepause zu verabschieden. Doch es kam anders. Justus Petersen reckte sich zu seiner enormen Höhe empor und sagte, ohne seinen deutschen Verwandten anzublicken: «Ich bitte Sie, unser freundschaftliches Gespräch nicht in Gegenwart meines Vaters zu erwähnen. Ich... ich werde ihn besuchen, wenn es an der Zeit ist.»

«Ihr Vater macht sich große Sorgen um Sie, lieber Justus», sagte Petersen energisch.

«Eine schlechte Angewohnheit des Westens. Ich beklage es aufs tiefste, daß mein Vater sich so unnütze Sorgen um mich macht. Es kommt alles, wie die Höhere Weisheit es bestimmt.»

Trotz dieser in ruhigem Plauderton vorgetragenen Feststellung hatten die Augen des jungen Mannes sich zu kleinen Schlitzen zusammengezogen. Ein leiser Hauch von Mißtrauen und verjährter Kränkung wehte über die Terrasse. Und noch etwas anderes schwang in Justus Petersens Rede mit. Jene grandiose und unbegreifliche Sorglosigkeit des östlichen Menschen in bezug auf die eigene Zukunft.

«Darf ich mich von Ihnen verabschieden?» murmelte Justus. «Es wäre mir ein auserlesenes Vergnügen gewesen, Ihre Familie näher kennenzulernen. Es sollte nicht sein.»

Petersen dachte vergeblich darüber nach, was Justus eigentlich verhindert hätte, Martha und ihn einmal zu besuchen. Dringende Geschäfte konnten es wohl kaum gewesen sein.

«Ich lebe augenblicklich in der Nähe von *Wat Kalaya*» (‹Tempel des herrlichen Freundes›), schloß Justus Petersen mit der leisen Andeutung einer Entschuldigung. «Sie können den Tempel sehen! Er liegt südlich von *Wat Arun*. Man ruht dort wie in einer grünen Wiege.»

«Wie nett!» erwiderte Petersen verlegen. «Grüne Wiege!» Er hatte jetzt genug Metaphern geschluckt. – «Leben Sie wohl, Justus!» sagte er schnell. «Ich wünsche Ihnen das Beste für die Zukunft.»

Petersen verbeugte sich und ließ den Nachkommen Hamburger Patrizier und siamesischer Aristokraten ohne weitere Formalitäten in der zeitlosen buddhistischen Welt von *Wat Arun* zurück.

Justus Petersen blickte seinem ungeduldigen Verwandten unbeweglich nach. Er fand es in der Ordnung, daß der *Ferang* endlich in sein eigenes Land zurückging.

III

Petersen hatte sich bei Madame Boulgakoff im «Russischen Restaurant» angesagt, und sie erwartete ihn in der Bar. Sie hatte sich von ihrem Unfall in der Jawarad Road erholt und war durch einen großen Scheck, den Petersen & Co. ihr gesandt hatten, in ungewöhnlich freudiger Stimmung.

«Ich hätte niemals gedacht, daß die Sonne des Glücks mir noch leuchten würde», bemerkte Madame Boulgakoff zur Begrüßung und goß sich einen doppelten Brandy ein.

Petersen nickte ergeben: es war anscheinend ein Morgen der Bildsprache. Er war hungrig und hatte Metaphern vor dem Frühstück nie leiden können.

«Kann ich etwas zu essen bekommen?» fragte er.

«Siamesisch oder Enteneier mit Büchsenspeck?» fragte Madame Boulgakoff, die ohne die geringste Mühe von der Sonne des Glücks auf die Genüsse der Erde zu sprechen kommen konnte.

«Ich äße gern noch einmal ein *Kao Pat* mit viel Chili, Fischsauce, zwei Spiegeleiern und grünen Zwiebeln. *Kao Pat* ist ein Gedicht, finden Sie nicht auch, Madame?» Auch Petersen war allmählich in poetische Stimmung geraten.

«Wenn genügend Chili dabei ist, und wenn die Eier nicht zu alt sind, ist es ein erträgliches Gericht», erwiderte Madame Boulgakoff ohne Begeisterung. «Übrigens – der Mörder von Karin Holm ist gefunden worden, als er von Macao aus die Grenze ins kommunistische Gebiet überschreiten wollte. Nicht einmal die Kommunisten wollten Monsieur Pinto als Genossen haben», fügte sie verächtlich hinzu.

Mit einem Schlage war Petersens Appetit vergangen. Er fühlte, daß die Russin ihn mit grausamem Amüsement betrachtete. Der weißrussische Alltag in den Tropen hatte sie wieder in seinen Klauen. Sie hatte sich im Etablissement des Herrn Lü vorbildlich bewährt, aber solche Momente opferbereiter Erhebung sind nicht die Regel. Weder bei Madame Boulgakoff noch bei andern Leuten.

Petersen blickte sich statt aller Antwort in der schäbigen Bar um.

«Sie wollten doch alles renovieren lassen», sagte er niederträchtig sanft. «Wann fangen denn die Maler an?»

«Nach Ihrer Abreise, Sir», erwiderte Madame ohne mit der Wimper zu zucken.

Petersen nickte. Sie wußten beide, daß niemals etwas in diesem Lokal verbessert werden würde, nicht einmal die Sitten der Besitzerin. Madame war bestimmt auf der Suche nach einem neuen Opiumhändler, nachdem Herr Lü mit ihrer gütigen Mithilfe in den Maschen der Polizei hängengeblieben war.

«Arme Karin ...» flüsterte Madame Boulgakoff. Ihr Gesicht zerfiel vor Petersens Augen. Große Tränen rollten ihre bemalten Wangen hinunter, die niemals richtig abgeschminkt wurden.

«Wir haben alle Schuld», stöhnte sie. «Wir werden in die Hölle kommen.»

In diesem Augenblick brachte eine junge Chinesin das Reisgericht für Petersen in die Bar.

«Du hast den Chili vergessen, blödes, blödes Geschöpf!» schrie Madame Boulgakoff. «Daheim in Rußland hätte ich dich mit der Hundepeitsche verprügelt, daß das Blut auf den Teppich gespritzt wäre!»

«Ich hole den Chili, Mem», sagte die Chinesin unbeeindruckt.

Petersen hatte sich erhoben. «Sie müssen verzeihen», murmelte er, «ich kann nichts essen.»

«Sentimentaler Unsinn», sagte Madame Boulgakoff robust, «man kann immer essen, wenn jemand anders bezahlt!»

Petersen konnte diese anmutige Einladung nicht ausschlagen und stärkte sich erst einmal mit einem doppelten Brandy. Es war eigentlich nicht Madame Boulgakoff, die ihm den Appetit verdarb. Ein Phantom saß mit ihm am Tisch ... ein bildschönes, blutjunges Ding mit goldblonden Haaren und asiatischen Traumaugen, das niemals die Sphäre der Unschuld bewohnt hatte – bis Thomas Harms gekommen war und Sehnsucht in Karin erweckt hatte.

«Dort könnte sie heute noch stehen», murmelte Madame Boulgakoff, die seine Gedanken mit russischer Präzision las. Sie wies mit ihrer Hand in die Richtung der Theke.

«Meinen Sie dort, wo das Holz absplittert?» fragte Petersen unschuldig. «Sie sollten eine neue Theke für Ihre schönen Bardamen anschaffen, Madame!»

Er griff nach seinem Scheckbuch und schrieb einen Scheck aus. «Für eine neue Theke», murmelte er. Er hätte am liebsten das ganze Lokal neu eingerichtet, damit die Vergangenheit versinken konnte.

«Nach Ihrer Abreise, Sir, nach Ihrer Abreise!» erwiderte Madame Boulgakoff verträumt.

IV

Petersen fuhr vom «Russischen Restaurant» direkt nach Rong Muang zurück. Sein Pflichtbesuch bei Madame Boulgakoff war nicht zu umgehen gewesen. Man mußte ihr ewig dankbar sein. Petersen wunderte sich insgeheim, wie schwer einem die Dankbarkeit fallen konnte. Am liebsten hätte er Madame Boulgakoff verprügelt, als sie sadistisch ihre Nachrichten auskramte, um Petersen die letzte Woche in Bangkok zu vergiften. Und dennoch – wenn die Russin sich auch an seiner Depression erfreute, wenn die Zeitungen die Verhaftung des Mörders auch in einer Art mitteilten, die beim Leser abwechselnd Abscheu und Langeweile hervorrief –, in der Bar des «Russischen Restaurants» geisterte doch der Schatten jener ruhelosen Liebe, die Johannes Petersen vor Jahren berauscht und erschreckt hatte, der zähe und törichte Traum, den alle Männer in mittleren Jahren träumen, der Traum, daß sie jung genug für das schönste und jüngste Mädchen wären. *Der* Traum war ausgeträumt. Nur die schöne Erinnerung und eine häßliche Mordgeschichte waren zurückgeblieben.

In Rong Muang kam Martha ihm entgegen und fragte: «Wo bist du gewesen? Ich war schon ganz besorgt, du mußt im Morgengrauen fortgefahren sein.»

«Stimmt, Fräulein Doktor», sagte Petersen. «Ich habe mir erlaubt, ohne Erlaubnis noch einmal in Bangkok herumzufahren.»

Er goß sich einen Whisky-Soda ein und sah Martha nicht an.

«Hannes ...» sagte Martha in verändertem Ton, «tut es dir nun leid daß ...»

«Du hast wohl einen Sonnenstich?» fragte Petersen rauh, aber dann trat er auf Martha zu und legte seinen Arm um ihre Schulter.

«Du mußt etwas Geduld mit mir haben», flüsterte er. «Mit Geduld und Spucke wird es mir großartig in Hamburg gefallen!» Er wandte sich der großen Treppe zu, die zu Paulines Zimmer führte, und fragte: «Post von Pauline?»

«Onkel Winn hatte heut früh einen Brief. Das Baby wird täglich erwartet. Er ist so aufgeregt, als ob *er* das Kind bekäme», antwortete Martha lächelnd. «Weißt du, Hannes ...» Sie stockte. Petersen blickte sie geistesabwesend an. Er hatte überhaupt nicht zugehört.

Martha trat auf die große Freitreppe des Hauses und blickte in den Garten. Zwei blaue Vögel wiegten sich auf der großen Fächerpalme. Sie flogen immer zu zweien ...

Sie würde es in Hamburg nicht leicht mit Hannes haben, mit diesem eingefleischten Tropenbewohner, der ein Herrenhaus, Dienerschaft und den Luxus eines unverletzlichen Privatlebens gewohnt war. Es würden nur sechs bis acht Wochen Schiffsreise zwischen zwei grundverschiedenen Welten und Existenzformen liegen. Petersen hatte jahrelang in dem einzigen Lande östlich von Suez gelebt, das auch heute noch den Reis in Silberschalen servierte. Inmitten von hungernden und rebellierenden Nachbarn hatte Siam lächelnd und vorsichtig die Fülle und Anmut der Existenz bewahrt. Und seine silbernen Schalen waren immer noch bis zum Rande mit dem besten Reis Südostasiens gefüllt. An dieser mit Lotosblüten geschmückten Tafel hatte Johannes Petersen Europas bitteren Existenzkampf nahezu vergessen. Und nun hatte Martha ihm die volle Silberschale vor der Nase weggezogen! Sie redete sich nicht eine Minute lang ein, daß Hannes ohne ihre Ankunft jemals die siamesische Reistafel aufgegeben hätte.

Nein ... leicht würde sie es mit Hannes in Hamburg nicht haben!

Aber man war ja nicht verheiratet, um es leicht zu haben, dachte Martha und ging festen Schrittes ins Haus zurück.

V

Petersens waren nicht die einzigen Gäste, die Bangkok in diesen Tagen verließen. Auch Herr Lü und seine blinde Mutter würden die Stadt am Menam-Fluß nicht länger bewohnen. Allerdings war die Abreise des Herrn Lü nicht so freiwillig wie diejenige der Familie Petersen.

Major Nayadharn hatte nun das Datum der Deportation in seinem Notizbuch und fuhr an demselben Morgen, an dem Petersen von Bangkok Abschied genommen hatte, zu der alten Frau Wong. Die alte Dame ließ ihn sofort in ihren Flügel bitten und hörte sich schweigend seine Ausführungen an.

«Ich hätte gern Ihre Ansicht gewußt, Madame», sagte der Major fast schüchtern. «Brokat kann selbstverständlich in Bangkok bleiben. Sie hat nicht nur entscheidend zur Rettung jenes Kindes beigetragen. Schwester Mary sagt mir, daß sie sich ausgezeichnet in der Blindenschule bewährt. Sie ist ja den Umgang mit Blinden durch ihre Großmutter gewohnt. Und dann ... Madame, Brokat ist ja noch ein Kind. Guter Einfluß wird dem Rade ihres Geschicks eine günstige Drehung geben.»

Auch Major Nayadharn schmückte seine Rede gern mit Bildern, wenn es sich nicht um Verhöre handelte.

Die alte Frau Wong nickte zustimmend. Für einen Siamesen war der Polizeimajor ihrer Meinung nach ungewöhnlich intelligent.

«Brokat nimmt heute bei mir den Mittagsreis ein», sagte sie ruhig. «Schwester Mary hat ihr freundlicherweise Urlaub erteilt.» Schwester Mary war die britische Leiterin der Bangkoker Blindenschule. Sie gehörte dem Orden der Salesianerinnen an und war von Pater Aldano nach Bangkok gerufen worden. Sie gab sehr lobende Berichte über Brokat, die mit den Kindern zart und doch energisch umging.

«Ich werde die Kleine rufen lassen», sagte die alte Frau Wong. «Sie muß selbst entscheiden.»

Brokat war äußerlich so verändert, daß Major Nayadharn sie fast nicht wiedererkannt hätte. Schwester Mary hatte ihr Haar zu sauberen Zöpfen mit roten Schleifen zusammengeflochten. Sie trug lange schwarze Satinhosen und einen sauberen Kittel. Auch ihr kleines, verschlagenes Gesicht war sauber. Sie begrüßte den Polizeimajor ohne Angst und machte eine tiefe, höfliche Verbeugung.

Als der Major ihr mitgeteilt hatte, daß ihre Familie deportiert werden würde, herrschte Schweigen in dem großen, luftigen Privatpavillon der alten Frau Wong. Brokat starrte vor sich hin. Nichts in ihrem Gesicht ließ auf eine Gemütsbewegung schließen. Nur ihre kleine, magere Hand drehte unablässig an den kleinen Knöpfen, die ihren Kittel auf der Schulter schmückten.

«Du kannst es dir überlegen, Brokat», sagte der Major. «Die Kinder in der Blindenschule lieben dich. Du machst sie sehr glücklich.»

Brokat schwieg immer noch. Plötzlich kniete sie vor der alten Frau Wong nieder und sprach in schnellem Chinesisch auf sie ein. «Madame muß es erklären ...» flehte sie.

Und so erklärte die alte Frau Wong dem siamesischen Polizeimajor, daß Brokat mit ihrem Vater deportiert werden wollte.

Herr Lü mochte in den Augen der Welt ein korrupter Opiumschmuggler und Kinderverkäufer sein, der alles – mit Einschluß seiner eigenen Tochter – zu Geld machen würde, wenn die Gelegenheit sich bot. Für Brokat war Herr Lü der ehrenwerte Vater, dem sie dienen würde, bis sie einem Gatten und den Söhnen dienen konnte. Falls Herr Lü ihr gestattete, in Ehren zu heiraten.

«Es ist gut, kleine Tochter», sagte die alte Madame Wong. «Ich habe Major Nayadharn alles erklärt.»

Lange nachdem der Major gegangen und Brokat in die Blindenschule zurückgefahren war, saß die alte Madame Wong in ihrem Pavillon und sann den Ereignissen des Tages nach. Viele Abreisen lagen in der Luft. Die angenehmen und die ungebetenen Gäste verließen gleicherweise dieses reiche und gastliche Land.

Aber es erschien der alten Chinesin in dem herrlichen Raum so, als ob sie in einem Paradies gestrandet wäre und als ob Brokat, wenn auch unter unerfreulichen Umständen, ein Ziel erreiche, das sie selbst nur in einem Sarg erreichen würde.

Brokat ging nach China zurück.

VI

Der Abreisetag für die Familie Petersen war angebrochen. Die letzte Woche war unfaßbar schnell vergangen. Und nun standen Johannes Petersen, Martha und die Kinder von ihren Verwandten und vielen Freunden umgeben am Kai und mußten in fünf Minuten die Fähre besteigen, die sie nach Koh Si Chang zu dem dänischen Dampfer bringen würde.

Alle trugen Kränze aus siamesischem Jasmin um den Hals, die Nang Siri eigenhändig geflochten hatte. Martha hatte ihre Brille endgültig abgenommen, denn die Tränen blendeten sie. Onkel Winn hatte immer noch den Arm um sie geschlungen, als ob er sie gegen jede Vernunft in Bangkok festhalten wolle. Pummel – der verständige und bewunderungswürdige Jüngling – stand Hand in Hand mit Pünktchen, genau wie bei ihrer Ankunft vor mehr als einem Jahr. Aber diesmal waren die Kinder von großen und kleinen Freunden umgeben. Pater Aldano, drei seiner Schüler und Chia Joseph standen bei ihnen und bemühten sich, die beiden jungen Petersens heiter zu halten. Ulla Knudsen weinte so heftig, daß Madame Boulgakoff, die mit einem russischen Heiligenbild für Pünktchen erschienen war, ihr einen bösartigen Puff gab.

«Machen Sie sich nicht so wichtig», zischte sie. Sie hatte leider nicht ganz unrecht. Denn Ulla genoß ihren Kummer und gleichzeitig die Tatsache, daß siamesische Prinzen, chinesische Bankiers und viele Europäer sahen, wie eng sie mit den Petersens befreundet war. Auch Mammi Knudsen war mit Betty hustend und zitternd vor Erregung am Kai erschienen und streichelte Marthas Hand, die ihre auserlesenen Orchideen hielt. Abseits von der Gruppe stand Seine Königliche Hoheit Prinz Pattani mit unbewegtem Gesicht, um seinen deutschen Freunden noch einmal Lebewohl zu sagen. Charles und Doris Krüger, Agnes Songhakul und Vidya und die gesamte deutsche Kolonie – mit dem englischen Tierarzt und seiner siamesischen Gattin in der Mitte – umstanden Johannes Petersen und den Bremer Arzt und redeten übermäßig fröhlich auf die beiden ein. Dr. Johannsen war unverändert gleichmütig und vergnügt. Johannes Petersen war weiß im Gesicht unter der Sonnenbräune. Ja... natürlich... man würde sich wiedersehen... in Hamburg, oder in Bangkok, oder auf dem Mond.

Im letzten Augenblick kam der alte Herr Wong mit Gattin, sämtlichen Töchtern, der kleinen Ping-erh und einem vergoldeten Früchtekorb angefahren.

«Man kann eine schmerzliche Sekunde nicht lange genug hinauszögern», flüsterte er. Martha blickte ihn stumm an. Er hatte ihr weiße Jade geschenkt. Er hatte Hannes' erste Schritte in Bangkok geleitet. Er hatte herausgefunden, wer Pünktchen entführt hatte.

«Niemals können wir Ihnen genug danken...» flüsterte Martha und suchte nach einem frischen Taschentuch. Sie – die stets Gefaßte – war von Abschiedsschmerz überwältigt. –

«Wir sind nur durch einige Meere getrennt, Madame», sagte der alte Herr Wong still. «Im Geiste bleiben wir verbunden.»

In der letzten Minute drückte Nang Siri Martha schnell und verstohlen ein versiegeltes Päckchen in die Hand. «Eine kleine Gabe meines ältesten Sohnes für *Pum-Mell*», flüsterte sie. Sie hatte Pummel immer mit großem Gelächter bei seinem Spitznamen gerufen, dessen Sinn ihr niemals aufgegangen war. Er sollte das Päckchen aber erst in Hamburg öffnen! Martha drückte ihr die feine, knochige Hand. Sie ahnte nicht, daß in diesem Päckchen ein alter Ring lag, in dem der Name ‹Justus Petersen› eingraviert war. Onkel Winn hatte dieses Erbstück seinem ältesten Sohn geschenkt, aber Prasert hatte den Ring nun in taktvoller Heimlichkeit an den jungen Albert Petersen weitergegeben, der ihn vielleicht noch einmal in den Fernen Osten zurückbringen würde. Für Onkel Winn war es eine ausgemachte Sache, daß «unser Jung» nach beendetem Studium nach Bangkok zurückkommen würde.

«Wann kommt ihr beide nach Hamburg?» fragten Martha und Petersen in letzter Minute. Sie mußten die Fähre besteigen.

Onkel Winn und Nang Siri antworteten nicht.

Sie umarmten sich noch einmal, und dann sah Martha durch einen Schleier die Gruppe ihrer Freunde und Verwandten. Und dahinter ihre Diener ... Phom, den Chauffeur, mit «Ratte» und «Schwein», «das Mädchen, das morgens die Blumen ordnete» ... die Waschfrau mit ihren Zwillingen, den Gärtner, den alten Koch im Kreise seiner Familie – ja ... Cheng fehlte! – und selbstverständlich Mae Wat und Sangvien. Da standen sie alle, die mit ihnen verbunden blieben. Charles Krüger ... der Prinz ... Pater Aldano ... die Knudsens ... die Familie Wong und alle andern Freunde der Petersens.

Als die Fähre sich in Bewegung setzte und Pünktchen auf Petersens Arm ihre Jasminkette im Winde flattern ließ, blickte Martha mit Pummel an ihrer Seite starr auf den hochgewachsenen alten Mann, der sich auf seine zierliche siamesische Gattin stützte.

«Onkel Winn!» rief Martha in das Geräusch der Motoren hinein. «Lebe wohl!»

Auf dem Kai hatte sich die Gesellschaft, die der Familie Petersen die letzten Abschiedsgrüße zugewinkt hatte, zerstreut. Nur der alte Herr Petersen stand unbeweglich am Rande des Wassers und stützte sich immer noch schwer auf Nang Siri.

Charles Krüger kam kopfschüttelnd von seinem Wagen auf den Kai zurückgelaufen. Er rüttelte seinen alten Freund sachte am Arm.

«Komm, Krischan ...» sagte er leise, «dat helpt nu nix!»

SECHSUNDZWANZIGSTES KAPITEL

Der alte Mann in der Sala

I

Drei Tage nach der Abreise seiner Familie lag Wilhelm Christian Petersen im Morgengrauen in seiner Sala und gewöhnte sich an die Einsamkeit. Nang Siri war wieder in Geschäften unterwegs. Sie konnte Winn in seinem Kummer nicht helfen. Er war noch schweigsamer geworden. Er hatte es nicht für möglich gehalten, daß Johannes Petersen, mit dem er so viele Meinungsverschiedenheiten gehabt hatte, ihm auf Schritt und Tritt fehlen würde – und nicht nur im Geschäft! Der Senior hatte sich übrigens denkbar großzügig gegen den scheidenden Juniorpartner benommen. Martha sollte nicht plötzlich «knappsen» müssen.

Mit Marthas Scheiden war eine positive Wärmequelle verschwunden. An die beiden Gören mochte der alte Herr nicht denken. Das Gefühl des Verlustes hüllte ihn ein, als er seine Lotosteiche im Frühdämmern anstarrte. Dieses Mal nützte es nichts, daß er sein Kinn vorschob und sein Dilemma zu ignorieren suchte. Da war eine entsetzliche Leere. Nicht einmal mit seinem alten Freund Charles Krüger, bei dem er heute sein Tiffin einnehmen sollte, sprach Wilhelm Christian Petersen über diese Leere. Aber Charles wußte ja wohl Bescheid.

Der alte Mann war so in Gedanken versunken, daß er die seltsame Gestalt, die sich der Sala näherte, nicht bemerkt hatte. Ein hochgewachsener Mönch in der «Gelben Robe», der beim Küchenhaus kniend von der Dienerschaft begrüßt worden war, wandelte gesenkten Blickes auf die Sala zu. Der Schädel und die Augenbrauen des «Bhikkhu» (buddhistischer Mönch in Thailand) waren glatt geschoren. Die Augen – tiefliegende, träumerische Augen von mongolischem Schnitt – waren immer noch gesenkt, als die Erscheinung in der wallenden gelben Robe die Sala betrat und den alten Mann ehrerbietig begrüßte.

Wilhelm Christian Petersen war aufgesprungen. Seine scharfen, blauen Augen hatten sich geweitet. Das war doch wohl nicht die Möglichkeit!

«Justus . . .» stammelte er.

«Glück und Friede sei mit Euch allen», murmelte Bhikkhu Prasert.

II

Schweigend hörte der alte Herr Petersen seinem ältesten Sohn zu. Während Justus gemessen den *Weg* beschrieb, der ihn aus den Irrungen und Illusionen der Existenz in die *sangha* (Bruderschaft der Gelben Robe) geführt hatte, wurde sein Vater immer nachdenklicher. Justus war «den achtfachen» Weg nicht allein gegangen. Die Gebete und Opfergaben seiner siamesischen Mutter, der mächtige Einfluß des Grafen Sri in Sukhothai und sein eigenes Verlangen hatten ihn dorthin gebracht, wo es weder Rassen- noch Klassenunterschiede gab und wo man das Leben in Verzicht und Meditation meisterte.

Justus sprach Deutsch mit seinem Vater. Es war eine letzte Höflichkeit, die den alten Mann rührte. Er blickte diesen Sohn, den er trotz aller Enttäuschungen immer noch hoffend als Erbe seines Namens und seines Unternehmens in Bangkok betrachtet hatte, grüblerisch an. Aber in dieser Morgenstunde sträubte er sich nicht länger gegen eine Erkenntnis, die er instinktiv geahnt und stets eigensinnig aus seinem Bewußtsein verdrängt hatte: «Justus Petersen» war ein Wunschbild gewesen; geboren aus nordischen Nebeln und in der Tropensonne verflogen. Dieser junge Mönch, der mit stiller Würde davon sprach, daß die Sphäre der Meditation nur eine andere Art der Aktivität wäre, war ein Sohn des Landes, in dem Wilhelm Christian Petersen vierzig Jahre zu Gast gewesen war – ein gern gesehener und geehrter Gast... daran war gar nicht zu tippen – aber ein Gast. Und nun – nach Jahren der Irrungen und Verwirrung – war sein Sohn hineingewachsen in eine Welt, die im Fernen Osten Leben und Sterben von Millionen Menschen bestimmt. Um Bhikkhu Prasert war kristallene Kühle, sanfte Bestimmtheit und der Duft der Pâli-Weisheit.

Der alte Europäer ahnte plötzlich mit einer visionären Kraft die seinem praktischen Geist sonst fernlag, daß der Buddhismus der machtvolle und zeitlose Hintergrund dieses Landes war, vor dem sich die Ereignisse der Gegenwart in ironischer Flüchtigkeit und Bedeutungslosigkeit abrollten. Wichtig waren nur: der Buddha, die Lehre und die Bruderschaft der Gelben Robe, die «drei Juwelen Thailands». Auch in der Zukunft würden Siamesen aller Kreise und Bildungsgrade die gelbe Robe anlegen, mit der Bettelschale ihre Nahrung zusammenbetteln und die geistigen Herren des Landes sein.

Und wie der alte Herr Petersen seinen Sohn stumm betrachtete, sah er dessen Züge von einem Frieden erleuchtet, der nicht mitteilbar war. Ein Heimatloser, der jahrelang zwischen Osten und Westen in einem Vakuum gelebt hatte, war nun eingeordnet in die große Ordnung Ostasiens. Die Wünsche und Begierden, die Justus Petersen im Zwielicht der weltlichen Existenz bedrängt hatten, trieben wie tote Blätter den Menam-Fluß hinunter – zusammen mit seinem irrationalen Haß gegen seinen europäischen Vater. Niemand hatte Bhikkhu Prasert gezwungen, den alten Mann in der Sala aufzusuchen. Sein Herz und die unausrottbare siamesische Höflichkeit hatten ihn im Morgengrauen nach Rong Muang pilgern lassen.

Nachdem Bhikkhu Prasert zeremoniellen Abschied genommen und die Segenswünsche seines Vaters empfangen hatte, saß Wilhelm Christian Petersen in Sinnen versunken in der Sala, die stets seine private Friedensinsel gewesen war. Seine Resignation war ohne Bitterkeit und verflog in der aufgehenden Sonne. Ein seltsames Gefühl des Stolzes beherrschte ihn: Er hatte die Gastfreundschaft dieses Landes erwidert. Er hatte ihm seinen ältesten Sohn geschenkt.

Der alte Herr Petersen war wieder auf seinem Ruhebett in der Sala eingeschlafen, als Mae Wat vorsichtig herangeschlichen kam und den Master unschlüssig betrachtete. Niemand durfte Master Pe-Ter-Sen des Morgens wecken. Das war eine Regel, die selbst die Herrin befolgte. Die Herrin war wieder verreist, doch hatte sie Praserts Einweihung in die *Sangha* in aller Stille in Bangkok miterlebt. Mae Wat war noch ganz benommen von der Ehre, die Bhikkhu Prasert ihrer Herrschaft gebracht hatte.

«Nai (Herr)», flüsterte Mae Wat, «eine eilige Nachricht!»

Nichts rührte sich. Mae Wat hätte sich niemals so weit vergessen, den Master etwa am Arm anzufassen, um ihn zu wecken. Man berührte sich nicht im täglichen Umgang; das war lästig und beleidigend.

Mae Wat betrachtete «das Papier, das durch die Luft geflogen war». Dann schritt sie zu einem Teakholztisch, auf dem Bücher und Zeitschriften lagen, und warf ihn mit Getöse um.

Der Master sprang auf. «Was zum Kuckuck ...» rief er auf deutsch ... Dann fiel sein Blick auf die grinsende Haushälterin und auf das Telegramm in ihrer braunen, verarbeiteten Hand, das sie ihm jetzt mit zeremonieller Verbeugung übergab. Hierauf hockte sich Mae Wat auf dem Boden nieder und erwartete mit Seelenruhe die Weiterentwicklung der Dinge. Sie hatte den Master auf schickliche Weise geweckt und konnte sich nur wundern, mit welcher unschicklichen Hast er das Telegramm aus Manila öffnete. Ferangs blieben Ferangs.

Petersen senior mußte zweimal die Botschaft seines Schwiegersohnes lesen, denn die Druckschrift verschwamm vor seinen Augen:

«Soeben angekommen: *William Petersen Desmond* stop Mutter und Sohn okay stop Erwarten euch so bald wie möglich stop. Lawrence.»

«Mae Wat», schrie der alte Herr Petersen, «kleiner Master in Manila angekommen! *Nangsao* (Fräulein) Pauline *sabei maak* (sehr gesund)!»

«Mae Wat macht großes Festessen heute abend», bemerkte Mae Wat. Sie strahlte über ihr schlaues, freundliches Gesicht. «Master gibt Mae Wat viele Ticals. Hühner sehr, sehr teuer jetzt!»

Der alte Herr Petersen griff gehorsam in die Tasche und gab Mae Wat unvorsichtigerweise zwanzig Ticals, woraufhin sie blitzschnell verschwand, bevor der Master sich besinnen konnte. – Aber der Master hatte anderes zu tun. Er mußte sofort an Siri telegrafieren und herausfinden, wann das nächste Flugzeug nach Manila ging... Seine kleine Line! Und sie hatten den Sohn wirklich und wahrhaftig «Petersen» genannt.

Der alte Mann in der Sala setzte sich auf sein Ruhebett und atmete tief. Alles, was ihn bedrückt hatte, war in dieser Freude gelöst und erlöst worden. Versunken waren seine jahrelangen Sorgen um Pauline und Prasert; besänftigt der Schmerz über die Abreise seiner Hamburger Verwandten. Ein intelligenter Konservativer in einer extravaganten Umgebung zog in dieser Stunde das Fazit seiner Handlungen und Entscheidungen, und er war damit zufrieden. Das Leben ging weiter – es beraubte und erfüllte nach unerforschlichen Gesetzen. Seine engsten Angehörigen reisten in diesem Augenblick der grauen Vaterstadt an der Elbe entgegen. Und in Manila hatte ein neuer Petersen das Licht Ostasiens erblickt.

Der alte Herr Petersen reckte sich zu seiner enormen Höhe empor und überblickte befriedigt sein eigenes Stück Paradies. Er hatte das Leben eines Mannes gelebt. Mit seinen frühen Ekstasen, seinen endlosen Rückschlägen und seiner letzten Erfüllung. – In diesem Zeitalter des Schwundes individueller Kraft und der wachsenden kollektiven Versklavung hatte er sich mit ererbter Sturheit in der unergründlichen Welt des Fernen Ostens behauptet. Er hatte gelebt, wie er wollte; er hatte seine Persönlichkeit unversehrt erhalten und hatte seinen Namen vererbt.

Alice Ekert-Rotholz

Reis aus Silberschalen
(894)

Wo Tränen verboten sind
(1138)

Strafende Sonne, lockender Mond
(1164)

Mohn in den Bergen
(1228)

Die Pilger und die Reisenden
(1292)

Der Juwelenbaum
(1621)

Fünf Uhr Nachmittag
(1781)

Füchse in Kamakura
(4144)

Gastspiel am Rialto
(4810)

Flucht aus den Bambusgärten
(5383)

Limbo oder Besuch aus Berlin
(1567)

Nur eine Tasse Tee
(12121)

Gudrun Pausewang

Bolivianische Hochzeit
Roman (5659)

Die Entführung der Doña Agata
(1591)

Karneval und Karfreitag
(4335)

Wie gewaltig kommt der Fluß daher
Roman (4812)

Plaza Fortuna
Roman (5761)

rororo

C 2189/2